SLEUTELKRUID

Van Borislav Čičovački verschenen eerder

In oude tijden heette dit land Haemus
Zwarte merel in een veld met pioenen
Onvoltooide biografieën

Borislav Čičovački

Sleutelkruid

Vertaald uit het Servo-Kroatisch
door Reina Dokter

2009
Uitgeverij Contact
Amsterdam/Antwerpen

De auteur ontving voor het schrijven van deze roman
een werkbeurs van het Fonds voor de Letteren en een opdracht
van het Amsterdams Fonds voor de Kunst. Deze uitgave is tot stand
gekomen mede dankzij subsidie van het Nederlands
Literair Productie- en Vertalingenfonds.

Oorspronkelijke titel *Raskovnik* (manuscript)
Omslagontwerp Suzan Beijer
Afbeelding omslag Mateusz Kowalski
Auteursfoto Ronald Hoeben
ISBN 978 90 254 2998 0
D/2009/0108/972
NUR 302

www.uitgeverijcontact.nl

Voor mijn Isidora, om deze herinneringen te bewaren

'Plantensesam, open de horizon
Voor allen die te vroeg geboren zijn
Laat hen andermans hart binnengaan
als ze het hunne hebben geopend...'
Branko Miljković

Sleutelkruid is een magisch kruid waarmee je ieder slot kunt openen en een verborgen schat kunt vinden. Het is zacht en dik als een arm, je kunt er een hoofd, een hals, armen, benen en ogen in herkennen, en soms lijkt het op een man met kinderen. Het komt alleen in het voorjaar voor en verdwijnt snel. 's Nachts geeft het licht als drie kaarsjes die branden boven een bron. Dat kruid is moeilijk te vinden. Wie het wil opsporen, moet zichzelf in de ketenen slaan en over een weide lopen, en waar de ketenen vanzelf afvallen, daar zal hij het vinden.

Je kunt het ook te pakken krijgen met behulp van een schildpad. Dan moet je schildpadeieren zoeken en daar een versperring omheen zetten, zodat de schildpad er niet meer bij kan komen. Wanneer de schildpad dat ziet, gaat ze sleutelkruid halen, komt ermee terug en legt het op de versperring. Door het sleutelkruid stort die in en kan de schildpad bij haar eieren. Maar het valt niet mee het sleutelkruid te pakken te krijgen, want zodra de versperring instort, slikt de schildpad het in.

Haiduks vonden het soms door 's nachts een paard met een lange ketting aan een spil vast te binden, en dan zijn rondgaande beweging te volgen. Waar de ketting brak, zochten ze dit kruid. Maar dat is al lange tijd niemand meer gelukt.

Ook de groene specht kent die plant. Wanneer zij wegvliegt uit haar nest, moet je de uitgang van de stam afsluiten en er een rode zakdoek onder leggen. Als de specht ziet dat ze niet naar binnen kan, zal ze dat magische kruid halen en de ingang openen. Maar zodra ze dat heeft gedaan, wil ze het kruid vernietigen en zal ze het op de rode zakdoek gooien, omdat ze denkt dat het vuur is. Dan kan de mens het sleutelkruid pakken.

Men vertelt wel dat je het sleutelkruid ook bij de egel kunt vinden, die het onder zijn tong houdt, maar ook daar heeft al geruime tijd niemand het kunnen vinden. En ook niet op enig andere manier, alsof het is verdwenen, alsof het is uitgestorven.

BOEK I

Russische sprookjes

'Danilo beklom de Drakenberg. De grond was bevroren, sneeuw stoof op. Hij naderde de kloof waar hij vroeger weleens een steen haalde. Hij keek verbaasd op, want daar was nu een grote kom, alsof iemand er gesteente had gedolven. Danilo ging de kom binnen. Bij een van de wanden stond een grijze steen in de vorm van een stoel. Danilo ging erop zitten en verzonk in gedachten. Hij keek naar de grond en kon de stenen bloem maar niet uit zijn hoofd zetten. "Als ik die toch eens kon zien." Opeens werd het warm, alsof de zomer was teruggekeerd. Danilo hief zijn hoofd op en was met stomheid geslagen. Tegenover hem, bij de tegenovergelegen wand, zat de Meesteres van de Koperberg.'

Haar enorme groene hagedissenlichaam steunde met de achterpoten op een steen. Haar gebogen staart hing dreigend met zijn hoornige glibberigheid naar beneden. In plaats van voorpoten had de Meesteres armen en ze had een mensenhoofd. Als dat hoofd niet op het pantser van een reptiel had gezeten, had men het beslist mooi genoemd. Verleidelijk zelfs, want ze trok de wenkbrauwen boven haar zwarte ogen zinnelijk op, en Danilo, die zijn mond opensperde van verbazing, werd getroffen door de pijlen van haar blik. Het ravenzwarte haar van de Meesteres danste in de wind en viel op de hagedissenromp, precies op de plek waar Danilo graag meisjesborsten had gezien. Maar hij kon van angst geen woord uitbrengen. Een gouden kroon, versierd met lazuriet, gaf hem te kennen dat er met de Meesteres van de Koperberg niet te spotten viel. Zij nam wat ze wilde. Verschrikt door haar blik en de massa zenuwachtige hagedissen in haar gevolg, die kluwens vormden, elkaar in kop en staart beten, hun tong uitstaken en elkaar platdrukten – een vloeiende massa van bewegend groen vlees met staarten –, hief Danilo zijn handen ten teken van overgave. De Meesteres mocht hem gevangennemen. Hij kon niet meer vluchten. Hij was ingesloten tussen muren van kale, rode rotsen die alleen doorgang boden naar het duister, naar het rijk van de Meesteres. Daarop verdween ook de zon. Achter vormeloze wolken was de weerschijn ervan te zien, als een uiteengereten verwachting. Danilo wachtte tot de Meesteres zou gaan spreken.

Die tekening, die het kinderoog vastgenageld houdt met zijn bovennatuurlijke verschijningen en het raadsel van de angst, is op het harde linnen voorplat van de boekband geplakt. Links ervan, met zwarte cyrillische letters in twee regels, de titel: RUSSISCHE SPROOKJES, versierd met twee rode figuren die er symmetrisch boven en onder zijn gezet. De Jongen meende dat dat motief was overgenomen van een of andere Russische klederdracht om hier, afgezonderd, als een kruik met twee handvatten, in miniatuur de wereld voor te toveren waaruit ze waren voortgekomen. Onbekende verten. Die de Jongen met die figuren aanlokten en hem ervan overtuigden dat hun boodschappers authentiek waren.

Zijn vader had het boek voor hem gekocht voor zijn vijfde verjaardag. Of misschien had zijn vader die dag een ander boek gekocht, terwijl de Jongen dit cadeau had gekregen. Want op de eerste bladzij staat: 'Van Maca en Rožika uit de boekwinkel.' Deze dames roken naar pas gedrukte boeken en hielden van vaste klanten. En dat was de Jongen. Ze bogen zich over hem heen, lieten hun in een glimlach geklede tanden zien, zeiden lieve woordjes tegen hem, knepen hem in zijn wangen. De vrouwen waren zo vertederd en opgetogen over het kind dat hij wel een prins leek, zoveel aandacht schonken ze hem. Zonder zijn toestemming verhieven ze hem tot een lieve jongen die een gevoelige snaar kon raken bij de ongetrouwde verkoopsters. Maar hij wilde een boek. Daarom was hij met zijn vader de stad in gegaan.

De Jongen wist zeker dat het op een zaterdag was. De dag van opluchting na een week die door de tijd uit opgelegde en zelfgekozen verplichtingen in elkaar wordt genaaid. De dag van verwarring omdat je laat wakker wordt. Vaders fiets, voor de beentjes van de Jongen ongrijpbaar, stond paraat te wachten tot ze vertrokken. Die fiets werd als huisgenoot beschouwd, alsof het een paard was. En zo zag hij er ook uit: hoog en zwart. De Jongen wist zelf ook niet waarom dat beeld van het kind, geplant in het stoeltje dat boven het achterwiel van de fiets was bevestigd, hem steeds ontglipte. Waarschijnlijk omdat hij altijd achter zijn vader zat en bij zichzelf zijn woorden herhaalde: 'Hou je benen goed uit elkaar. Pas op dat je voeten niet tussen de spaken komen. Pak me stevig vast om mijn middel.' Zijn blik kon alleen de streep van het fietspad volgen, dat onder hen door stroomde. Hij kon zich niet herinneren dat de fiets, die galoppeerde als een zwart paard, ooit moe werd. Het speet de Jongen dat hij de wind die je in het gezicht slaat toen niet kon voelen. Die wind zou hem helpen die tocht naar de stad ook een plaats te geven in een sprookje. Hij werd beschermd door de rug van zijn vader. Kon de Jongen zijn armen stevig genoeg om hem heen slaan?

Nee, die zaterdag had zijn vader vast zijn baret niet op. Daaraan herkenden ze hem altijd. In juni draag je geen baret. Een lichtblauw overhemd met korte mouwen en een zonnebril. Daaronder verborgen de schalkse blik, die alleen door zijn lippen gedeeltelijk werd verraden. De Jongen kon zich niet herinneren of zijn vader hem die zaterdag had meegenomen naar de kapper. Waarschijnlijk wel. Hij hield er niet van als iemand met zijn vingers aan zijn haar zat en ook niet als iemand een kam over zijn hoofd liet gaan en er een schaar boven liet klikklakken, hij had een hekel aan het gezoem van het machientje dat aan de stoppels op zijn oneffen schedeltje knaagde en hij walgde van de afgeschoren haartjes die onder je kleren kropen en aan je huid bleven plakken, de puntige topjes die plagerig in je huid prikten en hun hartstocht voor de nabijheid van het menselijk lichaam hardnekkig weigerden op te geven. Zodra hij zag dat de hoge stoel in de kapperszaak leeg was, wist de Jongen dat een knipbeurt onvermijdelijk was en dat zelfs het tijdelijke uitstel van het wachten hem zou ontgaan. Het kwam niet bij hem op dat zijn vader hun komst misschien van tevoren had aangekondigd en dat de stoel al de hele morgen voor hem vrijgehouden was. Wat kon hij anders dan de geurige handen van de kapper toe te staan een wit laken om hem heen te slaan, water in zijn haar te sproeien en om zijn oren te gaan scharrelen, die bij iedere aanraking zo rood werden als een kreeft? Het gesprek tussen zijn vader en de kapper ontging hem, hij werd helemaal in beslag genomen door de bewegingen van de schaar en het ongeduldige wachten tot het afgelopen was. 'Niet wiebelen, jochie. Nog even, dan is het klaar.' En zodra de kapper hem vroeg wanneer hij voor het eerst zijn snor zou afscheren en wanneer hij van plan was te trouwen, wist de Jongen dat hij gauw vrij zou zijn.

In dezelfde straat, de hoofdstraat (waarvan hij de naam nog niet wist), een stukje verder dan de kapperszaak, bevond zich de boekwinkel, teruggetrokken in het lommer van de oude zweepbomen. Altijd in de schaduw. Daar zaten Maca en Rožika te babbelen. Het zou heel goed kunnen dat zijn haar die zaterdag was geknipt. Hij was jarig, en bovendien was de zomer begonnen. Het is mogelijk dat hij daarom vond dat hij recht had op twee boeken in plaats van één, zoals iedere gewone zaterdag. Hij wilde graag sprookjes uit de hele wereld verzamelen. De Chinese, Japanse en Indische had hij al. Met de Russische sprookjes betrad hij Europa. En op de planken in de boekwinkel stonden er nog een heleboel. Ongetwijfeld uit de hele wereld.

Ze bleven niet lang in de boekhandel. Vader kocht bij de kiosk een krant en kwam een kennis tegen, een oude, praatgrage man. De zon brandde. De Jongen kneep zijn ogen tot spleetjes en in zijn nek begonnen de kleine naaldjes aan hun klucht. Thuis werd een mokkataart gebakken, die vond hij het lekkerst. Vader praatte met zijn kennis over de aanstaande voetbalwedstrijden. De hitte zweepte de haartjes in zijn nek tot in het dolzinnige op. 'Papa, laten we naar huis gaan.'

Het lied van lachduiven in de hoge kruinen. Met zijn eentonige ritme tikt het de ogenblikken weg en laat ze voorgoed verdwijnen. De geschiedenis van de sereniteit tikt het weg, een geschiedenis die voor mensen alleen toegankelijk is via dit geluid, dat doordringt uit de zwijgzame verborgenheid van het geboomte. Het zingt een melodie van troost die weliswaar van buitenmenselijke oorsprong is, maar tot ons doordringt om ons een waarheid in te fluisteren die wij zijn vergeten, waarvoor ons bewustzijn is gevlucht. Met zijn armen stevig om zijn vaders middel geslagen, op de fiets, dacht de Jongen aan zijn nieuwe boek.

Uit het open keukenraam verspreidden de voorbereidingen van zijn verjaardagsviering zich in geuren door de straat. De Jongen herinnert zich niet meer wat voor koekjes oma voor die gelegenheid had gebakken, maar hij weet wel dat ze heerlijk waren. Koekjes en melk vormden de basis van al zijn maaltijden, onvervangbaar en niet te overtreffen. Hij doopte de koekjes nooit in de melk – de mogelijkheid dat er kruimeltjes of stukjes noot in de dikke, witte vloeistof terechtkwamen moest hoe dan ook worden vermeden. Anders hield de Jongen op met eten. Want kruimels hoorden niet in de melk. Hij walgde ervan. Daarom propte hij de koekjes in zijn mond en overgoot ze met koude melk. Zo wilde hij althans eten, maar de melk was toch altijd opgewarmd. Om te voorkomen dat hij verkouden werd. En op gekookte melk vormde zich een vel, de grootste keukenvijand van de Jongen. Oma wist dat ze dat gelige, gerimpelde melkvlies zo ver mogelijk bij hem vandaan moest houden. En dat deed ze zorgvuldig, met een lepeltje. Toen hij die dag de keuken binnenkwam, wilde de Jongen dat oma hem voorlas. Hij brandde van ongeduld om de schatkamer van de Russische sprookjes te betreden. Oma had geen tijd. Ze was net bezig gesmolten chocolade over de koekjes te gieten. Straks zou ze hem wel kunnen voorlezen. De Jongen bladerde in het boek en bekeek de illustraties: in een werkplaats betast een grote jongen een steen en bewondert de patronen erin (malachiet, zei het sprookje); een jongeman houwt een bokaal uit steen; in een bos met vreemde begroeiing rennen een jongeman en een meisje elkaar tegemoet; een heks met lange armen rijst op uit een meer en dreigt een slapende jongeman te betoveren; in een paleis danst een meisje met zwanen; een jongeman op een paard vliegt naar een toren waarin een prinses gevangenzit; een driekoppige draak valt een meisje aan dat met kettingen aan een boom gebonden is...

'Nu kan ik je voorlezen.' Oma veegde het meel van haar schort.

Niemand las zo mooi als zij. Haar stem klonk zo overtuigend, alsof ze al die sprookjes zelf had verzonnen en ze nu aan haar kleinzoon vertelde om hem verborgen wijsheden te onthullen.

'De Meesteres van de Koperberg vroeg hem:
– Wel, Danilo, zo te zien is het je niet gelukt een bokaal te maken in de vorm van een doornappelbloem?
– Nee, zei hij.
– Treur er maar niet om, probeer iets anders. Ik zal je iedere soort steen geven die je wilt.
– Nee, antwoordde hij. Ik kan niet meer. Ik heb heel erg mijn best gedaan, maar ik ben er niet in geslaagd. Laat me de stenen bloem zien.
– Je zult er spijt van krijgen.
– Laat me die bloem zien, heb meelij!
– Ga er zelf maar naar zoeken.
– Jij waakt erover. Laat me die bloem zien. Zonder die bloem kan ik niet leven.
– Laten we in dat geval naar mijn tuin gaan, Danilo.'

Op zijn verjaardagsfeestje kwamen er vriendjes uit zijn straat en familie. Hij blies kaarsjes uit, snoepte, en ze hebben vast ook voor hem gezongen. Vader stuurde hen de achtertuin in om te spelen. Hij hield het boek de hele dag bij zich. Hij wilde ermee op de foto. 's Avonds las ook moeder hem sprookjes voor. Hij wilde het boek niet op de plank zetten. Hij had er een plaats naast hem in bed voor bestemd.

Die dag schreef zijn moeder in haar dagboek:

Voor zijn verjaardag heeft hij van oma een rode herenfiets gekregen, ingevoerd uit Tsjecho-Slowakije. Hij had tevoren een paar keer gezegd dat hij graag een fiets voor zijn verjaardag wilde, maar nu taalt hij er niet naar om erop te rijden. Van mij heeft hij viltstiften gekregen, van de buurvrouw waterverf, bloemen en gelatinepudding, van de meisjes uit de aangrenzende straat twee borden en een kopje waarop sprookjestaferelen zijn afgebeeld: De kikker en de schone koningsdochter, Hans en Grietje, *Sneeuwwitje en de zeven dwergen. Van zijn oom en tante heeft hij choco-laatjes gekregen in een doos met een illustratie uit* De gelaarsde kat *erop, en van mijn collegaatje twee boeken:* Kleinduimpje *en* Dombo. *Papa is vanochtend naar de boekhandel gegaan, hij heeft krediet opgenomen en de serie boeken van* Walt Disney, De wondere wereld *(4 delen), aange-schaft.*

Op zijn taart had ik met slagroom een jongen getekend. We zijn niet op de foto gegaan, want papa was vergeten een film te kopen.

Hij is nog steeds erg geïnteresseerd in boeken. We hebben de boeken die hij heeft gekregen voorgelezen. Hij kan lang vol aandacht luisteren als ik hem voorlees. Hij houdt van viltstiften en gaat vooruit met tekenen. Hij heeft ook wat met waterverf gekliederd.

Geen woord over *Russische sprookjes*. Geen van de genoemde kinder-prentenboeken had de Jongen langer dan een week kunnen boeien. De gezichten van degenen die ze hadden meegenomen zijn in de herinnering van de Jongen vervaagd. Ze bogen zich over hem heen en giechelden. Ze wachtten ergens op. Tot de Jongen enthousiast werd, tot hij juichte, waarop eigenlijk? Ze waren lopend naar het huis van de Jongen gekomen. De warmte kwam hen halverwege te-gemoet, ze kregen er een droge mond en vochtige oksels van. Ze pakten met twee vingers hun hemd vast en wuifden zich daarmee koelte toe. Het tasje met cadeautjes verplaatsten ze van de ene hand naar de andere. Een troep ganzen versperde hun de weg. De ganze-rik siste – hij ging heldhaftig tot de aanval over. Nieuwe wijken wor-den immers altijd aan de rand van de steden gebouwd, in die verge-ten halfstraatjes die nog geen afscheid hebben genomen van het dorpsrumoer en de geur van stallen. En bijna niemand had een auto. Daarom deden de vrouwen, stappend op hooggehakte sanda-len, hun best om de scheve klinkers van het geïmproviseerde trot-toir niet te missen en hun gewicht niet in een vochtig kluitje aarde te prikken. Zo tripten ze, gehaast om zo snel mogelijk de pas verre-zen stedelijke veiligheid te bereiken, gevolgd door de blikken van de boeren die de tuin voor hun huis besproeiden. De gasten waren dolblij dat ze er waren. Ze vroegen om een glas water, fatsoeneerden hun haar, wierpen een blik op de schaduw van de achtertuin, stopten de Jongen de cadeautjes in de hand, lieten op zijn wangen de vochtige rode stempels van hun lippen achter, en verder kwebbelden ze, kwebbelden ze de hele tijd. Zij waren hier niet voor hem bij elkaar gekomen, al wilden ze hun bezoek zo presenteren (dacht de Jongen later), maar ze hadden zich verzameld voor de wereld der volwassenen, die onophoudelijk vervelende kletspraatjes hield over onbenulligheden, als vervanging voor het echte leven. Maar hun geschenken getuigden van een subtiele band met de kinderlijke waarheid waarvan zij zich niet bewust waren. En die rode fiets, waar de Jongen zeker een jaar niet naar omkeek, wordt het symbool van wat hem door het leven zal dragen. Sinds hij, vier jaar na deze verjaardag, zijn moeder vroeg of hij op de fiets naar school mocht, is de fiets zijn trouwste begeleider en vriend geworden. Hij is van kleur veranderd: van rood werd hij zwart, toen blauw, en weer blauw. Hij is van stad veranderd en van versnellingen. En de Jongen at en dronk van die borden en kopjes waar sprookjestaferelen op stonden afgebeeld tot zijn porties daar te groot voor werden. Sindsdien bewaarde hij ze zorgvuldig in een kast. Hij zou het leuk vinden als nu ook een of ander kind naar Roodkapje of Sneeuwwitje keek. Maar door verhuizingen zijn de borden in scherven veranderd. De Jongen heeft ze niet horen breken.

Ook al noemde het dagboek ze niet, toch verklaarde het de onduidelijkheid over de opdracht in *Russische sprookjes*: vader had vier dure, grote boeken gekocht en de sprookjes daarbij cadeau gekregen. Commerciële handigheid en een kaart voor de wereldreis van de Jongen. Daarom verlangde hij zo naar de zaterdagen. Moeder las hem iedere avond voor. En dat jaar nam de Jongen zijn nieuwe boek ook mee naar zee.

Ieder jaar ging vader met hen naar een of ander stadje aan zee, waar hij ontelbare herinneringen aan had, een stadje waar kennissen woonden, waar hij zich, in de schaduw van de dennen, bij *prošek*** en sardientjes, als het ware thuis kon voelen. Die zomer gingen ze naar Rovinj. De Jongen is er nooit achter gekomen wie vaders vriend in Rovinj was, de man die hen zo hartelijk ontving, die hen bijna iedere avond uitnodigde om vis bij hem te komen eten, die hem op een paard liet rijden. En even weinig wist hij over zijn vader. Pas vijftien jaar na diens dood, bij het inpakken van de tweeënhalf decennium oude inventaris van hun huis, dat hij vrij moest maken van de spullen van de vroegere eigenaren om het naakt en boordevol herinneringen (zoals hij het nooit eerder had gezien) op te leveren aan de nieuwe, pas toen vond de Jongen een map met documenten van zijn vader. Er waren er niet veel over. Een paar foto's en besluiten over overplaatsingen. Terwijl hij foto's bekeek van zijn vader omringd door een stuk of tien langharige meisjes en met zijn lengte uitstekend boven hun in verlangen gewikkelde blikken, of met een bal in zijn hand tegen een doelpaal geleund poserend met zijn voetbalploeg, waarvan de spelers gekleed zijn in lachwekkende gestreepte tenues, terwijl hij die bekeek, begreep de Jongen dat hij over zijn vader eigenlijk niets meer te weten zou kunnen komen. Er waren slechts geschreven skeletten van een leven over, verdroogde documenten van een bestaan. Daaruit kon je alleen de namen van de plaatsen lezen waar hij had gewoond, terwijl het de Jongen interesseerde waar hij om had gelachen, van wie hij had gehouden. Niets vergeefser dan het zoeken naar zulke antwoorden. Daarom las hij:

VERKLARING

Ministerie van Onderwijs van het Koninkrijk Joegoslavië
Afdeling voor Volksscholen
III no. 54791
16.VIII.1938, Belgrado

De heer Vader van de Jongen, onderwijzer aan de nationale volksschool op de havezate Topolski Put bij Ada, district Senta, departement Donau, wordt bij besluit van de minister van Onderwijs III no. 54791/18 van 15.VIII.1938, op grond van de Wet op de Volksscholen en de artikelen 59 en 103 van de Wet op de Ambtenaren, op eigen verzoek als onderwijzer overgeplaatst naar de nationale volksschool in Gornji Breg bij Senta, district

Senta, departement Donau, met de rechten van ambtenaren van loonschaal IX tegen een salaris van 575 dinar, een positietoeslag van 300 dinar en een persoonlijke duurtetoeslag volgens Bepaling no. 792 van 6.x.1937, met dien verstande dat hij ook werkzaam zal zijn op de afdeling met Hongaars als lestaal. Deze verklaring is afgegeven aan dhr. Vader van de Jongen ten gebruike.

In opdracht van
het Hoofd van de Afdeling voor Volksscholen
de chef Personeelszaken,

handtekening onleesbaar

Al die verklaringen had zijn vader bewaard. Die vertelden nu, al was het niet meer dan dat, hoe hij zich had verplaatst. De Jongen kreeg een beeld van de verlatenheid en de vervelende stilte van de havezaten met hun verspreide, afgelegen huisjes, die de taak hadden het dictaat van de jaargetijden te volgen, met een somber café waar de tabaksrook hoestte onder het gewicht van de stank van ongelukkige, met spek en knoflook volgestopte bierdrinkers. Die paar groezelige kindertjes die van de boeren naar school mochten, die beperktheid van hun landarbeiderslot, ze joegen de vader van de Jongen op de vlucht, hij wilde weg, de wereld zien. De Jongen wist niet of de verzoeken op grond waarvan hij overplaatsingen verkreeg een vast onderdeel van het werk van een onderwijzer uitmaakten of dat zijn vader met de veelheid ervan een uitzondering vormde. Nergens bleef hij langer dan twee, drie jaar. Op de verklaringen stonden de namen vermeld van havezaten en dorpen in Vojvodina, van stadjes en gehuchten in Bosnië, en ook de kustplaats Jasenice. Daar werd hij op 17 februari 1936 als onderwijzer aan de nationale volksschool (district Benkovac, departement Primorje) naartoe gestuurd vanuit het Bosnische achterland, uit het dorp Kožuha, waar de strenge bergwinters op hem af kwamen. Waarschijnlijk lag in die overplaatsing naar zee de verre kiem van de zomervakanties van de Jongen. De vriend die zijn vader toen had gevonden, bakte op zijn binnenplaats laxeervissen. De Jongen at ze, zout en heet als ze waren, gretig op. De volgende dag zou hij met de boot over het Limkanaal gaan varen.

De zee die dat fjord heeft uitgeslepen, wenste te veranderen in een rivier. Hij kronkelde, verwierf de kleur van smaragd, beeldhouwde flauwe bochten in de oevers en stroomde naar de monding. De verraste bergen eromheen stemden ermee in zich in het water te weerspiegelen en zich te verbazen over hun eigen schoonheid, als eenzame, groene ridders. De Jongen hield zich stevig vast aan de rand van de boot. Onwerkelijke landschappen als deze zie je alleen maar in sprookjes. Een zeemonster heeft aan het eind van het fjord zijn slot, waar hij een mooie prinses gevangenhoudt. De Jongen vaart naar het slot met de bedoeling de prinses te bevrijden. Velen hebben dat al vóór hem geprobeerd, maar zijn er niet in geslaagd. Het zeemonster heeft hen verslonden. De boot legde aan bij een oever in de buurt van een restaurant. Even verderop, in de richting van de berg, stond een wigwam, versierd met al verschoten kleuren, met vogelverschrikkers van uitgeholde pompoenen op palen eromheen. Daar had de laatste groep ridders verbleven voordat het zeemonster ze doodde, daar hadden ze waarschuwingstekens achtergelaten voor toekomstige voorbijgangers, daar lag hun waanzinnige angst voor het monster, en hun onmacht. Het water glinsterde kalm. Het monster sliep.

Gedurende die zomervakantie kwamen de Jongen zoveel onwaarschijnlijke verhalen ter ore dat hij ze niet wist samen te voegen tot een geheel, tot een epos van fantastische gebeurtenissen. Bedwelmd door verdriet vanwege een onvervulde liefde stortte de ongelukkige Katarina zich van het eiland in de zee, die beloofde haar voor eeuwig te beminnen. Drie zusters hielden van dezelfde man, en hij hield maar van een van de drie. De zusters begonnen elkaar te haten en wensten elkaar dood. Er vloeide bloed – daar komt de naam van het Rode Eiland vandaan, dat de benedictijnen met hun gebeden probeerden te redden van het boze noodlot, en waar de Jongen het liefst ging baden.

Maar er waren nog meer verhalen. Zoals dat over de heilige Euphemia, van wie in de kerk op de heuvel, midden in het stadje, de sarcofaag wordt bewaard. De Jongen zag de heilige Euphemia iedere dag. Boven op de klokkentoren weerstond en trotseerde haar bronzen standbeeld, geleund tegen een groot rad, ieder onheil dat zich over de stad dreigde uit te storten. En in de kerk, zei men, lag het lichaam van Euphemia voor de blik van de toeschouwers uitgestald. Hij probeerde zijn ouders over te halen erheen te gaan. Op een hete middag stemden ze ermee in met de Jongen de heuvel te beklimmen. Van daaruit leek het blauw van de hemel en het water de hele wereld aan hen over te dragen. In de koelte van de kerk was het druk. De mensen waren samengedromd om de heilige Euphemia te zien en tot haar te bidden. Klein als hij was, zag de Jongen niets dan de benen van andere mensen voor de sarcofaag. Toch slaagde hij erin zich door die beweeglijke zuilen heen te werken en de sarcofaag zelf te bereiken. Omzoomd door zijden kussens en bloemen lag daarin een lichaam. Een gezicht met een bleekrode, wasachtige kleur, uitdrukkingsloos, en gevouwen handen, bewegingloos. Ze lag er als een getuige van haar eigen verhaal, als een overblijfsel uit oude tijden, door de eeuwen heen gered en verplaatst door de Levant om zo, losgerukt uit haar tijd, woordeloos te fluisteren over het verleden. Toen ze werd geradbraakt, weigerde het vijftienjarige meisje nog haar geloof te verloochenen. Daarom had keizer Diocletianus, tegenstander van de christenen, bevolen haar in het amfitheater voor de leeuwen te werpen. De leeuwen doodden haar, maar verscheurden haar lichaam niet. De christenen legden het in een sarcofaag en bewaarden die in de geboorteplaats van het meisje, in de buurt van Byzantium. Daarna, in de tijd van keizer Constantijn, brachten ze hem over naar de kerk die ze ter ere van de martelares hadden gebouwd. Toen de Perzen Constantinopel binnenvielen, lieten de christenen hun relikwieën niet zomaar vernietigen. Ze vertrouwden de sarcofaag met de relieken van de heilige Euphemia toe aan het ruime sop en hij dobberde en dobberde tot hij, dankzij het ingrijpen van de Voorzienigheid, strandde op de kust van het Istrische Rovinj. De plaatselijke bewoners ervoeren dat als goddelijke genade en richtten midden in de stad, op de top van een heuvel, een kerk voor de heilige Euphemia op. Daarin bewaren ze de relieken van hun beschermheilige. De Jongen keek naar haar, maar zij zag hem niet. Ze was nog op de muren van haar vesting, waar geen steen meer van over was. De Jongen draaide zich om, maar hij zag zijn ouders niet meer. Niets dan onbekende gezichten die zich over de sarcofaag en over hem heen bogen. En hun benen. Een ondoordringbaar woud van benen. En van het dode lichaam kwam een kille wind van angst. Angst om alleen achter te blijven en aan zijn lot te worden overgelaten. Die had de heilige Euphemia gezonden om de Jongen te wekken en onzeker te maken, om hem wakker te schudden voor het onvoorzienbare van de dingen. De Jongen kroop tussen de benen door. Niemand lette erop, er was zelfs niemand die hem zag. Hij zocht een doorgang naar de deur, maar vond die niet. Het licht dat door de open deur van de kerk binnenstroomde werd door het woud van mensenbenen de pas afgesneden. 'Toe maar, blijf niet staan, vind de deur.' Eindelijk was hij erdoor. Het woud liet hij achter zich. Bij de deur werd hij opgewacht door twee bekende gestalten, die wisten dat hij was verdwaald. Maar hij zag hun gezichten niet. Die werden verborgen doordat ze het zonlicht in de rug hadden. Ze pakten hem bij de hand en namen hem mee de heuvel af.

Iedere avond voor het slapengaan las zijn moeder hem Russische sprookjes voor. Door zijn belangstelling voor hun lot en zijn verwachting dat het goed zou aflopen met hun ellende, kende hij de namen van de dappere helden, de ontvoerde prinsessen en de norse heksen al uit zijn hoofd. En beneden, onder het raam, klonk het geluid van roezemoezende wandelaars op de kade in de door rossige straatlampen verlichte, broeierige nacht, en van de met gesuikerde sentimentaliteit van liefdesverdriet overgoten liederen die over de zongebruinde toeristen werden uitgestort.

Ze las ze ook in de trein op de terugweg naar huis. Gelukzalig van gebade en zongekoesterde tevredenheid (waar hij zich niet van bewust was, waarvan hij de naam niet kende en niet eens wist dat ze bestond) werd hij door zijn vader en moeder ingestopt met een dekentje, ze pasten op dat zijn hoofd niet van het kussentje gleed, ze hadden ergens zakdoeken bij de hand en sluimerden licht. Ze hadden alles bij zich: de koffers en de zwemband, vaders fototoestel, een koffertje met eten, het luchtbed en een paar schelpen, en de Jongen kon rustig slapen. Maar toch, wanneer de trein stopte en lang stilstond bij de woordeloze onbestemdheid van de flakkerende blauwe lamp in de coupé, of wanneer hij zich plotseling met een schok in beweging zette om haastig zijn stormloop door de nacht te hervatten, werd de Jongen wakker. Hij legde zijn wang tegen het raam en staarde, geraakt door de nachtelijke frisheid, in de duisternis. Hij onderscheidde in het donker een paar kleine lichtpuntjes, als sterren die op de aarde waren neergedaald, onregelmatig verspreid, nu eens heel dicht op elkaar, dan weer ver uiteen, en hij had de indruk dat ze op het vensterglas zaten geplakt. Sommige flikkerden en vervaagden langzaam, andere vlamden onverwachts op en verdwenen meteen. De vonken van de zomernacht verschenen, kwamen naderbij en verwijderden zich, met een schommelende onbestendigheid die hem in verwarring bracht.

'Mama, wat zijn dat voor sterren?' Het hield hem bezig.

'Die lichtjes komen van verre huizen. In elk huis zit iemand te wachten op een terugkerende reiziger. Zie je dat daar? Dat is onze oma die op ons wacht.'

Dan hechtte de Jongen zijn blik aan één enkel glanzend puntje, met de boodschap aan oma dat ze zich geen zorgen hoefde te maken, want dat ze algauw zouden aankomen, dat hij als geschenk een flesje zeewater, een schelp en een pijnappel voor haar had meegebracht. En zo sliep hij opnieuw in.

Hij wreef zijn ogen uit bij het ochtendgloren, toen het donker zich al verzamelde tot slierten mist die, verblekend van schrik voor het oerlicht van de ongeboren dag, zich over de wilgenbosjes en de velden leggen om de beschaamde naaktheid van de gevluchte nacht te verhullen. Alsof die mist wil herinneren aan de tijd toen er nog geen mensen bestonden en toen de hele wereld zich alleen aan zijn macht – de macht van het duister – onderwierp. Pas wanneer de eerste zonnestraal de mist doorboort, pas dan gaat die op de vlucht, knorrig en mopperend. Toen de zon de Jongen verblindde en hem belette het landschap te bekijken, voelde hij dat ze dicht bij huis waren. Op het station, overal, was dauw neergedaald. Als de tranen van een fee die zich alleen 's nachts haar ellende herinnert. En altijd die verbazing om de nieuwe dag. Omhelzingen. Thuiskomst.

Wat vond de Jongen alles er opeens vreemd uitzien! Alsof de huizen en de straten anders gerangschikt waren, alsof ze langer en breder waren geworden en wedijverden om, gegroeid als ze waren, zich zo snel mogelijk in de blik van de Jongen te dringen en hem te beroven van de herinnering aan het blauw van de open zee en de verre schepen die in de nevel van de horizon verdwenen. En de Jongen was in de war. Hij had het idee dat hij zichzelf even kwijt was. Zijn speelgoed en boeken gaven geen tekenen van herkenning, alsof ze zich hem niet herinnerden, alsof ze aan iemand anders toebehoorden. Zelfs zijn oma vond hij anders dan anders (had ze misschien op een ander kind gewacht?), maar zodra de geur van haar omhelzing hem troostte, was hij gerustgesteld. Hij liet haar het flesje met zeewater zien en vroeg haar er een slok van te nemen. Want oma had nooit de zee gezien. Hij lachte om de rare gezichten die ze trok, verrast door die grote hoeveelheid zout, en hij gaf oma de reusachtige pijnappel die hij had gevonden in een pijnboombosje, waar de afgevallen kegels leken op opgegraven vondsten van een oeroude, vergeten beschaving. Net als de Jongen vond oma ook dat ze het zeewater en de kegel op de een of andere manier moest bewaren. Daarom zetten ze ze op een paar bakstenen bij de schuur in de achtertuin. Klimrozen vlochten een net boven de bakstenen, die er op dat verborgen plekje uitzagen als overblijfselen van een betoverd kasteel. Op dat comfortabele plaatsje bleven de groeten van de zee een hele tijd staan, totdat er zich in het flesje een rossig, stervormig schepsel vormde en de porseleinen schoonheid van de kegel, waarin zich onder de schubben spinnen en duizendpoten verborgen, door de regens werd verminkt. En het pad dat gedurende de afwezigheid van de Jongen in de achtertuin was ontstaan, voerde hem naar nieuwe rijken, gevormd door doorgeschoten takken, uitgebloeide paardenbloemen en de langgerekte ranken van een wijnstok. Juist daar, in zijn achtertuin, werd de Jongen opgewacht door de helden uit alle sprookjes, zowel de al opgeschreven sprookjes, die hij in zijn boeken las, als de nog niet opgeschrevene, die de Jongen op een dag in de verre toekomst zelf in letters zou omzetten. Die helden zouden hem voortdurend ontglippen, ze zouden vluchten en zich verbergen zonder hem toe te laten tot hun ziel, omdat ze altijd raadselachtig en onontdekt wensten te blijven.

Die rijken werden afgegrensd door drie rijen bomen. Daar zijn ze, ze staan ook hier voor ons opgesteld, precies zoals ze de Jongen diep de achtertuin in voerden, naar het struweel van frambozenstruiken en hazelnootbosjes. Eerst een appelboom (jong en altijd in de war), dan een abrikoos (met een gebarsten schors, vol rimpels, gekromd, de wachter voor de schuurdeur), een jeugdige morel (die er nooit in slaagde op te groeien, zodat hij altijd een morellenboompje bleef), een perenboom (smal, recht en hoog, met harde vruchten waar je je tanden op brak) en dan een sappige morel (de uitkijkpost van de Jongen midden tussen de frambozenstruiken). Op de tweede rij een appelboom (die zijn vruchten liet vallen als zaden), een pruim (waarvan de takken doorbogen onder de zware donkerblauwe kogels), een kers (trots en ongenaakbaar), een perelaar (laag, met zijn vruchten voor iedereen heerlijk voor het grijpen), dan, als het ware betoverd, een morel en een kers, die de Jongen altijd vol schrammen bereikte, want frambozen staan je niet toe erdoorheen te lopen. En ten slotte de derde rij, die ook de uiterste grens van de achtertuin vormde en waarvan de Jongen de bomen nooit helemaal als van hemzelf beschouwde: een abrikoos, een pruim, nog een abrikoos en in de achterhoede een prachtige walnotenboom, het laatste bastion en de verst verwijderde wachttoren. En daartussen een wirwar van bessen, aardbeien, wijnranken, en doornappel, mierikswortel, knoopkruid, madelief, viooltje, ganzenvoet, blaassilene, o, als alle helden uit de sprookjes van de Jongen werden opgesomd, zou je een heel botanicaleerboek nodig hebben. Want juist in dat kant van groene schaduwen lag, voor niemand zichtbaar en voor niemand toegankelijk, het theater van de Jongen, het theater waar de Jongen zijn verhalen smeedde.

Een trechtervormige witte jurk van doornappelbloem kleedde de diepbedroefde koningsdochter in het gewaad van haar weemoedige kuisheid, die moest worden overgegeven aan de beruchte oude heerser van het naburige koninkrijk, een knoestige vork van een abrikozenboom. De vader van de prinses, een lang blad van de walnotenboom, wiens land zich uitstrekte over de golvende grasrijke, door molshopen omgeploegde weide tussen de zoete peer en de grensabrikoos, helemaal tot het oerwoud van de frambozenstruiken, wist niet op welke manier hij zijn moeilijk te verdedigen bezit zeker kon stellen. De beruchte koning die om de hand van de prinses had gevraagd, had het betonnen gebied voor de schuur in bezit en beschikte ook over krachtige bewapening: bommen van kiezels, van scherpe stukjes baksteen en bommen in de vorm van vliegende messen. De trieste vader had geen keus: of hij moest zijn koninkrijk en zijn dochter uitleveren aan de beruchte koning, of hij zou in de oorlog alles verliezen. Want hij bezat geen andere wapens dan kanonskogels van klompjes gele aarde, die een uiterst primitieve en onvoldoende verdediging vormden. De prinses, die wegkwijnde in de toren op een tak van de kersenboom, vergoot tranen om het ongeluk waarin zij (ach, zo jong en onschuldig) haar vader en haar land ongewild had gestort. Zij droomde van een dappere held, een jonge koningszoon uit een ver rijk, die was gedeserteerd en als haiduk leefde in het ongebaande, gevaarlijke oerwoud van de frambozenstruiken. Ze droomde van hem en wachtte tot hij haar kwam bevrijden. Ze had hem, een jonge loot van een morel, nooit gezien, ze had alleen de legenden gehoord die over hem de ronde deden. Ze verlangde naar een gelegenheid om met haar vader over hem te praten en hem voor te stellen om de dappere koningszoon met zijn haiduks op te roepen tot de strijd tegen de beruchte oude koning. Maar ze wist dat haar vader daar niet mee zou instemmen. De koningszoon was een deserteur, arm en berooid, hij at in het bos rauw vlees van wilde dieren, hij had geen huis en geen landerijen. De prinses huilde, ze voorvoelde haar nabije einde. De beruchte koning had een ultimatum gesteld. Zijn gezanten gedroegen zich lomp, alsof ze de oorlog al hadden gewonnen. En de oorlog was al haast begonnen, het leger rukte al op naar de grens.

Hoewel de zon brandde, begon er een zware, vochtige warmte neer te dalen, traag en onverwrikbaar als een onzichtbaar gewicht. De Jongen stapelde bij de schuur stenen en bakstenen op, de wapens van de beruchte koning. Het speet hem dat de prinses onder de drukkende hitte begon te verwelken en dat ze ieder moment helemaal kon bezwijken, nog voordat de oorlog begon. En een andere doornappelbloem was er niet in de achtertuin. Er waren alleen maar vruchten over, die leken op de knuppels van de gedeserteerde koningszoon.

'Filip, eten!' Oma riep de Jongen naar huis.

'Nog even wachten.' De Jongen hoopte dat hij door het einde van de eerste akte uit te stellen een manier kon bedenken om het onverwachts snelle, tragische einde van de ongelukkige prinses af te wenden, maar hij had honger. En hij had ook slaap. Oma had koekjes met abrikozen gebakken waar hij geen weerstand aan kon bieden. Misschien kon hij de prinses vermommen in een paardenbloemblad en haar zo stiekem uit het koninkrijk wegsmokkelen voordat de oorlog begon.

De neergelaten rolluiken in het huis onder de schaduw van de linden brachten de middagrust van de dommelende dag de kamers binnen. De hitte liet zich niet door het donker verdrijven, maar zoog de lucht op zoals een bloedzuiger bloed en hing soezerig boven de mensen als een reusachtig stuk spinrag. Onverdraaglijke klamheid. In de veilige schaduw van een dichte, hoge kruin een lachduif. Haar tikkende lied viel op de slaperige mensen als het dons van een aan flarden gescheurd slaapliedje, waarvan maar één hardnekkig segment hoorbaar is. Oma had de afwas gedaan en zat op een stoel voor het huis, tussen de bedrieglijke schaduwen van de pergola. De Jongen ging naar haar toe met het boek onder zijn arm. Hij wilde het vervolg van het sprookje horen, maar oma was ingedommeld. De verstarring van de klamheid hypnotiseerde de wezens en dwong hen te buigen voor haar opperbevelhebber: de slaap. De Jongen wist dat de ongelukkige prinses helemaal zou verwelken in haar in de kersenboom gebouwde paleis. Maar hij leek wel bevangen door de warmte. Hij had geen zin om bij die hitte een oorlog te beginnen. Hij zou wachten tot de zon de aftocht blies. Dan had hij nog tijd om de eerste tactische manoeuvres uit te voeren. Hij boog zich onder de kraan om zich te wassen. Een paar mussen zaten in de rij op het water te wachten. Het geplens van water schrikte oma op. Ze leek het onprettig te vinden dat ze in slaap was gevallen. Alsof ze in gebreke was gebleven, alsof ze geen recht had op rust. De Jongen wachtte tot oma de rest van het dutje uit haar ogen had verwijderd en gaf haar toen het boek.

'Op dat moment begon er iets te ruisen, zoals bij een aardverschuiving. Danilo keek op, en de muren waren verdwenen. Er groeiden enorme hoge bomen, maar die waren anders dan in het bos, ze waren van steen. Sommige waren van marmer, andere van slangensteen. Er zaten takken aan de bomen, en aan die takken bladeren. Ze trilden in de wind en ruisten alsof iemand kiezels stortte. En het gras op de bodem was ook van steen. Blauw, rood, in verschillende kleuren. De zon was niet te zien, maar het licht was er zoals voor het invallen van de schemering. Tussen de bomen kronkelden gouden slangen, alsof ze dansten. Ze straalden licht uit.'

Bij de poort verscheen de buurvrouw. Ook zij had even middagrust. Ze wilde een afspraak met oma maken om jam te gaan koken. Misschien konden ze zaterdag aan de slag. Voor die tijd moesten de abrikozen worden geplukt. Ja, alleen in een gewaad van paardenbloemblad kon de prinses in het geheim het slagveld van de aanstaande oorlog ontvluchten.

Want van de witte doornappeljurk van de prinses was alleen een platte krul van verdroogde bloemblaadjes over. Als hij een paardenbloemblad ondersteboven keerde, met het smalle eind naar boven, en dat halverwege de zijkanten inscheurde tot de middennerf en dan omhoog langs die nerf zelf (maar zo dat de groene pluimen niet afbraken), zou hij een nieuw gewaad voor de prinses krijgen. Haar haar in twee vlechten en een eenvoudige jurk, geschikt voor de reis. Niemand zou zeggen dat zich daar een prinses in verschool. De bedienden van haar vader hadden een ezel (gemaakt van een uitgedroogde aardappelknol) beladen, vader gaf zijn dochter de zegen en volgde met zijn blik haar gestalte die, vergezeld van voedsters, bedienden en wachters, verdween langs de enige veilige weg, die leidde naar het ondoordringbare bos van de frambozenstruiken.

Onderwijl stond de beruchte koning op het punt om aan te vallen. Over de klompjes leem, de enige verdediging van de vader van de prinses, kroop een veenmol. Snel en achterbaks. Hij trok zich terug onder een struik. De prinses was al voorbij de rand van de frambozenstruiken toen de eerste bominslagen weerklonken. Zij draaide zich niet om – ze liep verder de onzekerheid in. Kiezels en scherpe stukken baksteen brachten de goede koning al bij de eerste stormloop ernstige verliezen toe. Zijn verblijf tussen het hazelaarkreupelhout werd getroffen en een paar van zijn hovelingen en wachters raakten gewond. Vanaf zijn wankele voetstuk zag hij messen door de lucht vliegen die zich in zijn onderdanen en de voorbijgangers in de straten boorden. Alsof elk mes hem direct in het hart trof. Omdat hij voelde dat zijn dochter al ver genoeg van het slagveld was, besloot de goede koning te capituleren. Hij hechtte nu geen belang meer aan zijn leven. Het verdroogde kleed van zijn dochter diende als witte vlag. Al heel snel maakte de beruchte koning zich meester van het paleis. Hij kon niet geloven dat zijn voornaamste buit hem was ontgaan. Brullend liep hij door de vertrekken en hij eiste dat het hele koninkrijk werd uitgekamd. De vader van de prinses gooide hij in de gevangenis en hij wachtte ongeduldig op berichten over het succes van de speurtocht. Hij was geschokt toen hij te weten kwam dat de prinses werkelijk nergens te vinden was. Intussen reisde de schone koningsdochter allang door het labyrint van de frambozenstruiken. Zonder om te kijken trok zij met haar kleine gevolg door het ondoordringbare oerwoud. Ze wisten niet waar hun bestemming lag, maar ze hoopten: vroeg of laat zouden ze op de gevluchte koningszoon en zijn mannen moeten stuiten. Tussen de frambozenstruiken was het nog benauwder dan in de achtertuin. De Jongen prikte zich steeds aan de doorns van de frambozentwijgen, hier en daar plukte hij een rijpe vrucht (dat deden de prinses en haar gevolg ook om hun honger te stillen). In de helderheid van de dag begonnen langzaam deeltjes duister door te dringen. Ze bedekten de voorwerpen en wisten zachtjes de grenzen ertussen uit. In de kleuren begonnen ze grijsheid te gieten en roerden die erdoor, zodat ze donkerder werden. Er sprong een ruiter (van een hazelaar-takje) voor de prinses. 'Werda,' vroeg hij hun met een diepe, gebar-sten stem. Uit haar boezem haalde de prinses een brief van haar va-der, bestemd voor de gevluchte koningszoon. De ruiter zei hun te wachten en snelde weg, het donker in. Niet lang daarna kwam de gevluchte koningszoon om de ongewone gasten met zich mee te voeren. Hij had aan één blik al genoeg om verliefd te worden op de prinses. En terwijl de bladeren en takken al in de zwarte brij van de duisternis verdwenen, beloofde de koningszoon de prinses dat hij haar vader zou bevrijden en met haar zou trouwen. Op straat was rumoer te horen van kinderen die verstoppertje waren gaan spelen. De Jongen dacht erover zich bij hen aan te sluiten. De warme zwar-te nacht stootte zich in de gewelven van het stadje. De maan ver-toonde zich niet, hij dwaalde ergens buiten het zicht, tussen de ver-dwaasde sterren. Vanavond moest het sprookje over de stenen bloem verder gelezen worden. De Jongen rende de straat op. Hij ging zich verstoppen in een lindebosje.

* *
*

Vanmorgen heb ik hem meegenomen naar de bioscoop. Hij heeft de film In het land van de dwergen *gezien. 's Morgens vroeg was hij erg opgewon-den, hij bleef erop aandringen dat we gingen, ook al regende het. In de bi-oscoop was hij ongeduldig, hij vroeg steeds wanneer we in de zaal zouden gaan zitten, wanneer de film zou beginnen... Hij vroeg me ook aldoor of het al tien uur was, en daarna ging hij naar de kassa om het te vragen, omdat hij mij niet geloofde. De kaartjesverkoper merkte ook hoe opgeto-gen hij was, hij gaf hem een folder van de film en vroeg hem of hij al naar school ging. En hij antwoordde: 'Ik zit niet op school, ook niet op het kin-derdagverblijf en ook niet op de kleuterschool. Van de herfst ga ik naar de kleuterschool, en daarna naar school en dan ga ik trouwen.'*

De straat waarin de herfst de kindertijd van de Jongen inluidde (de herfst, die altijd zal beginnen met nieuwe schooljaren) en die naar de kleuterschool voerde, torste in alle weemoed de voorbijgeraasde glorie van de vervallen gebouwen. De kromme, knoestige, door kurk vervormde takken van de zweepbomen klonken zich aaneen onder de groezelige ramen en de vermolmde koekoeken van de huizen, waar pleisterkalk geruisloos van afviel als mascara van het gezicht van een opgetutte oude tang, gemummificeerd overblijfsel van een ingedut verleden. In die opgeverfde gevels lag het streven van het provinciestadje om zich tot een van de parels van het keizerrijk te verheffen. Eeuwenlang hadden ze zich getooid met reliëfs, muurschilderingen en de charme van hun tuinen, en toen werden al die verwachtingen plotseling en onomkeerbaar de bodem ingeslagen, zodat, net als bij zo'n deftige oude tang, alle pogingen om het universum van de Schoonheid te veroveren in de kiem werden gesmoord en ze door hun onttakeling alleen nog vrees inboezemden. De Jongen voelde de angst van de straat die hem iedere dag naar de kleuterschool voerde wel aan, maar kon die niet verklaren. Hij was bang voor de met de schaduwen van de muren bepoederde gezichten die zich, alsof ze walgden van het licht, altijd terugtrokken in de beschimmelde sluier van hun vertrekken, waarin ze vergingen, samen met hun van roest doortrokken kantwerk en de door mijten verslonden bedden. Wanneer hij door die straat liep, wist de Jongen dat hij vanachter gescheurde grijze gordijnen door de overblijfselen van de geschonden quasiadel met uitpuilende ogen werd gadegeslagen, die, als laatste vertegenwoordigers van een uitgestorven soort, door hun anachronistische leven kropen. Daarom haastte de Jongen zich om zo snel mogelijk de kleuterschool te bereiken en deed hij zijn best om geen enkele keer opzij te kijken.

En de Jongen kon niet goed tegen de drukte van de kinderen, zoals ze bezig waren de navelstreng van hun gezinshechting door te snijden. De juf, een te vroeg dik geworden schoonheid, zat in het bijzijn van de kinderen jeugdfoto's van zichzelf te bekijken en zich op te maken. Op haar wang tekende ze altijd een moedervlek. Ze verlangde van de Jongen dat hij haar wist te herkennen op de groepsportretten van haar eindexamen. Ze verveelde zich en schreeuwde tegen de kinderen. Haar onbevredigde lichaam vond nergens een uitlaatklep. Voor het middaguur, wanneer de kinderen iets te eten kregen, werd de Jongen vaak misselijk. Dan kwam samen met de versleten plastic dienbladen en de stukken brood, besmeerd met een dun laagje ingedroogde kippenpastei of abrikozenjam, de verwrongen lucht uit de keuken, waar goedkope schoonmaakmiddelen werden gemorst, de ruimte binnen. De Jongen werd ziek. Hij voelde zich overspoeld door vloedgolven van koorts, aangedragen door het gegil van de kinderen die ruziemaakten om een autootje. Zijn prinses kwijnde nog steeds weg in de frambozentuin. De bladeren van de frambozen waren afgevallen, de prinses zou daar moeten overwinteren. Zijn darmen kwamen in opstand. Op de binnenplaats van het kleuterschoolgebouw, dat door verse lagen okerkleurige pleisterkalk het sentimentele verlangen naar het verleden was kwijtgeraakt, zaten kleine meisjes in het matte licht van de koperen herfstzon op schommels. Ze zongen een onbestemd liedje dat ze onder het spel verzonnen. Met geweld dwong de Jongen zichzelf ertoe naar het closet op de binnenplaats te gaan. De zoetige stank van het closetgat in het achterste gedeelte van de binnenplaats riep braakneigingen op. Toch was het alleen maar kinderpoep. Hij dacht dat hij zou flauwvallen. De groene verf van de afgebladderde planken van het closet leek zelf ook te stinken. De golven deden een storm opsteken in zijn maag. Hij ging voor de juf staan:

'Ik ben ziek. Mag ik alstublieft naar huis?'

Boos omdat het uittrekken van haar neushaartjes pijn deed, keurde de juf hem over haar gebarsten spiegeltje heen nauwelijks een blik waardig. Hij had al in zijn broek gepoept voordat hij op straat was. En terwijl de poep tegen zijn achterste wreef, wist de Jongen zeker dat hij gemerkt was met een onzichtbaar teken waardoor alle voorbijgangers van zijn schande op de hoogte waren. Daarom groette hij iedereen die hij passeerde om de aandacht van zijn zitvlak af te leiden. Hij groette zelfs het meisje uit zijn straat, dat je overdag zelden tegenkwam, omdat ze 's nachts bij het hotel werkte. Het uitgeputte hoertje zond hem een minachtende blik toe die de Jongen niet kon verklaren. Zijn zitvlak jeukte. Bang voor onverwachte reacties riep hij al bij de poort tegen zijn oma dat hij ziek was. Zijn wijd open, vragende ogen smeekten haar hem te geloven. Oma ontlastte hem van zijn ellende en deed hem in bad. Bij de dokter, een vrouw die de vader van de Jongen hun gezamenlijke gymnasiumdagen in herinnering bracht, wachtte de Jongen ongeduldig op de uitslag van de thermometer, al starend naar de wrat op haar kin waar drie korte, grijze haren uitstaken. Hij was opgelucht toen hij de ernstige gezichtsuitdrukking van de dokter zag; haar grimas verplaatste de wrat naar boven, zodat die drie haren als bij een zeeegel overeind gingen staan. Ze schreef de naam van een medicijn op een recept en zond zijn vader daarbij een glimlach toe met de geconserveerde zoetheid van jeugdige hartstochten waarvan de houdbaarheidsdatum reeds lang verstreken was. De Jongen mocht twee hele weken thuisblijven.

De juffrouw heeft gedreigd dat ze hem van de kleuterschool zal sturen. Hij verlangde dat papa hem kwam halen. Hij heeft het zich allemaal erg aangetrokken: hij was heel ernstig, hij zweeg en onderbrak steeds zijn spel om op te merken dat hij morgen niet naar de kleuterschool ging, en hij vroeg ook het adres van de juf om het aan de buurman, de politierechter, te geven. Papa heeft hem de volgende dag toch naar de kleuterschool gebracht. Aan het begin van de straat waar de kleuterschool staat, hield hij stil, zei dat hij niet verder kon en dat hij, als de juf hem had uitgeschreven, alleen de stad in zou gaan. Toen hij op school zag dat hij niet was uitgeschreven, zong hij de hele dag van blijdschap, hij was buitengewoon vrolijk en thuis speelde hij schooltje: er moest iemand worden uitgeschreven, maar uiteindelijk gebeurde dat toch niet.

De bruine kleuren die de achtertuin in hun greep hielden wentelden zich in de vochtige rotting van koude regens en veranderden in een donkergrijs dat aan de aarde kleefde alsof die het zelf had uitgebraakt. Alle gevluchte koningszonen, oorlogvoerende koningen en bedroefde prinsessen waren van het toneel verdwenen. Bleek en vergankelijk hadden ze zich teruggetrokken in schuilhoeken, in molshopen, hadden ze zich onder afdakjes verstopt. Ze wachtten tot het slechte weer voorbij was. Achter het vensterglas dat zich zo hartstochtelijk openstelde voor het vochtige beeld van de achtertuin, keek de Jongen naar een merel die aan een verschrompelde, niet geplukte druif pikte. Hij besloot zijn spelletjes van buiten over te brengen naar de kamer. De illustraties uit het boek met Russische sprookjes leken daarvoor gemaakt. Hij bekeek ze aandachtig en kruiste aan welke hij nodig had, welke moeder voor hem moest natekenen. Af en toe, als de personen op die illustraties in zittende of knielende houding waren afgebeeld, moest moeder ze op twee benen overeind zetten, zodat ze over de kleden van de kamer konden lopen, onder kussens konden kruipen of van de bovenkant van een stoel in de zee van het parket konden springen. Maar nu in de korte herfstdagen vroeg het licht aanging en het huis, door de schriften van haar leerlingen die moeder meebracht en weer mee terugnam, onweerstaanbaar geurde naar een vaag, maar ernstig idee van school, wilde de Jongen het liefst zelf ook een school maken. Hij wilde het geheim ervan ontdekken, maar wist niet hoe. Hij had geen onderwijzers en geen scholieren, alleen de schriften van mama's leerlingen, die het geurspoor droegen van krappe keukens waar was werd uitgekookt en bloem werd gebruind, evenals de geur van ongezond rode vlakgummetjes die in kunstmatig rozenaroma waren gedoopt. Hij bekeek zijn speeltjes; geen daarvan kon de basis vormen voor de bonte homogeniteit van een klas. Behalve in de sprookjes bladerde hij van alle boeken het liefst in de vogelatlas. Daar, in de schilderachtige tekeningen van de wespendief, de wielewaal, de kuifmees en de appelvink, dacht hij de onderwijzers van zijn toekomstige vogelschool te kunnen vinden.

Van moeder kreeg hij een boek met Afghaanse sprookjes. Op de bleekgroene band een tekening van een jongeman die, gezeten in een boomkruin, op een *sjargia** speelt om een jonge schoonheid met amandelogen te verrassen aan een beek, in de lente. Oma las ze hem voor in de herfstmiddagen, wanneer de warme evenwichtigheid van haar stem verzonk in het vroege verdwijnen van de dag, in het plaatselijk doven van het licht. De klank verzonk, maar bleef tegelijkertijd zweven boven het opdringende grijs, als een leidsel om te voorkomen dat een mens in het donker verdwaalt. En dat vacuüm van niet-gescheiden werelden in de nachtmerrie van licht en donker, vervuld van de zachtheid van oma's stem terwijl zij hem de Afghaanse sprookjes voorlas, bleef de Jongen voor altijd ingegrift als symbool van sereniteit, als teken van opperste bovenmenselijke bestendigheid.

En wanneer ze uitrustte van het nakijkwerk voor haar leerlingen, tekende moeder de helden uit de Russische verhalen na. De Jongen knipte ze uit en kleurde ze. Eén opgetrokken wenkbrauw of scheve mond was voor de Jongen genoeg om zijn papieren acteur voor altijd de rol van negatieve held toe te bedelen, net zoals een ootmoedige blik en verdriet in de ogen onvermijdelijk leidden tot rollen van onderdrukten, door onrecht gekwetsten, van hen die moesten overwinnen, hen om wie sprookjes eigenlijk werden geschreven. Paleizen in de vorm van fauteuils, uitkijktorens op deurkrukken, schuilplaatsen onder bedden en tuinen in de vorm van kleden onder de tafel, tussen de bomen. De Jongen wist dat helden van papier zich niet konden vermommen en van gedaante veranderen, hij wist dat ze niet 'echt' konden omkomen, maar dat hij altijd op hen kon rekenen, als een regisseur met een vast toneelgezelschap in een theater. Daarom beschouwde hij zijn herfst-winterseizoen ook als theater. Dat had niet de teugelloosheid van de ontmoetingen met de wrede en onverbiddelijke 'werkelijkheid' in de achtertuin, die het, net als in de film, dode helden niet vergunde aan het eind op te staan en te buigen, maar de kijkers zonder beloning voor hun beklemming achterliet. Een werkelijkheid waarin weinig plaats was voor troost, waarin werkelijk werd bemind en gesneuveld, voor de volle honderd procent, waar na een strijd ruïnes en verminkte lichamen achterbleven, en waar liefde werd beloond met gaven uit de hemel zelf. Juist die huivering van het echte bracht de Jongen in vervoering. Hij vond dan ook dat zijn huistheater wel een tikje echte levendigheid kon gebruiken, en bracht die daarom achter de coulissen tot stand. Daarvoor richtte hij zich op de verhoudingen tussen de acteurs onderling. Hun ruzies, onverdraagzaamheden, liefdesaffaires, vleierijen, mooipraterij, intriges en het treurige lot van mensen die ertoe veroordeeld zijn hun hele leven andermans verhalen te dragen, zoals een kleerhanger jassen. De repetities voor een voorstelling vond de Jongen het opwindendst. Hij liet de acteurs ruziën over de rollen, elkaar het leven zuur maken vanwege een niet geleerde tekst of een slechte dag, en dan zette hij ze onder de schijnwerpers van de kamerlamp, waar ze als onder invloed van een toverstokje veranderden in bedroefde maagden, niet voor rede vatbare vaders en dappere ridders.

Iedere ochtend ging hij naar de kleuterschool in het gezelschap van twee meisjes. Een van hen kwam hem ophalen en het andere haalden zij samen op. Het eerste meisje woonde in de laatste straat van het stadje. Achter die straat, die de naam droeg van een volksheld uit de partizanenoorlog, lag een uitgestrekt stuk omgewoelde aarde bij een vermoorde rivier, en daarachter het bos. Voordat hij was vermoord, kronkelde de rivier de Mostonga zigzag langs de rand van het stadje, als een hazelworm wanneer je op zijn kop trapt. Het regelen van de waterlopen in de vlakte was belangrijker dan het leven van een rivier. Aan het wurmpje dat ervan was overgebleven en dat zich stinkend en vuil als een luizige hond voortsleepte, was een smalle geul met steile oevers toebedeeld. Daarop groeiden klissen, en de vettige stank van het ongezond blauwe, traag bewegende moeraswater doordrong de lucht, als gedragen door zwermen vliegen. Tussen de laatste straat en dit stompje rivier, in een vochtige kom waarboven zich de oude schoorsteen van een reeds lang verlaten steenfabriek verhief, lag in rotte bontheid een uitgestrekte vuilnisbelt. Tussen de zakken, het schroot, de half uit elkaar gevallen dozen en de wrakstukken van het algemene rottingsproces zouden zich ook dode paarden en gesmoorde pasgeboren baby's bevinden. Daarover spraken de zigeuners die, als op een alleen voor hen toegankelijke honingraat, aan de rand van de belt leefden. In hutten, gemaakt van vochtig karton, autocarrosserieën en wormstekige kasten, sliepen de zigeuners, de bewakers van het stedelijke vagevuur. Zij waadden de hele dag als het ware door een enorme tuin vol onvermoede zaken, op zoek naar oud ijzer, plastic dozen en vervormde prullen. Zij waren gewend aan de stank. Maar de bewoners van de laatste straat niet. Het was alsof hun in vrolijke kleuren gepleisterde huizen de hele tijd hun neus dichtknepen. Hun blik was gericht naar de stad, naar het roodachtige gebladerte van de Kaukasische pruim, dat onder de ramen stond te pronken. Het vriendinnetje van de Jongen ging iedere ochtend om kwart over zeven weg en kwam, langzaam lopend, precies om halfacht voor het huis van de Jongen aan.

De Jongen sloot zich bij haar aan en ze gingen het andere meisje ophalen, dat maar twee straten verderop in de richting van de stad woonde. En daar, achter dichte esdoornkruinen, verhieven zich villa's, adellijke huizen uit de tijd van de Monarchie. In een daarvan woonde het vriendinnetje van de Jongen. Oude zilversparren plaats - ten dat huis in nog diepere schaduw. Vanaf de veranda kon je de straat niet zien. Grootmoeder, de eigenares van het huis, een deftige dame uit vervlogen tijden, bepaalde en hield oog op het gedrag in haar huis. De kinderen mochten of in een deel van de tuin, of in de dienstbodekamer spelen, en nergens anders. Als de kinderen braaf genoeg waren, boog de gekromde verschijning van die lange oude vrouw zich soms over hen heen en rinkelde met de belletjes van haar kettingen en armbanden. Ter hoogte van haar in een glimlach ingesneden gele tanden en de duinen van gerimpelde huid in haar hals, bood haar benige, met gezwollen aderen doorploegde hand een belegen snoepje aan, helemaal verkleefd in zijn eigen, reeds lang uitgelopen sap. En dan overspoelde de kinderen een golf van geuren van de ranzige pommades waarmee de dame haar ouderdomsvlekken inwreef. Even onhoorbaar als ze was gekomen verdween ze in een van de kamers, van waaruit daarna een gedempte Chopin hoorbaar was. Zijn muziek klonk zo ontstemd en droef dat ze mummies leek op te roepen. En ook buiten, in de achtertuin, niets dan sporen van verdwijning. Overal vielen er, als bleekbruine sneeuw, naaldjes van de sparren. Een enkele verbleekte roos slaagde er met moeite in op te klimmen en te bloeien. Ook die leek op sterven na dood, alsof de bloemblaadjes hetzelfde ogenblik nog konden afvallen. De enige weerschijn van groen, zij het stoffig en vergrijsd, kwam van de buxusstruiken, die als een soort verouderde wegwijzer overal in de achtertuin groeiden. De grijze donkerte van hun kleur verspreidde, in die dichte schaduw, zijn geur – de zware lucht van gebrekkige ventilatie. De benauwdheid die je afstoot als je een begraafplaats nadert. Ook de vogels meden die plek. Het meisje wachtte altijd bij de poort op haar begeleiders. Achter het gordijn verborgen: de torso van de oude dame. Een van haar ogen drong door in het haar van de Jongen. Hij hief zijn hoofd op. Voor het andere oog verstrikte zich het kant van het gordijn. Dwaze liefde voor de opa van de Jongen keerde als een boemerang terug in haar geheugen. En zij kon nergens heen vluchten. Van het verleden waren alleen gevlekte, vergane beelden over, die zij vervatte in borduurwerkjes. In het duister.

En als het sneeuwde, werden ze naar de kleuterschool gebracht met de slee, die door de vader van de Jongen werd getrokken. Ook die werd door de oude dame van hoofd tot voeten opgenomen met dat ene oog, waarvan het oogwit geel was geworden, alsof het met ganzenvet was besmeerd, en terwijl zij de tabaksrook in het kant van het gordijn opsnoof, beefde ze. Wetend dat de sneeuw hun stem tot ver buiten het gezichtsveld zou dragen, waren de kinderen luidruchtig. Op de kleuterschool leerden ze hun veters knopen. Voor oudejaarsavond moest iedereen een hoed maken. De Jongen vroeg zijn moeder om hulp. Zij tekende met waskrijt het gezicht van Vadertje Vorst, plakte hem een baard van watten op, zette rondvliegende kleurige lampions boven zijn hoofd als pakjes met cadeautjes, die bij vergissing opengingen in de luchtledige ruimte. Door de witheid van de sneeuw was het langer licht in de kamer. IJspegels glansden als glas aan het dak. Op de abrikozenboom was een specht neergestreken. Nerveus tikte hij op de wormstekige stam en liep kwiek over de ruwe schors, alsof de jagers hem op de hielen zaten, alsof zijn rode veren hem in deze witheid te vroeg zouden verraden. De Jongen sloeg hem gade. Vader ging naar de schuur om kolen te halen. De specht vloog weg. De sneeuw trok het kleed van de avond aan. Moeder zette een grammofoonplaat op. Al de eerste keer dat ze hem die muziek liet horen, had ze hem het sprookje van Doornroosje verteld en van het slot dat in eeuwige slaap was verzonken. Iedere keer wanneer de naald van de grammofoon over de licht gekraste plaat huppelde, riep de Jongen die beelden op. De muziek voerde zijn gedachten weg uit de onhoorbaarheid van zijn schitterende fantasiebeelden bij het verhaal, weg naar de vage onbepaaldheid van het nog niet gevormde begrip *toekomst*, waarvan de Jongen de naam niet wist, maar waarvan hij de aantrekkingskracht voelde, een kracht die hem opriep vrolijk te zijn. Hij stelde zich voor dat hij de dappere ruiter was die door het ongekapte bos naar het slot vlak onder de top van een berg snelde. Een door doornstruiken overwoekerd slot, vol opgedroogde tranen en verstomde jammerkreten. Hij snelde voort om zijn uitverkorene wakker te kussen. Maar de Jongen kon zich toen nog niet eens voorstellen hoe het slot waar zijn geliefde sliep eruit zou zien. Zelfs vele jaren later, na zijn eerste liefdesschuring, toen het meisje met wie hij de bezwijming van het afwerpen van de maagdelijkheid had gedeeld hem vroeg of hij erover nadacht wat zijn toekomstige vrouw, de moeder van zijn toekomstige kinderen, *nu* deed, had hij geen antwoord klaar. Hij stelde zich alleen een soort huis voor en in dat huis een meisje dat door het raam keek en zich hetzelfde afvroeg. Hij schudde zijn hoofd, verlangend naar zo'n slot dat was gemaakt voor echte ridders en niet voor huilerige kinderen van lage geboorte. 'Je muts is klaar. Zet hem maar op.' Die kartonnen puntmuts heeft de Jongen in al zijn schipbreuken bewaard. Vadertje Vorst is nooit opgehouden met glimlachen. Zelfs zijn baard is niet afgevallen.

Op de groepsfoto lachen alle kinderen. Fietsenrekken. De juf is niet aan lachen toegekomen. Het lijkt alsof de Jongen op het moment dat de foto genomen is, helemaal geen last meer heeft van de problemen als gevolg van de ranzige lucht in de gangen van de kleuterschool en het gekrijs van de onthutste, achter hun vrachtauto's en poppen aan huppelende kinderen. Of hij is aan die problemen gewend; ze zijn een onontkoombaar onderdeel van zijn ochtenden geworden: de donkere blikken van de juf, de grofheden en scheldwoorden van het kleine grut en de benauwdheid in dat hele gebouw – de afgestompte getuige van dingen die niet weerkeren, die het ongeluk van zijn gestorven bewoners uitzaait door middel van geesten die bij de kinderen de voorhoofdsholten verstoppen, misselijkheid veroorzaken en neusbloedingen opwekken. Fronsend en met een als gerezen deeg hangende onderkin kijkt de juf naar die huppelende kinderen met ogen waarvoor de sluier van een kwade lotsbestemming zweeft.

Deze week was er op de kleuterschool een ouderavond. De juffrouw prees de Jongen voortdurend: hij was haar rechterhand, hij was lief (ik weet alleen niet wat ze daaronder verstond), hij was zich heel veel beter gaan gedragen (wat ze daarmee bedoelde weet ik ook niet), hij leerde andere kinderen voordragen, en ze herhaalde ook een paar keer dat hij haar beste leerling was. En de kleine meldt vaak dat de juf tegen hem zegt: 'Vlindertje van me', hem naar zich toetrekt en hem vertelt over haar zoons, over haar nieuwe kapsel en de taarten die ze heeft gebakken.

De Jongen wist niet dat hij getuige was van de laatste hulpkreten van een vrouw die tot de ondergang was gedoemd. Tegen niemand behalve hem kon ze nog iets aardigs zeggen. Ze liet hem foto's uit haar jeugd zien en verwachtte dat de Jongen haar schoonheid prees. Hij kon dat toen nog niet op de *juiste* manier. Hij werd in verwarring gebracht door die onverwachte behoefte aan intimiteit. Hij wist niet dat ze alleen voor hem thuis foto's uitzocht en meenam naar de kleuterschool, dat ze taarten bakte alleen om ze voor hem mee te nemen, dat ze in de verontrusting van haar verdriet geen mens kon vinden tegen wie ze kon praten en praten zo lang ze maar wilde, zonder in de rede gevallen en gekleineerd te worden, zonder zich verlaten te voelen. Op een vreemde manier voelde de Jongen zich prettig bij de grote verandering in haar houding tegenover hem en de speciale aandacht van deze vrouw met veel oudere zoons dan hij. Hij had er geen vermoeden van dat zij voor hem het prototype zou worden van de ongelukkige vrouw die in hem een steunpilaar en redding zocht, een beeld dat hem bij vlagen nog lang daarna zou achtervolgen. En ook zij had daar geen vermoeden van. Ze moest met iemand praten, al was het een jochie van zes met een fietsenrek, dat naar haar kon luisteren. En dat kon de Jongen. Het volgende Nieuwjaar beleefde de juffrouw niet meer. Ze vergiftigde zichzelf omdat ze de ontrouw van haar man niet kon verdragen.

Voor het eerst verdween er iemand die hij dagelijks zag uit de wereld van de Jongen. Later liep hij vaak langs het huis waar zijn juf had gewoond. En nooit, nooit zag hij daar ook maar enig teken van leven.

* *
*

De Jongen was verbaasd toen hij in zijn achtertuin het leger van de gevluchte koningszoon zag marcheren. Het had de frambozenstruiken verlaten en was langs het pad van schuin gelegde bakstenen op weg gegaan naar het paleis van de vader van de prinses. Het was een groot leger, je kon er het einde niet van zien. De hele herfst en winter had de koningszoon in de omgeving van de frambozenstruiken boeren en mijnwerkers bijeengebracht, en hij had ze ook van verre gehaald, zelfs van over de omheining van de achtertuin. De mensen hadden graag gehoor gegeven aan zijn oproep tot de krijg. De beruchte koning kwelde hen met belastingen en hij dreigde ook dat hij de frambozenstruik zou aanvallen om alles wat zich daar op twee benen voortbewoog te vernietigen. Daarom moesten de soldaten goed van wapens worden voorzien. Om de tiran voor eens en voor altijd ten val te brengen. Maar de koningszoon zou er toch niet in zijn geslaagd voldoende munitie en wapens te verzamelen als hij alleen de arme mensen had bijeengebracht die zich op de ongebaande paden van de frambozenstruiken hadden teruggetrokken. Hij had ook de hulp moeten inroepen van de koning van een ver, vergeten land. (Dat lag aan de rand van de frambozenstruiken, onder en rondom de morellenboom met de uitkijktoren, en grensde aan het land van de beruchte koning.) Met die 'verre' koning had hij een krijgsplan gemaakt: eerst zou diens leger het land van de beruchte koning aanvallen, om hem te dwingen zijn leger terug te trekken uit het bezette territorium van de vader van de prinses, en daarna zou het leger van de koningszoon het offensief openen ter bevrijding van het land. Het plan was goed doordacht, maar de 'verre' koning was bang voor de militaire overmacht van zijn tegenstander. Daarom riep hij de hulp in van de keizer van een kleine, maar zeer rijke staat. Dat miniatuurkeizerrijk strekte zich uit rond de appelboom en de kraan, helemaal voor in de achtertuin, waar die overging in een betegeld terras. Besloten werd dat het leger van dat land de hoofdstad van de beruchte koning zou aanvallen, die dan helemaal omsingeld zou zijn. De prinses straalde van vreugde. Ze was in gezegende staat (tijdens de overwintering had ze behoefte gehad aan veel troost en veelvuldige omhelzingen) en wilde haar vader, naast de vrijheid, ook een kleinkind schenken. De groep vluchtelingen waarin zij zich met haar gevolg bevond, volgde de colonne soldaten op veilige afstand. Ze hadden zich uit de frambozenstruiken teruggetrokken uit angst dat de beruchte koning die in brand zou steken. De zon ging onder over de beschaamde, nog niet geklede takken, er hing oorlog in de lucht.

Het kastje van de Jongen raakte al aardig gevuld met sprookjesboeken, maar ze waren nog niet allemaal aangeschaft. Ze zouden er waarschijnlijk een paar direct bij de uitgever moeten bestellen. Hoewel hij al kon lezen, vond hij het leuker om naar iemand anders te luisteren. Hij verwonderde zich erover dat sprookjes in Ethiopië en Algerije, op de Kaukasus en in Zweden, op elkaar leken. En die verwondering leek hem teleur te stellen. Hij vroeg zich af waar die veelkleurigheid van de wereld waar hij naar verlangde gebleven was, waar was die gebleven als de sprookjes op elkaar leken? Het troostte hem dat de namen van de helden en bedroefde maagden tenminste van elkaar verschilden. Hij verlangde dat hij elke dag een sprookje kreeg voorgelezen. In een dag of tien was een boek dan uit. Moeder had daarna nog werk aan het tekenen van theater - acteurs voor regenachtige dagen. En iedere zaterdag reed vader met de Jongen naar de stad en iedere keer gingen ze de boekhandel binnen.

Hij kwam de keuken in en zei, zo dat niemand het hoorde, tegen me: 'Mama, ik zit ergens mee... Ik weet dat het niet anders kan... maar mama, ik wil niet doodgaan, dat wil ik nooit!!' Ik zei tegen hem dat hij niet zou doodgaan, maar honderd jaar zou leven... 'Maar mama, hoe moet dat dan als er steeds iemand doodgaat?' Die vraag stelde hij me ook gisteravond, in tranen: 'Mama, honderd jaar is te weinig, dat gaat zo voorbij, en ik wil nooit doodgaan, en ik wil ook niet dat jij en papa en oma doodgaan. En leef jij nog wanneer ik ga trouwen? En papa en oma?'

De afgelopen zomer waren ze niet naar zee geweest. De Jongen moest naar het ziekenhuis om zijn amandelen te laten knippen. Versnipperde herinneringen: in slaap gebracht worden met behulp van een soort halve bol die over zijn neus werd gezet (verzinken in een melkachtige, ondoorzichtige mist); 's nachts angstig ontwaken in de zware lucht van de ziekenkamer, vervuld van kreten uit kinderdromen en urinestank; de lauwe, smakeloze pap die in zijn mond werd gestopt; de dagelijkse bezoekjes van moeder, altijd zorgzaam en voedend; de verveling van de stenen gangen waar het naar rotting rook; en het onbeteugelde heimwee en het verlangen naar de sprookjesachtige werkelijkheid van zijn huis. (Ook toen, maar vooral later, dacht de Jongen na over de ongewone plek waar het ziekenhuis van zijn stad was gebouwd. Helemaal aan de rand, daar waar de moerassen begonnen, in de voorhof van biezen en lisdodden, met daarboven als het lijf van een gewonde vogel met een lange hals kronkelende rook van reizende locomotieven, waarvan het gefluit over de vlakte vloog als de duistere aankondiging van het vertrek naar een andere wereld. Zo stond het ziekenhuis aan de grens. Er leidde alleen een lange, door bomen verborgen straat naartoe. Alsof de huizen zich hadden teruggetrokken uit schaamte voor wat er zich aan het eind van de straat zo onverbiddelijk verhief. Een vagevuur waar werd beslist wie onder de levenden mocht terugkeren en wie voor altijd zou worden uitgeleid door de geluiden van locomotieven op weg naar het niets. Voor de poort een kiosk met fruit, sinaasappels en bananen, de gebruikelijke boodschap van familie aan een zieke.)

Bij terugkeer wachtte hem in de achtertuin de eindafrekening met het leger van de beruchte koning, die ondanks zijn militaire overmacht bezweek onder de aanvallen van de boze krijgers die streden voor de vrijheid en de vernietiging van het kwaad. Een uiteenspattende bom, gemaakt van hard geworden pleisterkalk, doodde de boze koning op de trap van zijn paleis. Dat dwong zijn leger ertoe te capituleren. Het land van de vader van de prinses werd van zijn bloeddorstige indringers bevrijd. De prinses haastte zich om haar vader zijn kleinkind te laten zien. Maar de arme koning, uitgeput en gebroken van verdriet, beleefde de hereniging met zijn dochter niet. Hij had afstand gedaan van alle hoop en was gestorven in de gevangenis zonder dat iemand het wist. Iedereen had het te druk gehad met vechten. De prinses en de gevluchte koningszoon organiseerden eerst een waardige begrafenis, daarna een luidruchtige bruiloft, waarbij ook het volk en de krijgers en de bedienden en de heersers werden onthaald (op rijp fruit), om de troonsbestijging van de nieuwe koning te vieren.

En toen de zomer zich in de dichtheid van de kruinen probeerde te dringen en onder de stoffige bladeren te verbergen om daar te beven van angst of iemand hem zou vangen en verdrijven, toen de zomer ten einde liep, fluisterden ze de Jongen toe dat het tijd werd dat hij naar school ging. Ze zeiden niet dat er een eind moest komen aan zijn spelletjes, en al hadden ze hem dat wel gezegd, dan zou hij er niet naar hebben geluisterd. Hij ging door met zijn theater, ongeacht het feit dat er een schooltas op zijn rug werd gehangen die hij iedere dag naar het centrum van de stad moest dragen, waar hij vroeger alleen 's zaterdags naartoe ging.

De eerste keer werden zijn leeftijdgenootje en hij op weg naar school vergezeld door de vader van de Jongen, die zijn fiets naast zich voortduwde. De Jongen had het gevoel dat hij door de straten van een andere stad liep, een ochtendbui had zich bij de overgebleven nachtelijke tranen van de bomen en het trottoir gevoegd, en de onbescheiden zon baadde zich in miljarden verspreide druppeltjes, waardoor er een fel, schitterend licht ontstond dat de scholieren ertoe dwong hun ogen halfgesloten te houden. Hun maag kwam in opstand van onzekerheid en angst.

En het was alsof het stadje zich nu voor het eerst aan hem wenste te onthullen en openbaren. In die luxueuze ochtendlijke uiteenspatting van licht verhieven de kerken en paleizen zich alsof ze in een middeleeuwse gravure waren geëtst. De brede, met dichte bomenrijen doorweven straat voerde naar het centrum met een overtuiging die een massieve, naar zijn monding snellende rivier waardig was. Historische paleizen uit de dagen van de Monarchie hadden zich opgedoft met nieuwe verf en riepen zo hun gouden tijd in herinnering. Ze stonden te glanzen aan de kransvormige gordel rond het echte stadscentrum, de gewichtige stratenring waar vroeger, zo zeiden de legenden, een gracht had gelegen die de middeleeuwse stad omgaf. Zelfs toen de Turken er de scepter zwaaiden, hadden zij die gracht als hindernis voor ongenode gasten in stand gehouden. Maar toen doorstaken minaretten de hemel boven de stad. Nu was er daar geen enkele meer van over. Ze waren afgebroken, verwoest. Er verhieven zich alleen klokkentorens van kerken, die door hoog de hemel in te priemen het voormalige beeld van onchristelijkheid leken te moeten uitwissen. Op de kerk bij de markt toonde de zonnewijzer het verloop van de voortdurende verandering met de boodschap: Een daarvan is jouw laatste! De Jongen was verrukt van het verhaal over de catacomben die naar men zei onder het door dikke kettingen omgeven marktplein lagen. Daarin, zo vertelde het verhaal, kon men alleen afdalen via een geheime ondergrondse gang in de kerk. Aan die onderneming had zich echter al lange tijd niemand gewaagd, want in de donkere, met duisternis begroeide grotten stonden de geesten van de voorouders op de loer.

Hier, niet ver van de markt, achter het gebouw van de kinderbibliotheek, direct naast het theater, stond massief en grijs de school van de Jongen. Je kwam er binnen door een zware, lompe deur, die leek te horen bij een verborgen fort. In het donker van de gangen waren uit hout gesneden hoofden op witte zuilen geplaatst, zodat het leek alsof je binnenkwam in een museum van een oeroude beschaving, waar bodemvondsten uit een pas gevonden necropool waren tentoongesteld. Brede trappen, gescheiden in twee symmetrische bogen, voerden naar de bovenverdieping. Overal aan de muren hingen ingelijste portretten van de President, de ramen zagen uit op een ruime binnenplaats waar twee eenzame populieren verrezen, op de vloeren van de leslokalen lagen geoliede zwarte planken, aan de gele wanden, gehavend door de stoelleuningen, bevonden zich uitgerolde kaarten van het vaderland, in de gangen rennende kinderen en een golf van stank uit de closets, gapende hoefijzervormige gaten waaruit het tochtte alsof zo de kwalijke geuren uit de hel werden overgebracht. Deze beelden streden om de aandacht van de Jongen en hij liet zijn ogen kwiek heen en weer schieten om er zo veel mogelijk van op te vangen. In dat gebouw zou hij de volgende acht jaar bijna dagelijks komen. Hij zou in dezelfde banken zitten met dezelfde kinderen, met wie hij op een heel gewone dag onverwachts de schuilplaats van de kindertijd zou verlaten. Veel later zag de Jongen in dat hij die strenge en langdurige verplichting, genaamd lagere school, had ervaren als een soort dwang, als de ketenen van een straf waarvan je alleen door leren werd bevrijd. Omdat hij de letters al van vroeger kende, liet hij zich moeiteloos in die ketenen slaan. Maar in die acht jaar bewoog hij zich daar niet altijd even gemakkelijk in. In het begin stemde hij in met het hem door het onderwijsprogramma en de in het vak vergrijsde onderwijzeres opgelegde tempo, maar na enige jaren begon hij zich te verzetten, vooruit te haasten, de vóór hem braakliggende onzekerheid tegemoet te snellen die hij naïef genoeg meende te kennen. Maar nu zijn we aan het begin: er worden schuine streepjes, punten, rondjes en rechte streepjes in de ruitjes van een schrift geschreven. Omdat de Jongen en zijn vriend uit zijn straat de grootsten van de klas waren, zaten ze op de achterste bank. Vader fietste naar huis. Zijn begeleiding had de Jongen niet meer nodig. Hij ging met zijn vriend naar school.

De onderwijzeres, moe van al die leerlingen die ze al achter zich had gelaten, verheugde zich op deze klas, omdat die haar laatste was. Ze had er geen zin meer in, ze was nerveus, ze zette zich er 's zondags steeds moeizamer toe om haar haar zo in de krul te zetten dat het de hele week zou blijven zitten, ze verfde het niet meer, de bruggen in haar kaken begonnen te barsten – ze moest ze laten vervangen, haar zoon was net gaan studeren, hoe zou hij zich redden in de grote stad?... Ze voelde zich als een uitgediende pan waar je nog steeds in kunt koken, maar die je niet meer op tafel zet. Daar leed ze niet onder. Het enige waar ze naar verlangde was haar pensioen.

Hij lijkt wel zenuwachtig voordat hij naar school gaat. Hij is bang om te laat weg te gaan, 's morgens klaagt hij dat hij zijn ontbijt niet door zijn keel kan krijgen. Hij was verrukt over de boeken en schriften. We hebben ze in blauw papier gekaft en er plaatjes met vrolijke figuren uit kinderverhalen en tekenfilms op geplakt. Vanaf de eerste dag zet hij zijn tas naast zijn bed, en de eerste schooldag ontbeet hij ook met die tas naast zich. Het lijkt er echter op dat hij meer van school had verwacht. Hij wil graag verhalen, sprookjes, lezen, zang, dans, voorstellingen. Hij vindt de schoolse vingeroefeningen vervelend, hij windt zich op als het hem niet lukt ze netjes te doen en dan begint hij te huilen. Hij maakt zijn huiswerk haastig om er niet meer aan te hoeven denken en terug te kunnen keren naar zijn sprookjeswereld. Hij houdt er niet van over school te praten en doet dat dan ook zelden.

Maar in de achtertuin werden zijn helden door de herfst langzamerhand naar hun winterrust geleid – ze vlijen zich op een hoop bladeren. In bed, precies op de drempel van de nacht, wilde hij onophoudelijk voorgelezen worden. Hij viel snel in slaap. In de andere kamer brandde het licht nog. Moeder zat te werken. Een sereniteit die eeuwig en onveranderlijk leek. De herfstregens spoelden de resterende schilfers van de zomer weg en onder de windvlagen sloegen de takken tegen het dak van de schuur, zodat er een vergeten ooievaar leek te klepperen die niet op tijd naar het zuiden was gevlogen. In het rijk van het donker is speelsheid alleen toegestaan aan dromen. Verder is alles in slaap.

'En zo voerde de Meesteres van de Koperberg Danilo mee naar een groot veld. Daar bestond de grond uit gewone leem waarop welig struiken tierden, zwart als fluweel. Aan de struiken bloeiden grote groene klokken van malachiet en op elke klok zat een sterretje van antimoon. Vuurbijen schitterden boven die bloemen, en de sterretjes klingelden zachtjes alsof ze zongen.

– Wel, Danilo, heb je je ogen de kost gegeven? vroeg de Meesteres.

– Er is op de wereld geen steen waarvan je zoiets zou kunnen maken, antwoordde Danilo.

– Als je zulke vormen zelf kon bedenken, zou ik je de juiste steen geven, maar dat kan ik nu niet doen, zei zij met een afwerend handgebaar.

Daarna klonk er weer geruis en Danilo zat op diezelfde steen in de kom. De wind loeide, het was op-en-top herfst.

Danilo keerde terug naar huis. Zijn verloofde merkte dat hij terneergeslagen was en vroeg hem:

– Wat is er met je, het lijkt wel of je op een begrafenis bent?

En hij antwoordde:

– Ik heb een barstende hoofdpijn. Er spelen lichtjes voor mijn ogen, zwart, groen, rood. Ik ben blind geworden.'

Maar op zekere nacht bleef het licht branden. Dat wil zeggen, eerst deed iemand het uit, toen ging het, niet lang daarna, opeens aan in de gang, op de nacht daalde een scherpe agitatie van ontdane stemmen neer, vergezeld van geruis, piepende deuren, krakend parket en ademloos gefluister, dat tot de ochtend niet verstilde. Wakker geworden in het donker probeerde de Jongen vergeefs de zin van dat gefluister te doorgronden, starend naar de lichtstreep die, onder de deur door gesmokkeld, zijn slaap tartte. Zijn verschrikte hart bonkte zo dat hij het voelde in zijn slapen en hij spitste zijn oren zonder zich te verroeren. En als er een in het donker gehulde gestalte zijn kamer binnenkwam, die weliswaar zachtjes deed, maar toch de luchtstroom meebracht van de verwarring elders in het huis, hield de Jongen, in zijn angst om zijn verontrusting te verraden, zijn ogen dicht om de indruk te wekken dat hij in diepe rust was. Maar zijn oogleden trilden. Ze wilden zich opensperren in een

vragende blik, overweldigd door een akelig voorgevoel van ongeluk. Hij besloot geen kik te geven. Hij was bang. Hij kon niet precies zeggen waarvoor, hij wist alleen dat de onrust – die ongenode
gast – hem wakker hield. Evenals die lichtstreep, waarin afgeplatte,
fluisterende schaduwen langsschoven. Traag en grijs brak de no-
vembermorgen aan, bekleed met onaangenaam vocht en kleverige
nevel. In huis waren de voorwerpen nauwelijks te onderscheiden.
Het benauwde, verdichte licht van de regendag trok als een bont en
blauw geslagen banneling, als een schuldige door de kamers. De
gloeilamp krijste in de keuken. Bleke, uitgeputte gezichten probeerden zich voor de Jongen tot een glimlach te ordenen. Hij verwachtte een verklaring. De gezichten konden hem die niet bieden.
Beminde gezichten, nooit eerder zo bezorgd.

– Wat is er gebeurd? De Jongen dreigde te worden overmeesterd
door zijn gebrek aan begrip en daar verzette hij zich tegen.

Onder het geklots van water in de gootsteen en het gerammel van
borden en kopjes las de Jongen van zijn moeders lippen, nog voordat hij haar woorden hoorde, dat vader vannacht ziek was geworden en naar het ziekenhuis was gebracht. En in de doffe kruising
van het grijze licht van de dag en de blikkerende gloeilamp was er
geen voorwerp, hoezeer ook aangeraakt door de pogingen tot ge-
ruststelling van moeder en oma's halve glimlach, geen voorwerp
dat hem enige troost kon bieden. Alles stond er alsof het onwerkelijk was, alsof het geschilderd was op een schilderij van een of andere naïeve schilder dat, aangevreten door vocht, niet overtuigde en
kleurloos bleef als de reclametekening op verpakkingsdozen die op
de vuilnisbelt liggen te vergaan. Hete melk en croissantjes met kaas.
De happen bleven steken, weigerden te worden doorgeslikt, ook
die wilden hem kwellen. De Jongen ging naar school. Mist droop
over zijn gezicht alsof iemand in de hemel een handdoek uitwrong
waarin de hele nacht was gehuild. Voor het huis van de oude Frans-
man, de dokter, daar voor zijn villa, was vader gevallen. Daar was
hij gevallen, voor dat huis met de neergelaten rolluiken en de muren waarop het vocht de vlekken van zijn gevangenschap tekende.

Hij was van zijn fiets gevallen. Iemand had hem gevonden, had geprobeerd hem overeind te helpen, met heel veel moeite. Want vader kon niet lopen, hij wist niet wie hij was. De regenachtige nacht daalde over hem neer. Hij was gevallen. Zijn fiets was omgekanteld in de modder. Ze hadden hem weggebracht. Ook op school bromden de brandende gloeilampen. De kinderen waren slaperig. De onderwijzeres had last van pijnlijk tandvlees. De hele dag kon de Jongen dat croissantje niet weg krijgen. Alsof hij in een kurk beet.

Vader werd tien dagen later thuisgebracht. De Jongen was maar één keer naar het ziekenhuis geweest om hem te bezoeken. Moeder wilde het ziekenhuis met zijn jammerkreten ver van hem houden. Het bleke gezicht van vader, bevlekt met de grijze haartjes van zijn ongeschoren baard, zijn verstijfde, vertrokken lippen, zijn afgekapte, onbegrijpelijke woorden die over een afgrond leken te springen, en zijn machteloze blik die de beschadigde woorden probeerde te helpen, dat alles verontrustte de Jongen door de onverbiddelijke grilligheid van het leven, dat zich begon los te maken van het lichaam vóór hem, dat op het ziekenhuisbed lag uitgestrekt als een pop met een stukgegaan bewegings- en spraakmechanisme. De Jongen had er een voorgevoel van dat zijn herstel slechts onbeduidend en beperkt zou zijn, zoals hij in zijn verwarring tegelijkertijd een snelle terugkeer naar de oude toestand verwachtte, omdat hij wenste dat deze onaangename episode, die naar hij dacht alleen te wijten was aan een gewone val van de fiets, zo snel mogelijk uit de herinnering werd verdreven. Ook thuis lag vader maar te liggen. Ze hadden een slaapplaats voor hem gemaakt in de kamer van de Jongen, in diens brede bed. Zonder dat hij het kon voorvoelen, begon toen voor de Jongen de grote VERHUIZING, die tot op heden duurt. Een stil begin, een overgang van het ene bed naar het andere, van de ene kamer naar de andere, als aankondiging van veelvuldige verplaatsingen. De sprookjesboeken bleven in vaders nieuwe kamer. Iedere avond ging de Jongen er op zijn tenen naar binnen om vader welterusten te zeggen. Vader sliep dan al met die onnatuurlijke, opgelegde glimlach op zijn gezicht, of soms probeerde hij iets te zeggen – een poging die eindigde in onsamenhangend gekras.

Sindsdien verscheen in de nachten van de Jongen heel vaak die lichtstreep onder de deur. Vanachter de deur klonken, diepe, luide zuchten, gesteun, schuchtere pogingen tot kalmering en gehuil. Die kier onder de deur flitste soms een paar keer in de loop van de nacht, moeder sprong uit bed en verdween in het benauwde donker van vaders ziekenkamer. De onrust nam zijn intrek in de slaap van de Jongen, achterbaks als schimmel in muren.

Op school zongen ze partizanenliederen, ze leerden de rode pioniershalsdoek om te knopen, ze vulden ruitjes in schriften met schuine letters, probeerden te ontraadselen waarom de maan om de aarde draait en maakten kabaal in de pauzes tussen de lessen. In het nieuw gevestigde keizerrijk, waar de jonge, onverschrokken koning heerste met zijn mooie vrouw die nog treurde om haar gestorven vader, in dit rijk dat zich nu over de hele achtertuin uitstrekte, verstreek een sereen leven vol rust en welvaart. De enige schaduw die boven die sereniteit hing, was de onstabiele politieke situatie in het naburige koninkrijk, gelegen bij de morellenboom-uitkijktoren. Daar had een of andere krijgsheer de koning afgezet, zichzelf tot opperbevelhebber uitgeroepen en dreigementen aan de omliggende staten gestuurd. De sereniteit werd stilletjes en gestaag verstoord, zoals wanneer de schaduw van een zwangere wolk over een weide komt te liggen.

Moeder kocht nog steeds sprookjesboeken voor hem. De Jongen had nu bijna alle delen bij elkaar. De Estse sprookjes begon hij zelf te lezen, zonder iemands hulp. Hij wilde leren zwemmen. Een kennis van zijn vader leidde de zwemles voor beginners. De Jongen zou het nu al beginnen te leren, in de lente, in het stedelijke zwembad. En wanneer het warmer werd, zouden ze naar het kanaal verhuizen. Daar, in het stromende water dat zich onderwierp aan het ondoorgrondelijke verhaal van het land, daar zou hij zich zonder angst kunnen overgeven aan de stroming en vastbesloten naar zijn eigen eilanden en ingeslapen zeeën zwemmen. Zo droomde hij terwijl hij zijn handdoek en zwembroek inpakte.

Het stedelijke zwembad, precies in het centrum van de stad tegenover het gymnasium gelegen, verried op geen enkele manier het geheim van zijn binnenste. Zoals pantalons en onderbroeken de intieme delen van de man voor ongewenste blikken verbergen, zo verborgen de grijze muren van het oude gebouw met één verdieping zelfbewust de mystiek van de daar ontstaande uitwasemingen. Het halfnaakte lichaam van Sint-Florianus in een nis in de muur tussen de ramen op de bovenverdieping was het enige, zij het dubbelzinnige en verwarrende teken dat er zich achter de muren allerlei ontblotingen voltrokken. Voordat hij dat gebouw binnenging, had de Jongen nog bijna nooit een naakt menselijk lichaam gezien. Op een keer, toen hij nog heel klein was, was hij de badkamer ingegaan terwijl zijn vader een bad nam. Hij stond versteld van het volkomen ontbreken van kleding (hij had tot dusver gedacht dat dat alleen aan kinderen was toegestaan) en de zwarte bosjes haar waarover als beken stralen water stroomden. Hij had gauw de deur dichtgedaan. Maar het eerste echte contact met naaktheid was hem overkomen tijdens zijn spel, in de achtertuin. Hij speelde doktertje met een buurmeisje. Omdat hij de onverklaarbare kracht en het raadselachtige voordeel van dat beroep voelde, probeerde de Jongen het meisje steeds de rol op te dringen van patiënte, die veelvuldige doses injecties nodig had. En telkens wanneer hij het bloesje van het meisje optilde en haar broekje naar beneden trok, werd het hem zwart voor de ogen. Daarom schreef hij opnieuw recepten uit en voerde hij het aantal injecties op, tot verwondering van zijn patiënte, die het ontzettend vervelend vond in de stoel te liggen en almaar naar het gras te kijken.

Maar op zwemles in het stedelijk zwembad bestond de groep uitsluitend uit jongens van zijn leeftijd. De instructeur, een doorgewinterde avonturier, voerde streng het bevel in de vochtige ruimten met hun vreemde, gebroken akoestiek. Altijd was hij ergens ontstemd en geërgerd over. De zwarte, oneffen muren, bedekt met een greinige nevel zoals in een grot, dropen van het vocht. Een paar aan het plafond geplakte, doforanje, gedempte lampen gaven de ruimten van het zwembad het aanzicht van catacomben. Schaduwen kleefden aan de muren en vloeiden samen met het vocht. Schaduwen kropen slijmerig over de bobbels in de muren. Het water in de bassins was warm, een donzige laag moeilijk zichtbare algen maakte de baksteentjes langs de rand glibberig. Boven de kinderen kronkelde damp. Alsof ze in een vulkaanmeertje zaten. Ze doken gehoorzaam in het water, brachten het met hun benen aan het golven. Als een trompet in een grot donderde de stem van de instructeur boven hun hoofd, de echo's stuiterden door het labyrint, het water weergalmde alsof er een kudde verdwaalde herten doorheen snelde, de ademhaling van de kinderen stortte zich op de gangen alsof er een monster uit de diepten was opgedoken. Ze leerden zwemmen. Ze trokken hun zwembroekje uit, droogden zich af en gingen met uitgeweekt gezicht de straat op. Alsof ze wakker waren geworden na een droom over een ondier in een grot. Alsof de grijze gevel niet meer volhardde in zijn voornemen om zijn geheim niet te onthullen. Zijn schimmelige binnenste niet te onthullen. Geleund op zijn speer staarde Sint-Florianus, de beschermheer van de stad, naar de daken. Naakt.

Zodra het warmer werd, al in juni, verhuisde de zwemles naar het kanaal. Nu het kanaal de rivieren hun macht had ontnomen, deed het ijverig zijn best om ze zo getrouw mogelijk na te bootsen: het had zich met kroos en waterlelies bestrooid, her en der waterspinnen en waterjuffers verspreid, een breiwerk van algen gespannen en zich in de schaduwen van wilgen en populieren gekleed, zodat het als illusie van een rivier niet veel te wensen overliet. Niet ver van de stad, vlak langs het kanaal, was een strand met twee bassins aangelegd. Daar leerde de Jongen zwemmen. Het zoetige water dat zijn mond vulde, prikkelde hem met de geur van modder en sprakeloze algen, die als sirenen het verlangen van hun halmen uitzonden naar het onbestendige einde van de stroom, dat ze nooit leerden kennen en nooit bereikten. Die geur bracht de Jongen in kennis met de hunkering van het troebele water en hij wilde zich er in de ijlkoorts van de klokkende golven aan overgeven en naar dat einde laten voeren dat, als een glasmassa van ingeloste verwachtingen, wachtte tot men ernaartoe kwam om in dat water te verzinken.

Hij voelde om zich heen een onstuitbare macht die hem aantrok en lokte, een macht waartegen hij zich niet kon en wilde verzetten, een macht die hem al meevoerde naar die oevers, begroeid met geboomte waaruit zich raadselachtige vogels lieten horen en paarse bloesems vielen die leken op opengebarsten watermeloenen. Die zwijgzame reiger die op de tegenoverliggende oever van het kanaal stokstijf stond te wachten, vertelde hem met zijn onbeweeglijkheid een deel van het geheim over de stroomdraad, die de reiger net zo onverschrokken probeerde te overwinnen als de waterslang die zich, op de vlucht voor de sterke stroming, in het kroos had vervlochten. De Jongen ging de hele zomer op de fiets naar het kanaal om te zwemmen. Zomers gingen voorbij, vergezeld van geschreeuw en de echo daarvan, die door dol geworden oeverzwaluwen over de vlakte werd gedragen.

In zijn achtertuin was het weer oorlog. De Russische tsaar had besloten alle landen te knechten, van de Noordzee tot Japan, van het polaire noorden tot de Indische Oceaan, van de frambozenstruiken tot de bloementuin, van de schuur tot de schutting van de buurman. Hij had ongekend grote hoeveelheden wapens verzameld, hij had uit het hele rijk een leger bijeengebracht en zich op weg begeven voor een veroveringscampagne waarbij hij van plan was geen schepsel te sparen. Hij had besloten in zijn campagne zo nodig alle steden te vernietigen en zijn grandioze doel te bereiken – de grootste staat ter wereld, waaraan allen zich zouden onderwerpen. Er vielen bommen, er werden paleizen vernield, er barstte glas, er stortten bijlen uit de hemel neer, een onheuglijke verwoesting was op aarde neergedaald. Af en toe liep vader door de achtertuin op zijn trage, hinkende wandeling. Dan werd iedere strijd plotseling gestaakt. Vader liep met behulp van een stok, hij sleepte met zijn rechterbeen en hield zijn rechterarm in een onnatuurlijke houding vóór zich, alsof die gebroken was en zijn wasgele vingers slap afhingen onder doorzichtig gips. De kunstmatige glimlach verdween nooit meer van zijn gezicht. Ook niet wanneer hij scholieren, die in augustus herexamens voorbereidden, wiskundeopgaven opgaf, ook niet wanneer hij midden in de nacht gedempt om hulp riep en zijn slaperige zoon liet komen om afscheid van hem te nemen. In dat niet geventileerde donker van de slapeloosheid leek die glimlach al helemaal wanstaltig, omdat er tranen op neerstroomden uit de machteloze verkramping van zijn ogen, die vreesden voor een spoedig einde. Hij had geleerd met zijn linkerhand te eten en zelfs te schrijven, maar die letters deden op treurige wijze aan een kinderhandschrift denken, aan de krabbels uit het schrift van de Jongen, als bewijs van de gedwongen terugkeer naar het kind-zijn, als commentaar op de ontregeling van de jaren en de verwarring tussen de leeftijden.

Die lente geurde de sering krachtiger dan ooit en haar bloesems, die nooit meer zo wit zouden zijn, deden pijn aan je ogen. Vlaamse gaaien streken op de top van de kersenboom neer om het landschap in ogenschouw te nemen, vlogen dan klapwiekend op en verdwenen. De hyacinten bogen door de zwaarte van de bloemen naar de aarde, een geknakte tak van de abrikoos leunde op het dak van de schuur en daarin zong de wind een nachtelijke melodie die leek op de liederen van bootslieden van gezonken schepen. De Jongen ging iedere dag naar school op zijn rode fiets. Hij reed over het trottoir tussen nietsdoende bomen en in de bedrieglijke droom over het verbraste verleden verzonken gebouwen, langs de paleizen van het verdwenen keizerrijk met muren die tranen opsloegen en kelders waaruit de koude geur van kolen opsteeg, de geur van opgebrande, verijsde ouderdom, als een monument voor overwoekerde herinneringen dat zich verhief bij de manke klanken van melodieën van Schubert uit ontstemde piano's, die huilden in de eenzaamheid. De wind streelde de Jongen over zijn gezicht, de fiets droeg hem ver weg van de schimmelige geschiedenis en de ruïnes van dat monument.

Die lente las de Jongen Roemeense sprookjes. Vlak bij de ingang van het huis, boven aan de korte trap, zat hij op een klein stoeltje, als stilgezet in de tijd, als op een foto. Hij ging op zoek naar de blauwe slang die degene die hem vond geluk bracht, die aanwees waar het goud lag. Maar als een mens werd geleid door hebzucht en zich niet beheersen kon, zou het goud in zijn tas in steen veranderen.

Rijdend achter de rug van de held die te paard door ondoorgankelijke bossen en verlaten weiden draafde, hoorde de Jongen nauwelijks de kreet die tot hem doordrong. Een korte, huilerige kreet, gedempt, niet herhaald, alsof er een prinses gilde die door struikrovers het mes op de keel werd gezet. Hij ging verder met lezen. Maar de gil weergalmde in zijn hoofd, alsof er een kras op de plaat zat, zodat de naald van de grammofoon steeds terugsprong naar die afgekapte, huilerige schok, naar die eenmalige, in stilte gegoten kreet. Dat was moeder die gilde. De Jongen voelde de grond onder zich wegglijden als een drijvend eiland. Een stille beroering maakte zich meester van het huis. Hij deed nu alleen maar of hij las. Hij durfde die ene vraag niet te stellen omdat hij bang was voor het antwoord. Hij wierp zich op het drijvende eiland en liet zich daardoor meedragen, zich stevig vasthoudend aan de rots waarop hij steunde. Moeder telefoneerde. Ze sprak zacht, hij verstond er niets van. Toen ze naar hem toekwam, straalde ze kalmte uit, wit en geurig als frisgewassen ondergoed. Alle roet had ze verborgen achter de spreien. Ze zei dat een paar familieleden de Jongen hadden uitgenodigd om bij hen te logeren. Zomaar, onverwacht. De Jongen was nooit alleen bij die oude mensen geweest, hij had nooit verwacht dat ze hem zouden uitnodigen. Ze woonden ver weg, aan het andere eind van de stad, waar alles rook naar het platteland – door de straten waggelden ganzen, op het erf lagen varkens te rollebollen en de stallen stonken. Hij was blij om de onverwachtheid van dat uitje, maar moest er ook diep over nadenken. Waarom ging hij daar eigenlijk heen? Ze brachten hem met de auto, de oudjes wachtten hem op met versgebakken pita, rondscharrelende eendenkuikens en de geur van ouderwetse stilstand, bestrooid met gedroogd basilicum. Voor hem was alles nieuw en hij stelde nog steeds niemand vragen. Die nacht wilde hij slapen. Maar het lukte niet. Hij lag te draaien onder een vracht veren dekbedden, vergeefs op zoek naar een houding waarin hij de slaap kon vatten, hij zweette en deed zijn ogen open om te zien of hij in het donker een bondgenoot kon vinden in de strijd tegen de hete kolen die hem sissend uit de slaap hielden. De huisgemaakte ham, bosui en verse melk bij het ontbijt benadrukten de onwankelbare authenticiteit van zijn omgeving. De vreemde logeerpartij duurde en duurde. Toen ze hem kwamen halen, was alles al voorbij. Ze troffen hem aan terwijl hij met de eendjes zat te spelen. Toen hij terugkwam, hadden de gasten zijn huis nog niet verlaten. Aan de kleur van hun kleren en hun ernstige gezicht kon hij zien wat het antwoord op zijn vragen was. Toch wilde hij het horen. Hij had het gevoel dat hij daar recht op had, hij had het gevoel dat het belangrijk was dat hij het hoorde. Bij de poort zag hij zijn moeder al en hij rende op haar af. Hij durfde het te vragen. Toen hij het antwoord had gehoord ('nou, dat weet je toch wel'), merkte hij dat er geen blad trilde, dat geen tortelduif de jonge schaduw waarin ze uitrustte verliet. Iemand was er niet meer, maar alles bleef onveranderd. Hij verwonderde zich over die ongevoeligheid. Hij was bang voor tranen. Niet die van hemzelf, maar die van moeder. Hij wachtte tot de gasten uiteen waren gegaan voordat hij in het paleis onder de kersenboom ging melden dat de tsaar was gestorven. Als het voor die tijd maar niet donker werd, zodat het weelderige en harteloze groene rijk werd opgeslokt. De gasten gingen traag en ongelijkmatig heen als de bloemblaadjes van een uitgebloeide roos. Het verdriet in huis balde zich samen als mist. Het kleefde aan de wanden, verkrampte wanneer het tegen de ramen botste. De rust riep zichzelf tot heerser uit en deed die nacht waar hij zin in had. En de maan zweeg alleen maar.

* *
 *

Sprookjes van de Amerikaanse negers was het laatste boek in de serie 'Sprookjes uit de hele wereld' dat was gepubliceerd. De Jongen had ze nu allemaal: met de veertig boeken was de plank in zijn kast overvol. De overige boeken, die hij nog moest lezen, moesten elkaar verdringen op tafels en op de grond. De Jongen zag in dat de sprookjes misschien algauw een nieuwe plek moesten krijgen. Hij dacht er zelf ook over na. Hij besloot ze een plekje te geven in het binnenste van het grote bed. Dat leek hem onverzadigbaar, maar hij vergiste zich. Daar verborgen hele stapels kinderboeken in het donker hun titel. Er was geen plaats. Moeder stelde hem voor de boeken die hij niet meer zou lezen, die voor heel kleine kinderen, aan de kinderbibliotheek te schenken. Hoewel hij ze jarenlang niet eens had opgemerkt, omdat ze in de buik van het bed waren verborgen, vond hij het toch moeilijk om er afscheid van te nemen. Ze waren hem allemaal bijgebleven, hij koppelde ze stuk voor stuk aan een of andere gebeurtenis, aan een tijd, en hij begon zich juist toen bewust te worden van de vergankelijkheid daarvan. Maar als hij ze niet aan de bibliotheek schonk, zou er geen plaats zijn voor de sprookjes. Daarom besloot hij na lange twijfel het te doen. De directrice van de bibliotheek overhandigde hem een bedankbriefje, maar hij bleef met zijn blik de kleurige banden die hij voor altijd verliet vasthouden tot hij het gebouw uitging. Misschien voelde hij toen pas voor het eerst de tragiek van het afscheid; misschien had hij toen voor het eerst genoeg kracht om het bestaan ervan te erkennen.

Hij had de vogels allang in schoolklassen ingedeeld, het schooljaar was in volle gang, de onderwijzers wedijverden of in strengheid of in mildheid, bij de leerlingen hing het ervan af, het schoolprogramma was zwaar, de vogeltjes spanden zich in om het onder de knie te krijgen, sommige hadden talent voor natuurkunde, andere voor vreemde talen, maar voor sommige vormde zelfs het muziekonderwijs een probleem. De rijken verkeerden nog steeds afwisselend in oorlog en in vrede, en de Jongen bereidde zich voor om naar zee te gaan.

We zijn voor de zomervakantie naar Z. geweest. Hij was ondergebracht in een kindervakantiehuis en ik privé bij een onderofficier en zijn vrouw. Hij deed de onderofficier versteld staan met zijn kennis van de stad, hoewel hij er nooit eerder was geweest. Hij denkt na als een volwassene, hij is vindingrijk en vasthoudend. Dankzij zijn nieuwsgierigheid hebben we ieder hoekje van de historische stad bezocht, want hij wil alles te weten komen over de monumenten, de tentoongestelde museumstukken en de geschiedenis. Die onderofficier en zijn vrouw waren zo met hem ingenomen dat ze hem bij ons vertrek een monografie over hun stad cadeau gaven.

Met iedere nieuwe klas groeide het aantal boeken van de Jongen. Hij wilde ze allemaal bewaren. Maar er was weinig plaats. Toen moeder hem vroeg: 'Filip, wat zou je ervan zeggen als we een mooie plank voor de sprookjes maakten in de schuur?', maakte hij daar eerst bezwaar tegen. Een paar dagen lang onderzocht hij de schuur, die hoog en donker, maar ruim en schoon was. Er stonden gereedschappen, fietsen, een ladder, er lagen wat tijdschriften, de tuintafel en -stoelen stonden er en de plastic nieuwjaarsboom. Er hoefde geen boekenplank te worden gemaakt. Een lage oude kast stond al geruime tijd op de boeken te wachten. Alle sprookjesboeken pasten er precies in, alsof hij er speciaal voor was gemaakt. Onder een gebloemd zeiltje verzonken ze in slaap.

Ze sliepen ook die lente toen de Jongen vreselijke jeuk aan zijn ballen kreeg en daardoor gedwongen was zich vol verlegenheid steeds te krabben en te blozen, die lente toen hij geen controle meer had over zijn wisselende stem en toen moeder op een dag onder de grote pauze opeens bezorgd op school verscheen. Ze deelde hem mee dat oma niet lekker was geworden, dat ze naar het ziekenhuis was gebracht en daar geopereerd zou worden. Bleek van schrik besloot de Jongen zich volkomen over te geven aan de genade van de hoop, zonder dat hij de bedrieglijkheid daarvan kende. Oma kwam algauw terug uit het ziekenhuis, haar arm was gezwollen en ze moest steeds rusten. Ze zat in de rozentuin naar de bloemen te staren, alsof ze afscheid nam van de kleuren van deze wereld. Gedurende die tijd woedde er oorlog om haar heen. Het Russische Rijk had eindelijk besloten zijn zuidelijke buurman, Afghanistan, volledig te vernietigen, de oude steden te veroveren en een onaantastbare controle over de beroemde zijderoute in te stellen. De heftigste gevechten werden geleverd rond het centrale hazelnootbosje, tussen de pruim en de kers, en de resultaten van de veldslagen deden vermoeden dat de Afghaanse khan zou worden verslagen. Oma stierf in september. Ze had een week lang in een berg veren dekbedden liggen slapen, terwijl ze steeds injecties kreeg. Toen woonde de Jongen voor het eerst een begrafenis bij. Het pijnlijkst werd hij getroffen door zijn moeders onbeheerste, hulpeloze gehuil en zijn eigen onvermogen om haar te kalmeren. Het huis verstilde, overgelaten aan de eerbiedige afspraken tussen moeder en zoon. Niet lang daarna viel de echte Sovjet-Unie werkelijk het ware Afghanistan aan en toen hield de Jongen voorgoed op met alle conflicten en oorlogen in zijn achtertuin. Verschrikt door de onverwachte, onheilspellende verbinding tussen zijn spel en de werkelijkheid liet hij al zijn helden over aan hun natuurlijke lot. In de vorm van scheuten, bladeren en bloemen vertoonden ze zich nog steeds ieder jaar, maar ze bleven geheimzinnig en zwijgzaam. Bloemenjurken en groene harnassen verdwenen zonder de verhalen van de Jongen te hebben verteld. Op de plekken van vroegere veldslagen ontsproot, zoals dat gewoonlijk gaat, gras. De herinneringen heelden.

*
* *

Al die tijd zat het boek met Russische sprookjes met al zijn familieleden verborgen in het donker van de schuur. Daar kwam de Jongen alleen om zijn, nu al blauwe, hoge herenfiets te pakken, die zijn verblijf met die boeken deelde. Zelden viel de blik van de Jongen toevallig achter het zeiltje dat ze afdekte. Het is niet bekend of hij zich dan zijn kindertijd herinnerde, maar zeker is dat hij zich die herinnerde toen hij als jonge man voorgoed zijn huis met de achtertuin, de bomen, de ingeprente voetstappen en de onzichtbare sporen verliet. Hij herinnerde zich die terwijl hij de spullen inpakte die hij moest verhuizen. Voordat hij ze inpakte in een grote kartonnen doos, veegde Filip er het stof af en bekeek ze met een snelle, oppervlakkige blik die de verderfelijke werking van de herinnering tegenhield. Net als op de andere dozen schreef hij ook op deze met een rode viltstift in blokletters BOEKEN en verhuisde ze mee naar een andere, grotere stad. Enige tijd namen de sprookjesboeken een plaats in op een plank in Filips nieuwe eetkamer en daarna vulden ze opnieuw het donker van een diepe doos. Filip verliet toen niet alleen die stad, maar ook zijn land. Hij kon niemand zeggen wanneer hij zou terugkomen, maar hij voelde dat hij wegging voor een lange, zeer lange tijd. Net als alle andere dingen (die de hebzucht van de tijd mettertijd zou wegnemen) bewaarde Filip ook zijn dozen met boeken bij een vriend in huis op zolder, in een dorp onder de rook van de hoofdstad. Op genade en ongenade overgeleverd aan wind, kou, duiven, muizen, hitte en bedomptheid verbleven de Russische sprookjes, die het lot van verveling deelden met de overige boeken, vele jaren op die zolder. Totdat Filips vriend een dochtertje kreeg. Toen herinnerde hij zich dat er op zolder kinderboeken stonden. Hij pakte ze uit, vond de sprookjesboeken en las ze voor het slapengaan aan zijn kleine meisje voor. Op de een of andere manier vond zij juist de Russische sprookjes het mooist. Het meisje groeide met die boeken op en net voordat ze zelf leerde lezen, zag ze hoe haar vader ze in dozen en tassen pakte. Ook al had hij het haar uitgelegd, ze had niet kunnen begrijpen waarom hij ze meenam en waarheen. Maar hij bracht ze samen met alle andere boeken naar Filip. Hij laadde de zware vracht op een auto en reed de boeken naar de hoofdstad van een buurland, waar hij ze aan de eigenaar overdroeg. In het holst van de nacht op de eindeloze Duitse spoorwegen van de ene trein op de andere overstappend bracht Filip ze eindelijk naar zijn eigen huis, naar de stad aan de kust van de Noordzee. Hij pakte ze langzaam uit, bekeek ze stuk voor stuk met speciale aandacht en, waarom zouden we het geheimhouden, met tranen in zijn ogen. Voor de sprookjes had hij een mooie plank helemaal onder in een zwarte kast bestemd. Hij bracht een hele middag door met het boek met Russische sprookjes. Hij wilde ze opnieuw lezen. Hij bladerde het stoffige, smoezelige boek door alsof hij op zoek was naar een verborgen plaats, een raadselachtige zin. De ark die op de golven van de bladzijden begon te deinen nam hem mee naar de grot met herinneringen, van het bestaan waarvan hij zich lange tijd niet meer bewust was geweest. Zijn ogen verslonden de letters, de plaatjes gromden hem toe. Met zijn ogen gericht op het boek werd hij opgewacht door de nacht. Vonken van letters in de stilte.

'Hij bestaat, de steen-sleutel van de aarde, zei de oude ambachtsman van het dorp tegen Danilo. Tot het ogenblik daar is, kan niemand hem vinden of te pakken krijgen. Bescheiden

mensen niet, geduldige mensen niet, dappere of gelukkige mensen niet. Maar wanneer de mens de juiste weg naar zijn geluk
opgaat, zal die sleutel van de aarde vanzelf in zijn handen vallen.
Dan zal de hele schat van de aarde worden onthuld en zal het leven volkomen veranderen. Vertrouw daarop.'

BOEK II

Dendrologie

Op deze foto kun je het niet al te goed zien. Daar, in mijn linkerhand. Een dik, groen boek. Ik heb het nooit als een leerboek beschouwd. Ik vond het het mooiste van alle boeken die ik had, omdat er op de zevenhonderd bladzijden verhalen stonden die me intrigeerden en opwonden – ware verhalen over bomen. Ik weet niet of je je een middelbare scholier kunt voorstellen die zo gek op bomen is dat hij er de eerbiedwaardige hoeveelheid kennis van een volwassene over bezit, maar tegelijkertijd staat te springen van enthousiasme als een kind dat een nieuw speeltje krijgt. Nou, zo was ik. Ik wilde per se op de foto onder een zweepboom, de boom die de verpersoonlijking is van mijn stad, de boom die zowel de geschiedenis van de stad zelf als het verhaal van ieder die er is opgegroeid in zijn herinnering draagt. Want eerst teken je op de kleuterschool bomen die lijken op zweepbomen, geknot en met jonge takken die, vreemd dun, groeien uit de door kurk gezwollen stammen. Dan beschrijf je op school zweepbomen in opstellen voor het vak Servische taal over het onderwerp 'Mijn straat' of 'Wat ik zie op weg van huis naar school', in de herfst verzamel en verbrand je de afgevallen bladeren, geel als pas uitgekomen kuikentjes. Met de bessen mik je op spreeuwen en duiven, in het struikgewas van de uitlopers verberg je je bij het verstoppertje spelen, je groeit op terwijl je eronder schuilt voor de regen en daarna je eerste kussen oefent op een bank in het park.

'*Celtis occidentalis L.* – Westerse zweepboom, Amerikaanse netelboom. Een boom tot 35 m hoog met een heel breed areaal in Noord-Amerika: van de Atlantische tot de Stille Oceaan. Meest verbreid rond de rivier de Mississippi en de zijrivieren daarvan, maar komt ook voor in de prairie', zo zegt *Dendrologie*.

Daarom wilde ik op de foto onder een zweepboom, en wel juist onder deze, die als de oudste boom van de stad wordt beschouwd. Hij is midden in het centrum geplant, voor de boekhandel waar ik in mijn kindertijd al vaak naartoe ging. Ze zeggen dat keizerin Maria Theresia hem als jong boompje zelf heeft gestuurd, samen met de oorkonde over de status van vrije koninklijke stad. En ik had het boek *Dendrologie* pas een dag of twee, drie voordat de foto werd gemaakt gekregen.

Het was per post uit Belgrado gekomen. Het kwam onverwachts snel, maar een paar dagen nadat mijn moeder haar beste vriendin had opgebeld om haar te vragen mij te helpen. Ik was op zoek naar de oude uitgave, die van mijn biologieleraren, het echtpaar Kamerer, die buitengewoon verzot op planten waren. In ons stadje vertegenwoordigden zij de zeldzame exemplaren van het wetenschappelijke gilde, en ze bezaten een enthousiasme dat in onze groene straten, waarop het patina van ranzige, lang vergane glorie was neergedaald, helemaal vergeten was. Van hen heb ik ook een foto. Maar wacht, laat ik je eerst het boek laten zien, of liever moeders vriendin Đurđija, die *Dendrologie* voor me heeft gekocht. Welnu, ik was op zoek naar de oude uitgave met een harde kaft, maar er kwam een nieuwe met een slappe. Ik merkte niet meteen dat de bladzijden niet gebonden waren, maar gelijmd. Toen vond ik dat niet belangrijk. En nu ook niet, nu bijna alle bladzijden loszitten, nu ze een beeld van versletenheid geven, een beeld dat mij zo dierbaar is, omdat daarin een spoor van mijn liefde ligt bewaard. Liefde voor het onontdekte.

Haar vroege jeugd verbond Đurđija met mijn moeder, haar vroege jeugd en de tranen van de migrant. Toen het volk uit het karstgebied bij de zee, volgens een verordening van de Partij, werd gekoloniseerd naar de vlakte, naar de deftige huizen van verdreven Duitsers, werd ook de kleine Đurđija met haar hele dorp naar de vervelende eentonigheid van de vlakte vervoerd. Ze zat in een van de treinen, volgeladen met treurige oude mannen, onthutste kinderen en misleide bouwers van het nieuwe Joegoslavië, die geloofden in de noodzaak om vurig uit te zien naar die zozeer geprezen 'betere toekomst'. Het bevel bracht hen onder in een dorp aan de uiterste grens, in een onherbergzame omgeving waar Hongaars werd gesproken en waar de nieuwkomers, verzonken in de smakeloze pathetiek van de apathie, met minachting en walging werden bezien. En bijna tegelijkertijd kwam mijn opa van moederskant, een douanebeambte, met zijn gezin naar datzelfde dorp. Daar heb je ze, Đurđija en mijn moeder, in het dorpspark, op deze foto uit mama's oude album. Ik zou zeggen dat er vederesdoorns en enkele zweepbomen om hen heen staan. Đurđija's jas hangt stijfjes langs haar potige lijf, voorbestemd voor bergrotsen en niet gewend aan de ijdelheid van een rekbaar blikveld en geblakerde zonnebloemen. Alsof er in de botanische tuin van een ingeslapen Oostenrijks-Hongaarse provincie een rotswegedoorn was geplant. Die krijgt blaadjes en weet op de een of andere manier te overleven, maar hij verkrampt, hij mist de rauwheid van de steen en het gekrijs van de adelaar. Ze was atlete. Zo suste ze haar heimwee naar haar geboortestreek die ze zich, naar haar woorden te oordelen, maar nauwelijks herinnerde. En misschien was het juist die tegenstelling, die ook op deze foto zo zichtbaar is, die de tedere meisjesvriendschap tussen mijn moeder en Đurđija onderhield en verdiepte. De tegenstelling tussen de deftigheid, voortgekomen uit de mistige spirituele erfenis van de onder de vleugels van het Hongaarse imperium opgevoede Servische burgerij, en de rotsige hartelijkheid van de Montenegrijnse krijgervoorouders. Đurđija liet later haar oog vallen op de gestalte van mijn moeders broer, mijn toekomstige oom, en mijn moeder werd haar vertrouweling. Ik kan me niet voorstellen via welke bedding Đurđija haar liefde voor mijn oom kanaliseerde, maar ik ben bang dat daarin iets kameraadschappelijks zat, iets onvoldoende vrouwelijks. Ik geloof dat mijn oom blijer was geweest met een bescheiden meisje dat hem na de training opwachtte bij de poort van het stadion dan met een amazone die even hard rende als hij en naar behoefte aan speerwerpen of kogelstoten deed. Maar Đurđija zag juist in die speer het zinnebeeld van haar hartstocht. Het ziet ernaar uit dat ze er niet in slaagde die precies op het hart te richten. Mijn oom hunkerde naar de schaduw van een langgewimperde gymnasiaste, met verborgen in zijn donkerte een bloedzuiger, die vaardig een plek wist te vinden waar zij zich kon volzuigen. Die werd uiteindelijk mijn tante, en ik heb zelfs geen enkele foto van mijn oom, de verleider, samen met de gespierde Đurđija, de struise bergappel. Ze bleven niet lang in dat dorp. Behalve mijn opa. (Elk jaar in de herfst gingen we naar zijn graf. Hier staan we, een bedroefde familie rond een grafmonument: oma, moeder, oom, tante en ik. Te oordelen naar moeders rouwkleding is de foto waarschijnlijk kort na vaders dood gemaakt. Hij is er niet, we gedenken opa. Nu pas merk ik dat tante en ik werden verbonden door het ontbreken van verdriet. Zij koel, en ik in de war, want ik had opa nooit gekend.) Đurđija verhuisde naar Belgrado. Daar, in de drukte van de straten en de ongevoelige bedrijvigheid van de stad, vond ze een schuilplaats waar ze, onzichtbaar voor wie ook, om mijn oom kon treuren. Maar brieven hielden mijn moeder en haar nog steeds onafscheidelijk verbonden. Een paar jaar voordat ze trouwde, uit angst om, zoals ze zei, alleen en onvruchtbaar achter te blijven, kwam Đurđija bij ons logeren. In de zomer. Vooral vader had plezier in haar. Hij genoot van zijn rol van gastheer. Moeder en zij hadden allebei een gebloemde jurk aan. De zomer laaide in de achtertuin. Het is een zwart-witfilm, en de foto staat vol schaduwen van bladeren. Afgaand op de gloed op de gezichten zal vader waarschijnlijk een oude Dalmatische wijn hebben opengetrokken en zijn best hebben gedaan om de twee vriendinnen aan het lachen te maken, voor wie, naarmate het heden hen meer scheidde, de herinneringen levendiger en echter leken. Over dat bezoek mocht ik niet praten. Vanwege de bloedzuiger. Toch ontmoetten Đurđija en mijn oom elkaar in het stadion. Ze hadden mij ook meegenomen, bij wijze van buffer. Niets wetend, maar alles aanvoelend gaf ik luid (en erg tactloos) uitdrukking aan de wens dat Đurđija mijn tante werd. Het schouderophalen met een blik in de richting van de onverbeterlijke ontging me. Bij het vertrek van de bus kon moeder haar tranen niet bedwingen. Đurđija zwaaide en dacht vast met dezelfde verwarring na over afscheid nemen als toen ze als kind naar het noorden werd gezonden. Ze schreef en belde regelmatig. Toen moeder haar vroeg *Dendrologie* voor me te kopen, aarzelde ze geen ogenblik. Ze vond het boek in de universiteitsboekhandel en stuurde het aangetekend op.

Ik herinner me de ochtend dat de postbode het boek bracht. Ik krijg nu nog kippenvel als ik me bedenk met hoeveel ongeduld ik er zomaar wat in bladerde. Het stoorde me niet dat er geen gekleurde plaatjes in stonden en dat de scherpte van de precieze tekenlijnen bij de vermenigvuldiging van het manuscript was vervaagd. Ik nam de inhoud vol Latijnse namen gulzig tot me en besloot het boek dezelfde dag nog aan Minka te laten zien.

In dit album heb ik maar één foto van Minka. Het is mogelijk dat ik nooit een andere heb gehad, ik weet het niet meer. Ook van deze weet ik niet wanneer hij is genomen. Minka staat erop in een soort halve omhelzing met haar beste vriendin Mira. Overigens verried haar werk aan het onderzoek naar zweepbomen Minka's nieuwsgierigheid naar bomen. Zo hadden we elkaar waarschijnlijk ook leren kennen, op de ontmoetingen tussen onderzoekers van de middelbare school. Minka straalde een soort geheimzinnigheid uit die ik de geheimzinnigheid van het goedgeïnformeerd-zijn zou willen noemen. Ik zou niet precies weten te zeggen waarin Minka goedgeïnformeerd was, maar dat *iets* maakte haar anders, maakte haar mooi. Want haar kleine lichaam, haar kromme benen met botsende knieën en ronde neus met brede, beweeglijke neusvleugels waren, zoals je zelf ook ziet, niet bijzonder aantrekkelijk. Maar dat geïnformeerd-zijn zat verstopt in haar ogen, zo groot als kastanjes, waaruit ze stralen schoot die de jongens prikkelden. Mijn interesse werd ook gevoed door het feit dat Minka, omdat ze twee jaar ouder was en al naar de derde klas van de middelbare school ging, qua overzicht een voorsprong had die mij, ondanks mijn aanzienlijke lengte, nog was ontzegd. Toen ik haar die dag belde, zei ze me dat ze met Mira algebra aan het doen was, dat zij die avond met zijn tweeën naar een verjaardag gingen en dat ze morgen de hele dag in hun weekendhuisje zou zijn. Als ze niet te moe was, zouden we elkaar pas zondagavond kunnen zien. Of, wat zekerder was, op maandag. Ze klonk alsof ze niet al te nieuwsgierig was om *Dendrologie* te zien, maar tegelijkertijd alsof ze op maandag nieuwsgierig zou kunnen worden. Ik oefende geduld. Ik bedacht dat ik in de tussentijd het boek kon bestuderen, zodat ik dan goed voorbereid bij Minka zou verschijnen. Voor praktisch onderricht volstond het de straat op te gaan en door de stad te wandelen. Uitzinnig door de woeligheden van de lente wachtten de bomen op mij. Nadat ik op de foto was gegaan onder de zweepboom, begon ik met leren. Op het rijtje af dan maar. Eerst de inheemse soorten: linden, essen, esdoorns...

Minka woonde midden in het centrum van het stadje. Smalle straten zonder bomen en grote, oude, wormstekige huizen. Op ieder huis een gedenkplaat, aan alle kanten werd ik omgeven door beroemde namen: hier is een beroemd literator geboren, daar een groot schilder, hier leefde en stierf onze grootste dichter van de Romantiek, en hier bezochten de groothheden van onze cultuur het opleidingsinstituut voor onderwijzers... Ooit liep ik langs die namen en notities als hun landgenoot en vriend, als erfgenaam van hun voetstappen, maar nu ben ik bang. Wanneer mijn blik langs hun in marmeren platen gebeitelde namen schampt, huiver ik alsof ik op een kerkhof ben. Die namen weerklinken met doffe vergankelijkheid in de stilte van de straat als melancholieke klokken die niemand meer kan horen. Zie je, achter dit gebouw, gemarkeerd door een olijfwilg, de enige boom tussen deze met herinneringen volgepropte huizen, loopt Minka's straat. Ik herkende hem altijd aan de geur, die zoetig aan je neusgaten kleefde. Ik vroeg me altijd af hoe die eenzame, beknelde olijfwilg het vond om de strenge Pannonische winters te verdragen, gewend als hij was aan de hitte van het Middellandse Zeegebied. Ik had ergens gelezen dat de weeë geur van de olijfwilg met zijn opdringerigheid doet denken aan de zonde, maar niet gehinderd door de zwaarte van Levantijnse twijfels en dwalingen verheugde ik me er bij iedere ontmoeting op als op een lachend kind. Op de foto die je bekijkt is alleen de herinnering eraan achtergebleven. In een gloeiende zomer begon hij opeens te verdrogen. Ik hoorde dat een vrouw uit het gebouw ernaast er een emmer heet water overheen had gegooid. Ze had last van de geur.

Maar op Minka's huis viel de schaduw van de bomen uit de achtertuin. Een bodybuilderswalnotenboom overdreef in zijn weelderige groei. Minka's ouders ontvingen me altijd met een speciale vriendelijkheid, alsof ze er een slecht gebit achter verborgen. Verder dan die vriendelijkheid heb ik hen nooit begrepen. Bij Minka leek het alsof ze haar glimlach over haar grote, sprekende ogen trok, zodat die iets van hun aantrekkelijkheid overnam, waarbij ze een koketterie uitzaaide die eerder verwarde dan verleidde.

Ze bekeek *Dendrologie* met een weloverwogen dosis nieuwsgierigheid die haar noch overdreven enthousiasme, noch teleurstelling toestond. De gematigdheid van die nieuwsgierigheid bleef angstvallig binnen de grens waarop ze verkeerd zou kunnen worden opgevat. Ze liet me niet verder dan de schutting van haar gedachten en ik kon daar alleen door de kieren in binnengluren.

'Ja, het is een vreselijk interessant boek.' De droogte waarmee het woord *vreselijk* werd uitgesproken viel samen met een kleine flits in haar ogen die die droogte moest verzachten.

'Wanneer zouden we de parken kunnen bezoeken?' Ik bleef blind voor de glans van haar bedrieglijke blik en doof voor de droogte waarmee ze zich schikte in deze middag, ongaarne doorgebracht met mij en de oninteressante zwart-wittekeningen (en, nog erger, zwart-witfoto's) van een paar bomen.

De telefoon begon te rinkelen. Ze wierp zich erop met de lenigheid van een kat die eindelijk een muis te pakken heeft. Dat was hij, de half mystieke jongeling Miša, die Minka als haar beste vriend beschouwde; zij had hem aan het lijntje omdat hij behoefte had aan een vertrouwelinge. Een kortstondige golf van blozende verwarring vloog over Minka's gezicht en verdween in de welsprekende woorden waarmee ze op Miša's telefoontje reageerde. Al kon ik voor mezelf niet verklaren waarom, ik voelde me terneergeslagen, als een wilg onder de zweepslagen van de wind. Zulke zoete bewoordingen gebruikte Minka nooit tegenover mij. Misschien legde ze er nu ook extra nadruk op om het verschil tussen mij, de bomenliefhebber, en hem, de leukste jongen van Minka's school, te onderstrepen. Hij en ik hadden elkaar al een paar keer ontmoet. Hij gaf de indruk een oppervlakkig jongetje te zijn dat een jongensachtige onnozelheid en naïviteit probeerde te bewaren in zijn glimlach, maar ook in zijn hele gedrag. Zelfs uit de bewegingen van zijn smalle, magere lichaam kwam die onnozelheid naar voren. Alleen zijn haar onderwierp zich niet aan de regels van zijn verbeelde jongensachtigheid. Het groeide snel en het kroesde, waardoor een onbeholpen kuif ontstond die een altijd lachend hoofd tooide, dapper als bij een kraanvogel. Als ik naar hem keek, vroeg ik me af wat ik miste. Ik kon het antwoord niet vinden. Nu pas zou ik, als ik ernaar zocht, een verklaring kunnen geven voor Minka's berekenende liefde voor jongens, dat wil zeggen voor die jongemannen die ervoor hadden gekozen voorgoed jongens te blijven, voor degenen die gemakkelijk hun gedachten lieten lezen en met wie je leuke spelletjes kon spelen.

Ze mompelde tot slot een paar onbegrijpelijke woorden (haar verslaving aan codes die ze met hem onderhield) en legde de hoorn neer. Haar neusgaten verwijdden zich van geluk. Ze benaderde zelfs *Dendrologie* met meer aandacht. En terwijl ik haar probeerde uit te leggen in welke volgorde we volgens mij de bomen in de parken moesten inventariseren, wist ze niet te verhinderen dat haar blik zich op één punt vastpinde: op de voorbereiding van haar ontmoeting met Miša. Hij zou haar vertellen waarom hij die onbehouwen blondine uit II7 had verlaten. Misschien zou hij ook een pikant detail aan zijn verhaal toevoegen. Minka's fysieke onschuld stond haar toe te glimlachen en aangezien haar starende blik juist op de bladzijde viel waar een tekening van een Anna Paulownaboom stond, stelde ik, helemaal blij, voor dat we, voordat we naar de parken gingen, misschien eerst een rondgang langs de achtertuinen van oude huizen van voormalige grootgrondbezitters moesten maken. Nadat ze een pluk afgedwaalde gedachten uit haar ogen had geveegd, zei Minka dat zij het leuker vond om eerst de parken te bezoeken. Ze zou op woensdag bellen. Misschien konden we elkaar op donderdag treffen in het Heldenpark.

Die donderdag diende te worden voorbereid zoals het de ware onderzoeker betaamt. Ik schafte een grote takkenschaar aan, bevestigde die aan een lange kersenhouten stok en haalde een touw door de ogen. Het noodzakelijkste gereedschap, waarmee het materiaal zou worden verzameld, was gereed. Er waren ook plastic zakken om het materiaal in te doen, een schrift waar de gegevens in zouden worden genoteerd (rood, met een harde kaft, ruitjespapier – ik heb het nog steeds), een stuk of twee, drie balpennen en *Dendrologie*. En in iedere gedachte die te maken had met de voorbereiding: Minka. Hoe ze me zou aankijken, wat ze zou zeggen, welke bomen ze het mooist zou vinden – op al die vragen probeerde ik antwoord te geven terwijl ik de namen en kenmerken van de bomen leerde. Ik leerde snel, als een hongerlijder die alles wat hem wordt voorgezet verslindt. Ik wilde indruk maken op Minka. Ik werd misleid door haar zogenaamde geestdrift voor de wetenschap. Ik verwachtte dat ze, enthousiast over mijn kennis van bomen, zelf ook zo veel mogelijk zou willen leren, en dan zou ze geen betere leraar kunnen vinden dan ik. We zouden naar parken gaan, een rondgang maken langs bomenrijen, begraafplaatsen, achtertuinen, en misschien zouden we ons ook wagen aan een reis naar de omliggende havezaten met hun kastelen en wonderbaarlijke parken. Maar wat ik *eigenlijk* van Minka wilde, was mij niet duidelijk. Als iemand me het toen had gevraagd, zou ik hebben geantwoord dat ik wilde dat Minka bij me was, terwijl ik de bomen van mijn stad en de omgeving onderzocht. Meer wilde ik niet. Ik wist niet dat ik nog iets anders kon verlangen.

Op woensdagavond zegde Minka, zoals ik al had gevreesd, de samenkomst in het park af. Ze had 'het' gekregen. Dat begrip, het samenkomen van iets krijgen en iets vervelends, vond ik toen nogal vaag. Ik wist dat meisjes er last van hadden, maar ik had ook gemerkt dat ze die last uitbuitten als ze onder een proefwerk of de herfstcross in Šikara uit wilden. En Minka had die donderdag niets inspannends hoeven doen. Ze had gerust op een bank kunnen gaan zitten en zich van de ene bank naar de andere verplaatsen, terwijl ik naar de bomen keek en takken afsneed. Ze zei dat ze moest liggen. Teleurgesteld legde ik de hoorn neer. Ik lag nog in de luren.

Ik ging ook niet naar het park. We hadden een wiskundeproefwerk, dus ging ik studeren, ondanks de geuren uit de door de lente bekabbelde tuin. Maar op zaterdag waagde ik het al alleen het veld in te gaan.

Ik werd gedragen door dezelfde, door jeugdige nieuwsgierigheid bezielde verrukking als toen de Kamerers me voor het eerst meenamen. Toen waren we naar het met bomen bestempelde steppelandschap gegaan, op een kilometer of vijftien van de stad, een landschap waar de vlakte nog het aanzicht van vóór de verschijning van mensen heeft, toen daar herten en wilde zwijnen heersten. De hele nacht ervoor kon ik niet in slaap komen. Als vonken verrezen voor mijn ogen voortdurend vreemde bloemen die op een pauwenstaart leken, op een zeepaardje, een ontvouwde champignon en op thujakegels. Bloemen die verstoppertje speelden, die verschenen en weer verdwenen, en daarmee het geheim van hun wonderbaarlijke wereld verkondigden. Ik was al in de ochtend bij de Kamerers aangekomen. Het huis waar ze woonden rook naar verwelkte chrysanten op een begraafplaats. De ramen zagen eruit alsof ze verzegeld waren. Zware gordijnen handhaafden het gebrek aan frisse lucht. En die zurige geur van verlepte chrysanten hechtte zich ook aan de mensen, liet het fijne stof van zijn onverwoestbaarheid op hen neer. Ondanks die mummificatie van de lucht weefden de Kamerers, Johan en Ana-Marija, overal waar ze verschenen een glimlach op hun gezicht. Een glimlach van oprechte eenvoud, aangeboren vriendelijkheid en verworven kalmte in de omgang met mensen, een kalmte die ze van hun verre Duitse voorouders hadden, die zich in die lang vervlogen, met een vlies van ongrijpbare nostalgie overtrokken tijden in de vlakte hadden gevestigd. Maar één ding wierp een drempel op tegen het voze verleden waaruit de schamele alledaagsheid van hun leven was opgebouwd, één ding veranderde hun huis in een paleis van nieuwsgierigheid, en dat was, naast die glimlach, hun liefde voor planten. Hier staan we bij een riviertje. Die foto heb ik, samen met het boek *Planten van bos en veld*, van hen cadeau gekregen. Johan staat gebukt en raakt met zijn vinger het kleine, gele bloempje van de *utricularia* aan, de enige vleesetende plant van de vlakte, een plant die ik wantrouwig bekeek, alsof ik er een mogelijke prooi van was, alsof ze opeens haar kaken zou opensperren en me zou opslokken in het donker van haar enzymenhel. Het enthousiasme dat elk woord van de Kamerers uitstraalde, die toewijding en overgave aan de onbevattelijke plantenwereld, werd op mij overgedragen zover mijn gretige weetgierigheid reikte – zover dat ik er de grenzen niet van zag. Toen ze me dan voor het eerst meenamen het veld in, leerden ze mij bloemen verleiden en grassen toefluisteren. Niet ver bij ons vandaan graasden naar hartenlust herten. Bij een bosje Tataarse esdoorns rees een schuilhut op, het getik van een specht deed denken aan een klok die zich liet horen vanuit een verborgen toren. Toortsen, ossenbrekers, wikken, ooievaarsbekken, aardorchideeën en irissen riepen elkaar toe met kleuren en ik voelde me als een kind tussen een massa speelgoed dat niet kan besluiten waarmee het zal spelen...

Maar die zaterdag stapte ik op de fiets en ging op weg, de bomen tegemoet. Mijn eerste zelfstandige tocht het veld in. Toen ik de wijk waar mijn straat lag had verlaten, waar esdoorns bloeiden en ongeklede linden zich uitrekten, verraste een naamloos parkje, de bewaker van de vroeger slecht toegankelijke villa's aan de rand van de stad, mij met een onverwachte schat: de judasboom bloeide. Roze bloempjes, als een zwerm bijen dicht opeen op de stam, verlokten de blik. Zelf sta ik op deze foto ook lachend naast die boom. Ik had een buurman die toevallig voorbijkwam gevraagd om een foto van me te maken. Ik ben er nooit achter gekomen waarom die boom zo heet. Misschien heeft Judas zich eraan opgehangen? Palestina is wel het thuisland van die boom, het zou me niet verwonderen als het Judas net naast zo'n boom te veel geworden was. Maar de Heilige Schrift heeft het, naar ik heb gehoord, over een vlier; ik ben er echter niet bepaald van overtuigd dat die het gewicht van een mens zou kunnen dragen. De takken van een vlier zijn zacht, gevuld met een witte, sponsachtige kern, die zouden breken onder de last. Maar als hij zich heeft opgehangen aan deze zo prachtige boom die nu 'judas'-boom heet, wil dat dan zeggen dat ook die de schaduw van het Verraad met zich meedraagt? Daar kon ik niet in geloven. (Want ik wist nauwelijks iets over Judas zelf. Alle mystieke gebeurtenissen, zoals het Laatste Avondmaal, de prediking van Christus, het verraad, de profetie, de opstanding, dat alles vormde een mengsel van onsamenhangende toestanden waarvan ik de zin niet kon bevatten. Want het lezen en bestuderen van de Bijbel was ongewenst en voor mijn moeder, als onderwijzeres (dus ook voor mij), verboden. 'Onze educatieve medewerkers dienen de kinderen op te voeden op basis van het dialectisch materialisme, in de geest van de gedachten van Marx, Engels en Lenin', zo luidde het principe. Mijn moeder noemde Christus alleen in mij onduidelijk gefluister voor het slapengaan. Met mij heeft ze nooit over hem gesproken.)

'*Cercis siliquastrum L.* – Judasboom (stinkboom, treurboom)... De bloemen zijn rozerood of wit (var. alba), met 5 vrije kroonblaadjes en 10 vrije meeldraden...'

Treurboom. Die boom wordt blijkbaar achtervolgd door een zekere treurigheid. Zonder de zon en die verleidelijke drukte van de vogels zou ik denken dat het ging om een flauwe grap, om een slecht begin. Ik ging verder en liet de judasboom over aan zijn treurigheid, of de treurigheid van degenen die hem hebben gekrenkt, want een boom is altijd onschuldig. Ik liet mijn blik gaan naar weelderige bomen met veerdelige bladeren die leken op die van de valse acacia, en leerde dat het Japanse pagodebomen waren, afkomstig uit het Verre Oosten. In hetzelfde park vond ik, en dat was een ontdekking voor mezelf, de vederesdoorn, een esdoornsoort afkomstig uit de rivierdalen van oostelijk Noord-Amerika, het Siberische erwtenboompje, een struik met felgele bloemen, en een prachtige zeepboom, die rechtstreeks uit de tuin van de keizer van China naar hier leek te zijn overgeplant. In mijn fantasie raakte de wonderlijke wens van de verhuisde bomen om zich in hun nieuwe omgeving te handhaven en te overleven door te bloeien vervlochten met het netwerk van reizen die gefascineerde botanici lang geleden hadden gemaakt. Reizen die misschien eeuwen duurden.

Ik was benieuwd of er in het Stadsarchief documenten over die reizen werden bewaard. Ik belde Minka niet, maar ging er meteen die maandag heen.

Opgeschrikt door mijn binnenkomst stortte de adem van de hoge gewelven in het gebouw zich op mij als het geloei van reeds lang ontvluchte zuchten. De Pasjatoren. In oude tijden, toen de fortcommandant verblijf hield in de toren, werd de grote, vierkante stad omgeven door sterke muren en een gracht, terwijl aan de overzijde daarvan werkplaatsen voor edelsmeden werden opgericht. De buitenstad werd omringd door wijngaarden en tuinen. In de stad zelf waren veertien mohammedaanse gebedshuizen, waarvan de Pasjamoskee de grootste was. Er waren ook twee medressen voor studenten en twee kloosters voor derwisjen, zes lagere scholen, twee hans voor voorbijkomende reizigers, een hamam om de ziel te verfrissen en tweeduizend ruime, met pannen gedekte huizen. Het was een erg rijke plaats. Het ongelovige volk bestond niet uit Hongaren, maar uit Vlachen – christenen, voornamelijk kooplieden. Beleefd en dapper. Ook de Tataren trokken door de stad. Zij lieten de herinnering achter aan de beruchte khan Gazi Giraj en aan Kalga-khan, die toeschoot om met zijn ruiterij de Turkse horde te helpen bij de veldtocht naar het keizerlijke Wenen...

De adem van de Turkse reisbeschrijver sloeg me in het gezicht en omvatte me als een sluier. Als een gek die aan iedereen zijn eigen, steeds dezelfde geschiedenis vertelt, zo herhaalt ook deze verwarde adem tegen iedereen die de Pasjatoren betreedt wat hij vier eeuwen geleden heeft gezien en onthouden. Hij zit gevangen in die wachttoren, waar hij over de trappen wervelt, zich langs het plafond uitstrekt en tevergeefs tegen de vensterruiten slaat, als een wesp die de opening niet kan vinden. Er liep een rilling over mijn rug. De adem fluisterde en siste onophoudelijk de woorden van zijn eeuwenlange kwelling. Ik rende de trap op. In de gangen hing de kilte van de verstikte klaagzangen van het geplaagde ongelovige volk. Ik rukte me los van hun drenkelingskreten. Achter de deur, in het kantoor, werd ik opgewacht door de hartelijke glimlachen van mensen uit een andere wereld. Zij waren evenmin aan bezoekers gewend. Ik voelde dat ze naar hen verlangden.

Spinrag had hun wimpers samengevlochten en draadjes langs hun wangen neergelaten, stof was neergedwarreld op hun lippen, die niet gewend waren aan glimlachen en scheef het gordijn voor het dofgele glazuur van hun afgesleten tanden wegtrokken, hun verdoofde stem moest kuchen voordat hij sprak. Stofjes zweefden er ook boven hun woorden en bedekten die als een sneeuwjacht. Drie vrouwen en een man, gegijzelden van de Pasjatoren, slaven van verfomfaaid papier, volk, verbleekt onder het juk van doelloos zoeken in de labyrinten van weleer. O, ze zouden me graag helpen. Bomen... Wat leuk dat iemand geïnteresseerd is in onze bomen! Onlangs hadden we hier nog een aardig meisje... Hier werd de naam van Minka genoemd door een te vroeg gerimpelde vrouw, met een slaperige blik waarin nog een matte glans van vergane hartstochtelijkheid schemerde, melancholiek als de echo van belletjes in de sneeuw, ze glimlachte suikerzoet, waarschijnlijk denkend dat Minka en ik misschien onder een boom... waarbij ze vergat dat dat *onlangs* minstens een jaar geleden was geweest, dat de wet van de maandstonden haar sindsdien voor altijd had verlaten en haar had veranderd in een kapotte vaas waar nog niet geheel verschoten bloempjes op geschilderd waren. Ze bood me haar hulp aan. Met de routine van een apothekeres die dankzij vreemde ogen opeens weer de gelegenheid heeft om de charmes van haar beroep te proeven, liep ze met haar benige vingers met grote ringen, bestemd om de onwaardige aanwezigheid van droge, ijskoude huid te verzachten, de kaartjes van de archiefcartotheek door. Ze wilde mij heel graag van dienst zijn. Ze vond een paar archiefnummers en ging naar de achterkamertjes om de documenten op te zoeken. Als een contract dat de Geschiedenis ter ondertekening had voorgelegd lag het papier voor me. De vrouw kon me niets anders bieden. De gelei van haar lichaam werd aangevreten door schimmel. Ik verdiepte me in de documenten. De familie Lalošević koopt zaailingen van de Amerikaanse oranjeappel voor het landgoed. Ze willen ook graag een Anna Paulownaboom, maar zijn bang dat die niet zal aanslaan. Vorige keer is het jonge boompje doodgegaan. Het bestuur van het karmelietenklooster wil graag weten wat een zaailing van de trompetboom kost. Ze hebben die boom in Boedapest gezien. De witheid van de bloemen fascineerde hen. Ze zouden hem graag kweken op de binnenplaats van het klooster. De heer Bikar is van plan magnolia's in zijn arboretum te planten. Vorig jaar heeft hij dat verrijkt met een Japanse ceder die helemaal uit Avignon kwam. Hij uit zijn dankbaarheid aan de Vereniging van Liefhebbers van

Bomen uit Szegedin, *Erdő virág*, die hem die boom heeft aanbevolen. Hij verzoekt hen hem te helpen bij de keuze van een magnolia. Persoonlijk is hij geporteerd voor lila bloemen. Uit het slot van de Fernbachs een bericht over de aankoop van zes jonge ginkgo's en een zeldzame taxussoort. Ze kondigen nieuwe bestellingen aan van bomen met gele bloemen. Edelvrouwe Szemző vraagt het stadsbestuur haar een jonge (pas afgestudeerde) deskundige te sturen die haar persoonlijk zal kunnen adviseren over de geschiktste planten voor het park van haar paleis.

Ik had moeite met ademhalen tussen die oude spullen. De archivaresse betuigde haar spijt over de kortheid van mijn bezoek. Komt u vooral weer naar ons toe. We staan altijd tot uw beschikking. Ik haastte me de trap af om de trage adem van de reisbeschrijver te ontvluchten en te voorkomen dat hij me verstrikte in de rotting van zijn verhaal. Op straat kon ik niet loskomen van het beeld van de stad zoals die er in oude tijden uitzag. Het stond vóór mij als iets onvermijdelijks, als iets waar je alleen maar diep voor kunt buigen. De torenspitsen omgorden de opgesloten bitterheid van de tijd waarvoor je niet kunt vluchten. Toch had ik een troefkaart in handen voor Minka's wispelturigheid. De namen Lalošević, Bikar, Fernbach, Szemző, hun schenkingen en paleizen, geboorte- en sterfjaren, het nummer van hun perceel op de begraafplaats en de bomen die hen een eeuw hadden overleefd. Alles genoteerd op een briefje. Ik zal mijn fietsbanden goed oppompen, zodat ze me tot onder hun kruinen kunnen brengen. Minka kan met me mee als ze wil, maar ze hoeft niet. En wanneer ik de bloemen tussen kranten steek en er een stapel dikke boeken op leg om ze te persen, nou, dan kan Minka geen kant meer op, ze zal mijn succes moeten erkennen en haar hoofd moeten buigen.

*   *
*

Deze foto is gemaakt voor het gebouw van het gymnasium. Een klein veldje tussen verstarde gebouwen en drie hemelbomen. Hun geur is onverdraaglijk. Wanneer ze bloeien, verstikken ze de stad met de slijmerige lucht van sperma. Naast mij staat Bojan, mijn vriend van het gymnasium. Hij pronkte met zijn opvallende welgesteldheid, die eerder voortkwam uit het smeergeld dat zijn ouders, huisartsen, aan verstokte middelbare bankiers en hun door hypochondrie verlepte vrouwen wisten te ontfutselen dan uit hun vaardigheid en kunde. Zijn moeder droomde van de ideale kleur rood voor haar lippenstift, waarmee ze de donkerblauwe vlekken op haar lippen zou opfrissen en in overeenstemming brengen met de prachtige nagellak die haar donkere uiterlijk (opgezwollen en beladen met een overschot aan vet) zo bekoorlijk (dacht ze, bevend van de onaangename strijd tegen de herauten van haar vergissing) accentueerde en de blik zou afwenden van haar rimpels. Telkens wanneer ik naar Bojan ging, betrapte ik zijn moeder bij het lakken van haar nagels. Maar haar snorretje groeide als gras in de lente. Het rood en het zwart. Zijn vader zweeg nerveus, in de wetenschap dat zijn bloedvaten zich niet meer lieten paaien, hun gebrekkige elasticiteit (gewapend met afzettingen van cholesterol en een vlies van teerderivaten) lachte hem uit om zijn bedorven tanden en tartte hem met een sinds lang ingeslapen lid, dat zelfs niet in beweging wilde komen bij de visuele prikkelingen van de pornotijdschriften die hij stiekem uit Bojans laatje leende. Jaloers op zijn zoon vanwege de bliksemsnelheid van diens erectie, jaloers op zijn vrouw die zich waarschijnlijk opverfde voor een of andere neuker met een overschot aan maagzuur, wees hij alle vriendjes van zijn dochter af om haar te beschermen tegen 'leeghoofden met geen ander doel dan haar met kind te schoppen'. Die dochter studeerde medicijnen en bewaakte haar maagdelijkheid met de toewijding van een non. Wanneer het bij haar kriebelde, blokte ze op pathologie. De lucht in hun huis, verzadigd van spanningen die zich niet ontlaadden, bracht me op de drempel al in verwarring. Bojan duwde me zwartwitfoto's onder de neus van naakte vrouwen op het krantenpapier van de armoedige pornopers van onze socialistische staat. Anonieme fotografen en anonieme kokkinnen, studentes en onbevredigde wasvrouwen. Ze steken in het halfdonker van hun klamme kamertje hun achterwerk omhoog, trekken de gordijnen dicht, knijpen in hun borsten en wachten om te worden ontdekt. Tot die geheime verliefden die hen dagelijks vanuit de diepten van hun lijf begroetten, verliefden van wie deze ongelukkige vrouwen nooit weet zouden hebben, die ze ook nooit zouden leren kennen en ach, door wie ze nooit bevredigd zouden worden, behoorde ook Bojan. Trots bereidde hij zich voor op echt contact met een vrouw. Hij had geen meisje. Ze waren geen van allen slim genoeg, geen van allen luisterde naar de Doors, ze lieten zich allemaal voorstaan op de titels van hun ouders, het waren in één woord allemaal domme gansjes die geplukt wilden worden. Hij had zijn oog laten vallen op de lerares marxisme. Zij perste zich in strakke broeken en vond het leuk om op de banken van de leerlingen te gaan zitten. Haar billen bliksemden als een vijfpuntige ster onder de schijnwerpers. Hij zon op een techniek om haar te veroveren. Hij had gehoord dat de lerares niet terugschrok voor onervaren jonge jochies. Ze had er al een paar goed op weg geholpen. Bojan zou graag een plaatsje in de wachtrij willen bemachtigen. Maar hij wilde ook verliefd worden. Dat zij verliefd werd op hem, eigenlijk. Dat ze tegen hem zou zeggen dat ze alleen van hem had gedroomd. Vanwege Kosa, de lerares marxisme, vergat hij zijn wiskundehuiswerk te maken. Op de lessen klaagde hij over pijn in zijn ballen. Hij had geen belangstelling voor bomen. 'Verspil jij je tijd maar aan die takken van je, man, ik geniet ondertussen wel van het neuken.' Hij zei niet met wie. Hij zei ook niet waar. Hoe moest hij de onverwachte komst van een angstige maagd geheimhouden voor de gespitste oren van zijn ouders? Stiekem bladerde hij in de leerboeken van zijn zus en onthield afzonderlijke zinnen, uit hun verband gerukt en zonder al te veel betekenis, waarmee hij een ambitieus meisje van zijn leeftijd, een gewetensvol strebertje, probeerde te fascineren. Misschien zou zij zijn kennis bewonderen, hem bij de hand pakken en zeggen: 'Ik verlang naar kennis. Ik ga met je mee.' Met die woorden openbaarde hij mij zijn droom. Vergeefse hoop. Het was mij niet duidelijk of meisjes echt waren geïnteresseerd in kennis. Af en toe had ik de indruk van wel. Zoals Minka bijvoorbeeld, op bepaalde momenten. Maar soms had ik het idee dat ze door iets heel anders in vuur raakten, ik wist alleen niet precies waardoor.

Om zich de grondslagen van de metafysica eigen te maken en de zaligheid van de esoterie te voelen ging Bojan met een aantal vrienden af en toe naar Cole, de natuurkundeleraar. In een huisje dat zuchtte onder de ongemakkelijke last van het vocht dat, uit de grotten van de Hades gezogen, de muren verzadigde, er builen op achterliet als aankondiging van een toekomstige pest, een nieuwe zondvloed, en waar zich de stank van rotting verspreidde, in een schemerdonker verlicht door drie kwijnende kaarsen, ontving Cole zijn leerlingen. In het duister gluurden de bleke gezichten van heiligen, glansden de kale hoofden van boeddha's, knipoogden de standbeelden van Amor en Pan, knisperden droogbloemen, sijpelde een dun straaltje bedreigde koffiegeur en trilde onder de naald van de grammofoon Isoldes zieltogende spanning in de stem van Kirsten Flagstad, begeleid door het geruis van minuscule krasjes op de plaat, alsof er een koor van vliegen rond de stervende maagd cirkelde. Cole liet zijn middelbare scholieren (uitsluitend jongens) plaatsnemen op kussens, waarvan de zijden kilte zelf met een dunne laag gecondenseerd vocht van de muren leek te zijn besmeerd, hij zette platen op met eindeloze zuchten van Wagner en monsterlijke klaagzangen van Liszt, legde Mahlers neiging tot perversie bloot en las hun met pathetische, verwijfde stem Dostojevski voor. In vervoering gebracht door de gelijktijdige aanwezigheid van Isoldes wanhoop, het lijden van de Karamazovs en de altijd opwindende tegenwoordigheid van jonge jongens, die door het vocht gingen zweten, waarna hun zweetlucht opging in de duffe, zurige geuren van de kamer, zocht Cole altijd een steuntje op de knie van een van hen, aan wie hij, de ongelukkige, door zijn aanraking zijn geheim toevertrouwde. De jongens, die zich verslikten in het donker, zwegen gewoonlijk, huiverend voor de hysterie van Isoldes veel te lange doodsstrijd en de onverdraaglijkheid van hun positie. Maar Cole was een lafaard. Hij was bang voor zijn leerlingen. Hij wist niet dat zij beefden van onmacht en niet meer dan een vermoeden hadden van Coles verlangen, dat ze hun eigen vreselijke nieuwsgierigheid onderdrukten. Zelden sprak een van hen, wanneer hij uit Coles kamertje vertrok en hem zijn bevreesde geuren naliet, uitgeleide gedaan door de slaperige, door staar vertroebelde blik van Coles moeder, een tandeloos oudje met een hoofddoek, als een schilderij aan de rand van de achtertuin gezeten, zelden sprak iemand dan over de ijskoude aanrakingen van Coles handen. Ze spotten met Wagner en lachten om Coles 'waanzin'. Schaamte koos hun woorden. Misschien bleef Bojan er daarom wel naartoe gaan. Hij doorzag het doel niet. Pas toen Coles fantasie zich op hem richtte, vielen Bojan de schellen van de ogen. Hij waadde door de verschaalde kleverigheid, ontmaagdde die door plotseling de deur te openen en vloog, tot verwondering van de oude vrouw, zonder Coles jammerkreet te horen de straat op. Hij heeft Cole nooit meer bezocht.

Geprikkeld door mijn gesnuffel in het Archief, geprikkeld door gegevens waarover zij niets wist, geprikkeld door haar hartstochtelijke verlangen om over alles te worden ingelicht, over alles haar mening en standpunt te hebben, besloot Minka een paar middagen samen met mij de bomen van de twee grootste stadsparken te gaan bekijken. De lente was al een eind op weg om op te bloeien tot de zomer voordat Minka en ik erin slaagden onze schoolverplichtingen op elkaar af te stemmen en, onder de donkere bladeren van de zweepbomen, af te spreken in het Heldenpark. Minka's raadselachtige glimlach toonde haar verborgen zucht naar alwetendheid. Hoe was het in het Archief? Met wie had ik gesproken? Wat had ik gevonden? Ze deed geen moeite om haar teleurstelling te verbergen over mijn antwoorden, die ze niet interessant genoeg vond. Ze had meer verwacht. Ze had een soort intrige verwacht: bijvoorbeeld dat de eigenares van een stadspaleis verliefd was geworden op de tuinman, terwijl die een jonge douglasspar plantte. Waarschijnlijk watertandde ze bij de gedachte aan een of andere affaire, die uit die door onverschillig geboomte beschaduwde hartstocht zou voortspruiten als de loot van een relictsoort. Omdat ze in mijn verslag niets van dien aard vond en de mist, waarin het verleden waar ik naar speurde verdoken was, slechts ten dele aanvoelde, glimlachte ze zuurzoet. Ze bekeek de zweepbomen en pagodebomen, beschouwde de kromme stam van een zilverspar en wanhoopte omdat een tulpenboom weigerde te bloeien, en dat alles met de blik en de stem van een ervaren, vaardig chirurg. Met dezelfde routine, alsof ze een belangrijke farmacopee consulteerde, bladerde ze door *Den-drologie*. Verrukt over haar aandacht die, of ze wilde of niet, van de bomen op mij werd overgedragen, babbelde ik over de verschillen tussen een den en een spar, over de onzekere plaats van herkomst van de wilde kastanje en de walnoot, en over het areaal van de adventieve lotusboom op de Balkan, zonder de verveling in haar ogen op te merken, of de geeuwen die ze krampachtig en snel als een kikker inslikte. Ik wist niet dat die Miša van haar, die ze niet kon veroveren, op het feestje van gisteren een meiske uit de eerste klas van het gymnasium had versierd. Het zou nooit bij me zijn opgekomen dat Minka juist daarom deze middag met mij doorbracht. 'Laat hij me maar bellen. Ik ben niet thuis.' Voor die boodschap uit haar ogen was ik blind. Ik legde omstandig uit dat een Anna Paulowna-boom alleen tussen bakstenen ontspruit.

Ze was ook bij me toen ik het park bij het station bezocht. Van de boom op deze foto dachten we dat het een Bosnische pijnboom was. We bekeken hem met de belangstelling die we anders schenken aan uitgestorven wezens wanneer er onverwachts een overblijfsel, een onbetwist teken van hun bestaan voor ons opduikt. Alsof we getuigen waren van een verdwijning. Ik ben er ook nu nog van overtuigd dat deze boom een Bosnische pijnboom is, een tertiair relict en een subendemische soort die alleen op de hoge bergketens van het zuidwestelijke deel van het Balkanschiereiland leeft en daar teloorgang trotseert met een dreigend uiterlijk: zijn kromme takken lijken op opgezette stekels en de doornen van zijn naalden prikken als cactussen. Naar onze stad is hij overgebracht door een onbekende avonturier, waarschijnlijk ter herinnering aan de steile rotsen waar adders huishouden en waar schorpioenen de status van koningen van het karstgebied genieten, en vanwaar je in de verte de open zee ziet glanzen als een parel. Minka zag er opgetogen uit. We braken een takje af en verdiepten ons in de naaldjes. Minka hield haar adem in. Vanwege de ontmoeting met een relict, dacht ik. Maar een klein stukje verderop, op een vergeten bank in een ligusterstruik die met moskussentjes was bekleed en aan het oog werd onttrokken door het gebladerte, klonk geritsel, afkomstig van leden van de menselijke soort, die hijgden als waren ze op de vlucht voor een achtervolging. Minka kon haar blik, die steeds afdwaalde naar de ligusterstruik, niet beteugelen, maar ze deed haar best beheerst te lijken, verdiept in een botanisch probleem. Toen we de stammen van de ginkgo's naderden, liet ze de blos, die haar wangen overstroomde en die in intensiteit de mimicry van een inktvis benaderde, vergezeld gaan van een kreet van enthousiasme wegens de spontane ontmoeting met het oudste relict van de naaktzadigen. Juist toen ik Minka met niet geringe verve, zo wijdbeens voor de boom, uitlegde dat de ginkgo de laatste soort in de plantenevolutie met beweeglijke spermatozoïden is, bereikte het gehijg op de bank in de ligusterstruik het hoogtepunt en flitsten er achter de wiegende takken, als een bliksemschicht, scènes van genietende naaktheid, zonder continuïteit, als stukjes ongebruikt filmmateriaal. Minka begon te beven alsof iemand haar met een ginkgoblad over de borsten kietelde. Ze begon te beven en slaakte een onbehouwen klank die leek op een boer, alsof ze een papegaai had ingeslikt die zich liet horen uit haar maag. 'Het lijkt erop dat deze boom rechtstreeks uit China is gekomen. In onze stad woonde meer dan honderd jaar geleden een zeevaarder. Hij diende bij de Franse en Spaanse vloot, bereisde meer dan de halve wereld, en bracht van een zeereis in het Verre Oosten het zaad van de ginkgo mee, een boom die hem fascineerde zodra hij voet aan wal zette in het land van de scheefogigen. Hij plantte de jonge boompjes in het stadspark, omdat hij herinnerd wilde worden aan die reis en aan de onvergetelijke ontmoeting met onoverwinnelijke verten.' Minka knikte, starend naar het paar dat uit de struiken kwam. De vrouw duwde een borst terug die uit haar beha gewipt was, terwijl haar minnaar de knopen aan zijn broek betastte. Ze doken op met een saus van beduusd genot op hun gezicht, en op zijn achterste hadden de mossen het groene sap van hun nietigbladige ziel uitgeperst. 'Maar hoe weet je dat die zeevaarder echt heeft bestaan?' Minka schraapte haar keel, op zoek naar een manier om zich te bedwingen. 'De oude stadsbiograaf, de honderdjarige apotheker Đorđe Antić, schrijft over hem. Ik heb een notitie in het Archief gevonden.' 'En wanneer gaan we naar dat park bij het slot van de Fernbachs? Ik heb gehoord dat het daar net een oerwoud is.' Over Minka's ogen danste een golf van opwindende verwachting die haar steken in haar slapen bezorgde. 'We gaan, maak je geen zorgen. In mei.'

En vóór die meimaand lukte het Minka de relatie tussen Miša en 'dat oppervlakkige nest' in de war te sturen en bleef zij degene aan wie hij zijn twijfels en liefdesbruisingen toevertrouwde. En vóór diezelfde meimaand maakte ik kennis met alle bomen in de stad. Het scheelde niet veel of ik wilde zelf ook een boom worden. Een wilde kastanje bijvoorbeeld. Om een van mijn bloemen te schenken aan Zita, de harpiste met de blanke teint.

Deze foto is genomen bij een concert van leerlingen van de muziekschool. Ze heeft haar hoofd tegen het verguldsel van het instrument gelegd, haar vingers huppelen over de snaren alsof ze een golfje van een gerimpeld meer proberen te vangen. Een zwaantje. Zo heeft ze haar hals gebogen, luisterend naar het trillen van de klinkende haren, die leken te zijn opgedoken uit door blauw en goudachtig licht beschenen onderwatergrotten, en die het rooster van hun schaduw op de glans van haar lichtroze jurk wierpen. Zoals je ziet had Walt Disney weer eens een prinses getekend. Ik liet me meeslepen als een jonge korhaan. Ik struikelde over stoelen toen ik naar de garderobe liep om haar te feliciteren, het zweet brak me uit, liep over mijn postpuberteitsmee-eters en verdampte in een zurige mist van opwinding. Want Zita raakte de rand van het decolleté aan van haar jurk, die haar als gegoten zat, alsof goede feeën hun best hadden gedaan om die precies volgens haar wensdromen te maken. Ze liet het glazuur van haar tanden in een glimlach van mens tot mens rondgaan – ach wat was ze lief –, de vertedering van de aanwezigen verried een zwak voor de wiegende, verfijnde klank die hun, als een ver verwijderde nachtegaal, nog steeds in de oren klonk, maar ook voor de kuise musicienne, die haar imago had afgestemd op de lieflijke schakering van de klank van de harp. Als weerspiegelingen in het water waarboven flarden wolken jagen, zo wisselde ze de glans van zedigheid af met de glans van lust in de karamelkleurige belichting van de nauwe garderobe, waar de bezoekers een halve kring om haar vormden, alsof ze bang waren om het aura van haar onaantastbaarheid te vertrappen. Ze herinnerde zich dat we elkaar op een verjaardagsfeestje hadden leren kennen. Ook mij deelde ze de wellustige ontbloting van haar glimlach toe. Ze nodigde me uit om haar te komen bezoeken.

Ik nam een esdoornbloesem mee, waarvan de geur de milde gepassioneerde vrouwelijkheid die ik wilde ontmoeten in me opriep, maar ik had ook een plaat met harpconcerten gekocht. Ik hoopte meer op succes dan dat ik erin geloofde. Zita's moeder liet me binnen met de verschrompelde glimlach van een lanterfantende slotwachter die de zoveelste, bij voorbaat al tot mislukken gedoemde huwelijkskandidaat ontmoet. In een kamer waar de muren en stoelen een wanorde van krantenknipsels, uitgespreide onderbroekjes, gescheurde kousen en rondslingerende bladzijden van uit elkaar gevallen partituren vertoonden, zat Zita achter de harp te oefenen. De tegenzin stroomde haar als slierten snot uit de ogen. Ze bekeek me net zo lang met minachting als ze nodig had om te bepalen tot welke categorie bloemenbrengers ik behoorde. En toen veranderde de minachting in berusting. De esdoornbloesem smeet ze op de piano, waar in het stof skeletten van verdroogde rozen en beschimmelde gladiolen lagen, en ze tikte vol walging tegen de plaat. 'Een slechte uitvoering,' was het eerste wat ze zei. Ze gaf me met een onbestemd handgebaar te kennen dat ik mocht gaan zitten, en herhaalde dat daarna in de vorm van een bevel, omdat ik niet kon beslissen of ik de kousen opzij zou schuiven of het boek over harpbouw weg zou leggen, dat daar, opengeslagen, even hopeloos lag te liggen als een kat die niemand heeft die haar wil aaien. Ik legde het boek opzij, zij wachtte tot ik zat en ging verder met oefenen. Het leek wel of ze een kip aan het plukken was, zo trok ze aan de snaren, die schokten en sidderden als ongehoorzame leerlingen, die zij met de zweep gaf om ze te straffen voor hun slonzigheid. Maar de confrontatie met de plompheid van haar billen, die over de stoel bolden als gerezen deeg, verbijsterde me het allermeest. Haar bleke moeder, die binnenkwam om me koffie te brengen en me te voorzien van een soort koekjes die als poliepen aan mijn tanden kleefden, werd geslagen door haar verwijtende blik. Nadat ze een of ander preludium had gespeeld en de verschrikte snaren niet meer trilden onder haar zweep, zette Zita zonder succes het glimlachje van een diva op en begon gekunsteld te spreken, alsof ze een interview gaf. Ze klaagde over het onbegrip van haar omgeving, die de ware charme van de harp niet kende, over de slechte concertzalen, over ondeskundige leraren, over schapen met leverbotziekte en zwakke darmen, waardoor haar snaren steeds knapten, over armzalige naaisters die niet in staat waren ook maar één jurk fatsoenlijk in elkaar te zetten en over haar ijdele vader, die vanwege een opdracht van de Partij nog niet naar de hoofdstad kon verhuizen, vanwaar haar opmars naar Wenen helemaal zeker zou zijn. Want daar, in Wenen, wachtte haar het ware leven, een carrière en bloemen, applaus en schitterende schijnwerpers... Ze stond plotseling op, keek op haar horloge en zei dat het laat was, ze moest naar les. Mijn kopje, dat op de grond stond en waarin de opgedroogde laag koffiedik was gebarsten als de aarde in de woestijn gooide ik bij het opstaan om, ontzet door het tafereel dat mij toegrijnsde. Als een zwaan op het droge, op een groen weitje, zo stond Zita daar toen ze afscheid nam, met korte kromme benen en een enorm achterwerk, terwijl haar hals onhandig de gratie imiteerde van figuren van een Weense menagerie. Ik verdween uit Zita's huis alsof ik vluchtte uit een nachtmerrie. De straten staarden dof om me heen en de lantaarns sneden in mijn blik. Ik kon het gevoel zwaar te zijn bedrogen lange tijd niet van me afzetten.

* *
*

Die lente, besprenkeld met warme regens die de bomen baadden en glazig samenvloeiden tot lachende plasjes, die lente bracht mij berichten over de vereiste en, sterker nog, de noodzaak om een schuld in te lossen. Het gerucht ging dat wij, middelbare scholieren, zoals gebruikelijk, algauw een oproep voor rekrutering zouden krijgen. Vrienden uit de hogere klassen hadden ons verteld wat ons te wachten stond en waar dat voor diende. Maar ik wilde hen niet begrijpen. 'Het vaderland dienen', die afgezaagde frase vond ik wanstaltig pathetisch klinken, want de hoofdpersoon daarvan ontbrak, er was geen koning. Al diegenen die zich nog de uitroep 'voor koning en vaderland' herinnerden, moesten daarin, als ze gedwongen waren die te gebruiken, de naam van de onttroonde vervangen door die van de grote maarschalk, de leider en held. Maar ook Tito was al gestorven. Ook die werd door niemand nog als koning beschouwd. Alleen de schuld aan het vaderland was dus nog over. Ik herinner me dat ik het vaderland onderzoekend in het gezicht keek en ontevreden over zijn oprechtheid achterbleef. Je vraagt me hoe ik wist dat het loog. Hoe wist jij het dan? Of wist je het misschien niet? Het loog dat we allemaal van elkaar hielden. Het loog dat wij het mooist, het verstandigst, het rijkst waren. Het loog dat we gelijk waren. En dat is voor een mens ruim voldoende om in opstand te komen tegen het inlossen van een niet-bestaande schuld aan zo'n vaderland.

Pas een week voor de groepsbijeenkomst op het stadsplein en de met zinloos enthousiasme vervulde aftocht van jongmannelijke kracht naar Belgrado, waar hun geschiktheid zou worden gekeurd, slaagde ik erin met Minka de achtertuinen van de stad langs te gaan. We zochten de Anna Paulownaboom, die juist toen bloeide in al haar onbescheidenheid en daarmee iedere andere bloem en iedere andere kleur in de schaduw stelde. Met de verwaandheid van een tsarina snoefde de Anna Paulownaboom, blind van schoonheid. Minka bleek niet alleen de plaatsen te weten waar Anna Paulownabomen groeiden, maar ook de eigenaren van de huizen te kennen. In de charme die ze in de strijd wierp, lag de nadruk strikt op bescheidenheid, die Minka bijzonder handig wist te hanteren. Poorten zwaaiden open en achter in de achtertuin, in een hoek tussen muren, troffen we dan gewoonlijk het Chinese geheim aan, het juweel onder de bomen, als een onbekend wezen, gearriveerd uit het heelal in een capsule van bakstenen. Minka pompte haar longen vol alsof ze een hoge berg beklom en zoals je ziet is het mij niet gelukt het fototoestel scherp te stellen. De directrice van het Rode Kruis glimlachte met een trots die voortkwam uit de wanverhouding tussen onbegrip en ongerijmde opgetogenheid. Ze wist niet waar haar over haar glimlach struikelende woorden over moesten gaan, daarom richtte ze ze maar op het weer dat, zie je wel, wonderlijk genoeg, gelukkig, zoals het hoorde, erg mooi was. Ze wist niet eens wie de boom had geplant.

Minka's glimlach deinsde echter verbleekt terug bij de poort van het arboretum van de familie Bikar. Achter de poort verscheen Vedrana, een weelderige nazaat van de familie en vertroebelde mijn blik. Vedrana*, wat een domme naam voor zo'n mooi lichaam. Minka voelde mijn verontrusting, en ontwapend probeerde ze zich eruit te redden door toespelingen te maken op hun vriendschap. Want de twee meisjes hadden vroeger samen op school gezeten. Dat stond Vedrana niet meer helder voor ogen. Ze at nog liever een zure augurk. Minka richtte haar aandacht op de bomen. Ze doseerde de hoeveelheid tentoongespreide kennis, zodat Vedrana zich niet bedreigd zou voelen. Die kon het echter niet schelen. Ze wist niets van bomen. Ze ging haar moeder roepen. Met haren in de kleur van de naaldjes van de Libanese ceder en een jeugdig gezicht alsof ze er dagelijks chlorofyl uit de bladeren van een exotische boom in masseerde, reikte Vedrana's moeder ons op het dienblad van haar milde, van de lange familiehistorie verzadigde ogen haar welwillendheid aan. Alle toverij van dit huis en dit park (waarin het huis, met al zijn luxueuze ornamenten, verzonk als een lepel in de honing: zacht, licht en volledig) was afkomstig van de grootvader van mevrouw. Hij had bomen aangeschaft in Pest en Praag, en had ook een briefwisseling onderhouden met een of andere Armeniër, een tuinman in Montpellier. In de loop van het verhaal, dat Minka opzoog met bewegingen van haar neusvleugels alsof ze cocaïne snoof, verplaatste Vedrana's paardenstaart zich naar de serre, waar ze zich schijnbaar verdiepte in haar leerwerk. Maar feitelijk luisterde ze aandachtig naar wat er buiten gebeurde: naarmate wij ons van de ene boom naar de andere verplaatsten, verplaatste zij de as van haar staart. Op het moment waarop Minka's blik, zogenaamd moe van het kijken naar de hoge takken, neerdaalde op een tuinkabouter, werd ik doordrongen van de magie van dit arboretum in de achtertuin. Mijn blik zigzagde van de rode kastanje naar Vedrana's ogen, en ik zag hoe zij bloosde en aarzelde mij aan te kijken. Ik voelde dat ik haar had veroverd. Haar moeder deed ons uitgeleide met de uitnodiging nog eens terug te komen. Onder de waakzame uitkijktoren van haar ogen kon ik van geen enkele boom een takje afbreken. Dat stoorde me, en daardoor merkte ik niet eens dat Minka's arm met een alleen haar eigen, glibberige behendigheid onder de mijne gleed toen we de straat op liepen. Nu weet ik dat dat beeld door Vedrana heen sneed met de scherpte van een mes, waardoor ze nooit bereid is geweest het te onderzoeken en te herzien. Ze zou voortaan tegenover mij uitsluitend verwaande deftigheid tentoonspreiden, alsof al haar voorouders, van wie ze de wenkbrauwen had geërfd, mij mijn onbezonnenheid verweten. Ze kon zich niet bevrijden van hun geklets, ook al had ze dat gewild. Vanaf de straat lukte het me een blad van de rode kastanje te plukken, als onderpand voor een toekomstig bezoek. De volgende keer ging ik alleen, maar Vedrana was niet thuis. Op een keer, later, bij het skiën, verklaarde ik Vedrana onhandig mijn liefde. Ze wees me af alsof ik een kikker was, die met geen kus in een prins kon worden veranderd. Dat gevoel van kikkervel kwam ook later wanneer ik haar ontmoette bij me boven. Dan deed ik alsof ik al gekust was. Ik ben er nooit achter gekomen of ze haar voorouders ooit van zich heeft afgeschud.

Op het moment dat ik in de bus stapte die me naar Belgrado zou brengen voor de militaire keuring, schoof ik Minka's woorden doeltreffend en handig weg, als een haar uit mijn bord. 'Nu word je een echte man', iets verstandigers had ze niet weten te zeggen. Met welke daad je een man werd, wist ze niet. Daarom had ik haar toespeling, net als alle andere toespelingen van mijn familieleden op het thema echte kerel-grote held-groot soldaat, de avond voor de reis al verworpen. Op het verzamelpunt arriveerde ik zwijgzaam en ik staarde naar de punten van mijn schoenen. Rumoer en plagerijen. De geprikkelde mannelijke menigte, nu al geplaagd door het zuur van een jeugdig tekort aan neuken, zweette overvloedig bij iedere schreeuw. Als er iemand geweren had uitgedeeld, zouden ze onopzettelijk doodslag hebben gepleegd, spelenderwijs. Ze snoefden, de hoofden vol van verhalen over mannelijkheid, en hitsten elkaar op alsof er al een oorlogsvaandel voor hun neus wapperde. Het appel verdroegen ze gehoorzaam en de lange weg naar Belgrado liep langs de beken van hun puisterige zweet, waaraan ik niet kon ontsnappen. Vlak voordat we Belgrado binnenreden, waren ze allemaal in slaap gevallen – bekaf van de opwinding, de kinderen.

Op grond van de paar bevelen die de bloteriken moesten aanhoren in de rij voor het onderzoek, kon je je nog niet de minste voorstelling maken van de militaire realiteit. Toen ik stond te wachten tot ik bloed moest geven, kwam op de een of andere manier het verhaal bij me op over een zekere Nebojša die bij de rekrutering had gedaan of hij gek was. Hij had succes met zijn act – hij werd afgekeurd voor het leger. Ik wist dat ik dat niet kon. Ik wist dat ik over de kracht noch de moed beschikte, en nog het allerminst over de onmisbare gekte. Ik zou me overgeven aan de stroom, dacht ik, ik zou wel zien waar die me heen zou voeren. Ik huiverde voor de enorme naald die straks in mijn ader zou worden geprikt en voor de bloeddorstige, besnorde verpleegster, een struise officier, die lachte en daarbij scheve tanden en ontstoken tandvlees toonde. Een op de twee toekomstige krijgers viel flauw onder haar naald. Ik werd ook draaierig. Ik werd op een bank gezet, iemand deed de ramen open, en de struise officier lachte ons uit omdat we zo slap en, volgens haar zinnelijke oordeel, verwijfd waren. Alleen de psycholoog scheen de geheimen van het jongemannenhart te begrijpen. Hij keek ons bedroefd aan, bijna spijtig dat hij degenen die eronderuit wilden niet kon helpen. Omdat ik niet van streek was en ook niet krom liep, maakte ik op hen een gezonde indruk en terwijl ik probeerde in te slapen in een hal met een stuk of vijftig bedden, gevuld met het gepiep van spiralen, gonzend gefluister en de kakofonie van een koor van snurkers, voelde ik dat ik verstrikt raakte in een systeem van onzichtbare ketenen. Ik werd, als door het donker, overspoeld door een voorgevoel. Een voorgevoel en angst. De volgende morgen, toen ik in de badkamer misselijk werd van de ondergescheten hurkclosets, waar het wemelde van de vliegen, begon ik in verzet te komen. Ik zei tegen mezelf: dit wil ik niet. Dat besluit moedigde me aan om toch te ontbijten en de frisse lucht in te gaan, op de binnenplaats van het rekrutencentrum, waar ons een korte wandeling was toegestaan.

Ik stond in een hoek van de binnenplaats. Als een lichte kriebel voelde ik hoe iemands ogen zich op mij vestigden. Als hij geen bril had gedragen, zou zijn blik me als een pijl hebben doorboord en pijn hebben gedaan, zoals het water van Alpenbeken pijn doet wanneer je daarin stapt. Het was Aleksandars heldere blik, met zijn huiveringwekkende doordringendheid. Om de tijd te doden hield hij zich bezig met een moeilijke rekensom. Wanneer ik er nu aan terugdenk, besef ik dat Aleksandar lichamelijk behoorde tot de vraatzuchtige soldatenmassa die ons omringde, terwijl hij geestelijk ladders beklom die alleen aan uitverkorenen zijn voorbehouden. De kloof daartussen vergalde zijn leven. Maar onze eerste ontmoeting deed vermoeden dat we misschien vriendschap zouden kunnen sluiten binnen de kaders, overschaduwd door de kleinburgerlijkheid van ons stadje, waarheen wij tweeën met het kenmerk 'goedgekeurd voor de militaire dienst' terugkeerden.

Al na een paar dagen nodigde Aleksandar me uit om hem te bezoeken. Een ordelijk nest van kleinsteeds leven deed zich aan de gasten voor als een schuilhoek vol liefde en warmte. Gezeur en gekakel werd toegewezen aan de middagen, die zijn moeder doorbracht met buurvrouwen. Achter een kamerscherm van glimlachen werd de ontrouw van zijn vader met secretaresses en kelnerinnen, caissières en wasvrouwen verborgen, terwijl de muur van de kamer de jaloezie van zijn zuster op haar broers verstand en haar moeders opmerkelijke, onbenutte (ach, en vervallen) schoonheid afschermde. Vrijmoedig rokend in tegenwoordigheid van zijn ouders verklaarde Aleksandar de gewraakte 'sandwichscène' met de epilepsiepatiënte uit Bertolucci's film *Novecento* (die de avond daarvoor op de tv was geweest) met de autoriteit van een sluwe pseudoneuker, die vrouwen heeft platgekregen bij – weelderig met het gras van zijn ervaring begroeide – bosjes. En die sigaret paste uitstekend bij hem. Met de rook die hij uitblies, in een kattenmimiek van halfgesloten ogen, verdreef hij iedere twijfel. Voor het eerst zag ik iemand van mijn leeftijd een volwassen man spelen. Hij droeg zijn volwassenheid als een harnas in de kruistocht tegen allen die tot zijn gevoelens wilden doordringen. Zowel zijn geestigheid als zijn vloeken als zijn houding van doortrapte verleider, alles viel onder dat harnas waarachter uitsluitend zijn ogen te zien waren. Hij zette sentimentele popmuziek voor me op, praatte over nietszeggende dingen, en zelfs zijn voorliefde voor wiskunde omschreef hij als iets onvermijdelijks, gespeend van iedere passie. Maar hij was geïnteresseerd in bomen. Ik ben er nooit achter gekomen in welke mate. Ik geloof dat hij het belangrijker vond dat hij een van mijn zwakheden (al was die houtig) had achterhaald, zodat hij met mij een spelletje kon spelen op de manier die zijn vrolijke volwassenheid hem bijtijds had toegefluisterd. Ik zweeg schaapachtig, blij met de steun die ik bij hem vond. Hij beloofde dat hij met me naar de havezaten in de omgeving van de stad zou gaan. De natuur interesseerde hem bovenal. Het is opmerkelijk dat hij op bijna geen enkele foto goed te zien is. Hier staat hij te dichtbij, zodat je alleen zijn neus ziet, hier heeft hij geknipperd, hier verscheurt een grimas zijn gezicht, maar hier, hier kun je hem zien, op de eindexamenfoto. Met een voorname, waardige houding (zoals zijn moeder hem had aangeraden toen ze hem inwijdde in de ervaringen van provinciale, in knoflooksaus gedoopte vriendelijkheid) en een blik op de vlucht, die omhoog zal vliegen en boven zal blijven zolang er gevaar bestaat voor nieuwsgierigen. Nu moet ik erom lachen dat ik hem niet heb kunnen doorzien.

* *
*

'Filip, waar ga jij heen met vakantie?' Minka keek mij, de als goedgekeurd aangemerkte, wantrouwig aan. 'Ik ga met Mira en Miša naar Dubrovnik. Mijn oom heeft een huis op Lopud. Je kunt je voorstellen dat we ons daar wel zullen amuseren.'

Ik was toen nog nooit in Dubrovnik geweest. Ik was nooit aan zee naar het huis van mijn familieleden geweest, want die familieleden hadden geen huizen aan de kust. Daarom kon ik alleen maar vermoeden wat haar daar voor amusement wachtte: terwijl ze Miša ieder meisje waarop hij verliefd werd zouden tegenmaken, zouden de twee meisjes, genesteld op een handdoek die prikte van de droge naaldjes van de pijnbomen waaronder ze pistachenootjes zaten te knabbelen en het perziksap dat langs hun gezicht stroomde over hun armen smeerden, zodat er vliegen op zouden neerstrijken, zij beiden zouden dus, verscholen achter Miša's onfortuinlijke achtervolgingen, kijken naar de zwembroeken van mannen en hun lippen vol opgedroogd perziksap aflikken...

'Ik geloof niet dat ik ergens heen ga. Ik moet de parken op de havezaten buiten de stad nog bezoeken. Daar moet ik deze zomer voor benutten.'

Het verbaasde Minka dat ik van plan was zonder haar naar de parken te gaan. Ze drong erop aan dat ik op haar zou wachten. Omdat ik haar dat niet kon beloven, beschuldigde ze me half spottend van ondankbaarheid en gebrek aan collegialiteit:

'Tot dusver hebben we alles samen bezocht, dan gaan we toch zeker ook van nu af aan samen?' Ze wilde het lijntje waar ze me aan hield niet loslaten, al was dat een lijntje van wind. Ik maakte me niet druk. Aleksandar had toch al bevestigd dat hij hoe dan ook met mij meeging naar de havezaten. Minka wist daar niets van. Zodra school was afgelopen, vertrok ze naar Dubrovnik. Ik had haar iets kunnen beloven. Maar dat deed ik niet. Ik zweeg verzoenend en in dat zwijgen vond zij de nodige genoegdoening. Ze reisde over een paar weken af, op een vrijdag, met de nachttrein.

In de vlakte drukte de zomer met de massieve kracht van zijn gloed op het land en de mensen, hij brandde op de wegen en kanalen met een ondraaglijke hitte die de verscheidenheid verstikte en gele stempels van verdroogd gras en door dorst uitgeputte mensen achterliet. De rust die de overhand kreeg was een teken van diepe onderworpenheid, dezelfde die ook zwijgt als er sneeuw ligt, een onderworpenheid waarin zowel het gulzig verslinden van een schijf watermeloen als het nerveuze rondvliegen van een bij, zowel de droevige roep van een lachduif als je bezwete voorhoofd en het hete asfalt van de straat de macht van de Allerhoogste prijst. Maar in het stadje was het net als in een bos. Het was er niet heet, hoewel de lucht verschrikt verstarde en de vogels zelden durfden te gaan zingen, er was geen school, het zwembad in het kanaal was stampvol – de verveling kroop je onder de huid. Aleksandar lag lui uitgestrekt in de schaduw van zijn huis. Ik raakte geprikkeld door de snelheid waarmee de dagen verstreken en werd dan ook rusteloos, ik wenste zo snel mogelijk naar de havezaten te vertrekken. De onverwachte mogelijkheid om op zomervakantie naar de bergen te gaan maakte mijn haast nog groter. Het geloof in een interessant avontuur overwon Aleksandars luiheid en bij het krieken van zomaar een woensdag gingen we op weg naar verwaarloosde kastelen en parken.

De zon wiegde ons over droge onverharde wegen en bood ons de wezenloosheid van de hete monotonie van de vlakte. We praatten een beetje, dorstig geworden keken we met tot spleetjes toegeknepen ogen naar de fata morgana die naar ons knipoogde vanuit de bosjes waarnaar we op weg waren. Van de kastelen vonden we niets terug. Alleen tot de funderingen vernielde burgwallen, begroeid met onkruid en jonge esdoorns. Op deze foto is Aleksandar, met een triomfantelijk gebaar, op een lage burgwal van een voormalig kasteel geklommen. Doet hij je niet denken aan David Bellamy in een of andere Cambodjaanse jungle? Decennialang had geen mens een voet in dat park gezet. We vermaakten ons met het plukken van bosrank en klimop, die het hele park in een kluwen van ongrijpbare plantenmagie hadden gewikkeld, we prikten ons aan naalden van coniferen en stiekeme doorns van wilde rozen die in die jungle ronddartelden alsof ze waren overgeplant uit het sprookje van Doornroosje. Bij de volgende havezate was er zelfs geen enkel fundament van een gebouw overgebleven. Ik fotografeerde Aleksandar terwijl hij, op zijn tenen staand, moerbeien at, en hij nam een foto van mij terwijl ik vocht met de doornstruiken om bij een uitgedroogde lariks te komen. Onder mijn arm *Dendrologie*. De bladzijden begonnen al uit te vallen door de blaadjes en jonge vruchten die ertussen gestoken zaten. Ik vond een omhooggeschoten heg van Amerikaanse oranjeappel, we plukten de vruchten, die op sinaasappels lijken. Niet ver van die verwarde hoop verwilderd groen, bij een halfverlaten huisje, blafte nerveus een kettinghond, met de bedoeling ons weg te jagen en te bijten. Ik moest lachen om Aleksandar, die hem plaagde door met oranjeappelvruchten op hem te mikken, en dus moest ik ze op de foto zetten. Op een halve kilometer afstand van de havezate kroop een kanaal, versierd met waterlelies. We plonsden erin, bezweet en hongerig als we waren, een paar kinderen lachten vanuit de verte om ons omdat we geen onderbroek aanhadden. Op het water streken libellen neer, de bladeren van de populieren ruisten boven ons als om ons de groeten van een of andere riviergod over te brengen. Ondanks alle verleidelijkheid van de witte en gele waterlelies was het warme water niet in staat de zoetige lucht van rotting die van de bodem, uit de modder kwam te verhullen. Ik weet niet meer of ik erge wroeging had omdat onze ontdekkingen niet spectaculair en zelfs niet interessant genoeg waren. Aleksandar leek zich uitstekend te amuseren, maar probeerde dat niet al te zeer te laten merken. Toen we op de terugweg langs een dorp kwamen waar familie van hem woonde, gingen we bij hen langs om vis te eten. Boeren in onderbroek goten koud bier in hun als een voetbal zo grote buik en bogen zich over een keteltje waarin, te sterk gekruid met hete paprika en ui, een in stukjes gesneden karper werd gesmoord. Het ging over de familie, over de waterstand van de Donau, over vissen die gek waren geworden van de hitte, in de stad moet het ondraaglijk zijn, wanneer ga je trouwen... We kwamen hondsmoe en gelukkig thuis. 'We moeten echt naar de havezate van de Fernbachs. Daar staat een puntgaaf kasteel en het park is een ware botanische tuin,' zo probeerde ik Aleksandar in beweging te krijgen voor een volgende, aanzienlijk langere tocht. Hij knikte. Die avond ging hij met vrienden naar café Bij Ilonka. Hij heeft me nooit aan hen voorgesteld. Hij is nooit met me naar de havezate van de Fernbachs geweest.

De dagen kregen een stekende verveling die werd gevuld met moeders meikersenpita's en 's middags lezen in de achtertuin, die was ingedommeld onder de lanterfantende lucht en de monotone roep van de lachduiven. Bojan nodigde me een paar keer uit om met hem naar het zwembad te gaan. Hij stapte daar trots rond met zijn borsthaar, met een zelfbedachte verleidelijkheid die op een vergissing berustte. Gezeten op het hete beton bleven de Genoveva's, in plaats van hun handdoekje naar hem toe te verplaatsen of in het water zogenaamd toevallig tegen hem op te botsen, meer dan onverschillig, zodat hij vergeefs hun gezichtskring binnenwandelde, als een soort vogelcontroleur die zwijgend orde houdt, de hitte trotserend. Ik ging niet naar het zwembad. Ik werd moe van de drukte en het oorverdovende lawaai waarmee de warmte van het water terugkaatste.

Op een middag nodigde Bojan me uit elkaar 's avonds te ontmoeten op het zomerterras in het park. De dochter van zijn peetoom was uit Belgrado overgekomen; hij vond het niet interessant om in zijn eentje met haar uit te gaan, dus als ik hem gezelschap wilde houden... Zijn zus bleek ook met ons mee te gaan. Gewend aan de grote stad, keek de dochter van de peetoom om zich heen alsof ze een draadje zocht waarlangs ze de weg naar huis kon vinden. Jong en ongerept, maar wel omhuld met de algemene vooruitstrevende ervaring van haar in de hoofdstad opgegroeide generatie, genoot het meisje ervan zich ver van het toezicht van haar ouders te bevinden, ze nam de vrijheid ontspannen als kauwgom rond te lopen. En zo praatte ze ook. Dankzij haar uitstekend werkende, uitgesproken speekselklieren kreeg haar gomachtige spraak de vochtigheid van een fijngekauwde appel. Daardoor werden ook haar lippen steeds bevloeid. Het gesprek maakte pas op de plaats en een beetje eromheen, op de stoelen vielen bloemen van de pagodeboom. De dochter van de peetoom dronk iets zonder prik. Ze zat recht tegenover me. Haar aanwezigheid kriebelde me op de een of andere manier en ik wachtte af om te zien hoe ik me zou krabben. Bojan prees als een soort toeristische gids ons stadje aan als de ware plaats voor een vakantie, terwijl het meisje op haar stoel zat te draaien alsof ze in de verkeerde trein zat. Ergens in het park werd een vrolijk wijsje gefloten. Terwijl ik onder tafel de schikking van onze benen probeerde te ordenen, die ons gesprek net zo vervelend vonden als wij, trapte ik het meisje per ongeluk op haar tenen. Haar voet bleef, ondanks de onverwachte stoot, op zijn plaats. De terugkeer van mijn voet op de hare werd zonder beving en schok aanvaard. Ik trok mijn schoen uit. Haar blote voet stak in een licht sandaaltje. Ik liet mijn voet gaan waar die maar wilde. Terwijl zij doorpraatte volgens het gebruikelijke, gortdroge schema, wees de dochter van de peetoom me niet terug. Zelfs haar manier van praten werd op de een of andere manier levendiger en minder gomachtig. Ook ik hield met mijn toneelspel de algemene onschuld van de avond in stand, die bleef steken in verklaringen omtrent de zwaarte van het tentamen pathologie dat Bojans zus ons met studentenijver (en om ons te fascineren) uit de doeken deed. Intussen was ik onder de rok bij het gebied tussen de benen aangekomen. De dochter van de peetoom bestelde een coca-cola met veel ijs. Bojan mengde zich in de monoloog van zijn zus om te laten zien dat hij ook ergens verstand van had, en wij tweeën zwegen. Om geen argwaan te wekken stamelde het meisje af en toe een woordje. Ze schraapte haar keel, ze kreeg vreselijk de hik. Daarop bestookten broer en zus haar met glazen en servetten, maar ik hield niet op. Het voorstel om een wandeling te maken werd door de dochter van de peetoom afgewezen met een lofzang op de rust van het park, zoals die in Belgrado niet bestond. Het werd Bojans zus opeens duidelijk dat ze te veel aan het woord was en daarom sprak ze mij aan. Ik zei dat ik genoot en dat ik die avond een beetje melancholiek was, doordat die witte bloemen op ons vielen. Niemand merkte de glimlach van de dochter van de peetoom op en daarom dachten ze dat ik me van den domme hield. En ze hadden gelijk, want juist toen werd het het interessantst. Het meisje volgde me tot het uiterste. Ook ik moest coca-cola met veel ijs drinken. Met een blik op haar horloge kondigde Bojans zus, geleid door de richtlijnen die ze van thuis had ontvangen, aan dat we naar huis moesten. We konden niet lang treuzelen – haar strengheid paste bij haar kloosterachtige toewijding aan een vastgelegde orde. Pas toen we opstonden, merkte ik dat een lichte trilling het meisje had bevangen. Zweetdruppeltjes op haar voorhoofd verzamelden zich tot een straaltje en stroomden door haar haren. Niet zonder met moeite ingehouden trots vroeg ik Bojan de volgende dag of hij de vorige avond aan die tafel iets ongewoons had opgemerkt. Ik was verrast door zijn naïviteit en raakte ervan overtuigd dat een verhaal bedrieglijk kan overkomen. Bojan wilde me niet meteen geloven.

Hij was gewoon verbaasd dat zoiets hem was ontgaan. Helaas kon hij de dochter van de peetoom er niet naar vragen. Zij was al afgereisd.

En ook voor mij was het nu tijd om te gaan pakken. Die zomer ging ik voor het laatst met mijn moeder op zomervakantie. We sloten ons aan bij een groep leerlingen van haar school en gingen naar Zlatibor. Heen en weer geslingerd tussen mijn pas ontwaakte, nog blinde mannelijkheid en het fatsoenlijke gedrag van de zoon van de onderwijzeres was ik blij dat ik in een kamer met de andere jongens was ondergebracht. Het ontspanningsoord droeg een voor mij moeilijk te verteren schools stempel, dat uitging van een orde en behoefte aan collectieve organisatie die ik haatte. Van de jochies in de kamer, die net de charmes van de onanie hadden ontdekt, onderscheidde ik me door hun dagorde niet te respecteren en door laat naar bed te gaan, en van alle anderen door een speciale opdracht (die voor mij overigens ook de doorslag had gegeven om mee te gaan op deze zomervakantie), de opdracht om de houtige flora van Zlatibor te bestuderen. Ik nam *Dendrologie* overal mee naartoe. Daar heb ik je al over verteld, over mijn zoektocht naar de gouden den.* Jammer dat ik er geen enkele foto van heb. Ik kan me totaal niet herinneren hoe het mogelijk is dat ik mijn fototoestel niet had meegenomen.

Ondanks alle gebruikelijke opwinding die ontstaat door de ontmoeting met de natuur en met haar teugelloze verlangens naar onze bewondering, kende ik Zlatibor toch al min of meer, zodat verrassingen zeldzaam waren. Totdat op zekere ochtend een stem zo warm als koffie verkeerd mij vroeg of ik zin had om te wandelen. Ze stond tussen mij en het grote raam van het terras waar het ochtendlicht in brak, en haar donkere gestalte maakte op mij de indruk van een verschijning, een bosfee, gevlucht uit het feeënwoud om onder de mensen te komen. Misschien had ze me opgemerkt terwijl ik op zoek was naar de ziel van dit gebergte, de gouden den, en was ze me achternagekomen om me te zeggen dat de ziel van het gebergte en de ziel van de mens niet hetzelfde doel nastreefden, dat de feeënwereld, hoewel die tussen de mens en het bos stond (precies zoals zij tussen mij en het verlichte raam, waarachter de blik vervaagde op ongebaande bospaden), dat die feeënwereld het menselijk wezen toch welgezinder was, omdat ze eruit was voortgekomen. Op het moment dat ik mijn hoofd ophief en mijn mond opende om iets terug te zeggen, kerfde mijn ochtend zich echter verrast in de weerschijn van haar brillenglazen en ik voelde me verzinken in warm water, waarin de belletjes van haar glimlach een balspel speelden. Ik ging wandelen met Saška en het hele gebergte werd opeens een decor waarin zich een naïef, maar toch romantisch liefdesverhaal ontspon. Zo ervoer ik althans die wandelingen en het gefluister, het aanraken van elkaars handen en de kussen die, geloof ik, door de bossen galmden met de echo van tot klank gebracht gebons van harten. Hoe Saška die tederheid ten opzichte van een vier jaar jonger jochie, een middelbare scholier, voor zichzelf verklaarde, weet ik niet. Ik voelde mijn eigen opwinding te sterk om me de gedachtegang en de gevoelsflexibiliteit van een studente te kunnen voorstellen. De mate waarin zij me verleidde overschreed nooit de drempel van een nobel spel dat het zetten van kleine vallen, plotselinge verdwijningen, troost gevuld met een zoete glimlach en de onfeilbaar kalmerende intonatie van gewassen stembanden inhield, alsof ze een figuur uit een of ander boek nadeed, alsof ze, gescheiden van het alledaagse en geplaatst in een streek met zwijgzame dennen, had besloten de werking van haar vrouwelijkheid te beproeven op een maagdelijke jongen die verliefd op haar zou worden met een heftigheid die geen van haar latere mannen zou bereiken. Niets daarvan kon zij vermoeden, ze probeerde alleen mij te verleiden en daar slaagde ze in. De tijd, die zo vrijgevig verstreek, bezorgde de zomervakantie de tint van Wertherachtige liefdesonrust, waarvan ik voor een ogenblik dacht dat die maar eens in je leven voorkwam, en dat ik die nu al beleefde, als jongeman. Maar af en toe begon ik bij mijn overdenkingen te twijfelen, en dan dacht ik dat deze onrust zich altijd voordoet wanneer de geuren van dennenhars, wilde aardbeien en bloeiende salie samen het beeld vormen van een meisje dat slapend in mijn omhelzing kan verzinken. Het zal je duidelijk zijn dat ik de ware oplossing van die twijfel vandaag nog niet ken. De kus op een bank naast een oud, verlaten, door sparren verborgen houten huis dat rook naar gemaaid gras en warme aarde waarop de avond neerdaalde, zou ik buiten dit hele romantische enthousiasme willen plaatsen.

Ik heb geen enkele foto van Saška. Ja, die zomer had ik mijn fototoestel niet bij me. Enerzijds zat dat stomme gebrek aan een nog stommer fototoestel me dwars, terwijl ik anderzijds, waarschijnlijk bij wijze van troost, het proustiaanse gevoel ontwikkelde dat foto's voor de mens eigenlijk niet van nut zijn: ze houden het uiterlijke beeld van een toestand onveranderlijk en duurzaam vast, maar kunnen zich niet aanpassen aan de innerlijke beleving van de mens, en zijn daarom bijna altijd verkeerd en oppervlakkig. Natuurlijk zou ik nu vreselijk graag willen dat ik je een foto van Saška kon laten zien.

De zomervakantie eindigde met een ontnuchterende klap die door mijn gevoeligheid als ongeluk en onrechtvaardigheid werd bestempeld. Saška ging al vier jaar met een zekere G. Ze hadden samen de middelbare school bezocht, ze zouden samen naar de universiteit van Sarajevo gaan. Zij ging journalistiek studeren. Terug van de vakantie belde ik haar als een bezetene om haar nog een keer te kunnen zien. Ze ontweek me handig, overeenkomstig haar besluit om me volkomen te vergeten. Ik had geen belangstelling meer voor bomen of bomenrijen, ik wentelde me gevangen in het zomerse spinrag dat was neergedaald over de koele hoeken van de stille achtertuin, een stilte waarin ik me verstikt voelde door de dichtheid van de schaduwen. Even onverwachts als ze was verschenen, verdween Saška uit mijn blikveld. Ze ging met G. naar zee en daarna naar Sarajevo voor een zeer lang verblijf. Ik ben haar nog maar één keer tegengekomen, een halfjaar na de bezwijming van Zlatibor, bij toeval. In de besneeuwde grijsheid van februari reisden we met de bus. Aan die ontmoeting hield ik een pepermuntje over, dat zij me aanbood en dat ik nog een hele tijd steeds in mijn rechter broekzak bij me heb gedragen. Er brak een tijd aan van gedichten schrijven, een tijd van weemoedige verzen en een tijd waarin ik de subtiele onduidelijkheid van menselijke gevoelens en de betoverde nevel van de liefde begon te voorvoelen, die, daar was ik toen volkomen van overtuigd, afkomstig is uit de feeënwereld en daarin verdwijnt.

* *
*

En de zomer duurde maar voort. De eerste dagen nadat mijn hart was gebroken sleepten zich voort als geslagen honden. Ik was uitgeteld door de hitte en de doffe zinloosheid waarin ik zwetend de doodse middagen doorkwam. Toen Bojan me in onsamenhangende zinnen via de telefoon zijn enthousiasme overbracht, greep ik dat dan ook aan als hulp in de nood, al wist ik niet waar het om ging. Ik ging naar het park om hem te ontmoeten.

Vanuit een of andere half snobistische behoefte om in nauwer contact te komen met de wereld van kunstenaars en bohemiens (voor zover zoiets in ons stadje bestond), bezocht Bojan af en toe het café Bij Ilonka. In dat café heerste de bohème van tabaksrook, vette tafellakens en goedkoop bier, verrijkt met ideeën van eindexamenkandidaten over de Kunst die ze aan de mouw trokken, waarvan ze een lok aanraakten of waarvan ze het verloren schoentje vonden. Misschien waren de fonkelende beelden van dat moeilijk te beschrijven genot dat Kunst kan verschaffen voldoende om de bohemien gestemde jongeren te drenken met de troost van een, in een nevel van dronkenschap gedroomde, artistieke daad. Misschien. Ik heb daar nooit met voldoende belangstelling naar binnen gegluurd. Het café bevindt zich in een dendrologisch niet interessant deel van de stad, je komt er door een smalle, piepende deur binnen in de gang van een gebouw, bekleed met de schaduwen van de vergetelheid. Via die deur was de adem van poëzie en theater het vervallen gebouw binnengeslopen.

Door van tijd tot tijd naar Bij Ilonka te gaan om zich ook te laven aan de bron van de zegebrengende nectar der verleidelijke Kunst, gaf Bojan de scheppende geest permissie om als een soort vraatzuchtige worm in zijn binnenste te delven. Eerst probeerde hij gitaar te leren spelen – hij had een hekel aan oefenen. Hij schreef verzen, niet wetend of hij zich aan rijm moest houden of zich moest overgeven aan een vrije vorm, die hem zou moeten inspireren (maar daar niet in slaagde). Daarom hoopte Bojan bij iedere tocht naar Bij Ilonka dat hij eindelijk zijn muze tegen het lijf zou lopen.

Die zomer leerde hij Goca kennen, die hem meelokte naar de grilligheid van de theaterplanken. Door met behulp van een lange halsdoek die fladderde als de fatale sjaal van Isidora Duncan, met behulp van conceptuele gaten in haar broek, een zwarte ring en weelderige, donkerpaarse mascara, die ze maar op één oog aanbracht, de indruk te wekken van nature, spontaan en onverbiddelijk deel uit te maken van de wereld van de kunstenaar, de schepper, slaagde Goca erin een aura te creëren die haar de aandacht van vele adepten van Ilonka's bedwelming opleverde, en vooral van de simpele toeschouwers, tot wie ook Bojan behoorde. Na lang zwijgen en staren naar de geleidelijk inzakkende belletjes in de krans van haar bierglas nam Goca doorgaans het woord met een speciale nadruk, alsof ze een lezing gaf of een tentoonstelling opende. En dat alles met een ernstige gelaatsuitdrukking en een geëxalteerde blik. Dan dronk ze haar glas leeg en draaide zich om naar de bar om het effect te beoordelen. En hij zweefde om haar heen en mestte haar ijdelheid.

Verwaand door de indruk die ze op Bojan maakte, besloot Goca in het park zomertheater te gaan maken. Na lang nadenken en onderzoeken bepaalde zij dat ze toch niet Cocteau zou brengen (op wie ze zich eerder had gericht), maar concentreerde ze zich op zichzelf. Ze nestelde zich achter de schrijfmachine, stuurde haar gedachte op avontuur en schreef zelf een tekst, in feite een klucht, wat haar op dat moment het geschiktst leek voor haar door de natuur geïnspireerde artistieke daad. Ze gaf de tekst ter inzage aan Bojan, omdat ze hem beschouwde als potentiële deelnemer aan haar rijkbeplante creatie. Opgewonden door de mogelijkheid om zijn ware artistieke talent tot uiting te brengen, dacht Bojan er niet lang over na wie de derde persoon in de klucht zou kunnen spelen en hij belde haastig mij.

In het park, tussen de ondergescheten bustes van volkshelden, met verkorste spetters op hun gezicht die eruitzagen als tranen, zette Goca, gekleed in zwarte en veelkleurige weefsels, het concept van haar tekst en haar regie uiteen. Er zaten drie figuren in de voorstelling, Colombina, Pierrot en de regisseur. Colombina en Pierrot (alias Goca en Bojan) vormden de spil van de dramatische lading, terwijl de regisseur van de – in de voorstelling gedachte – voorstelling richting gaf aan hun relatie, die corrigeerde en wijzigde. Een van haar oogjes gluurde vanonder haar zwarte bril om vast te stellen of ik geschikt was voor de rol van regisseur. En terwijl ik glimlachte en Bojan zichzelf al door Hollywood zag wandelen, beteugelde Goca haar tong omdat ze mijn glimlach niet kon plaatsen: was die bemoedigend of spottend? Ze droeg me op de tekst te bestuderen en te beoordelen of ik er voldoende gevoel bij had. Ze doorzag mijn licht duivelse verlangen naar spot niet. Want, jawel, Goca was uiterst serieus, ze zou proberen zich volgend jaar in te schrijven voor de studie regie, met haar viel niet te spotten. Ik vond het gênant om mee te doen aan die stommiteit, maar Bojan was de tekst al uit zijn hoofd aan het leren, hij verzamelde thuis rekwisieten, dacht erover na wie hij allemaal voor de première moest uitnodigen en welke dag het geschiktst zou zijn voor die gebeurtenis. Vol verbazing en boosheid staarde hij mij aan, omdat hij mijn stille boycot aanvoelde en er geen begrip voor had. Goca's toverkracht was toch niet vaardig genoeg om voor mij acceptabel te zijn. De zwarte, gekreukelde draperieën waarin ze zich hulde verborgen een nietig, ongecultiveerd lichaam met borstjes als geplette kussentjes, met zijdeachtige, donkere haren op haar armen als wier op de zeeoever, en met benen waarvan de kromte zelfs door lagen onderrokken niet kon worden verzacht, zodat Goca, in dat hele grand tenue van textiel, waggelde als een eendenkuiken dat in de war was gebracht met het sprookje over het lelijke jonge eendje. Ze stond erop dat we elkaar diezelfde week nog een keer ontmoetten, zodat ze kon horen wat ik ervan vond (en dat ik bereid was mee te werken, ze had niet de kracht om daaraan te twijfelen), maar ook om precies de open plek in het park te kiezen waar de voorstelling zich zou afspelen (en waarvoor ze uiteraard het advies van een botanicus nodig had). Ze wilde dat ik er rekening mee hield dat het publiek zich samen met de acteurs zou verplaatsen, dat ze zich door het park zouden bewegen, op banken zouden klimmen, misschien ook op de muren van het karmelietenklooster of zo nodig op de kinderwip. Daarom was het heel belangrijk dat we de volgende keer de precieze route bepaalden waarlangs de voorstelling zich zou ontwikkelen en dat we begonnen met de repetities.

Toen ik thuiskwam, werd ik overvallen door verveling. Verveling vanwege de verflenste woorden en stoffige dromen van Goca, de verveling van zomermiddagen die naar het ledige, naar de donkerblauwe kluitjes van de nacht dropen. Ik veroorloofde mezelf de bomen te verwaarlozen, de langdradige luiheid van de zomer maakte me kwaad.

Het was de hoogste tijd om naar het kasteel van de Fernbachs te gaan en door het sprookjesachtige park te lopen. Over de schoonheid daarvan deden nostalgische en weemoedige verhalen de ronde, als werden ze verteld door diepbedroefde maagden – nu tandeloze oudjes –, getuigen van vergane glorie. (Of vertellen die verhalen over een onvruchtbare toekomst, die kastelen heeft gesloten en heeft toegelaten dat parken tot wildernis vervallen?) Ik bedacht dat de afstand tot dat park toch te groot was voor een eenzame fietser. Misschien zou het gemakkelijker zijn als er iemand met me meeging. De zomer kneep de ogen tot spleetjes, onbelast en onverschillig tegenover al mijn dilemma's. Aleksandar zat vastgeplakt aan zijn eigen vriendenkring en het kanaalwater. Op hem kon ik niet rekenen. Alleen gaan? Maar als ik onderweg nou eens een lekke band kreeg? Het was toch een tocht van 25 kilometer. Ik zou hem plakken, maar wat moest ik doen als mijn buitenband ook kapotging of als mijn ketting brak? Ik zou te voet naar een dorp moeten om hulp te zoeken, mijn onderneming zou mislukken, de teleurstelling zou me ondersneeuwen, ik zou er moeilijk toe kunnen besluiten het opnieuw te proberen... Toen Minka's stem me via de telefoonhoorn bereikte en me als een pijl doorboorde, hoorde ik dat ze uitgerust en bruinverbrand klonk, ongeduldig om te weten wat ze allemaal had gemist. Ze wilde dat we elkaar meteen zagen. Over haar zomervakantie vertelde ze niet veel en alle gebrekkige beschrijvingen kwamen neer op het woord 'schitterend'. Het leek alsof dat ook de som van alle indrukken was, want Minka kon zich niet losrukken van dat woord, evenmin als van de tevreden glimlach waarachter de charmante arglistigheid verborgen zat dankzij welke Minka bijna een maand in de naaste (naakte) nabijheid van Miša had doorgebracht. Het was duidelijk dat de netten die ze tijdens het zonnige nietsdoen op het strand rond Miša en zijn verlangens geweven had, voldoende zekerheid boden over haar overmacht, en ik zou zeggen dat ze haar ook op een andere manier hadden bevredigd. Minka's ogen zagen er in elk geval uit alsof ze tevreden waren met wat ze naar hartenlust hadden bekeken. Op haar niet al te nieuwsgierige vraag hoe ik de afgelopen maand had doorgebracht, antwoordde ik droog, zodat de vastgelegde orde van de communicatie in stand bleef. Pas toen begreep ik dat mijn antwoord haar helemaal niet interesseerde. Ik zei tegen haar dat ik binnenkort naar het kasteel van de Fernbachs ging. Ik nodigde haar niet uit om met me mee te gaan. Ze nodigde zichzelf uit. Zij moest dat hoe dan ook zien. Ze mocht de gelegenheid niet voorbij laten gaan. Maar het kwam niet in haar hoofd op met de fiets te gaan. Ze zou moe worden, een zonnesteek krijgen, ze zou flauwvallen... Met de auto, of niet. Ik keek haar wazig aan, alsof Goca's draperie voor mijn ogen hing. Ik had geen auto. Ik hoefde me geen zorgen te maken, zei ze, zij zou haar papa overhalen om ons te brengen. We zouden op zaterdag gaan. Ze kon nauwelijks wachten.

Ik kon me alleen maar verbazen over Minka's bereidwilligheid en verlangen om het park van de Fernbachs met mij te bezoeken. Ze leek me te onomwonden en te direct, zonder enige aarzeling en doorzichtige leugentjes. Ik had de zeer voor de hand liggende reden voor een dergelijk gedrag toen nooit kunnen bedenken: Minka had gevoeld dat de blik van een andere vrouw een serieus stempel op mij had gedrukt. Ik had haar niets verteld over Saška. Maar zij rook een andere vrouw op 'haar terrein' en ging meteen tegen haar op oorlogspad. Daarom probeerde ze er in de auto, terwijl haar vader ons naar het park van de Fernbachs bracht, achter te komen om wie het ging en hoe ernstig de doorbraak van haar rivale was. Ik vond dat ik me het best aan haar onverzadigbare nieuwsgierigheid kon onttrekken als ik loog, dus verzon ik een verhaal over een Macedonische uit Bitola die ik in Zlatibor had leren kennen. (Maar feitelijk brak ik die hele tijd mijn hart op de rots van Saška's onverbiddelijkheid, mijn verzen huilden als de takken van een den waar dauw van afdruppelt, ik verschool me 's avonds in de struiken in de buurt van haar huis om haar tegemoet te gaan en haar te zeggen dat ik niet zonder haar kon, hunkering dreef me voort, verdriet veranderde me in een wrak...)

– 'Nee, we schrijven elkaar niet. Ze is teruggegaan naar haar Bitola. We hebben het leuk gehad en tot ziens.'

Minka kon bijna niet geloven dat ik zo vastbesloten een einde maakte aan het verhaal waarvan ze nog zoveel details had willen weten. Een verborgen twijfel vonkte kortstondig uit haar ogen toen ze na het uitspreken van 'tot ziens' mijn gezicht bekeek. Ik gaf geen krimp. Ik stelde me een volkomen oninteressante brunette voor, die ik volkomen koelbloedig voorbij kon lopen, ik concentreerde me op dat beeld en hield mijn blik rustig gericht op de rijweg voor ons, terwijl Minka's vader goedmoedig en timide glimlachte, alsof hij ons naar een geboortekliniek reed.

Maar toen we bij het park kwamen, hielden alle verhalen op. Hier, ik zal je de foto's laten zien.

Vanuit de verte ziet het park eruit als een eiland van dicht, hoog opgeschoten geboomte midden in een zee van akkers. Wanneer je er dichterbij komt, word je eerst welkom geheten door een toren. Zie je, die domineert nog steeds door zijn hoogte, maar de meesters ervan, de duiven, bewaken hun uitkijktoren aandachtig. Vanaf de muren lispelen de vlekkerige resten van afgebladderde, gekraste verf met oudemensentandeloosheid over de vele kleuren die ze zich nog herinneren. Houten trappen, smal, scheef en krakend, leiden met knerpende spanten naar de klokkentoren. Onder de klokken zelf, verstomd, maar verlangend naar een lied, verbergt een laag sneeuw van duivenveren en -poep de gaten in de plankenvloer, die zeggen dat de mensen hier lang geleden zijn weggegaan. De blik stort zich vanaf de toren in het groene oerwoud als een lenige baviaan die aan een liaan afdaalt in het bebladerde kreupelbos. Ik herinner me dat de rillingen me over de rug liepen toen ik die warboel van dolzinnig geboomte voor het eerst zag. Binnen in het kasteel heerst, zoals je ziet, een nog grotere woestenij. De treurig opengesperde kaken van een verdorde schouw. De patronen op de wanden, blauw en rood, zijn niet in staat het geheim van deze enorme vertrekken te vertellen, noch de geheimen van de mensen die hier voorbij zijn gekomen en wier schaduwen verbleekt zijn onder de aanval van stof en van de stiekeme tocht die heeft samengezworen tegen alles wat naar duurzaamheid verlangt. Opgedroogde tranen, verstomde zuchten, vergeten woorden, ondergesneeuwde glimlachen, verbrokkelde lotgevallen – dat alles daalt samen met het stof neer en verkwijnt in kieren als gestorven poppen waaruit zich nooit meer een vlinder zal ontwikkelen. Ramen, troebel alsof iemand er modder op heeft gesmeerd. Maar buiten, midden in de hitte, knettert het groen. Ik liep over het mostapijt van overwoekerde, nauwelijks zichtbare paden alsof ik op het punt stond een tempel van een of andere oeroude beschaving te ontdekken. Precies – iedere boom was voor mij een tempel, een ontdekking die mij kippenvel bezorgde en zweet over mijn voorhoofd liet druipen. Een bloeiende magnolia, de takken gebogen door de zwaarte van de bloemen die zich vol zelfbehagen aan elkaar spiegelden; de waardige slankheid van een gigantische thuja met de tint van donker smaragd die de mystiek van de verlaten wallen bewaarde; een oase van vleugelnootbomen met lange linten van bloemen die de legende over hangende tuinen leek te koesteren; een allee van reusachtige ginkgostammen die me veroverde met de kracht van zijn weerspannigheid en met de voornaamheid van zijn Verre Oostenwaaiers, en me, alsof het om een computeranimatie ging, meenam naar de tijd van zijn onoverwinnelijke koningschap; de verfijnde lieflijkheid van de Sawaracipres die ooit haar tederheid aan geisha's schonk, waardoor die bomen me met echt vrouwelijke ogen aankeken en me raakten met de vrouwelijke zachtheid van hun gebogen, harsige takken; en de wonderbaarlijke Japanse taxus, de bloedbroeder van de Sawaracipres, waarvan niemand wist dat hij meer dan honderd jaar geleden stiekem, in een privéarrangement, naar Europa was geëmigreerd, waar hij zich gedroeg als een grillige prins van wie geen wens onvervuld mocht blijven. Betoverd plukte ik bladeren, bloemen, kegels, alles wat dit exotische eiland me bood, vastbesloten op een dag een televisieprogramma te maken over de wonderen van dit park en zijn ongehinderde verandering in een jungle, in een wereld waar geen mensen nodig zijn. Zelfs Minka kon geen weerstand bieden aan de kracht van dat geboomte dat ons zwijgend en vriendelijk als een goedmoedige reus onthaalde. Ze liep met kleine passen om de autocratische heerschappij van de planten niet te verstoren. Beiden wierpen we dikwijls een blik in *Dendrologie*. De bladzijden raakten los, ook het boek zelf trilde.

Meteen de volgende dag sorteerde ik het verzamelde materiaal in het huis van de Kamerers. We verbaasden ons, vol bewondering, over de aanwezigheid van de soort *Taxus cuspidata* op ons grondgebied, alsof wij zojuist het bestaan ervan hadden ontdekt. Professor Kamerer bekeek met een loep aandachtig de kenmerken van de mutatie van de soort *Chamaecyparis pisifera*. Zijn belangstelling gold met name de aanwezigheid van de variëteit *squarrosa*, die uitsluitend naaldvormige bladeren heeft. Hij was gewoon perplex dat het verschil zo groot was, maar ook verrast door de kennis en de geestigheid van de tuinman of misschien van baron Fernbach zelf, die vlak naast bomen met geschubde bladeren ook die met naaldvormige had geplant. In die finesses kon zelfs *Dendrologie* ons niet alles verklaren, en daarom zochten we antwoorden in door stof verminkte, oude Duitse en Hongaarse boeken met harde banden en de zoetige geur van rotte kweeperen...

* *
*

Terwijl we over dat werk gebogen zaten, begon de zomer ons langzamerhand te verlaten en kondigde zijn waardige en ceremoniële aftocht aan met langgerekte schaduwen, die licht als een spinnenweb over ons en de bomen heen vielen. De school begon. We kregen een nieuwe lerares marxisme, die eiste dat ik lid werd van de Communistenbond. Ik verzon uitvluchten: ik had verplichtingen, ik moest leren, parken bezoeken, bomen bestuderen, en ik treurde om onze lerares Kosa, die ons tot Bojans ontzetting en zichtbare teleurstelling voor altijd had verlaten, omdat ze zwanger was geworden. En Mila kwam bij ons in de klas. Ze was opgegroeid in een kleinere naburige plaats, haar ouders waren naar onze parkstad verhuisd en zij zat in de voorste bank te zwijgen met die als stuiters zo grote blauwe ogen van haar, die ons aankeken met de schroomvallige nieuwsgierigheid van een verschrikt katje. Ik sprak haar voor het eerst voor langere tijd bij het plukken van de maïs. In oktober, wanneer de nevels ons gezichtsveld al beginnen te bedekken, werkte de hele school verplicht op het land. Geloof me, ik herinner me echt niet meer hoe ik die maïskolven plukte en hoe mijn kennismaking met de landbouw verliep. Ik herinner me alleen dat Mila en ik op onze hurken aan de voet van een berg gele kolven zaten te praten. Terwijl ik mijn gewicht (op mijn hurken) van de ene voet op de andere overbracht, voelde ik het dunne lint van Mila's bescheiden (en grote) blik op me rusten en dat lint prikkelde me als de tak van een onbekende boom die me lokte om hem op te merken en te bestuderen. Ik vond toen nog steeds dat mijn hart alleen aan Saška en aan niemand anders kon toebehoren. Maar in de gesprekken en herfstontmoetingen met Mila leerde ik dat je soms de indruk kunt hebben dat je twee harten hebt of dat je ene hart in tweeën gespleten is. De helft van mijn hart werd geleidelijk, of ik wilde of niet, van Mila. Vooral in de winter, toen de rook uit scheve schoorstenen zich samenbalde en de stad omgaf met de reuk van verbrande rotting, om dan over de sneeuw en de mensen neer te dalen als de sluier van een onzichtbare tovenares die van plan was de stad in slaap te toveren, in die korte dagen verspreidde de lamp in Mila's kamer net genoeg licht om me veilig te voelen. Mila's haar wierp vlekkerige schaduwen op haar gezicht, vanwaar haar glimlach slaperig als een lachduif naar mij overvloog. Ook haar woorden koerden en hoezeer ik me ook verzette tegen dat verzinken in kussens van liefkozingen (in de war vanwege de eden die ik nog maar pas aan Saška had gezworen), ik vond nergens de kracht om ertegenin te gaan. Ik gaf me over aan Mila's onhandige kussen alsof ik mijn hele leven alleen daarop had gewacht en ik voelde dat die kussen des te warmer werden door de vonken die, in de onschuld van de winterstilte, op straat van de verlichte sneeuw spatten.

Er moest hard gestudeerd worden. Scheikunde, anatomie, farmacologie... Ik had geen tijd meer om de bomen zo vaak te bezoeken. En in de stad kende ik al bijna elke boom. Zodra ik wat vrije tijd had, zat ik geperste bladeren op wit papier te plakken, gegevens op te schrijven, bladen op te bergen in mijn herbarium en notities na te lezen die ik in het veld had gemaakt. Ik maakte me op om op grond van de verzamelde gegevens en verworven kennis een klein onderzoeksartikel te schrijven over de bomen van mijn streek. Naar mijn mening kon dat artikel dan als vrijgeleide dienen voor de biologiestudie waarop ik me ijverig voorbereidde. Ik zou naar een andere stad gaan, naar de universiteit, vastbesloten om bioloog te worden.

De ontmoetingen met Minka werden heel zeldzaam en hielden plotseling helemaal op. Zij wilde zich inschrijven voor architectuur in Belgrado. Ze was van haar stuk gebracht door het ondraaglijke feit dat Miša hevig verliefd was op een of andere bibliothecaresse, want voor die liefde kon ze geen tegengif vinden. Toen ze erachter kwam dat ik met Goca aan het scharrelen was op kunstgebied, probeerde ze bij haar thuis een muziek- en voordrachtsavond te organiseren met liedjes en poëzie van de Beatles, maar die avond, verkreukeld in de grilligheid van de tijd, werd snel vergeten en blijkt nu pas het afscheid van een vage, door bomen beschutte vriendschap te zijn geweest. Ze was nog steeds bevriend met Mira, probeerde zich waarschijnlijk tussen Miša en de bibliothecaresse te dringen en wierp zich, teleurgesteld omdat dat haar niet lukte, nog meer op haar studie en de voorbereiding op haar toelatingsexamen voor de universiteit.

Van Goca's plan en theaterdromen is natuurlijk niets terechtgekomen. Alle fantasie werd verdreven door school. Bojan had wel een behoorlijk stuk van de (onzinnige) tekst uit zijn hoofd geleerd en droeg die voor wanneer hij zich bedronk. We gingen uit in de Theaterclub en dronken cognac met coca-cola. Bojan zat als een waanzinnige achter meisjes aan die hem uit het domein van de maagdelijkheid konden wegvoeren, maar het lukte hem niet hen in te halen. Zij zeiden tegen hem dat hij te wild was. En hij had gezworen dat hij vóór zijn achttiende verjaardag voor het eerst zou neuken. Naarmate die dag naderde, werd hij steeds nerveuzer en prikkelbaarder – het scheelde niet veel of hij was naar de hoeren gegaan. Maar de voornaamheid van het beroep van zijn ouders en de vele ogen in een kleine stad ontnamen hem de moed, zodat hij niet verder kwam dan gevloek op de vrouwelijke schijnheiligheid. Toch kwam zijn wens uit en wel op het minst verwachte moment. Op een avond was de talentvolle pianiste Klarisa, die we nog kenden van de lagere school, in onze stad voor een gastoptreden. In een ander milieu, geschikt voor begaafde kunstenaressen, had Klarisa zich ontwikkeld tot een rasechte, ervaren vrouw die verlangde naar extramuzikale avonturen. Ze nodigde ons na het concert uit om iets te gaan drinken. Ze gaf zich met graagte over aan gelach en losbandigheid, wat Bojan helemaal in de war bracht. Hij gedroeg zich stijfjes en links, alsof alle gefantaseerde situaties plotsklaps uit zijn hoofd waren verdwenen. En juist door die linksheid van hem raakte Klarisa in vuur. Terwijl we nog in de bar waren ging ze al bij hem op schoot zitten, ze spotte met zijn blos en verwarring. Ze stelde voor het feestje bij hem thuis voort te zetten. Bojan aarzelde eerst (bang voor zijn ouders) om (door mijn overreding) toch moed te vatten en Klarisa mee naar huis te nemen. Daar beefde hij van spanning vanwege Klarisa's vastbesloten bereidheid tot actie, maar ook van angst dat zijn ouders wakker zouden worden, die in de kamer naast de zijne zoet sliepen en bitter snurkten. Ik ben ervan overtuigd dat Klarisa de beslissende stap zette waardoor Bojan zich verzekerd wist van de status van mannelijkheid. En toen zijn ouders wakker werden, was Klarisa al ver weg, net als in een sprookje. Bojan bleef verbijsterd achter, zo verwonderd over wat hem was overkomen dat hij het niet geloofde. Maar na een paar dagen paradeerde hij al met zijn neus in de lucht en bedacht hij nieuwe theorieën over manieren om een vrouw te verleiden.

Mila en ik zagen elkaar bijna iedere dag. Zelden gingen we 's avonds de stad in en als we al uitgingen, zat Mila's onafscheidelijke vriendin Ivana aan ons vastgekleefd. Mila schaamde zich en daar was niets aan te doen. De enige plek waar de schaamte haar verliet, haar kamer, was een hoekje waar we naar hartenlust alleen konden zijn. In die kamer begonnen we ook onze lichamen te verkennen. Angstig en onzeker, onhandig en bevend stonden we toe dat de intimiteit de vorm van de liefdesdaad aannam. Nu zouden we erom lachen. Ik zette een plaat op met het vioolconcert van Sibelius (dat steeds snel was afgelopen, zodat ik om de haverklap moest opstaan om de naald weer naar het begin te verplaatsen) en Mila wilde dat haar gezicht bedekt was met een wit laken. Alles wat er gebeurde verbijsterde ons en wij voelden alleen een onduidelijkheid die door ons wenste te worden verhelderd en uit de weg geruimd. 's Morgens waren Mila's ouders naar hun werk en wij tweeën rollebolden in dat kamertje van haar, verlicht door lampen met een oranje lampenkap en met ramen die uitkeken op jonge, verlegen linden. Ik herinner me dat ze me onder dat licht eens vroeg of ik erover nadacht wat mijn toekomstige vrouw nu deed, waarop ik, verrast, antwoordde dat ik graag wilde dat zij, mijn aanstaande, erover nadacht wat ík nu deed. Mila wist niet of ze aan zichzelf mocht denken. Hier, ik zal je mijn Mila laten zien. Hier kijkt ze me, voor haar huis, steels aan. Waarschijnlijk had ik iets gezegd of gedaan wat onze liefde kon openbaren. Zo was ze altijd, verlegen. Hier probeert ze op de stang van mijn fiets te klimmen – ik wilde altijd met haar dicht tegen mij aangedrukt rondrijden, zodat haar achterste, tussen mijn benen geplant, heen en weer rolde. Hier zit ze in een schoolbank, gehoorzaam en bescheiden, stil en verfijnd als een bedachtzame ree. Door mijn aanrakingen begonnen haar borsten te rijzen en Mila veranderde voor mijn ogen in een meisje dat haar schoonheid even waardig droeg als een magnolia haar bloemen. Daarom verbaast het me ook niet dat Aleksandar zo redeloos verliefd op haar werd.

Hij leidde in zijn onberispelijke stijfheid nog steeds een eenzaam leven en ik heb het idee dat hij, hoezeer de meisjes hem ook lastigvielen, stug en ontoegankelijk bleef. Hij ging uit met zijn vrienden, dronk bier en verstikte zijn blik in de rook. Totdat hij mijn Mila leerde kennen. Toen veranderde hij, hij wilde dat we elkaar zo vaak mogelijk zagen. Het duurde enige tijd voordat ik zijn liefde doorzag, die Mila niet bot kon afwijzen. We hielden op elkaar te ontmoeten. Mila bleef tevreden met het beeld dat ze achter zich zaaide, en ik was blij dat ik kon bewaren wat van mij was. Saška was ik vergeten. Het snoepje dat ik zo lang had bewaard, gooide ik zonder spijt weg. Iedere kus van Mila was zoeter dan dat snoepje.

* *
*

Dendrologie was voor mij uiteraard onmisbaar bij het schrijven van het artikel over de bomen van mijn streek. En aan dat artikel heb ik heel veel gehad toen ik me inschreef voor de studie biologie. Ik nam het boek nog enige tijd mee het veld in, en naast al het eindeloze heen-en-weergeblader zorgden oneffen muren, vochtig gras, heet beton en al die voor een boek onaangename plaatsen waarop het werd neergelegd, ervoor dat het zo verfomfaaid werd, dat de bladzijden zijn losgegaan en dat het, zoals men vroeger zei, een ratjetoe lijkt. Tijdens mijn studie leerde ik algauw dat bomen voor niemand zo belangrijk waren als voor mij en dat er veel betekenisvoller en noodzakelijker feiten bestonden die men moest weten. Ik had geen tijd om andere parken te bezoeken. Mijn wens om de bomen in de parken van alle vroegere adellijke landgoederen te bestuderen bleef onvervuld. *Dendrologie* bewees me ook goede diensten bij het schrijven van mijn afstudeerscriptie aan het eind van mijn studie. Het was in feite hetzelfde artikel dat ik aan het eind van de middelbare school had geschreven. Mijn docenten vonden dat het voldoende was (zelfs meer dan dat) om mijn studie af te ronden. Ik gehoorzaamde hen. Heel kort nadat de scriptie was geschreven, kwam *Dendrologie* samen met de andere botanische boeken terecht in een doos met het opschrift BIOLOGIE, die lange tijd bij een vriend thuis op zolder verkommerde, in het rijk van muizen en duiven. Net als mijn andere boeken liet ik ook dit daar achter en vertrok. Negen jaar later sprak ik met mijn vriend een ontmoeting af in Boedapest. Ik verzocht hem ze allemaal mee te nemen, alle boeken die niet waren zoekgeraakt en alle boeken die mij niet vergeten waren. Hier, op deze foto staat Naum met de dozen, geladen op die arme Renault 4. In Boedapest lag sneeuw, vanaf de Donau woei er een harde wind. Naums vrouw, blauw van de kou, was er niet blij mee dat we van haar verlangden ons te fotograferen. Ze kon nauwelijks wachten om zich te warmen. Het kostte me een paar dagen om de boeken over te pakken in enorme koffers en ze klaar te maken voor de reis. Vanuit Boedapest gingen er destijds nog geen rechtstreekse treinen naar West-Europa. Alleen naar Wenen.

Aan de grens met Oostenrijk deed een kleine Hongaarse douanebeambte, een relict van de socialistische arbeidersklasse, zijn plicht met de noeste tegenzin die het regime van zijn jeugd hem had ingeprent. Het was alsof het gesprek met hem en de daardoor ontstane onzekerheid mij voor de laatste keer moest herinneren aan de dwalingen en de paranoia van de gecorrumpeerde wereldvisie waaronder ik was opgegroeid – het communisme. Het leek erop dat de douanebeambte in geen tijden zoveel verdacht materiaal op één plek bijeen had gezien: boeken. Uit al zijn vragen sprong de vonk van de oude haat van alle totalitaire regimes jegens boeken over. Maar ook jegens schrijvers – dat was pas een verdachte soort. Mijn zelfverdediging, bestaande uit handig gekozen leugens, stroomde kalm en zelfverzekerd uit mijn mond. Ook die maakte deel uit van de communistische ervaring, maar kwam niet overtuigend genoeg over. En juist toen de douanebeambte dacht dat hij me in de val gelokt had – ik woonde in Nederland, maar mijn boeken waren in Hongarije? – kwam de redding van een geïnspireerde toneelimprovisatie: 'Die boeken waren, eh, bij mijn vroegere vrouw. Zij woont in Boedapest. We zijn een paar jaar geleden gescheiden, en zij heeft me nu pas toegestaan ze te komen halen,' zei ik met een bedroefd gezicht, mijn stem trilde, ik liet nog net geen traantje. Hij was geroerd door wat hij hoorde, ik deed hem vast denken aan zijn ruzies met zijn eigen vrouw en aan het gedoe van een scheiding. Hij klopte me op de schouder bij wijze van groet aan een kameraad met wie een geheim werd gedeeld. En ik liet me neer op het stoffige pluche van mijn zitplaats, geroerd door de anachronistische scène die hij me had bereid.

Dendrologie zette ik thuis met de overige botanische boeken op een plank. Ik dacht dat het van nu af aan slechts een onderdeel van mijn reeks plantenherinneringen zou zijn. Maar volkomen onverwachts had ik het weer nodig, vanwege datzelfde artikel, nu voor de derde maal geschreven. En weer bewees dat boek zich als onvervangbaar. Ik wil het niet laten inbinden. Ik wil dat het in al zijn gehavendheid de lang vervlogen tijd die ik eraan heb gewijd blijft bewaren. Zo helpt het mij te geloven dat die tijd nog steeds bestaat waar die vroeger ook bestond. Ik heb die verlaten, ik heb me ervan verwijderd en ik kan niet teruggaan.

Dat is de wet van de menselijke tijd – het onvermogen om terug te gaan.

BOEK III

Encyclopedie van de doden

Een wintermiddag, december. Nevelig licht, smerige ramen. Licht-vlek op raamvlek. Overal om ons heen hing wasgoed te drogen. In studentenhuizen stuit je altijd eerst op drogend wasgoed. Een onderbroek breeduit aan een tussen twee wanden gespannen lijn. Daaraan knijpers, een gele en een blauwe. De muur zuigt het vocht hartstochtelijk op. Op de plekken waar het is opgezogen, laat het stempels achter. De geur van gewassen wasgoed, de geur van ongewassen beddengoed, ongewassen kleren en ongewassen studenten maakte het benauwd in de kamer, geuren, doordrongen van tabaksrook die overal in trok. Er hingen alcoholdampen. Alcohol was er altijd. Die werd door vaders klaargemaakt voor hun zoons als ze op reis gingen. Voor geval van nood. Brandewijnen van druiven of pruimen, marc, foezel, oprispbocht, braakbocht. Er werd iedere avond gedronken. Het was winter. De warmtekrachtcentrale stookte fatsoenlijk. We zetten ramen open om de ijskoude lucht binnen te laten, om de frisheid van de stad te voelen, maar ook die lucht werd vergiftigd door onze studentenstank en hielp ons niets. We waren aan de bedomptheid gewend. Misschien verwarmde juist die ons wel. Toch had ik liever de stank van die kamer dan de weeë reuk die in de gangen zwierf. Daar kolkten lozingen uit keukens en closets, alsof daar alle ventilatiebuizen bij elkaar kwamen, van waaruit het studentenvolk werd overstroomd door de kwalijke dampen van onuitgeslapenheid en braspartijen. Voor lekkere luchtjes hadden we het geld noch de ideeën. De gepoederde wereld van kunstmatige opsmuk lag ver van ons verwijderd. We vroegen er niet om en verlangden er niet naar. De waarheid over ons lichaam, daar stelden we ons tevreden mee, door te roken, te drinken en te braken. En door achter de meisjes aan te zitten, gewetensvolle strebertjes die haast maakten met afstuderen en trouwen. Om werk te vinden op een school in hun eigen stad, om kinderen het verschil tussen hemolymfe en bloed uit te leggen, om ze te leren over de ecosystemen van het water, om te koken en knopen aan te zetten. Je kon al aan hen zien hoe ze zouden strijken en komkommers inleggen. Je kon het zien, maar niet verklaren. Ze liepen allemaal weg met de wetenschap en het waren allemaal strebertjes. Op een paar na. Maar ook onder de strebertjes waren de verschillen groot: zij met een keukenschort voor hun ogen en zij die op tafel konden dansen...

In onze kamer kwamen ze allemaal bij elkaar: streberige studenten en moeders kleine wetenschappertjes, en bedriegers, en leugenaars, al diegenen die, voorzien van een studentenboekje, zich weleens wilden vermaken op een armeluisfeest met in stanniool gewikkelde specialiteiten uit de geboortestreek. Met zijn hoevelen wij in de kamer wakker werden, daarvan hielden we geen administratie bij. Ik sliep op een matras als legale illegaal, de zesde en laatste met die titel in de kamer. Illegale illegalen wisselden elkaar af, afhankelijk van de grillen van hun postclimacterische hospita's, en ze sliepen in een slaapzak op de vloer. Voor zover ze sliepen. Als vergoeding voor een dak boven hun hoofd praatten ze de hele nacht. We probeerden te vermijden hen vóór een tentamenperiode te ontvangen. Dan was het in de kamer doodstil. Alleen het vuursteentje van een aansteker knetterde. We studeerden. Begin december komt er wel zo'n periode aan, maar is nog op afstand. De feestjes zijn in volle gang. Er arriveren tassen vol gebraad en gebak, dan zijn de gasten in de kamer het talrijkst.

Hij kwam samen met twee schilders, studenten. Mirela was ook bij hen, zij studeerde zang. Hij dronk wodka uit grote waterglazen. Met grote slokken. Daaraan was hij te herkennen. Ik had hem al eerder gezien op de faculteit. Geen enkele eerstejaarsstudent trok zoveel aandacht. Althans niet in mijn tijd. En daarvoor ook niet, zegt men. Alleen een zekere Stefan. Met hem werd hij ook vergeleken. Hij haatte die vergelijkingen. Aan het eind van het eerste semester had hij al die ouwe tangen van docentes verslagen, de assistenten veroverd, er werd over hem gesproken. Nu trapten wij ouderen niet zo gemakkelijk in verhalen over getalenteerde groentjes. De ouwe tangen mochten dan hun manier van controle hebben, wij hadden de onze. En die duurde veel langer dan een tentamen en bestond uit veel meer onderdelen. Een man doorzien en accepteren is geen gemakkelijke opgave. Hij wilde zelf een plaats tussen ons krijgen en daar moest hij voor vechten. Dat deed hij langzaam en geleidelijk, met grote slokken, waarmee hij voor het eerste deel van ons tentamen slaagde. Hij was nog niet dronken. Hij vulde zijn glas opnieuw. Mirela begon te giechelen. Als een coloratuur, als een sopraan, na eerst te hebben gehoest. Zij was al boven haar theewater van de wodka. De schilders, onze buren in het studentenhuis, waren zich al sinds die ochtend aan het volgieten. Dat is voor hen een integraal onderdeel van hun studie. Ze nemen brandewijn mee naar hun atelier en schilderen naakte zigeunerinnen. Als de zigeunerinnen weggaan, kneden ze deeg en bakken brood in een of andere krakkemikkige oven. Geld hebben ze niet, brandewijn wel. Mirela had iets met een van hen, met Vlada. Hartstochtelijke liefde had haar blauwe plekken in haar hals en op haar kuiten bezorgd. Ze vond het leuk om bij ons langs te komen. Ik weet niet hoe zij allemaal kennis hadden gemaakt met Filip. Waarschijnlijk kan de artistieke draad zich uitrekken als onzichtbaar spinrag, alleen herkenbaar voor diegenen die het zelf produceren. Filip zei die avond niet veel. Er vloeide wel een gesprek, maar niet zo snel als de alcohol. De aanblik van lege flessen was ons te veel. We vertrokken naar Vlada, de schilder. Hij woonde aan de overkant van de rivier, in een moerassige, klerikale buurt met oude, pokdalige straten. (Ik heb me nooit prettig gevoeld in die buurt, zelfs niet toen ik daar woonde. Te veel schaduwen die je achtervolgden.) We stapten naar buiten, de ijskoude wind in. Een bevroren hemel en verijsde wolken. Mirela wikkelde zich in sjaals, ze was bang dat de kou op haar stem zou slaan. Filip zei dat hij een afspraak had met zijn meisje. Laat haar ook maar met ons meegaan. Ze is erg verlegen, zei hij. Natuurlijk geloofden we hem niet. Misschien ging hij naar huis om te blokken. Misschien was zijn meisje hopeloos lelijk. We waren er zeker van dat hij haar niet met ons kennis wilde laten maken. Er kwam een bus aan. Filip ging toch op de fiets naar Vlada. Voor een halfuurtje maar. Dan zou hij naar het centrum gaan om zijn meisje te treffen. Hij was een man van zijn woord. Mirela stapte in de bus en verdween achter de mist van het raam. Ik ging ook op de fiets. Niet om Filips verhouding tot de kou te beoordelen. De snijdende lucht deed me goed. Op de fiets voel je je als een keizer, zelfs wanneer het hartje winter is. Bij Vlada twee flessen brandewijn op tafel. Niet alles opdrinken hoor. Met alcohol is het nooit koud. Filip dronk drie glazen en ging weg. Ik wilde hem zeggen dat hij bij ons langs moest komen, maar ik deed het niet. Hij zou zelf wel langskomen als hij daar zin in had. Die nacht bedronken we ons en we bleven bij Vlada slapen.

Ik ontmoette Filip niet meer tot Ljilja's verjaardag. De jonge docente had na de lessen een hapje klaargemaakt in haar laboratorium. Aan de wanden, onder glas, de pantsers van met spelden opgeprikte torren, in glazen potten gallen, als een soort oud-Egyptisch fruit, hard als beton, in bakken bloedzuigers, en op de tafels koeken, hotdogs, croissantjes met karwijzaad en kaas, brandewijn, cocacola en sap. Bijzonder dat er op de verjaardag van een docent ook studenten aanwezig waren, al waren het uitverkorenen. Maar Ljilja was ook bijzonder. Ze maakte ons gek met die in wezen walgelijke ongewervelden, ze praatte erover alsof ze sprookjes verzon, haar stem en blik spraken van haar toewijding aan onderzoek en de natuur, ze droegen hun toverkrachten op ons over en wij sneden die spoelwormen, kakkerlakken en zeekomkommers in stukjes, meegesleept door de opwinding van het ontdekken. En we gingen vriendschappelijk met Ljilja om. Weliswaar nooit buiten de faculteit, maar de vier verdiepingen van dat gebouw met op iedere daarvan twee lange gangen volstonden. Natuurlijk hielden een paar oudere docenten ook van Ljilja. Vooral de ouwe tangen, die met prepensioentranen in de ogen teder naar hun opvolgster keken die hun dochter had kunnen zijn, met wie ze koffie konden drinken, de directeur en zijn minnares konden belasteren, over assistenten konden klagen, zodat ze op de faculteit dat dierbare, fijne, warme en veilige gevoel van het kippenhok niet kwijtraakten. Want als ze wilde kon Ljilja ook een kip zijn.

Vooral docente Ivanka, de botaniste, koesterde haar neiging tot gezamenlijke kletspartijtjes met Ljilja met grote zorgvuldigheid. Ze verstikte haar tot ze erbij neerviel met haar monologen. Ze richtte zich zo sterk op Ljilja dankzij haar dochter. Die was zonder haar studie af te ronden getrouwd met een donkerhuidige orthodoxe man uit Jordanië en met hem de wijde wereld in gegaan. Naar Griekenland, toen via Cyprus naar Australië. De zoon die ze had overgehouden, veranderde ze langzamerhand in een homo, Ljilja in een gehoorzame dochter en Filip in een echte zoon, een verliefde op de botanica. En ze was trots op hen allemaal. Filip hing alle dagen rond in haar laboratorium. Ze werkte aan een groot onderzoeksproject naar overstromingsflora, ze had slechte ogen, de jaren bedrukten haar met teleurstellingen, ze had zwakke nieren, problemen met haar maag, lange nagels en een sigaret – zonder Filip kon ze niets. Hij perste planten voor haar, determineerde ze, plakte ze op, zette koffie voor haar en liet haar kletspraatjes zijn oren binnengaan. Haar mond ging als een klappermolen en ze hoestte als een man. Zo was Filip ook op Ljilja's verjaardag terechtgekomen. Hoewel Ljilja hem vast ook had uitgenodigd als Ivanka er niet geweest was, voor zover je je dat tenminste kon indenken. Ook Ljilja kreeg glimmende oogjes van de jonge bioloog.

In Ljilja's laboratorium had Filip de brandewijn te pakken gekregen. Hij probeerde zich te ontdoen van een gevoel van onbehagen. Want bij Ivanka ging je je onbehaaglijk voelen. Haar zoon moest toch een kies laten trekken. En het lukte hem maar niet zijn tentamens te halen. Nog drie, dan kon hij zich inschrijven voor het derde jaar. Ze kon hem maar niet losweken van de tv. Ivanka vervolgde haar monoloog alsof ze op het toneel stond. En alleen de torren onder het glas luisterden naar haar. Ljilja sprak tot iedereen een vriendelijk woord en stelde daarbij ons, studenten, niet achter. Juist met die aandacht onderstreepte ze haar autoriteit, die ze koesterde als een zeer belangrijke bacteriële cultuur. Filip schaamde zich niet om zijn glas opnieuw te vullen. Hij kon uitstekend tegen alcohol en dat zagen onze docenten graag: een goede student, maar hij kan drinken.

Ljilja had op haar verjaardag ook Zoran de accordeonist uitgenodigd. Zoran, assistent hydrobiologie, vermaakte zijn schildpad-
oude docentes met oudestadsliederen. Zij haalden hun verschrompelde (ongetrouwde) hart op aan het sentiment van die melodieën
en hielden van Zoran als van een zuigeling. Door hen bewust te verleiden maakte Zoran sneller promotie dan alle andere assistenten.
En hij werd ook de onvermijdelijke mascotte van ieder feestje op de
faculteit, hoewel wij al genoeg hadden van zijn liederen. Verander
je repertoire eens wat, Zoran. De laboratoriumratten zingen je liedjes ook al. Zoran keek, zogenaamd in trance, om zich heen om te
zien of hij van iedere aanwezige een glimlach van bijval kreeg. Ivanka klepte maar door. Twee jonge assistentes konden niet van haar
afkomen. Zij zou hen zo graag aan haar zoon voorstellen. Achter de
jampotglazen van haar bril kon Ivanka hun rollende ogen niet zien
– de assistentes kirden. Filip bleef tot het einde. Hij had veel gedronken, maar alleen zijn adem verried hem. Hij praatte niet met
dubbele tong, hij wankelde niet, niets ontsnapte aan zijn controle.
Ljilja deed hem tevreden uitgeleide. Hij was niet voor niets het eerste groentje dat haar verjaardag waardig was. De volgende dag zat
hij weer geduldig bij Ivanka planten op te plakken. Ik ging bij Ivanka langs om te vragen wanneer ze tentamen zou houden. Ze besprong me met klachten over haar laborant. Geen loyaliteit, onvermogen, gebrek aan intelligentie... Maar haar zoon had de volgende
week tentamen. Ik nodigde Filip uit om lid te worden van de stu-
denten-onderzoekersvereniging. Om naar een vergadering te komen. Hij accepteerde mijn handdruk.

Doodmoe werd ik van het wonen in het studentenhuis. Enerzijds
was het goedkoop en je had altijd gezelschap, maar van datzelfde
gezelschap werd je stapelgek, je hoorde je eigen gedachten niet en
van concentratie op studeren geen spoor. Ik ging geregeld naar de
universiteitsbibliotheek, naar de studiezaal van de faculteit, ik verborg me voor de verleiding van het gemakkelijke studentenleven.
Filip woonde bij een hospita in een flat. Een vrouw op leeftijd, ver-
lept in haar ouderdom. Een flat midden in het centrum, met zicht
op de schouwburg. Het oude mens verdween in de echo's van haar

kamers, 's avonds ontving ze haar uitgedroogde minnaar en keek met hem tv. Door een aparte ingang, via een klein terras en een donker gangetje, kwam je in Filips kamertje. Ik ben er maar één keer geweest. Het oude mens stond geen bezoek toe. In de kamer paste een bed, een bureautje en ingeklemd tussen dat bed en de rand van het bureau een gammele stoel. Die ene zonnestraal die om een uur of drie door het doffe raam binnengluurde, kreunde van het gevoel van benauwdheid, zoals iedereen die in dat kamertje te-rechtkwam. Dat stomme raam was naar de holle ruggengraat van het gebouw gekeerd. Duivenpoep en -veren. En de stank van diepe, van de vlakte afkomstige mufheid. Het was geen wonder dat Filip zo zelden in dat kot verbleef. Ik benijdde hem er alleen om dat hij rust had wanneer hij maar wilde. Rust, al was die dan zwart. Maar toch vluchtte Filip daarvoor. Hij kwam langs in ons studentenhuis of aan de andere kant van de rivier, bij Vlada. Daar bleef hij ook vaak slapen. Het oude mens vroeg hem nooit waar hij overnachtte en waar hij uithing. Ze hield zich aan de bouwvallen van de Oosten-rijks-Hongaarse beleefdheid. Ze eerbiedigde de privésfeer, inge-kapseld in de rook van opgerookte sigaretten – zij wilde ook niet dat iemand haar naar haar minnaar vroeg, voor wie ze zich in de vroege middaguren poederde en opmaakte. Dat merkte Filip ten-minste op in de weerkaatsingen in spiegels en ramen. Voor zover ik weet hebben alleen ik en zijn toenmalige meisje Mila ooit een blik in zijn kot geworpen.

Dat jaar sneed en ranselde de winter ons als met een roede. Maar Filip ging altijd op de fiets. Je kon de bandensporen in de sneeuw volgen en weten waar hij heen ging. Hij was de enige onverzettelij-ke fietser in de stad. En die vervlochten, kronkelende, af en toe ge-slipte sporen troostten ons op de een of andere manier. We hadden het idee dat het daardoor minder koud was.

* *
*

Wetenschap. Wetenschap, dachten wij. We waren aangekomen in de voorhof van geordende kennis en hadden het hoog in de bol met onze wetenschappersaanmatiging. Toen wisten we niet dat het feit dat de laboratoria uitpuilden van wetenschappelijk kader in witte jassen de artistieke daad van de wetenschap frustreerde. Haar goddelijke gave. Met micropipetten in de hand verloren wij de vreugde. Het enige wat overbleef was de interferentie van gedeeltelijke, halve vreugden. Bij ons op de faculteit werd die halve vreugde van ganser harte geacteerd door biochemici, fysiologen en genetici. Vooral de genetici speelden voor pseudo-intellectuelen. Ze wachtten allemaal in de rij op de Nobelprijs. En tegenover hen stonden wij, de verliefden op de natuur. Een scherpe tweedeling, een scheiding die uitliep op onverdraagzaamheid. Zij – laboratoriumratten, wij – bosmuizen. En zeg nu zelf maar wie zich het beste vermaakt, een rat in een kooi of een muis in het bos? Ik was in staat in vervoering te raken over het oranje van de buik van een vuurbuikpad, het gekromde hoorntje van een adder, de kegel van de Himalayaceder, de tekeningen van een rups. De meesten van ons waren juist vanwege die vervoering biologie gaan studeren. Het is een soort voedsel voor je, je kunt er niet zonder, je mist iets, je voelt je slecht. Daar ergens ligt het raakpunt tussen wetenschap en kunst, in die vervoering, in het bijenbrood van de levensinspiratie die, daarover hoeven we elkaar niet voor te liegen, direct van God komt.

Tijdens de lessen geen spoor van vervoering. Schor geworden stemmen van bejaarde docentes met verdorde verwachtingen en verroeste dromen. Het leek wel een autokerkhof. Ze hadden niet het minste gevoel voor de energie en fascinatie van de jeugd. Alsof ze altijd ouwe tangen waren geweest. En zo kauwden ze de metamorfose van bladeren, de ademhalingsorganen van koppotigen en de parthenogenese van insecten uit, ze kauwden ze uit en maalden ze fijn tussen hun kunstgebit, ze kneedden en persten ze, ze haalden de derde dimensie eruit door die in de droogte van hun mondholte te houden, ze reduceerden alles tot een krijttekening op het bord of, nog erger, tot een via een overheadprojector gereproduceerde waterproofviltstifttekening op folie, en hun ontzielde woorden ver-

spreidden zich, als as, onmachtig over de half ingeslapen collegezaal en kwamen, waardeloos en scheef en zonder gerichtheid op
het doel, op en rond de oorschelpen van de studenten neer, die hun
enige inspanning hadden bewaard voor hun al enigszins verdampte
verwondering: wat zochten zij tussen die onpersoonlijke schubben
en onbevruchte eieren, en hadden ze zich misschien vastgespietst
op de doorn van een soort bedrog? Hoe vaak heeft de slaap me niet
geveld in mijn pogingen om mijn ogen open te houden, terwijl een
ouwe tang zeurde over de bloeiwijze van de vijg en de moerbei?
Net als in een tekenfilm. Je moest je oogleden met lucifershoutjes
schragen. Iedere toverij werd verdreven door die ouwe tangen met
hun van nicotine verzadigde adem en neuzelende stemmen. Als je
het hun had gevraagd, zou het leven zijn verdwenen en zou hun
gortdroge verhaal zijn overgebleven, opgeschreven in misselijkmak-
end saaie leerboeken, die zij samenstelden om een spoor van zichzelf achter te laten. Maar het werd hun niet gevraagd. Ze werkten
met hun ellebogen om directrice te worden en bedierven hun maag
met liters koffie. En het leven bleef bestaan. In de regel ging je alleen het eerste semester naar college, later ging je er alleen bij wijze
van uitzondering naartoe. Alleen nette huisvrouwen bleven aantekeningen maken. Als grootste hartstocht zou hun toch maar de
vaatkwast wachten. Wij, de overigen, toch misschien de minder-
heid (maar dan wel een zeer luidruchtige), ontmoetten de ouwe
tangen alleen op tentamens, het contact met het formele onderwijs
onderhielden we door de aanmerkelijk interessantere practica te
bezoeken, en onze fascinatie bundelden we samen bij de onderzoekersvereniging en bewaarden die daar zo goed als we konden.

We kwamen bij elkaar in de collegezaal van de faculteit, onregelmatig, voornamelijk om onderzoeksexcursies te organiseren. Filip verscheen op een vergadering en wekte nieuwsgierigheid. De meisjes
begonnen meteen aan hun haar te frunniken en zo, en wij verdiepten ons nog meer in de rol van belangrijke wetenschappers. Je
baard groeit, je gezicht tintelt er helemaal van. Hij ging op de achterste rij zitten, zweeg en keek toe. Hij kon zichzelf niet zien. Dat
wij zijn, toch gedistantieerde, aanwezigheid ervoeren als vasthou-

den aan zijn hogere positie (waarschijnlijk vanwege zijn succes bij de docenten) wil niet zeggen dat het ook echt zo was. Hij zat in zijn eerste studiejaar, kwam voor het eerst op een vergadering van de onderzoekersvereniging, natuurlijk ging hij op de achterste rij zitten en liet hij het praten aan de ouderejaars over. Dat zoiets normaal was, was ook bij mij niet opgekomen. Er werd gesproken over het bijwonen van het Congres van de Wis- en Natuurkundefaculteiten van Joegoslavië, in een stadje in het noorden aan de Adriatische Zee. Er werd gesproken over het onderzoeksartikel dat elk van de deelnemers moest voorbereiden voor april, over de keuze van het onderwerp, over de wijze van presenteren, en nog veel meer details waar Filip naar luisterde en die hij onthield. In de loop van de vergadering nam hij maar één keer het woord. Hij werd in de strengste stilte aangehoord. Hij zei dat hij een referaat over de exotische en allochtone bomen van onze streken wilde aanmelden. Over het onderwerp werd niet gediscussieerd. Het werd natuurlijk zonder meer geaccepteerd. En wel met een belangstelling alsof het een collega uit Bhutan betrof die aan het Congres wilde deelnemen om te spreken over de relicten van zijn land en het referaat bovendien dacht te presenteren in de originele, Bhutaanse taal, voor zover die bestaat. Wij wisten niets van die bomen. Nou en? Het was minder in de haak dat onze docenten er ook weinig van wisten. Wij dachten: we zullen het wel leren, en zij slikten de leugen over hun kennis stiekem weg, als een geeuw. Docente Ljilja, die de vergadering bijwoonde, merkte op dat zij zich niet kon herinneren of er ooit een eerstejaarsstudent met een eigen referaat had deelgenomen aan het Congres. Ook dat was zo'n klein, lokaal gerucht dat zich rond Filip verbreidde. Wij dachten, geloofden en voelden indertijd allemaal dat we met een echte toekomstige wetenschapper te maken hadden. Het verschil dat tussen hem en ons ontstond en dat ontzag afdwong, werd versterkt door het feit dat niemand hem kende. Ik had tot dusver een keer of twee, drie een avond in een groter gezelschap met hem gedronken, ik had hem op de faculteit een paar keer ontmoet, ik had vaak de sporen van zijn fietswielen in de sneeuw gezien en ik had het onderwerp van zijn referaat gehoord. Wie was hij? Volhardend bij het drinken, volhardend op de fiets, volhardend in de liefde. Ook toen had hij haast omdat hij zijn meisje zou treffen. Zodra het officiële deel van de vergadering voorbij was, stond hij op, verontschuldigde zich en vertrok. En een drankje met zijn collega's? En ongebondenheid? Je voelt zo'n vertrek toch als een soort klap in je gezicht. Niet van hem, maar van jezelf, omdat je niet bent zoals hij. Omdat je niet kunt zijn zoals hij. Domheid overheerst altijd wanneer mensen zich met elkaar vergelijken. Ook dat was mij toen niet duidelijk.

Tot het vertrek kwam ik Filip zelden tegen. We gingen op verschillende tijden naar de faculteit, we gingen op verschillende tijden naar de mensa. De sneeuw was allang gesmolten, de sporen van zijn fiets zag ik ook niet meer. De lente sloeg toe met die verfijning van de vlakte, die vooral langs de rivieren zichtbaar is. Op de grijsbruine achtergrond van de verdwenen winter vallen plotseling felle kleuren, maar in discrete hoeveelheden. Je wordt verrast door het prille groen van het gras. Een esdoornbloesem vind je de geniaalste schepping der natuur. En juist een rivier geeft die lente een speciale geur, ik weet niet of het voor mezelf begrijpelijk zou zijn als ik zei dat het de geur van constante onherhaalbaarheid is. Zoiets. Dan is het zó mooi! Wij worden allemaal direct geraakt door de zon, er zijn geen bergen die een hindernis vormen of een schaduw werpen, zodat je de lentestralen echt als een aanraking, hoe moet ik het zeggen, een tedere aanraking voelt. En die rust voor zonsondergang, wat een genot, als in de moederschoot.

Ik wist waar ik Filip kon vinden. Ik wist ook precies in welke houding ik hem zou aantreffen. Docente Ivanka rookte haar zevende sigaret uit het derde pakje en vertelde, waarschijnlijk voor de zesde keer, dat haar moeder was vergeten de brander uit te schakelen. Dat herhaalde ze vervolgens nog een keer ter ere van mij, de onverwachte bezoeker. Een brander aan laten staan? Dat kan erin sluipen, dat kan een gewoonte worden! Hoe moet je daartegen vechten? Ik kan niet langer toestaan dat ze alleen woont. Stel u toch eens voor alstublieft! Waar een gloeiende brander is, daar is brand. Gaat u zitten, collega, wilt u koffie? En mijn Đoka (haar zoon) trekt zich er niets van aan. Het kan hem niets schelen. Laat dat seniele oudje met rust, zegt hij. Moet ik haar met rust laten? En haar dan zeker mijn hele leven op mijn geweten hebben! Mijn eigen moeder. Kinderen zijn soms harteloos. Ze begrijpen er niets van. Ik heb netjes tegen mijn moeder gezegd, voordat je het huis uitgaat, moet je controleren of... Verstikt door haar woorden plakte Filip geperste planten in. Langzaam. Zonder overtollige beweging. Zonder zijn ogen af te wenden. Alsof hij doof was. Nu en dan nam hij een slok koffie. Ik had de indruk dat hij blij was me te zien. Maar hij zei geen woord. Ik trouwens ook niet. Ik hoefde niet eens te zeggen waar ik voor kwam. Docente Ivanka vroeg het zelf, ze pakte zelf mijn studentenboekje en parafeerde. Zonder ook maar een fractie van een seconde haar vervelende relaas te onderbreken. Ik had de neiging om in lachen uit te barsten. Ze leek wel een opwindpoppetje dat eindeloos een geprogrammeerde tekst herhaalt. Alsof ze van een cursus voor papegaaien kwam. Zelfs voor haar adem was geen ruimte tussen haar woorden. Ze buitelden over elkaar en deden een wedren op de kasseienrenbaan van haar nicotinekeel. En toen een hoestbui, zo'n vette, explosieve, met geschraap ter zuivering. Het is prachtig, kinderen, dat jullie naar het Congres gaan. Als mijn Đoka die kont van hem nu ook eens in beweging bracht. Maar hem kan het niet schelen. Hij zegt, laat dat oudje met rust. Is hij wel helemaal goed bij zijn hoofd? Zodat ze de flat in brand steekt? Zodat zijn erfenis in vlammen opgaat? Die denkt nergens aan... Ik trok me terug zonder haar te onderbreken. Filip liet ik daar achter in zijn gevangenis. Hij had er niet voor gekozen, maar legde zich erbij neer. Alsof hij alleen uit geduldcellen bestond. Ik zou die kwelling al na de eerste gesmoorde dag hebben opgegeven en gedurende mijn hele studietijd zou ik er niet meer over hebben gepeinsd om nog maar één plant ter hand te nemen. Maar zo zit ik in elkaar.

* * *

De stank van de kiezels tussen de rails, de stank van het stationsgebouw, de trein. Studentenkoffers, zakjes met boterhammen en flessen brandewijn, versleten pluche op de zittingen, een ranzig, smerig lampje in de coupé – een nachtelijke reis naar zee in de lente. Die stomme opwinding vóór de fluit, die altijd te laat is, voorkwam ik door al een paar uur voor vertrek, in het studentenhuis, de fles aan te spreken. (Wat betekende al die alcohol voor mij? Vrijheid, wat anders. Nu drink ik helemaal niet en ben ik minder vrij, dat klopt.) Het walgelijke hokje van de coupé zag er zo minder afstotelijk uit en het uitgestalde voedsel, de hete worstjes, de vette kazen, allemaal gestuurd van thuis, de enigszins oudbakken koeken en de potjes met hete paprika's, uitgespreid op theedoeken, rook minder verschaald, het eten werd ook gemakkelijker verdragen. De trein bolderde, er werd met genot gekauwd. Het gezelschap was samengeschoold in de coupé – we peuzelden. We goten de brandewijn zo uit de fles naar binnen – we voelden ons bijna almachtig. Kennelijk vond Filip dat aflikken van vette vingers en de confrontatie met kruimels aan de flessenhals niet prettig. Hij wierp een blik naar binnen, snoof de aanwezigheid van knoflook op (die in de worstjes) en verdween. Hé jongetje, jij zal niet doen alsof je beter bent dan wij! Ik begaf me naar zijn coupé met de bedoeling hem dronken te voeren. Zodat hij op de vloer zou rollen. Zodat hij door mij over de schreef zou gaan. De trein begon voor mij toen al meer te schommelen dan me lief was. Ik moet er vrij monsterlijk hebben uitgezien toen ik tegen de deur van de coupé ging hangen en hem provoceerde een flinke teug te nemen. Hij keek me met een lange, voor mij onbegrijpelijke pijl uit zijn ogen aan en pakte de fles uit mijn handen. Hij dronk. Hij kon niet ophouden. Toen voer er een schok door hem heen, hij gaf mij de fles terug en slaakte een scherp 'hā'. Anders niets, net zo kalm als daarvoor.

De ochtend bliksemde aan de verre horizon van de zee. De geur van jong naaldhout poetste onze tanden. Het spoorwegstation aan de kust stonk minder dan het onze, maar viel meer in het oog vanwege de olijfboomgaarden en de cipressen eromheen, die het blauw van de ochtend en de zee doorsneden. De slaapkorreltjes in onze ogen waren minder grof dan anders en we stapten stilletjes in de bus. We keken naar de groene kusten en de verlegen zee. Allemaal gefascineerd en zwijgzaam. Voor we op de uiteindelijke bestemming waren, een bekoorlijk plaatsje met een heuveltje en een kerk op de top, waar het reële leven zich bepaalde tot zijn oeroude formule van vissers en boten, waren we weer helemaal tot onszelf gekomen.

Van de hele gravure van de ooit veelkleurige herinnering zijn slechts onsamenhangende vlekken overgebleven. Wakker worden van de wind die van zee komt, de klokkentoren van de kerk die zich naar de hemel verhief, het wulpse gewarrel van vrouwenjurken (van de onderzoeksters), het tikje op de kont van een vurige 'wetenschapster', alles zogenaamd ter vermaak, 's nachts de krekels, het appartement even vol als in het studentenhuis, de zin in een wandeling, de wandeling zelf. Het officiële deel van ons verblijf verliep zoals dat kon en moest: loftuitingen, onze studenten gaan werkelijk vooruit, we hebben heel mooie referaten beluisterd, we zijn tevreden, bemoedigd, overtuigd, vol vertrouwen in nieuwe generaties onderzoekers... Het scheelde niet veel of we hesen de vlag en zongen het volkslied. Het woordgebruik en de ideologische volmaaktheid van al die jonge-onderzoekersijver herinnerde aan de algemene socialistische retoriek, het was volgestopt met sappige, marxistische farce. Toch herinner ik me vooral de wandeling. Over de Gouden Kaap, de groene, in zee geworpen pantoffel. Filip had me uitgenodigd. Hij wist waar hij heen ging, maar de ware macht van de bomen kon hij niet voorzien. Ze zagen eruit alsof de Olympische goden ze hadden geplant, wij liepen over droge dennennaaldjes, keken naar boven en wikkelden de draad van een verhaal af. We praatten allebei om de beurt. Wat er achter onze namen zat, wie we in de toekomst zouden worden en welk beeld de mozaïeken van onze belevenissen en herinneringen vormden. Toen kwam ik uit zijn verhaal van alles over bomen te weten, en over Mila, en over schrijven, en over zijn moeder. Onder de pijnbomen en de ceders. Geen mens te bekennen, geen lawaai en geen vuilnis. De vlekken op het water, van donkerblauw onder de schaduwen tot gloeiend rood vóór de badende bol, wekten bij ons twijfel aan de onmisbaarheid van de mens. Het zou volstaan om waarnemer van de natuur te zijn. We hadden pijnlijke voeten en jeukende zere plekken van het zweet.

Toen we terugkwamen in het kunstmatige bosje bij de appartementen, merkten onze vrienden dat we veranderd waren. Niet omdat we door de zon verbrand waren en vanwege de kegels die we hadden meegenomen. Niet vanwege iets wat een van hen of van ons beiden had kunnen bedenken. Ik kan niet uitleggen wat vriendschap betekent. Heeft die te maken met de verre wetten van de troep? Of is de individualiteit van de mens te broos om onafgebroken en in overeenstemming met de ingebeelde eeuwigheid die wij er zelf aan hebben toegekend in stand te blijven? Vriendschap is een zwakte, maar een zwakte die de levende materie eigen is. Het is geen instinct. Het komt voort uit de oerdaad van het vormen van kolonies. *Simili similis gaudet* dateert al van de volvoxen. De volmaaktheid die de mensen eraan hebben gegeven, maakt ons stukje van de levende planeet op stoutmoedige wijze zinvol. Ik zal niet meer proberen uit te leggen waarom. Voor mij is het voldoende dat ik weet, zoals Kiš heeft geschreven, dat een zekere Filip en Dušan, studenten biologie, nooit, nooit meer in de eerste helft van mei 1986 in Rovinj zullen verblijven en zullen praten over ceders en roodbuikkikkers, bedenkend hoe ze over een jaar of wat assistent zullen worden...

Na terugkeer in Novi Sad zagen we elkaar letterlijk iedere dag, na de practica, in de mensa, 's avonds als we naar Vlada fietsten. We sliepen alleen op verschillende plaatsen. Ivanka, die haar vlezige, wrattige neus overal in moest steken, was blij met onze vriendschap. Jullie moeten mijn Đoka ook eens uitnodigen om mee uit te gaan. De tentamenperiode naderde met rasse schreden, we probeerden eronderuit te komen door te zeggen dat we moesten studeren en liepen met een grote boog om Đoka heen. Maar Ivanka's volharding overwon, net als in het gesprek: Filip werd dag in dag uit gebombardeerd met moeders zorg om haar zoon, en daarom namen we Đoka in vredesnaam maar een avond mee naar Vlada. Vlada's kamergenoot Milivoj had net wiet van de Nišava* meegebracht. Niet alleen Đoka, ook Filip blowde toen voor het eerst. Confuus en stuntelig als hij was liet Đoka zijn oog op Mirela vallen. Hij werd waarschijnlijk aangetrokken door haar gegiechel en sopranenkoketterie, die hij nog nooit eerder in het echt had gezien. (Zijn moeder, symbool van het overjarige manwijf met een teder hart, klaagde over de ingeplakte bladen uit pornotijdschriften die ze af en toe in zijn laden vond. Eén troost, hij was geen homo.) Mirela doorleefde net een crisis: Vlada verwaarloosde haar, ze zagen elkaar zelden en dan alleen om te neuken, al haar lijden genas ze met koketterie, ze verwachtte waarschijnlijk Vlada's jaloezie op te wekken. Ze koos altijd de verkeerde tactieken, de verkeerde methoden en de verkeerde mensen. Đoka raakte tot over zijn oren verliefd en werd volslagen onuitstaanbaar. Vooral voor Filip, die door Ivanka voortaan met ogen vol dankbaarheid werd bekeken. En, hoe ziet Đoka's meisje eruit? Is ze lang? Wat studeert ze? Hij wil me niet eens aan haar voorstellen. Filip, kun jij niet iets ondernemen? De komende tentamens hielpen hem Ivanka minder vaak te ontmoeten. Er volgde ook een algemeen ontwijken van Đoka. Een ontwijken op grote schaal. We trokken ons terug in studiezalen. Tentamens.

Tegen het einde van dat studiejaar begon onze onderzoekersvereniging met de organisatie van een veldwerktocht in Oost-Servië. Iedereen meldde zich aan, Filip ook. Men verwachtte dat die tocht het Congres aan zee zou overtreffen. In het studentenhuis werd het voor mij ondraaglijk. Het aantal illegalen was voor de tentamens zo toegenomen dat het niet meer uit te houden was. En dat in de hitte, toen we allemaal begonnen te stinken, omdat het ver was naar de badkamer, die ook nog eens altijd bezet was. Ik ging zelfs naar het park om te studeren. Ook Filip kon het donker in dat kot niet meer verdragen. Het voorstel om voor volgend jaar samen een kamer te zoeken kwam spontaan en bijna ongemerkt, zoals vaak bij gebeurtenissen die je leven bepalen, althans een periode daarvan. We lieten het zoeken naar woonruimte rusten tot eind augustus. Het was belangrijk voor onze tentamens te slagen, om voor onszelf het belang van het verstreken studiejaar te bevestigen, om naar huis terug te keren met cijfers die onze ouders ervan zouden verzekeren dat ze zich geen zorgen hoefden te maken over losgeslagen kinderen en geldverspilling, en om te voelen dat we een stap dichter waren genaderd tot dat kortzichtige doel dat we afstuderen noemden. Terwijl we dat doel naderden, verwijderden we ons drastisch van ons aanvankelijke droombeeld. We drongen door in de tunnel van de realiteit die om ons heen begon op te stijven als gips om een gebroken arm. We wachtten op de veldwerktocht in Oost-Servië. En dat was het enige waar wij over nadachten. Wij allemaal behalve Filip.

Die avond bezat de zonsondergang een soort doorzichtigheid alsof hij was uitgesteld, alsof het licht boven de rivier en boven ons zou blijven hangen, alsof de laatste nacht haar toebereidselen maakte. Het stof in de zomerlucht zag wit van dat licht en maakte het bestendiger. Filips moeder stond voor het faculteitsgebouw naar de vensters van een hoekraam te kijken, waarin de verre zonsondergang scherp werd weerspiegeld. Ze keek naar die tweede verdieping alsof de hoogte strookte met haar weemoed, dat wil zeggen met haar beschouwen van de tijd achter dat glas, daar waar alleen zij de contouren van de gebeurtenissen kon voorzien. Uit die blik maakten zich als fotonen deeltjes sereniteit los, die hun stempel drukten op de omringende lucht. Hij viel op de gebouwen, het gebladerte, op de weg en op ons. Sereniteit met het patina van de resignatie, omdat ze overtuigd was van de continuïteit. Van de onmetelijkheid van de continuïteit. Ervoor noch erna heb ik ooit zo'n blik gezien. Of zo'n manier van spreken gehoord. In haar stem klonk geen kloosterlijke boetedoening en je kon er geen door haar ondervinding opgelopen littekens of overgave aan het hiernamaals in voelen. De zachtheid van haar stem bezat een fijne facettering waarvan haar blik volledig was doortrokken, waardoor een fenomeen ontstond dat leek op een bloem: alle voorname waardigheid daarvan berust op de kundigheid van het celluloseweefsel. Dit is de enige keer dat ik haar heb gezien. Filip wees haar de ramen van Ivanka's kamer, met daarachter de bureaus waaraan hij zat, waaraan hij, zoals Ivanka talloze malen herhaalde, ook zou zitten wanneer hij assistent was. Ik voelde dat Filips moeder die bureaus niet zag, dat ze haar niet interesseerden. Ook zij zelf zou niet kunnen zeggen waar ze naar keek, maar je zag aan haar dat haar innerlijke oog het wist. Filip praatte honderduit. Waarschijnlijk om zijn moeder zo plastisch mogelijk het beeld te beschrijven dat haar onverschillig

liet. Nee, ze toonde helemaal geen geveinsde interesse. Integendeel. Ik had de indruk dat ze Filips verhaal tot in het kleinste detail
had kunnen natekenen. En wel zeer schilderachtig. Ze drong ook
niet het andere, haar eigen ding op. De troost die haar verschijning
me inboezemde, bewaarde ik diep in mijzelf. Niet alleen troost,
maar geloof, vertrouwen. Filip ging toen al enige tijd niet meer iedere maand met haar naar Zagreb. De inspannende reizen die hem
helemaal in het begin van zijn studie sloopten, waren opgehouden
door de toewijzing van een ambulance. Na een botsing op de snelweg had zijn moeder besloten alleen te reizen, met de trein. Die
treinen gaven Filip toch een soort hoop. Of ze versterkten de bestaande. Maar misschien wendden ze alleen zijn dwanggedachten
af, metamorfoseerden en doofden ze die, zoals je de lamp in de coupé van een trein dooft, terwijl dat andere, vuilblauwe, zielloze, blijft
pinkelen. Misschien trekt de ziekte zich al terug, misschien zal ze
volledig wijken.

We hadden een paar keer contact voor het begin van de veldwerktocht. Hij thuis, ik ook, honderden kilometers van elkaar verwijderd. Zijn zomer op de vlakte, eindeloos, mijn zomer in het ketel-
dal, afgebakend door de schaduwen van bergen. Hitte alom. Op de
stranden gedrang, in de huizen een hel. Ik verheugde me echt op
die tocht. De mens is waarschijnlijk geneigd om zichzelf een toestand van zorgeloosheid te verschaffen. Zo probeert hij het kind in
zichzelf te bewaren. Op de verkeerde manier. Een kind leeft in on-
voorwaardelijke vreugde, niet in irreële zorgeloosheid. Filip zou
het antiviperinumserum meenemen voor het geval dat we in de bergen in een slangennest trapten. Oost-Servië, een ontoegankelijk
gebied, een zonverbrande wildernis met spaarzame huisjes en een
enkele koe die dolzinnig wordt van de vliegen. Veel adders. Twee
dagen voor de reis belde hij om te zeggen dat hij niet wist of hij
kwam. Toen wist ik nog niet hoe je teleurstellingen verkropte. Hij
zei me dat hij had gedroomd dat wij tweeën door een lange straat in
zijn stad liepen, vol bomen met zulke laaghangende takken dat lopen er nauwelijks mogelijk was. Ik lette niet goed op. Een tak sloeg
me in het gezicht en vernielde mijn oog. Hij vertelde me dat zijn

moeder opeens koorts had gekregen en dat ze klinische onderzoeken moest ondergaan. Niemand had verwacht dat ze koorts zou krijgen, haar gezondheid was vooruitgegaan. Het leek erop dat ze last had van reuma. Waarom wordt een mens nog door andere ziekten belaagd als één hem al heeft aangetast? Ze wachtten op de uitslagen. Ze wisten niet zeker of die voor ons vertrek naar het veldwerk zouden binnenkomen. Nou, Filip kon ook een dag of wat later komen. Ja, maar ook dat hing van de uitslagen af. Hij had zin om te gaan. Hij had serum aangeschaft. Hij bewaarde het in de koelkast. Hij kon nauwelijks wachten om met ons de bergen in te gaan. Hij wist niet zeker of hij zou kunnen. Ook de dag voor de reis waren de uitslagen er nog niet. Waarschijnlijk zouden ze de volgende dag komen. Rond de middag. En op die tijd zou hij al bij ons voor het stationsgebouw in Novi Sad moeten zijn. De trein vertrok om half-een. Hij moest twee uur met de bus om op dat station te komen. Hij had gepakt voor de reis, maar had nog niets besloten. Hij had een kaartje gekocht. Hij wist dat zijn moeder het gelukkigst zou zijn als hij niet bij haar hoefde te blijven. Ook hij dacht dat dat niet nodig zou zijn. De ziekte had zich toch al teruggetrokken? Hij was op weg gegaan. Halverwege, in een klein plaatsje, hielden de chauffeurs een korte pauze. Hij zou zijn moeder van daaruit bellen om te horen hoe de stand van zaken was. Dat was de afspraak. Er stond een beschadigde telefooncel midden in een stoffige groene laan. Ik heb hem later zelf ook gezien. De uitslagen waren ongunstig. Filip zette zijn reis niet voort. Met de eerstvolgende bus ging hij weer naar huis. En wij wisten: als hij er voor kwart over twaalf niet is, komt hij niet meer.

De veldwerktocht begon somber. En eindigde ook zo. Ik viel van een heuvel van berggruis en brak mijn been. Een open breuk. Mijn been kon maar net worden gered. Er werd een pin in gezet die ik pas ongeveer een jaar geleden heb laten verwijderen. Ik lag een maand in het ziekenhuis met mijn been omhoog, immobiel. Ik scheet op een ondersteek en schaamde me iedere keer als een kuise Jozef. Je went er wel aan, zeiden de andere zieken, net zulke brekebenen. Ik wende er niet aan. Ik walgde van mijn aangedroogde zweet waar iedere dag nieuwe lagen bij kwamen, ik walgde van het urinaal waar ik in moest plassen en de spoeling die ze maaltijden noemden. Ik wende alleen aan het onophoudelijke geplaag. Ten koste van de zusters, de enige mooie realiteit die ons omringde. Ook al waren niet alle zusters echt schoonheden, wij stelden ons hen toch zo voor. Filip kwam me opzoeken. Hij had vijfenhalf uur gereisd om de toegestane bezoektijd van het ziekenhuis bij me te kunnen zijn. Toen ging hij terug. Hij hoopte dat het zowel met zijn moeder als met mij zo gauw mogelijk beter zou gaan. Ik vroeg hem waar hij mee bezig was. Hij studeerde. Hij moest nog twee tentamens om door te mogen naar het volgende jaar. Toen vertelde hij me voor het eerst dat hij een boek aan het schrijven was. Een verhalenbundel. *Voces intimae*, zo heette het. Hij had het gevoel, zei hij, dat er een periode van zijn leven werd afgesloten. Die kon hij niet precies afbakenen, hij wist dat die lang had geduurd, vanaf zijn kindertijd, en dat die nu ten einde liep. Hij wilde daar met verhalen afscheid van nemen, een verhaal schrijven voor iedere lieve vriend van wie hij in stilte afscheid nam. Om die, wanneer de stormen alles uiteenjoegen, niet te vergeten. Ik luisterde naar hem, zo met mijn been omhoog, en ik kon hem niet volgen. Schrijven? Ik begreep het niet.

Ter ere van mijn ontslag uit het ziekenhuis kreeg ik een stok ten geschenke. Daar heb ik een halfjaar gebruik van gemaakt. De hele zomer verzuurde mijn been in het gips. Begin september belde Filip me. Hij had gehoord van een beroemde kruidendokter, een naamgenoot van hem, die in een bergdorp woonde, maar een kilometer of twintig bij mij vandaan. Beter gezegd, die daar gewoond had. Want Filip de kruidendokter was, nog geen drie maanden voordat Filip mijn vriend had besloten hem op te zoeken, gestorven. Ook kruidendokters sterven, zelfs uitstekende. Zij laten ongeplukte kruiden na om verder te bloeien. Filips zoon, die zich in de vaardigheid had bekwaamd, plukte ze zelf. Om het meesterschap van zijn vader te bewaren. Ik zei tegen Filip dat hij maar moest komen. 'Vreemd,' zei hij toen hij hoorde van de sterfelijkheid van de kruidendokter, terwijl hij de gevulde geroosterde paprika's at waar mijn moeder indruk mee probeerde te maken, 'ook kruidendokter Jovo uit de Romanija* is gestorven. Mijn brief is een halve maand geleden teruggekomen. Op de envelop stond: overleden.' Hij keek me aan zonder uitleg te vragen. De dood van kruidendokters brengt geen troost. Vooral niet zo'n plotselinge, bijna een ketting-dood. We gingen naar het dorp waar de zoon van Filip de kruidendokter ons de onontbeerlijke geneesmethoden uiteenzette. Filip zocht in zijn woorden garantie voor zijn hoop. Hij kreeg niet meer dan gedroogde planten en balsems, met de opmerking dat die opnieuw besteld konden worden. Thuis vertelde hij me dat er in Zagreb een of andere bio-energeticus zat – een wonderdoener. Alleen op grond van een foto stelde hij de diagnose. En hij zat er nooit naast. Hij bereidde sterke medicijnen op basis van honing, hij werd door iedereen aanbevolen. In oktober zou hij naar hem toe gaan. Voor die tijd moest hij voor ons tweeën woonruimte zoeken. Hij probeerde me ervan te overtuigen dat dat geen probleem zou zijn. Het maakte niet uit dat we niet met zijn tweeën op zoek konden gaan. Ik hoefde me geen zorgen te maken, hij zou wel iets passends vinden. Ik deed mijn uiterste best om het hem bij mij naar de zin te maken. Iedere avond lieten we de hond uit langs de rivier, mama pakte uit met haar specialiteiten, er kwamen vrienden, zelfs de schilder Vlada was die zomer bij zijn familie, hij ging met Filip naar het zwembad – en dat allemaal in vier dagen. Het deed hem goed, dat kon ik aan zijn ogen zien. Toen hij weg was, dacht ik na over mijn reis naar een kuuroord en over de tentamens die ik daar zou proberen voor te bereiden. Filip had de morfologie van de planten vast en zeker uitstekend geleerd. Hij zou slagen alsof het kinderspel was. Waar moest ik mee beginnen? Wat kon je het beste leren in een kuuroord? Fysiologie vast niet. Misschien de ecologie van de dieren. In het kuuroord voerde de schaduw het bewind. Vera studeerde aardrijkskunde en herstelde in het kuuroord van een gebroken elleboog. 's Nachts kwam ze naar mijn kamer. We moesten voorzichtig zijn vanwege de gipsverbanden. Om ze niet als aardewerk te breken.

Intussen had Filip woonruimte gevonden. Geen kamer, maar een huis. Twee kamers, de ene enorm, aan de straatkant, en de andere klein, intiem, knus, met lampen in de hoeken en een raam aan de binnenplaats – een echt neukkamertje. Een keuken, een badkamer, een lange gang, een aparte ingang en een zenuwachtige hond, die iedereen aanviel, ook zijn eigen baasjes. Te groot voor twee man. We besloten dat we met zijn vieren moesten zijn. We vroegen Jevrem, mijn vriend uit het studentenhuis, ook een biologiestudent, en Aljoša, Filips vriend uit zijn geboortestad, eerstejaarsstudent elektrotechniek, net afgezwaaid. Iedereen blij, iedereen tevreden, we trokken er een voor een in, tegen half oktober waren we allemaal present.

Aan de overkant van de rivier, achter de daarboven hangende heuvel, in een drassige, aan overstromingen en vocht overgeleverde vallei. Een dorp in de stad. Even ver verwijderd van het centrum als van de realiteit. Een brede straat, stoffige schaduw, buren verborgen op binnenplaatsen en achter neergelaten rolluiken, midden op de weg een kruis. Huizen doorbloed met slagaders van vocht, waarvan de haarvaten netten tekenen op de muren, vloeiende schaduwen van populieren op de daken (slechts af en toe ging er een gekromde fietser over de weg), en de klok van de grijze toren van de katholieke kerk. Doffe slagen zonder weergalm, alsof de klok van modder is gemaakt. Ook die in zichzelf teruggetrokken, ook die verdronken door de overstroming. De ongelukken van vroeger zijn met het stof neergeslagen, ze worden opnieuw ingeademd en in gesteven, verbleekte zakdoeken uitgehoest. Zelfs een massa kweeperen kan de geur daarvan niet verzwakken. De stagnatie van de geschiedenis en de grilligheid van de grote rivier, voorbestemd om eeuwenlang de rol van grens te spelen. Nu is ze met pensioen en zijn haar armen moerassen geworden. Af en toe vliegt er een reiger uit op en de wind draagt de graflucht van de modder aan. De mensen angstig, de honden prikkelbaar, het kruis voor het huis duister. Het jaagt angst aan en troost niet. Een opschrift in het Hongaars. Een fragment van het vergetene. Voor niemand van belang, rijst het op straat omhoog. Onze ramen vangen het onder een scherpe hoek in hun beeld. De overige straten vlechten het begin van een onvoltooid labyrint waarin iedereen al eeuwenlang gevangenzit. Niemand hoefde het te voltooien. Alleen de aanduiding ervan was al voldoende om te zorgen dat de vrees je duurzaam in de botten ging zitten. Wanneer het regent, besef je dat je in een moeras woont, je droomt van waterslangen die om je tenen kronkelen en kikkers die in je open mond springen terwijl je snurkt. Het vasteland ligt op slechts tien minuten fietsen. Een vasteland dat geen weet meer heeft van zijn vochtige verleden. In het huis dat wij hadden gehuurd was het ook droog. Van ons gelach voornamelijk. Maar ook van de tabak en de drank, van de gasten die er iedere dag langskwamen. We hielden ons hoofd hoog boven dat ellendige water, discussieerden met de huiseigenaren die gehecht bleven aan het donker, we snelden op de fiets over de brug naar de stad, de huiverende ochtenden in naar de faculteit, en 's nachts, ver na middernacht, naar bakkerij Violeta, voor verse croissantjes en *burek*.

Jevrem, mijn vriend en jaargenoot, die me in het studentenhuis had opgenomen, waar ik me toen achter zijn rug en naam verscholen had, bracht naast zijn oeroude naam ook een verwoede verknochtheid aan de wetenschap mee het huis in. Die verwoedheid leek op verblinding en was gericht op insecten. Hij ving ze, stuntelig als hij was, prikte ze op en bestudeerde ze met een aandacht waar wij geen hoogte van konden krijgen. Over zijn gezicht hing altijd glimlachende verwarring waarin, als in een soort delta, de scherpte van zijn verstandige blik uitwaaierde. Ook zijn bril droeg daar natuurlijk toe bij, ik bedoel, zowel tot zijn verwarde uiterlijk als tot zijn aard van bevlogen wetenschapper. Hij werd achtervolgd door ongelukjes: midden onder een tentamen moest hij poepen, bij het veldwerk viel hij geregeld in kuilen, hij trapte in vallen van jagers, met hem kon je altijd lachen. Vooral met vrouwen worstelde hij. Hij klaagde over de grootte van zijn zaakje. Geen vrouw wilde het ontvangen. Dat frustreerde hem en als er een reden was waarom hij nervositeit het huis in bracht, dan was het vanwege het gebrek aan neuken. Hij greep vooral naar die onbevredigdheid wanneer er een discussie werd gevoerd (of als hij die aanwakkerde, waar hij dol op was), dan overschreeuwde hij zijn tegenstanders en hield hij zijn gelijk vol tot die erbij neervielen of het opgaven. Hij sliep met Filip en met mij in de kamer. Het kleine kamertje werd vooral gebruikt door Aljoša, behalve in het geval dat een van ons een meisje meenam.

Aljoša was in dat huis terechtgekomen doordat zijn mama Filip op een dag aan zijn mouw had getrokken met een dringend verzoek, net alsof ze elkaar heel goed kenden. Of hij Aljoša wilde bijstaan. Wat moest die arme jongen alleen in de grote stad en dan nog voor zo'n zware studie? (De futiliteit en de verderfelijke onredelijkheid van de ouderlijke zorg.) Zij had het liefst gezien dat Aljoša zich, bijvoorbeeld, ook had ingeschreven voor biologie, scheikunde of zoiets, en niet voor die elektrotechniek, waarvan de omvang alleen al haar hoofdpijn bezorgde. Toen hij bij ons introk, nam de verlegen Aljoša geregeld een bad en schoor hij zich, hij ging in het weekend geregeld naar zijn mama om schoon wasgoed te halen, hij tekende en rekende 's nachts, weet ik wat hij dan uitvoerde, maar allemaal zonder zichtbaar succes. Hij werd nooit helemaal in ons clubje opgenomen. En dat niet vanwege zijn lange nachtelijke studie en de aparte kamer. Hij was een rijkeluiskind, verwend, en door het leger ook niet overdreven serieus geworden. Hij zag ons allemaal als een bron van vermaak. De studie zelf ook. De meisjes vielen op hem, hij beging met hen voornamelijk de ene blunder na de andere en wist zijn voordelen helemaal niet uit te buiten. Filip kende hem ook niet zo goed. Hij was eigenlijk bevriend met Aleksandar, die jongen die met Filips Mila was weggelopen. Zo lagen de verhoudingen. Filip had al voor het Congres in de lente met Mila gebroken. Hij stoorde zich aan haar angst voor de grote stad, haar uitgebreide studie (ze had haar tanden in medicijnen gezet), haar gehechtheid aan haar beste vriendin en haar gebrek aan tijd. Hij zei tegen me dat hij het gevoel had dat zij hem remde. De provincie, de studie als noodzakelijke voorwaarde om op een hoger niveau terug te kunnen keren naar het bekende, de adviezen van haar ouders om haar meisjesachtige eerzaamheid te bewaren, en haar ijverige netheid klonken hem vast aan datgene waarvoor hij wilde vluchten, waarvoor hij allang gevlucht was.

Misschien was het eerste bewijs voor die vlucht wel zijn kwestie met het leger. Ik weet niet of je daarvan op de hoogte bent? Vanaf het eerste moment dat hij ook maar hoorde van het begrip dienstplicht, had hij besloten het leger te ontlopen. Hij had in zijn binnenste een stemmetje dat hem toefluisterde waar hij heen moest. Gek zijn op botanica = studie biologie. Er was geen tijd te verliezen. Dat dat gevoel nog veel juister was dan hij vermoedde, kwamen we pas een paar jaar later te weten. Hij deed niets om onder het leger uit te komen. Hij wist niet hoe. Zijn moeder kende niemand die haar zoon een vals bewijs van afkeuring kon bezorgen en ze zouden ook geen geld hebben gehad om zo'n kostbare leugen te betalen. Het leger leek onontkoombaar. Maar toen, God vergeve me de vrijheid waarmee ik de feiten met elkaar verbind, toen werd zijn moeder onverwachts ziek. Hij moest voor haar zorgen. Voor de legerautoriteiten voldoende reden om uitstel voor het leger te verlenen. Tot hij klaar was met zijn studie. Toen besefte hij hoe onvermijdelijk het dictaat van het bestaan was. Ik herinner me de angst in zijn stem en de onderdrukte tranen terwijl hij me dit vertelde, *die* nacht toen hij zijn in onmacht en onzekerheid gewikkelde verhaal deed alsof hij het uiteenzette voor een of andere kosmische jury, die hij smeekte hem te redden. Die tranen hoorden niet bij verdriet, maar bij ontzag.

* * *

Uitzonderlijk zeldzaam waren de dagen, en vooral de nachten, dat wij met ons vieren alleen waren in het huis. De plek werd heel snel onder de voet gelopen. Woonruimte zonder hospes – een zeldzaam privilege. De eigenaars woonden wel in het huis naast het onze, maar wij onderhielden alleen contact met hen via het blaffende monster dat een hekel had aan alle tweebenigen en door een keer per maand de huur te betalen. Alle studenten die we kenden (en die geen in Novi Sad geboren moederskindjes waren), zaten op elkaars lip in studentenhuizen of hadden last met hospita's, wat qua hoeveelheid onaangenaamheden op hetzelfde neerkwam. Last met hospita's was in onze ogen toch een marteling van bijzonder hoge orde. Daarom werd ons huis, in de Šubićstraat no. 2, voor bekenden en onbekenden snel een geliefde plek. Vooral 's nachts. Er miste altijd wel iemand de bus, of iemand van ons nam een meisje mee, of er bleven vrienden tot de vroege ochtend hangen, of er kwamen gasten uit onze geboortestreek. Ik herinner me dit beeld: een dampige kamer, een halfopen raam, dikke rook van ontelbare sigaretten, op tafel gemorste brandewijn, gehoest, iemand probeert in een bed de slaap te vatten, en in de ochtend de eenzaamheid van peuken, aangedroogde, geoxideerde resten van een laat avondmaal, onderdrukt gesnurk en die stank van halfdronken doorrookte ongewassen lijven, een stank die je hoofdpijn nog verergerde, maar je moest naar practica, buiten viel sneeuw die meteen smolt, vochtige wind, blubber, uit je mond kwam ondraaglijk slechte adem...

De gebeurtenissen in dat huis... Een gesloten doos, gevuld met een massa onschatbaar belangrijke bestanddelen, de essentie van een tijdperk, vermeerderd en vermenigvuldigd, een doos, geplaatst in het kader dat studie heet. Niet na te vertellen. Van geen enkel individueel moment uit het bestaan van een mens is het belang volledig na te verhalen. Het is ook niet te overzien. Terwijl je iets beleeft, heb je er geen relatie mee, het overkomt je voor het eerst, je hebt er geen idee van wat het is, van welke kant het je te pakken zal nemen, waar het een wond zal openrijten of je angst zal verdiepen. En als alles voorbij is, als je jezelf een volwassen mens noemt, dan ben je al helemaal niet in staat het belang te beoordelen van dat gewone, niet-alledaagse moment, want volwassenheid is gevormd door een massa van die momenten, steentje voor steentje, waarvan je je er vele helemaal niet herinnert, en voor zover je je ze zogenaamd wel herinnert, heb je ze meestal verkeerd geduid. In het huis in de Šubićstraat no. 2 kruisten de processen van volwassen worden van ons vieren elkaar – en ik hoef je niet te zeggen dat wij vier verschillende, heel verschillende mensen waren –, ze kruisten elkaar in het drukke verkeer van een veelheid van gezichten – en ja, al diegenen droegen nogal wat steentjes bij.

Er zijn natuurlijk gebeurtenissen die hun stempel zeer sterk op die twee jaar hebben gedrukt. Een ervan is dat verhaal over Filip. Maar ik mag ook niet vergeten dat Jevrem erin slaagde een passende breedte te vinden voor zijn zaakje. Het kleine kamertje schudde van Jevrems gewip, de grote kamer van ons gelach. De stille Aljoša bereikte de fase waarin hij de cocon van mama's opvoeding verliet en slaagde erin te kiezen tussen een rondborstige altvioliste en een even rondborstige schilderes, zij het kleiner van stuk, die ons zijnentwege bezochten en hem elk op haar eigen manier en soms ook als duet aantrokken, waarop hij glimlachend wachtte tot de meest geduldige en vasthoudende won. Dat deed zij dan ook – en won. Nu is ze zijn vrouw, ze hebben een zoon. Maar ze hebben elkaar voor het eerst gekust op het bed in de grote kamer, terwijl Jevrem in de hal de huur betaalde aan de eigenaar. Het bed kraakte, de schilderes raakte buiten adem onder Aljoša's gewicht (zijn moeder zei dat hij de zware botten van zijn opa had) en de eigenaar gluurde over Jevrems schouder. Alleen míjn verhaal bereikte zijn hoogtepunt niet in de Šubićstraat no. 2. Ik was herstellend, ik liep met behulp van een stok en droeg een lange, zwarte baard, waarboven mijn ogen een beetje spookachtig schitterden.

In oktober, toen we nog maar net bij elkaar woonden, bleven de bezoekers beperkt tot een paar studiegenoten van Aljoša. Groentjes, verschrikt door de steile berg van de stof, de tentamenperioden en de studiejaren, kwamen zogenaamd om samen te studeren. Ze klaagden hoofdzakelijk over strenge assistenten, ze rookten en gingen vol vrees uiteen. Wij vieren tastten de individuele territoria af. Mirela oordeelde meteen dat onze gemeenschap tot mislukken gedoemd was – vanwege onze verschillende dierenriemtekens. Ook Mila kwam langs. Zelden en gehaast, maar ze kwam. We wisten dat ze met Aleksandar ging en dat ze het bij hem niet naar haar zin had. Aleksandar faalde in bed. Of hij kwam met haar helemaal niet in bed terecht. Ze zagen elkaar twee keer per week in de stad, altijd op dezelfde tijd, op dezelfde plaats. Mila kwam kussen halen in de Šubićstraat. Op een onooglijke plek, in de hal, in de hoek van het kleine kamertje of in de keuken duwde Filip haar dan tegen de muur. In de grote kamer, bij het drinken van een sapje, koesterde ze haar bescheidenheid door haar ogen neer te slaan. Maar haar lippen prikten en bliksemden. Ze had altijd haast om de bus te halen...
De schilders begonnen hun opmars naar ons huis een voor een.

Aan hun aanwezigheid wenden we geleidelijk en we merkten niet eens dat er bijna geen dag voorbijging zonder hen. Vlada en Milivoj woonden dichtbij, in een kamertje zonder verwarming, achteraf op de binnenplaats van een huis met bobbelige muren. Naast hun raam mekkerde een geit. Vanuit dat kamertje, waar het stonk naar teerverf, ging Vlada logeren bij een Bosnisch meisje en kwam Milivoj naar ons toe, naar de buren. 's Winters sliep en at hij ook bij ons. Ik herinner me hem door het feit dat hij vaak aarzelde om te gaan zitten – hij had last van aambeien.

Zodra hij in het huis was getrokken, legde Filip zich toe op de studie. Hij had alle tentamens van het eerste jaar al afgelegd, hij had het recht om ook een paar tentamens uit het tweede jaar te doen. Docente Ivanka had de wetenschap er officieel aangegeven – 'haar bijdrage vertegenwoordigt een belangrijk stempel op de ontwikkeling van de botanica in deze streek' – ze droomde van zulke wansmakelijke lofprijzingen. Ze legde zich toe op het tekenen van foliebladen voor de overheadprojector, ze raakte opgewonden van iedere gegeven les, ze haalde zich in het hoofd dat ze een boek zou publiceren. Haar zoon was, zonder zijn studie te hebben afgemaakt, het leger in gegaan. Zij zou Filip graag blijven maltraiteren, maar ze had niet voldoende planten om zich heen om hem aan te trekken. Ieder weekend ging Filip naar huis. Zijn moeder had baat bij geen enkel medicijn tegen reuma. Ze liep steeds moeilijker. Toen zei hij nog niets tegen ons. Hij vertelde ons niet dat zijn moeder steunde op een bezem en nog steeds koekjes bakte om hem blij te maken als hij kwam. Filip eet koekjes, maar hij kan ze niet door zijn keel krijgen. Zijn moeder is bleek, kromgetrokken. Ze probeert haar verdwenen glimlach te vinden en die naar behoren op haar gezicht te passen. Maar hij ontglipt haar en valt in stukken. Ze kan hem niet meer bij elkaar rapen. Filip verlangt naar het leven, beloften halen hem in en doen een wedren welke hem het eerst zal bereiken. Hij kijkt naar zijn moeder, hij denkt niets. Zij stelt hem een vraag. Hij zwijgt eerst. 'Omdat het leven gemaakt is om mooi te zijn, mama, hoe lang het ook duurt. Het geluk ligt niet in de lengte ervan, maar in het totale volume dat de lach inneemt. Wat we willen is maar een

onleesbare kopie van wat we kunnen, en het leven duurt voort, ook
als we het niet zien. Zoals die bomen, kijk maar.' Maar in werkelijkheid kon wat ze door het raam zagen niet veel troost bieden. Vochtige, verbleekte bladeren maakten zich los en leverden zich uit aan
de wind als kamikazes. Grijs niet-bestaan dat gepaard ging met ge-
gier.

Een vriendin van zijn moeder, een zekere Đurđija uit Belgrado, regelde voor hem een afspraak met twee bio-energetici in Zagreb. Filip moest daar binnenkort met zijn moeder heen. Het schoot niet
op, in het ziekenhuis waar ze behandeld werd, was geen bed vrij.
(De dood is altijd vlak naast ons, soms slechts afgescheiden door
een muur.) Ze reisden naar Zagreb met de nachttrein, die door het
landschap van toekomstige oorlogen bolderde. In het donker sliepen toekomstige krijgslieden. Filips moeder slikte de pijnen weg
alsof ze een waterval opslokte. In het ziekenhuis was nog steeds
geen plaats. Ze bleef bij familie logeren. Alleen. Filip moest terug.
Het is te laat, zei de ene bio-energeticus tegen hem, er heeft al een
chirurgische ingreep plaatsgevonden. Wij kunnen in dat geval niet
veel doen. Probeert u het met dit preparaat, zei de andere. De zieke
moet er iedere dag vijf grote lepels van innemen. Filip kwam uitgeput en magerder dan voorheen terug in de Šubićstraat. Hij had
kringen onder zijn ogen gekregen, hij ging niet meer naar de mensa. Hij at alleen brood met smeerkaas en dronk melk. Een paar dagen later zou hij duizelig worden van de slapeloosheid.

*Want de dagen stromen als een rivier van tijd naar de monding, naar
de dood.*

Hij begon te praten. Hij vond die twee bio-energetici bedriegers,
de een omdat hij zwom in het geld en geen zin had om zich in te zetten, de ander omdat hij medicamenten verkocht, al twijfelde hij aan
de mogelijkheid van genezing. Hij was verbluft dat die twee beroemde kruidendokters binnen een halfjaar waren gestorven en
wel precies toen hij zich tot hen wendde voor hulp. De blikken van
zijn buren, vol leugenachtig medeleven en huichelachtige deernis,

staken hem vreselijk. Hij had een gerimpelde buurvrouw vóór zijn huis horen roepen dat ze een oehoe had zien neerstrijken in zijn achtertuin en dat dat ongeluk voorspelde. Hij zei dat er inderdaad een poos een oehoe op een tak van de perenboom had gezeten. Die had hij op de kiezels onder de perenboom teruggevonden, dood.

Wij hoorden dit allemaal en toch ook weer niet. Gegevens en toestanden, emoties en onuitgesprokenheden die we niet konden plaatsen. We konden ze niet begrijpen en evenmin bevatten hoe we ze moesten hanteren. Filip sprak tegen ons in etappes, hij sneed de zinnen in stukken met pauzes van een hele middag lang. Woord voor woord drupte uit hem als uit een kraan die je niet goed dicht kunt draaien. Hij wist ook dat wij het niet begrepen, maar hij kon niet zwijgen. Dat mocht hij niet.

De herfst liet zich van zijn walgelijkste kant zien en wij verlieten het huis alleen als het moest. Op straat bespatte het uitgespuwde gebladerte ons met regen en onze fietswielen pruttelden over de kleverige aarde. Langs de straten dropen slijmerige druppels, de wind stak zijn lemmeten in onze ogen en neus. Op de faculteit zaten we te suffen, ook de neonlampen zelf dommelden van verveling, de amechtige stem van de docent viel over ons heen als as, onze kleren, zwaar van het vocht, droogden aan ons lijf, we wasemden een rokerige, vochtige stank uit, de stem van de docent hield maar niet op, zelfs het krijt piepte niet op het bord om ons te wakker te schudden. Thuis in de koude keuken stond een hele berg ongewassen vaat, met aangedroogd eten, donker verkleurd en gedeformeerd, kwijnend op ons te wachten. Alleen de asbakken leegden we en spoelden we af. Filip begon zich te eraan storen dat hij in de vuile vaat moest graven om een bord en een vork af te spoelen. Hij zette zijn eigen tafelgerei opzij en zei tegen ons dat we dat niet meer mochten gebruiken. Hij vocht voor een eigen legplank in de koelkast. Hij haatte het een lege koelkast aan te treffen wanneer hij 's avonds natgeregend en moe thuiskwam van de practica. In de buurt was geen winkel, hij moest weer de brug over. Wij gingen soms de hele dag niet naar buiten, wie ging er nou weg met zo'n regen, we aten altijd alles op wat er in huis te vinden was. Ik weet niet eens of wij de behoefte aan die aparte legplank wel op de juiste wijze begrepen. Waarschijnlijk niet. Filips grillen – zo noemden we dat.

Ik heb geen plaats meer voor verdriet, zei hij me op een ochtend. Đurđija belde toen al een paar keer per dag. Dan nam hij de telefoon mee naar de kleine kamer en praatte een hele tijd met haar. Er was iets niet in orde. Bij ons ontwaakte de angst voor een onbekend kwaad en een licht, vaag ontzag voor degene die worstelde met dat onbekende kwaad. We spreidden toen een zekere voorzichtigheid tentoon die zich uitte door geen vragen te stellen, door te proberen zo veel mogelijk grapjes te maken en door samen met Filip te drinken. Op een van die avonden begon hij ook te roken. Iedere nacht bleef hij wakker zolang wij zogenaamd studeerden. In de ochtend bleven wij in bed, maar hij ging naar de practica. Hij sliep niet langer dan een uur of drie, vier.

Begin november. Onze warme kamer – lokaas voor verkleumde studenten. Filip zonderde zich af. Hij bleef in de kleine kamer, ging op het bed zitten studeren. Hij was begonnen met de voorbereiding van Ongewervelden. Ljilja prees hem op de practica. Misschien was zij de eerste docent die het jammer vond dat Filip verloofd was met planten. Maar er waren nog meer van die docenten. Ivanka bewaakte hem echter als het enige ei in het nest en trompette op de hele faculteit rond dat ze nauwelijks kon wachten tot Filip afstudeerde, zodat ze hem kon aanstellen als haar assistent. Ze had geen idee wat er met hem aan de hand was. Hij bezocht haar minder vaak, maar zij viel hem lastig met de brieven van haar zoon en zijn soldatenellende. Ze nodigde hem uit om bij haar thuis te komen eten. Ze miste haar zoon. Ze woonde aan de rand van de stad, in een lelijk socialistisch-realistisch gebouw met een walgelijk portaal waar het stonk naar de kolen uit de kelder, ze zuchtte dat een docent aan de universiteit iets beters verdiende. Ze liet hem foto's zien van haar zoon in uniform, van haar dochter tijdens haar studie, haar kleinkinderen in de wieg, en ze opende haar hart voor hem. Bij een karbonade en gebakken aardappeltjes. Toen ze was gescheiden, was haar zoon aan haar toegewezen en haar dochter aan haar vroegere echtgenoot. Die had haar dochter meegenomen naar Belgrado, hij had haar tegen haar moeder opgestookt en haar toegestaan met die niksnut de wijde wereld in te gaan. Die vroegere echtgenoot van Ivanka, een ploert en een bedrieger, schreef met dubbel krijt in het hotelwezen en was zijn zoon nooit komen opzoeken. Filip hoorde haar alleen maar aan. Hij luisterde altijd met onwaarschijnlijke aandacht naar haar. Hij vertelde haar niets over zichzelf. Dat beetje wat ze wist, de basisinformatie, beschouwde ze als voldoende. Ze wachtte tot haar zoon terugkwam om haar flat en die van haar moeder voor één grotere te ruilen. Als het haar lukte het oude mens te overtuigen. Ik geloof dat Filip naar haar luisterde, omdat de bedrieglijke zekerheid die Ivanka met die eindeloze monologen bood voor hem onmisbaar was geworden. Je wordt assistent, je zult bij mij komen eten, ik zal je af en toe wat geld geven en je zult mijn trouwe oor zijn. Ik zal me vasthouden aan het jouwe, want ik heb geen ander botanisch oor. In mijn woorden zul je rust vinden. Filip hield zichzelf ook vast aan haar woorden. Naar de etentjes nam hij bloemen mee, ik heb het idee dat hij van haar hield. Of hij hield van de hoop dat Ivanka die waanzinnige hartstocht voor planten weer bij hem zou opwekken. Maar die hoop werd met ieder woord dat ze sprak minder. Omdat hij zich op die etentjes toch het bestaan ervan herinnerde, kwam hij vrolijker terug naar de Šubićstraat. Dat duurde een seconde. Door de rook en het geroezemoes in het huis spatte die hoop in een oogwenk uiteen. Hij was zich er zelf ook niet van bewust dat hij behoefte had aan eenzaamheid, maar dan een eenzaamheid waaruit hij zich kon terugtrekken wanneer hij maar wilde en naar kon terugkeren als het moest. Hij had meer mensen om zich heen dan ooit, maar hij wist nog niet hoeveel last hij van ons had. Hij was bang dat hij alleen zou achterblijven.

Plotseling spoedde hij zich naar huis. Hij bleef daar drie dagen. Hij kwam bleek, met ingevallen wangen terug. Zijn uitpuilende ogen hadden iets gezien wat ze had geschokt. Van hem kwamen we niets te weten. Op onze vraag antwoordde hij alleen dat zijn moeder uit Zagreb was teruggekomen, dat haar toestand niet zo best was en dat het hem gelukt was naar Aleksandars heiligendag* te gaan. Ze hadden dezelfde heiligendag, zijn moeder wilde graag dat hij toch op de een of andere manier de feestdag van de familie gedacht, nu zij jammer genoeg niets kon klaarmaken... Dat zei hij allemaal zo'n beetje langs zijn neus weg. Hij zei niet dat zijn oom een wandelstok voor zijn moeder had gekocht. Voor die paar stappen naar de badkamer en ternauwernood, met grote moeite, terug. Hij verzweeg ook dat zijn moeder niet kon eten, dat ze alleen naar haar bord keek en een lege hap probeerde te kauwen. Pas later, *die* nacht, vertelde hij me dat hij toen tegen zijn moeder had geklaagd dat hij naar zijn idee zijn liefde voor planten nooit zou verwezenlijken, dat die hem naar zijn gevoel ontglipte. Zijn moeder had een diepe zucht geslaakt en hem verzocht zich geen zorgen te maken. Er zouden hem in het leven ook heerlijke dingen overkomen die hij niet verwachtte, die wereld zou niet alles bieden wat hij tot dusver had gehad, maar hij zou dat wat het diepst in hem zat, het belangrijkste, verwezenlijken. Misschien had dat niets te maken met planten, misschien ook wel, dat zou hij zelf ontdekken. Hij vertelde me dat hij zijn moeder op dat moment zijn waarheid had willen toevertrouwen, over het schrijven, maar dat hij die had verzwegen. Hij had het gevoel dat zijn moeder dat allemaal al wist, dat ze het had gezien met die kennis van haar, waardoor ze zo verschilde van alle andere mensen die ik heb gekend. *Die* nacht, toen hij me alles vertelde, toen hij de eerste en enige keer zijn verhaal over de dood uitsprak, toen hij alleen mij als enige getuige had, die hij met zijn woorden tot medeplichtige, helper en zielzorger wilde transformeren, die hij ieder woord inprentte opdat het onthouden zou worden, opdat het zou blijven bestaan in de gegeven loop van het geschreven noodlot. Hij zei me dat hij na dat gesprek met zijn moeder, diezelfde avond, naar de heiligendag was gegaan. Daar was hij Mila tegengekomen. In Aleksandars armen. De brandewijn had hem gesmaakt. De tabak ook. Hij had genoeg gedronken om op te houden met zijn heroverwegingen. Over Mila, over zijn studie, over de reizen naar Zagreb, over wat hem te wachten stond. En om, toen hij thuiskwam, niet te merken dat zijn moeder nog steeds wakker lag, dat ze niet in slaap kon komen en vergeefs slapeloos lag te draaien in bed. De wolk van slapeloosheid zweefde rond als een uitnodiging uit het hiernamaals.

Brandewijn helpt Filip bij het inslapen. Hij droomt van silhouetten van mensen die over de schutting springen, zijn achtertuin in, die rondhangen bij de deur, door de ramen gluren, rondsluipen, spieden onder het donker van de bomen en wachten om in het huis, in hem binnen te dringen. Hij weet dat ze er zijn, hij weet het zodra hij zijn ogen sluit. In zijn slaap staat hij stilletjes op, sluipt naar de voordeur, opent die plotseling en doet tegelijkertijd het licht aan, en op dat moment vluchten ze uiteen, de een naar een boomkruin, de ander over de schutting, een derde de schaduw van het huis in, hij ziet hoe ze druipstaarten, hoe hun lijven kruipen op de vlucht voor het licht, voor hun dood. Hij heeft ze verjaagd, hoewel hij weet dat ze opnieuw zullen komen aansluipen, dat ze opnieuw zijn achtertuin zullen omsingelen en er hun vuil in achterlaten; hij vertrouwt zijn achtertuin niet meer, nu die een trefpunt van spoken is geworden, nu die hem in zijn verwachtingen heeft bedrogen. Maar tot dat gesprek, tot het moment van die bekentenis ging er nog een maand voorbij van verwarde onzekerheid, gekwelde aarzelingen en wrede inzichten.

Op een nacht gilde Filip het uit, de slaap had hem verrast, wij zaten aan tafel te leren en te roken. Sindsdien gaf hij nog minder vaak toe aan de neiging om in slaap te vallen. Tegen de ochtend werd hij door vermoeidheid gesmoord en verstikt. Grijs regenslijm belette de dag aan te breken. Filip stond altijd vroeg op en ging naar de faculteit. Hij regende nat op zijn fiets. Hij studeerde hard. Ongewervelden is een moeilijk tentamen, een van de moeilijkste. Wij studeerden ook. De feestdagen waren in aantocht. De Dag van de Republiek leek de heiligen van de late herfst officieel te hebben vervangen. Er werden speenvarkens gebraden. De feestdag, de hongerige historie, aangepast, gewassen en geschminkt, aanvaardt zijn slachtoffer in speenvarkens. De studenten haastten zich dan gewoonlijk naar hun geboortestreek. Om de was te doen en zich vol te eten in moeders keuken. Ook wij gingen weg. Het huis lieten we ter bewaking over aan verschaalde tabaksrook en de zenuwachtige hond.

Door de toon in de stem van zijn oom wist Filip dat hem thuis beproevingen te wachten stonden die hij nog niet eerder had meegemaakt. Een zachte toon, bodemloos, ongerust en onvoorbereid. Zijn moeders toestand was zo vaag dat die alleen was te benoemen met het woord delirium. Lichamelijk delirium. Haar lichaam, gekleefd aan deze wereld, vastgehecht met koppelingen van bloed en met pompen van longen, was veroordeeld tot een strijd waarvan de afloop alleen in tijd kon variëren, niet in betekenis. Zijn windstreken waren in de war geraakt, het organisme herinnerde zich krampachtig het pre-stomaverleden, er stroomde vergif uit, want het vat was overvol. Filip en zijn oom hielden die paar dagen om de beurt naast zijn moeder de wacht. In het begin viel Filip de wacht overdag ten deel. Licht, zij het somber. Zijn oom bracht de warme maaltijd en loste hem af. Ze droegen po's aan, dekten de zieke toe, schudden haar kussens op, draaiden haar om, smeerden zalf op de wonden en luisterden naar de onhoorbare bewegingen van haar lippen, ze probeerden er een verzoek van af te lezen, ze dommelden, scheurden stukjes werkelijkheid af en plakten die willekeurig in de droom die hun ontvluchtte, ze draaiden om de dag en de nacht heen als een hond op jacht naar zijn eigen staart. Toen nam Filip de nachtdienst over. Hij zette een fauteuil vlak naast het bed, studeerde op de ongewervelden uit Dogelj. Platwormen. Om zijn blik af te wenden van de neergelaten rolluiken in de kamer, die door het donker werd gevuld met de wasem van fysiek verdwijnen. Hij zette theeën, maakte kompressen klaar, alles lag op de tafel, naast de grammofoon een lamp.

'De bloedegelworm (*Schisostomum haematicum*) is vooral interessant, omdat hij niet tweeslachtig is. Hij leeft in de veneuze vaten van de buikholte bij de mens, verder in de aderen van de nieren en de urineblaas. Het vrouwtje legt eieren in de bloedvaten van de wanden van de urineblaas en het rectum. In de eieren bevindt zich een gewimperd embryo – het miracidium. Met behulp van hun stekels doorboren de eieren de blaaswand en komen in de holte terecht, waarna ze gedeeltelijk met de urine worden uitgescheiden en gedeeltelijk in de urineblaas blijven...'

Na iedere twee, drie woorden wierp hij een blik op het bed. Hij had de indruk dat zijn moeder kreunde of zuchtte door een diep litteken van bezwete lucht. De dove stilte bracht hem tot wanhoop en de wormen kropen in het rond, ze gingen zijn neus en zijn oren in, pinden zich vast in zijn ogen, vulden zijn testikels. Hij hoorde hoe ze smakten, hoe de eitjes knapten van begeerte om zich te vermenigvuldigen en op te hopen. Muziek leek hem in eerste instantie godslasterlijk. Het proces waarin de ziel zich loswringt, is inspannend en bloedig. Bij handen die verkrampen past geen muziek, dacht Filip. Maar toen bedacht hij dat zijn moeder een keer iets had gezegd over de muziek, voor als het zover was. Dat ze die dan graag zou willen horen. Händels staren in de mist aan de rivier. Dat ja. Filip zette de grammofoon aan. Zo zacht dat de muziek het verrichten van de handeling waarbij ze tegenwoordig was niet zou verstoren. Filip wist niet of zijn moeder iets hoorde. Na enige tijd begon de slaap hem te verleiden. Hij schrok op bij iedere ritseling, hij schrok op bij de minste verandering in de microtoestand in de kamer, ook de geluidloze. De deken gleed van zijn moeder af en er kwam een hand tevoorschijn. Op dergelijke momenten worden mensen grijs. Filip voerde oorlog met de illusie van de droom. Ook nu nog wordt hij wakker bij het zachtste geluid.

Dat blinde aanbreken van een zinloze dag ervoer hij als de ergste pijn. Als verraad. In het donker is de aanwezigheid van de dood gemakkelijker te verdragen. Hij bad tot God. Om hem niet meer te bedriegen. Om dat lichaam naast hem niet meer te kwellen, om het lijden te beëindigen. Om ofwel met magie plotselinge genezing te brengen, ofwel alles naar het rijk van het niet-zijn te halen. Maar zo snel mogelijk. Laat het voorbij zijn. Zijn oom nam de wacht over en liet de lamgeslagen dag in grijze lompen aan hem. Alles was even zinloos. Zelfs de heerschappij van het zinloze. En ook de beslissing om zijn moeder over te brengen naar het ziekenhuis, hier, in de stad, aan de rand van de stad. Naar dat gebouw dat op de grens staat, 'helemaal aan de rand, daar waar de moerassen begonnen, in de voorhof van biezen en lisdodden, met daarboven als het lijf van een gewonde vogel met een lange hals kronkelende rook van reizende locomotieven, waarvan het gefluit over de vlakte vloog als de duistere aankondiging van het vertrek naar een andere wereld'. De opluchting die deze beslissing bracht, maakte dat de verweesde illusie van leven, die haar messen in Filip plantte, werd voortgezet.

Filip bleef nog twee dagen in zijn verlaten huis. De leegte slokte alles op wat er in het huis was achtergebleven, ze haalde zwaar adem. In de achtertuin daalden regens neer, de kletsnatte grond stikte in zijn eigen modder. Een grote watermeloen, de afgelopen zomer niet gegeten, lag te rotten in de schuur. Zijn slapeloosheid vulde hij met ongewervelden, hun larven en tijdelijke gastheren, overdag ging hij naar het ziekenhuis. De nodeloosheid van de hoop, de overgave aan gebeurtenissen waar je geen invloed op kunt uitoefenen. Hoop is slechts een koppelaarster, slechts een mes dat vergeefse pijn toebrengt. Hij werd overmand door boosheid. Besmetting met boosheid en schuldgevoel. Iemand moest schuld hebben aan deze toestand. Zijn oom vanwege zijn traagheid en beledigde eigenliefde, Filip vanwege zijn wens om zijn studie voort te zetten, vanwege zijn afkeer van het leger, vanwege zijn arrogantie als enige zoon en het feit dat hem was ingeprent dat hij een prins was, misschien ook zijn moeder zelf, omdat ze zich had verzet tegen het besef dat ze weleens tegen een vreselijke ziekte aan kon lopen, en wie weet wie nog meer. Kon je dat onderzoeken? Het maakte niet uit, als je ook maar het kleinste deeltje schuld in jezelf droeg. Zo verdrietig en somber ging Filip naar het ziekenhuis. Daar zag hij tekenen dat zijn gebeden werden verhoord. Er werden voorbereidingen getroffen om het vonnis te voltrekken, tussen flessen met infuus, gesprongen aderen, pijnstillers, onderdrukt gejammer, fluimen, hopeloze blikken, bevlekte bleke lippen – zo werd er gevonnist. Een nieuwe worm riep Filip uit tot schuldige. Ditmaal was hij schuldig omdat hij had gebeden voor een snelle bevrijding van de kwellingen. Rede, waar was de rede? Die werd hem teruggegeven door Đurđija, stukje bij beetje. Ze belde een paar maal per dag. Ze praatte hem de waanzin uit het hoofd en hij haatte haar. Haar en het hele verleden dat verzonk in een moeras van foto's. Flarden van herinneringen.

Rook en wind, vergankelijk.

Ook de feestdagen waren voorbij. Filip kon terug naar de Šubićstraat, om auberginesaus en gebraad te proeven, om het studentenleven voort te zetten. Hij kon het en hij deed het. Hij zette het
voort, uitgeput en nors tegenover het leven van alledag, dat naïeve
zorgen tot zijn kwelgeesten had uitverkozen. Hij lag hele nachten
wakker. De eerste tekenen van onverdraagzaamheid, voor ons nog
onzichtbaar, doemden achter zijn gestalte op. Aftellen.

Die dagen moest ik naar Belgrado. Een gebeurtenis die zich in
ons dagelijks leven drong met de bedoeling dat te helpen verstoren.
Als een soort les, als sublimatie van inzicht. Ik had een afspraak op
het biologisch instituut. Dr. Đukić had me uitgenodigd voor een
gesprek naar aanleiding van het onderwerp van mijn eindscriptie.
Een grote eer: dr. Đukić toonde interesse voor een student uit Novi
Sad. Ik overhoorde mezelf in mijn binnenste, ik mocht niet vergeten wat ik tegen hem moest zeggen, ik moest hem veroveren door
mijn overtuigingskracht, die ik in mijn stem en mijn woorden een
plaats moest geven. Ik verzocht Filip met me mee te gaan. Ik vond
het belangrijk dat iemand mijn angst eronder hield. Hij stemde toe.
We spraken af op donderdag af te reizen. Mirela liet ons weten dat
ze boos zou worden als we haar niet opzochten. Ze had op het moment geen woonruimte en zat daarom thuis in Belgrado te wachten
tot de lente kwam. Op Filips gezicht een piepklein straaltje vreugde
vanwege de reis. Piepklein en zwakjes. 'Donderdag is Ivanka jarig',
met die zin onderbrak hij het lange lint van zwijgen dat hij om zich
heen wikkelde. Hij studeerde en belde met Đurđija. Hij vertelde
haar niet dat hij naar Belgrado kwam. Af en toe praatte hij ook met
zijn oom. Kort en met een brok in zijn keel. Ik wachtte vurig op die
donderdag. Hij telde de dagen af.

Die donderdag begon het te sneeuwen. Geen vlokken, alleen uit
de modderige hemel losgerukte flarden. De sneeuw smolt meteen,
verdween in vuile plasjes. De hele dag werd verdeeld in een grijswit
stuk lucht en een zwart stuk aarde. Filip stond vroeg op, sprong op
de fiets en vertrok. Hij droeg een lange jas en een bruine pet. Hij
ging bloemen kopen voor Ivanka. Bij het kopen van de bloemen

huilde hij: 'Zo is het leven – de een viert zijn verjaardag, de ander gaat dood.' Dankzij de sneeuw die smolt op zijn gezicht, werden zijn tranen niet opgemerkt. En ook al had iemand ze opgemerkt, wat had die eraan kunnen doen? Hij huilde de hele weg tot de faculteit. In de lift droogde hij zijn tranen. Docente Ivanka zag de viering van haar verjaardag als een wonderbaarlijke mogelijkheid om haar ononderbroken monoloog weer op te voeren. Ze had zich sinds de ochtend warmgelopen en toen Filip binnenkwam met de bloemen, voelde ze dat het tijd was om te beginnen. Đoka heeft me geschreven, mama heeft koeken gebakken, Ljilja komt straks op de koffie, ik heb wat taart meegebracht, Đoka verveelt zich, maar hij vindt de oefeningen inspannend, dat is het leger hè, geen genade... Filip zweeg, liet een enkel glimlachje over zijn gezicht glijden, keek uit het raam. De hemel zaaide flarden. Ter hoogte van de tweede verdieping zien die er mooier uit. In de dramapauze van de monoloog, bedoeld om de thema's in een coherente volgorde te rangschikken, vroeg Ivanka Filip terloops hoe het ermee ging. Hij zei dat het allemaal gauw afgelopen zou zijn. Ivanka begreep hem niet. Ze voelde de duistere weerklank van de woorden, maar schoof die met een handgebaar van zich af, alsof het spinrag was. 'Alles komt in orde', van die sleetse zin bediende ze zich en ging toen door, zonder pardon, zonder haperen. Filip bleef maar kort. Toen gaandeweg Ivanka's vakgenotes kwamen, kon Filip ruimer ademhalen. Hij ging er bijna onopgemerkt vandoor.

We troffen elkaar op het busstation. Verregende mensen en wij. Ik in alle staten. In de bus praatte ik over onbenulligheden. Ik maakte me vrolijk over Ivanka en stelde me voor hoe haar Đoka, de onhandige soldaat, met veel moeite zijn geweer schoonmaakte. Of beter nog, hoe hij er niet in slaagde het laken op zijn bed strak te trekken. Filip lachte ook. Hij ging met me mee naar het Instituut voor Biologie, maar woonde het gesprek niet bij. Hij wilde zijn benen strekken. In het grijze, armoedige Belgrado. Smog kolkte rond de sneeuwflarden. De straten lagen vol sneeuwprut. De trolleybus was defect. Filip keek etalages met een blik die niets opmerkte. We ontmoetten elkaar weer op het centrale plein. Ik kon mijn blijdschap niet verbergen. Dr. Đukić stond achter mijn onderwerp, hij zei dat het bijzonder belangrijk en interessant was voor het onderzoek naar onze fauna, dat hij me alle hulp zou bieden, dat hij me zou uitnodigen voor een congres, dat hij zou helpen mijn scriptie gedrukt te krijgen – ik kon niet anders dan blij zijn. Met mijn vleugels verdreef ik de sneeuw, ik had zin om te huppelen. Je bent een jaar of twintig, een hooggeacht man steunt je, helpt je, je waant je in de zevende hemel. Het was geen naïviteit, maar herkenning. Hoogten herken je door de levensvreugde die je vervult. (Nu lijkt dat alles me onbeduidend, al die vreugde van toen, die is uiteengespat, terwijl uit de tijd dat 'alles nog mogelijk was' alleen het Niets is voortgekomen.) Filip deed niet alsof. Hij was ook blij, alsof hij het was die dit allemaal meemaakte. Hij wilde dat ik hem vertelde hoe ik me het toekomstige onderzoek voorstelde. Hij hoorde onderweg naar Mirela mijn verhaal over roodbuik- en geelbuikkikkers en dacht: Zo is het leven – de een is opgetogen vanwege de inspiratie die hem is geschonken, de ander gaat dood.

In Mirela's flat hondengeblaf en kakelende vrouwelijke vrolijkheid. We struikelden over de honden en hoorden nauwelijks wat ze tegen ons zei. Maar ze moest ons meteen, bij de deur al, alles vertellen. Ze had een repetitie gehad met een beroemde dirigent. Hij was enthousiast, het zou een fantastisch concert worden, hij wilde vaker met haar werken, hij had haar gezegd dat ze een prachtige, warme stem had, een sopraan van uitzonderlijke kwaliteit, hij had haar muzikaliteit geprezen, haar suggestiviteit, haar techniek – dat vertelde ze allemaal, haar woorden verdrongen elkaar om er zo snel mogelijk uit te komen, het een buitelde over het andere. Ze was overgelukkig. Dit gaf haar haar verloren vertrouwen weer terug, een mens twijfelt altijd, ik dacht dat het nooit iets zou worden met mij als zangeres, en nu, zulke complimenten, en plannen... Daar moest op gedronken worden. Ze bood zelfgestookte brandewijn aan, haar moeder dronk ook een glaasje mee, de hondjes waren ongeïnteresseerd op hun kleedjes gaan liggen. Mirela kon niet geloven dat wij van plan waren nog dezelfde avond terug te gaan naar Novi Sad. Tja, ik had gedacht dat we uit zouden gaan om deze mooie dag te vieren.

We moesten haar teleurstellen. Het sneeuwde nog steeds, maar alles om ons heen was zwart geworden. Flarden vlokken kwamen op ons aangevlogen als een zwerm krankzinnige sprinkhanen. Filip had zulke wallen onder zijn ogen dat er zakjes aan zijn gezicht leken te hangen. In de bus had hij slaap, maar zijn ogen gehoorzaamden hem niet. Hij zei tegen me: 'Zo is het leven: tegen de een wordt gezegd dat hij een schitterende toekomst voor zich heeft, de ander gaat dood.' Opgewonden omdat ik mezelf al zag als succesvol bioloog, onderzoeker, wetenschapper, verstond ik hem niet goed en begreep ik hem ook niet. Maar hij vroeg me of ik de middag daarop met hem mee wilde gaan naar zijn huis. Zodat ik bij hem zou zijn als het allemaal gebeurde en zijn beslag kreeg. 'Ach toe, wat klets je nou' – ongeloof en ontkenning als uitdrukking van verzet. 'Ga alsjeblieft met me mee.' Uit de ernst van zijn gezicht sprak iets wat tegengesteld was aan alles wat ik tot dusver wist, een krachtig, maar ontoegankelijk gevoel. Verschrikt door dat gezicht zei ik: 'Goed.' Ook ik kon die nacht lange tijd de slaap niet vatten.

Grijsheid, geïnjecteerd in een klontje dag, en ijzige koude kenmerkten de volgende ochtend. De huiseigenaars hadden zich verslapen, de grote kachel was niet aan. Wolkjes damp uit je mond. Een wanhopige, vermoeide dag. We rommelden wat in het huis, Filip pakte zijn koffer, ik ging snel even naar de faculteit, laat in de middag gingen we op weg. Een strakgespannen lucht en gemummificeerde wolken, het sneeuwde niet, maar het vocht verspreidde zich met de kou en putte ons langzaam uit. In de bus zurige damp van lichamen, ramen die niet open konden, en uit de radio de meest afstotelijke turbokitsch*. We zeiden niet veel. Het donker viel, het kippige licht in de bus maakte onze oogleden zwaar, we hadden slaap. Waarschijnlijk heb ik ook een beetje gedommeld. In Filips stad wachtte ons een straffere, nijpender kou, lappen compact duister uitgespreid tussen zeldzame, zieloos bleke straatlantaarns, en verlatenheid. In de lucht hing roet, de mensen hadden zich in huis teruggetrokken, aan de geur van rook wist je dat ze het warm hadden, misschien zelfs te warm. Filip wilde dat we door het centrum gingen.

Onder het lopen bleef hij staan bij ieder huis dat een blokje met zijn eigen plaatje in het mozaïek van zijn kindertijd had gevlochten. 'Hier woont Mila, dat zijn de ramen van haar kamer, en dit is de school waar we samen naartoe gingen, in dit park heb ik voor het eerst de Latijnse namen van exotische bomen geleerd, daar, in die buurt, achter de kerk, daar woont Minka, met wie ik de parken heb bezocht...' Ik had een vreemd gevoel bij wat hij zei, alsof hij na vele jaren afwezigheid weer in zijn stad kwam, overal lag het patina van de nostalgie. 'Hier, achter de markt, daar staat mijn lagere school, en hier aan de overkant staat de school waar mijn moeder werkt, hier, op deze binnenplaats was vroeger een ijsbaan, in dit gebouw is de muziekschool waar vroeger een amateursymfonieorkest speelde, hier is die beroemde rij zweepbomen waarover ik je heb verteld, naar deze boekhandel nam mijn vader me iedere zaterdag mee om boeken voor me te kopen, over dit fietspad reed ik iedere dag naar school en terug, dat is het park dat naar mijn huis leidt, als je verder loopt kom je uit bij het kanaal, en kijk, hier, zo dadelijk, komen we bij mijn straat, hier, deze, met de linden...' Toen we het koude, niet geventileerde huis binnengingen, keek ik op mijn horloge. Kwart over negen. Filip haalde een foto van zijn moeder uit een lade en zette die op tafel tegen een vaas. In de keuken aten we een klein hapje dat we onderweg hadden gekocht en daarna gingen we naar de kamer, waar Filip in het halfdonker zijn verhaal, zijn verre herinnering begon te vertellen. Dat was de eerste nacht van zijn Verhaal. Tijdloos en alomtegenwoordig tegelijk, in de warme kamer, in de gehoorstraal van zwijgen en kalme nieuwsgierigheid. Ik, als enige getuige, vermoedde dat er in het feit dat ik luisterde een onverklaarbaar belang zat, een waardigheid waarvoor ik geen reden kon vinden, maar die me overweldigde en bevestigde in mijn rol, die even wezenlijk was als die van de verteller. Hij vertelde over de foto van zijn moeder, die in een bloeiende tuin zat te lezen, dat hij haar, wanneer ze terugkwam van haar werk, tegemoet rende zodra hij haar aan het andere eind van de straat in het oog kreeg, over de pluchen stilte van de schouwburg waar ze hem de inhoud toefluisterde van het sprookje dat op het toneel werd vertoond, dat hij haar had willen leren bomen te herkennen, dat ze hem uitgeleide had gedaan als hij op reis ging, dan stond ze hem bij het krieken van de dag aan de poort na te wuiven tot ze hem uit het oog verloor, over de croissantjes met kaas en de vruchtentaartjes die ze bakte om hem te verwelkomen en blij te maken, over zijn verjaardag, de laatste die ze in zorgeloosheid hadden gevierd, over hun laatste gezamenlijke zomervakantie, over de illustraties uit sprookjesboeken die ze, toen hij nog een jongen was, voor hem natekende en uitknipte, over de ansichtkaarten van zee die ze samen aan oma schreven, over de manier waarop ze, als het onweerde, naar zijn bed kwam om hem aan te halen, over de muziek van Tsjaikovski en Delibes die ze uit haar vroege jeugd had bewaard, over haar zachte, gematigde stem, over haar schaduw die over het bed hing als ze voor haar zoontje bad... Hij vertelde tot diep in de nacht. Ik weet zelf niet wanneer we in slaap zijn gevallen. De slaap daalde op ons neer als toverij, als een bewaarder.

Om zes uur 's morgens werden we gewekt door de bel aan de poort. Filip sprong overeind, voor de poort stond zijn oom. Er was afgesproken dat hij om elf uur zou komen, zodat ze samen naar het ziekenhuis konden gaan. Zes uur 's morgens. Zijn oom hoefde hem niets te zeggen, Filip wist het. Alles was de avond ervoor gebeurd, precies op het moment dat wij het huis binnengingen. Hij had de hele nacht tegen me gepraat alsof zijn moeder er niet meer was, alsof hij het wist. Vandaar die vreemde waardigheid.

Hij stond daar rustig, de ogen opengesperd. Hij maakte afspraken met zijn oom over details. Hij zou de vrienden van zijn moeder op de hoogte stellen, 's middags zou hij met zijn oom naar het kerkhof gaan. Hij waste zich. De postbode bracht het eerste telegram, hij aarzelde om het hem te overhandigen. Filip stelde hem gerust: maak u geen zorgen, ik weet het al. Hij at niets. Hij greep de telefoon, nodigde mensen uit voor de begrafenis. Rustig, zonder paniek, zonder tranen. De mensen waren ontzet, ze huilden, hapten naar adem, verbijsterd, in de war, verrast, verschrikt, bezorgd, maar zijn stem bleef rustig. Ik zat terzijde en sloeg hem zwijgend gade. Zijn nervositeit was alleen af te lezen aan zijn snelle bewegingen, waarmee hij een last van zich af leek te willen werpen. Wijd open ogen, groot als meren, kringen eronder, een bleek gezicht. Ik wist zelf ook niet wat ik moest denken en voelen, ik was als het ware verlamd. Ik probeerde mezelf in zijn positie te verplaatsen, te kijken hoe mijn reacties eruit zouden zien, maar het lukte me niet. Ik vluchtte voor al mijn gedachten en keek naar Filip. Hij leek wel van steen. Toch moest hij na ieder telefoongesprek een pauze inlassen. Hij kon niet goed tegen huilende mensen. Wanneer er iemand begon te huilen, doemde voor zijn ogen vanzelf een beeld van zijn moeder op, een beeld dat al van tevoren scheen te zijn voorbereid, alsof het had gewacht op de kennisgeving van zijn bestaan, een vergeten beeld, aan zee, of op school, in de achtertuin, op straat. Moeder leeft, ze lacht, ze is mooi. Die beelden verontrustten hem, hij was er bang voor, voor die beelden en voor zijn eigen verborgen onzekerheid, zijn geheime eenzaamheid. Hij stak zijn duimnagel in het topje van zijn ringvinger tot de pijn onverdraaglijk werd. De pijn nam de tranen weg, verstikte de angst, hielp hem. En Filip draaide opnieuw een nummer en verkondigde opnieuw met dezelfde donkere stem, met excuses voor het storen, het bericht.

Tegen de avond druppelden zijn vrienden binnen: alle bewoners en de meeste trouwe bezoekers van de Šubićstraat no. 2. Mila kwam en Aleksandar en Jevrem en Vlada en Milivoj... Er waren hapjes, er werd brandewijn gedronken. Het was vreemd om te zien hoe ieder van hen bedeesd het huis binnenkwam, Filip bedeesd condoleerde en bedeesd een plek zocht om te gaan zitten. Ze zagen zichzelf allemaal in zijn plaats, ze waren allemaal geschrokken en zaten er terneergeslagen bij. Totdat ze zagen dat Filip zich normaal gedroeg, dat hij de tragedie aanvaardde met volledig bewustzijn van de onverbiddelijkheid ervan (die weliswaar dagelijks alomtegenwoordig is, waarmee we geen verwanschap voelden en voor ons niet acceptabel was). Zo hielp hij iedereen zich prettiger te voelen. Toen ontspanden zij zich ook, ze vergaten hun bedruktheid en angst, en gedroegen zich, hoe moet ik het zeggen, niet met waardigheid (hoewel dat wel zo leek), maar met levensblijheid, beter gezegd oer-levensblijheid. Eigenaardig. Op de gezichten een zachtheid die je bijna nooit ziet. Toen besefte ik opeens, geheel onvoorbereid, dat alle mensen werkelijk zijn geboren om goed te zijn. Wat later begon de brandewijn natuurlijk zijn tol te eisen en dreigde de avond de grens van de consideratie te overschrijden. Filip voelde dat aan en verzocht zijn vrienden uiteen te gaan. We moeten slapen, morgen wordt het een inspannende dag. Ze gingen stil uiteen, iedereen vond een plek om te overnachten, een enkeling bleef bij ons slapen. Ik geloof dat het Filip lukte de slaap te vatten. Maar hij was al vroeg op de been, eerder dan wij allemaal. Terwijl hij zich schoor, merkte ik dat hij beefde. Alleen toen.

Een manke, kleverige, gekwelde dag riep zijn grijsheid uit tot licht. Een van die dagen dat een mens het leven kan haten. Er drupte een soort flauw vocht uit de samengeklonterde nevel, op de begraafplaats een woestenij van bevroren, sprakeloze grafstenen, spookachtig. Ze waren verzonken in mistflarden, de aarde was modderig, plakkerig. Veel mensen, iedereen in het grijs of zwart, bij iedereen kroop de nevel in neus en oren, ze kleumden. Filip stond in de kapel naast de kist en nam de condoleances van de aanwezigen in ontvangst. Zij kwamen naar hem toe, omhelsden hem, huilden, kusten met een mond nat van de tranen, ze spraken woorden van troost, zacht of wat harder, overtuigend of afwezig, zich bij zichzelf afvragend hoe hij het nu alleen moest redden, wat er van hem zou worden, je kon de vraag zien, ze sprong voor hen uit en dwaalde in het halfdonker van de benauwde kapel. En Filip bedankte, verdroeg de kussen en de tranen en stak zijn duimnagel in het topje van zijn ringvinger, totdat de pijn de overhand kreeg en hem weerhield van geschrei en vertroebelde blikken. Er leek geen einde te komen aan dat defilé. Filip raakte uitgeput, het kostte hem moeite om op zijn benen te blijven staan. Af en toe wierp hij een blik op mij. Ik stond schuin achter hem, ik kon hem goed zien, ondanks het weifelende, flakkerende licht van de kaarsen, en hij zag mij ook. Het wit van mijn ogen tegen een donkere achtergrond. In de onverlichte hoek waar ik stond, werd mijn gezicht opgeslokt door het donker en mijn baard. Maar hij wist dat ik er was, later bekende hij dat mijn aanwezigheid, al bleef die in het duister, hem had geholpen het vol te houden, niet te vallen.

Nadat het defilé langs de rouwenden was getrokken, ging de lange, verregende, vormeloze stoet achter de kist aan: eerst de dragers, Filip met zijn oom en tante, en toen alle anderen. Ook de muziek van koperblazers hoestte haar klaagzang. We ploeterden door de gele modder, verzamelden mistdruppels in ons haar en onze jassen, zover de hopeloze blik reikte zag die niets dan de sombere vlakte. En de stenen zuilen, gedenktekens voor de doden, scheef hangend, met verbleekte, onleesbare letters, aangevreten door korstmossen, bewaakten de grens van het zinloze als scheipalen, als versteende wegwijzers. Rond het graf toespraken, de school nam afscheid, de leerlingen namen afscheid, tranen van onwetendheid, afscheid als de ultieme levensles. Vlak voor het zakken van de kist begon er opeens een vrouw te spreken. Mij werd verteld dat het een actrice was. Ze had het over Shakespeare, de hemel, eeuwige rust, troost. Ze sprak zo direct en moedig, zo overtuigd van het bestaan van het hiernamaals, dat ze me aan het huilen bracht. Ze verraste Filip ook. Hij had zijn nagel niet gereed. Hij hief zijn hoofd, boven op een hoog gedenkteken, in de verte, zag hij een tortelduif. Hij keek ernaar, terwijl de kist tegen de randen van het graf stootte, terwijl de oude doden schudden door het licht dat de komst van een nieuweling aankondigde. Hij bukte om een kluitje aarde op de kist te gooien, gele, vermodderde leem, en toen hief hij zijn hoofd opnieuw. De tortelduif zat nog steeds op het verre gedenkteken. De grafdelvers gooiden spaden vol aarde op de kist, de stoet mensen wendde zich af van het graf, met gebogen hoofden liepen we naar de kerk. Filip bleef staan en wachtte. De tortelduif wachtte ook. En fladderde weg.

Voor de kerk, op tafels gedekt met witlinnen tafellakens, wachtte ons in schalen en op borden een versnapering 'voor de zielenrust'. En brandewijn, om een dronk uit te brengen op de ziel. Verkleumd en afgemat, ieder op zijn eigen onopgehelderde en voor het bewustzijn ontoegankelijke manier, verdrongen we ons om de tafel en verwarmden ons met de brandewijn. De mensen kwamen weer naar Filip toe, hij luisterde nog steeds rustig, rustiger dan tevoren, naar hun door een nieuwe bewustwording van de dood verschrikte woorden. De vermoeidheid spreidde zich over zijn gezicht uit als een soort masker voor een tragedietheater. Hij wachtte tot alles voorbij was, tot de mensen uiteengingen, om zich te wassen en de stempels van hun tranen en kussen te verwijderen, om de rust van zijn eenzaamheid te voelen. Om daar althans een idee van te krijgen.

Teruggekeerd in Filips huis voelde ik me ook verschrikkelijk moe. Ik had pijn in het been dat gebroken was geweest, ik had de hele dag gestaan. Toen de stilte van het huis ons omarmde, wilde Filip me iets voorlezen. Hij verzocht me te luisteren, hij zou hardop lezen, hij had het gevoel dat het belangrijk was. Ik dacht dat hij me iets zou voorlezen wat hij zelf geschreven had, maar ik vergiste me. Hij pakte een oranje boek met een harde linnen band en begon:

Danilo Kiš, Encyclopedie van de doden. Een heel leven, *Voor M.*

'Vorig jaar verbleef ik, zoals u weet, op uitnodiging van het Instituut voor Theateronderzoek in Zweden. Een zekere mevrouw Johanson, Christina Johanson, was mijn gids en instructrice. Ik bezocht een stuk of vijf, zes voorstellingen...'

De lamp waaronder hij het boek hield en de neergelaten rolluiken vormden de gesloten wereld van deze kamer. Buiten stilte, omgeven door mist. Ik luisterde. Hij las langzaam, zorgvuldig de individuele woorden en zinnen benadrukkend.

'Op een avond... nam mijn gastvrouw me mee naar de bibliotheek... Het was al een uur of elf en de bibliotheek was gesloten. Mevrouw Johanson toonde de portier echter een pasje en hij liet ons mopperend binnen. Hij hield een grote ring met sleutels in zijn hand... Mijn gastvrouw droeg me over aan deze Cerberus en zei dat ze me de volgende ochtend zou komen halen... Toen herinnerde ik het me, nog voordat ik de boeken behoorlijk had gezien...: iedere zaal bevat één letter van de Encyclopedie... Ik had begrepen... dat het de beroemde *Encyclopedie van de doden was*. Opeens werd alles me duidelijk, nog voordat ik het enorme boekdeel had opengeslagen. Het eerste wat ik zag was zijn foto... U weet dat mijn goede vader onlangs is gestorven en dat ik al sinds mijn prille jeugd erg aan hem gehecht was... Met mijn schouder tegen wankele houten boekenkast geleund, het boek op mijn arm, las ik zijn biografie, waarbij ik de tijd volkomen vergat... Wat hier staat, in dit boekdeel, zijn gewone encyclopedische gegevens, voor ieder ander dan mij en mijn moeder van geen belang; namen, plaatsen, datums... Want *daar* is alles opgeschreven. Alles. Het landschap van zijn geboortestreek wordt zo levendig weergegeven dat ik, al lezend... het gevoel had dat ik er was geweest, in het hart van dat landschap... Het zijn allemaal aparte paragrafen, iedere periode wordt geschetst in een soort dichterlijke kwintessens en metafoor, niet altijd chronologisch, maar in een vreemde symbiose van de verleden, tegenwoordige en toekomende tijd. Het principe is duidelijk, hoewel je de adem stokt bij zoveel eruditie, bij die behoefte om alles op te tekenen, alles wat een mensenleven heeft gemaakt tot wat het was.'

Op de plaatsen waar hij zijn huilen niet kon bedwingen stopte hij, af en toe sprak hij ook door zijn tranen heen. Hij las alsof dit de woorden waren waarmee hij afscheid nam van zijn moeder, alsof in die tekst alles was samengevat wat hij te weten wilde komen, alsof daarin voor hem een kern van troost verborgen zat, alsof dat verhaal de schakel was tussen hem en de doden.

'Ik zal u nu niet, uit mijn herinnering, navertellen hoe dat *daar* allemaal is opgetekend en beschreven... want ik heb de indruk dat dat allemaal onvoldoende en te fragmentarisch is in vergelijking met het *origineel*. Maar als het niet juist ging om die obsessieve idee van de samenstellers dat ieder menselijk schepsel enig in zijn soort is, dat iedere gebeurtenis uniek is, wat zouden de namen van ambtenaren van de burgerlijke stand en geestelijken hier dan te zoeken hebben... met al die details die de koppeling tussen mens en landschap vormen?... Want iedere gebeurtenis is verbonden... met zijn persoonlijke levenslot...

... Ik geloof dat u hieruit, althans bij benadering, kunt opmaken hoeveel informatie zij die de zware en prijzenswaardige
taak op zich hebben genomen om – zonder twijfel objectief en
onpartijdig – het meeste op te tekenen wat kan worden opgetekend over hen die hun weg op aarde hebben beëindigd en de
weg naar het eeuwige duren zijn opgegaan, in de *Encyclopedie
van de doden* opnemen. (Want zij geloven in het wonder van de
Bijbelse wederopstanding en bereiden met deze enorme carto-
theek slechts de komst van dat uur voor. Zo zal iedereen niet alleen zijn naasten kunnen vinden, maar in de eerste plaats zijn eigen vergeten verleden. Dit register zal dan een grote schatkist
van herinneringen en een uniek bewijs van de wederopstanding
zijn... Is... mevrouw Johanson misschien ook een van hun volge-
lingen? En heeft ze mij misschien naar deze bibliotheek gebracht – nadat ik haar mijn tegenspoed had toevertrouwd – om
de *Encyclopedie van de doden* te ontdekken en daarin een korrel
troost te vinden?)'

Hij las maar door, helemaal tot het eind van het verhaal. En ik zag
hem staan in de ijzige, landerige gevangenis van die stoffige folian-
ten waar de geesten van de doden uit vliegen als uit schoolalbums
met foto's van gemartelde en gesneuvelde helden, en door het donker wentelen. En iedere geest wil zijn verhaal vertellen, wil dat er iemand naar hem luistert, dat iemand zich hem herinnert. Ik zag hem
ook kruipen, de letters aftastend op zoek naar zijn moeder, op zoek
al was het maar naar haar schaduw, die hij achterna zou gaan om te
verdwijnen in het labyrint van de bibliotheek.

'Want – en dat is, geloof ik, de fundamentele boodschap van de samenstellers van de *Encyclopedie* – in de geschiedenis van menselijke wezens herhaalt zich nooit iets, alles wat op het eerste gezicht hetzelfde lijkt, is nauwelijks vergelijkbaar; iedere mens is een ster op zich, alles gebeurt altijd en nooit, alles herhaalt zich eindeloos en onherhaalbaar... Maar het meest verbazingwekkend is die unieke verbinding van het uiterlijke en het innerlijke, dat insisteren op materiële feiten, die vervolgens in logisch verband worden gebracht met de mens, met wat zijn ziel wordt genoemd... Geschiedenis is voor het *Boek der doden* de som van menselijke levenswegen, de totaliteit van efemere gebeurtenissen... Die opeenvolging van levenden en doden, die algemene mythe over de wisseling van generaties, die zogenaamde troost die de mens voor zichzelf heeft bedacht om het idee te moeten sterven gemakkelijker te accepteren... Ik heb niet eens de kracht om u de blik te beschrijven waarmee hij afscheid van mij nam op de trap van het ziekenhuis, een dag of twee voor de operatie; daarin was zijn hele leven samengevat en al zijn ontzetting over het besef van de dood. *Alles wat een levende mens over de dood kan weten...* Ik haastte me om zo veel mogelijk gegevens over mijn vader op te schrijven, zodat ik, in ogenblikken van wanhoop, een bewijs zou hebben dat zijn leven niet vergeefs is geweest, dat er op de wereld nog mensen zijn die ieder leven, ieder lijden, ieder menselijk voortduren optekenen en waarderen.'

Hij besloot geluidloos huilend, een kramp misvormde en versteende zijn gezicht. Hij stak zijn duimnagel in zijn vinger en keek door de troebele vloeistof in zijn ogen naar het met druppeltjes besmeurde beeld voor hem. Hij stond op en pakte een potlood. Onder de laatste zin schreef hij: 'Wees gerust. Net als ik. Alles is opgeschreven. We leven eeuwig en we zullen elkaar weer ontmoeten.' Hij las me dat voor met een stem die vervormd was en die, ik weet niet hoe, deed denken aan stemmen uit de andere wereld. Er liep een rilling over mijn rug.

Filip legde het boek weg, we zwegen.

Ja, zo maakte ik ook kennis met *Encyclopedie van de doden*. Met dat boek dat ik daarna nog zo vaak heb gelezen, zonder ooit die avond te vergeten toen ik het voor het eerst hoorde. In het halfdonker van Filips kamer, met de warme kachel, de neergelaten rolluiken voor de verstarde ramen en de dove stilte. Geen wind, geen zuchten. Ik hoorde in mijn binnenste nog lang de weerklank van zijn stem, de echo's van angst en troost. Ik bekeek het boek. De schreeuwend groene kleur van de binnenkant van de band werkte verwarrend in vergelijking met het tere oranje van de voorkant. Maar dan, op de volgende bladzij, stond in een mooi handschrift de datum van een van Filips verjaardagen en 'Voor Filip van Branka'. Ik vroeg hem wie Branka was. En Filip spon zijn antwoord uit tot een verhaal vol herinneringen, vanaf de dag dat bekend werd dat zijn moeder ziek was tot aan de dag van de begrafenis, alles wat ik je al heb verteld in deze monoloog, gebouwd van de vibraties die beelden achterlieten om te herinneren aan wat verdwenen was. In dat antwoord kwam ik erachter dat Branka 'een heel lieve, de liefste vriendin van zijn moeder' was, die zich op haar stille manier zorgen maakte om Filip en die hem voor zijn verjaardag de verzamelde werken van Danilo Kiš cadeau had gegeven. Voor die verjaardag die zijn moeder en hij zo schitterend hadden gevierd, voor die verjaardag toen Branka alles al voelde aankomen en toen ver weg, in onbereikbare sferen, alles al was beslist. Ook die tweede nacht van Filips Verhaal leek eindeloos. Hij zou nooit de tijd hebben om iemand te vertellen wat hij me toen vertelde, niemand zou ooit de tijd hebben om ernaar te luisteren. Daarmee bracht hij me zo dicht bij zichzelf dat ik de verkwijnde doosjes van zijn geheugen bijna kon horen opengaan. Ik kon niet vermoeden dat ik geen mens ooit nog zo na zou staan, dat ik het gerinkel van sleutels in de sloten van de herinnering nooit meer zou horen. En dat ik nooit meer zou beleven dat Filips vertrouwen mijn leven bepaalde. Het hoogtepunt was bereikt zonder dat ik dat merkte.

De volgende dag, op maandag, gingen we naar de winkel om een pak voor Filip te kopen. Hij wilde zwarte kleren dragen. 's Middags stapten we in de bus en reisden terug naar Novi Sad. In de Šubić-straat no. 2 wachtte alles ons op dezelfde, dodelijk onveranderlijke plek. Zelfs de ongewassen vaat. Het zag ernaar uit dat het leven in dat huis, zoals gebruikelijk, precies verder liep waar het was blijven staan. Dat was trouwens ook zo (hoe anders?), alleen lagen achter de loop van dat leven (weer niets nieuws onder de zon) vele onvoorzienbaarheden verborgen. Ook zonder die te kennen gingen we ze tegemoet.

* *
*

Misschien heerste er in de Šubićstraat alleen de eerste dagen luwte. Niet alleen om Filip, maar ook omdat er een tentamenperiode naderde. Maar daarna wenden we er snel weer aan dat er onophoudelijk vrienden bij ons langskwamen, zodat onze pogingen om een balans tussen studeren en doorzakken tot stand te brengen, faalden. Het idee alleen al! Filip sloot geen enkel compromis. Hij trok zich volledig terug. Natuurlijk verbleef hij met ons in dezelfde kamer, maar zijn afwezigheid was aanweziger dan wanneer hij niet thuis was. Dat wil zeggen, die afwezigheid, eerst gering, onbetekenend, 'normaal', veranderde geleidelijk, heel langzaam, in volledige afwezigheid, wat op ons overkwam alsof hij ons drieën, zijn vrienden en kamergenoten, negeerde. Maar aan het begin van die tweesprong studeerde en las hij alleen maar. 's Nachts sliep hij nog steeds bijna niet, hij probeerde te schrijven. Het overkwam hem weleens dat hij in slaap viel terwijl wij in de kamer zaten te leren, dan werd hij plotseling wakker, maakte zich kwaad dat we rookten, verlangde dat we de sigaretten doofden. Wij zeiden dan 'ja' en rookten verder. Zuiver uit onverschilligheid. Hij snauwde steeds vaker, hij was nerveus, dat was te zien en te horen.

Twee gebeurtenissen die heel kort na de dood van zijn moeder plaatsvonden, gebeurtenissen die elkaar opvolgden, verstoorden zijn toch al bescheiden behoefte om tegenover anderen de gebruikelijke beleefdheid in acht te nemen. Na die avond waarop hij me Kiš voorlas, hebben wij beiden geen enkele keer meer de gelegenheid gehad om onder vier ogen met elkaar te praten. Ook voor mij werd hij gesloten en ontoegankelijk. Die breuk kwam plotseling en onvoorbereid. Alleen al onze terugkeer naar een omgeving waar geen plaats was voor subtiele emotionele beleving van welke aard dan ook, een omgeving waarin Filip vroeger ook zweeg, vormde in feite automatisch een snede waardoor ieder contact met hem werd afgekapt. Als een boot waarvan de meerkabel is gebroken dreef Filip van ons weg, hij verdwaalde in de draaikolken van de bedding en verdween. Maar wij merkten niet dat hij wegdreef, omdat we hem nog duidelijk voor ons zagen. Jevrem en Aljoša konden het zeker niet merken, want hen had hij nooit benaderd. Maar ik had het wel gekund. En ik merkte het niet. Ik zag het verschil niet tussen speciale en gebruikelijke omstandigheden waarin je iets kostbaars bewaart. Ik dacht dat het speciale vanzelf bewaard zou blijven, zelfs in een omgeving van alledaagse gewoonten en oppervlakkige verhoudingen. Daar dacht ik niet eens bij na, ik liet me alleen op de bekende stroom door bekende landschappen dragen. Onbewust kon ik de verantwoordelijkheid die mij samen met Filips verhaal was opgelegd niet aan. Ik had het aangehoord en ik had het laten varen. Ik wilde dat alles weer zo was vóór de dood van Filips moeder. Door mijn gedrag, gewoon, vrolijk en kwajongensachtig, verloochende ik Filips bekentenis. Ik bleef er doof voor en liet mijn vriend zakken. Wanneer ik over hem praat, weet ik nu dat ik, toen ik erachter kwam wat er vanaf het moment van onze terugkeer naar de Šubićstraat met Filip gebeurde, alleen werd geleid door ongeïnteresseerde oppervlakkigheid. Ik weet van Filip niets dan kunstmatig bestoven feiten. Niets. Mijn boot dreef af langs een andere bedding.

Daarom spreek ik over die twee in mijn ogen beslissende gebeurtenissen alleen als waarnemer. Als verre waarnemer. Als ik me had opgeworpen als luisterend oor, hadden we misschien allemaal minder bitterheid ervaren. Maar dat deed ik niet. Het kwam niet eens bij me op. Ik genoot ervan de verantwoordelijkheid te ontlopen.

Precies een week na de begrafenis, op een duistere avond, klonk Mila's stem uit de telefoonhoorn. Filip praatte een hele tijd met haar. Daarna verkleedde hij zich, trok die lange jas van hem aan, stapte op de fiets en reed de nacht in. Er viel al sneeuw, maar die bleef niet op haar gemak en zonder overtuiging op de aarde liggen. Vanaf de Donau zweepte de wind. Filip kwam de hele nacht niet terug. De hele volgende dag ook niet. Toen hij die avond thuiskwam, begon hij ijverig te studeren. Wij brandden van nieuwsgierigheid. Heb je bij Mila geslapen? Hij had niets tegen een gesprek, de hartstocht stond nog als een glimlach op zijn gezicht gedrukt: 'Zo goed hebben we het nog nooit gehad.' Oei! Als een kluwen begon er zich een intrige af te wikkelen en dat stond ons wel aan: Mila had met Filip geslapen, maar ze had nog steeds een relatie met Aleksandar. We verheugden ons op de mogelijke verwikkelingen. Zou Mila breken met Aleksandar? Hij antwoordde ons dat dat niet van belang was, dat hij uitsluitend in de seks geïnteresseerd was en dat dat zo zou blijven. We wisten dat hij van haar hield, we verwachtten soapverwikkelingen, die vonden algauw plaats, meteen daarop volgde de ontknoping, punt. Hoofdstuk afgesloten.

Het eindigde allemaal op het oudejaarsavondfeestje dat Mila bij haar ouders thuis had georganiseerd. De hele Šubićstraat met aanhang was uitgenodigd, maar Jevrem en ik gingen naar ons eigen huis. Filip en Aljoša vierden het bij Mila. Mila had de hele vertoning omwille van Filip aangericht. Anders zou hij nergens heen zijn gegaan, hij zou thuis hebben gezeten, alleen met zijn gedachten, waarin niemand van ons zich wilde verdiepen. Op het feestje kwamen heel wat mensen uit onze vriendenkring. Bijna als voor de begrafenis, God vergeve me. Daar paradeerden ook de twee stoeipoezen van Aljoša, de schilderes en de altvioliste – als in een driestuiversroman daagden ze hem uit te beslissen. Aljoša had te veel gedronken om een besluit te nemen. En ook Filip had zoveel gedronken dat hij wankelde. Mila verstopte zich achter de rol van gastvrouw, ze liep weg voor zichzelf. Aleksandar liep weg voor haar en ook voor zichzelf. Een leuk oudejaarsfeestje. Het noodlottige moment brak aan toen Aleksandar zich bij Filip kwam beklagen. De alcohol had ook hem flink te pakken, hij had zichzelf niet meer onder controle. Hij wist niet hoe hij zijn probleem met seks moest oplossen. Met Mila lukte het helemaal niet, en ga zo maar door... Ik ben er vast van overtuigd dat zijn dubbelzinnige, blauwogige, door alcohol vertroebelde blik Filip tot waanzin bracht. Hij hoorde hem een poosje vol walging aan en sloeg toen toe, alsof hij daar de hele tijd al op zat te wachten: 'Ík heb met Mila helemaal niet zulke problemen. Het gaat allemaal fantastisch.' Aljoša was niet in staat om mij een goede beschrijving te geven van Aleksandars verbijstering. De woorden 'geschokt, met open mond, met stomheid geslagen' schoten tekort. Eerst liep Aleksandar rood aan, toen stelde hij zich voor dat hij zich misschien maar had verbeeld wat hij had gehoord en stond op om een drankje te gaan halen. Waarschijnlijk heeft hij dezelfde avond nog aan Mila verteld wat hij te weten was gekomen. Mila heeft het Filip nooit vergeven. Ze brak met Aleksandar en verloor alle moed. Toen al, aan het begin van het nieuwe jaar, stonden Filip en Mila eindeloos ver van elkaar vandaan. De verwijdering nam toe en over hun herinneringen is het stof neergedaald van andere mensen en gebeurtenissen die de tijd heeft aangebracht. Het was over, klaar. Alleen op foto's gaat hun gezamenlijke tijd niet voorbij.

Ik vind het vreemd dat Filip en Aleksandar elkaar nog enige tijd bleven zien. En wel op aandringen van Aleksandar. Aleksandars moeder nodigde Filip af en toe uit voor het avondeten. Die conventie van kleinburgerlijke neerbuigende hartelijkheid waar ik niet goed van word. Aan tafel bekeken ze hem als een circusclown die zonder werk zit en zich met grote moeite door het leven slaat. Filip voelde die in leugenachtige zielszorg gedoopte blikken. En daar werd hij ook misselijk van. Op een keer gaf hij midden op hun binnenplaats over. Het kwam op, hij kon het niet tegenhouden. Er ging enige tijd overheen voordat hij merkte dat bijna het hele stadje ermee bekend was dat hij toen had gekotst. 'De arme jongen, hij heeft niets te eten en hij wordt gauw niet lekker van voedsel.' Vanaf dat moment verbrak hij ieder contact met Aleksandar. Onomkeerbaar. De opluchting was aan zijn ogen te zien, zijn wenkbrauwen waren minder gespannen.

Niet lang daarna barstte de bom ook met Mirela. Hij was geslaagd voor Ongewervelden, 'een van de beste tentamens in de geschiedenis van de faculteit' (zo had Ljilja dat tentamen beoordeeld), in januari had hij al voldaan aan alle vereisten voor toelating tot het derde jaar, hij ging voor vakantie naar huis. Mirela's binnenkomst in Filips huis werd al aangekondigd door het geschal van haar heldere sopraan. Ze was gekomen omdat ze moest zingen in een theatervoorstelling waarvoor Vlada de scenografie had gedaan. Ze was gekomen om Vlada achterna te lopen en hem over te halen om bij haar terug te komen. Ze was gekomen met al haar frustraties en nervositeit. Vlada negeerde haar volkomen. Een decorschilder heeft het erg druk. Mirela dronk en gluurde. Het enige wat ze begluurde was de scène van een lange kus tussen Vlada en zijn meisje achter het toneel, na de première. Die kus dreef haar tot wanhoop en ze liet zich vollopen in de theaterclub. Ze sleepte zich als een bont en blauw geslagen hoer door de bevroren februarinacht. Ellendig en smerig. Toen ze Filips huis binnenkwam, kreeg ze een woedeaanval, ze werd hysterisch, begon te gillen, te vloeken en met borden te smijten, waarbij ze het gekletter probeerde te overstemmen. Filip gooide haar eruit, de sneeuw in. Hij sloot het huis af, vastbesloten haar niet binnen te laten voordat ze weer nuchter was. Zij bonsde op de deur, krijste, de buren deden het licht aan, gluurden door de ramen, Mirela zakte in elkaar op de trap en begon te huilen. Toen hij haar toch binnenliet, was ze al onschadelijk gemaakt door de kou. Ze viel als een blok in slaap en snurkte als een os. Hoewel ze zich de volgende dag verontschuldigde en hoewel hij die verontschuldiging slikte, gingen zij niet meer met elkaar om. Ze kwamen elkaar af en toe tegen, dronken wat, babbelden over koetjes en kalfjes en haastten zich dan om zo snel mogelijk uit elkaar te gaan. Vlada trok algauw bij zijn meisje in. Hem zagen we ook niet vaak meer. In het huis aan de Šubićstraat verschenen iedere week nieuwe gezichten, aan gasten hadden we nooit gebrek.

Ook Filip was op zoek naar andere mensen. Hij zocht iemand die vertrouwelijk met hem kon omgaan, die hem, als een soort aalmoes, troost kon bieden, weer hoop kon geven. Wie van ons twintigjarigen kon zich toen ook maar enigszins voorstellen hoe iemand van onze leeftijd zich voelt zonder ouders? Ik ken dat gevoel zelfs nu nog niet, mijn ouders leven nog, ik kan me niet eens indenken dat ze er ooit niet meer zullen zijn. Die ketenen moest Filip alleen dragen en dat kwelde hem. De eenzaamheid nam bezit van hem, in het geniep en allesomvattend als schimmel. Hij wist dat hij van docente Ivanka niets te verwachten had. Zij las de brieven van haar zoon nog steeds stuk en probeerde haar moeder over te halen om haar flat te verkopen. Op momenten dat ze Filips kostbare oor vreesde te verliezen, deed ze haar best om te spelen voor een begripvol iemand die hem steun kon bieden. Maar ze bleef een onverbeterlijk slechte actrice en haar steun beperkte zich tot een paar medelevende woorden en geld. Ze gaf hem af en toe iets om een overhemd of schoenen te kopen. Meer kon ze niet, haar babbelziekte en haar zorg om zelf in het middelpunt van de belangstelling te blijven staan beletten haar iets anders te proberen. En voor Filip was dat geld ook van belang. Hij had zijn moeders pensioen, mager en armzalig, daarmee kon je zomaar zonder schoenen en broeken komen te zitten. Hij liep altijd in dezelfde kleren, in het zwart, met een zwarte baard, zwart. Filip waagde het Ivanka voor te stellen samen het veld in te gaan. Ze beloofde het hem van ganser harte, ze was al lang niet meer het veld in geweest, ze voelde zich al als een herbariummot, zodra het beter weer wordt, gaan we. Maar Filip hoorde de vermoeidheid in haar stem, hij hoorde haar leugenachtige enthousiasme, hij hoorde de bezegeling van het besluit om nooit meer over een weide te wandelen als het niet hoogstnoodzakelijk was. Zo begonnen ook de bomen zich van hem te verwijderen. Practica en nog eens practica, tentamens en nog eens tentamens, nu en dan een college – zijn gesmolten elan slikte hij weg als zijn tranen, stilletjes.

Hij zocht ook geen hulp bij zijn moeders vriendinnen. Met uitzondering van Branka. Maar Filip ging zelden naar huis, hij wilde Branka daar niet tot last zijn, hij verheugde zich op de zondagse lunch bij haar thuis en zij liet de gelegenheid om hem uit te nodigen nooit voorbijgaan. Enige tijd belde ook Đurđija geregeld, maar haar kon Filip niet uitstaan. Vanwege haar tranen. Zodra ze zijn stem hoorde, begon ze te huilen. En juist dat stond Filip tegen. Hij liep weg voor alle huilebalken. Đurđija meed hij bewust, we moesten smoesjes bedenken, zeggen dat hij niet thuis was. Of hij haar al dan niet kwetste met zijn verstoppertje spelen, interesseerde hem niet. Ze hield uiteindelijk op met bellen.

Heel direct en onverwachts betrad Slavica het toneel. In dit verhaal komt zij al voor, als bijfiguur, in de vorm van de rondborstige altvioliste die enige tijd om Aljoša heen draaide. Toen ze, volkomen teleurgesteld over zijn relatie met de schilderes Liza, achterbleef, koos Slavica een ander doelwit: Filip. Maar terwijl ze Aljoša de weelderigheid die haar lichaam zeker bezat had aangeboden door op zijn knie te gaan zitten en hem aan te halen, koos ze voor Filip een andere tactiek. Tederheid. En ik moet toegeven dat het werkte. Ze belde hem op en zei dat haar moeder hem uitnodigde voor het eten. Voor Filip uitstekend lokaas. Want tijdens die etentjes meende hij, waarschijnlijk door de warmte van het gekookte voedsel, ook menselijke warmte te voelen. Daarom liet hij zich gemakkelijk inpalmen met voedsel. Als een in de steek gelaten poesje gaf hij kopjes aan degene die hem een kommetje melk aanbood. Slavica begon met het voorgerecht in de kleine flat van haar ouders, in de eetkamer. Haar moeder zei 'jongen van me', en Slavica schepte goulash in een bord; haar moeder zei 'eet maar lekker zoveel je wilt', en Slavica reikte een servet aan. Ze zeiden hem in koor dat hij iedere dag bij hen kon komen eten. Als het hem gelegen kwam, natuurlijk. Slavica's moeder hield meteen van hem alsof hij haar zoon was en uitte die beroemde gemeenplaats: onze deur staat altijd voor je open. En haar vader? Haar vader was niet thuis.

De volgende dag zat hij ook aan tafel en maakte Filip ook kennis met hem. Sinds zijn geboorte kon hij zijn rechterarm niet bewegen. Die lag in zijn schoot als een dode vis. Hij at en schreef met zijn linkerhand, hij was tenger en timide. De vrouwen hadden hem al bijna helemaal uitgemolken. Hij vond het prettig dat zijn dochter zo'n fijne vriend had gevonden. Hij zou blij zijn als Filip iedere dag bij hen kwam. Zo verliet Filip de studentenmensa voorgoed. We waren jaloers op hem, en hoe.

In het begin van zijn nieuwe voedingscyclus zat iedereen op de afgesproken tijd aan tafel. Na het eten ging Slavica altijd spelen. Ze liet zich meeslepen door de muziek, zwaaide heftig gesticulerend met de strijkstok en deed alles om hem te veroveren op de manier waarvan zij had besloten dat die volmaakt succesvol zou zijn. Toch bleven zij tweeën zelden alleen in haar kamertje, tussen de partituren en Slavica's muzikale melancholie. Klop, klop, daar was haar moeder om koffie te brengen. Klop, klop, daar kwam ze met koekjes. Klop, klop, nog wat brandewijn, klop, klop, telefoon voor Slavica, klop, klop, buurvrouw Gabrijela wil kennismaken met Filip, klop, klop, om de kopjes op te halen, om het raam open te doen, om te vragen of er iets gewassen of gestreken moest worden... Later, na de vakantie, lukte het ze niet meer om de tijd voor het eten op elkaar af te stemmen. Ze kwamen wanneer het hun uitkwam. Alleen Slavica's moeder was en bleef altijd thuis. Te vroeg gepensioneerd, te vroeg oud geworden, met grote, hangende borsten en geladderde kousen klaagde ze tegen Filip over scheuten in haar lendenen en bij haar hart. En ook in haar benen had ze prikkelingen. Zou Filip haar eens willen onderzoeken om te zien of het normaal was dat ze hier, juist hier pijn had... Dan pakte ze Filips hand en legde die op de half leeggelopen ballon van haar borsten, op haar lendenen, liet hem zien waar ze kramp in haar dijen had. Steeds klaaglijk en zonder een spoortje kunstmatige koketterie. Ze wist dat ze daar niets mee opschoot. Ze was er nooit handig genoeg in geweest. Ze bood hem haar grove, met keukendampen gesmeerde lichaam eenvoudig, zonder ambities, zonder valse hoop. Ze wist dat er niets van zou komen. Maar een jongemannenhand over haar lichaam laten dwalen was ook al een groot succes, groter dan verwacht. Algauw vatte Filip dit ook op als een grapje, als een hartig dessert na het eten, ze lachten om vergeefse dromen. Ze genoot ervan dubbelzinnigheden te debiteren en zich met schuine moppen te vermaken met Filip, 'haar schoonzoon', zoals ze hem algauw noemde. Misschien was haar voornaamste doel in dat hele spel wel om hem met haar dochter 'in bed' te betrappen, om te genieten door te gluren of (een gedachte die ze zichzelf niet zou toestaan) zich misschien zelf ook bij hen aan te sluiten.

Maar ondanks al dat plezier in Slavica's flat, ondanks alle overvloed die ze hem als ongeplukte vruchten aanbood, bleef Filip ongerept. Wij vroegen hem of ze het nu eindelijk hadden gedaan en hij antwoordde: 'Nee, en we gaan het niet doen ook.' Maar hij ging bijna drie volle jaren regelmatig naar haar toe. Het is me niet bekend of hij ooit de nacht bij haar heeft doorgebracht. Ze gingen vaak samen uit. Slavica nam hem mee naar concerten en naar de opera en hij haar naar de bioscoop. Ze zagen eruit als een stel. We konden geen hoogte van ze krijgen.

Naarmate de lente op ons af begon te kruipen, voelden wij ons steeds minder afhankelijk van de gesloten ruimte van het huis aan de Šubićstraat. We gingen vaker uit, maar onze vrienden kwamen ook vaker naar ons toe. Het werkte steeds meer op Filips zenuwen dat hij geen moment rust vond in huis. Hij trok zich terug in het kleine kamertje, hij studeerde en schreef. Ik probeerde hem een tijdje zover te krijgen ons iets van die schrijfsels voor te lezen, maar dat weigerde hij hardnekkig. Ik hield op met aandringen. Hij onttrok zich aan ons geliefde tochtje naar de bakker om een uur of twee 's nachts, wanneer we honger kregen van het studeren. Als er mensen bij ons langskwamen die hem interessant leken, kwam hij er even bij zitten en trok zich dan snel weer terug. Misschien was die fase voorbijgegaan, misschien was hij het later weer prettig gaan vinden bij ons, als er niet iets fout was gelopen. Wij waren zo dom om de gevolgen daarvan niet meteen te neutraliseren. We lieten de zaak botsen, in het wilde weg, als een auto waarvan de remmen het hebben begeven. Dat lieten we gebeuren omdat we tuk waren op een intrige, omdat we op een onbegrijpelijke manier toch wilden afrekenen met Filip en zijn geslotenheid, maar ook omdat we onze zorgeloosheid wilden bewaren. Geen verantwoordelijkheid onder ogen wilden of konden zien. Daardoor hebben we het versjteerd.

Onze verzoeking, die ons lelijk opbrak, kwam in vrouwelijk gewaad. De schilderes Liza. Ze straalde van vreugde dat ze Aljoša aan de haak had geslagen. Hij was toen lichtelijk ontdaan, doordat hij nog geen enkel tentamen had gehaald en zijn moeder hem van thuis had laten weten dat hij serieus moest worden. Het was hem ook niet helemaal duidelijk wat hij met Liza moest beginnen. Zij voelde dat aan en zon op een manier om Aljoša te verblinden en helemaal te veroveren. Ze besloot tot jaloezie. Alsof ze bij Mirela in de leer was geweest. Of bedient iedereen zich in zulke situaties van jaloezie? Maar Mirela was vergeleken met Liza een duifje zonder gal. Het hoofdstuk dat hiermee aanving heet 'De Boosaardige en onze blindheid'.

De kunstacademie organiseerde voor haar studenten een reis naar Dubrovnik. Slavica regelde dat Filip ook mee kon. Naïef als hij was, verheugde hij zich erop. Zee, lente, zon, vergetelheid, ontspanning. Ook Liza ging mee op reis. Alleen. Filip had haar nooit helemaal onverschillig gelaten. Lang, donker, in het zwart, mystiek. (Ze was de enige niet.) Maar vanwege de sluier van onaangename gebeurtenissen die Filip omgaf, voelde Liza zich ongemakkelijk en onzeker. Op de momenten dat ze zich in Dubrovnik aan hem opdrong, had ze nog geen duidelijk plan. Door zijn onverschilligheid raakte ze in vuur. Slavica vormde in haar ogen geen belemmering. Ze bleef Filip hardnekkig uitnodigen voor een wandeling, op haar kamer, voor het eten, op het zeestrand... Af en toe ging hij ook met haar mee. Zij, de domkop, vertrouwde hem toe dat Aljoša niet zeker was van zijn liefde, dat zij niet wist of hij wel van haar hield, dat ze zich eenzaam voelde, onbeschermd, ongewenst. Ze smeekte Filip haar te helpen. Hij, de zielenpiet, troostte haar. Hij beloofde dat hij met Aljoša zou praten. Hij bleef volslagen blind voor de manier waarop ze zich op het bed uitstrekte, zich wispelturig steeds maar weer omkleedde, veelvuldig douchte en voor al haar gedraai om hem heen. Volslagen ongeïnteresseerd. Hij schonk meer aandacht aan Ivanka's Đoka, die gelegerd was in Herceg-Novi en een vrije dag had versierd om naar het nabijgelegen Dubrovnik te komen. Zij tweeën hadden samen met Slavica de grootste lol. Liza zat daar in Dubrovnik in haar eentje weg te kwijnen. Ze kwam humeurig terug in Novi Sad. Zelfs toen ze had besloten wraak te nemen, had ze nog geen plan bedacht. Maar het ging zoals het ging en een vrouwelijke Jago is toch een Jago.

Ze zei tegen Aljoša dat Filip haar in Dubrovnik had aangerand, dat hij de liefde had willen bedrijven. Aljoša was verbluft. Wat nu? Hij vroeg haar uit over alle details. Ze genoot van het verzinnen, smulde van haar leugen en likte haar lippen. Aljoša's haat nam toe, pompte hem op tot hij explodeerde. Althans op zijn manier. Hij had de ballen niet om Filip te confronteren met Liza's verhaal, hij had zelfs de ballen niet om ook maar een woord tegen hem te zeggen. En wij waren nog dommer. We geloofden het zonder erbij na te denken. Waarschijnlijk uit humeurigheid. We hadden geen zin om na te denken. En we hadden ook genoeg van Filips gedrag. Hij had er last van als we rookten, hij had last van onze gasten, hij had last van ons gezelschap, hij meed ons, viel onze meisjes lastig – het was nu welletjes. En met Filip in de Šubićstraat was het inderdaad voorbij. Eerst merkte hij dat Aljoša hem links liet liggen. Hij probeerde met hem te praten. Aljoša keurde hem geen woord waardig. De etter. Toen merkte Filip dat Jevrem en ik hem links lieten liggen. Weliswaar in veel mindere mate dan Aljoša en veel minder consequent. Hij probeerde ook met mij te praten. Ik hoorde hem hooghartig aan en zei alleen tegen hem dat ik me niet wilde bemoeien met zijn verhouding tot Aljoša. In feite stuurde ik hem het bos in. De handreiking die hij bij mij zocht, kreeg hij niet. Niet lang daarna hoorde ik dat Aljoša's moeder erover klaagde dat haar zoon bij Filip woonde. Hij kon niet studeren omdat Filip hem voortdurend lastigviel met zijn problemen.

Filip ging door het lint, voor hem hadden wij ook afgedaan. We zagen hem alleen nog als hij kwam slapen. Gewoonlijk was hij thuis als wij afwezig waren en omgekeerd. In mei kondigde hij aan dat hij vanaf de herfst niet meer bij ons zou wonen en dat we een nieuwe kamergenoot konden zoeken. Daarop reageerden we ongeïnteresseerd, we deden ons best om hem te kennen te geven dat we niets anders hadden verwacht. Walgelijk. En Milivoj zag zijn kans schoon om in Filips lege bed te springen. Ik vertel je nu wat mijn geheugen er aan beelden over heeft verbonden en onderscheiden, en wat mijn ervaring me er later over heeft geleerd en mijn geweten me heeft verweten. Toentertijd bleef mijn geweten zwijgen. Ik voelde alleen een soort onbehagen, anders niet. Het was me niet duidelijk dat ík Filip het meest had gekwetst. Omdat ik hem had verraden. Het was me niet duidelijk, en daar hield het voor mij mee op.

In juni deed Filip zijn laatste tentamen van het tweede jaar, pakte zijn spullen en verliet de Šubićstraat. Hij heeft ons nooit bezocht en het toeval wilde dat we elkaar ook lange tijd niet tegenkwamen. Wij bleven nog een jaar met Milivoj in de Šubićstraat wonen en zetten ons leven daar onveranderd voort. Een onophoudelijk feestje.

Toch bereikten ons nu en dan, indirect en niet geverifieerd, berichten over Filip. Hij woonde eerst bij een of andere ouwe tang. Die tergde hem en daarom veranderde hij midden in het jaar van kamer. Hij kwam weer naar deze kant van de rivier, de onze, maar zat verder dan wij, helemaal aan de rand van de stad. Daar woonde hij bij een of andere altviolist, een collega van Slavica. Dat was een gevierd charmeur, hij bracht iedere avond een nieuw meisje mee, of meisjes, weet ik veel, ik weet alleen dat ze elkaar vaak afwisselden. Filip werd er gek van, die vent leverde hem een streek, en toen was het zowel met de vriendschap als met de kamer gedaan. Hij bleef omgaan met Slavica. Tja, toen kwamen we erachter dat hij het jaar daarop naar een studentenhuis was verhuisd. Een nieuw studentenhuis, prachtig, tweepersoonskamers met badkamer en keuken: uitstekende omstandigheden. Daar woonden nog meer biologiestudenten, die hem af en toe tegenkwamen op de trap. We hoorden dat hij niet meer zoveel haast maakte met zijn tentamens als vroeger. Toen hij aan de vereisten voor toelating tot het vierde jaar had voldaan, nam hij gas terug, ze zagen hem nog maar zelden op de faculteit. In die tijd was ik al zo goed als klaar met mijn studie, ik vertoonde me alleen op tentamens. Op een keer kwam ik docente Ivanka tegen. Ze beklaagde zich dat Filip zo zelden bij haar langs kwam, hij moest waarschijnlijk hard studeren, maar zij kon nauwelijks wachten tot hij zou afstuderen, zodat hij assistent kon worden voordat zij met pensioen ging. Ze nodigde me uit haar te bezoeken, ze was naar een andere flat verhuisd, een grote, waar ze woonde met haar zoon en haar moeder, kom eens langs als je tijd hebt... En dat was alles, verder niets. Droge, kale feiten, gebarsten van levenloosheid.

En bij ons? Tja, bij ons was het werkelijk niet meer te harden. We waren het tweede jaar in de Šubićstraat veel te losbandig geworden, nu ook dat beetje controle dat Filips gedrag ons had opgelegd ontbrak, zakten we letterlijk avond in, avond uit door. Wijzelf en onze huiseigenaren hadden schoon genoeg van ons. Jevrem en ik deden af en toe nog een tentamen, maar Aljoša sjeesde helemaal. Het lukte hem nauwelijks over te stappen naar een hogeschool en ook die heeft hij nauwelijks, met de grootste moeite, kunnen afmaken. De huiseigenaren waren woedend op ons. We woonden met minstens zeven man in huis, het leek dat studentenhuis vol illegalen wel. We hadden voortdurend ruzie met de huiseigenaren, wat ten slotte zo hoog opliep dat het bijna tot een handgemeen kwam. We gingen uit elkaar. Aljoša trok bij Liza in, Jevrem huurde een of ander kamertje en ik ook.

Opeens zat ik in mijn eentje in een halfdonker, half vochtig kamertje. Tijd te over, ledigheid. Ik ontdekte dat ik tijd had om te leren. Dat hielp me om af te studeren, met die roodbuik- en geelbuikkikkers als onderwerp. Ergens onder het schrijven van mijn eindscriptie leerde ik Milana kennen, mijn eerste vrouw. Zij was toen nog een klein meiske, een middelbare scholiere, ze woonde bij haar ouders. Ze bezocht me in mijn kamertje en verzachtte mijn afzondering.

In de oceaan van die verwaarloosde tijd krioelden mijn gedachten. Aangename en onaangename. Maar de onaangename waren krachtiger, die rukten op. De somberheid van de spoken die op de ramen neerdaalden en die opdoemden in het licht van mijn lamp, de monsters van de vochtvlekken in de hoeken van de kamer waar ik het verleden van anderen uit wilde verdrijven, het verleden dat zich overal als schimmel had vastgezet, de lucht verstikt door de bouwvallen van andermans levens die zich in die oude, verzuurde ruimte hadden afgespeeld, dat alles vormde het verdriet van mijn avonden, in een eenzaamheid waarvan ik de zin niet zag. De spoken begonnen langzamerhand duidelijker omtrekken te krijgen, ik kon ze herkennen. En hoe beter ik ze herkende, hoe banger ik ervoor werd.

Een angst die van buiten mezelf leek te komen, die die kamer sinds mensenheugenis leek te hebben beheerst. Zo bezocht ook Filip me. Hij hield me uit mijn slaap. Hij zocht hulp, zwijgend. Hij keek me alleen maar aan met die enorme ogen. Onze vriendenkring was uiteengespat, er was niemand, alleen hij en ik, tegenover elkaar. Van elkaar vervreemd door een afgrond van onbegrip. De beelden roffelden als hagel op me neer, ik kreeg hoofdpijn van de slagen. Ze stortten zich op mijn droom, ze stompten me als ik wakker was, nergens kon ik wegglippen, alles schrijnde van de krijsende beelden. Vooral die gebroken meerkabel. Het moment dat ik erkende dat ík die kabel had afgekapt, ervoer ik als het ontwaken, of beter gezegd als de geboorte van mijn geweten. Want eerder was ik me er niet van bewust geweest, ik wist niet dat het moest bestaan, en ook niet wanneer. Nu was het er. Als een gapende, bloederige wond, een opengevouwen waaier van vlees waar zout in viel, stil als sneeuwvlokjes. En met ieder beeld werd het zout geconcentreerder, het viel als kluitjes neer en smolt in de wond, die me gek maakte van de pijn. Milana, mijn bul, mijn vrijheid, niets kon die pijn opheffen. Verraad, ik had verraad gepleegd. Ik kon het lawaai van mijn kokende geweten niet meer verdragen. Ik besloot Filip op te zoeken.

Hij deed de deur open en stond als versteend. Hij wist niet met welke bedoeling ik kwam, was in verlegenheid gebracht. Aan zijn gezichtsuitdrukking was te zien dat hij rekening hield met onaangenaamheden. Ik zei tegen hem dat ik gewoon op bezoek kwam, dat ik hem wilde zien. Hij vroeg me binnen te komen, nog steeds verrast. Ik keek hem aan. Twee jaren waren als een oogwenk voorbijgegaan. Hij was niet veranderd. Een korte baard en kort haar. Ik droeg geen baard meer, daarom vond hij mij anders, alsof hij me niet meer kende. Eerst begon ik te praten. Ik had me op de ontmoeting voorbereid, ik wist wat ik wilde en ik moet zeggen, ik begon zonder eromheen te draaien. Ik was gekomen om mijn verontschuldigingen te maken. Persoonlijk. Omdat ik niet het minste verlangen had getoond om naar hem te luisteren en hem te begrijpen. Omdat ik hem niet had kunnen begrijpen. Omdat ik klakkeloos in leugens had geloofd. Omdat ik hoogmoedig was geweest. Omdat ik me doof had gehouden voor zijn vriendschap. Ik smeekte hem mij te vergeven. Hij kon zijn oren niet geloven. Pas toen leek mijn komst hem echt onwaarschijnlijk. Hij hoorde me aan tot ik was uitgesproken, zonder me te onderbreken. In zijn ogen zag ik even een glinstering. Hij was ze voor en hield ze tegen. Hij luisterde naar mijn verhaal, over hoe het leven in de Šubićstraat verder was gegaan, over onze ruzies met de huiseigenaren, over onze onderlinge ruzies, over Liza's intriges, over de scheuring die zij tussen ons teweeg had gebracht, over Aljoša's gebrek aan ballen, over de uiteindelijke grote ruzie en onze breuk. Ik zei tegen hem dat ik was afgestudeerd, vertelde hem hoe het schrijven van mijn scriptie was verlopen, maakte melding van mijn problemen en mijn twijfels, vertelde over Milana en zei tegen hem dat ik werk zocht. Ik vroeg hem nog een keer me te vergeven, ik zei tegen hem dat ik de vriendschapsbanden graag weer wilde aanhalen. Ik had de hele waarheid naar buiten gebracht en voelde me goed en schoon, alsof ik was gewassen door de straal van een grote waterval.

'Ik begrijp het allemaal,' antwoordde hij. 'Ik begrijp dat jij me niet begreep, ik begrijp ook dat je me niet kon of wilde begrijpen, maar ik begrijp ook dat het zo moest zijn. Er gebeurde opeens iets wat onze gemeenschappelijke ervaringen verstoorde. Wat ik toen geleerd heb, kon jij niet weten. Ik heb de fout gemaakt te verwachten dat iedereen mij moest en kon begrijpen. Voor die fout heb ik zelf moeten boeten. Jij moet mij ook vergeven.'

Ja, zulke oprechtheid, bekentenissen en emoties hoeven niemand te verbazen. Twee vrienden. We stapten over onze boosheid, gegriefdheid en jaloezie heen en zetten onze vriendschap voort. Ik weet niet of die voortzetting van de vriendschap dezelfde graad van vertrouwelijkheid bereikte die zonder die breuk zou zijn verwezenlijkt. Ik denk van niet. Wel weet ik dat de intimiteit van die nachten, de nachten van Filips Verhaal, nooit meer is bereikt, behalve misschien één keer. Al de tijd van onze latere vriendschap heb ik de behoefte gevoeld om een sfeer te scheppen waarin die brug weer kon worden opgebouwd, maar het lukte me niet. Ik slikte dat besef met moeite, alsof mijn keel ontstoken was, en bleef Filip zien, alsof ik niets verwachtte, alsof niets me dwarszat. Maar bij dat eerste bezoek gaf Filip blijk van ontroering en openheid. Hij vertelde me over al zijn tegenslagen in de afgelopen twee jaar. Eerst over dat gekke mens, die ouwe tang die door de flat kroop als de oude gravin uit Poesjkins *Schoppenvrouw*, die de deur open liet staan terwijl ze op het bidet haar kut waste, die in zijn spullen snuffelde en hem haar kleindochter aanbood. Voor die ouwe tang was hij halsoverkop gevlucht en toen was hij in nog grotere shit terechtgekomen. De altviolist had hem tot waanzin gedreven – onder het mom van het delen van een woning met Filip had hij een relatie met een getrouwde vrouw verborgen. Filip had iedereen naar de hel gewenst en was naar het nieuwe studentenhuis gegaan. De rust die hij daar vond beviel hem. Slavica zag hij steeds minder vaak. Haar ouders hadden erop aangedrongen met haar te trouwen. Vooral haar moeder. Toen de druk ondraaglijk werd, had hij zich teruggetrokken. Slavica had nu een vriend en klaagde niet. Hij ging af en toe bij hen op bezoek. Ieder jaar, op die dag, las hij *Encyclopedie van de doden. Een heel leven...* Ik nodigde hem uit naar mij toe te komen. Om kennis te maken met Milana.

Milana kon zich maar een vage voorstelling maken van het opwindende leven in de Šubićstraat, veel daarvan was haar niet duidelijk, daarom trad ze Filip ook met onzekerheid tegemoet. In mijn benauwde kamertje, in de doorgewarmde schimmeligheid, voelde Filip zich prettig. Milana kwam haar angst te boven. Ik had nog een fles zelfgestookte abrikozenjenever staan. Die dronken we op ons gemak leeg om onze tong los te maken. Hij had me gemist. De eenzaamheid had hem in zijn oren getrommeld. Hij was spraakzaam. Hij verklapte ons het geheim dat hij van plan was bij het vierde jaar met zijn studie op te houden. Hij wilde zich aan het schrijven wijden. Hij kon er niet tegen als hij niet schreef. Over die behoefte sprak hij anders dan ik had verwacht. Alsof het een kwelling was, een kracht die hem tot lediging dwong, hij vergeleek het met een ejaculatie of met braken. Onlangs had hij een lang verhaal, een novelle, voltooid. Over een schrijver die gestorven was zonder zijn laatste verhaal, dat vertelde waarom hij schreef, te publiceren. Milana kreeg er een kleur van. Als gymnasiaste hield ze van literatuur. Ik zag in haar ogen hoe haar nieuwsgierigheid de kop opstak. Ik vroeg Filip of hij ons dat verhaal wilde voorlezen. Op het moment dat hij ons dat beloofde, merkte ik dat hij gelukkig was. Ik stelde hem voor kennis te maken met Milana's beste vriendin. Een bescheiden, aardig meisje met donkere ogen – misschien zou ze bij hem in de smaak vallen. Dat stelde ik me voor, hoewel ik wist dat het niet zo was. Het ontbrak haar aan dat tikje gekte dat onmisbaar was, wilde Filip reageren. We namen die nacht laat afscheid. Filip fietste de duisternis in. Ik keek terug. Twee jaar zijn maar een oogwenk. Lang genoeg voor het wijzigen van situaties, maar te kort om te lijken op een verslapen dag. De gebeurtenissen hadden zich aaneengeregen. Ik veegde er het stof vanaf.

Filip versierde Milana's vriendin Nataša, zodra ze kennismaakten. Een oninteressante prooi, al ongezien veroverd, door wat Milana had verteld. Nataša's eerste vriend en eerste kus. We begonnen te dromen dat we in de lente met ons vieren naar de Côte d'Azur zouden kunnen gaan. We zouden geld bij elkaar leggen, een auto huren en ervandoor gaan. Europa lokte ons. Filip legde tentamens af, hij had geen haast, de plaats van assistent van Ivanka wachtte hem nog steeds geduldig, niets kon hem verrassen, alle uitdagingen waren verdwenen. Op één na: het schrijven. Op een avond, in mijn kamer, las hij ons zijn novelle *Sine nomine* voor. Een bijzonder verhaal over de liefde van een schrijver. De mysterieuze ontdekking van een ongepubliceerd manuscript, een speurder en een onverwacht sterfgeval. Ik slaagde er niet in al te veel details op te vangen. Eén keer luisteren was niet genoeg. Maar er ontstond bij mij een gevoel van geknakt verdriet, het verhaal had effect. De meisjes knipperden verrukt met hun ogen, stelden vragen, waren vol bewondering. En naast ons lag de droom over de Côte d'Azur. We wachtten op de lente. Ik wachtte ook op een vaste baan. Ik verving voor een bepaalde tijd een biologieleraar op een basisschool. Milana wilde in Belgrado gaan studeren. Onzekerheid dus. Mij wilde niemand aanstellen als assistent. De docent Anatomie en Systematiek van Gewervelden had een brunette aangenomen, een flirt met een bescheiden gemiddelde. Ik moest eerst maar eens mijn postacademische studie afmaken, dan zouden we wel zien, zei hij tegen mij. Een in duigen gevallen illusie. De droom over Belgrado schrikte me af. De zekerheid van een baan in mijn geboortestad, als leraar aan het gymnasium, trok me niet aan. Ik zocht naalden met ogen waar ik doorheen zou kruipen. Ik zag niets, ik tastte rond.

Naarmate de lente naderbij kwam, groeide bij Milana en mij het idee om te trouwen. Als gist. Om in het geheim te trouwen, zodat haar ouders niet in opstand zouden komen. Opstand in de vorm van pogingen ons van ons voornemen af te brengen, in de vorm van hersenspoeling. We werden niet door enige andere noodzaak gedreven dan, nou ja, door de behoefte aan plezier, en aan een geheim, dat zeker. Filip en Nataša als getuigen. Een plechtigheid, voltrokken op beknopte wijze, en de twee vriendinnen – bruid en getuige – haastten zich meteen daarna naar school. Er wachtte hun een proefwerk Duits. 's Avonds een etentje in een restaurant, en na het eten ieder naar zijn eigen huis. De reis langs de Côte d'Azur moest onze huwelijksreis vormen, met de getuigen erbij. Maar zo ging het niet. Eerst zegde de bruid af, toen ook Nataša. De eindexamenkandidates maakten zich zorgen om hun inschrijving bij de universiteit. Ze mochten geen tijd verliezen. Maar Filip en ik stapten op een ochtend in een Renault 4 en reden Europa in. Triëst, Verona, Genève, Toulon, Marseille, Aix-en-Provence, Avignon, Nice, Cannes, Pisa, Florence, Bologna, Venetië. We bekeken naar hartenlust steden, genoten van de meizon, ademden de geuren van ruimte en ongebondenheid in. Mijn grootste en mooiste reis naar het buitenland. We reden twee keer, heen en terug, door delen van ons land die dat nu niet meer zijn, ik bedoel Kroatië en Slovenië, volkomen ontspannen en naïef vrolijk. Voor het laatst zwom ik in Izola in de Adriatische Zee en voor het laatst reed ik door streken die ik als mijn eigen land beschouwde. Zonder een spoortje voorgevoel, zonder het flauwste vermoeden.

Die herfst verhuisde ik naar Belgrado. Milana studeerde en ik leerde het ambacht van bakker, omdat ik als bioloog niet aan het werk kwam. Als bakker wel. Iedere dag was ik voor het krieken van de dag aan het werk. Milana had geen zin om naar college te gaan. Ze bleef liever thuis lang, al lerend, in bed liggen, en andersom. Ik had geen tijd om naar Novi Sad te gaan en ik zag Filip zelden. Meestal was hij degene die naar Belgrado kwam. Hij deed zijn laatste tentamens en bereidde zich voor om zijn artikel van de middelbare school over de exotische bomen van zijn geboortestreek om te werken tot eindscriptie. Docente Ivanka had tegen hem gezegd dat die stof ruim voldoende, zo niet meer was voor een uitstekende eindscriptie. Hetzelfde thema, dezelfde planten, alsof hij helemaal niet had gestudeerd. Hij brak met Nataša. Hij werd verliefd op een zekere Maja, die ik nooit heb gezien. Uit zijn verhalen begreep ik dat ze van hem hield. Hij was bevriend met ene Naum, student regie. Toen begon die stomme shit van de oorlog en op een dag belde Filip me om te zeggen dat hij vertrok. Voordat hij werd gemobiliseerd. Hij zou in het buitenland verblijven tot de boel tot rust kwam. Hij vertelde me niet waar hij precies naartoe ging, bang dat hij zou worden opgespoord en aangehouden bij de grens. Pas na een paar maanden kreeg ik een brief uit Nederland. Hij meldde me dat hij in Amsterdam zat en zijn draai probeerde te vinden. Hij zou terugkomen zodra de oorlog ophield. Ieder jaar belde hij me om me met mijn verjaardag te feliciteren, en af en toe stuurde hij ook een brief. Na negen jaar ontmoetten we elkaar in Boedapest. We hadden er een paar schitterende dagen. We praatten over die negen jaar, over Nederland en Europa, over illusies, over schrijven, over mijn terugkeer naar mijn geboortestad, over mijn scheiding, over mijn nieuwe vrouw, we praatten tot we geen stem meer overhadden. Daarna fluisterden we. Het was *die* Filip, weliswaar ouder, met minder haar, maar *die* Filip. 's Nachts sliep ik slecht. De beelden wensten dat ik ze opnieuw bekeek.

Die dagen bracht Naum hem een auto vol boeken. Om mee te nemen naar Nederland. We pakten ze samen over in koffers.

Ik bracht hem naar de trein.

En vroeg me af of ik hem ooit weer zou zien.

BOEK IV

Jozef en zijn broeders

AANTEKENINGEN VOOR DE REIS

Novi Sad, 1 september 1991

Gisteravond ben ik dronken thuisgebracht. Ze hadden Naum weer gebeld om me op te halen. Ik kan me herinneren dat er iemand in de telefoonhoorn krijste. Mirela waarschijnlijk. Mijn hoofd was een vaatje vol overhoopgeraakte gedachten waar zich een dichte mist van koppige vloeistof overheen legde, vol geplette, verkreukelde beelden en elkaar toeroepende, gedempte stemmen, waar zich een vlies van verstoorde echo's over verspreidde, en daarin verzamelde ik een aftreksel van spot dat zich met evenveel geweld uitstortte in dat vaatje als de inhoud van mijn maag op het porselein van de closetpot. Er hing slijm om mijn lippen, ook uit mijn ogen stroomde dikke, bijna korrelige melk. De koelte van de badkamer streelde me met frisheid toen ik mijn gezicht over de pot boog om erin te braken. Toen ik me eraan vastgreep als aan een redder, vastbesloten om de gruwel van mijn ingewanden, die overal in mijn lichaam rondwaarde, eruit te gooien. Naum vindt het niet leuk als hij me moet komen ophalen. Hij speelt voor bewaarder, voor mijn beschermer, ze scharen hem aan mijn kant, aan de kant waar ze mee spotten. Hij maakt zichzelf tot een clown en dat zien de toeschouwers graag. Hij speelt die rol te vaak, het publiek is van hem gaan houden. Hij heeft goede hoop om spoedig naar een ander theater te gaan. Ook hij telt de dagen af. Ik weet dat Mirela ons uitgeleide deed met dat komisch-medelijdende geglimlach, waarmee ze wilde zeggen dat het niet voor het eerst en niet voor het laatst was, ik zou me nog weleens bedrinken, we zouden die voorstelling nog tijdenlang zien. Naum denkt van niet, maar hij zegt nog niets tegen haar. Hij greep me om mijn middel, ik leunde op hem en liep onderweg te lallen.

Ik haat die sneeuwstorm in bed. De draaikolk waar ik van ril. Ik denk dat mijn hoofd eraf zal vallen. Ik denk: laat het maar vallen. 's Morgens jagen mijn darmen me op, die weke waterval wekt geroffel in mijn hoofd. Ik denk dat mijn hoofd zal barsten. Ik denk: laat het maar barsten. Ik rommel wat in laden om een pijnstiller te vinden. Een aspirientje zou me helpen. Ik kijk in de verkeerde laden. Allemaal verkeerde laden. Mijn hoofd tolt, mijn hersens deuken afwisselend in en stulpen uit als een kwal. Ik wacht tot ze ontploffen. Ik trek de rolluiken op, doe de ramen open. De zon is nuchter. De helderheid ervan beukt op mijn kater. Ik krijg weer het gevoel dat ik zweet onder mijn huid. Stralen die aan mijn huid kleven, druppels droog zweet eronder – mijn huid wordt nauw en strak, en barst open. Ik zou een mes willen pakken, mijn hoofd opensnijden om het te luchten, ik zou mijn huid willen afstropen en de frisse lucht in springen. Als een pasgeborene. Ik bel Mirela wakker. Het kost haar moeite om me te herkennen. Zij heeft ook geen aspirine. Ze zegt: koop het dan in de apotheek, Filip. Ik zeg: het is zondag, de apotheken zijn niet open. In de koelkast genoeg yoghurt voor een half bakje. Ik drink het als medicijn. En dat is het ook, maar het is te weinig. Ik wil graag met iemand praten. Naum is al vertrokken en Maja is nog niet terug van haar reis. In Zlatibor is er alleen op het postkantoor een telefoon. Ze belt me om de dag, nee, iedere derde dag. Waarom gaat iedereen toch altijd naar Zlatibor? Goga zou wel met me willen praten. Ze zou naar me toe willen komen en blijven overnachten. Maar wat betekent het voor haar dat ik wegga? Over twee weken ga ik ze allemaal verlaten. Mijn kater wordt minder. Ik ga Jevrem bellen. Met hem zou ik me vannacht kunnen bedrinken. Hij verveelt zich ook de hele zomer al. Ik roep Maja's naam.

Yoghurt kan ik wel kopen. In de winkel glimlacht een tengere blondine. Ze ziet me iedere dag. Waarschijnlijk houdt ze van dronkenlappen. Ze drinken allemaal om dezelfde reden en het lukt niemand iets te vergeten. Tot ze een delirium krijgen herinneren ze zich toch allemaal wat ze wilden verdrinken. Wie wil ik verdrinken? De tijd, mijn land, mijn besluit, de angst? Al die dingen tegelijk. Maar mijn besluit niet. Ik heb besloten te gaan en ik wil me niet meer afvragen of ik daar verkeerd aan doe. Ook niet of ik wel een reden heb om weg te gaan. Ik zal een kaartje kopen en weggaan. Stole is al weg, en Nenad, en Vera. Ik zal een kaartje kopen en weggaan. Dat domme Duitsland. Waarom is Duitsland altijd het doel van onze tragische aftochten? Ik wil niet naar Duitsland! Daar hebben ze de grijns van de verpakking van goedkope tandpasta op de steden gedrukt. Maar achter die grijns ligt verwoesting. Alsof ze op hun handen lopen, zo natuurlijk lopen de Duitsers door hun straten. Als ik wegga, en afreizen zal ik, dan wil ik de dag zien aanbreken in een land waar ik niets van weet en waarvan de waarheid is verborgen achter namen en schaarse, nietszeggende gegevens. Denemarken, Nederland, Ierland, Finland. Naar het noorden, ja, naar een ruimte waartegen ik geen vooroordelen koester. Weer dringen de tranen zich op. Zodra ik geen hoofdpijn meer heb, wellen er tranen op. Alleen brandewijn houdt ze tegen. Misschien zou Maja ze ook kunnen tegenhouden, maar Maja zit in Zlatibor. Zij weet niet eens wat weggaan betekent. Ze denkt dat het hetzelfde is als terugkomen. Je gaat naar Zlatibor en je komt terug. Ik zal haar niet van die overtuiging kunnen afbrengen. Zij wil niet eens geloven dat de oorlog is uitgebroken. Ze zegt: de kranten liegen. Ze provoceren ons met beelden op de tv om echt een oorlog te beginnen. Je moet bestand zijn tegen dergelijke provocaties en naar Zlatibor gaan. We kunnen ook naar Ohrid of naar Montenegro. Maar niet naar Kroatië. Ik vraag haar waarom. Daar mogen ze ons niet, zegt ze. En hoe weet je dat? Nou, dat hebben ze op de televisie gezegd (!?). Ze wil haar doctorstitel behalen. Niemand mag haar daarbij hinderen. Ze vindt mijn verhaal over weggaan maar geklets. Ik zal blijven, afstuderen en werk krijgen als assistent. De vorige eeuw van mijn gedachten. Daar is ze blijven steken als een in barnsteen versteende, voorwereldlijke mug. Ze houdt zich vast aan die droom en walgt van de waarheid. Als voorvechter van die waarheid ben ik Maja's vijand geworden. Daarom belt ze ook iedere derde dag. Daarom trekt ze zich ook niets van mij aan.

Ik heb honger. De stad is verlaten. Ik ga naar een of andere pizzeria, terwijl de dag nog sputtert in de hitte. De zonnesteek van het asfalt. Mijn fietsbanden slippen. Goga wil graag met me omgaan. Ik heb haar afgewezen. Ze wil mij graag afleiden met onzinnigheden, en ze kan niet eens kussen. Het lijkt wel of je in een plastic appel bijt. Ik ga Jevrem bellen, maar pas tegen de avond, als de gloed afneemt en als de hitte zich verdicht in de huizen. Hij heeft behoefte aan gezelschap, net als ik, hij zit alleen in dat huis op de heuvel, aan de overkant van de rivier. Hij weet dat ik goede brandewijn heb. Hij komt vast wel, dan kunnen we samen drinken. We spelen nog steeds de oude voorstelling.

Novi Sad, 5 september 1991

Ivanka heeft me beloofd dat ik mijn eindscriptie op de 16de kan verdedigen. Ze heeft weer wat te zeuren, ze is een commissie aan het samenstellen, ze vindt niemand goed genoeg. Alsof ik een slechte student ben en zij docenten moet kiezen die iets van me door de vingers zien. Ik kan haar niet meer aanhoren. Nu, na zes jaar, is ze ineens begonnen voor docente te spelen, alsof ze een autoriteit is. In het begin van mijn studie wilde ze dat ik haar tante Ivanka noemde, maar nu geeft ze haar stem een toon van kunstmatige arrogantie die helemaal niet bij haar past. Ze laat me voelen dat haar vijf minuten zijn aangebroken. Misschien doet ze zo omdat ik haar heb verteld dat ik van plan ben om weg te gaan. Kennelijk gelooft ze niet dat ik maar voor korte tijd wegga, tot het geweervuur ophoudt. Ze is zo trots op haar zoon, de gewezen soldaat, dat ze waarschijnlijk verwacht dat we allemaal spoorslags dienst zullen nemen. Zij is zich er ook niet van bewust dat het oorlog is. Wat zijn de mensen dom! Mobilisaties zijn niet voldoende, er moet een granaat in hun eigen achtertuin ontploffen voordat ze beseffen wat er gebeurt. Ook Ivanka beuzelt net als iedereen dat het maar kortstondige onlusten zijn die over een week of twee zullen ophouden. Kortstondige onlusten? Zij heeft de tanks in de straten niet gezien. Ze heeft het platgewalste asfalt niet gezien, dat eruitzag als een enorm stuk uitgekauwde kauwgum, geplet midden op straat. Ze heeft het gedempte gedreun niet gehoord waar ze mee vertrokken, de Donau over, naar het front. Wanneer er zomaar opeens tanks vertrekken, komen die niet zo snel weer terug. Zoals ze in het asfalt kreukels achterlaten, zo laten ze in de mensen een vore achter waarmee de vrede zich van hen afscheidt, waarmee die tot het verleden gaat behoren en als een rookpluim verdwijnt. Begin augustus stonden Nada, Minka en ik nog voor het raam van Nada's flat in Sombor vol ongeloof, verbijsterd naar die tanks te staren. De oorlog is daar, aan de overkant van de rivier, op een paar tientallen kilometers afstand. Voor Ivanka is dat ver. In haar huis lekt de wasmachine, ze is de hele dag bezig geweest de badkamer te dweilen. Đoka heeft een meisje, Žuža. Een Hongaarse, maar fatsoenlijk. Terwijl ze dat zei, bulderde Ivanka's stem van trots. Alsof ze daarnet was onderscheiden met de titel *dame* en een dankwoord hield. Žuža is klaar met haar studie Engels, maar Đoka is in het derde jaar gestrand. Hij heeft maar een stuk of twee, drie hoeren geneukt, afkomstig uit de kuststreek, terwijl hij in het leger zat. Op zijn hoogst. Nu praten ze allemaal Engels, doen alsof hun neus bloedt (wat nou oorlog, wat is dat?) en Ivanka krijgt niet eens een examencommissie bij elkaar.

De hele zomer heeft ze me zo dwarsgezeten. Ik had in juni al kunnen afstuderen, als zij niet de opstandige behoefte had gevoeld om voor mentor te spelen. Ze vond het nodig om veranderingen aan te brengen in het artikel dat ze zelf als mijn eindscriptie had voorgesteld, het artikel van de middelbare school, dat haar kennis te boven ging. Ze heeft die bomen nooit gezien en kon ze op een plaatje ook niet herkennen. Ze kende alleen de namen en speelde met behulp daarvan voor deskundige. Ze was er niet zeker van of ik me alleen tot bomen moest beperken. Misschien moest ik toch alle allochtone planten behandelen, zodat de scriptie omvangrijker werd. De hele zomer zat ik Oost-Indische kers, afrikaantjes, dille, zonnebloemen en maïs in de tekst te stoppen waar daar geen plaats voor was. Toen zei ze dat het zinloos was om melding te maken van zulke ingeburgerde planten als bijvoorbeeld maïs. Daarna gooide ik ze eruit, met wortel en losse aarde en al. Vervolgens nam ik er weer een paar op, en gooide er weer een paar uit, alles zonder orde en logica. Ivanka. Dušan heeft lang geleden al gezegd dat zij een goede lerares op de middelbare school zou zijn geweest als ze haar niet hadden gefopt door haar mee te nemen naar de faculteit. En nu fopt zij ons op deze manier.

Naums moeder typt mijn scriptie voor me uit. Ze let goed op bij de Latijnse namen, ze maakt zich zorgen om de mobilisatie. Ze wil graag over haar zoon praten, maar ik heb geen tijd. *Paulownia tomentosa*, dicteer ik, en voor mij duikt een bloeiende boom op, lang geleden in een achtertuin. Een of andere lange trein die met huiveringwekkende snelheid voortjaagt, brengt mij in beweging. Terwijl ik door het raam kijk, krijg ik hoofdpijn van de halsbrekende afwisseling van scènes in de vooravond. Ik kan alleen recht voor me uit kijken en oppassen dat ik er niet voortijdig uit val, vóór het station waar die voortrazende machine me eruit zal gooien en waarvan ik al een vermoeden heb hoe het zal heten. Toen ik tien jaar werd, bracht mijn oom van een reis een boek vol illustraties over een stad voor me mee. Die tekeningen en foto's toonden een stad uit sprookjes, uit al die sprookjes die ik toen las. Ik kon niet scheiden van dat boek, het sliep bij me in bed, ik nam het zelfs mee naar school. En die stad heet... Ik durf het tegen niemand te zeggen, ik wil dat niemand erachter komt waar ik heen ga.

Morgen komt Maja terug, ik ga naar Belgrado om haar af te halen, als ze me laat weten wanneer ze aankomt. Misschien heeft ze een nieuwe vriend gevonden? Waarom zou ze niet verliefd worden in de geur van de zomerse berglucht? Ik ga toch algauw weg. Ik geloof niet dat ze welwillend staat tegenover de Servische traditie waarin vrouwen wachten tot hun echtgenoot terugkomt uit de krijg. Want mijn vertrek zal mijn krijg zijn. En als ze nu eens echt verliefd is geworden?

Novi Sad, 7 september 1991

Maja heeft als geschenk van de zomervakantie een onverwachte toewijding voor me meegebracht waar ik niet over wil nadenken. Dan zou ik me verstrikken in een vlasdot van vragen die me geen van alle vreugde zouden brengen. Toch nam ik de vrijheid om er de richting van te bepalen en tussen de onmogelijkheid om een liefde te verwezenlijken met een geheimzinnige figuur die midden op een pad uit het kreupelhout opdook (onverwachts bovenmatig hartstochtelijk) en het verdriet om mijn aanstaande vertrek, koos ik het tweede als het meest aannemelijke. Dat stelt me in staat een mist van troost te creëren die voor mij onmisbaar is om te overleven – en om weg te gaan. Maja flikflooide – die katachtige aanhaligheid heeft ze plotseling over zich gekregen, de Zlatiborse lucht, weet ik veel? Het bedrukt me dat ik weet dat ze alleen aan zichzelf denkt. Ik ben bang dat dat eigenlijk het enige is wat alle mensen altijd doen: aan zichzelf denken. Zo ben ik ook waarschijnlijk. Ik ben bang om weg te gaan. Ik heb berichten nodig over de oorlog, over de mobilisatie, over landmijnen, over in brand gestoken dorpen. Ik ga weg om niet in die ketel te worden gegooid en daarom slik ik de berichten die daaruit komen snel en willekeurig, als een medicijn. De bittere smaak spoel ik weg met water. Maja heeft in Zlatibor een liefdesavontuur geroken waaraan ze zich niet heeft overgegeven. Nu zoekt ze bij mij het bewijs dat ze juist heeft gehandeld. Ik streel haar haren en denk aan het vliegticket dat ik morgen ga reserveren, ik denk aan het pakken van mijn spullen, aan het opzeggen van mijn flat, aan alles wat ik mee moet nemen, aan degenen die ik gedag moet zeggen. Mijn verblijf in het buitenland zie ik als een onbepaald lange tijd, vervuld van onzekerheid. Ik kan niet ontkomen aan die lange reeks onoverzienbare dagen. Dat is aldoor al zo, vanaf de eerste gedachte aan vertrek. En Maja vertelt dat ze bramen heeft geplukt. Bosbessen waren er al niet meer, ze heeft alleen een paar bosaardbeien gevonden...

Ik heb Dušan gesproken. Hij had beloofd dat hij langs zou komen in Novi Sad. Hij belooft het steeds, maar het komt er niet van. Hij heeft geen tijd. Het is een stille september. Stof, de scholen zijn begonnen, ik herinner me nog hoe ik zelf was als leerling van de lagere school. Toen leken de septembermaanden me niet zo zonnig en zo stoffig. Aan de overkant van de Donau wordt oorlog gevoerd, en hier heeft zich stoffige stilte verzameld. De tijd die me nog rest knaagt aan me. Ik wou dat ik morgen al weg kon. Het wachten heeft me geketend. De lucht staat stil, er beweegt niets. Ivanka weet nog niet wanneer ik mijn scriptie kan verdedigen, mijn leraar weet nog niet wanneer ik rijexamen kan doen. Miki zegt dat ze de grenzen zullen sluiten. Goga zegt dat haar papa zal regelen dat ik de eerste keer voor mijn rijexamen slaag. Maja zegt dat ze zich meteen op haar doctoraalstudie moet storten. Iedereen probeert de lucht in beweging te krijgen. Maar die blijft stilstaan. Ik wacht.

Novi Sad, 10 september 1991

Ik had nooit verwacht dat ik rijles zo leuk zou vinden. Het is voor mij een vorm van uitrusten, van de hitte en van het wachten. Ik ben niet zozeer enthousiast over het idee dat ik iets doe wat de leegte vult terwijl ik wacht tot de tijd verstrijkt, maar ik ben gewoon gefascineerd door het nieuwe perspectief van waaruit ik de stad bekijk. In de gesloten doos van het autoskelet geldt de wet van de sterkste. Nieuw is de verhouding tot de voetgangers en de fietsers, nieuw is ook de verhouding tot de straten. Opeens dreigen sommige met eenrichtingsverkeer, een woud van stoplichten, de onverwachte verplichting om voorrang te verlenen. De straten tonen me hun andere gezicht, het zakelijke en onvriendelijke. Ik leer hun bevelen, ik vind het niet leuk dat ze me niet laten gaan waar ik langs wil, ik bewonder de lichtheid van mijn fiets die altijd smalle paadjes vindt waar hij langs kan. Ik houd van autorijden, want de aandacht die ik van de stad krijg, streelt me, biedt me een macht waarvan ik niet had gedacht dat die mij toekwam. Mijn leraar is adventist. Eerst vertelde hij me alleen maar over zijn geloof, langzamerhand, les na les, en toen begon hij ook boeken mee te brengen. Hij wil me graag vormen. Hij geeft me de boeken gratis. Hij zou het fijn vinden als ik ze las. Hij zou het waarderen. Zijn blik, waaruit de helderheid van de fantasie al voor het ontluiken is geweken, houdt de gebaande weg in stand die hem als de enige is voorgehouden. Ook zijn verhaal is daarom saai. Ik knik en kijk naar de beddingen van de straten.

Goga is gisteren bij me langsgekomen. We zijn wat gaan drinken. Ze speelde het weer klaar om uit te weiden over haar vroegere vriend. Hij had, zei ze, toch een fout gemaakt door haar te verlaten. En dat op zo'n brutale en onbehoorlijke manier. Ik lik aan het ijs in mijn glas coca-cola en kijk haar aan. Ik ben mijlenver weg. Ze heeft zich in haar hoofd gezet dat zij mij aan de hand van het voorbeeld van zijn fout kan laten zien waar ik niet in de fout moet gaan. Ze verwacht dat ik in een situatie terecht zal komen waarin ik dat soort fouten maken kan. Ik heb haar niet gezegd dat ze zich vergiste. Ik dronk mijn coca-cola op en zei tegen haar dat ik moe was. Ik gaf haar niet de kans om me tegen te houden. Bij mijn terugkeer naar huis liep ik Đoka en Žuža tegen het lijf. Ze is zo lelijk als de nacht. Ik heb het idee dat de haartjes op haar kin zelfs onder tonnen poeder nog tevoorschijn komen. Op het terrein van de Servische taal voelt ze zich niet thuis. Of eigenlijk, zij denkt wel dat ze erin thuis is, maar niks hoor, ze vergeet alle naamvallen, rommelt maar wat met vrouwelijk en mannelijk... Ik lach, dat is tenminste iets wat me ondanks mijn verveling aan het lachen kan krijgen. Đoka zegt dat ik zijn moeder moet bellen.

Ivanka zegt dat ik mijn scriptie tussen 15 en 20 september zal kunnen verdedigen. Dan reis ik de 22ste af, zeg ik bij mezelf. Nog twaalf dagen. Blijdschap als voor een onweer. Die stilte, die stagnatie van de lucht en die horde zwarte wolken aan het hemelgewelf. De donder rolde waanzinnig. Ik was binnen een minuut doorweekt. Ik wrong het water uit mijn onderbroek alsof de centrifuge van mijn wasmachine kapot was. De stroom viel uit en Maja was niet thuis. Ik heb een kaars aangestoken om op te kunnen schrijven hoe ongeduldig ik ben. Ik weet het, als ik geduld had, zou ik deze ketenen geleidelijk kunnen verbreken. Maar ik heb geen geduld.

Novi Sad, 14 september 1991

Eergisteren heb ik een vliegticket gekocht. De glimlach van de beambte van de JAT ('je hebt korting vanwege je leeftijd') en het gevoel dat er iets niet klopt. Er ontslipt me iets, het glipt me door de vingers, het valt uit mijn handen, ik laat het vallen.

Maja heeft me alleen gevraagd of ik een kaartje heb gekocht en wanneer ik afreis, half geïnteresseerd, in wezen nonchalant en uiterst onverschillig. Alsof ik een weekendje naar mijn oom ga. Ze is weer aan het werk gegaan, ze heeft niet eens geprobeerd iets van mijn roerselen te voelen. Ze is meer geïnteresseerd in de organisatie van de tentamens voor de studenten dan in mijn vertrek. Dat stemt me tot nadenken, ik besef dat het een bepaalde manier van kijken is die zich aan mij opdringt: de blik door een prisma. Waarom raak ik in paniek? Ben ik nou echt gek dat ik denk dat er in Joegoslavië oorlog kan uitbreken? Ik hoor de gortdroge zin tegen mijn hoofd slaan als tegen een lege pan: Europa zal geen nieuwe oorlog toestaan op het continent. En als die zin kapotslaat, verzamel ik de brokstukken en zie: de oorlog is begonnen. Niemand heeft hem verklaard, maar hij wordt gevoerd. Niemand probeert hem tot bedaren te brengen, hij duurt voort, ontbrandt, zo staat het in poëtische boeken. Mijn kennissen zoeken een schuilplaats: in andere landen, in een verte waar het onbekende troost biedt, of op onbekende adressen, bij ongetrouwde tantes die de deur op slot houden voor de militaire politie. En ik inspecteer herbariums, wacht op de verdediging van mijn eindscriptie en denk erover na of ik met Maja naar de opening van het Belgradose Internationale Theaterfestival zal gaan. Getikt ben ik. Besluiteloosheid is vergif. Het verspreidt zich langzaam, maar werkt plotseling – het blokkeert zowel het centrale als het vegetatieve zenuwstelsel.

Ik heb mijn boek bijna uit. De laatste bladzijden van *Een roman over Londen*: de verdoemenis van emigranten, waar ook ik op afsnel. Ik heb altijd geweten dat ik met Ivanka tijd en kracht verspilde. In de tijd die ik bij haar heb doorgebracht, had ik drie romans kunnen schrijven. Maar ik heb niet meer dan een paar korte verhalen en een novelle. Ivanka's monologen in een omslag van beloften hebben een angel die op een ongevoelige plek kan prikken en langzaam zijn vergif loslaat. Ik ben vergiftigd.

Ik probeerde iets te doen. Ik belde mijn hospita om nog een keer te bevestigen dat ik mijn woning opzeg en dat ik de 20ste verhuis. Een diepe stem vanuit een wijnvat liet me weten dat het haar niet kon schelen. Ze was al haar tanden al kwijt, ze bewaarde ze nagelvast in glazen waar ze van vocht verzadigd werden en zuur als kool in het vat. Naum zal me helpen bij de verhuizing. Ik pak mijn boeken in. Ik bekijk ze niet, ik doe ze alleen in dozen. Op de dozen schrijf ik met een rode viltstift botanica, biologie, bellettrie, sprookjes... Beginletter B op bijna iedere doos, buiten de sprookjes. Het klinkt als buitengesloten, buitenspel, buitenbeentje, buiten zinnen. Ik pak ook foto's, brieven, kleren, schoenen in, ik versmal mijn leven tot hiertoe tot de afmetingen van dozen en koffers, ik zal het erin proppen, ik zal alleen meenemen wat onmisbaar is om me ergens te hechten. Daar, in Amsterdam. Maja en Naum weten het al. Ik vertrek naar Amsterdam. Vanwege dat boek uit mijn kindertijd. Verder weet ik niets van die stad en dat land, in mijn boek stonden alleen maar plaatjes. Die stereotypie van tulpen, windmolens, grachten en de ontmoeting tussen koningin Juliana en Tito, dat is alles. Ik weet niets en ik verwacht niets. Die zin heb ik al eens ergens gehoord en, geloof ik, ook uitgesproken.

Ik weet niet hoe ik mijn blijdschap moet verklaren toen ik vandaag Goga tegenkwam, die me voorstelde aan haar kennis Kees. Ik sperde mijn ogen open en er bleef een klontje ongeloof in mijn keel steken, toen ze me vertelde dat Kees uit Amsterdam kwam! Sprakeloos keek ik hem aan, alsof hij een buitenaards wezen was. De eerste Nederlander die ik leerde kennen en dat een paar dagen voor mijn reis naar zijn land. Goga wist daar niets van. Kees was gekomen om bij ons zijn antropologiedissertatie te schrijven. Thema: de antropologische aspecten van de zigeunermuziek in Vojvodina, of zoiets. Hij had een flat gehuurd van Goga's vader. Een zwerm gedachten, alles zoemt. Bijna als een duizeling. Het vloeit samen in één toon, scherp, maar aangenaam. Ik zeg bij mezelf: 'Filip, ga naar Nederland en maak je geen zorgen. Je leven is daar al en wacht tot jij je erbij voegt.' Ik groette Goga en Kees en vloog ervandoor. De verbaasde huizen draaiden hun hoofd om om mijn vlucht uitgeleide te doen, vogels fladderden geschrokken op, sommige besloten met me mee te vliegen, maar hielden daarmee op toen ze hun vergissing inzagen. Dat vliegen verdreef mijn twijfel. Ik ging zingend door met inpakken. En ik nam op cassettebandjes muziek op die ik wilde meenemen. Want ik had in mijn binnenste het volgende gehoord: waar ik heen ga, ga ik voor lange tijd heen. Ik kan niet doen alsof ik dat niet hoor, doofheid en domheid zijn in dit geval hetzelfde. Is het waar wat ik hoor?

Novi Sad, 16 september 1991

Ik ben op de faculteit geweest, bij Ivanka, om te zien wanneer ik eindelijk mijn eindscriptie kan verdedigen. Onzeker terrein. Ivanka bestormde me met de stortvloed van haar doorrookte, door cafeïne opgeblazen woorden. Terwijl ze babbelde, vlogen er korreltjes koffiedik uit haar mond. Ze kan op niemand meer vertrouwen. (Wonderlijk, wie zou er op haar vertrouwen?) Had ze net met de grootste moeite een commissie samengesteld, had ze net een datum afgesproken (zogenaamd 20 september), en nu gaat docente Brana plotseling naar de Sovjet-Unie voor een seminar. Plotseling? Ga je plotseling naar een seminar? Ik zweeg en schouwde diep in haar leugen. Ze wachtte niet eens tot ik antwoord gaf, ze voegde er meteen aan toe dat het examen rond de 30ste zou zijn en ging vrolijk verder met juichen over Đoka's meisje, over haar, naar het zich laat aanzien, toekomstige schoondochter, maar daar mag ze nog niet over praten, Đoka zou haar vermoorden... Ik had zin om haar te slaan. Zodat de bril van haar snuit vloog, zodat die kapotviel, zodat haar kaak openging van verbazing en ze ophield met dat moordende gezwam, al was het maar een minuut. Ze heeft me te grazen genomen. Al die uren, eindeloze, ontelbare uren van staren naar dat pafferige gezicht met de afstotelijke wallen onder haar ogen, van luisteren naar haar holle monoloog, waardoor mijn studie me ging tegenstaan, al die uren blijken vergeefs te zijn geweest. Ivanka staat me niet toe af te studeren. Ze weet dat drie andere docenten me graag als assistent willen hebben, ze weet dat ik weg wil om aan de mobilisatie en de oorlog te ontkomen, ze weet dat ze gemakkelijk een nieuwe commissie kan samenstellen, dat weet ze allemaal en ze staat het me niet toe. Ze is bang dat ik haar in de steek zal laten, dat ze alleen zal achterblijven, zonder assistent en zonder tot haar rook en de mitrailleursalvo's van haar oorverdovende woorden veroordeelde slaaf, dat ze zal achterblijven zonder de koffie die ik altijd maar weer voor haar zet en zonder knikkend hoofd bij al haar stommiteiten en onzinnigheden, bij al haar gewauwel en gekwek... Ze is bang dat ik me in het buitenland misschien zal inschrijven voor een postacademische studie, dat ik er daar achter zal komen hoe groot haar onkunde is (alsof ik dat niet allang weet), dat ze voor mij volstrekt geen autoriteit meer zal zijn (het is haar ontgaan dat ze dat ook nooit is geweest), dat ze het zonder de voor de rol van 'eerste' zoon bestemde persoon zal moeten stellen, dat ze in de toekomst met zichzelf zal praten en zichzelf zal vervelen. Nou, zo zal het ook gaan. Ik bleef walgelijk fatsoenlijk en deed alsof ik haar rustig aanhoorde. Ik stond op en ging weg, waarbij ik doodnormaal afscheid van haar nam. Maar bij mezelf zei ik tegen haar: je zult me nooit meer zien. Ik liep door de gang – die geur van verschaalde ether en gekneusde kikkerdarmen –, stapte in de lift en liep het gebouw uit, me ervan bewust dat ik het woord *vaarwel* nog moest uitspreken. De dagen van de zomer waren geteld, hij glimlachte met de mildheid van warmte en de vermoeidheid van de onder de hitte en de onweersbuien bezweken kleuren, de septemberrust vóór de tentamens kabbelde voort, studenten dwaalden door de universiteitsstad, iemand riep me een groet toe, de bladeren aan de populieren zijn al roestig, ik kijk ernaar in het besef dat dit de laatste groet is. Ik verlaat het beeld waarin ik jarenlang voor constante voorbijganger heb gespeeld, ik laat het aan zichzelf en zijn onveranderlijkheid over, ik verlaat het in het mooie, feestelijke sterven van de zomer, ik verlaat het met een gevoel dat me genadeloos onaangename dingen toefluistert. Mijn besluit bestaat niet, niemand vraagt ernaar, niemand heeft het nodig. Het is al voltrokken. Ik huiver, overmand door de vreugde waarmee iemand onverbiddelijk het voorbestemde vervult. Ik ga recht op mijn fiets zitten, laat het stuur los en spreid mijn armen – zo snel ik het onontkoombare tegemoet. Mijn glimlach is toch star, want ik ben klein, onbelangrijk, want ik word gericht, geleid, want ik voel de vinger van de Kracht die me bij de hand heeft gepakt en meegevoerd. Ik weet het, de twijfel wacht me. De laatste. Dat ene moet ik nog afhandelen. Vanwege de menselijke dwaling, vanwege de waan dat persoonlijke beslissingen mogelijk zijn. Maar ook dat zal voorbijgaan. Dan zal ik het inpakken afronden en op weg gaan. Om niemand meer te zien. Ze kunnen niet beminnen en zijn ook vergeten wat ze daarmee zouden moeten. Ze voeren oorlog en verloochenen hun eigen mensen. De massa, dat is een leugen.

Novi Sad, 17 september 1991

Ik belde Miki. Hij was stomverbaasd over mijn vraag. De oorlog kómt niet, hij is al in volle gang, en dit is nog maar de eerste fase, de mildste, totdat de krijgslieden zich warmgelopen hebben. Over een paar dagen zullen ze de grenzen sluiten, dat staat buiten kijf. Hij vroeg me of ik nou echt zo naïef was. Als je 'm kan smeren de grens over, zei hij, aarzel dan geen moment. Vlucht zo snel als je benen je kunnen dragen. En draai je niet om, jongen. Dat zei Miki tegen me. Hij vindt dat ik gek ben als ik niet wegga. Hij zou ook gaan als hij ergens heen kon.

Ik belde Maja. Zij is, nog voordat ik haar heb verlaten, al van mij weggegaan. Ik hoor aan haar stem dat ze al gewend is aan mijn afwezigheid. De voorbereidingen zijn succesvol verlopen. Binnenkort zal ze me alleen via de telefoon horen en ze oefent op de intonatie waarmee ze me ervan zal proberen te overtuigen dat alles prima in orde is, dat mijn vertrek al volmaakt in die orde is opgenomen, dat ze zich geen zorgen maakt. Ze laat geen enkele golf toe op de zee van emoties, ze kan niet tegen verrassingen, ze ontzegt zich het geluk liever dan dat ze erdoor wordt verrast. Ze praatte tegen me over de tentamens van haar studenten. Ze ging in op details, ze overdreef. Hoewel ik het antwoord al van tevoren wist, vroeg ik haar of ik de laatste twee dagen bij haar kon doorbrengen. Het stak haar dat ik de reden die ze me al een paar keer had meegedeeld niet had onthouden, en ik zag in dat ze niet van me hield en dat ik niet kon afreizen in dat besef. Ik besloot mezelf voor te liegen. Ja, haar papa is ziek, mama is vreselijk drukbezet, maar Maja zelf zou me graag ontvangen, het valt haar zwaar dat ik de laatste nachten niet bij haar zal doorbrengen...

Ik belde Stoles moeder. Hij zit al in Sydney. Toen ze mijn stem hoorde, barstte ze in tranen uit. Ze heeft het gevoel, zegt ze, dat ze hem nooit meer zal zien. Ik stamel wat, ik weet het, het helpt niet. Dan zwijg ik, ik wacht. Zij zoekt iets wat troost kan geven. De militaire politie heeft al drie keer bij haar aangebeld. Ze heeft gezegd dat ze niet weet waar haar zoon is. We weten dat u liegt, mevrouw, maar we zullen hem vinden, al moeten we hem meteen voor het gerecht slepen. Nou, dat zullen jullie niet, tuig, had ze gezegd toen ze weg waren, ze had naar haar hoofd gegrepen, zich op een stoel laten vallen en was in tranen uitgebarsten. Het land heeft het vertrouwen van zijn volk geschonden, het patriottisme onteerd. Jij moet ook vluchten, jongen. Er is geen oorlog die eeuwig heeft geduurd, dus deze zal ook niet eeuwig duren. Het gaat allemaal weer voorbij, het voornaamste is dat jullie blijven leven.

Ik belde Naum. Hij zoekt een adres om zich schuil te houden. Hij probeert zijn oma zover te krijgen dat hij een poosje bij haar kan inwonen. Hij komt op vrijdag om mijn spullen te verhuizen. Die twee dagen logeer ik dan bij hem. De dozen met boeken gaan naar de zolder van zijn huis in Stara Pazova. Daar zullen ze veilig zijn. Ze zullen door duiven en stof worden bewaakt. En je afstuderen, je rijexamen dan? vroeg hij me. Ik legde het hem uit. Je zult wel weten wat je doet. Hij zette de worm van de twijfel weer bij mij in beweging. Weten doe ik het niet, maar ik vermoed het. Goed, zoals je wilt. (Niemand schenkt me een minuut aandacht. We lijken wel heremieten.)

Ik belde Leo in Amsterdam. Een studievriend van Slavica, een violist. We zijn een paar keer iets gaan drinken, hebben twee keer samen Nieuwjaar gevierd, hij is zwijgzaam en verlegen, ziet er goedmoedig uit. Het leek wel of hij blij was: 'Kom je naar Amsterdam? Je kunt bij mij slapen. Het is een klein flatje, maar we redden ons wel de eerste tijd. Wanneer kom je aan? Bel me zodra je geland bent. Ik ben thuis.' Ik ben verbaasd over zijn tegemoetkomendheid. Zijn die paar ontmoetingen voldoende geweest?

Ik kon niemand bellen om te vragen wat ik moest doen. Moest ik meteen vertrekken of wachten tot ik mijn eindscriptie had verdedigd? Het liefst zou ik geen enkele luizige mening horen. Ik walg van de huichelarij die dan naar buiten komt kolken als uit een plotseling ontstopte rioolbuis. Ik drijf in mijn eentje door mijn besluiteloosheid, ik ben veroordeeld daar ook in mijn eentje in te blijven. Wat ik ook bedenk, het strandt op de rotsen van de vragen 'of' en 'stel dat'. Een combinatie van oplossingen, en geen van alle brengt troost. Ik stapel woorden, vermaak 'als' en 'dan', ik meet na, naai aan elkaar, torn, knip bij, ik ben nergens tevreden mee, ik vind alles armzalig en niet overtuigend klinken. Vermoeid heb ik het ten slotte bij de volgende oplossing gelaten: zodra de situatie een beetje tot rust komt (of er zicht is op een stabiel bestand), kom ik terug om mijn eindscriptie te verdedigen. Ik zal zien dat dat zo snel mogelijk gebeurt, laten we zeggen binnen een maand. Maar nu ga ik weg. Dat heb ik bedacht. Een verdomde wijsheid waar ik geen woord van geloof.

Belgrado, 20 september 1991

Daar ben ik dan bij Naum, verhuisd, of beter gezegd ontheemd. In een oogwenk. Je sluit gewoon het ene hoofdstuk van je leven af en zegt: nu ga ik naar een ander over. En dat doe je dan. Bij Naum zit ik in de wachtkamer. Ik wacht tot het vliegtuig me overbrengt van het ene hoofdstuk naar het andere, tot ik een bladzijde kan omslaan. Ik ben in Naums kamer, waarvan alle muren, van de vloer tot het plafond, vol boeken staan, ik voel het gewemel van hun intriges, ik hoor het gemurmel van talloze hoofdfiguren – er is een nieuwe gast gekomen, ze becommentariëren mijn komst en bekijken me onderzoekend. Het open raam ziet uit op de daken, de avond dringt zich met een aangename frisheid op, een zwarte kat komt de kamer binnen. Op het bed waar ik lig, dat zelf ook lijkt te zijn samengesteld uit wantrouwige boeken, zoekt de kat een plekje op mijn voeten. Mijn boeken slapen hun eerste nacht op de zolder van een huis. Stara Pazova, geen dorp en geen stad. Het nog niet afgebouwde huis van Naums ouders wordt het tehuis van mijn boeken. En van mijn foto's, ski's, schoenen, truien, jassen: al datgene wat niet in de koffers paste, wat je niet meeneemt op een korte reis die maar een paar maanden duren zal. En misschien zelfs korter. (Moet ik het zeggen, en misschien ook langer?) Ik weet precies wat er in welke doos zit. Dat moet ik onthouden voor het geval dat... Dat maakt niet uit, ik moet het gewoon onthouden. Mijn schriften en aantekeningen van de studie heb ik niet verhuisd. De doos waar die in zitten is in de lift blijven steken. Die laatste doos is daar door nalatigheid achtergebleven, iemand riep de lift, de doos ging op weg naar beneden, maar bereikte de begane grond niet. De deur kon niet open. De lift was niet in beweging te krijgen. De reparatiedienst voor liften werkt 's avonds niet. Naum had haast om naar huis te gaan. We konden niet tot de volgende ochtend wachten. Ik had de flat opgezegd, de hospita was de sleutels komen halen, ik had in Novi Sad geen plek meer waar ik kon overnachten. De punt die ik heb gezet is zo duidelijk dat een vervolg erop ondenkbaar is. Er kan alleen een nieuw hoofdstuk beginnen. Achter die punt is de doos met aantekeningen van mijn niet afgemaakte studie achtergebleven. De niet verdedigde eindscriptie ook. Die exotische bomen die al jaren op dat moment van verdediging wachten. Misschien zijn ze al omgehakt, misschien verdroogd. In de lift brandde licht, ik keek door het raampje naar de doos, maar kon er niet bij. Voor mij bestond er geen dag van morgen in Novi Sad. De dag van morgen wachtte me ergens anders, in de wachtkamer. Een wond, open en diep. Ik ga weg, maar ik heb mijn studie niet afgemaakt. Ik troost me met de gedachte dat ik over een paar weken terugkom om af te studeren, maar ik kan mijn ongeloof, dat tekeergaat alsof het dol geworden is, niet tot zwijgen brengen. Ik kijk naar de avond die op de daken is neergedaald. Omringd door spoken uit de boeken voel ik de omhelzing van de eenzaamheid, die zich tegen mij aan heeft gevlijd om mij haar gezelschap en haar begeleiding aan te bieden, een soort bescherming zelfs, zou ik zeggen. De kat beweegt, haar ogen lichten op – de blik waarmee de eenzaamheid een nieuwe uitverkorene hypnotiseert. Ver van deze daken beleeft Belgrado zijn laatste zomernachten. Nog verder, aan de overkant van de rivier, wordt naar verluidt geschoten, brand gesticht, gemoord en worden er mensen uit hun vaderland verdreven. En nog verder ligt Europa, een wereld die ik binnenkort zal betreden, waar ik zal landen en waar ik niets van weet. Het is vreemd, maar ik ben niet bang. De passie van het onbekende betovert me, lokt me aan. Krekels versterken de stilte van de nacht. Maja slaapt, Naum slaapt vast en zeker ook bij zijn meisje, de dozen op zolder slapen, de boeken slapen, de kat slaapt, maar ik wil wakker blijven en deze nacht helemaal in me opnemen, met al het krekelgezang. Ik weet niet wat ik anders met mijn tranen moet dan ze afvegen. Hoeveel er ook vloeien, afvegen zal ik ze. Ik wil me niet inhouden. De kat ziet het niet, de boeken begrijpen het niet. In de wachtkamer zijn behalve ik geen andere reizigers. Ik schrijf. In die andere wereld zal ik ook schrijven. Om gebeurtenissen te bewaren en mensen, die er nu nog geen vermoeden van hebben dat ik me voorbereid om hun leven te betreden. De dag van afscheid nemen is aangebroken. Dat moet ik morgen nog afhandelen, dan kan ik weg.

Amsterdam, 22 september 1991

Op de afstandsbediening is het programma veranderd. Ik ben waar ik ben. In Leo's flatje, in een uithoek van Amsterdam. Ik ben er nog niet eens aan toegekomen om die te bekijken. Ik heb er alleen op gelet op de juiste halte uit de stadsbus te stappen. Al vanuit het vliegtuig zag die hele overstromingsvlakte, met sloten doorsneden weiland dat uitkomt in zee, er zacht en goedmoedig uit, net als de kudden schapen die ik later vanuit de trein zag en die naar mijn idee al sinds mensenheugenis in die velden staan. Bij het instappen in de trein hielp ik een negerpaar een kinderwagen met een baby naar binnen te tillen. Hij zei 'dankjewel' tegen me en zo leerde ik mijn eerste Nederlandse woord. Het is zonnig, maar de wind jaagt de wolken over de vlakte. De grote stempels daarvan zag ik eerst vanuit de hoogte, en later ook op mijzelf. Ze wisselden elkaar af alsof iemand daarboven de belichting plaatste voor een filmopname. En ondanks de veelkleurigheid van de gezichten, rust. Een soort stabiliteit, gewenning, kalmte, routine. Geen spastische verrassingen, niets onalledaags. Ook ik met mijn twee overvolle zwarte koffers maakte op niemand een ongewone indruk. Niemand merkte me zelfs op of keek naar me, op die neger die me bedankte na. Ik was Nederland binnengekomen zonder dat het iemand was opgevallen. Misschien wat weemoed dat er niemand was om me af te halen. Dat er allang niemand meer is om me af te halen en weg te brengen.

Gisteren, in die andere wereld, kwam ik erachter dat Maja noch Naum me weg kon brengen naar het vliegveld. Maja omdat ze mijn daadwerkelijke vertrek niet zou kunnen verdragen, zo zei ze het tenminste, en Naum omdat hij aanwezig moest zijn bij een repetitie voor het Belgradose Internationale Theaterfestival. Langs zijn neus weg zei hij me: 'Waarom zou ik je wegbrengen als je toch over een paar weken terug bent?' Ik lag zo lang mogelijk te draaien in bed en sprong er na een hevig gekraak plotseling uit. Het bed waarop ik lag was in elkaar gezakt. Uit zichzelf, onaangekondigd. Alleen een bons. Zelfs de bedden in mijn land wilden me niet meer dragen. Ik bekeek de kamer en de boeken, mijn blik bleef hangen aan de rode vlekken die de kat op het beddengoed had achtergelaten. Ergens op de binnenplaats had ze jonkies gekregen.

Maja heb ik vanochtend niet gebeld. We hebben gisteren afscheid genomen. Ze had zich in hoogmoed gekleed en droeg die samen met de afstandelijkheid die ze voor mij had bestemd. Alsof we elkaar voor het eerst zagen. Ik kon dat niet begrijpen en zeurde dat ze me moest uitleggen waarom ze zo ingehouden deed. Ze zei alleen: 'Je verlaat me.' Natuurlijk probeerde ik haar uit te leggen dat ik heel gauw terug zou komen, dat dit maar een kortstondige afwezigheid was, maar zij doorzag algauw dat ik zelf ook niet in die woorden geloofde, dat ik ze opstapelde om ze meer gewicht te geven, terwijl ze, naarmate ze talrijker werden, des te gemakkelijker veranderden in woorden in de wind. Ze gaf me een gedicht cadeau en een boek, of liever vier boeken, *Jozef en zijn broeders* van Thomas Mann.

Ze zei: 'Lees dit boek, het zal je helpen, in wat voor tegenspoed je ook zit.' 'Ik geloof niet in de toverkracht van boeken,' antwoordde ik. Het gedicht las ik meteen:

Heb je dezelfde dingen bekeken
en hetzelfde beleefd terwijl je ze bekeek?
Ver in de tijd van mij en de tijd van jou.
Schoonheid is zo gevoelig dat mensenhanden
haar alleen kunnen aanraken ten koste van een groot offer en lijden.
Ze komt op ons aangevlogen.
We moeten haar aanlokken met stilte en onbeweeglijkheid
zodat ze, zonder onze aanwezigheid te vermoeden, wat langer verwijlt.
Met glanzende vleugels, doorzichtig, licht, schitterend –
ze mag niet schrikken, ze mag niet geroepen worden,
we mogen haar niet aanraken.

Ik kuste haar. In de toren van het rationele heeft Maja een raam gevonden dat ze kan openen om de luchtstroom van haar af en naar haar toe te laten vloeien. In haar ogen bespeurde ik traankristalletjes. Zij kuste mij ook en ging weg zonder om te kijken. Ze liet me alleen, om nog een keer te wandelen door de stad die verzonk in de laatste avond van de late zomer, en ik voorvoelde al het geroezemoes dat de losgeslagen, jonge nacht ter gelegenheid van het afscheid daarvan tegemoet rende. Ik draaide me om, maar Belgrado beantwoordde mijn groet niet, het wist niet eens dat ik wegging en ook niet dat ik hier was. Grote steden zijn overal hetzelfde: onverschillig.

Nu ik van de ene onverschilligheid in de andere ben gestapt, doe ik mijn best om die misleidende gelijkenis te vergeten en te aanvaarden dat er ook verschillen zijn. Tot de kaartjesverkoopsters en chauffeurs wendde ik me in het Duits en ik kreeg van hen uitgeknepen antwoorden. De buitenlanders om mij heen die Engels spraken, brachten het er beter af. Op het Centraal Station kocht ik een plattegrond van de stad en een telefoonkaart, en ik belde Leo. Bij wijze van welkom onthaalde hij mij op Macedonische specialiteiten en een vrolijkheid waarvan de reden mij niet duidelijk was. Het ging vast om iets veel hogers en belangrijkers dan *mijn* komst. Ik vertelde hem over het 'vaderland', terwijl ik omviel van vermoeidheid. Het licht brandt nog, Leo is in de badkamer, en ik schrijf dit haastig op. Een nieuw hoofdstuk, en vóór mij lege bladzijden. Waarmee zullen die zich vullen?

Filip

BRIEVEN UIT ZOMPEDORP

Amsterdam, 29 september 1991

De eerste week werd ik wakker met op mijn lippen de zin: 'Filip, je bent echt in Amsterdam.' Maar ik werd en word met moeite wakker. Niet vanwege die zin, die zich aan mij opdringt als een niet goed gekauwde hap en een betekenis heeft waar ik geen weg mee weet, maar vanwege de donkere logheid van het eindeloze wolkendek dat zich over mijn voorhoofd heeft uitgestort. Het drukt me neer, sluit mijn oogleden af, maakt me slaperig door een moeizame machteloosheid die lijkt op hypnose, verstikt me met zijn haat jegens de wakenden. De zon is geëmigreerd en heeft, als herinnering aan zichzelf, alleen vergrijsd licht achtergelaten, als voor een onweer. Zelfs wanneer de wolken de verveling van het boven de stad zweven onderbreken, wanneer ze gezweept door de wind hun trage gratie in beweging zetten, zich de hoogten in wervelen en onderweg hemelse kastelen beeldhouwen, hangende uitkijktorens en gezichten van norse goden die, het noodlot vervloekend, fronsen naar hun tweebenige stiefkinderen, die voor altijd het vertrouwen in hen hebben opgezegd, zelfs dan, wanneer ze hoog in de hemelgewelven zijn, drukken ze op mijn pupillen met hun kleurloze volharding vol weerspannigheid. Het licht plooit zich dan in de ruimten eronder en snijdt in de voorwerpen met de onbarmhartigheid van een laserstraal, en zo wordt alles wat de blik bereikt koud en scherp en als het ware bekleed met een donkere sluier die alles het uiterlijk van kunstbloemen geeft. En wanneer er uit de wolken regen kolkt, slaat die je met ijzige spijkers wreed en harteloos in je gezicht, alsof hij het vonnis van de afgezette goden voltrekt. Ook de wind is dan dol geworden, hij slaat en duikt neer waar hij maar kan, mishandelt alles wat hij te pakken krijgt in de vreselijke galop van zijn woede. Wanneer zijn woeste razernij tevreden is gesteld en hij zich inhoudt in de vorm van smalle stroken tocht die achter hoeken loert, dan druipt de zinloze, ontwapende regen zwakjes uit de diepbedroefde hemel neer, alleen overtuigd van zijn eigen doel, waarmee hij de verworpen goden lang geleden gehoorzaamheid heeft gezworen: de zondvloed. Zijn volharding, waardoor alles eronder klam en kleinzielig wordt, draagt de antediluviaanse waardigheid van het monster van de pestilentie. Ik heb het gevoel dat het bestaan op zulke dagen alleen mogelijk is door je in huis op te sluiten en de strijd uitsluitend te beperken tot de ingenestelde demonen, die welke de mens van binnenuit aanvreten, die het actiefst zijn in vochtige duisternis en waarvoor vluchten onmogelijk is. Je moet ze uitroeien, daarin ligt de enige redding.

Maar ik heb me die eerste dagen niet in huis opgesloten. Niet omdat de kamer die ik deel met Leo, beter gezegd waar Leo me ontvangen heeft, besmet is met onzichtbaar vocht, zwaar als lood, waarin de geuren van onze twijfels zich innaaien als schimmel in de muren, maar omdat ik verlang naar Amsterdam. Ik verlang de boodschap te horen die de stad voor mij in petto heeft en die ik nog niet heb kunnen horen. Daarom ga ik ook iedere dag de stad in, verheugd dat ik weg kan uit de verlatenheid van Amsterdam-Noord, waar al in oeroude tijden een sterilisatie van straten, huizen, voorbijgangers en vogels is doorgevoerd, zodat de doffe onmacht en de droevige berusting in de duurzame afwezigheid van hoop op het niveau van het eeuwige is komen te staan, op het niveau waaruit de enige uitweg een vlucht is met de pont naar de overkant van de grote waterweg, waar de mensen erin zijn geslaagd hun levendigheid te behouden, naar Amsterdam.

Buiten adem van de wind rijgen de smalle straten hun huizen aaneen als de coulissen op een toneel waar zich massa's figuranten voortspoeden en elkaar verdringen. Ieder van hen passeert op weg naar zijn bestemming met zijn eigen snelheid en vaardigheid andere voorbijgangers, of ze nu zijn vertrokken op de fiets, te voet of met de tram, zij vormen de veelkleurigheid van de stad die steunt (en het zou me niet verwonderen als ze stilletjes zinkt) onder de ontelbare veelheid aan voetstappen waar ze niet op berekend is. En het is zeker een onvervalste veelkleurigheid: onvoorstelbare nuances aan tinten, zowel van gezichten als van kleren, vormen een collage die mij in het begin angst aanjoeg. Hier verdwaal je gemakkelijk en je verdwijnt, vertrapt door de voeten van voorbijgangers met een gang waarvan je de zin niet begrijpt, de voeten van degenen die de legitimiteit van hun doel hebben bevochten, en daarmee ook de enge ruimte van de straten die hun gang zal overbrengen en verdragen. Hier verdool je gemakkelijk in de vervlechting van straatjes, grachten, onlogisch geplaatste bruggen en fietspaden, die allemaal op elkaar stuiten onder vreemde hoeken, uitgestrekt als een kluwen slangen die, verstijfd door de koude wind, zwijgen en zuchten. Maar de grappige, hier en daar scheef hangende huisjes spreken met hun uiterlijk over een tijdperk toen de mensen het leven tot een sprookje wilden maken, en daarom maakten ze die huisjes ook naar het voorbeeld van sprookjes, door er een dun draadje liefde in te bouwen die ze wilden behoeden voor de verderfelijke werking van de regens. En omdat hun poging is mislukt, omdat onomstotelijk is bewezen dat het menselijk leven geen sprookje kan worden, zijn deze huizen, onaanpasbaar en onverschillig tegenover alles wat er in en om hen heen gebeurt, blijven staan als getuige van een vergeten verlangen.

Leo deed die dagen zijn best om me de stad te laten zien. Ik wist niet waar ik het eerst naar moest kijken, zodat de finesses van de kruisingen van straten en de overbruggingen van grachten mij nog steeds een raadsel zijn. Met opengesperde ogen, maar min of meer verholen, bekeek ik in het voorbijgaan de negers die, gehurkt bij de trappen van de metro, een lepeltje heroïne verwarmden, ik passeerde verbluft jongemannen die elkaar omhelsden en zin hadden om elkaar juist op straat te kussen, ik werd verrast door de eruptie van bedwelmende rook uit coffeeshops, die de straat op stroomde als uitnodiging van de eigenaar aan toekomstige gasten en uiteengejaagd werd door de wind, dat stuk chagrijn dat ieder spel bederft. Toen we de rosse buurt naderden, durfde Leo me geen gezelschap te houden, al vond hij wel dat ik ook die Amsterdamse attractie beslist moest zien. Als gezworen gelovige – hij is methodist – mocht hij zich niet blootstellen aan de verzoekingen van de blik, hij keerde de ramen de rug toe en zei dat hij op me zou wachten. Ik ging binnen in een menigte kwijlende mannenlichamen die, verlangend om te paren, zweetten en boerden in de benauwde smalte van de zondige straatjes. Daarover gleden hun laagheden, onschuldigheden, perversies, geprikkeldheden, seksuele onbepaaldheden, hun onervarenheden en angsten, zwakten en eigenwijsheden, alles dreef in de bewegingen van hun ontvlamde lust, waarmee ze de ramen naderden, waarmee ze commentaar leverden op de meisjes en met hen onderhandelden. En die vrouwen, blond, donker, scheefogig, dik, bedaagd of jeugdig, vertroetelden hun door rode lampen verlichte naakte professionaliteit. Uit hun wellustige blikken viel walging noch haat noch depressiviteit noch angst noch leegte van de ziel te lezen. In hun gelonk, hun zinnelijke glimlachjes en misselijkmakende opdringerigheid was slechts één hartstocht zichtbaar: de hartstocht om mannen te overheersen, een hartstocht die de mannen vanwege het stromende kwijl niet konden doorzien, een hartstocht die hen tot armzalige slaven van de Grote Venus-moeder maakte.

Om zijn verwarde en onbeholpen gastvrijheid, half last, half vermaak, te trainen en in stand te houden nam Leo me mee naar de voorstellingen waarin zijn orkest speelde. Langzamerhand werd het Muziektheater de plek die ik het meest bezocht. Ik was niet zozeer geïnteresseerd in de vervelende balletvoorstellingen, waar onpersoonlijke dansers radslagen maakten in het blauwige halfduister van een leeg toneel, maar wel in het uitstekende eten in de artiestenfoyer. Voor weinig geld kun je daar goed eten. Maar nu, de eerste dagen, probeer ik met mijn tochten naar die foyer ook de vormeloosheid van mijn verdriet en de dofheid van mijn eenzaamheid te genezen. Naast mij eten koorleden, orkestmusici, solisten, toneel-

technici, dirigenten en inspiciënten in de pauzes tussen de repetities, ze praten met volle mond, waarschijnlijk over de voorbereidingen voor de première, over de te korte kostuums of de onvoldoende
gezouten salade, ik weet het niet, hun taal is voor mij niet te bevatten, hun gebaren vreemd. Gezeten aan een van de tafels en me dapper gedragend alsof ik over een uur de rol van Samson ga zingen,
neem ik de gezichten op en kauw op een hap gekookte kabeljauw.
Heel zelden en tamelijk verlegen durft Leo me voor te stellen aan
een van zijn collega's, voornamelijk Russen, die nauwelijks kunnen
wachten om hun nostalgie de vrije loop te laten. Ik diep de Russische taal uit mijn herinnering op en zij aanvaarden ieder gestameld
woord van mij met een vreugde alsof ik Tolstoj voor hen citeer. Vasilisa drong zichzelf op. Ze hoorde mij en Leo Servisch spreken,
leefde op, vatte moed en kwam bij ons aan tafel zitten. Zij komt uit
Lvov, uit de Oekraïne, en is overigens lid van het koor, sopraan. Ze
is getrouwd met een oudere Nederlander en ze is blij wanneer ze
Slavische broeders ontmoet. Ze sperde haar ogen open, waarschijnlijk om hun (niet bepaald overtuigende) schoonheid te tonen, en
nodigde me uit voor haar concert. Leo stelde me voor als schrijver
en dat woord, dat beroep, had op die Russen een zelfs al te ernstige
uitwerking. Vasilisa verklapte me haar liefde voor poëzie en benadrukte dat ze op het aanstaande concert, dat ik beslist moest bijwonen, liederen van Tsjaikovski en Rachmaninov zong, gecomponeerd op goddelijke verzen van Russische dichters. Een barst in de
strengheid van Leo's methodisme onthulde mij een geheime doorgang naar de gehoorzaal, en ik begon ook andere voorstellingen in
het Muziektheater bij te wonen, vooral opera's. In de overgave van
het zorgeloze publiek aan de muziek, in hun overgave aan het zoete
verteren van het diner waarvan de heerlijke smaak nog niet is verdwenen, tussen de aria's en de overtuigende coulissen voel ik me
goed. Het gebouw van het Muziektheater is een soort huis voor me
geworden. De portiers laten me zonder pasje door – ze wiegen alleen het bed van de illusie.

Het is me niet gelukt Maja vaak genoeg te bellen. Ook niet om lang
genoeg met haar te praten. Leo heeft geen telefoon en de vraat-

zucht van de telefooncellen op straat kan ik niet zo gemakkelijk bevredigen. Toch treft dat schreeuwende groen me telkens wanneer ik een telefooncel passeer en dan word ik overvallen door een doffe angst. Angst voor de afstand, voor de onzekerheid. Dan stop ik guldens in dat apparaat en wacht tot ik me door een warnet van kabels, oproepen, centrales en onverklaarbaar gekraak heb geworsteld, ik wacht tot die verwelkte bel van Maja's telefoon begint te rinkelen, ik wacht tot ze zich meldt. Soms slaat een monotoon signaal tegen mijn trommelvliezen met de minachtende boodschap dat de verbindingen ondoorgankelijk zijn, en soms stoot Maja's telefoon me af door te herhalen dat ze al met iemand in gesprek is of niet aanwezig. En ik leg bedrukt de geanestheseerde hoorn neer, kijk om me heen als een verdwaald hondje. Want het begint zo te regenen, je kunt de eerste druppeltjes al voelen, de wind duwt me van zich af, jaagt me voort, en om me heen, in Amsterdam-Noord, niets dan sombere huizen en verlatenheid. Alsof iedereen is verhuisd en mij alleen heeft achtergelaten, om hardnekkig te roepen en vergeefs navraag te doen waarom er niemand is en of ik ook ergens heen moet gaan. Wanneer ik in het centrum van de stad ben, of beter nog in het Muziektheater, dan bieden de voorbijgangers, de kauwende koorleden of de warmte van de foyer me rust met een gevaarlijke illusie die de eenzaamheid verheimelijkt. Ik weet dat die liegt, maar ik geloof erin. Ik ga naar de telefoon, in de gang bij de wc van de foyer, ik heb net kip-curry met pindasaus gegeten, de enzymen doen hun werk, ze verspreiden de rust van hun ongehinderde arbeid, ik draai het nummer. Het 'hallo' dat Maja uitspreekt, zegt me niets. Als ze me herkent, past ze de intonatie van haar stem aan. Ik kan de verhouding tussen de nuances in oprechtheid niet aanvoelen. Voor een ogenblik heb ik het gevoel dat ik een vreemdeling voor mezelf ben. Alles wat ik haar zou willen zeggen, zal zinloos klinken. Haar leven gaat door waar ik het heb verlaten. Er zijn geen veranderingen. De oorlog is ver, aan de overkant van de Donau. Maja gaat regelmatig naar de universiteit. De studenten bereiden hun tentamens voor. De zomer duurt nog voort, zalig. Op het balkon van haar huis is het heerlijk in de schaduw van de berk. Ik voel dat ik op de vraag 'hoe is het met jou?' alleen 'goed' kan antwoorden. Al het andere, ieder ander woord stuit op onbegrip, en ik hoor hoe met het wegstromen van de kleine guldens de afstand tot Maja zich nog verder vergroot – wij zijn als twee drijvende eilanden die door de stromingen in verschillende richtingen worden gedragen. Een onderbroken woord blijft in mijn oren steken als een kurk. Ik zie niet eens meer de hand waarmee ze naar me zwaait.

Ik belde Naum ook af en toe. Zijn zuster komt altijd aan de telefoon. Naum houdt zich verborgen voor de mobilisatie. Zij weet ook niet precies waar hij is en ze durft er zelfs niet over te praten. Ze is geagiteerd. Ze verwacht ieder ogenblik dat de militaire politie bij haar zal binnenvallen. Als ik hem schrijf, zal ze haar best doen om hem de brief te bezorgen... Touwen raken los in de draaikolk van de natuurkrachten. De tijd wordt gespleten in geconserveerd verleden en roerig, onvoorzienbaar heden. Ik krijg het verlangen om in het bevroren verleden te springen en daarvan mijn verdere leven te maken. Maja te omhelzen. Ik verwerp de dreigementen, ik verwerp de aanwezigheid van de ver verwijderde oorlog. Zou er iemand zijn bij wie ik me kan verbergen?... De telefoon is een valstrik, een drug waaraan je ongeneeslijk verslaafd raakt. Dan stap ik op de fiets en rijd in het wilde weg door de natte straten. De wind beukt op de doos met mijn gedachten en ik verwelkom de regen als een teken van berouw, als een proclamatie van mijn verbondenheid met het hier en nu, met deze sombere, bewolkte hemel.

Alleen de fiets maakt me gelukkig. Alleen daarop voel ik me thuis. Ik heb het idee dat ik nog steeds op diezelfde rode fiets rijd die ik voor mijn vijfde verjaardag heb gekregen. Op die fiets die later blauw werd en die groeide. Het maakt niet uit dat hij me door andere landschappen rijdt. Dat gevoel erop te zitten en de pedalen rond te draaien, dat is mijn thuis. Leo vergezelde mijn aankoop van een gestolen fiets op het plein voor de universiteit van vreselijke kritiek: gestolen goed gedijt niet. Vreemd, hij had me zelf naar deze plek gebracht en me gewezen op de ingevallen, tandeloze gezichten in vodden die de voorbijgangers besnuffelen en ze fietsen aanbieden: 'Fiets te koop.' Leo's wens om me te helpen weifelde en verdween bij de ontmoeting met mijn vastbeslotenheid om die goedkope fiets te kopen, al zou die dan niet gedijen. 'Hij wordt vast gestolen.' Leo kon zich niet inhouden.

Overigens is Leo's poging om met zijn huisbaas te praten en hem over te halen me in de kamer te laten blijven mislukt. De huisbaas eist dat ik vertrek. Leo is van zijn stuk gebracht. In zijn ogen zie ik zelfverwijt vanwege de besluiteloosheid waarmee hij de huisbaas heeft benaderd. Als een hond had de huisbaas in hem die angst herkend. Niet zomaar angst, maar die specifieke, aan de geur te herkennen angst van de vreemdeling. Hij had hem met genoegen afgewezen. Leo heeft nachtmerries vanwege de botsing tussen zijn Gode welgevallige gastvrijheid en zijn schaamte, gebrek aan overtuigingskracht en ongegronde schuldgevoel. Hij heeft toch beloofd dat hij me zal helpen. Hij gaat praten met de vrouw bij wie hij vorig jaar heeft gewoond.

Ik ga dus spoedig verhuizen. Ik weet nog niet waarheen. Ik ben erachter gekomen dat kamers in Amsterdam duur zijn. Ik tel dagelijks het overgebleven geld. Het stroomt als zand door mijn vingers. Misschien is het dom, maar ik verlaat me op Leo. Is dat een gevolg van mijn luiheid of hooghartig vertrouwen op Leo's gewetenswroeging? Ik doe mijn best om niet te veel aan de toekomst te denken, en daarom zijn het allebei gelijkberechtigde redenen voor mijn gebrek aan activiteit. De voorstellingen die ik in het Muziektheater zie helpen me voor mezelf te vluchten. Ik snap nu pas de rol van theater en de behoefte van de mens daaraan. De behoefte aan zelfvergeten.

Om dezelfde reden ben ik ook naar het Van Gogh Museum geweest. Mijn eerste Amsterdamse museum. Nadat ik alle ruimten had bezocht, gebukt onder de last van de woordeloze eisen waarmee ieder individueel schilderij naar mijn toewijding en overgave dong, stond ik stil voor een ervan en bleef daar een hele tijd staan. Laan met populieren in de herfst. De wind in een spel met de bladeren. Die dwarrelen het ene na het andere door de lucht, vallen daarna en stapelen zich op; daardoor stellen ze de kleur van de bestrating gelijk met de kleur van de hemel en de hoge, nog steeds goudkleurige, rusteloos trillende populieren schermen de onvermijdelijkheid van steeds snellere zonsondergangen af. Ook de blik verliest zich in dat bedrieglijke goud, blijft nergens op rusten, volgt de vlagen van de wind en het buigen van de takken of gaat de driftige baan van een blad achterna en stort er samen mee neer. Pas bij de laatste populieren merkt die blik een huisje op. Scheefgezakt, oud, vergrijsd. Loensende ramen, een gebarsten schoorsteen, een deur die klappert onder de windvlagen, eenzaamheid eromheen. Verloren en gehurkt in het geweld van de lange schaduwen van de bomen zwijgt het en wacht. Het paadje dat erheen leidt, is bestrooid met bladeren en je kunt er moeilijk voetstappen op onderscheiden. Maar de deur gaat open, een vrouw in donkere kleding slaat een halsdoek om en gaat haastig ergens heen op weg...

Ik besluit deze brief in de stilte van de kamer die ik over een dag of wat verlaat. Leo is met zijn orkest in Rotterdam. De regen spettert tegen het raam. Niets kalmeert me zo als deze brieven, die ik alleen aan jou kan schrijven. Want alleen jij hebt eindeloos begrip, alleen jij zult me niet minachten. Het feit dat ik nooit antwoord van je zal krijgen, geeft me ook rust. Er is geen plaats voor bedrogen verwachtingen. Ik zal je opnieuw schrijven, en jij moet deze brieven bewaren alsof je mij bewaart.

Je Filip

Zompedorp, 17 oktober 1991

Ik ben verhuisd. Alles leek eenvoudig en gemakkelijk. Mevrouw Annelies had nog een kamertje over in haar huis. Dat zal ze verhuren voor honderd gulden per maand. Het doet haar goed om jonge mensen om zich heen te hebben: in de ene kamer zit een student directie, een Spanjaard, en in de andere een studente antropologie. Ook Leo leek tevreden. Toch stond ik er, toen ik er voor het eerst met de bus heen ging, niet bij stil wat die rit van een minuut of twintig vanaf het Centraal Station betekende. Ik wist niet hoeveel geld het kostte en hoeveel kilometer het was.

Het dorp met de ingewikkelde naam dat ik Zompedorp heb genoemd, ligt te midden van een rijk van vochtige weiden, doorsneden door smalle sloten, meertjes, zompen en stroompjes die op riviertjes lijken, een rijk dat met zijn onafzienbaarheid strijdt met de eeuwigheid en dat zich misschien uitstrekt tot het einde van de wereld, zich uitputtend en verdrinkend in troosteloze eentonigheid. Keizer wind en keizerin water houden hun heerschappij in stand door de wreedheid van hun krachten en hun wapens te bundelen. Hoewel het dorp in de eindeloosheid van dat klamme groen overal had kunnen worden gebouwd, is het er met zijn dertigtal in lichte kleuren gekalkte huizen, koppig trots op dat het juist op deze plek bestaat. Op een paar oudere, houten huizen zijn herinneringsplaquettes geplaatst: in zeventienzoveel heeft prins zus en zo op zijn reis naar ... hier overnacht, in dit huis heeft gravin die en die verbleven... Midden in het dorp een vijver, niet ver daarvandaan, tussen hoge iepen, een kerk en een winkel met een postkantoortje, een schooltje met een haag mahoniastruiken eromheen, een pannenkoekenrestaurant, een telefooncel en aan de rand van het dorp een voetbalveld. Vier à vijf kromme straten, dichtbegroeid met heesters, een kluwen sloten, een bruggetje voor de kerk, huizen teruggetrokken in het donker van de vochtige schaduw, en nergens een mens te bekennen. In een straat met nieuwere huizen woont mevrouw Annelies. Een smalle trap die naar de toren van een gotische kerk lijkt te leiden en die mijn voet alleen op de tenen kan betreden, krakende vloeren, een kleine douchecabine in de badkamer, een huiskamer en een keuken op de begane grond met een ereplaats voor de televisie, de meest beminde lieveling in huis, op de verdiepingen verspreide kamertjes en overal vocht – de muren zijn ervan doortrokken, de vloeren ermee gewapend en de lucht is verzadigd van zijn hartstocht voor verval en rotting. In mijn kamertje passen alleen een bed en een tafel. De kast zit in de muur. Het raam kijkt uit op het dak van het naburige huis en verder op het natte gras, dat verdwijnt in de dikke mist van het regenachtige verschiet. Ik ben terechtgekomen in een soort Neverland waar het duister snel valt, waar de regens niet ophouden en waar ik de gezichten van de mensen niet zie.

Mevrouw Annelies heeft het idee dat dit de mooiste jaren van haar leven zijn en doet niets om dat te verhelen. Ze steekt haar omvangrijke borsten vooruit uit strakke ouderwetse jurkjes, ze maakt vlechtjes in haar blonde haar, ontbloot haar benen vol blauwige trosjes spataderen en gedraagt zich in het algemeen als een onschuldig meisje dat al aan de genietingen van het leven heeft geroken, maar zich er nog niet aan durft over te geven. Ze glimlacht voortdurend en roept me steeds iets toe in haar bescheiden Engels, waar als luizen Nederlandse en Duitse woorden in gekropen zijn. Ze heeft wangen zo rood als onrijpe watermeloenen en een irritante intonatie van spraak, waarvan de onmuzikale zangerigheid en de lijzigheid voor mij, die geen Nederlands verstaat, het beeld scheppen van een marktkoopvrouw die over de prijs van een kip onderhandelt. Maar in feite heeft ze last van de overgang. Ze woont alleen, aan de rand van het saaie dorp waar zelfs haar straat Buitengang heet. Haar vier zoons hebben haar allang verlaten, ze is vergeten wanneer ze van haar man gescheiden is, ze heeft in Brussel een minnaar die haar in het weekeinde bezoekt. De eerste avond nodigde ze me al uit om haar na het avondeten gezelschap te houden. Mijn ingewortelde beleefdheid, maar ook mijn ervaring schreven me voor dat je goede relaties met je hospita behoorde te onderhouden. Daarom nam ik de uitnodiging aan. Mevrouw Annelies zette de televisie aan en trok een fles wijn open. Maar nog sneller dan de fles opende ze haar hart. Hoewel haar huis overvol was, had ze me opgenomen, alleen omdat ik uit Joegoslavië kwam. Om haar te herinneren aan de liefde van haar leven: Fatmir uit Bihać. Ze hadden elkaar leren kennen in Šibenik, waar zij precies twintig jaar geleden de zomervakantie had doorgebracht met haar zoons, die toen nog kinderen waren. Fatmir werkte als kelner in het hotel. Zodra hij haar zag, was hij verliefd geworden. Haar blonde haar en grote borsten hadden hem hoteldebotel gemaakt. Niemand had van haar gehouden zoals Fatmir en, zei ze aanzienlijk zachter, niemand had haar zo goed geneukt als hij. Hij wilde met haar trouwen. En zij had besloten op zijn aanzoek in te gaan, ze had dit vervelende Nederland maar wat graag verlaten om voor altijd aan zee te blijven, in Dalmatië. Hij nam haar mee naar Bihać om haar voor te stellen aan zijn familie. Het stoorde mevrouw Annelies niet dat zijn moeder en zuster een harembroek droegen en dat ze 's middags tot Allah baden. Maar het stoorde haar wel dat zijn familieleden het hoofd van haar afwendden. Dat ze haar niet wilden aankijken. Haar niet en haar zoons niet. Fatmir raakte in verwarring, hij kreeg slappe knieën, hij zag er niet meer uit als een sterke man, hij huiverde voor het vrouwvolk. Zij deed een hele maand haar best om hem te begrijpen. In die tijd bezochten ze de omgeving van Bihać en heel West-Bosnië. Een prachtige streek, prachtig en woest. Ze voelde zich toen vrij, de eerste en enige keer in haar leven. Fatmir zou misschien nog honderd jaar hebben geweifeld als haar zoons niet algauw naar school hadden gemoeten. Hij vroeg haar nog een jaar te wachten, zodat hij het eens kon worden met zijn familie. Toen de trein naar Zagreb vertrok, zwaaide hij haar zo lang en zo hartstochtelijk uit dat zij er zeker van was dat ze over een jaar in zijn armen zou liggen. De eerste tijd schreef hij haar zelfs. 'De volgende zomer ging ik weer met mijn zoons naar Šibenik – Fatmir was er niet en er was ook niemand die hem kende. Naar Bihać durfde ik niet in mijn eentje. Ik ging na een week terug naar Nederland. Ik heb hem nooit meer gezien...' Hier begon mevrouw Annelies te snikken en toen uit volle borst te huilen. Op de televisie een Nederlandse quiz. Ik kon niet opstaan en ik kon haar niet troosten. Ik zat daar als in cement gegoten. Ik perste er alleen een dwaze halve zin uit: 'Het komt allemaal wel goed', maar ze hoorde me niet eens. Toen ze was uitgehuild, zette mevrouw Annelies bliksemsnel een kordate glimlach op en zei: 'Ik heb iets voor je. Van Fatmir.' Ze rommelde wat in laden en haalde er een paar cassettebandjes uit. Stralend liet ze die aan mij zien. Ik herkende op de doosjes de dommige gezichten van derderangsfiguren uit het Bosnische turbofolkentertainment. En hun zouteloze hits die zij, terwijl ze de fles wijn opmaakte, meteen wilde horen. En toen de klinkende Oriënt zich door de huiskamer verspreidde, begon mevrouw Annelies te dansen, draaiend met geheven armen, schokkend met haar billen en schuddend met haar borsten. Met een scheve glimlach mompelde ze hartverscheurende woorden over onvervulde liefde, die ze waarschijnlijk niet eens begreep, en raakte hoogrood aangelopen in vervoering, alles om me te overtuigen van haar liefde voor Joegoslavië en de Joegoslaven, maar ook om me te kennen te geven dat de vitaliteit en de hartstocht haar nog niet hadden verlaten, dat ze nog iets te bieden had aan wie haar charmes wist te waarderen. Na het eerste lied klaagde ik dat ik moe was, ik verontschuldigde me en vertrok. Zij opende een nieuwe fles en danste door. Goedkoop liefdesverlangen in het harnas van de steriele klank van een synthesizer en de schorre stem van een zanger drong tot diep in de nacht in mijn kamer door. De volgende dag vond ik mevrouw Annelies gekleed en al in slaap op de divan in de huiskamer. Op tafel zwarte vlekken van gemorste wijn en een verschaalde stank in de kamer. Op de televisie het weerbericht.

De dagelijkse busrit naar Amsterdam en terug loopt in de papieren. Ik ben bang dat mijn geld op zal raken. Daarom heb ik besloten me volledig op mijn fietserservaring te verlaten. Die beslissing werd, dat moet ik toegeven, niet alleen ingegeven door de kosten. Voor mij is dat gevoel thuis te zijn belangrijk, die wijde blik en die vrijheid terwijl ik rijd, alsof ik te paard over de eindeloze prairie ga. De afstand van 10 kilometer leek me niet onoverkomelijk, ik zag er meer een uitdaging in. En ik ging op weg. Eerst zette het pontje me over naar Amsterdam-Noord, waar ik vrij lang door vervelende straten moest ploeteren. Toen kwam ik in de open ruimte. Een eenzame woeste ruiter. Ik ontdekte een fietspad dat zich waarschijnlijk over het hele land uitstrekte en dat (zo scheen mij toe) juist voor ons, ruiters van de Noordzee, is ontworpen. De snelweg is ver, nauwelijks zichtbaar, het pad voert me langs populieren die de raadsels van de wind ruisen. Af en toe een huisje, verzonken in de laagte, met gordijnen die een dorpse idylle suggereren, een idylle die allang is weggeblazen, en met kleine paardjes op het erf die zinloos vegeteren, sjokkend over de modderige grond. Af en toe een kudde verregende schapen, dicht opeen bij de omheining en starend naar de wereld om hen heen, waarvan ze de zin noch de bedoeling begrijpen. Een enkel schaap blaat alsof het hardop probeert na te denken, en dan geeft alles zich weer over aan de wind. Ik passeer ook windmolens, maar niet van die oude, met een rieten dak en bloempotten met rode begonia's voor de ramen, maar slanke witte met onvermoeibare propellers, die eruitzien als obelisken, daar neergezet om boodschappen over ons aan buitenaardse beschavingen te sturen. Weiden waaruit kreten van meerkoeten zich zonder echo voortplanten, de vochtige desinteresse van de vlakte in, waarover kieviten trippelen en gezette zwanen waggelen. En een enkel meertje, zwijgzaam en verlegen, koud als de dood. Ik begreep niet dat ik veel geluk had met de wind in de rug, en was enthousiast over mijn resultaat: tot Zompedorp had ik er maar 35 minuten over gedaan. Maar al bij mijn eerste vertrek naar Amsterdam verzette de wind zich hevig tegen mijn record en blies me bijna van de fiets. Ik moest afstappen en met de fiets aan de hand lopen. En zelfs dat stond de wind me niet toe. Hij deed zijn best om me terug te duwen naar Zompedorp, om me te genezen van het idee dat ik in zijn rijk kon ronddwalen wanneer dat maar bij me opkwam. Gebogen over de fiets, fronsend, had ik het gevoel dat de schapen om me grinnikten, terwijl mijn hemd door het uitgestroomde zweet nu eens aan mijn oververhitte lichaam plakte, dan weer losraakte. Pas bij de eerste hoogbouw van Amsterdam-Noord kon ik weer rijden. Uitgeput en rood alsof ik terugkwam van het skiën liet ik me op een stoel in de foyer van het Muziektheater vallen. Het zal niet meevallen om met deze wind te vechten.

Intussen heeft Leo gelijk gehad. Ze hebben niet alleen die eerste fiets gestolen, maar ook de drie volgende. Met andere woorden, ik koop gemiddeld een keer per week een fiets en wel op dezelfde plek, een gestolen exemplaar. Verbaasd over de handigheid waarmee die figuren kettingsloten doorknippen bedacht ik dat ze misschien steeds dezelfde fietsen verkopen en weer stelen, verkopen en stelen... Aangezien Leo uit Macedonië komt en daardoor niet goed in fietsen is, gaf hij bescheiden zijn mening te kennen dat (afgezien van het feit dat gestolen goed niet gedijt) mijn kettingslot eigenlijk misschien niet goed en sterk genoeg was. Aan de fietsen van zijn collega's zag hij altijd veel grotere en onhandiger toestanden. Maar die kettingsloten zijn tien keer zo duur als een fiets. Ik wees de gedachte aan die uitgave af en koop ze nog steeds goedkoop.

In het begin vond ik het natuurlijk wel vermakelijk dat ik dagelijks naar Amsterdam fietste en wedijverde met de wind. Ik had steeds gereedschap bij me, aangezien mijn verschillende fietsen niet altijd in optimale staat verkeerden. Het is me een paar keer overkomen dat ik midden op een windhoek mijn band moest plakken. 'Nou en, er bestaat vast een hogere reden waarom dit me allemaal overkomt,' zo troostte ik mezelf met bakerpraatjes. Maar nu de regens in het offensief zijn gegaan en hun geschut dagenlang niet ophoudt, wordt mijn bewegingsvrijheid belemmerd en begint Zompedorp langzamerhand op een gevangenis te lijken. Ik heb paraplu's uitgeprobeerd, maar een paraplu is een belachelijk stukje speelgoed dat door de wind binnenstebuiten wordt gekeerd en geknakt als hij er zin in heeft. Ik ben een paar keer tot op de huid natgeregend en dat is een walgelijk gevoel. Eerst ben je nat, dan koel je nog eens goed af door de wind, daarna sleep je je vochtige kleren als boeien mee en ten slotte droog je met moeite op op de stoel van een cafeetje of de foyer van het Muziektheater, waarbij met het vocht ook je eigen zweet verdampt, dat stinkt naar tabaksrook en keukenluchtjes.

Daarom blijf ik op zulke onbegaanbare dagen in mijn kamertje. Ik schrijf brieven aan iedereen die ik ken, ik schrijf bijna dag en nacht, en ik ben ook begonnen in *Jozef en zijn broeders* van Thomas Mann. Toen ze me die boekdelen cadeau gaf, zei Maja dat ik ze zo spoedig mogelijk moest lezen. Gezien hun omvang had ik het idee dat ik daar pas tijd voor zou hebben als ik gepensioneerd was, maar kijk, ik lees ze nu al. Ik weet helemaal niet of ik ze mooi vind, het eerste hoofdstuk is een beetje rommelig, zonder verband. Ik ben alleen blijven hangen bij deze zinnen: 'Sterven betekent dan wel de tijd verliezen en eruit weggaan, maar het betekent tegelijkertijd eeuwigheid en alomtegenwoordigheid verwerven... Want het wezen van het leven is tegenwoordigheid... Want het verleden is, het bestaat altijd...' Die zinnen doen vermoeden dat dit boek de verborgen bedoeling heeft om zich met mijn leven te vervlechten. Maar misschien verbeeld ik me dat maar.

Wat betreft mijn tegenwoordigheid in huis numero 2 aan de Buitengang in Zompedorp, gebeurt er niet veel. Mevrouw Annelies gaat bijna iedere dag ergens heen en die twee studenten zijn zelden thuis. De Spanjaard, de dirigent, is wel in voor een praatje, we komen elkaar vooral tegen bij de deur van de badkamer. In het verlangen om met me te praten hoor ik zijn heimwee naar de zon, een onoverkomelijk verdriet dat hem kwelt en verscheurt. Hij komt van Tenerife. Hij nodigt me op zijn kamer uit om me foto's te laten zien van zijn geboortestreek en om naar muziek te luisteren. Hij verafgoodt Mahler. De studente antropologie kom ik weleens in de keuken tegen, maar zelden. Ze heeft altijd haast, alsof ze voortdurend veel te laat is, ze zegt niets. 's Zaterdagsmorgens komt Paul, de minnaar van mevrouw Annelies, uit Brussel. Hij is aanmerkelijk jonger en aanmerkelijk tengerder, hij heeft iets van een verschrikte haas. Eerst neukt hij mevrouw Annelies, vlug-vlug en zonder te wachten. Zodra zij begint te kreunen, komt hij al klaar. Zo wekken ze me zaterdags, want mijn kamer ligt naast de hunne, en de muren dienen hier alleen als visuele isolatie. Dan dalen ze af naar de keuken, ontbijten, drinken koffie en gaan ergens heen. Zoals je ziet ben ik voornamelijk alleen thuis en dat ervaar ik als een zeker privilege. Vooral vanwege één ding: de telefoon.

Ja, opeens heb ik een telefoon binnen handbereik, opeens kan ik bijna altijd bellen als ik daar zin in heb, opeens heb ik geen kleingeld meer nodig, opeens kan ik beschikken over mijn tegenwoordigheid en mijn verleden, als ik Mann goed heb begrepen. Toch probeer ik niet te overdrijven, niet te vaak te bellen en niet te lang te praten, vooral omdat er nog iemand in huis is die de telefoon is toegewijd: de Spanjaard. Ook hij wacht ongeduldig op het moment dat hij verbinding kan maken met zijn zonbeschenen familie en zijn bruinverbrande meisje, dat net terug is van het strand. Daarom wacht ik tot het huis leeg is en bel ik pas als ik helemaal alleen ben, als ik rustig en op mijn gemak kan praten. Ook Maja is rustiger wanneer ze weet dat haar gepraat niet zal worden onderbroken, zodat ze me haar hele dag kan navertellen.

Ja, er is bijna een maand verstreken sinds mijn komst naar Nederland en ik begrijp dat de woeling rond die gebeurtenis is weggeëbd. Ik ben de rustige wateren van de grijze alledaagsheid binnengezwommen. Ik heb er geen voorstelling van wat ik kan verwachten, of wat me te wachten staat. Misschien is dat maar beter ook. Het enige waar ik echt bang voor ben, is dat ik hier veel te lang moet blijven. Ik word eigenlijk achtervolgd door een dwaze coïncidentie in verband met Gombrowicz. Vlak voor mijn vertrek was ik begonnen aan een boek met zijn verhalen. Ik was al in Nederland toen ik in het nawoord zijn biografie las. Gombrowicz vertrok in de zomer van 1939 naar Argentinië met de bedoeling daar een maand of twee als toerist te verblijven. Intussen brak in zijn Polen de oorlog uit, zodat hij niet terug kon. Na de oorlog kwamen de communisten aan de macht en hij is nooit meer naar zijn land teruggekeerd. Ik hoop dat deze coïncidentie met de oorlog in Joegoslavië, met mijn tijdelijke vertrek en het boek van Gombrowicz in mijn handen slechts toeval is.

Je Filip

Zompedorp, 14 november 1991

Ik bevind me in een oceaan van onoverzienbare tijd, alleen. Om mij heen nergens een kust of vuurtoren, geen verdwaalde stranden, geen hongerige meeuwen. Niets dan vlakke open zee en grijsheid. Hoewel ik probeer zo vaak mogelijk in Amsterdam te zijn, zijn er dagen dat de wolken zich samenvoegen tot een ondoordringbaar schild waaruit het giet alsof de zondvloed in aantocht is. Ik bevries in mijn kamertje (mevrouw Annelies is zuinig), ik kijk naar de vlekkerige, behuilde ramen en probeer een reden te bedenken om het huis te verlaten. Ik ga naar de winkel, waar ik word toegelachen door neonlampen, de caissière begroet me. Ik reken haar tot mijn kennissen. Dan wandel ik naar de kerk, ik loop langs de 'beroemde' huizen en lees voor de honderdste keer de opschriften op de plaquettes. Ik keer naar huis terug over het pad langs de vijver, aan de rand van het water blijf ik staan. Een groot koppel eenden is aan deze vijver gehecht. Ze komen naar me toe zodra ze me zien, mijn vrienden kwaken, alsof ze me iets willen vragen. Ik heb alleen wat van mijn brood gevallen zonnepitten bij me. Die werp ik ze toe en ik begin tegen ze te praten. Dat ik een roman wil schrijven, dat ik daarin mijn nostalgie zal moeten bevechten, dat ik het liefst hiervandaan zou gaan, naar Spanje, terug naar Joegoslavië, waarheen dan ook, dat ik tot nu toe pas één brief van Maja heb gekregen, dat nog niemand anders me heeft geschreven, dat ik het vermoeden heb dat mijn vrienden me zijn vergeten, dat ze allemaal zonder mij kunnen, dat ik verlang naar het leven en niet weet waar ik dat moet zoeken. De eenden luisteren naar me, kijken me verwonderd aan en gaan weg. Een meerkoet kamt zijn staart met zijn snavel, een zwaan duikt in het water en zwemt naar de kruin van de over het water hangende iep die zijn blad nog niet helemaal kwijt is, en ik ga terug naar mijn kamertje.

Ik denk na over een roman over een liefde die met geweld wordt afgebroken door een oorlog. Het oude bekende liedje dus. Maar ik zou het een ander, ongewoon perspectief willen geven. Het verhaal zal bijvoorbeeld parallel worden verteld door beide geliefden, maar als herinnering. Zij zijn allang uit elkaar, ze hebben helemaal geen contact meer, ze hebben sindsdien niets meer van elkaar gehoord, maar ze hebben een gemeenschappelijk verleden en daarin een grote liefde. Hun verhalen vervlechten zich, soms zijn ze identiek, soms wonderbaarlijk verschillend, met andere details, met verschillende nadruk op individuele gebeurtenissen, alles bij elkaar een mozaïek van herinneringen waaruit zij beiden levenskracht putten. Ik geloof dat dat interessant kan zijn. Wat vind jij? Die roman krijgt dan de titel van dat schilderij van Van Gogh. Ik heb de inleiding al geschreven, of juister, mijn beschrijving van het schilderij. De vrouw die het huis uitkomt is een van de twee hoofdfiguren. Met haar herinneringen begint het verhaal. Maar mijn onrust maakt mij het schrijven onmogelijk.

Ik duik steeds verder in het boek over Jozef. Jakobs verhalen verplaatsen me naar een wereld waarin naar mijn gevoel alles wat een mens overkomt een hogere zin heeft. Niet hoger in de menselijke opvatting van het bestaan, die vol ijdelheid is, maar in de diepte, op het gebied van het ongrijpbare. Daarom word ik tijdens het lezen vervuld van mildheid, alsof ik warme, kalmerende thee heb gedronken.

Toch biedt de telefoon me de meest volmaakte troost. Zodra het gezelschap uit het huis zijns weegs gaat, grijp ik me vast aan de hoorn. Gewoonlijk tref ik Maja aan het ontbijt. Ze is moe van de inspannende colleges op de universiteit. Ze krijgt complimenten dat ze een uitstekende assistente is. 'Enne, mis je mij?' Af en toe verzamel ik de kracht om haar dat te vragen. 'O, ik vind het zo naar dat je niet bij me bent. Maar het is beter dat je in veiligheid bent. De mensen vluchten bij massa's hiervandaan, de mannen houden zich schuil, het lijkt wel of er een natuurramp woedt. Haal het niet in je hoofd om terug te komen. Wacht tot het rustig wordt. Deze oorlog zal niet lang duren. Maar een maand of twee, drie.' En wanneer ik de hoorn neerleg, weet ik dat zij zich klaar zal maken om naar de universiteit te gaan, dat ze de flat zal verlaten en haar glimlach zal rondzaaien over de straten en de mensen, daar waar ik niet ben, daar waar ik ben gestorven. De berichten die Naums zuster me overbrengt, zijn ook niet vrolijker. Ik heb maar één keer met hem gesproken, heel kort. Hij kwam net schone kleren halen. Ze zijn al twee keer voor hem aan de deur geweest. Hij verandert steeds van schuilplaats, hij zal iets laten horen zodra hij kan. Ik bel nog een paar vrienden. Ik word geraakt door de aarzeling in hun stem, de onverschilligheid van hun antwoorden en het gebrek aan belangstelling in hun vragen. Hoe hebben ze zo snel zo kunnen veranderen? Misschien ben ik wel veranderd? Hoe dan? Ik kan niet geloven dat hun terughoudendheid het gevolg is van mijn vertrek. Ik kan niet geloven dat ze jaloers op me zijn. Wie kan er op mij nog jaloers zijn? Hoewel ik na die gesprekken terneergeslagen ben, knap ik weer op door de hoop op een nieuw telefoongesprek, ik houd het niet lang uit en ik bel weer, naar Maja of iemand anders, dat maakt niet uit. Toch moet ik goed oppassen. Ik weet niet hoe de prijzen liggen, ik heb nog niet gezien dat mevrouw Annelies een rekening kreeg. Vooral in het weekeinde moet ik voorzichtig zijn. Dan is de Spanjaard thuis, en hij verafgoodt telefoneren. Hij praat en schreeuwt wel een halfuur. Voor hem verberg ik me, ik wil niet dat hij me verklikt.

Ik blijf proberen zo vaak mogelijk naar Amsterdam te gaan. Ik zie Leo geregeld, hij vraagt naar mevrouw Annelies en glimlacht een beetje vreemd. Ik kijk naar opera's, *Mazeppa*, *De barbier van Sevilla*, *Fidelio*, ik dineer in het Muziektheater, ik babbel met Russen. Ik ben naar Vasilisa's concert geweest, ik heb haar man en zuster ontmoet, ze hebben me uitgenodigd hen te bezoeken in Rotterdam. Vasilisa had haar best gedaan om er op het concert mooier uit te zien dan ooit in haar dromen. Daarom had ze zich opgetut als een gevulde paradijsvogel, ze kon zó naar het Venetiaanse straatcarnaval. Met drie ton schmink op haar gezicht kon ze haar mond nauwelijks opendoen. In ieder gebaar voelde je de hunkering van een Sovjetmeisje uit de provincie naar de schittering van de opera. Vasilisa had behoefte aan een antwoord op de vraag of dat verlangen was verwezenlijkt, en dat zocht ze terwijl ze glimlachend om zich heen keek. Sidderend van opwinding nam ze boeketten aan en maakte een buiging. Met cellist Volodja en zijn gezin ben ik paddenstoelen gaan plukken in een stukje bos bij Diemen. We kletsten over onbelangrijke onderwerpen: zij hadden hun oude moeders uit Rusland hierheen gehaald, ze zouden graag willen dat hun zoon cello studeerde bij Rostropovitsj, zijn vrouw was nog niet aangenomen bij een auditie... Ik had een zwijgzame bui. Ik knikte. Ze vroegen me of ik bezig was met schrijven. 'Natuurlijk schrijf ik.' Er waren zoveel paddenstoelen dat ik er drie dagen van heb gegeten. Ik werd er misselijk van. Ze lagen als een steen op de maag.

Ik geloof dat mevrouw Annelies niet helemaal in orde is. Ik werd een keer om een uur of halftwee 's nachts wakker van een vreselijk geschreeuw. Ik schrok, deed zachtjes de deur op een kier en gluurde naar buiten. Het geschreeuw werd ondersteund door het stukslaan van flessen en borden tegen de muren. Ze hield maar niet op. Ik sloot me op in mijn kamer, het geschreeuw ging in crescendo's die eindigden in een eruptieve klap met een fles tegen een raam. Dat concludeerde ik tenminste op grond van het gerinkel. Tussen de schreeuwen door een griezelige stilte. Alleen de wind beukte tegen de daken. Ik weet niet wanneer ze is opgehouden. De volgende dag ben ik niet naar de huiskamer gegaan. Ik mijd mevrouw Annelies.

Zodat ik haar niet in de weg loop wanneer ze een woedeaanval krijgt. Als er bij mij maar eens wat schot in de zaak zat. Ik kan hier niet meer opgesloten wachten. Straks begin ik zelf ook te gillen.

Je Filip

Zompedorp, 10 december 1991

Het is ondraaglijk geworden hier in huis. De van regens doordrenkte rotting van de late herfst heeft de demonen van de zomp opgeroepen en die zijn een dansje gaan doen. De nacht is hun tijd, dan worden ze razend, ze komen tevoorschijn en kruipen brutaal grinnikend in de mensen. Ze kraken op de trap, piepen bij deuren en muren, grijnzen in de ramen. Ze gaan tekeer tot het licht wordt en dan trekken ze zich terug in de schaduwen, tussen draden van spinrag, onder de tapijten of buiten in de struiken. Ik hoor ze ruisen in de hagen van de thuja. Aan de gezichten van de mensen zie ik dat de demonen in het hele dorp tekeergaan. Ik zie het aan hun verschrikte blikken en hun onverstaanbaar mummelende lippen.

Sinds die nacht dat mevrouw Annelies al schreeuwend flessen tegen de muren van de huiskamer stuksloeg, heeft ze van die manier om zich af te reageren een gewoonte gemaakt – gemiddeld een keer per week. De wervelingen van haar gegil doen het hele huis trillen, het geluid van brekende flessen weergalmt door de nacht en ketst tegen mijn hoofd. Ik kan de slaap niet vatten, ik sluit mezelf op en waak. Ik bid tot God om me te helpen. Maar als de nacht voorbij is gekropen, blijft de dag waarmee ik me geen raad weet. Teruggetrokken in haar kamer slaapt mevrouw Annelies de hele dag en in het kamertje naast haar heb ik het gevoel dat we dezelfde gevangeniscel delen. Dan doe ik mijn best om naar Amsterdam te gaan, ook al stortregent het. Ik sleep me naar de stad, oververmoeid en halfdood, ik heb slaap. Ik zou me graag ergens terugtrekken en zoet sluimeren. Als er dan enkele vergeefse uren verstreken zijn, ga ik terug en is alles daar bij het oude. Ik heb met de Spanjaard gepraat, die is helemaal doodsbang. Hij zoekt een andere kamer. Hij denkt dat die woedeaanvallen verband houden met Paul. Of ik het heb gemerkt, Paul komt niet meer. Ik zal ook moeten beginnen met het zoeken naar een andere kamer. Hier overleef ik het niet, en mijn fiets is ook weer gestolen. Ik zit in mijn koude kamertje en probeer iets te verzinnen. Ik kan niets bedenken.

Wanneer ze me ziet, is mevrouw Annelies heel aardig en hartelijk. Tussen twee vlagen van waanzin door is er niets ongewoons aan haar te merken. Ze nodigt me uit voor het avondeten, om met muziek en een glas wijn bij elkaar te zitten. Ik probeer eronderuit te komen met niet-bestaande verplichtingen, ik doe mijn best om zo vaak mogelijk buitenshuis te zijn, ook al moet ik daarvoor in het naburige pannenkoekenhuis zitten. Intussen houden Fatmirs cassettebandjes mevrouw Annelies steeds vaker gezelschap. Ze luistert er ook naar als ik niet thuis ben, maar ze zet het geluid vooral harder als ik op mijn kamer zit, alsof ze me daarmee iets te kennen wil geven. Dat niet! Als ze me tegenkomt op de trap, vraagt ze me of ik gisteren die goede Bosnische muziek heb gehoord. Het spijt haar dat ik haar geen gezelschap heb gehouden. Het zou leuker zijn geweest als we samen hadden geluisterd, want dan had ik haar de woorden van de liedjes kunnen verklaren. En dan, alsof het haar net invalt: 'Ja, ik zou graag willen dat je op een keer, maar zo spoedig mogelijk, de teksten voor me vertaalt. Dat is belangrijk voor me, dan weet ik wat voor boodschap Fatmir me wilde geven toen hij me die bandjes gaf.' Ik stel de vertaalsessie uit tot de weken daarna en reken er, naïef als ik ben, op dat het allemaal wel over zal gaan. En toen was daar op een keer 's nachts opeens schreeuwende Bosnische turbofolk, zo hard als maar kon, die nog werd overstemd door de kreten van mevrouw Annelies. Een salvo van vreselijk gekrijs en stukgegooide borden, vazen en ramen kolkte door het duister. Mevrouw Annelies gilde alsof ze zonder verdoving werd geopereerd, alsof ze de duivel bij haar uitdreven. En die Bosniër zong maar door. De angst kroop in mijn botten. Het was tot de onheilspellende combinatie van twee verderfelijke elementen gekomen: de liedjes van een van Fatmirs cassettebandjes en een aanval van haar waanzin. Zoals in die film van Kubrick de verkrachtingsscène en de muziek van Rossini. Het was me overduidelijk dat ik moest maken dat ik hier wegkwam. En ik begon het huis ook te ontvluchten, maar niet ver genoeg.

Ik ging op bezoek bij Vasilisa in Rotterdam. Daar bleek dat ze net bezig waren het huis op te knappen en dus hadden ze hulp nodig bij het houtwerk en de elektriciteit. Ze stopte me gereedschap in de handen, bracht koffie en drong me nu eens zichzelf, dan weer haar jongere zus op. Haar man was op zijn werk en nu hadden zij tweeën opeens een werkman in huis. Vasilisa kon maar niet besluiten wie ze me het eerst zou aanbieden, haar zus of zichzelf. Ze zou haar zus graag getrouwd zien, maar wilde zichzelf ook niet tekortdoen, haar man is al oud, over de zestig. Het stond mij allemaal tegen, zowel de kunstmatige Russische breedsprakigheid als het struikgewas op haar zusters bovenlip en Vasilisa's bezorgdheid om haar stem; ik deed wat er gedaan moest worden en ging terug naar Zompedorp.

Ik ga ook met Leo's orkest op tournee naar Den Haag en Rotterdam. Ik zit in de bus te dommelen of ik praat wat met Leo en zijn collega's. Zo heb ik ook de fagottist Michiel leren kennen. Het deed hem plezier te horen waar ik vandaan kwam. Hij was nog niet zo lang geleden een keer, in oktober, in Rovinj geweest en dat hele verblijf aan de Adriatische Zee was het mooiste wat hij had beleefd. Toen hij hoorde dat ik nog helemaal geen plannen had gemaakt voor de kerstdagen en Nieuwjaar (hoe zou ik die moeten maken?), nodigde hij me uit om naar zijn moeders huis in het zuiden van Nederland te komen, waar zich een klein, maar uitgelezen gezelschap zou verzamelen. En zo gaat het altijd: wanneer ik ook maar iets hoopvols tegenkom, wordt die hoop gesmoord en vernietigd door de terugkeer naar Zompedorp.

Zo gebeurde het dat ik een keer om een uur of twee 's nachts terugkwam in Zompedorp. Er brandde geen licht in huis en er heerste een ongewone stilte. Ik ging de trap op naar mijn kamertje en deed mijn best om zo min mogelijk geraas te maken. Maar die voorzichtigheid was overbodig. Er wachtte me een verrassing. In mijn bed sliep mevrouw Annelies, naakt. Ze werd wakker van het licht. Hoewel ze dronken was, kwam ze vrij snel bij haar positieven en begon me haar lichaam te onthullen, zich aan te bieden. In haar gemompel onderscheidde ik de woorden Fatmir, man, jongetje van me, verwen me... Ze greep me bij mijn broekspijpen, bij mijn middel, bij mijn achterste, ze rukte krampachtig aan mijn armen, wierp haar verwarde blonde haar naar achteren, wrong zich in bochten en likte haar lippen. Ik wist dat mijn reactie vastbesloten, vriendelijk en uiterst effectief moest zijn. Ik zei met kalme stem tegen haar dat ze moe was, dat we allebei moe waren, dat we maar beter eens goed konden uitslapen, dan zouden we morgen zien dat alles er beter uitzag... Ze gaf me een duw en begon over het bed te rollen. Ze begon flarden van de melodieën van die bandjes te zingen en zei lieve woordjes tegen me, terwijl ze me stevig bij mijn been hield. Ik probeerde weer op haar in te praten, maar omdat dat geen effect had, bevrijdde ik mijn been met een ruk uit haar hysterische omhelzing, pakte haar met beide armen onder haar oksels en ving aan haar over het bed te slepen, almaar herhalend dat het belangrijk was dat we naar haar kamer gingen. Uiteindelijk accepteerde ze dat voorstel, ze richtte zich op en probeerde te lopen. Dat ging haar niet gemakkelijk af, ze leunde zwaar op mij, en maakte van de gelegenheid gebruik om me te betasten. Gelukkig was haar kamer maar twee meter van mijn bed verwijderd. We gingen naar binnen, ze sloeg haar armen om mijn middel en eiste dat ik bleef. Ik legde haar op het bed en zei dat ik naar de wc moest. Ze stribbelde niet tegen, de alcohol had haar volledig uitgeput. Ik ging terug naar mijn kamer, deed de deur op slot en bleef een poos onbeweeglijk staan. Toen ik zeker wist dat ze in slaap was gevallen, ging ik ook in bed liggen. Ik deed de hele nacht geen oog dicht. Ik pijnigde mijn hoofd op zoek naar een manier om hier voorgoed vandaan te komen.

De drie dagen daarop zag ik mevrouw Annelies niet. We kwamen elkaar wel tegen op de trap, maar ze wilde me niet groeten of aankijken. 's Nachts was ze rustig. Er verstreken nog drie dagen tot gisteren, toen ze me boos vroeg wanneer ik van plan was om haar de huur te betalen. Hiervandaan zien te komen en het vege lijf redden – dat is mijn enige doel.

Je Filip

De laatste keer dat ik je schreef, en ik heb nu het idee dat dat verschrikkelijk lang geleden is, kon ik nog niet dromen wat mij zou overkomen. Als dat wel het geval was geweest, zou ik halsoverkop zijn gevlucht, of ik zou die kamer in Zompedorp bij voorbaat niet hebben genomen, of ik zou helemaal niet naar Nederland zijn gegaan. Maar ook dan had ik niet geweten wat me zou overkomen, waar ik ook was. Het voordeel van het beperkte vermogen van de mens om dingen te voorzien ligt juist in dat niet-weten, waarmee hij zich verdedigt tegen de verlammende werking van de angst.

Twee dagen voor Kerstmis ging ik op reis. Michiel wilde werkelijk dat ik de feestdagen bij hem en de zijnen doorbracht en had me daarom een paar keer gebeld om mijn komst te bevestigen. Zijn moeder woont in een dorp bij Breda. Het deed me goed om naar andere streken te gaan, hoezeer ze ook leken op deze Zompedorpse omgeving. Zo wordt de horizon breder, het gevoel van vrijheid een tikje krachtiger. Mevrouw Annelies was rond de 20ste al vertrokken, de Spanjaard was voor de feestdagen naar huis gegaan, de studente antropologie ook. Ik had dus de tijd om ongestoord honderduit te praten met mijn vrienden en om ze gelukkig nieuwjaar te wensen. In Belgrado was het koud, iedereen klaagde over de sneeuw, over de smog, over de duurte. Maja wist nog niet waar ze heen ging op oudejaarsavond, ze zou het liefst bij mij zijn. Waarschijnlijk zou een van haar collega's van de universiteit een feestje organiseren. Naum is weer thuisgekomen. De mobilisatiestorm is, naar verluidt, voorbij. Hij gaat oudejaarsavond vieren met zijn meisje Biljana, thuis. 'Ik ga naar een vriend in het zuiden van Nederland', ik was zelf ook verbaasd over de betekenis van die zin. Nog maar een paar dagen geleden was die onvoorstelbaar.

Ik pakte mijn koffer, ik nam het eerste deel van *Jozef* mee en het schrift waarin het begin van mijn roman stond. Maar net voordat ik naar buiten stapte, vlak voor de deur, galmde er een gongslag door mijn hele lichaam. Op de deurmat, tussen de post: de telefoonrekening! Ik pakte hem op, bekeek hem van alle kanten, probeerde de cijfers te onderscheiden, dacht erover hem open te maken, weg te leggen, te verstoppen. Opeens knapte er iets in mij. Laat maar gebeuren wat er gebeuren moet, zei ik bij mezelf, ik liet de ongeopende envelop met de rekening achter tussen de andere brieven en vertrok.

Die dagen liet het weer zich van zijn milde kant zien, er kwam zelfs af en toe een verlegen zonnetje tevoorschijn. De weiden in de provincie Zuid-Holland verschillen in nuances van hun gezusters uit de noordelijke streken. Ze zijn vriendelijker, groener, ze glunderen zelfs. Hier en daar schapen, geduldige koeien, meerkoeten en kieviten, in de sloten futen en zwanen, meeuwen. In de verte windmolens, en de hemel licht, lichtblauw, ramen van sereniteit, de trein boldert regelmatig. Michiel wachtte me op het station van Breda op. Zijn geboortedorp is getint door een onverschrokkenheid die het de kenmerken verschaft van Noord-Franse dorpen, zoals Proust die heeft beschreven. Een kerk met een eerbiedwaardige ruggengraat en rationeel geplaatste huizen en pleinen met het niet te verwaarlozen zelfbewustzijn van een potentieel stadje uit een ver verleden. Het huis van Michiels moeder vol gelach, hartelijkheid en warmte zoals ik hier nog niet was tegengekomen en aan het bestaan waarvan ik, dat moet ik bekennen, had getwijfeld. Michiels meisje Corrie, zijn zuster en twee studievrienden, musici, vormden mijn gezelschap in dat huis. We maakten wandelingen, praatten bij het vuur in de open haard, keken naar films, en het lukte mij ook wat te schrijven. Ik kan me niet herinneren dat ik ooit omgeven ben geweest door zulke rust. Alsof iemand me naar een kuuroord had overgebracht waar depressieve misantropie wordt genezen. Taartjes, koffie, kaarsen, sapjes – ik dacht dat ik het allemaal droomde, dat ik in onbestaanbare ruimten verkeerde. Maar die droom duurde hoe dan ook niet lang.

De feestdagen gingen langzaam voorbij, de dagen begonnen te lengen, de wind sliep. Toen Leo belde, waren we een wandeling aan het maken naar de loopgraven van het leger van Napoleon. Michiels moeder zei dat Leo erg bezorgd had geklonken. Hij zou vanavond opnieuw bellen. Zulke onverwachte klappen, het leek een glijvlak waardoor je de grond onder je voeten verliest, waardoor alles in de afgrond stort. Hij belde om acht uur. Mevrouw Annelies was woedend. Ik had de telefoonrekening enorm laten oplopen, tot wel 1000 gulden, en was ervandoor gegaan. Zij zou wraak nemen. Ze dreigde met haar zoons, die dobermanns fokten en die me in gezelschap van die honden zouden opwachten als ik terugkwam. Ik zou er niet zo gemakkelijk van afkomen. Het leek Leo het verstandigst om althans voorlopig niet terug te gaan naar Zompedorp. Ook tegen hem had ze heel onaangenaam gedaan, ze had ons armzalige, vuile vreemdelingen genoemd. Gelukkig Nieuwjaar! Wat een begin. De moker waarvan ik een klap had gekregen had me vlak tegen de grond geslagen. Geen keus, geen kracht, geen moed, geen geld. Ik vond de feestlampions op maskers lijken, afgeworpen van onbekende lepreuze gezichten die hadden besloten mij te bespotten. Maar Michiel, zijn moeder en vrienden handhaafden hun glimlach en riepen kalme vastbeslotenheid in om me te helpen. En terwijl ik uitlegde dat ik niet de enige was die had gebeld, dat ik onmogelijk in mijn eentje de rekening zo ver had kunnen laten oplopen, dat de Spanjaard ook verantwoordelijk was, nam Michiel een besluit. 'Je gaat nu niet terug naar Zompedorp. Je gaat met mij mee naar Zwolle en je kunt bij mij in het studentenhuis wonen zolang dat nodig is. Over een poosje bellen we mevrouw Annelies, dan vragen we om een specificatie van de rekening en om je spullen. Als het nodig is, nemen we ook een advocaat in de arm. Maak je geen zorgen.'

Door al die onverwachte, bliksemsnelle veranderingen, al die afwisselingen van heet en ijskoud ben ik gebroken. En het enige wat uit die breuk voortkomt, is een gevoel van machteloosheid. In alle richtingen niets dan machteloosheid. Ik ging naar Zwolle als een herstellende zieke, zo voel en gedraag ik me ook. Ik ga zelden de kamer uit. Michiel kookt, koopt fruit, gaat naar het conservatorium, 's middags studeert hij fagot. Ik slaap voornamelijk. Ik heb nauwelijks de kracht kunnen verzamelen voor deze brief.

Je Filip

De storm is voorbij. De boot is gezonken en ik drijf in een reddings-
boot op de open zee van waaruit ik, ook al zie ik in de nabijheid geen
kust, in de verte tenminste traag de zon zie verschijnen. Gisteren
zijn Michiel en ik in Zompedorp geweest. Michiel had mevrouw
Annelies van tevoren gebeld en afgesproken dat we zouden komen.
We hadden een fles wijn bij ons, Macedonische, en we hadden glimlachen paraat waar we doorheen moesten praten. Mevrouw Annelies was alleen thuis en al bij haar eerste, half minachtende begroe-
ting merkte ik dat ze blij was met gezelschap, al moest ze daar eerst
boos op worden. Michiel praatte vriendelijk, genoeglijk, en te oordelen naar het gelach maakte hij nu en dan een grapje. Ik verstond er
niets van. De wijn werd opengemaakt. En al na het eerste glas begon
mevrouw Annelies eerst boos, maar daarna steeds mismoediger (in
het Engels) te klagen over haar leven en haar lot. Alleen in dit achtergebleven gebied, zonder vrienden, zonder haar kinderen, zonder
man, zonder werk, zonder geld, zonder hoop. Het speet haar dat ze
mij nu ook kwijt was, ze had zo heerlijk herinneringen uit haar jeugd
met me kunnen delen. Maar ik had haar vertrouwen beschaamd...
Michiel gaf me een wenk dat ik rustig moest blijven. Hij kwam erachter dat mevrouw Annelies de specificatie van de telefoonrekening niet had bewaard (of ons die niet wilde laten zien) en dat ze er
niet aan twijfelde dat ik de schuldige was. Ik noemde de Spanjaard
niet, later begreep ik dat hij zich hier sinds Kerstmis helemaal niet
meer had laten zien. Hij had me in de steek gelaten. Mevrouw Annelies eiste dat ik het hele bedrag van de rekening betaalde, ze dreigde
dat ze me als illegaal zou aangeven bij de Vreemdelingenpolitie. Ik
kon geen kant op en stemde ermee in. Ik ging met mevrouw Annelies een contract aan en ondertekende dat (Michiel was zo handig
geweest dat allemaal voor te bereiden), en zo verplichtte ik me haar
vóór 30 juni van dit jaar het gevraagde bedrag te voldoen, met dien
verstande dat zij me nu mijn spullen zou teruggeven, die ze achter
slot bewaarde in de kast in mijn vroegere kamertje. En zodra zij haar
handtekening had gezet, barstte mevrouw Annelies in tranen uit, ze
hing snikkend op onze schouders. Michiel bleef beheerst, zei een

paar lieve woorden tegen haar, maakte weer een grapje, want zij lachte door haar tranen heen. Hij hield haar aan de praat, terwijl ik mijn spullen inpakte, daarna namen we afscheid, we kusten elkaar zelfs en vertrokken. Toen we Zompedorp verlieten, wilde ik niet eens omkijken, ik mag lijden dat ik het nooit meer zie.

Ik ben aan de beterende hand. Ik lees veel, mijn *Jozef*, en ik probeer ook te schrijven. Ik ben onbeschrijflijk blij dat ik de boeken over Jozef uit hun Zompedorpse gevangenschap heb gered. Ze zijn voor mij een medicijn, en ik geloof dat ze ook mijn redding zijn. Over de toekomst denk ik niet na. De kracht ontbreekt me om me daarmee bezig te houden. Alles wat ik weet, is dat de mogelijkheid bestaat dat mij vanaf maart een kamertje toelacht in een studentenhuis in Amstelveen, een voorstad van Amsterdam. Ik heb net genoeg geld om een kaartje daarnaartoe te kopen. Ik leef hier volledig op Michiels kosten. Ik ben me nog niet helder van zijn rol als redder bewust. Ik voel de grootsheid van zijn daad, maar zonder die echt te bevatten. Zoiets is mij in mijn leven nog niet overkomen – dat een man die ik nog maar een maand kende, mijn redder en weldoener werd. Moge God hem eeuwige genade schenken.

Maar wat zou er gebeuren als jij er niet was, mijn vriend, jij die voor je geduld niets terugverlangt, jij die met scherpzinnig begrip deze regels leest, jij die misschien niet eens bestaat? Dat zou me zwaar vallen en mijn innerlijke gevoel van eenzaamheid zou duurzaam en onherstelbaar worden. Zo, door mijn letters te lezen, behoed je mij. Ik ben je eindeloos dankbaar.

'Had dan niet... alles langs een milde en plezierige weg in soepele verdraagzaamheid kunnen gaan? Helaas niet, als gebeuren moest wat er gebeurd is, en als het feit dat het gebeurd is ook tegelijk het bewijs is dat het moest en zou gebeuren. Het wereldgebeuren is groot, en aangezien we niet kunnen wensen dat het maar liever vredig zou uitblijven, mogen we ook de hartstochten niet vervloeken die het bewerkstelligen; want zonder schuld en hartstocht zou er geen vooruitgang zijn.'

Je Filip

Hier kondigt de lente zich aan met een verre glimlach, alsof ze een ansichtkaart stuurt. Met die glimlach verlengt ze de dagen, zodat die zich over deze vlakte uitspreiden als een lang, groen tapijt, waarover ook de lente zelf, wanneer is niet bekend, op ons toe zal komen schrijden. En dit rustige stadje, omgord door grachten en middeleeuwse vestingmuren, bevindt zich precies op de weg waar de lente langs zal gaan. Dat wordt me toegefluisterd door de geuren die, omgeven door de warme sjaal van de lucht, onverwachts komen aanvliegen en me over mijn wang strelen, bij wijze van troost en als omhelzing. In sommige straatjes kan ik voelen hoe men hier twee- of driehonderd jaar geleden leefde. De intimiteit van de donker verkleurde baksteen van de huizen die uit de illustraties voor een sprookje lijken te zijn overgenomen, de wapenschilden boven de voordeuren, zwanen, griffioenen en vergeten vaandels, de roep van een koopvrouw op de markt, de volle geur van oude Nederlandse kaas, en klompen, dat alles slaat tegen het trottoir. Ik staar, in de schemering, door het grote, aan de straatkant gelegen raam van een huis. Kanten gordijnen, en daarachter de warme rust van een thuis, gearrangeerd met in de hoeken van de kamer geplaatste lampen, eromheen de dichtheid van gedempt licht, ingeslapen schaduwen, bestendige rust, er zit iemand te lezen. Het is grappig, maar die gelukzaligheid van een thuis overspoelt me en ik kan me er niet tegen verzetten, ik wens gewoon me ook in zo'n kamer te bevinden, weg te dommelen, thee te zetten, een boek open te slaan en te lezen. Maar ik loop alleen maar langs dat raam.

Iedere dag hier lijkt wel een vakantiedag. Ik sta laat op, Michiel is al op het conservatorium, ik rommel wat in de koelkast, ik ga brieven zitten schrijven, ik lees wat en schrijf nog meer brieven, dan ga ik Michiel ophalen, we wandelen naar zijn meisje, 's middags kookt hij iets, 's avonds heeft hij repetitie met zijn kwintet, ik ga met hem mee en zit bij de repetitie te luisteren of maak een wandeling om het conservatoriumgebouw. Dat is een voormalig klooster dat, ondanks alle muziek die eraan ontspruit, blijft zwijgen in zijn geheim;

het is het zelf misschien ook al vergeten, maar het heeft gezworen het niet te verraden, in tijden waarover niemand meer iets weet en die tot ons zijn gekomen via de stramheid van gebouwen als dit, stille getuigen van het onbegrijpelijke. Misschien zou ik in alle kalmte van de dagelijkse orde ook die tersluiks beschouwde rust kunnen vinden, ware het niet dat die vrees er is, die me doorboort als een verlate pijl uit een veldslag in het verre verleden. Een vrees die weet dat ik hier maar tot eind februari ben, dat ik daarna weer verhuis, dat onzekerheid het enige is wat me wacht, het enige wat ik ken, het enige wat ik voor me zie. Daarom raak ik overstuur, een vloed van angst stijgt tot onder mijn keel, beneemt me de adem, eist van me dat ik huil, dat ik huiver. En dan beginnen die rust van de huizen en dat zorgeloze gefluit van Nederlanders op hun fietsen te veranderen in iets monsterlijks, in een kwaad dat mij in het gezicht grijnst, dat mij tart, dat mij bespot en dat in mij haat opwekt tegen die in de schaduwen van warme kamers ondergestopte mensen, en tegen hun gefluit. Alsof ze me daarmee in stukjes snijden, met een scherpte waar ik geen verweer, waar ik geen schild tegen heb. Michiel spreekt me moed in, naïef als hij is, als een man die weet dat zijn vriend in moeilijkheden zit, maar niet kan herkennen waar het om gaat, geen medicijn kan vinden, en dus probeert die vriend me op de schouder te kloppen, waarmee hij staat voor de gebruikelijke situatie van veralgemeend medeleven. Dat komt mij zeer bekend voor. En ik verwijt het hem niet, allerminst. Ik ben hem dankbaar dat hij me te eten geeft, dat hij me voorstelt aan zijn vrienden en dat hij soms met me naar de bioscoop gaat. *Europa* van Lars von Trier is de eerste film die ik in Nederland heb gezien. In de donkere beelden, in de ruïnes en de verwoesting, in de rook en de roetzwarte sneeuw zag ik de somberheid van het uitzichtloze, de blinde onverschilligheid en de voldoening vanwege het overgeleverd zijn aan de ondergang. En dan die stem van de voice-over, diep en onbewogen, als de oplossing, als de dood. Michiel had er spijt van dat hij me had meegenomen naar die film. Die zou me te veel deprimeren, zei hij. Maar ik geniet juist van het duister, ik grijns zelf ook stiekem. Michiel belooft dat we de volgende keer naar een comedy gaan. Hij is er, tussen haakjes, achter gekomen dat er in Amsterdam een organisatie bestaat die Joegoslaven verenigt in de strijd voor de vrede. Hij vindt dat ik die moet bellen. Misschien kunnen ze me daar helpen. Ik zweeg, ik wilde hem niet beledigen. Hoezo vrede? Hoe kan een behoeftige een ander helpen? Een hoopje zielenpieten, dat is die organisatie, anders niets. Ik peins er niet over om die te bellen. Michiel bedoelt het goed, maar het geluid van het snijden van groente op de keukentafel of de repetitie van zijn kwintet helpt me meer dan de idee van strijd voor de vrede. Maar het allermeest word ik geholpen door Jozef en de verhalen van Jakob. Daarmee val ik in slaap, daarmee ben ik er zeker van dat de ochtend zal komen.

Je Filip

Zwolle, 19 februari 1992

Ik heb zin om hiervandaan te gaan, weg uit dit Nederland. Het zure weer drukt me neer. Ik kan er niet voor vluchten, ik kan het niet van me afzetten, ik kan er niets tegen doen. Alleen maar wachten tot het vanzelf van gedaante verandert, tot het iets anders, iets nieuws brengt. Maar het weer zal niets brengen zolang ik in dit stadje zit en me voorstel dat ik voor honderd jaar in slaap ben gebracht. Er moet iets worden ondernomen. Dat is die vrees die me ondermijnt. Er moet iets in gang gezet, in beweging gebracht worden. De vrees verandert in enthousiasme, maar dat stort in de afgrond van geldgebrek en beveelt me geduldig te wachten en de stilte waarin ik ben terechtgekomen te eerbiedigen. Ondanks die mislukking wroet de vrees door. Ik moet iets radicaals doen: hier weggaan. Als een golf overspoelt dat idee me, en ik stel me het zonnige Spanje voor en het rustige leven dat me daar zou wachten, de taal die ik vast vlugger en met meer animo zou leren, de meisjes in de schaduw van stenen huizen, de rijen sinaasappelbomen, ik heb spijt dat ik niet daarheen ben gegaan, de worm knaagt, ik heb een fout gemaakt, ik moet nu weggaan, in de zon is armoede ook gemakkelijker te verdragen, weggaan, zo snel mogelijk weggaan... Het viel me in dat de schilder Vlada, de vriend uit mijn studietijd, vorig jaar al naar Barcelona is gegaan. Zijn adres staat in mijn schrift. Ik heb hem geschreven. Vlada, kun je me helpen? Ik zou graag naar Barcelona komen, als ik een poosje bij jou kan wonen, tot ik mijn draai heb gevonden... En terwijl ik hem schreef, wist ik al dat het zinloos was. Die botte zinnen getuigen alleen van mijn onmacht en angst, er klinkt domheid in door, die rammelt als een geldstuk in een lege bus. Stel je voor dat iemand mij zou schrijven en om hulp vroeg. Of hij bij mij kon wonen tot hij zijn draai had gevonden?! Ik zou hem niet eens terugschrijven. Ik zou zwijgen over mijn armoede en doen alsof ik de brief niet had ontvangen, alsof die onderweg was weggeraakt. Ik weet niets van een brief, zou ik hem zeggen wanneer we elkaar ooit toevallig tegenkwamen. Dat zal Vlada ook doen. Waarschijnlijk zal hij mijn brief niet beantwoorden. Maar ik heb hem verzonden, ik heb iets ondernomen. Ik vroeg Michiel of de mogelijkheid om die kamer in Amstelveen te gebruiken nog steeds bestond. Hij was er die dagen net mee bezig. Zijn vriend, die stomatologie studeert, gaat voor drie maanden naar Canada. Ik kan in zijn kamer in het studentenhuis Uilenstede wonen, het zal me niets kosten. Een verandering dus. Er gebeurt iets. Wat zal het me brengen? Waar zal ik van leven? Ik heb net genoeg geld voor een treinkaartje, zelfs voor de eerste dag heb ik niets te eten. Michiel doorzag mijn bezorgdheid. Omdat ik zweeg en omdat mijn gezicht betrok. Hij zegt: bel die vredesorganisatie, misschien kan die je helpen. Hij is naïef. Wat is dat voor vredesorganisatie die de eigen leden helpt? Een vredesorganisatie, en dan nog wel een Joegoslavische. Dat riekt naar bedrog.

Wanneer Michiel 's middags naar het conservatorium gaat, blijf ik alleen, buiten wordt het donker en ik laat toe dat het donker mij omvat. Ik weet niet hoe Maja het maakt. Ze heeft zich niet verwaardigd me te schrijven. Ze zal zeggen: ik had geen tijd, je hebt geen idee wat voor gekkenhuis het hier is. Michiel heeft geen telefoon, geen televisie. Voor alle mensen uit dat leven ben ik verdwenen, en zij zijn ook verdwenen. Er wordt gesproken over bestanden, dat de oorlog spoedig beëindigd wordt. Ik wil graag naar huis om af te studeren. Morgen zal ik Maja bellen vanuit een telefooncel en ik zal haar vragen hoe de toestand is. Misschien zou ik terug kunnen gaan. Al is het maar voor een week. Dan doe ik het licht aan. Om niet in tranen uit te barsten. Ik lees *Jozef*, de trooster. Ik heb het eerste deel uit. Morgen begin ik aan het tweede. Was het maar mogelijk dat ik ze nooit helemaal uit kreeg...

'Heer, wat doet gij?

In zulke gevallen volgt er geen antwoord. Maar het is de glorie van de menselijke ziel dat zij door dat zwijgen niet haar vertrouwen op God verliest, maar in staat is de majesteit van het onbevattelijke te begrijpen en daardoor te groeien.'

Je Filip

Zwolle, 25 februari 1992

Nog een paar dagen en mijn ballingschap eindigt. Ik zeg ballingschap, niet omdat ik me in Zwolle bij Michiel als een krijgsgevangene voel, maar omdat ik ben verdreven uit de hoofdplaats van de gebeurtenissen van mijn verhaal, uit Amsterdam. Michiel weet en ziet dat evengoed als ik, maar hij laat niet blijken dat hij blij is om de aanstaande verlichting (wat mijn vertrek voor hem in ieder geval is) en hij doet zijn best om het me deze laatste dagen naar de zin te maken. Hij is toch al een goede kok, maar de laatste paar avonden heeft hij zich speciale inspanning getroost door Nederlandse specialiteiten voor ons klaar te maken, 'stampot' en 'gehakte ballen'. De snelheid waarmee hij groente snijdt is verbluffend. Voor het diner kwam zijn meisje Corrie vaak naar ons toe, daarna gingen we dan een biertje halen in de naburige bar, waar de kelners en serveersters hem begroeten als een oude kennis. En daar geniet hij van. Hij maakt grapjes met hen, de serveersters beginnen te giechelen, ze haasten zich om ons te bedienen, ik voel me uitstekend. Dat absolute nulpunt, dat vreselijke begin vol hopeloosheid, die kilte van gevoelloze voorbijgangers en het vuile masker van ontspoorde hartstochten dat ik in het Muziektheater tegenkwam, dat ben ik allemaal te boven gekomen. Er is een stap gezet, er is een overtreding gemaakt, de eerste barrière is geslecht – ik ben niet bezweken. De ballingschap beschermt me tegen onnodige klappen, geneest de wonden die ik heb opgelopen bij die eerste opklimming, de armzalige, maar op de een of andere manier toch verwezenlijkte opklimming tot de eerste ontmoeting met een fout, met een zonde, tot het eerste conflict dat, net als ieder ander, kan leiden tot vooruitgang. Ik ben zelf ook verbaasd over wat ik schrijf, en waarschijnlijk zul jij je ook verbazen. Het is geen geheim, Jozef leert het me. Hij voelde dat hij moest gaan waarheen hij werd geleid, waar hij bestemd was te zijn. En om daar aan te komen moest hij in conflict gaan, op de enige manier waarop hij dat kon, naïef en argeloos.

'Iets had hem onweerstaanbaar geprikkeld het zo te doen; hij had het moeten doen, omdat God hem uitdrukkelijk zo had geschapen dat hij het zou doen, omdat Hij dat met hem en door hem zo had voorgehad, in één woord, omdat Jozef in de put terecht moest komen en, heel precies gezegd, had willen komen. Waarom? Dat wist hij niet. Waarschijnlijk om te gronde te gaan. Maar eigenlijk geloofde Jozef dat niet. Diep in zijn binnenste was hij ervan overtuigd dat God verder keek dan de put, dat Hij zoals gewoonlijk iets verstrekkends van plan was en een toekomstig, ver doel nastreefde...'

Want deze ballingschap is het gevolg van de put waarin ik, door het conflict met Annelies, terecht ben gekomen, de put die me heeft beroofd van het gevoel van een dak boven mijn hoofd, maar die me, mag ik dat zeggen, ook heeft gered van de ondergang en de bodemloze put waarin ik vast en zeker was verdwenen als ik in Annelies' verdwazing verstrikt was geraakt. Michiel heeft me uit de put getrokken en me een napje aangeboden om me te versterken, zodat ik verder kan. En ik weet nu al dat ik de klank van de fagot zal missen, brommerig als een beer en goedmoedig, de klank die me iedere morgen wekt, ik zal de geur van de keuken en de Indonesische kruiden missen en zelfs van de ongewassen borden, die anders ruiken dan de ongewassen borden in mijn land, ik zal die berg schoon wasgoed missen, in een stapel op het bed gegooid, waar je zo lekker tegenaan kunt leunen en inslapen, ik zal de middaguitjes naar het conservatorium missen en de koffie in de studentenkantine, de rust van de grachten en de nederigheid van de boten, ik zal de zelfverzekerdheid missen van Michiels blik, omrand door wimpers zo wit als van een kind, en die stabiliteit van het gewone Nederlandse leven, dat berust op het zorgvuldig opschrijven van afspraken in een schriftje, in de agenda, op controle van verplichtingen en het afwegen van wensen. Dat leven waar ik niet toe behoor. Waartoe ik nog niet behoor. Waarmee Michiel me in zijn oprechtheid in kennis heeft gebracht. Gisteravond had hij in de videotheek de film *Manifesto* van Dušan Makavejev gevonden, met Joegoslavische acteurs, dat leek hem wel iets voor mij. Dat had hij goed geraden! Voor het eerst werd er voor mijn ogen op een andere manier verband tussen mijn land en dit vochtige Nederland gelegd dan via de oorlog. Ik bekeek de film met een enthousiasme alsof ik nooit eerder bewegende beelden had gezien. Ik werd vervuld van trots, ik geloof dat ik tegen hen heb gezegd: 'Zien jullie wel, dat is mijn land!' Ze begrepen het niet, ze dachten dat ik gefascineerd was door het landschap. Maar dat maakt niet uit.

De ganzen zijn begonnen elkaar toe te roepen. Iedere nacht om deze tijd scheuren ze de stilte met vreselijk gekrijs. Alsof ze het polaire noorden oproepen van waaruit ze zijn afgedaald, alsof ze hun voorouders oproepen. Hun lawaai weerkaatst en geeft de nacht de smaak van ontzetting. Zo meteen houden ze op. Ze zullen wachten tot morgen, misschien zullen ze antwoord ontvangen. Ook ik wacht op de dag van morgen, maar ik zal geen enkele brief ontvangen. Ik ben verhuisd naar het noorden, in deze woestenij komt geen postbode. Of hij kan geen cyrillisch lezen. Of hij weet niet aan wie hij de brief moet geven, raakt in de war en gaat weg. Maar eigenlijk weet hij ook niet dat er in feite geen brieven zijn, dat er geen tijd kan worden gevonden om ze te schrijven, dat de afstanden onoverbrugbaar zijn. Zelfs van jou kan ik niet verlangen dat je me schrijft. Alsof ik op een boot zit die over de wereld kruist en waarvan de bemanning slechts dankzij toevallige ontmoetingen met een andere boot oudbakken en beschimmelde brieven kan krijgen. Van hieruit nog geen boot in zicht. En ik vaar verder en schrijf.

Je Filip

Op weg naar Amsterdam, 29 februari 1992

Ik schrijf je vanuit de trein. Om mij heen vochtige, met elkaar kruisende sloten doorsneden weiden; schapen, dicht opeen en onbeweeglijk, een zwaan waggelt over het gras, kieviten rennen heen en weer. In de verte klokkentorens, uitstekend boven de vlakte en zwijgzaam, als op schilderijen. De lucht is grijs, hier en daar komt een randje verzuurde zon tevoorschijn, er valt geen regen, zelfs de wind is geluwd. Alsof ze ergens op wachten. Op het station werd ik uitgeleide gedaan door Michiel en Corrie. In de omhelzing waarmee hij afscheid van me nam, zat naast hartelijkheid ook een soort bleek verdriet, doorzichtig en bijna onmerkbaar. Anderen zou het misschien zijn ontgaan. Ik zou zeggen dat gebruikelijke verdriet, wanneer er een tijdperk wordt afgesloten en er een nieuw begint, en wanneer die afwisseling wordt gemarkeerd door een zichtbaar en duidelijk teken, zoals mijn vertrek uit Zwolle na er twee maanden te zijn geweest. Natuurlijk zal Michiel naar Amsterdam komen, ik zal ook bij hem op bezoek gaan, maar dagen als deze winterse, goedmoedige en ijskoude dagen, die als een schaduw door ons heen zijn gegaan, zullen we nooit meer beleven. Bij het afscheid gaf hij me honderd gulden, die kon ik vast wel gebruiken; ik kan ze teruggeven als ik geld heb, ik hoef me geen zorgen te maken. Hij had er ook nog zorg voor gedragen, dat was hij al een maand van plan geweest, om uit mijn naam de vredesorganisatie YUMIR* te bellen en na te vragen waar die zich mee bezighield en hoe er nieuwe leden werden aangenomen. Hij deelde me mee dat ze geïnteresseerd waren en beschreef de vriendelijkheid waarmee hij in het gesprek was bejegend. Hij gaf me het telefoonnummer en herinnerde me eraan dat ik moest bellen. Het is vreemd, ik heb geen ander telefoonnummer dan dit en dat van Leo. Ik zal de verloren draad moeten oppakken en weer bij het begin beginnen in Amsterdam, stad van illusies.

Filip

AMSTERDAMS NOTITIEBOEK NO. 1

Amstelveen, 5 maart 1992

Door het raam van deze kamer zie je alleen maar takken van populieren. Een massa takken, ingeslapen en ongeïnteresseerd, takken,
vervlochten in de wind. En een stukje verderop, als ik me helemaal
uit het raam buig op de vijfde verdieping van het elf verdiepingen
tellende gebouw, zie ik een kanaal met dicht struikgewas erlangs.
Het is een kleine kamer, het mooiste ding erin is een brede fauteuil.
Daarin zit ik te lezen. Door de gang verspreiden zich de geuren van
de keuken, zoals in ieder studentenhuis. Dat is de geur die studenten volgt, de geur van de honger. De bewoners van alle kamers
drommen om een uur of halfzes samen in de keuken. Dan koken en
kletsen ze samen. Wanneer ik hen zie, slaat hun wantrouwen me tegemoet. Ze groeten me nauwelijks. Ik mijd hen. Dat beetje tijd dat
ik in de keuken doorbreng, met koffiezetten en het opwarmen van
een kant-en-klare, met pittige kruiden bestrooide maaltijd, valt altijd voordat zij honger krijgen, voordat de klok van hun maag, die
alle Nederlanders aangeboren is, hen eraan herinnert dat ze vlug
naar de keuken moeten. Dan zit ik allang weer teruggetrokken in
mijn eigen kamer, gebogen over papier, leeg of beschreven.

Lange dagen. Lang door het gebrek aan activiteit en lang door de
trage vingerwijzing van de lente. Het lied van de merels kondigt
het begin en het einde aan van de dagen die ergens heen snellen.
Maar de lente zwijgt nog, stelt ons geduld op de proef, speelt met
ons. Ik heb Leo gebeld, er was een schaduw van onbegrijpelijke on-
aangenaamheid in zijn stem gekropen en die hoestte hij uit alsof hij
verkouden was. Ik heb Maja gebeld, haar mijn nieuwe adres gedic-
teerd. Woonplaats van uilen, Uilenstede, zo heet de straat met een

paar hoge gebouwen, die lijken op enorme gevangenissen, waar studenten wonen te midden van een rijk van populieren. Maja vroeg hoe het met me ging. Terwijl ik haar antwoord gaf en mijn best deed om niet te laten horen hoe teleurgesteld ik was over haar desinteresse, zag ik in dat ik onherstelbaar, onmetelijk ver van haar verwijderd was. Ik hoorde aan haar stem dat ze een ander had die ze geregeld zag, bij wie ze mij vergat. Ik vroeg haar niets. Ik zei dat ze zich niet kon voorstellen hoe ik haar miste. Ze verstond me niet, ze had haast. Ze gaf me te kennen dat ik haar moest blijven schrijven. Waarschijnlijk zou ze er moeite mee hebben als ik háár vergat. Al zou ik het willen, ik kan het niet. Ik voed me niet met die goedkope blikjes, pindakaas en melk, waarvoor ik iedere cent omdraai voordat ik ze koop. Ik voed me met mijn herinnering. En mij herinnerend voed ik alleen mijn herinnering. In de pauzes van het lezen. Als ik maar heel lang over deze boeken kan doen. 'Want de natuurlijke hoop, waaraan het leven tot het uiterste vasthoudt, heeft een verstandige rechtvaardiging nodig...'

Amstelveen, 11 maart 1992

Gisteren was Jevrem jarig. Ik herinnerde me hoe hij was, bijziend, met bungelende armen en schutterige, kromme benen die grote onbeholpen passen zetten, ik herinnerde me hem in het huis aan de Šubićstraat, ik hoorde de discussies die hij vloekend en schreeuwend voerde, ik zag hoe hij schreeuwde 'met consumptie', hoe hij woedend werd, ik zag zijn glimlach, waarin de gal verdween, de vloeken vervlogen en waaruit de kleine jongen tevoorschijn kwam. Ik heb hem een felicitatiekaart gestuurd. Het maakt niet uit. Van mij mag iedereen me vergeten. Ik ben hen niet vergeten. Die ruzieachtige aard van Jevrem, de potten *ajvar** die hij van huis meebracht en de zorgvuldigheid waarmee hij vliesvleugeligen opprikte, maken deel uit van mijn leven, ze zijn de achtergrond van een verhaal dat er, ontdaan van die beelden, zeker anders uit zou zien, ik kan niet zeggen wat het dan allemaal zou moeten missen.

Het is vreemd hoe pijnloos het gevoel is dat je niet bestaat. Op straat, waar ik ook om me heen kijk, bespeur ik dat ik er niet ben. De mensen lopen langs me heen zonder me op te merken, ik word zelfs door niemand op de tenen getrapt of geduwd. Ik krijg zin om tegen hen op te lopen, zodat ze me op die manier gewaarworden. Ik geloof alleen in mijn herinnering, ik geloof dat ik niet uit wind besta. Maar een eigenschap van de herinnering is dat die zichzelf mooier maakt. Ik voel hoe ze zich in mijn binnenste fraai uitdost en opmaakt, hoe ze de gelijkmatigheid van het kunstmatige rood op de lippen met lichte wrijving van lip op lip aanpast. Daar en toen was alles heerlijk – die afgekloven illusie wordt mij al te vroeg voorgehouden. Hier bestaat alleen de weg die ik niet kan vinden. In mijn gesprekken met de meerkoeten die in het kanaal voor het gebouw nesten bouwen waarvoor ze kronkelige takjes, plastic rietjes en zakjes aanslepen, wijs ik ze op dat verschil, op die onmacht om een pad te vinden waarvan ik vermoed dat het is voorbestemd om mijn voetstappen te dragen. Zij denken dat ik ze stukjes brood zal toewerpen, ze kijken me wantrouwig aan.

Ik had verwacht dat mijn vrienden me zouden schrijven. Als ik maar een keer per maand een brief kon lezen, zou de eenzaamheid minder worden. Ik probeer voor mezelf te verklaren waarom ze niet schrijven. Hun leven is binnen dezelfde kaders gebleven, dezelfde coulissen nemen dezelfde plaatsen in, een enkel gezicht verdwijnt, een enkel bericht van het Kroatische slagveld verontrust hen heviger dan de overige – en verder blijft alles bij het oude. Zij zijn veilig. Veilig is de hardnekkige onveranderlijkheid van het toneel waarop zij zich bewegen, veilig zijn de codes die hen hebben bepaald. Ik ben daar vrijwillig uit verbannen. Niemand hield genoeg van mij om bij mij te willen blijven. Daar wil ik niet in geloven en dus bel ik Maja, ik bel Naum. Bij Maja meldde zich een mannenstem, die ik al eerder had verwacht. Het geruis op de lijn voorkwam dat hij het gehuil in mijn stem hoorde. Naum is druk bezig, hij bereidt een nieuwe voorstelling voor. En de oorlog? En mijn afstuderen? 'Filip, het is gevaarlijk om terug te komen. Je wordt onmiddellijk gemobiliseerd.'

Ik dwing mezelf te begrijpen dat ik maar heel weinig tijd over heb.

Mijn paspoort is geldig tot het eind van de maand. Al zou ik morgen naar Novi Sad gaan, dan is het nog maar de vraag of ik er voor de 31ste in zou slagen zowel af te studeren als terug te keren. Ik heb een retourtje, maar waar zou ik een nieuw ticket van moeten kopen? Ik zou geld lenen...

Ik heb een oude afgeragde fiets gevonden met piepende pedalen en die heb ik een beetje opgelapt. Ik rijd erop door de bosjes langs de Amstel. Het is nog koud, ergens ver vóór ons levert de wind strijd met de lente. Ik ben de hele dag bezig mijn vermoeiende vragen te onderdrukken, maar het lukt me niet. Ook mijn geld raakt op – alsof ik in drijfzand zit. Het gevoel dat ik nog dieper slijk nader kan ik niet verdragen. Voordat het afgelopen is, moet ik nog een beweging maken, en dan zie ik wel wat ervan komt.

Amstelveen, 15 maart 1992

Ik kan het zelf niet geloven, maar een halfuur geleden heb ik die vredesorganisatie YUMIR gebeld. De telefoon werd opgenomen door een vrouw met een droge, grove stem (aan haar tongval te horen komt ze uit Zagreb) en zij klonk zo blij, het leek wel of ik haar meedeelde dat ze een grote som geld in de loterij had gewonnen. Zo drukte ze het ook uit: 'Dit is een teken. U hebt gebeld, dat is van betekenis.' Ik was zelf ook blij. Ik ben voor iemand een teken? Ik ben van betekenis? Ik kan het zelf niet geloven, maar ik ga nu op dit moment op weg naar de zogenaamde *headquarters* van YUMIR. In een rustig, besloten deel van het centrum, aan het water. Ik kan het zelf niet geloven...

De headquarters van YUMIR zijn gevestigd in de woning van mevrouw Vlatka Draušnik, op de begane grond van een pand aan een gracht achter het Scheepvaartmuseum. Ik ging die woning, de headquarters, binnen en kwam terecht in een wirwar van in die ruimte samengeperste gebeurtenissen, in een massa personen die die gebeurtenissen veroorzaakten en voor wie de dag gevuld was met haast. Ze brachten me bij mevrouw Vlatka. Ik overdrijf niet: mevrouw Vlatka ziet eruit als een operadiva op jaren, die zojuist van het toneel is gestapt waar ze de hoge c heeft gehaald. Haar lichtblonde haar is gevlochten tot een nest in een onalledaagse vorm, naar het voorbeeld van een specifieke soort paradijsvogel. Hoewel ze toen ik binnenkwam aan haar bureau zat, wist ik toch meteen de hele massa van deze nogal omvangrijke vrouw op te nemen. De japon die om haar heupen spande en het door de split gestoken beentje in een zwart schoentje met een laag hakje. Een beentje, gezwollen als zo'n varkenspootje in jus. Zodra ze me zag, spijkerde ze me vast met haar blik en stond me niet meer toe een vin te verroeren. Ik ging zitten en begon te luisteren. Een gevoel van onbehagen kroop als een koude tong over me heen terwijl ik haar lofzang aanhoorde: de hogere machten zelf hadden me juist vandaag gezonden, op de iden van maart. Haar Kroatische tongval ademde de charmes van haar vaderland. De licht gebarsten stem klonk alsof ze wilde veranderen in een sjaal van grove wol, die de luisteraar verplicht om zijn hals moest doen. En waarvan je moest geloven dat hij warm was. Toch schiep die stem de sfeer van een ongedwongen huishouden. Ik stoorde me aan de discrepantie tussen haar verschijning van operadiva en die stem van een kokkin uit Zagorje die net een kalkoen in de oven heeft gezet. Net als haar blik kluisterde ook haar stem mij met onstuitbaar gebabbel aan mijn stoel, waar ik glimlachend mijn best deed om een heertje te spelen dat een operadiva mee uit heeft genomen om iets te drinken. Ik was mij er wel van bewust hoe belachelijk ik eruitzag in die mengelmoes van Oostenrijks-Hongaarse verfijning en gekunsteldheid, maar ik wilde het spel dat mijn overdreven vriendelijkheid was begonnen niet verstoren. Mevrouw

Vlatka liep erin. Mijn vriendelijkheid vloerde haar, ze fatsoeneerde haar lokken, schikte haar borsten in haar beha. Al die figuren in haar woning, die met voor mij nog onduidelijke dingen bezig waren, spraken haar aan met *jij*. Op mijn *u* kreeg ze de behoefte om haar lippen te stiften. Zelfs toen hield ze niet op met praten, helemaal opgewonden, rood aangelopen en licht hysterisch. Ze sprak over *haar* 'iden van maart', die ze gelukkig, zojuist, pas een paar uur geleden, had overleefd, maar ze hadden haar een mes recht in het hart geplant, het deed pijn, het schrijnde, hier, de ondankbare honden, ze moest er haast van huilen... Ik begreep geen woord van haar verhaal. Ik zou haar onnozel hebben aangekeken als ik niet dat Oostenrijkse heertje was geweest, vol bewondering voor het postuur van de deftige prima donna. Ze pakte een waaier om zich koelte toe te wuiven en probeerde me uit te leggen wie had geprobeerd haar van de troon te stoten.

'Al die mensen in de Villa deden net alsof ík ze niet hoogstpersoonlijk in die Villa heb ondergebracht en ze daar een bed heb gegeven. En nou vinden ze dat ik ongevoelig en verwaand ben, ik zou het niet kunnen hebben dat ze zich van me losmaken, ik kon toch niet eeuwig voor Big Mama en koningin blijven spelen, zij waren immers volwassen, ze konden wel voor zichzelf zorgen, wat moesten ze met YUMIR, wat konden zij nou doen voor de vrede in Joego en al dat soort lariekoek... Maar ik heb gevochten voor de Villa. Ze hebben allemaal hier bij mij geslapen, gegeten, gescheten en gepist. Ik heb al hun stank geroken, ik weet meer van ze dan ze denken. Toen wilden ze wel werken voor YUMIR. Toen stoorden ze zich er niet aan dat ze een keer per week naar vergaderingen moesten, dat ze debatten of hulp aan bedreigde gebieden moesten organiseren. Natuurlijk niet. Laten we mekaar geen mietje noemen: ze hebben hier bij mij gegeten en geslapen, er slapen nu nog steeds mensen op de gangen en in de berging, de kerk gaf ze maandelijks een paar centen en alles was oké – wij waren er allemaal voor YUMIR. Maar nu hebben ze een uitkering, die hebben ik en onze advocaten voor ze geregeld, nu wonen ze in de Villa, ze blowen als idioten, ze zijn de hele dag high, en dus vinden ze het lastig om van hun luie kont te komen en te kijken of Vlatka in de headquarters iets nodig heeft, of ze YU-MIR ergens mee kunnen helpen... Ze halen het niet in hun hoofd zich hier te vertonen. Ze willen hun eigen leven leiden. Goed, doe dat dan. Maar blijf dan geen lid van YUMIR, schrijf je uit van mijn adres, zodat ik tenminste weer huursubsidie kan krijgen, dan kunnen we fatsoenlijk met mekaar omgaan, dan hebben we mekaar niet nodig en hoeft niemand wat van een ander te eisen.'

Ik probeerde plaatjes te verzamelen, er touwtjes aan vast te knopen, maar veel concreets begreep ik er niet van. Niet wie die ondankbare honden in de Villa waren, niet wat de Villa was, niet hoe je zo'n uitkering kreeg, en de woorden hoersoebsidie, berhing, ferblajfsverhoening of zoiets behoorden tot een heel andere manier van denken, die misschien van belang is om je beter te voelen als je hebt besloten hier langere tijd te verblijven. Maar ik ben er steeds zekerder van dat ik hier weg zal gaan zodra mijn paspoort is verlengd. Tegenover mevrouw Vlatka handhaafde ik desondanks de glimlach en het gedrag van mijn met Oostenrijks-Hongaarse beleefdheid opgevoede voorouders en ik bleef aandachtig naar haar luisteren.

'Maar u bent gekomen, Filip, u bent uit het niets opgedoken. God bestaat, dat weet ik. Die langharige adonissen, Dalmatische gigolo's en Belgradose leeglopers kunnen me niets meer schelen, laat ze maar in de Villa wonen zoals ze dat willen. Maar de Villa zal ook niet eeuwig blijven bestaan. Die wordt vroeg of laat afgebroken en dan komen ze allemaal weer naar Vlatka om hulp. Maar u bent zo aardig. Wat hebt u gestudeerd? ... Prachtig. Dan vraag ik u om advies. De planten in mijn tuin hebben moeite met overleven. Er is niemand die ervoor zorgt. U ziet het, ik weet niet waar ik moet beginnen met al dat werk. Ik ben nog steeds de enige bij YUMIR die Nederlands spreekt en op iedere brief moet ik antwoorden, ieder telefoongesprek moet ik overnemen. Er is geen tijd voor planten als ik levens moet redden, de onze en die van de geplaagden in de oorlogsgebieden. Voor zover dat in mijn macht ligt natuurlijk. Maar u hebt een plek om te wonen? ... Mooi. En u hebt tijd? Magnifiek. Wat zou u willen doen bij YUMIR? Wilt u werken aan het organiseren van demonstraties, aan het schrijven van teksten voor het bulletin, wilt u het bulletin misschien redigeren, wilt u dat ik u bij een hulpactie indeel of iets anders? Zegt u het maar... Cultuur?! Fantastisch! Ik kan u niet zeggen hoe blij ik ben. Precies. Juist met cultuur kunnen we het geweld bestrijden. Dat heb ik altijd gezegd. Maar we hadden niemand die ervoor voelde om zich ermee bezig te houden. Schitterend! Ik weet het, God heeft u juist vandaag gezonden: je verliest iemand, je krijgt iemand.'

Uit de groep mensen die in Vlatka's woning bezig was, maakten zich er drie los die op ons afkwamen. Nađa's ronde ogen, waaraan bij haar geboorte al een glimlach was vastgehecht, begroetten mij als eerste. Zij komt uit Zagreb, een streekgenote van Vlatka, ik weet niet waarom ze naar Nederland is gekomen, ik weet niet hoe ze bij YUMIR is beland, maar naar mijn gevoel is juist Nađa de vaste basis waarop de buitengewone kalmte kan uitbotten die ondanks alles aanwezig is in deze tjokvolle woning. Je kunt zelfs vlekken op haar achterlaten, Nađa zal blijven glimlachen. Nemanja is negentien en zijn blik vindt nog geen rustpunt. Hij droogde zijn handen af aan een theedoek, stak me de rechter toe met een tamelijk ferme handdruk en ging verder met afwassen. Hij is hier in huis, dat wil zeggen in de headquarters, het 'ketelbinkie', de voetveeg en het sloofje. Hij komt uit Novi Sad. We zijn elkaar vroeger misschien weleens gepasseerd. Hij is jong, mijn paden waren de zijne niet. Toch heeft hij naar dezelfde huizen gekeken en is hij door dezelfde straten gelopen waar ik iets eerder liep dan hij of waar ik pas liep nadat hij de hoek was omgegaan. Gemeenschappelijke herinnering, verschillende wijze van beschouwen. Daca komt uit Belgrado. Ze heeft koeienogen, paardentanden en een schorre, diepe stem. Ze loopt als een man, maar maakt zich op als een vrouw. De grofheid van haar bewegingen verbergt misschien een gevoelige ziel, teruggetrokken in een pantser zonder barsten. Ze is naar Amsterdam gekomen met haar vriend. Die was net even weg om wiet te kopen. Vlatka schudde humeurig het hoofd, maar een van haar mondhoeken ontglipte haar in een glimlach. 'In de headquarters wordt niet geblowd, laat ik u dat meteen meedelen, Filip.' Nemanja kuchte demonstratief. Toen Daca's vriend binnenkwam, werd ik toegelachen door de vrouw in zijn binnenste. Hij begroette me behoedzaam en deed alsof hij niet geïnteresseerd was. Vlatka kondigde mijn komst en mijn toekomstige bezigheden in de 'culturele sector' aan als een belangrijk gebeuren voor YUMIR. Ze sprak haar bezorgdheid uit over de naam van de organisatie. Die moet veranderen. Dat Joego-slavië bestaat niet meer, zal ook nooit meer bestaan en daar moeten wij op reageren. We zullen de naam met spoed veranderen. Daca merkte op dat dat nu misschien niet meer zo vreselijk belangrijk was, Vlatka viel haar in de rede en zei van wel, Nađa bemoeide zich ermee en begon redenen aan te voeren...

Ik bleef tot laat op de avond bij Vlatka hangen. Rond middernacht kwam ik terug in Uilenstede en droeg een vreemd gewicht van ver-wachting en zorg met me mee, verwarring als in de lentelucht, een vaag begin van nieuwe gebeurtenissen. Ik heb een stap gezet en on-der mijn voetstap vertoonde zich een spoor door het moeras. Ik weet niet waar het heen leidt, maar het is een onderbreking van het ongebaande terrein. Het is een voortzetting van mijn aangevangen beweging op weg naar het doel dat waarschijnlijk heel ver weg ligt en dat beslist van vorm zal veranderen. Maar ik ben zo ongeduldig. Ik wil zo snel mogelijk afstuderen en boeken schrijven. Veel boeken schrijven. Die zitten in mij als een soort eieren die gelegd moeten worden. Dat is wel grappig uitgedrukt. Maar zo is het. Ze zitten in mij te wachten tot ik ze eruit gooi, uitbraak. En ik wacht tot ik zie waarom ik ben waar ik ben. En terwijl ik me dat afvraag, weet ik dat ik een fout maak. In *Jozef* staat: 'Je zou echter moeten leren geduld te oefenen en te verwachten, want verwachting is de grondslag en het wezen van alle dingen...' Meer dan ooit mis ik Maja. Ik weet dat ze van me houdt, dat ze in ieder geval een beetje van me hield, die avond toen we ter gelegenheid van mijn verjaardag op mijn fiets re-den. Nu herinnert ze zich me alleen. Waarschijnlijk. Troost het me dat Thomas Mann zegt dat 'een mens meermalen moet worden voordat hij geworden is'?

Ik kan me mijn droom niet meer herinneren, maar ik weet dat ik vannacht wakker ben geworden. Twee keer zelfs, geloof ik. Buiten regent het, ik heb een lekke band, die zou ik moeten plakken. Maar ik heb geen zin om uit te gaan, het waait, het is nat en afschuwelijk. Vlatka heeft me laten weten dat ik vandaag zonder mankeren moet komen. Ik heb gebeld dat ik niet kan. Nemanja zal de boodschap overbrengen. Vlatka was naar een vergadering bij Pax Christi – ook een vredesorganisatie, ik weet niet precies wat voor een, een katholieke waarschijnlijk, of een protestantse. Ik weet dat ze het niet leuk zal vinden als ze te horen krijgt dat ik niet kom. Ik voel dat er in haar reactie, hoe die ook is, een kiem van vijandigheid verscholen zal zitten. Ze zal het idee hebben dat ze teleurgesteld wordt. Dat ze, zo zie je maar weer, zelfs op mij niet kan vertrouwen. Het zou niet goed zijn haar te lang in die teleurstelling te laten zitten. Morgen zal ik mijn band plakken en naar de headquarters gaan. De verrassing zal de teleurstelling neutraliseren.

Ik blader in het bulletin van YUMIR en lees: 'YUMIR is door samenwerking met IFOR de officiële internationale vertegenwoordiger geworden van de vredesbewegingen uit Zagreb, Belgrado, Novi Sad, Ljubljana en Sarajevo.' Dat klinkt serieus. Maar de agenda van de vorige vergadering brengt de ware problemen naar voren:

'De nieuwe visuele identiteit; talenten van nut voor YUMIR; verandering van de procedure bij het toetreden van nieuwe leden; de plicht om met de vereniging te communiceren – aanmerkingen: niet reageren op aangeboden werkzaamheden, niet reageren op aangeboden diners, niet inlichten van andere leden in geval van verhindering, zich niet houden aan afspraken; recapitulatie van de structuur met uitleg aan de hand van voorbeelden: afbakening van gedragsprincipes, ontlasting van de headquarters en hulp aan de leden; de brief van YUMIR aan het IKV...'

Vlatka zou de leden graag actiever zien, ze zou hen willen dwingen tot gehoorzaamheid, tot toewijding aan het gemeenschappelijke doel. Maar het doel is me nog niet duidelijk. Hun misschien ook niet? Hoe kunnen wij een einde maken aan de oorlog? Belachelijk. Moeten we tegen de strijders zeggen dat oorlog stom is? Zo naïef zal Vlatka toch niet zijn.

Amstelveen, 20 maart 1992

Eergisteren trof ik bij Vlatka opnieuw die mengelmoes van irrationele zakelijkheid, middaglijk koffiekransje, onbegrijpelijke opwinding over allerlei deadlines die naderbij komen en die niet gehaald zullen worden, en latente, maar algemene koketterie tussen de leden van YUMIR. Het jonge bloed heeft Vlatka goedgedaan. Ik heb de indruk dat ze uren voor de spiegel bezig is geweest om dat nest op haar hoofd te schikken, en ze heeft vast niet minder lang voor de deur van haar kleerkast gestaan in de onbarmhartige ijskelder van haar slaapkamer, waar onder dekens afgematte jongemannen lagen te slapen, als baby's gerangschikt in het ruime bed. Ik heb begrepen dat zij gewoonlijk slaapt waar het uitkomt, maar meestal op de bank in de eetkamer. Een stuk of tien mensen overnachten in de overige ruimten, zelfs in de gang en de berging. De melige bedomptheid door de uitwaseming van ingeslapen lichamen is zelfs tegen het middaguur nog niet weggetrokken. Vlatka's neiging om zich te opzichtig te kleden is de enige kracht die zich tegen de benauwdheid verzet. Af en toe zet Nađa de deur naar het terras open en dan trekt het vocht de woning binnen. Alles begint daar opeens van op te zwellen.

Vlatka heeft mij een erezetel toebedeeld, ze vindt het leuk als ik daarin zit. Ze praat over projecten, vergaderingen en nieuwe regels, over manieren om nieuwe leden en nieuwe donateurs te werven, nieuwe uitnodigingen voor diners in keukens van protestantse kerken en nieuwe contacten met internationale vredesorganisaties te krijgen, ze houdt een dagboek bij, schreeuwt tegen ongehoorzame leden (alsof het slaven zijn), zodra ze voelt dat haar lippen verbleekt zijn van het praten, haalt ze haar lippenstift tevoorschijn en maakt zich op, ze telefoneert, windt zich op dat niemand behalve zij Nederlands spreekt, dat het allemaal stoethaspels zijn, dat het enige waar ze aan denken is wat ze zullen blowen en wie ze zullen neuken – terwijl de vrede ons roept haar uit de ketenen van de oorlog te bevrijden, de vrede roept ons om haar te redden: Vlatka, kom, leid hen, ik heb je nodig met hen allemaal erbij, ik kan niet zonder jou... In haar keurig gemaquilleerde droom heeft Vlatka haar naam al bijgeschreven in de Geschiedenis – ze hoeft haar bevochten bladzijde alleen nog maar in te vullen met zo groot mogelijke successen waardoor de mensheid voor eens en voorgoed van het spook van de oorlog zal zijn bevrijd. Daarom heeft ze het idee dat iedere gemiste seconde het geduld van de Donateur zal verzwakken, dat haar bladzijde daardoor onvolkomen en onuitgesproken zal blijven, dat die misschien helemaal zal vervallen... Die nerveuze haast botst met de weke traagheid van dat vergeten-operazangeressenlichaam van haar, dat ze in gevaarlijke decolletés propt en bedekt met halskettingen en pommades. Ze keek me in de broek tussen mijn benen. Ze sprak met dubbele tong, alsof ze die gebruikte als apparaat om lengte en omvang te meten. Andere jongemannen bekijkt ze ook op die manier. Ze zijn gevlucht voor de mobilisatie. Vlatka ontvangt hen in haar huis, neemt hen op in YUMIR en kijkt ze in de broek. Misschien gluurt ze ook door het sleutelgat terwijl ze douchen. Ze heeft al een paar keer opgemerkt dat ze op de drempel van de overgang staat, maar dat juist dat haar 'krachtige energie' geeft. Ze vroeg me wat voor nieuwe naam we YUMIR moeten geven. YU is een gepasseerd station, dat kan niet meer in de naam behouden blijven. Mij stoort dat YU niet, ik wil niet graag dat het een gepasseerd station blijft, maar ik zei niets. Zij heeft nu eenmaal de behoefte om de naam te veranderen, ze komt uit Kroatië, dus dat verbaast me niet. Ze kwam met een massa voorstellen op de proppen: Allen voor vrede, Onze vrede, Wij houden van vrede, Voor de vrede, De vrede en wij, Op weg naar de vrede, In vrede, Pro vrede... Voor de volgende vergadering moeten we een besluit nemen. Op licht verwijtende toon herinnerde ze mij eraan dat er zo snel mogelijk een cultureel plan moest worden uitgewerkt. Ik krijg ook een medewerker, Milan, een student filmregie. Wij tweeën zullen binnen de staf de culturele sectie vormen. 'Ooit zal er een film over ons worden gemaakt,' zei ze enthousiast. Binnenkort staat er ook een reis naar Italië op het programma, naar een belangrijk congres. Ze plant mij ook in voor die reis. Ik heb haar verteld dat mijn paspoort over een week verloopt. 'O, prachtig. Volgende week vrijdag gaan we naar Den Haag, naar onze ambassade. Maak u geen zorgen, er zijn nog meer gevallen als het uwe, de paspoorten worden zeker verlengd.'

Als mijn paspoort werkelijk verlengd wordt, ga ik mezelf niet kwellen met die reis naar Italië. Dan vertrek ik meteen om af te studeren. Of ik ga toch, beleefdheidshalve, eerst naar Italië en dan naar Novi Sad. Misschien kan ik daar wel een poosje blijven, er zelfs over nadenken of ik eigenlijk wel terug wil gaan. Misschien zou ik toch naar Spanje kunnen vertrekken. Ik zou Maja ook meenemen, waarom niet? Zij heeft nu ook wel ingezien dat midden in de oorlog zitten onzinnig is. Spanje heeft ze altijd leuk gevonden. Ze heeft gezegd dat ze er niet over zou hoeven nadenken als iemand haar aanbood daarheen te gaan. Nou, ik zal het haar aanbieden. Dat zou zinnig zijn: afstuderen en dan naar Spanje gaan. Met Maja. Vlatka kent blijkbaar invloedrijke mensen bij de ambassade. Ik weet dat ze als tegenprestatie wil dat ik zo vaak mogelijk bij haar kom en dat culturele plan uitwerk. Ik zal ook komen, ik zal een voorstel doen voor activiteiten en – vertrekken. Ik weet waarom ik hier ben, bij YUMIR. De mogelijkheid is uitstekend, maar laat alleen nog op zich wachten.

Amstelveen, 24 maart 1992

Ik ben twee dagen bezig geweest met een brief aan Maja. Precies een halfjaar nadat ik ben weggegaan. Ik heb geprobeerd haar een beschrijving te geven van dit land en de mensen die ik hier ontmoet, de mensen te beschrijven zoals ik hen nu zie, door een lichte nevel van lenteregenstof. 's Nachts roepen de meerkoeten, ineengedoken langs de randen van de kanalen verregenen ze, bij het ochtendkrieken weerklinkt het lied van de merels door het doornatte bos en dat lied, versterkt door zijn glasachtige echo, is in staat mij te wekken, in mijn onrust het gefluister van een zekere verwachting te brengen, een verre en onverschillige, maar groene en warme verwachting. Dat heb ik geprobeerd voor haar te beschrijven. Ik heb mijn best gedaan om haar niet te laten merken dat het gevoel dat ik haar mis is veranderd in pijn, dat ik me haar herinner alsof ze mijn afgerukte arm is die ik niet meer kan vinden, die is weggeraakt in de tunnel waar ik lang geleden doorheen moest gaan. En toch, hoewel ik doorzaagde op grond van objectieve observeringen, terwijl ik me voorstelde dat ik een reisverslag schreef, wist ik dat ieder woord juist van die pijn was doordrenkt, dat het was omwonden met verbanden die het vermogen om bloed vast te houden hadden verloren, zodat het bleef druppelen, gelijkmatig en op het oog onbeduidend, ergens buiten mijn blikveld coagulerend, buiten de ruimte waarop die woorden hun uitwerking hebben, in de onverschillige tussenruimte, daar waar ons niets wacht. Maar hoe zullen die woorden voor haar weerklinken terwijl ze ze, waarschijnlijk inderhaast, leest, waarbij ze af en toe een woord dat ze niet goed kan lezen overslaat, een regel mist en koffiedrinkt uit een kopje dat ze weghoudt bij het papier, met de elleboog en de pink omhoog? Ze zal haar best doen om geen druppel te morsen, want dan zou het haar helemaal niet meer lukken de verloren draad weer op te pakken uit mijn kriebelige handschrift. En dan zal de telefoon gaan. Ze zal naar de hoorn snellen, de brief wegleggen, in de haast het kopje erop neerzetten, ze zal tevreden praten, lachen, en misschien zal ze bezorgd zijn, ze zal proberen hem uit te leggen dat ze hem niet goed heeft verstaan, ze zal hem voorstellen elkaar te ontmoeten – en op het papier met mijn gemiste zinnen een kring van koffie, als gestold bloed.

Ik hoop dat de klanten in de winkel niet op me letten terwijl ik de centen tel, terwijl ik nareken wat mijn lunch kost. Blikjes vis, margarine, melk en brood. Een klein stukje chocolade, goedkoop en niet smakelijk. Mijn fietsband loopt steeds leeg. De buitenband is versleten en er zitten barstjes in. Ik heb geen geld voor een nieuwe. Michiel heeft gebeld dat hij me overmorgen komt opzoeken. Het einde van het tweede boek van *Jozef* is even treurig als deze lente, die is verwoest door de regens. Verdwijning, dood. 'Leven en liefde zijn mooi, maar ook de dood heeft zijn voordelen, want die behoedt en waarborgt wat we in het verleden en in afwezigheid hebben lief-gehad, en waar eens de zorg en de angst waren die het geluk met zich meebrengt, daar is nu gerustheid. De dood beschermt, nadat hij heeft hersteld.'

Amstelveen, 26 maart 1992

Vannacht heb ik weer van mijn moeder gedroomd. Die oude droom, bijna helemaal dezelfde. Onverwachts brengt de droom me naar een tuin, een erf of een verborgen plein, het is altijd zomer, het is zonnig, mijn moeder is daar, in mijn nabijheid. Ze praat met ie-mand van wie ik het gezicht niet zie. Ik hoor ook moeders stem niet, ik zie haar alleen praten. Moeder wordt beschenen door een krach-tig wit licht, ze baadt erin. Ze is mooi, ze lacht, je kunt aan haar geen spoor van ziekte zien, ze draagt die glimlach waar ik het meest van houd. In die droom probeer ik mijn moeder altijd iets te zeg-gen, haar iets te vragen. Maar de woorden komen er met moeite uit, alsof ik een slot op mijn mond heb. Het lukt mij nooit iets tegen haar te zeggen en zij zegt ook niets tegen mij. Maar ze staat naast me, levend en lachend. Ergens in de herinnering van mijn droom bestaat het besef dat moeder eens, lang geleden, ernstig ziek was, maar zij is volledig genezen, er is helemaal geen sprake van onge-makken of narigheden, medicijnen of doktersonderzoeken. De ziekte is vergeten, er is alleen een vlek in de herinnering van overge-bleven. En die korte droom wordt onderbroken door mijn inspan-ning om iets te zeggen, en door de doffe barst in mijn stem die iets ongearticuleerds mompelt, iets waarvan ik wakker word. Altijd bij het eerste verschijnen van het eerste straaltje dageraad. Op het tijd-stip dat de aankondiging van de geboorte van de dag in wakkere zie-len rust brengt of die als sneeuw over de slapenden strooit. Het mo-ment voordat de merel begint te zingen. En dat ogenblik tussen de illusie van de droom en de betovering van het ochtendkrieken, die grenslijn tussen twee toestanden, die leugenachtige bewusteloos-heid bedriegt me iedere keer weer. En ik denk, halfbewust, dat mijn moeder nog leeft. Dat moment duurt lang, even lang als de tijd die het kost om de grens van het licht over te gaan, om dan opeens, zonder voorbereiding, in de nog grijze melk van de morgen alles ondersteboven te keren, op zijn kop te zetten, in stukjes uiteen te breken en mij het mes van de realiteit in de ziel te stoten, diep tot aan het gevest, zodat ik naar adem snak, dubbel klap van de verslindende pijn en op mijn kussen begin te huilen als een in de steek gelaten kind, als een eenling te midden van de gruwel van het onbekende, als een verlaten, sprakeloze mens die vergeefs om hulp smeekt. Ik huil niet lang, de slaap neemt me weer onder zijn hoede en wiegt me. Ik geef me eraan over, omdat alleen de slaap me kan troosten. En ik slaap in op een kussen dat vochtig is van de tranen en warm als het gezicht van mijn moeder.

Na zo'n droom is de hele dag somber gestemd. Iedere beweging wordt geremd, de gedachte half verlamd, de wil gaat in damp op. Ook Michiel, die me is komen opzoeken en zijn eenvoudige, oprechte Hollandse vrolijkheid meebracht, kon me niet tot rust brengen. Hij merkte er natuurlijk niets van, hij stelde vragen, luisterde naar de antwoorden, sprak over zichzelf en zijn studie, over Corrie en Zwolle, met een ongestoord vertrouwen in de eenvoud der dingen, met het vertrouwen in een zwart-witte wereld. Ik nam met aandacht deel aan het gesprek om zijn vertrouwen niet te verstoren, of liever om de goede zin die hij van mij verwachtte niet te beschamen, de goede zin die zijn vertrouwen een schouderklopje zou geven en dit bezoek en het gesprek binnen de kaders van de benodigde eenvoud zou houden, waar Michiel aan gewend is en waaraan hij meer behoefte heeft dan aan brood. Hij nodigde me uit om naar Zwolle te komen. In de lente is Zwolle op zijn mooist. Hij stelde me ook voor om samen naar zijn moeder te gaan, nam afscheid en vertrok. De regen was opgehouden en terwijl ik de beklemming voelde van mijn niet geventileerde dag, verzonk ik in mijn bed in afwachting van morgen. De tocht naar Den Haag, naar de ambassade. Wat de dag van morgen mij ook brengt, de uitkomst ervan is bepalend voor de tijd die voor me ligt. Sommige dagen kondigen al van tevoren hun noodlottige betekenis aan. Het is goed dat je die aankondiging al vanuit de verte kunt opmerken.

Ik kwam al om een uur of negen bij Vlatka aan. In de headquarters paniek, alsof we op expeditie door Afrika gingen. Mijn ochtendlijke fietsrit lag achter me, overreden door de grofheid van Vlatka's gehaaste onrust. Wéér hadden ze tot de vroege ochtend zitten werken, wéér hadden ze een deadline voor het maken van 'mappen' moeten halen, wéér waren er niet genoeg mensen geweest, wéér klaagde Vlatka over de leden. Parasieten, zei ze. Ze ergerde zich dat ze geen nieuwe naam voor de organisatie had bedacht, haar auto was maar net op tijd gerepareerd, haar lokken zaten in de war, ze tilde haar armen op om ze op haar hoofd te vergaren en weg te stoppen, onder haar oksel zag je gaatjes in haar kleren. Ze haalde haar kousen op, trok haar schoenen aan, Nemanja bracht koffie, Vlatka slurpte, ze was woedend omdat we te laat zouden komen, bij de ambassade hielden ze van stiptheid, Željko kwam de headquarters binnengerend, verontschuldigde zich, hij was weer in slaap gevallen, Vlatka vloekte hem stijf, hij lachte, Vlatka pakte de papieren bij elkaar, Nađa stopte ze in een koffertje, eindelijk konden we gaan. Željko reed, Vlatka zat voorin, Nađa, Jug en ik opeengepakt achterin, het was afschuwelijk in de auto, we kregen geen lucht, Vlatka had last van de tocht (en die zou haar kapsel ook ruïneren), ze stak een sigaret op, ik werd misselijk. Ik bleef maar strak voor me uitkijken, ik hield mijn blik steeds op een gegeven punt gericht, ik had al stijve benen – we waren op weg naar Den Haag.

Het scheen me toe dat Jug, die ik toen voor het eerst zag, Nađa's vriend of zelfs haar man was. Ze omhelsden elkaar intiem en lachten intiem. Vlatka kakelde, Željko wedijverde met haar, Nađa en Jug kirden. Later kon ik uit die stortvloed van woorden opmaken dat Željko homoseksueel was. Hij biechtte zijn tegenslagen in de liefde op en had er, tot vreugde van Vlatka, plezier in het gezelschap te vermaken door stukjes pikante humor in te lassen, het gelach van de aanwezigen gaf hem nog meer elan, hij brandde los, liet het verhaal steeds verder crescendo gaan en provoceerde Jug, die eerst verlegen overkwam. Maar Jug bleek naar eigen zeggen meer een voorstander van een duurzame relatie te zijn, daar streefde hij naar en hij had de indruk dat hij in Ljubljana net de man van zijn leven had gevonden. Dat stimuleerde Vlatka om ook over haar enige lesbische belevenis te vertellen. Verbluft door alles wat ik te horen kreeg, verzocht ik Vlatka het raampje toch op een kiertje te zetten. Vervolgens raakte Željko in de war, hij moest van de snelweg af en wist niet of hij de goede afslag had genomen. Vlatka bemoeide zich ermee, de homoseksuele divan werd onderbroken en we reden Den Haag binnen.

Een hemel zo blauw als de zee, zonder golven, spiegel van vogels. Terwijl we langs het Vredespaleis reden, waar Walt Disney het idee kreeg er een kopie van te maken en die om te dopen tot het kasteel van Doornroosje, bedacht Vlatka dat we juist voor dat paleis vredesdemonstraties moesten houden. Željko sloeg rechts af en we reden de laan in met ambassades te midden van de villa's van deftig Den Haag, de omcirkeling binnen van landen waarvan toenmalig, ons, Joegoslavië gelijkberechtigd deelgenoot was geweest. We parkeerden precies tegenover het gebouw van de ambassade, liepen de ingang waar op visa werd gewacht voorbij en belden aan bij de hoofdingang, als echte genodigden. Er werd voor ons opengedaan en we werden meegenomen langs de trap waarover eens het socialistische gezantschap van Tito's oorlogskameraden had gelopen, even hooghartig als deze mannen nu – hun zoons. Ze vroegen ons wat we wilden drinken en verzochten ons te wachten in de lounge voor het kantoor van de ambassadeur. Iedereen gematigd vriendelijk, met een zakelijke glimlach op het gezicht geplakt, de oorlog was te ver weg, bestond niet. Wij waren niet de enige wachtenden. Er zat ook een journaliste uit Bosnië, in een fauteuil die nog stamde uit de tijd van het Koninkrijk. De journaliste begon een gesprek over het haar kwellende thema, waarmee ze ons gepraat onderbrak. In Bosnië was het nu rustig, er waren wel spanningen, maar het zou vrede blijven, daar was ze zeker van. Vlatka hield op met uitknobbelen hoeveel paspoorten er voor hoe lang en op welke manier verlengd moesten worden, evenals aan wie ze welke YUMIR-map moest geven, ging op het gesprek in en zei tegen de journaliste dat ze twijfelde aan de mogelijkheid van duurzame vrede in Bosnië. Telkens wanneer er op de Balkan oorlog wordt gevoerd, is Bosnië het brandpunt van het conflict, waarom zou dat nu anders zijn? De journaliste spuide een hoop argumenten die ons als vliegen om de oren zoemden, terwijl ze steeds met de deksel van haar sigarettendoos klapperde. 'In Bosnië en Hercegovina bestaat het bewustzijn dat vrede tussen gelijkberechtigde volkeren en nationaliteiten de enige oplossing is voor samenleven op de Balkan; Bosnië en Hercegovina kunnen zich niet doof houden voor de broederschap en eenheid die hun stabiliteit veiligstellen; die bedreigingen voor de vrede zijn alleen een bewijs voor de vastberadenheid van de volkeren van Bosnië en Hercegovina' – hoe meer de frasen van de journaliste aan afgezaagdheid en zinledigheid wonnen, hoe meer kregen wij het, misschien juist vanwege die frasen, op de zenuwen van dat geklapper met de sigarettendoos, dat geleidelijk sneller en harder werd. Pas toen Nađa tegen haar zei: 'Wilt u zo goed zijn op te houden met dat geklapper', merkte de journaliste dat wij allang getuigen waren van haar nervositeit en bezorgdheid. Haar gezicht vertrok tot een grimas van verward-domme schaamte, alsof we haar toevallig hadden betrapt terwijl ze een grote boodschap deed in een struik, waar ze had gehoopt dat niemand haar zag. En toen was Vlatka er als de kippen bij om haar verwarring af te kappen en uit te schakelen met een vraag: 'Denkt u nou echt dat het in Bosnië niet tot een uitbarsting zal komen?' 'Die komt er niet, absoluut niet,' was de laatste verdediging van de ontmaskerde journaliste. 'Vast wel,' hernam Vlatka bij het verflauwde ritme van de deksel van de sigarettendoos, en toen ging de deur open. Voor ons stond de heer Natezalo*, de ambassadeur van de Socialistische Federatieve Republiek Joegoslavië, wat dat op dit moment ook mocht betekenen en voorstellen.

Hij zag er gecultiveerd uit, gedistingeerd gekleed, jeugdig, slank, met de zwarte omtrekken van een baard op een bijna jongensachtig gezicht – als je hem zag, zou je niet zeggen dat hij de ambassadeur was van een land dat in burgeroorlog verkeerde of, God verhoede, van een land dat niet meer bestond. Vlatka riep haar charmes te hulp en begon te kwetteren. Hoewel de wanverhouding tussen haar opgezwollen, zwaarlijvige vrouwelijkheid en zijn jongensachtige gestalte en schoudertjes meer dan provocatief was, praatte

Vlatka met hem als met een gesprekspartner die zich in ieder, dus ook in lichamelijk opzicht kon meten met haar overgeproportioneerde, lachwekkende verschijning. Natezalo hechtte aan zijn eruditie, aan de diplomatie die zijn familie al generaties lang bepaalde, hij maakte melding van het feit dat hij was opgegroeid in het buitenland en dat hij van jongs af aan op de hoogte was van de problemen van emigranten en de diaspora. Vlatka begon toen uit te weiden over YUMIR, deelde mappen uit, gaf toelichting op plannen, redenen, doelstellingen, bedoelingen, manieren, behoeften, verlangens en noodzakelijkheden voor het bestaan van de organisatie, waarbij ze de nadruk legde op het belang van actieve steun van de ambassade. En dat allemaal om de voornaamste reden van het bezoek te verdoezelen, die de ambassadeur heel goed kende, de triviale reden van het verlengen van paspoorten. Triviaal voor hem, maar van doorslaggevende betekenis voor mij en vele anderen die ik niet ken. Nadat ze om het hardst met Natezalo had gekweeld en zelfs op het moment dat de ambassadeur een vrouwelijke ambtenaar verzocht de paspoorten die we hadden meegebracht te verzamelen, nog oden aan de vrede en de vredesbewegingen voordroeg, bracht Vlatka die oden met overdreven vriendelijkheid tot een einde en algauw stonden we op de Groot Hertoginnelaan in de zon, hartelijk uitgeleide gedaan met veelbelovende glimlachen. Vlatka verlangde dat we haar diplomatieke kunde bewonderden en nodigde ons uit voor koffie. We nipten aan de koffie en prezen haar, en de gist deed zijn werk, zodat ze nog meer opzwol. De terugkeer naar Amsterdam was daardoor nog inspannender, want er was beduidend minder ruimte in de auto.

Ik bleef verder de hele dag in de headquarters om het onzekere resultaat van de zware tocht naar Den Haag uit mijn geheugen te wissen. Vlatka verzachtte diezelfde spanning met 'lopende zaken' en de overtuiging dat ze een betoverende indruk bij Natezalo had achtergelaten. Ik weet niet of ik wel helemaal op haar moet vertrouwen.

Amstelveen, 3 april 1992

Iedere dag ga ik naar YUMIR. Ik zou het mijn verplichting willen noemen. Die heeft zich opgedrongen als een complex van factoren, als een behoefte, ik zit gevangen in het net van die verplichting. Ik heb geleerd dat verplichtingen in het leven van de mens bijzonder belangrijke bestanddelen zijn. Het ritme ervan is een voorwaarde voor rust en houdt het evenwicht van de ziel in stand. Natuurlijk is deze verplichting fictief, ze bestaat helemaal niet uit echt werk en wordt alleen bepaald door het moment dat ik het huis verlaat en mijn afwezigheid. Als vergoeding voor die moeite krijg ik vriend-schappelijke blikken, belangstelling voor mij als wezen, ik krijg dus een vorm van aandacht. Ik besta. Maar het nuttige deel van mijn 'werk' in de headquarters wordt gevormd door gesprekken. Ik dien voornamelijk als filter voor Vlatka's overpeinzingen, die zij, tegen elkaar in, overhaast en zonder verband, bij hopen lanceert, want ze praat onophoudelijk (en vervolgens stift ze haar lippen), ze babbelt, moppert, beveelt... Haar directe, grove bevelen blijven mij nog steeds bespaard. Te oordelen naar die positie zou ik mezelf een soort adviseur van Vlatka kunnen voelen (wat zij natuurlijk nooit zou toegeven). Ze plant me in een bruine, brede, uiterst comforta-bele leren fauteuil, iemand brengt me koffie en een koekje, en dan borduurt Vlatka prima donna-achtig chaotisch voort, babbelend tot in het oneindige, hunkerend naar een buitenissige gebeurtenis of een onverwacht telefoontje dat haar in een toestand van opwin-ding zou kunnen brengen. Dan, wanneer ze telefoneert, zwaait ze met haar armen alsof ze daadwerkelijk op het toneel staat, ze veran-dert de kleur van haar stem, rolt met haar ogen, slaat haar benen over elkaar, haalt haar kousen op, lacht, likt aan haar lippen (om er-achter te komen of er nog lippenstift op zit), schikt haar borsten die uit haar beha zijn gewipt, gebaart naar Nemanja dat hij haar koffie moet brengen of een asbak moet halen, af en toe begint ze te krijsen (waarschijnlijk van enthousiasme), ze doorboort je trommelvlies en vervolgens, na afloop, vertelt ze breeduit ieder detailtje van het ge-sprek na, waarbij ze enkele 'belangrijke momenten' benadrukt en herhaalt, en ofwel woedend wordt omdat iemand iets heeft ver-sjteerd, ofwel kookt van opwinding omdat er bijvoorbeeld op onze volgende vergadering vertegenwoordigers van Amnesty Interna-tional aanwezig zullen zijn, of omdat ze de kans krijgt op een gesprek met Vesna Pešić, een antioorlogpolitica uit Servië. Naar dat alles luisteren en kijken is ook echt werk, inspannend. Ik zou graag een pauze inlassen, uitrusten. Maar Vlatka pauzeert nooit. Daarom meld ik me gewoonlijk aan om Nemanja, Željko, Zoran, Daca of Nađa gezelschap te houden wanneer ze met de auto eten of 'materiaal' voor vergaderingen gaan halen, ik ga met hen mee om mijn hoofd te luchten, om de compacte massa van Vlatka's irritante stem te verbreken die, hoezeer ik ook uitwaai op de fiets, de hele nacht in mijn hoofd weergalmt.

Een goede manier om mijn hoofd te luchten heb ik toevallig ontdekt. Ik heb gemerkt dat de YUMIR-leden niet handig zijn in het repareren van fietsen, hoewel ze er iedere dag op rijden. Ze kunnen nog geen band plakken. Daarom heb ik het repareren van fietsen als mijn eerste YUMIR-missie opgevat, en zo heb ik Zoran eergisteren geholpen met zijn band. (Je zult het niet geloven: met het gereedschap dat ik samen met mijn eerste fiets van mijn oma voor mijn verjaardag heb gekregen.) Ik heb Vlatka voorgesteld om de YUMIR-leden op zondag na de vergadering, en na de onverwijlde analyse daarvan, in te wijden in de geheimen van de fietsreparatie. Vlatka zag het belang van die opdracht slechts tot op zekere hoogte in en maakte zich zorgen. Alleen het feit dat ik de lessen zal geven op haar binnenplaats en dan alleen als het niet regent, stelde haar gerust. Ik zal dus een trouw oor blijven. Ben ik even blij.
Ik ga trouwens geregeld naar die zondagse vergaderingen, dat is ook een deel van mijn verplichting geworden. Ze worden gehouden in een kraakpand met een vermolmde trap en mottige, stoffige draperieën aan de muren en op de vloer, waar het kale ingewand van het gebouw de indruk van grijsheid, duisternis en depressie onderhoudt en versterkt. Het spookachtige licht dat door een bevlekt, door motten aangevreten gordijn kruipt (waarschijnlijk achtergelaten door vorige, reeds lang verdwenen bewoners), draagt alleen nog maar bij aan de grauwte die zich tegen het gezicht van de nieuwe (oorlogs)generatie van Joegoslavische emigranten heeft gevlijd, voornamelijk twintigers zijn het, gewend aan de somberheid van de holen waarin ze overnachten, aan de somberheid van de dagen die

hen, als in grotten, doordrenken van ijskoud vocht. Terwijl ze dicht opeen op houten stoelen met gebarsten leuningen zitten, verdampt dat vocht en vermengt zich met de geuren van rook, goedkoop eten en ongewassen, van nicotine doortrokken huid. Zo vestigt zich in de ruimte een beeld van duistere verzuring, waaraan sigarettenrook met grijze, tuberculeuze slierten een ongezonde vertroebeling geeft. Een sediment van onvrede, frustraties, angsten, paranoia, honger, smerigheid, armoede en leegte komt aan het woord in dat halfdonker, ze discussiëren, schreeuwen, eisen rechten, eisen vergunningen, klagen aan wegens manipulatie, wegens misbruik, wegens werkschuwheid, wegens luiheid, en het donker begint te golven, de uitwasemingen worden sterker, de onmacht van gevangen hartstocht bereikt het kookpunt, kookt over, wordt opgezogen door het duister en het enige wat overblijft is Vlatka's stem, die argumenten aandraagt, wetsartikelen, namen van advocaten en richtlijnen voor activiteiten noemt, op diezelfde, in de schoot van het socialistische moederland geoefende toon van routineuze demagogie; en die stem daalt op de vermoeide hoofden neer alsof ze afkomstig is uit het verlaten vaderland, van het televisiescherm waarop bij wijze van slaapliedje het avondjournaal aan de gang is. De emigranten beginnen heen en weer te schuiven, ze kunnen niet lang stilzitten, ze willen graag een biertje gaan drinken of naar de coffeeshop. De vergadering eindigt met een algemeen offensief om die gevangenis te verlaten, en daarom stemt iedereen in met de voorstellen, de notulist schrijft dat ijverig op, dan begint men in groepjes de laatste nieuwtjes te vertellen en de leden verspreiden zich over de straten van Amsterdam-Oost. Vlatka graait haar papieren bij elkaar van de tafel waaraan ze heeft gezeten en rijdt met een paar van ons naar de headquarters, waar de discussies over de conclusies langer duren dan de vergadering zelf. Vlatka geeft die bediscussieerde conclusies op de een of andere manier vorm en dicteert ze om te worden afgedrukt in het nieuwe bulletin. Uilen naar Athene dragen en turf naar de venen sturen – dat is het uiteindelijke doel, zowel van de vergaderingen als van de conclusies. En het trouwe oor luistert en neemt eraan deel.

Ik ben een onlosmakelijk onderdeel van YUMIR geworden: ik ben er iedere dag rond het middaguur, ik ga om een uur of drie 's nachts naar Uilenstede terug. Ik heb geen tijd om erover na te denken of die toewijding aan YUMIR goed is of niet. Ik heb de indruk dat alles wat daar wordt gedaan in de wind wordt gezaaid. Maar toch, aangezien er oorlog is uitgebroken in Bosnië (tot Vlatka's onverholen vreugde), heeft de vredesorganisatie juist daardoor meer werk.

Ja, Vlatka was werkelijk blij om de oorlog in Bosnië. Eerst dacht ik dat ze blij was omdat zij bij ons bezoek aan de ambassade wat betreft de oorlog gelijk had gehad en de Bosnische journaliste niet, maar ik zag heel snel in dat de werkelijke vreugde (hoewel dat woord in deze context echt onacceptabel klinkt) voortkomt uit het feit dat er uit Bosnië ook mensen naar Amsterdam zullen komen, dat enkelen van hen ook bij YUMIR zullen belanden, zodat Vlatka zich al de lippen aflikt bij die nieuwe activistische kracht. Ze kijkt vol verlangen naar hen uit, soms lijkt het alsof ze de dagen tot hun komst telt.

Ik heb eindelijk kennisgemaakt met Milan, de student filmregie met wie ik de 'culturele sectie' van YUMIR zou moeten leiden. Hij is naar Amsterdam gekomen om op een veilige plek het einde van de oorlog af te wachten. Maar al meer dan een maand geleden heeft hij ingezien dat de oorlog lang zal duren. Zodra hij wakker wordt, draait hij een joint. Hij doet de hele dag niets dan blowen. Om hem te redden heeft Vlatka hem ingedeeld bij de 'cultuur'. Ze noemde hem 'het lekkerste stuk' van YUMIR.

Hij schudde me de hand en leverde, stoned als hij was, wat commentaar op Vlatka, waarop zij begon te giechelen en ons succes toewenste. Ze wijdde zich volledig aan de organisatie van haar verjaardagsfeestje, dat zondagavond gevierd moet worden. Milan keek me enige tijd met zijn bloeddoorlopen ogen aan, toen begonnen die ogen te lachen en begon hij ons te vermaken. Hij maakte een zakje open en draaide een joint. Zelfs Vlatka blowde. Het is me niet gelukt hem iets te vertellen over wat ik heb bedacht voor de eerste culturele manifestatie van YUMIR. Ik was de draad volkomen kwijt.

De volgende dag trof ik Milan op de Nieuwmarkt. We dronken koffie van de eerste financiële steun die Vrouwen voor Vrede voor de leden van YUMIR hebben ingezameld. Zonder die hulp zou ik niets meer te eten hebben gehad. Milan lachte toen hij hoorde hoe enthousiast ik was over het idee van een cultureel gebeuren. Met zijn gelach liet hij me zien hoe ontzettend naïef ik was. Vlatka heeft, zegt hij, dat hele YUMIR alleen maar opgericht om jonge mannen om zich heen te verzamelen. Op hem was ze tijdens de oprichtingsvergadering al verliefd geworden. Ze had hem de eerste dag dat hij voet zette in de headquarters al bij de ballen gegrepen. Ze wilde met hem trouwen. Milan had er bijna mee ingestemd. Vanwege de papieren. Toen had die gedachte hem met afschuw vervuld en twee dagen voor de bruiloft had hij ervan afgezien. Sindsdien behoorde hij tot de ongewenste personen. Vlatka was daarna van bil gegaan met Dino, die zich niet meer bij YUMIR liet zien. Hij had Vlatka naar haar mallemoer gewenst. Dino was degene die op de 'iden van maart' (zonder succes) tegen Vlatka in opstand was gekomen. Ik moest maar oppassen, zei hij tegen me, waarschijnlijk was ik de volgende in de rij.

Ik hoorde hem verbluft aan, als een kind dat voor het eerst hoort dat het dorp waar het is geboren niet het enige op de wereld is. Waarschijnlijk bloosde ik ook. 'Maar hou jij je maar vast aan YUMIR,' zei hij. 'Via YUMIR zul jij beslist ook gemakkelijk een uitkering krijgen, net als ik, en waarschijnlijk kunnen we zo allemaal ook veel gemakkelijker een verblijfsvergunning regelen.' Ik luisterde nog steeds naar hem zonder een kik te geven. Buiten vielen een soort ijzige kogeltjes. Milan vloekte en verwenste het Nederlandse klimaat. Hij popelt om hiervandaan te gaan. Hij keek op zijn horloge, veerde overeind en zei me gedag. Hij moest opschieten, hij had een afspraak met een of ander grietje. Terloops riep hij me toe dat ik me geen zorgen hoef te maken. We krijgen dat 'culturele gebeuren' wel voor elkaar.

Er stond nog steeds een ijskoude wind. Ik vernikkelde in mijn armzalige jack, ik dacht dat ik zou bevriezen op de fiets. Milans komst had het beeld dat ik me had gevormd volkomen in gruzelementen geslagen. Uit ieder stukje grijnsde het vervormde gezicht van Vlatka me tegen en lachte me uit. Ik weet niet wat ik met deze nieuwe bekende aan moet. Milan deed me denken aan die onbekende man die tegen Jozef zei: 'Ik moet je naar de goede weg leiden en je bewaken, zodat je bij je broeders komt', en die zich afvroeg: 'Wie is belangrijker: de bewaker of degene die wordt bewaakt?'

Nu, alleen in de wind, alleen met dit besef, voelde ik me opeens verloren. Zonder gids en zonder bewaker. Zonder weg.

Amstelveen, 18 april 1992

Vlatka's verjaardag, of liever de viering daarvan in de headquarters, was mijn eerste echte feestje in Nederland. Een vleugje van een gevoel van vrede en zorgeloosheid fladderde die avond letterlijk boven ons. Bijna alle YUMIR-leden, heel wat Nederlanders, een paar negers en Indiërs verdrongen zich in Vlatka's woning. Ik liep langs al die mensen heen, bleef voor een oppervlakkig gesprek even staan waar dat gepast leek, ik bekeek gezichten, gaf mijn ogen de kost, lette op mimiek, beluisterde de kleur van stemmen – ik vermaakte me uitstekend. Vlatka was er met haar uiterlijk werkelijk in geslaagd ons ervan te overtuigen dat zij de koningin was. Ze had een sari uit de kast getrokken die ze lang geleden ten geschenke had gekregen van een vriend (minnaar en prins). Die had ze om haar enorme lichaam geschikt en nu schoonde ze met vooruitstekende borsten de ruimte voor zich, ze had haar gezicht en nagels opgeschilderd met alle soorten verf die er in het huis te vinden waren, en het zou me niet verbazen als ze onder de sari blote benen had (vol stipjes van de afgeschoren haartjes met een flinke diameter, alsof ze door zee-egels was lekgeprikt), terwijl ze aan haar voeten vast en zeker stiekem naaldhakjes droeg, zodat ze ook door haar lengte domineerde. Als een kunstmatige paradijsvogel met haar eigen nest op het hoofd. Het enige wat haar ontbrak waren kleurige paaseieren.

Ik kwam toevallig naast Nađa terecht. Aan de vonkjes in haar ogen merkte ik dat ze zin had om te praten. Door het prettige gevoel dat ik altijd bij haar aantrof, bleef ik naast haar staan. Ze vertelde over Zagreb, over haar werk als decorontwerpster, ze had het over nerveuze regisseurs die een dag voor de première het concept van de voorstelling wijzigden, over aangeschoten acteurs, hun stank in de kleedkamer en de goocheltrucs op het toneel, het plein voor de schouwburg en de lanen met bloemen, het drankje in de club na de voorstelling en de lege nachtbussen op weg naar huis. Ze wilde dat ik die warmte van de voorbije rust ook zou voelen, ze praatte erover zonder opdringerigheid en met veel kleur. Ik had zin om haar ook iets te vertellen over dat leven daar dat, hoewel dichtbij, zelfs bijna binnen handbereik, zich van ons verwijderde als een in het heelal verdwaald lichaam waarvan we de baan, die we tot voor kort goed kenden en volgden, niet meer konden bereiken. Nooit meer konden bereiken. Maar ik had mijn mond nog niet geopend of Daca bracht een hapje, een taartje met rozijnen en kaneel. Ze zei dat we het beslist moesten proeven. We namen er eentje en ik begon mijn verhaal. Nađa luisterde even weinig opdringerig als ze sprak. En toen zag ik, midden in mijn verhaal, hoe Vlatka een toost uitbracht met een glas champagne. Haar lippenstift was discreet uitgesmeerd, zodat er zich in beide mondhoeken korreltjes hadden gevormd. Ze leek op een paljas met een gele suikerspin op het hoofd. Opeens kreeg ik de slappe lach en ik kon me niet meer inhouden. Ik lachte, ik stikte van het lachen, mijn ogen gingen dicht in een lachkramp, er stroomden tranen uit, ik kon mijn mond niet meer dicht krijgen, ik kronkelde en wankelde in een onbeheers-bare lach zoals me nog nooit eerder had bevangen, een lach zonder einde, zonder adem. Nađa en de anderen lachten ook. Er viel ergens een glas kapot, sommige mensen moesten even de frisse lucht in, de lach stak ons allemaal aan als een infectieziekte. Ik durfde niet meer naar Vlatka te kijken. Ik merkte alleen maar op dat ze haar ogen opensperde als een woedende uil die boos is op haar nageslacht. En wij giechelden door, zonder te denken aan een adempauze.

Toen de infectie na enige tijd toch voorbij was, dat wil zeggen toen we merkten dat we weer naar andere mensen konden kijken, was het gezelschap om ons heen al sterk uitgedund. Vlatka zat in een fauteuil, blootsvoets, met uitgelopen make-up, ze zag eruit alsof ze door jaloerse vogels was geplukt. Ze klaagde dat ze hoofdpijn had en meteen naar bed wilde. Daca vroeg ons hoe we de taartjes hadden gevonden. Ze bekende dat ze er hasjiesj in had gedaan, zogenaamde spacecake, en ze kon niet nalaten te bekennen dat ze haar heel goed gelukt waren. Dat zoete bedrog, dat grappige gemenigheidje beviel me wel en ik gaf degene die het had bedacht dan ook een pluimpje. Daca keek verliefd naar Zoran. Vlatka sleepte haar gewaden naar de slaapkamer. Nađa verzocht me met haar mee te rijden naar haar huis. Ze was bang voor het winderige donker. Ik woon zo ver dat ik voor geen enkele bestemming hoef om te rijden.

We stapten op de fiets en gingen de nacht tegemoet, die met vochtige lucht voor ons uit rende. De koude sneed ons in het gezicht, we trapten sneller door, tegen de wind in, die zijn stekels had opgezet. Nađa kende Amsterdam goed. De straatjes waar ze me doorheen leidde, de bruggetjes waar ze me overheen voerde leken toe te behoren aan een onwerkelijke stad die onder onze wielen uitvloeide als een droomgezicht. In de intervallen tussen twee oorvijgen van de wind zeiden we af en toe een woord, hijgend, gebruikmakend van de korte luwte om op adem te komen. Want de wind beneemt je de adem, zijn vlagen verstikken je. Nađa woont in een heerlijk deel van de stad, dicht bij het Museumplein, achter het Concertgebouw. Een straat met iepen, getooid met groene bloesems. Onwerkelijk in dit donker, alsof iemand kerstversierinkjes in de bomen heeft gehangen. Ze woont bij een jong echtpaar in huis. Ze hebben haar opgenomen om haar te helpen. Ze hebben elkaar leren kennen door bemiddeling van de organisatie Vrouwen voor Vrede. Op de bovenste verdieping van hun huis hadden ze een lege kamer. Ze hebben haar opgenomen als lid van het gezin. Zij doet haar best om hun huis altijd schoon te houden. Ze ruimt op, doet de vaat, kookt af en toe, en ze heeft ook gordijnen voor hen genaaid. Overigens gaat ze drie keer per week huizen schoonmaken. Zo verdient ze wat. De mensen bij wie ze werkt zijn 's morgens op hun werk. Nađa gaat hun lege huis binnen en blijft tot alles blinkt. Ze vertrekt en het huis blijft weer leeg achter. Ze raakt uitgeput van dat schoonmaken. Ze wil zich in Amsterdam graag inschrijven voor een postacademische studie. Zodat ze een atelier kan krijgen, zodat ze voldoende in de aandacht komt om weer decorontwerpen voor theaters te kunnen maken. Naar Zagreb wil ze niet terug. De ware reden daarvoor ligt noch in de oorlog, noch bij Tuđman. Die maken haar leven alleen nog duisterder. Haar moeder is gestorven toen ze nog een kind was, haar vader raakte aan de drank, hertrouwde, scheidde weer – hij is in geen jaren nuchter geweest. Zij deed zijn was en maakte bij hem schoon, verdroeg klappen, beledigingen, vloeken. Ze had een eigen flat gehuurd. Haar vader kwam bij haar aan de deur, eiste geld van haar, huilde, viel op de drempel op zijn knieën, vervloekte het leven en zijn lot. Dan gaf zij hem wat geld en belde hij haar dronken op om haar te beledigen. De oorlog was haar helaas welkom. Als uitvlucht voor haarzelf, om weg te gaan en niet terug te keren. Vlatka kende ze nog uit Zagreb. Ik ben de eerste aan wie ze dat allemaal heeft verteld. Ze verzocht mij haar ook iets te vertellen. Ik vertelde over Maja, waarschijnlijk om in die winderige nacht de stabiliteit te testen van de droom die ik liefde heb genoemd. Nu ik zo ver van haar afsta, in streken buiten mijn eerste dood, afgezonderd van iedereen, lijkt Maja mij mooier dan alles, levendiger en dapperder dan al mijn angsten en twijfels, zij, als het symbool van het verleden waar ik graag naar wil terugkeren. Herinneringen die ik tot toekomst wil maken. Nađa luisterde en leek het te begrijpen. Juist dat bedrukte me, dat ik het gevoel heb dat ze me begrijpt. Ze nodigde me uit om een keer bij haar op de koffie te komen. Dan kon ze me laten zien wat ze voor Koninginnedag aan het voorbereiden is. Ik zei niet dat ik niet weet wat Koninginnedag is. De nacht was al vermoeid aan het raken toen ik op weg ging naar Amstelveen. De merels begonnen uitbundig te zingen en ik reed door de erehaag van hun lied een ochtendkrieken vol voorgevoelens in.

Amstelveen, 25 april 1992

Gisteren ontving ik deze brief:

'Lieve Filip,

Ik raak altijd in de war wanneer ik een brief van je krijg. Ik heb het idee dat je ongelukkig bent. Je hebt Nederland zwartge-maakt alsof het een je reinste duivelsnest is. Je stoort je aan het klimaat, je ergert je aan de regen, ze stelen je fiets, je hebt geen vrienden – je geeft Nederland overal de schuld van. Maar heb je je weleens afgevraagd waar jouw eigen schuld ligt? Ben jij niet degene die zich niet kan aanpassen en zijn draai niet kan vin-den? Een stad of een land kunnen nooit ongastvrij of afstotend zijn. Dat zijn ze alleen voor mensen die hun angsten en voor-oordelen niet kunnen overwinnen en zich daarom nooit goed voelen, nergens thuis zijn. Ze dragen die starheid overal met zich mee, die is voor hen een soort vervloeking, ze kunnen er niet voor vluchten, ze volgt hen op de voet, dat is hun lotsbe-stemming. Ik wil je niet graag verdriet doen, maar ik heb de in-druk dat jij echt tegen je ware noodlot aangelopen bent. Dat heeft misschien altijd in je gesmeuld, maar nu, op onbekend ter-rein, vertoont het zich in het ware licht, het heeft je beheerst en richt je gedachten op het negatieve, op destructie. Ik weet niet hoe ik je kan helpen. Ik weet niet of dat hoe dan ook mogelijk is wanneer de hele wereld voor jou zwart is geworden. Misschien zou het je ook in Joego zijn overkomen en dan had ik je ook niet kunnen helpen. Want jij klaagt, jij die bent weggegaan. Wat moeten wij die zijn gebleven dan wel niet zeggen? In Bosnië wordt oorlog gevoerd, er worden nog steeds jongemannen ge-mobiliseerd, de omsingeling van de oorlog sluit zich steeds nau-wer om ons heen. Het gevaar is niet te zien, maar hangt in de lucht en bekruipt ons. De irrealiteit ervan verontrust ons, juist omdat we het gezicht ervan niet zien, omdat we niet weten in welke richting het werkt. Daarom kan ik er niet tegen je jam-merklachten te lezen. Ik ken een heleboel jongemannen die al-les zouden geven en verkopen om de grens over te kunnen, om te ontkomen, maar dat is onmogelijk. Gesloten, schluß. Ze ver-stoppen zich zo goed als ze kunnen, ze verdwijnen van de ene dag op de andere, laten zich slechts zelden zien. Ik besef dat ik geen vrienden overhoud, want ook zij die niet zijn ondergedoken zwijgen en trekken zich in zichzelf terug. Ik werk nog steeds. Ik ga naar de faculteit en schrijf mijn dissertatie. Ik probeer een vorm van normaliteit te bewaren. Dat is het moeilijkst. De rest scharrel je op de een of andere manier wel bij elkaar. Haal je dus geen fantasieën in je hoofd over terugkomen. Je moet geen domme dingen doen. Jij bent vrij, dat moet je begrijpen. Wij zitten hier opgesloten en net als de inwoners van Oran in Camus' *De pest* wachten we tot de ziekte ons aanvalt of helemaal voorbijgaat. Alleen wisten zij in Oran tenminste hoe hun pestilentie eruitzag, wij niet. De onze kan van alle kanten toeslaan. Je zult nooit begrijpen hoezeer je in het voordeel bent, maar wat kan ik eraan doen? Vecht om het vol te houden in jouw stront, zoals wij vechten in de onze.

Veel liefs van Maja'

Wij mensen weten niet wat liefde is. Dat hebben we nooit geleerd en daarom tobben we zo stom. Zij schrijft 'lieve' en 'veel liefs', alleen omdat die woorden deel uitmaken van de vorm die zij heeft gekozen om een van haar kennissen (want wat ben ik anders dan een van haar kennissen), om die dus te wijzen op de kostbaarheid van de tijd die ze heeft vrijgemaakt om die paar onuitstaanbare zinnen te schrijven. Als ze me een klap had gegeven, als ze me in het gezicht had gespuwd, als ze me met iemand had bedrogen, als ze iets anders had gedaan, wat dan ook, zou dat me minder hebben gekwetst. Want woorden winnen met de afstand aan dodelijkheid. Ze wilde me in mootjes hakken. Me zeggen dat ze me haat, dat ze niets over me wil weten, dat ik haar niet interesseer. Ze heeft me in een doos gepropt en op een plank gezet. Ze zal me alleen pakken als ze me nodig heeft. In alle andere gevallen laat ze me weten dat ik een ongewenste persoon ben. Zij heeft voor haar emoties een huis met ondoordringbare en ongenaakbare muren gebouwd, zij kiest zorgvuldig wie ze in dat huis zal toelaten, ze duldt geen mensen die zichzelf uitnodigen, ze weigert iedere oproep en negeert iedere klop op de deur. Ik heb het gewaagd aan te kloppen. Ze heeft naar buiten gegluurd en vloekend de deur dichtgesmeten. En die vloeken hebben mij alles verteld over haar, zowel in het verleden als in het heden. Het is onnozel dat ik ooit heb kunnen denken dat ze van me hield. Zij kan dat niet. Houden van wil zeggen: een manier vinden om je los te maken uit jezelf en in een ander te kruipen, om te proberen zijn gedachten en gevoelens van binnenuit te bekijken. Daarom betekent liefde dat je jezelf aan een ander geeft. Zelfverloochening. Soms is slechts één ogenblik voldoende, maar dan wanneer het nodig is. Ze hebben Maja voor de mal gehouden toen ze haar voorspiegelden dat ze tot liefde in staat is. Haar behoefte aan liefde brengt haar niet tot bewuste beslissingen. Integendeel, zulke beslissingen brengen haar in verwarring en remmen haar. Maar het is best mogelijk dat zij niet eens weet wat ze heeft geschreven. Mijn brief heeft haar beledigd en zij wilde mij beledigen. En onderweg zijn haar woorden sterker geworden, scherper, ze zijn kwaadaardig geworden en veranderd in pijlen, vastbesloten om me af te maken. Ik probeer haar te begrijpen. Dit is me allemaal al eens eerder overkomen. En toen deed het net zoveel pijn. Toen wilde en kon ik het niet begrijpen. Nu wil ik het en zou ik het ook graag kunnen. Mijn brief heeft Maja herinnerd aan haar vergeten beslissing die ik indertijd heb uitgelokt door de uitnodiging om met me mee te gaan naar Nederland. Daar wilde ze toen niet van horen. Nu weet ik dat ze aan het twijfelen is gebracht. Ze wreekt zich op mij voor haar eigen beslissing, ze wreekt zich ook omdat ze nu twijfelt. Daarom wil ze niet weten dat ik het hier moeilijk heb. Ze heeft al zo vaak spijt gehad dat ze niet met me mee is gegaan, dat ze in die spijt en gemiste kans troost heeft gevonden, en die sla ik de bodem in door haar te schrijven dat het hier moeilijk is, wat dat ook betekent. Ze straft me, omdat ik zo brutaal ben geweest om haar troost te vernielen. Maar ik zal haar weer schrijven. Ik zal proberen haar dit uit te leggen, maar me niet verdedigen. Dat zou haar tot woede drijven. Ik zal haar schrijven en haar uitnodigen me te bezoeken.

Maja heeft me geholpen te ontnuchteren en weer in te zien hoe hulpeloos ik ben. Dat ik niemand heb. En het is vreemd, gek, onverklaarbaar, maar die hulpeloosheid maakt me sterker, krachtiger, zie maar, ik voel dat ik dapperder ben, dat deze tranen stromen vanwege een groeiend gevoel van kracht, vanwege een vermogen dat bezit van me neemt, dat me doet zwellen, dat me vult en voedt. Ik weet niet waar ik het vandaan haal, ik weet niet hoe lang het zal duren, maar ik heb de indruk dat het iets speciaals is. Geloof in God.

Amstelveen, 28 april 1992

Voorbereidingen voor Koninginnedag. Daar wordt bij YUMIR over gesproken alsof het een heilzame gebeurtenis is die al onze problemen zal oplossen. Ze kijken me allemaal verbaasd aan als ik vertel dat ik niet weet waar het om gaat. Ze vragen zich af hoe het mogelijk is dat iemand een halfjaar in Nederland woont en niet weet wat Koninginnedag is. Om me een onnodige blamage te besparen riep Nađa me een beknopte uitleg toe: dat het een dag is waarop iedereen op straat mag verkopen wat hij wil. Het is van belang je van een zo goed mogelijke locatie voor de verkoop te verzekeren, daarom kom je de dag ervoor naar je uitverkoren plek en zit je daar de hele nacht de wacht te houden. Zoiets. Met die uitleg bracht ze me nog meer in verwarring. Waarom zou iets verkopen op de trottoirs van betekenis zijn voor YUMIR? Ik durfde het niet hardop te vragen, maar in haar educatieve elan strooide Vlatka met antwoorden. Het kwam erop neer dat er voornamelijk flyers, informatiemappen, prospectussen enzovoorts zullen worden uitgedeeld. Wie weet van wie we zo de aandacht konden trekken en wie ons zou willen helpen? Het klinkt onwaarschijnlijk, maar mijn God, het is Koninginnedag... Als dat de ervaring is van degenen die hier al langer zijn, wil dat zeggen dat er een wonderbaarlijke dag nadert.

Nađa is ook vol hoop. Ze heeft een reeks vlinderdasjes gemaakt, een paar nachthemden genaaid en vijftien hoeden ontworpen. Ze werkt de laatste zomen af, versiert de hoeden met borduursel, ze is druk bezig, in haar kamer liggen overal draden, bolletjes wol, naalden, lapjes, het is net een kleermakerij. Ze is gejaagd, bang dat ze niet alles af krijgt, ze moet nog zo veel doen, ze heeft Daca om hulp gevraagd, ze verwacht dat ze alles zal verkopen. En dat zou betekenen dat ze een huis minder hoeft schoon te maken.

Het schoot haar te binnen dat de mensen bij wie ze inwoont haar hebben gevraagd of ze iemand kent die bij een oude man, een beroemde dirigent die niet ver bij hen vandaan woont, in de tuin zou willen werken. Tweemaal per week, 15 gulden per uur. Al voordat ze helemaal was uitgesproken, viel ik haar in de rede met mijn instemming. Ze was blij. Dan zitten we dicht bij elkaar, zei ze, we zullen elkaar vaker zien. Ik kan na het werk altijd bij haar op de koffie komen. De dirigent heet Van der Heiden, Erik van der Heiden. Hij woont in het mooiste huis aan de rand van het Vondelpark, in de zogenaamde Koninginnebuurt. Ze gaf me zijn telefoonnummer. Toen ik dat nummer in mijn portemonnee stopte, voelde ik dat ik met beide benen op de grond stond. Ik weet niet of ik dat wil, maar het heeft een kalmerende uitwerking. Op mijn vraag of iemand van de ambassade al iets had laten horen in verband met de paspoorten, mompelde Vlatka dat ze daar vreselijk traag waren en dat ze daar de zenuwen van kreeg. Er is nog geen antwoord. Het werk in de tuin zal dus welkom zijn. Althans tot er antwoord komt.

Ik ben begonnen aan het derde deel van *Jozef*. Hij is in Egypte aangekomen. Een onbekende, armzalige slaaf. Ik lees langzaam, ik drijf op de zinnen van Mann. Maar op de een of andere manier blijft er steeds minder tijd over om te lezen. Kijk maar, nu ga ik haastig op weg naar Nađa. Ik heb beloofd dat ik haar zal helpen.

Amstelveen, 1 mei 1992

De avond voor Koninginnedag ging ik uit met Nađa, Jug, Zoran en Daca. De verkopers hadden iedere spanne gronds in het centrum al in bezit genomen, ze zaten op hun met krijt of plakband afgezette territoria – hun toekomstige kramen –, gewikkeld in dekens, op krukjes, ze rookten en dronken, aten een hapje en praatten, het leken wel vluchtelingen in een kamp. Hoewel er al publiek begon te komen, overschreed de drukte de maat nog niet – het was net als aan zee, wanneer iedereen in de avond naar de kade stroomt. Ik was verrast door de sfeer van opwinding, alsof morgen de verkiezing van de populairste persoon van de twintigste eeuw zou plaatsvinden. Nada en Milan legden me uit waar zij hun stalletjes zouden hebben, Nada met haar eigen spulletjes en Milan met die van anderen (hij werkt in een winkel met T-shirts voor toeristen). De opwinding smeulde de hele nacht, zelf kon ik ook nauwelijks wachten tot het ochtend werd.

's Morgens ging ik vanuit mijn Amstelveen, natuurlijk naïef, goedgeluimd het gebeuren tegemoet. Omdat ik Amsterdam nog steeds slecht ken, had ik een plattegrond van de stad meegenomen. De zon glimlachte, liet weten dat ze nog steeds bestond, hoewel ze al geruime tijd met verlof was. De iepen wierpen hun droge rijp al af, die vloog en dwarrelde als verlate sneeuw, waardoor die ook groen begonnen te worden: in Amsterdam heerste werkelijk de lente. Bijna tot het eigenlijke stadscentrum was er niets ongewoons te bespeuren of te voorvoelen. Maar voor het Vondelpark was het drukker dan ik had verondersteld. Ik kon niet door het park. Daar was het een gedrang van in dikke trossen rondspringende kinderen, en de met overvolle lakens bezaaide grasvelden en paden maakten het er tot een vrolijk kamp. Muziek van oude draaiorgels, ontstemde violen en schelle klarinetten. Ik moest om het ondoordringbare park heen. Ik ging op weg naar de Overtoom, waar het verkeer normaal functioneerde, zodat ik hoopte dat er geen hindernissen meer zouden komen. Voor het Leidseplein raakte ik ervan overtuigd dat ik de zaak rampzalig verkeerd had ingeschat. Ik liep vast. Je kon met geen mogelijkheid verder. Als de massa, de onwaarschijnlijke massa mensen niet bijna als verstard had stilgestaan, had ik gedacht dat er een reusachtige mierenhoop voor me lag. Er waren wel individuen die zich op de een of andere manier door die massa heen werkten, ze kropen, duwden en passeerden elkaar, maar de massa, die hele onoverzienbare mensenmassa stond daar onbeweeglijk. Alsof de hele stad werd gedeporteerd. Ik ging met de fiets aan de hand die oververhitte bijenkorf in. Een grote fout! Maar ik kon niet terug. Ik was al een opgezogen onderdeel van de massa. Ik behoorde daartoe en mijn lot hing af van dat van die straatmolen, waarin de graankorrels onbelangrijk zijn, waar alleen de wetten van de menigte heersen. De trappers van mijn fiets sloegen tegen mijn hielen en die van anderen, afhankelijk van de hoek waaronder ik in het gedrang een beetje kon manoeuvreren. Mijn voorwiel stootte tegen iemand voor me en tegen mijn achterwiel botsten zwermen onthoofden. Mensen zonder gezicht, menigten mensen zonder ogen en neuzen, ik keek alleen naar hun benen, terwijl ik hen passeerde en over hen struikelde, tegen hen stootte en duwde, waarbij ik ontzettend traag vooruitkwam, alsof ik bezig was met het rooien van een zeer dicht bos. Ik had een uur en vijftien minuten nodig om het einde van de Leidsestraat te bereiken, een straat waar je anders in vijf minuten doorheen fietst! Daar in de buurt, bij de Bloemenmarkt, aan de linkerkant, aan de gracht, moest ik Nađa vinden, terwijl Milan, hoopte ik, achter een kraam bij het Muntplein stond, nu waarschijnlijk ongeveer een uur van mij verwijderd. Ik werd duizelig. De ruimte had een heel andere dimensie gekregen. De tijd was rekbaar geworden, de afstand tussen dicht bij elkaar gelegen gebouwen enorm.

Nađa trof ik op haar hurken op de stoep van een huis, ingeklemd tussen haar hoeden en stoffen, vertrapt door de moeizame stappen van de menigte, onopgemerkt, zonder ook maar een lapje te hebben verkocht. Het ogenblik dat ik naar haar toe kwam, beschouwde ze als een goed teken en inderdaad, er bleef een vrouw staan, ze trapte op een uitgestald nachthemd en rommelde tussen de vlinderdasjes en de hoeden. Net toen we bang waren dat ze weg zou gaan, koos ze een turquoise vlinderdasje. Dat dasje is het enige wat Nađa op die uitzinnig gekke dag heeft verkocht.

Het bier eiste al zijn tol in de massa. Het werd in onwaarschijnlijke hoeveelheden gedronken. Vermalen plastic bekers, oprispingen en bier bij tonnen, uit tanks. Steeds vaker stonden voorbijgangers stil om hun behoefte te doen. Zonder afscherming en schaamte. Ze plasten waar ze toevallig waren. Het was onmogelijk je ergens te verbergen, je kon niet onopgemerkt achter een boom gaan staan. Daarom werd er gepist waar men aandrang kreeg. Mijn fiets, gestald op een brug, had het zwaar te verduren. Bruggen – een galerie voor het lozen van water. Ik moest hem ergens in veiligheid brengen. Ik vond een bordes boven aan de trap van een naburig huis, dat ik kon bereiken zonder al te lang te hoeven worstelen, zette mijn fiets op slot en tilde hem op het bordes. Ik zat nog een tijdje op mijn hurken bij Nađa, we kletsten wat, ik probeerde haar op te beuren. Daar slaagde ik niet in. Ze fixeerde de voorbijgangers, smeekte hun met haar ogen bijna hun blik te richten op haar werk, op alles wat ze had gemaakt, genaaid en gestreken. Maar tussen de weggeworpen etensresten en geplette bekertjes, waar overheen werd gelopen en waaruit het resterende bier als lijm over het trottoir stroomde, in de uitwasemingen van bier en urine, leek Nađa's 'kraam' steeds meer op een onderdeel van een vuilnisbelt, op een voor daklozen bestemde, vergeten boedel, op een overhoopgehaald vluchtelingenkamp. Ik kon haar niet aan het lachen krijgen, maar ik had de behoefte aan die grote verwachting ook niet begrepen. Ze zag eruit als dat meisje van wie niemand zwavelstokjes kocht. Ik beloofde dat ik terug zou komen en ging op zoek naar Milan.

Terwijl ik me door de dronken mensenmenigte worstelde, vormden de toegenomen stank en smerigheid een nieuwe hindernis voor mijn gang en mijn overleven in die aan alle kanten waterende, afgrijselijke massa. Overal om me heen stralen pis, de onverdraaglijke lucht van uitgezeken bier en het lawaai van talloze kapotte plastic bekers, die kermden onder de voeten met het kunstmatige getjilp van weggeworpen, gebruikt plastic. Milan had zich er achter zijn kraam net bij neergelegd dat de verkoop slecht ging. Hij rookte een joint en vond het allemaal wel best. Daar, bij de Munt, stonk het vreselijk. Iedereen piste tegen de muren van de oude klokkentoren en ik hield het niet meer uit. Mijn maag kwam omhoog, ik moest braken van de stank uit de plassen. Ik had hoofdpijn. Die plek leek wel het ware centrum van deze onverdraaglijke drukte, het werd me zwart voor de ogen bij de gedachte dat ik onmogelijk terug kon naar huis. Met grote moeite babbelde ik even met Milan en toen ging ik op weg terug, naar Nađa. Zij wachtte tot het gekkenhuis zich zou verspreiden, zodat ze haar spullen bij elkaar kon pakken en het veld van haar nederlaag kon ruimen. Zij had er ook schoon genoeg van. Ze had plezier om mijn commentaren ten koste van de provinciale Nederlanders, ten koste van hun ongehoorde vulgariteit. Zo na vijven begon de drukte af te nemen en Nađa maakte van de eerste gelegenheid gebruik om haar spulletjes bijeen te rapen en te vertrekken. Ze stelde me voor om bij Vlatka langs te gaan. Het gewoel was drastisch afgenomen en er was een vuilnisbelt achtergebleven. Een kerkhof van plastic bekers. Ze kreunden onder onze wielen, werden samengedrukt en nog verder gespleten. De straten leken op een ongedefinieerde ruimte, verwoest door het overlopen van rioolbuizen. Ik moest zorgen dat ik alleen naar boven keek, naar de echo van de vertrekkende zon, om te voorkomen dat ik zou overgeven.

Zodra we bij Vlatka binnenkwamen, begrepen we dat haar gezelschap met het reclame maken voor YUMIR ook van een kale markt was thuisgekomen. Vlatka ging tekeer alsof ze vloeibare essence van hete paprika had ingeslikt. Haar haren waren in elkaar gezakt, haar make-up was tot onregelmatige vlekken uitgelopen, ze had haar schoenen uitgedaan en haar opgezette, vuile voeten over de leuning van de driezitsbank gehangen. Ze was zo lelijk als een versufte, goedkope hoer op jaren die zojuist is gevlucht voor een vechtpartij in het bordeel. Ze hoonde Nađa omdat die had gehoopt dat ze iets zou verkopen. Ze noemde haar een domme naïevelinge, een armzalige halvegare en een irreëel schepsel. Nađa hoorde alle beledigingen gedwee aan. Op weg naar huis begon ze pas te huilen. In die stank op straat waarover het duister was gevallen. Zo had haar dronken vader haar ook beledigd. En geslagen. Ze had gehoopt dat ze daaraan was ontsnapt. Nu zag ze dat ze niet loskwam van haar dronken vader.

Het donker van de Amsterdamse voorstad vervlocht me in haar geheim dat ik niet kende. Ik had de schaamte van deze stad achter me gelaten en snelde de slaap tegemoet. Oververmoeid en uitgeput herhaalde ik onderweg maar één zin: op Koninginnedag zet ik nooit meer een voet op straat.

Amstelveen, 6 mei 1992

Ik ben een paar dagen niet naar de headquarters geweest. Ik wachtte tot die stank uit mijn neusgaten was verdwenen. Ik las *Jozef* en reisde met hem door Egypte, door het land waar hij heen was gevoerd. De handelaars die hem hadden gekocht, de oude man die voelde dat Jozef geen gewone slaaf was, de aankomst in het Egyptische land, anoniem, samen met vee, met slaven, onopgemerkt, onbelangrijk. Maar wat kon hij de oude man mooi goedenacht wensen! Wat hij ook deed, of hij nu brood bakte of de oude man voor het slapengaan toesprak, Jozef deed het met zijn hele wezen en geest. Hij deed het, maar geloofde in het andere, in wat nog moest komen. De volgende zin verbaasde en bemoedigde me op een bijzondere manier: 'Als men dan toch naar het westen gaat, dan moet men ten minste de eerste worden onder de mensen aldaar.' Wat wil dat zeggen? Ik ben in het westen, in een land waar de mensen die er leven niet weten wie ik ben, waar ik nog niet besta, waar ik doorheen reis, terwijl ik hun piramides en obelisken bekijk. En hun vuilnis en fluimen. In de mengeling van die beelden zie ik mezelf niet, ik zie alleen een waarnemer, iemand rond wie zich het beeld dat hij waarneemt langzaam afwikkelt, een beeld dat de ring om hem heen misschien zal sluiten. Pas dan zal hij in het beeld dat hij waarneemt ook zichzelf kunnen zien.

Ik heb langs de Amstel en door het Amsterdamse Bos gefietst. Baden in de zonbeschenen wind van het vochtige groen. Ik heb met niemand gepraat, ben niemand tegengekomen. Ik vrees de nadering van een zekere datum. De eerste juni komt naderbij, ik heb amper geld om te overleven en het is ondenkbaar dat ik mijn schuld aan Annelies zal kunnen voldoen. De waan dat ik tegen die tijd in Spanje zal zijn, smelt in de onwerkelijkheid van beelden die ik al niet meer kan oproepen. Ik zweef niet meer boven de aarde. Er valt stof op mijn voeten, het zand bedelft ze langzaam. Als ik hier nog even langer blijf staan, zal ik wortel schieten. Eerst rizoïden, die allerfijnste, mosachtige.

Ik heb de oude dirigent opgebeld. Hij fleurde op toen ik me aan hem voorstelde. Hij vroeg of we ook in een andere taal dan Duits met elkaar konden praten, maar was niet teleurgesteld toen ik zei van niet. Hij wacht tot ik kom, de tuin is helemaal met onkruid overwoekerd. Hij kan het niet meer aanzien. Ik moet aanstaande zaterdag om tien uur komen. Hij heeft al het benodigde gereedschap, ik hoef me geen zorgen te maken.

'De wereld heeft vele middelpunten, een voor ieder wezen, en om een ieder ligt zij in een eigen cirkel. Jij staat maar een halve el van mij vandaan, maar om je heen ligt een wereldcirkel waarvan niet ik, maar jij het middelpunt bent. Ik ben echter het middelpunt van de mijne... Want onze cirkels zijn niet zo ver van elkaar verwijderd dat ze elkaar niet raken, maar God heeft ze diep in elkaar geschoven en gekruist, zodat jullie, ismaëlieten, weliswaar geheel eigenmachtig en volgens je eigen zin reizen waarheen je wilt, maar bovendien in die kruising ook middel en werktuig zijn met behulp waarvan ik aan mijn doel geraak. Daarom vroeg ik waar jullie me heen voeren.'

Amstelveen, 9 mei 1992

Ik heb om me heen gekeken en beseft dat ik in een put zit. Dat ik daar al lang in zit, dat ik de vochtige, van duisternis doordrenkte wanden ervan heb bekeken in de veronderstelling dat het regenachtige landschappen waren. Mijn blindheid deed geen pijn. Nu zie ik, met wijd open ogen, en dat gezichtsvermogen doet me pijn. Het schrijnt.

Ik was zonder speciale aanleiding naar Vlatka gegaan, zoals altijd. Aangezien de stemming van een mens in Nederland wordt bepaald aan de hand van de vraag of het regent of niet, was ik in een goede bui. Ik geloof dat ik onderweg op de fiets zelfs heb zitten neuriën. Vanwege de zon en het uitbundige groen, vanwege mijn lied en het vrolijke gepiep van mijn niet-gesmeerde wiel wilde ik niet merken dat ik bij Vlatka werd aangekeken met een speciale, niet helemaal uitgesproken blik. Daca bood me bij de deur al koffie aan, Nemanja ging die ogenblikkelijk zetten, Zoran bracht er een paar koekjes bij, Vlatka was aan het telefoneren, maar zond me een kusje toe. Het gordijn voor de deur naar het terras was opengeschoven, op de binnenplaats bloeide een bessenstruik. Een zacht windje, dat op dagen zoals die van gisteren kan strelen, had de boemannen van de tabaksrook uit de headquarters verjaagd. Toen ze de hoorn had neergelegd, begon Vlatka meteen uit te weiden over de conferentie van vredesbewegingen die in juli zal plaatsvinden aan het Gardameer, over nieuwe hoeveelheden materiaal die moeten worden geschreven en gedrukt, over de agendapunten voor de vergadering van zondag en, en daarbij keek ze me betekenisvol aan, over de presentatie van de cultuur van voormalig Joegoslavië, die Milan en ik naar onze beste vermogens voor eind juni moeten organiseren. Die moet 'inslaan als een bom' en 'retegoed zijn'. Zo zei ze het. 'Amsterdam moet steil achteroverslaan wanneer het ziet wat wij voor cultuur hebben!' Helemaal opgedirkt, met versgeschoren armen, was ze schoentjes aan het passen, waar ze haar opgezette voeten in wrong met evenveel moeite als een van Assepoesters zusters. Ik begon te vertellen hoe ik me die avond voorstelde, maar op dat moment rinkelde de telefoon. Uit die paar woorden Nederlands die ik verstond, maakte ik op dat Vlatka het over Italië en de reis naar de conferentie had. Toen ze het gesprek had beëindigd, ging ze daarop door. En ik wist: ze is schoentjes aan het passen voor een wandeling langs de oever van het Gardameer. Ik vroeg haar met wie ze van plan was te gaan. Het was me niet duidelijk waarom ze meteen zonder aarzelen zei: 'Nou, met wie anders dan met Nemanja. Hij is de enige met een geldig paspoort.' Een onbestemd gevoel van agitatie overspoelde mijn hoofd en ik geloof dat ik mijn eigen vraag niet eens hoorde. En Vlatka's antwoord ook niet meteen. Ze moest het voor me herhalen: 'Helaas kunnen ze uw paspoort niet verlengen. U bent niet in militaire dienst geweest.' Nu weet ik dat ze blij was toen ze dat tegen me zei. Ze was blij omdat ik van nu af aan helemaal in haar macht was. Haar slaaf, haar bediende, haar afhangeling. Ik verlangde dat ze alles wat ze had gezegd herhaalde en weerde haar woorden af met mijn vragen. Maar, hoe, wat, kunnen zij dan, waarom, er klopt iets niet... Alles vergeefs. Ze zei nog een keer dat het haar speet, maar ze wist de vreugde in haar ogen niet handig genoeg te verbergen. Ze trok een schoentje aan. Ze stond op, zwaar als ze was, om er een stukje in te wandelen. Ze hinkte, half geschoeid, en in die farce van haar uiterlijk herkende ik mijn noodlot. Ik had de moed niet om te schreeuwen. Mijn keel wilde mijn stem niet doorlaten. Net als in dromen, wanneer je door demonen wordt gekweld en je wilt gillen, maar je kunt het niet, je wordt verstikt, je probeert je stem uit alle macht te bevrijden uit de boeien die haar kluisteren, maar het lukt je niet, je schokt, je scheurt de sluier van de droom, rijt hem open en je ontwaakt in het doffe duister, waar de woelige werkelijkheid heeft besloten je te bedriegen door te doen alsof ze zelf ook sluimert in leugenachtige rust. Ik volgde Vlatka's manke draf en staarde naar haar terwijl ze zichzelf in de spiegel bekeek. Ze duwde haar dikke heupen naar de voorgrond van het beeld en klakte met haar tanden. Iemand deed de deur open en ik schrok op. Op datzelfde moment viel me in dat het vandaag de sterfdag van mijn vader was. Het viel me ook in dat ik dat was vergeten, ik herinnerde me de onderdrukte kreet van mijn moeder toen ze haar het bericht per telefoon meedeelden, en ik leerde dat ongelukken zich op dezelfde datums aandienen. Vlatka wilde graag horen hoe ik me onze cultuuravond voorstelde, maar ik zag op de binnenplaats een fiets met een lekke band. Ik ging naar buiten, pakte mijn gereedschap en begon het wiel eraf te halen. Vlatka keek even door het raam en rolde met haar ogen. Toch onthield ze zich van commentaar. Daca vroeg me of ik een sapje wilde, maar ik hoorde alleen maar medelijden. Ik sloeg het af. Gelukkig moest Vlatka ergens naartoe. Ik plakte de band en ging ook weg. Ik zwierf door de straten. Op de fiets, net als vroeger wanneer ik alleen achterbleef. Net als altijd. De straten gleden langs me heen en ik wist niet of ze iets van mij wilden. Ik wilde ook niets van die straten. Ik had het idee dat de wind door mijn hoofd floot. De collaps van mijn verkramping voelde ik als bewusteloosheid zonder duizeling, als een moment waarop het allemaal niets uitmaakt. Een moment dat zo in de eeuwigheid kan overgaan. Ik wenste dat dat zou gebeuren en tot Nađa's deur verwachtte ik dat ook. Niemand kwam me opendoen en ik herinnerde me een zin uit een of ander boek: 'Degenen die je zoekt zijn er nooit.'* Dat was pas de genadeslag. Dat die deur gesloten was. Ik moest leren dat een mens zijn beklemming altijd alleen draagt. Had ik dat niet allang geleerd? Waarom dacht ik dat het nu anders zou zijn? Ik kwam thuis en wierp me op *Jozef*. Jozef zag de piramiden. Ik probeerde Maja een brief te schrijven. Ik lag in het donker te staren. Viel in slaap. In mijn droom bezocht mijn moeder me. Ik strekte mijn armen naar haar uit. Ze glimlachte, mooi, stralend, maar ze zei geen woord. Ik werd wakker van de tranen. Buiten zong een merel. De put.

Amstelveen, 14 mei 1992

Ik belde aan en wachtte. Er werd niet opengedaan en ik was al bang dat ik op de verkeerde tijd was gekomen. Misschien had ik me in de dag vergist? Terwijl ik voor de deur van het enorme huis stond, knerpte een stukje verderop de poort bij een laag huisje, waarvan ik veronderstelde dat het de garage was. Daar verscheen het gezicht van een aardig oud mannetje, zijn warrige grijze haar viel over zijn voorhoofd als de natte veren van een verregende vogel. Ik ving zijn half verwarde blik, terwijl ik aarzelde of ik naar hem toe zou stappen. 'Sind Sie Filip?' Hij begroette me met een stem die zijn jaren niet verried, terwijl hij me zijn hand toestak en me opnam met rusteloze, dromerig blauwe ogen die over mij heen zigzagden. We gingen de poort door en langs een smalle doorgang betraden we de tuin. Een plantenpaleis overweldigde me met zijn vochtige groen, alsof de waterval van een snelstromend beekje zich over mij uitstortte. De tuin ligt met de achterzijde tegen het park, de planten zijn vanuit het park toegestroomd en gelekt om het sierlijke huis te omgeven, dat in de onbescheidenheid van al die begroeiing doet denken aan een kasteel. Er ligt zelfs een vijvertje voor, waarin zwijgend wordt gejaagd door levendige watersalamanders, de zoete geesten van antediluviale tijden. Op open plekken tussen een dwergcipres en een rode pruim, in de roze sneeuw van de uitgebloeide boom, is gras ontsproten en onkruid opgekomen. Het is alleen gras en onkruid niet toegestaan zich te onttrekken aan het vocht dat op schaduwrijke plekken nooit verdwijnt, maar loert en wacht, als een slang. De oude toonde me een kruiwagen waar harken, schoffels, allerlei vegers en bezempjes en mesjes uitstaken. Hij bood me handschoenen aan om aan te trekken en liep met me over een paadje door de tuin. Hij liet me de plekken zien waar ik het onkruid moest weghalen, hij liet me de dienstingang zien die naar de keuken leidde. Als ik iets nodig had, kon ik hem van daaruit roepen. Hij zou me alleen laten, hij moest zelf ook werken. Zijn gezicht droeg de herinnering aan een bepaalde onrust, waardoor zijn oogleden sloten met een lichte verkramping die ervan kon wegvliegen om weer terug te keren, maar de oude slaagde erin een glimlach te behouden die, verward door die onrust, werd uitgesmeerd als make-up over het gezicht van een onhandig kind. Vandaar de indruk van zachtheid. Zijn verschijning, licht gebogen, precies zoveel als de bescherming van de ziel van de oude vereiste, liep met kleine pasjes over het paadje tot tussen de muren en verdween daar. Algauw was er vanuit het huis muziek te horen.

Ik zat weer op mijn hurken tussen de planten. Ik wist het, prinsen en prinsessen, koningen en ridders keken me aan. Ze wachtten tot mijn hand hen tot leven wekte. Vijftien jaar geleden zou ik op deze open plek een kasteel hebben gemaakt, kamperfoelie zou de muren hebben gesierd en vanuit een hoog, smal, in de dikke muur teruggetrokken venster zou een opgesloten prinses hebben uitgekeken over de weg die tegen de steilte van een heuvel naar het kasteel leidde, en op haar uitverkorene hebben gewacht. Ogenblikkelijk doemde om mij heen de voorzijde van het kasteel op, en de traan van de prinses, en geruis van het water dat het kasteel omgaf. En dat alles verdween meteen. Het oude mannetje luisterde in *zijn* kasteel naar muziek en ik stond op het punt de doodstraf te voltrekken. Alle prinsen, maagden en koningen moeten, als in nazikampen, worden geëxecuteerd. Ik zal hun lichamen verzamelen en op de kruiwagen gooien, die ze naar de mesthoop zal brengen, daar waar hun het niets zal wachten. Ik begon ze te rooien en af te snijden, te breken en te knakken. Die muziek uit het huis deed me denken aan de film *A Clockwork Orange*. Beethoven. Het onkruid werd opgeruimd, stukje bij beetje. Die traan was van mij. Die had ik geleend van de net bezweken prinses en hij was over haar wang gerold als een laatste groet aan het leven. In die lang vervlogen tijd zou ik er nooit mee hebben ingestemd om mijn helden te doden. Ik had gezien hoe anderen dat deden, zij die de prinsessen niet herkenden, zij voor wie er alleen takken, bladeren en afgevallen bloemen bestonden. De tuin was voor mij een schouwtoneel. Ik weet dat het oma moeite kostte om te bukken, om met de sikkel het gras te maaien, om het hondsgras in de rozentuin te rooien, maar ik herinner me ook mijn onverschilligheid voor haar blik, mijn minachting zelfs voor de smeekbede die erin lag... Ik voel dat de lijn van herinneringen die het bestaan van het schouwtoneel moet oproepen erg dun is. Toen weigerde ik het gras te wieden, daarom wied ik het nu, nu alles er voor mij van afhangt. En ik wied het zo goed mogelijk. Ik ben moordenaar geworden om te overleven. Ik plet ieder kluitje, ik kam de aarde met een hark. Ik hark en ik huil. De oude moet tevreden zijn. Ik rijd de kruiwagen naar de achterzijde van de tuin, naar de plek die bestemd is als begraafplaats voor planten. Een roodborstje vliegt over mijn pad. Met een dienblad in zijn handen komt de oude tevoorschijn uit het huis. We gaan aan een tafel onder een magnolia zitten. Hij biedt me oude Nederlandse kaas aan, die verbrokkelt onder mes en vingers. Hij zegt dat de tuin er nu prachtig uitziet. Hij stelt me voor zijn tuinman te worden. En de stoelen moeten ook worden geverfd. Kan ik overmorgen komen? Hij deed me uitgeleide en ik voelde in zijn glimlach bereidheid tot vertrouwen, die schuchter tussen zijn tanden door gluurde. Ik trof Nađa thuis. Ze was gordijnen aan het naaien. Ik begeleidde de naaimachine met dit verhaal.

Amstelveen, 15 mei 1992

Ik ga Maja toch niet schrijven. Nu tenminste niet. Later, als de onherstelbaarheid helemaal is opgestijfd, als de hoop is verhard tot een onvruchtbare steen, als die in al zijn zwaarte op mijn maag is gevallen en als de vertering van de werkelijkheid is begonnen, met oprispingen en gassen. Ik zal wachten. Als ik alles heb verteerd en een deel van mijn misselijkheid heb uitgebraakt (een ander deel zal blijven, zich in mij inbouwen), dan zal ik haar schrijven. Dan, wanneer ik er zeker van ben dat haar onverschilligheid me niet zal deren, wanneer ik ongevoelig ben geworden voor haar verbruikte liefde en voor de herinnering dat het anders had kunnen zijn. Dan zal ik haar schrijven. Ik ben kwetsbaar en zij is ongevoelig. Mijn geklaag zou haar alleen maar ergeren, en ik heb geen grofheid nodig. Ik leef liever in een leugen die me toefluistert dat mijn geliefde aan me denkt, dan dat de waarheid me doorboort met Maja's ongeduld en grove onverdraagzaamheid. Ik heb ergens ver weg een meisje en zij wacht op me, dat is de cadans van het slaapliedje dat ik voor het slapengaan voor mezelf herhaal, zoals een papegaai de zin herhaalt die hij heeft geleerd, maar waarvan hij de betekenis niet kent.

Vandaag, bij de ontmoeting met Vlatka en haar 'huisgenoten', voelde ik me een beetje afgestompt, alsof ik licht verlamd was, alsof mijn verborgen afweermechanisme zijn tandraderen in beweging had gezet. De waarheid schoot me te binnen dat de oude Grieken boodschappers van slechte berichten doodden. Met een intuïtie zo scherp als de reuk van een poema had Vlatka in een fractie van een seconde de verandering in mij waargenomen, en ging toen door haar tong te roeren alsof ze zojuist haar woordenmaalmachine had gesmeerd. Ze begon met verwijten. Dat het bijna eind juni was, dat we nog geen afspraken hadden gemaakt over ons culturele gebeuren, dat zij een mislukking niet dulden zou, er was ook geld voor bij elkaar gebracht, natuurlijk sloeg dit niet op mij, maar op die blowende luiaard Milan, die wel mooi kon praten, maar meer ook niet, als er iets gedaan moest worden was hij er nooit, hij probeerde overal onderuit te komen, glipte weg als een vis, ik moest hem mee zien te krijgen, van de steun die YUMIR zou krijgen was ons aller lot afhankelijk, als ik er met hem niet uitkwam, moest ik een andere medewerker zoeken... en zo ging het eindeloos door. Ze wilde de werking van haar macht beproeven. Nu ik nergens naartoe kan, nu ik van haar AFHANKELIJK ben. Ze wil zien hoe gehoorzaam ik ben en of ik dat zal blijven. Ik zei dat ik met Milan zou praten en dat ik al een idee had wat we zouden gaan doen. Ik begon haar mijn idee uiteen te zetten in de wetenschap dat ze te nerveus was om naar iemand anders dan zichzelf te luisteren. Ze viel me dan ook in de rede. Maar ze voegde er ook een glimlach aan toe, zo'n glimlach van onbeholpen vrouwen waarmee ze willen wijzen op hun onvoldoende zichtbare, maar aanwezige vrouwelijkheid. Ik belde Milan, maar trof hem niet thuis. 'U hebt niks aan hem,' lachte ze boosaardig. Nemanja deed de afwas, hij brak een kopje. Ze schreeuwde tegen hem en in de headquarters viel een doodse stilte. Zoran kwam Vlatka halen om naar een of andere vergadering te gaan. Nađa zat iets te tikken op de computer, ik wachtte op haar, en we gingen naar huis. Ze vertelde me weer over Zagreb. De donkere kleur van haar stem is in staat me te troosten.

Amstelveen, 16 mei 1992

Ik heb Leo gebeld. Hij was verrast dat ik nog steeds in Nederland was, hij dacht dat ik was vertrokken. In zijn stem was geen spoortje blijdschap te bespeuren. Hij verzachtte zijn scherpte pas toen hij begreep dat ik hem niet belde om iets van hem te vragen. Of eigenlijk belde ik hem daar wel voor, maar zo vatte hij het niet op. Ook al begon ik mijn zin met 'ik heb je hulp nodig', het einde daarvan was voor hem zo onverwachts dat zijn stem zelfs vrolijk klonk. Hij beloofde dat hij me zou helpen, dat ik me geen zorgen hoefde te maken, over een paar dagen zou hij me bellen met een concreet voorstel, of liever, ik moest hem bellen, want hij wist niet hoe hij mij moest bereiken. Als hij zich aan zijn woord houdt, zal Vlatka verrast zijn. Ze verwacht niet dat ik in staat ben ook maar iets te organiseren, ze ziet uit naar mijn mislukking, dan kan ze me indelen bij het gewone voetvolk, dat blindelings naar haar luistert en blindelings de zinnen-onanieën overtikt waarin zij haar lichamelijke eenzaamheid en geestelijke ontevredenheid lucht. Voorlopig is zij in het voordeel, en daarom denkt ze me naar haar hand te kunnen zetten, maar ik zal haar laten genieten van haar toneelspel wanneer ze inziet dat de krachtsverhouding anders ligt. Alhoewel, niet helemaal, want één feit is toch moeilijk te veranderen: ik kan nergens heen! Vlatka heeft me mijn waardeloze rode paspoort overhandigd, met de foto die maar een maand na mijn moeders dood is gemaakt –

daar ben ik jong en donker. Terloops waarschuwde ze me dat ik het wel moest bewaren, je kon nooit weten wanneer ik het nodig zou hebben.

Vandaag heb ik gewerkt bij dat aardige oude mannetje, de dirigent. Noem me maar Erik, zei hij tegen me, terwijl hij me voorzag van karnemelk en beschuit met boter en kaas. Ik had de indruk dat zijn glimlach nog hartelijker was dan de vorige keer. Hij wil dat ik zijn tuintafel en -stoelen geel schilder. Vuilgroen als ze zijn, verdwijnen ze in de schaduwen van de bomen en de bladeren, hij wil liever dat ze opvallen. Maar eerst moet ik de oude verf eraf krabben. Dat heb ik nooit eerder gedaan, maar ik deed net alsof dat wel het geval was. Ik weet niet of ik overtuigend overkwam, ik had geen tijd om daarover na te denken. Net als de vorige keer liet hij me alleen. Op de takken om me heen streken vogels neer, een klein slank poesje met een gemene, doordringende blik sloop als een dwergluipaard rond om het vijvertje en probeerde een watersalamander te vangen. Ze liep om hem heen, vlijde haar kop tegen het spiegelende water, zwaaide met haar poot, dreigde, maar er gebeurde niets. In beslag genomen door hun eigen jacht merkten de watersalamanders haar niet eens op. Aanmerkelijk vroeger dan de vorige keer bracht de oude thee met een hapje. En hij bleef aanmerkelijk langer met me op de houten bank zitten. Hij vertelde me over de vermaarde architect, een van de beroemdste, die dit huis in de negentiende eeuw voor zichzelf en zijn gezin had gebouwd, vervolgens dat hij dit huis al lang had willen kopen, maar er, doordat hij het te druk had, nooit aan toegekomen was daar werk van te maken, dat hij een paar jaar geleden toevallig had vernomen dat het huis werkelijk te koop stond, dat hij het na uitvoerige onderhandelingen met het bureaucratische systeem in Nederland had gekocht, vervolgens dat hij dolblij was geweest dat het hem toch was gelukt, dat zijn vrouw en hij erin waren getrokken en dat zijn vrouw slechts een paar maanden daarna ziek was geworden. Ze was maar acht maanden na de verhuizing overleden en hij was opeens, zo onverwachts dat hij niet eens tot bezinning had kunnen komen, alleen achtergebleven in dit enorme huis, alsof hij was opgesloten in een vergeten kasteel. Hij vertelde dat allemaal snel, monotoon, met de routine van iemand die datzelfde verhaal al vele malen heeft verteld, terwijl er in de werkelijkheid om hem heen niets was veranderd of zou veranderen. Zo plotseling als hij aan tafel was komen zitten en was gaan praten, zo vastbesloten stond hij nu op en verontschuldigde zich dat ook hij moest werken, net als ik. Op zijn gezicht zag ik verwarring, omdat hij zich niet had kunnen inhouden, in tegenwoordigheid van een onbekende niet had kunnen zwijgen over zijn verdriet. Hij schaamde zich en een lichte blos steeg tot tussen zijn witte haar. Vanuit het huis klonk muziek, ik ging verder met het verven van de stoelen en ik had het warm.

Amstelveen, 19 mei 1992

Ik heb Milan laten weten dat Leo musici heeft gevonden, ze willen graag spelen, we moeten alleen afspreken wat en waar. De Oude Kerk lijkt mij wel wat, die reusachtige tempel midden in de rosse buurt, waarvan het purperen schijnsel de weg van zondaars en gelovigen gelijkelijk verlicht. Wat mij verrukt is de monumentaliteit van het gebouw, gracieus en plomp tegelijk, het onderscheidt zich van alle huizen in het oude centrum door zijn massiviteit. Ik zei tegen Milan dat we het concert daar zouden houden. Ik vertelde niets aan Vlatka, ik wachtte tot het gist van de verbazing nog verder zou rijzen.

Vanmorgen zijn we naar de Oude Kerk gereden en hebben we mevrouw Ekster onze bedoelingen voorgelegd. Ze luisterde, knikte met haar op een zinloos lange hals geplante hoofd, knipperde met haar ogen, schreef iets op het papier vóór zich en zei: goed. De ruimte van de kerk is beschikbaar tussen 26 en 30 juni, maar we kunnen er alleen terecht als het een benefietconcert wordt. Ze glimlachte kort en zakelijk, zo was haar optreden overigens helemaal, ze stak ons de hand toe en verzocht ons haar zo spoedig mogelijk ons definitieve besluit te laten weten, alsook of we al dan niet een piano nodig hebben. Op het plein keken Milan en ik elkaar, net als in een film, verwonderd aan. We hadden niet gedacht dat het zo glad zou verlopen: je wijst een kerk aan, gaat naar binnen, je loopt mevrouw Ekster tegen het lijf en je spreekt een concert af. We gingen naar een coffeeshop. Milan draaide een joint en ik dronk een coca-cola. Morgenavond gaan we naar Vlatka. Dat nest zal van haar hoofd vallen als ze het nieuws hoort.

Amstelveen, 20 mei 1992

Tot een paar dagen geleden, toen mijn idee om hier ver vandaan te gaan weliswaar al behoorlijk verpieterd was, maar nog steeds smeulde als het enige brandpunt van hoop om uit deze put te worden verlost, tot dat moment verstreek de tijd eentonig, in zijn Amsterdamse regenmantel van grijsheid sleepte hij zich voort als een geslagen hond en hij hikte van afmatting en verveling. Maar nu, slechts twee weken nadat ik dat leugenachtige gloeilampje heb uitgedraaid, vliegt de tijd al, hij wil me meenemen, ik ren achter hem aan, ik haal hem hijgend in, hij tilt me op, draagt me, jaagt de wind langs mijn gezicht: ben ik dat zelf die voortjaagt op de fiets, of wil de tijd me zeggen dat hij me in zijn handen heeft genomen en niet zal rusten voordat we het doel hebben bereikt? Dat onzichtbare doel, dat ons wacht op een onbepaalde, maar zekere afstand. Alleen zo kan ik een overvolle dag als die van vandaag verklaren en begrijpen.

Erik heeft me vandaag in zijn huis gelaten. Niet alleen omdat het motregende, zodat ik het verven van de tuinstoelen niet kon voltooien, maar ook omdat hij me wilde laten zien wat er allemaal nog meer moet gebeuren. Maar vooral omdat hij me wilde binnenlaten in zijn kamers, in zijn leven. Ruime, donkere kamers, waarin het licht beklemd wordt door vervallen, verdroogde verf, die iedere herinnering aan jeugd en helderheid heeft verloren en daardoor, verschoten en wel, verkommert in dat donker, wachtend tot alles ten slotte een levenloze, huiveringwekkende grot wordt. Het aanzicht van de kamer deed me denken aan een beschrijving die ik heb gelezen in een of ander boek, ik weet niet meer welk, en heb opgeschreven in mijn notitieboekje:

'In die kamer, in die gangen, in dat huis dringt het licht moeilijk door. De sparren aan de rand van het park verheffen zich pijnlijk voor de vensters, waarvan de glas-in-loodramen, veranderd in donkere, door de tijd roetzwart geworden glazen vlekken, als verpopte schandalen in het verborgene hurken. Je zou in dat beslist eeuwige halfdonker de flarden spinrag, die met onzichtbare draden aan de hoge, voor het oog allang ontoegankelijke gewelven zijn bevestigd, niet kunnen onderscheiden als een onmerkbare, alleen hen bekende wind ze niet langzaam in beweging bracht, moedig zelfs, alsof hij ze wiegt, in slaap wiegt. Je zou de oude man ook niet zien als zijn silhouet, opgebouwd uit een knappe arcering met grijze nuances, niet eveneens traag schommelde, naast het gekraak van de fauteuil waarschijnlijk gedragen door diezelfde onbegrijpelijke stroming – de enige adem die deze kamer anders maakt dan een grafmonument.'*

Aan de muren portretten, weggedrukt in hun door het donker bekladde schaduwen, twee palmen als een soort reusachtige varens uit de Juratijd en twee piano's, waarvan het hout zo oud is dat het lijkt te zijn aangetast door roest, zelf ook al donker geworden en brokkelig als de lucht waarvan de korreltjes brutaal je neus en mond binnen dringen.

Erik lichtte geen enkel detail toe, hij wilde van geen enkel boek of partituur het stof afvegen om me door de titel te onthullen wat zijn relatie daarmee was, hij wilde me aan geen van de gezichten aan de wanden voorstellen, die, door hem uit hun ingeslapen nieuwsgierigheid gewekt, hun slaperige, opgeblazen hoofden naar me omdraaiden en verdwenen in het duister, terwijl wij door de kamers liepen en het terras op gingen. Dat glimlachte de bezoekers tegen als een oude man, tandeloos, als een naar het leven, naar de tuin en het park reikende uitloper, bezet door spinnen en de gedroogde rijp van de rode pruim, met zijn gevlochten rieten stoelen die grijs zagen van het spinrag, en zijn halfvergane schutting die zich treurig uitstrekte naar de stam van de dwergcipres. Erik bood me, naast kaas en rosbief, witte wijn aan en vertelde uitgebreid hoe belangrijk het was weer levendigheid te brengen in dit huis, dat hij graag zijn aanzicht uit de tijd waarin het was gebouwd wilde teruggeven. Daarom moest alle in de loop van decennia op de wanden en het houtwerk aangebrachte verf en witkalk onherroepelijk worden afgekrabd, om de eerste of echte kleur daarvan te ontdekken en die dan zo oud en authentiek te behouden of over te schilderen in een nieuwe tint die beslist, ook al zou dat een zekere onrust brengen in de antieke kalmte van dit huis, de herinnering zou hernieuwen aan een tijd toen het, hoe dan ook, anders was. Dat zal mijn volgende opdracht worden. We dronken zonder ons te haasten de glazen leeg en hij deelde me mee dat hij al het benodigde gereedschap overmorgen in huis zou hebben. Ik kon om tien uur komen. Hoewel ik niets had gedaan, gaf hij me 20 gulden voor de tijd die ik had besteed aan werkafspraken – zo legde hij het me uit. Hij deed me uitgeleide alsof ik al ver weg was, buiten het bereik van zijn behoefte aan een mens, en de glimlach die om zijn lippen bleef spelen, werd afgedekt door het gerammel van de sleutels in het slot, waarmee hij zich opsloot in het donker. Verbaasd, verward en een beetje verschrikt stond ik op de straat, waarop kleine, onzinnige regendruppels meteen na hun val verdampten en de lucht verstikten met de stilte van beschaamde, naakte vochtigheid.

Ik ging bij Nađa langs. Terwijl ik door de doornatte lucht snelde, ging de onwerkelijke wereld waaruit ik was opgedoken in karige werkelijkheid, in prozaïsche beelden over. Nađa's kamer lag nog steeds vol kleurige stoffen, garens, linten en bollen wol, alsof ze zich voorbereidde op Koninginnedag. Er was geen plek om te gaan zitten. Nađa maakt een collectie hoeden die ze in september in Utrecht wil tentoonstellen. In haar visioenen om YUMIR van een succesvolle toekomst te verzekeren rekent Vlatka erg op de Vredesweek die begin september wordt gehouden. Zo heeft ze afspraken gemaakt voor een tentoonstelling en de 'beeldende sectie' van YUMIR aan het werk gezet. Aan Nađa de taak om de tentoonstelling tot iets zinnigs te maken. Zij naait en ik praat. En dat is precies wat we allebei nodig hebben: zij om haar werk niet nutteloos te vinden en ik om mijn gevoelens af te wegen. Ik heb haar over Erik en zijn huis verteld, in de wetenschap dat het verhaal een beetje sprookjesachtig en onwerkelijk klinkt. Nađa maakte ook de lunch klaar en terwijl zij in de keuken jongleerde, stelde ze me voor aan haar gastfamilie, die terugkwam van het werk. Ik praatte met hen, keek hoe Nađa kookte, lunchte met haar, maar ik was me de hele tijd bewust van een soort onbehagen, opgeroepen door het gevoel dat ik ergens tamelijk ver van haar en al deze gebeurtenissen vandaan stond, ergens waar de tijd niet zo'n eenvoudig verloop heeft, ergens waar de schakeringen van herinneringen en dromen zich met elkaar vervlechten, daar waar het heden ligt in het brandpunt waar het licht samenkomt, een brandpunt dat zich vóór mij verplaatst en me er met die beweging toe aanzet eropaf te gaan, ongeacht op welk terrein ik terechtkom. En dat alles in een soort onlichamelijkheid en een starogen waardoor de kleuren naast mij, de gezichten en de voorwerpen alleen nog hun eigen omtrek vormen, terwijl het volgen van dat brandpunt het enig belangrijke wordt. Die toestand houdt verband met Erik, maar ik kan niet uitleggen waarom. Ik praat daar niet over met Nađa, ik heb al moeite om mezelf te begrijpen. Ze wilde niet met me mee naar Vlatka. Even modderig als de regen was begonnen, was die nu opgehouden en ik reed naar Milan.

Hij zat stoned naar de tv te staren. Hij herinnerde zich mijn bestaan pas toen hij me zag. Hij was vergeten waar ik voor kwam. De headquarters liggen op honderd meter afstand van de flat waar hij woont. We gingen te voet. Daar het geblèr van Vlatka, gesmijt met papieren, dreigementen, wanhoop. Ze waren er niet aan toegekomen flyers klaar te maken, er werkte niemand meer bij het Welcoming Committee en de Bosniërs kwamen eraan, er waren niet voldoende mensen die de telefoon konden aannemen (want niemand kent Nederlands), er waren niet voldoende mensen die op de computer konden werken en nog een hoop ellende, die Vlatka voor ons uitstortte als vuilnis dat ze wekenlang had opgespaard. Milan vond die hele wanorde wel vermakelijk, er was iets waarmee hij Daca kon helpen en langs zijn neus weg, zo handig als alleen hij dat kon, suggereerde hij Vlatka de oplossing voor een paar problemen. Vlatka bedaarde zodra ze een goedwillende mannenstem hoorde, ze ging zitten, trok haar schoenen uit en begon zelfs te lachen. 'Laat alles

naar de duivel lopen. Geef mij ook eens een trekje, Milan.' Ik ergerde me aan al die zinloze verplichtingen die Vlatka bedacht om haar
tijd te vullen, er zin aan te geven, zich constant van gezelschap te
verzekeren. Maar Milan begon een joint te rollen, op hetzelfde moment ontspande iedereen in de headquarters zich al en met het eerste rookwolkje was alles opgelost. Bij die rook vertelde Milan Vlatka over ons succes. Ze klaarde helemaal op, en terwijl ze hem de restanten van haar vroegere verliefdheid toewierp, lachte ze door ongecontroleerd haar lippen te vertrekken, waardoor ze een volle-
maansgezicht kreeg, ze knikte en prees ons als voorbeeld van toewijding aan YUMIR, dat wil zeggen aan haar. Terloops vermeldde ze
voor de zoveelste keer dat die naam onhoudbaar was en dat hij op
de eerstvolgende vergadering veranderd moest worden.

Ik zat daar, niet stoned, naar het brandpunt te kijken. Het bewoog,
maar vluchtte niet van me weg. Jozef was verkocht aan het huis van
Potifar. De jonge slaaf besproeide de bloemen. Op een dag ging
zijn heer wandelen en kwam langs de besproeiers. Jozef zag een gelegenheid om zich aan hem voor te stellen en zei: 'Gelijktijdigheid
is de aard en bestaanswijze van alle dingen, de werkelijkheden verschijnen in elkaars vermomming, en een bedelaar is niet minder
een bedelaar omdat een god zich mogelijkerwijs als bedelaar voordoet... De grens tussen het aardse en het hemelse is vloeiend, en je
hoeft je oog maar op een verschijnsel te laten rusten om het te laten
breken tot dubbelzicht... Ik stierf de dood van mijn leven.'

Ik heb de dag doorgebracht op een steiger voor het reliëf van de Madonna dat boven de schoorsteen is gebeeldhouwd. Van terzijde werd ik gadegeslagen door de kalme ogen van een vrouw met verwarde haren, die Eriks moeder zou kunnen zijn, en aan de andere kant door de droefgeestige blik van Erik als jongeman. Ieder paar ogen wilde me iets meedelen, de nieuwkomer op de steiger leek hun geschikt voor een lang gewenste biecht. Maar ze waren niet in staat te beginnen, ze werden in hun poging gestuit, bij het eerste woord belemmerd door het sprakeloze papier vanwaar ze me aankeken. Ik krabde de donkergroene verf van de houten randen die de omkadering vormen van de popperig mooie Madonna en haar zoon, bij wie stof en schrapsel op zijn kruin vielen. In de salon repeteerden Erik en twee zangeressen duetten met pianobegeleiding. De sterke geur van hun prima donnaparfum bereikte me via de smalle kier onder de deur, gedragen door hun uitstekende stemmen, door de kracht waarvan ook de wanden begonnen te zingen, weergalmend door de duffe vertrekken. De dames zag ik niet, ik hoorde alleen hun lied en het gegiechel waarmee ze Eriks commentaren begeleidden. Ze gingen weg en de deur bleef dicht. Toen ik even later naar de keuken ging, vlijde het vlies van hun geuren zich tegen mij aan, maar ik kon ze niet verdragen. Ik trok me eruit terug als uit een zinloze omhelzing. Erik wilde samen met me lunchen. Een lunch van kaas, rosbief, haring en gesneden augurken. Ik besloot uit nieuwsgierigheid een haring te proberen. Mijn tanden zonken in boterzacht weefsel, bestoven met ui. Erik gaf me een ondeugende knipoog: niet slecht, hè? Vanaf de bovenste plank in de keuken babbelde de televisie, als een papegaai die de hoogste plek in huis heeft bezet. Ik had begrepen dat die voortdurend aanstond. En maar op één zender: CNN. En op het programma: Bosnië. Offensieven, aanvallen, krijgsgevangenen, vredesbesprekingen. Erik was van plan om zich er wat meer in te verdiepen. Of eigenlijk niet daarin, hij wilde erachter komen wie ik was, en waarom ik uit mijn land was weggegaan, en waarom het daar oorlog was. Hij had er een paar keer gedirigeerd, in Dubrovnik, hij had Joegoslavië paradijselijk gevonden. 'Ik ook,' begon ik mijn verhaal. Het was niet lang. In een paar zinnen paste alles: mijn geboortestad, het overlijden van mijn ouders, de bomen, en mijn verhalen. Hij luisterde met een nieuwsgierigheid die niet bleef steken bij kale feiten alleen. Hij zocht iets anders. 'Maar Filip, dan ken jij vast de Latijnse namen van de bomen in mijn tuin!' 'Jawel,' zei ik en ik begon ze op te noemen. Dat vond hij leuk. Alsof hij in de melodie van die onwerkelijke taal de echo's van een verre herinnering hoorde. Hij keek even voor zich uit en onderbrak zijn bekoring met de herinnering aan het werk dat hem wachtte. Bij het afscheid gaf hij me vijf gulden meer. Ik wilde niet nadenken over de reden.

Amstelveen, 23 mei 1992

Vlatka benaderde de organisatie van het concert met de routine van iemand die zich daar dagelijks mee bezighoudt. Ze wilde er geen grote betekenis aan toekennen, want dan zou ze Milan en mij moeten prijzen, en dat kon ze zichzelf niet toestaan. Toch kondigde ze het concert in elk telefoongesprek bij haar gesprekgenoten aan. Zo merkte ik, waarschijnlijk omdat ik er direct bij betrokken was, voor het eerst dat ik heel wat Nederlands kan verstaan. Vooral van Vlatka, een buitenlandse die spreekt met een duidelijk Kroatisch accent. Het verraste me dat de Nederlandse taal zo op de Duitse lijkt, soms kan ik hele zinnen 'vangen' en soms begrijp ik op grond van een paar woorden waar het over gaat.

Wat ik bij Vlatka duidelijk hoorde met betrekking tot de 'programmastructuur' van het concert (zo noemde ze het), was het idee van een collage: een regel muziek, een regel tekst, zoals in de oude socialistische tijden. Ik nam de taak op me om zowel de muziek als de teksten te kiezen. Leo had van zijn kant natuurlijk een voorstel voor het muziekprogramma gedaan, maar dat beviel me niet. Wat moesten Brahms en Szymanowsky op een concert van een Joegoslavische vredesorganisatie, of juister ex-Joegoslavische, zoals Vlatka ons voortdurend verbeterde? Het moest iets specifieks zijn, iets anders. Maar ik wist niet wat. Ik dacht aan Slavica. Ik belde haar op om me te helpen. (De telefoon van de headquarters stond altijd binnen handbereik, hij lokte me, maar ik negeerde hem, Slavica was de eerste die ik ermee belde.) Ze viel zowat flauw toen ze me hoorde. Na meer dan een halfjaar zonder contact (behalve de verjaardagskaart die ik haar van de winter had gestuurd) was Slavica niet te stuiten. Ze vroeg alles wat haar te binnen schoot, het een na het ander, als mitrailleurvuur, alsof ze die vragen al die maanden zorgvuldig had verzameld, geleerd en geoefend, om ze, wanneer het moment daar was, allemaal opeens uit te storten. En het moment was daar. Ik gaf antwoord voor zover ik kon, wilde en durfde, ik hield het voornamelijk algemeen: het gaat prima, het is hier fantastisch, ik werk voor een vredesorganisatie, ik heb mijn draai gevonden, uiteraard... (In die uitdrukking *zijn draai vinden* ligt het gemeenschappelijke geheim van het onbegrip tussen gescheiden mensen en gescheiden werelden. Mystiek voor de ene groep, een leugentje voor de andere, allemaal tevreden, want ze weten zelf ook niet wat ze onder de woorden van die veralgemeende vragen en antwoorden verstaan. De eersten omdat ze zich zelfs in hun dwaaste dromen niet kunnen voorstellen hoe het leven in het buitenland eruitziet, de anderen omdat ze niet weten waar ze eigenlijk zijn terechtgekomen en ook niet wat ze met zichzelf aanmoeten.) Ik stelde haar ook vragen. Wat ze deed, hoe het met haar ging en andere gemeenplaatsen (zij gaf mij ook helemaal geen onverwachte antwoorden) en toen, concreet, of zij mij interessante composities voor piano en strijkkwartet van vier Joegoslavische componisten kon voorleggen. Ze beloofde dat ze me zou helpen. Ze zou haar docent muziekgeschiedenis vandaag nog bellen die, zoals ze zei, er alles vanaf wist.

Ik had lang niet getelefoneerd met iemand 'van gene zijde'. Het klonk onwezenlijk. De verbinding van twee werelden die elkaar niet konden raken, voor even zo dicht bij elkaar dat je je gemakkelijk kunt vergissen en denken dat die nabijheid echt is. Het valt niet mee de illusie te ontleden en je ertegen te verzetten. Je zou zowel hier willen zijn als daar. Het gaat je aan het hart als je inziet dat je dat niet kunt. Je hebt een pas genezen wond beschadigd, waarvan je de pijn net was vergeten.

Ik kwam gemakkelijk tot de bron voor het literaire gedeelte van ons concert. Vlatka gaf me het telefoonnummer van een literair vertaalster, mevrouw Lana Brink, en ik sprak over vertalingen van onze schrijvers met een vrouw met een uitzonderlijk mooie stem die er, net als Slavica's docent, alles vanaf wist. Ze vertelde me over vertalingen van Andrić, Kiš, Pavić, Crnjanski, Vesna Parun, Krleža, Vasko Popa. Ik vroeg aan Vlatka hoe lang mevrouw Lana al in Nederland woonde. 'Altijd al,' lachte ze. 'Ze is een rasechte Nederlandse, hoor.' Ik was verbijsterd. Ze sprak zo goed Servisch, volmaakt! Opeens was er nog een zet gedaan om het vuil weg te ruimen van het beeld dat ik van Nederlanders had, en dat me was opgelegd door de ongelukkige Annelies. De eerste zet, de krachtigste, was gedaan door Erik. Lana was daar de voortzetting van. Vandaar mijn milde gevoel van geluk vandaag, Nederlands geluk.

Amstelveen, 25 mei 1992

Onthoud de dag van heden.

Ik stond op de steiger, keek naar de Madonna en krabde de verf om haar heen af. In de concertsalon musiceerden de twee zangeressen en Erik. De muziek had haar uitwerking op mijn werk: ze maakte mijn bewegingen rustiger, legde de stemmen van mijn verstrikte monologen het zwijgen op, begoochelde me, zodat ik de indruk had dat verf afkrabben het mooiste, interessantste en zelfs het enige werk was dat er op dit moment op de wereld kon worden verricht. Buiten was er geen licht, het groen was grijs geworden, in de kamer werd het donker. De duetten maakten alles om me heen, ook de blik van de Madonna, onwerkelijk. Toen de onzichtbare dames waren vertrokken, kwam Erik gewoontegetrouw met een dienblad binnen: oude kaas, brood en haring, en voor beiden een glas witte wijn. Hij begon al snel een gesprek over wat hem bedrukte. Hij was niet tevreden met de keuze van operaduetten die ze de volgende week moesten opnemen voor een cd. Er ontbrak hun nog één duet. Alles draaide te veel om Verdi en Bellini. Dat is wel prachtige mu-

ziek, maar als je overdrijft, kan het uitgroeien tot onnodige zoete-
lijkheid en emotionele eenzijdigheid, dat kan de luisterbeleving
verminderen en verveling oproepen, hoe mooi de zangeressen ook
zingen. Een van hen beiden had gedacht aan het goddelijke duet
van Delibes uit de opera *Lakmé*, zodat dat duet de monotonie van
taal en stijl van het geheel doorbrak, maar het was niet voldoende,
ze zouden er nog een moeten vinden. Wat ze ook hadden geprobeerd, het was hun niet bevallen. Hij wist niet meer waar hij zoeken
moest. Hij sprak als het ware terloops, terwijl hij een hap nam, en
keek een beetje langs me heen naar een antwoord dat hij niet zag.

'Ik ken een duet dat u mogelijk wel bevalt.' Ik doorsneed tegelijkertijd zowel zijn blik als zijn hap en wekte het verkreukelde licht in
de kamer. Pas toen ik zijn ogen ontmoette, begreep ik wat ik had gezegd en mijn hart begon vreselijk te bonzen. Ik voelde dat mijn keel
samenkneep, dat ik moeilijk zou kunnen praten, dat er tranen op-
welden. Maar in zijn ogen zag ik een zee van vertrouwen die wachtte tot ik me eraan overgaf, tot ik het smachten erin vervulde, dat al
eerder had bestaan, maar zich verborgen had gehouden, oplettend
luisterend naar het juiste ogenblik waarop het kon verschijnen en
gaan glanzen, of het ogenblik waarop de waarheid over zijn fiasco
en onverhoordheid zou worden geopenbaard, waarna het zich volledig zou terugtrekken, zou verdwijnen. Zijn ogen hielden me in
het vizier, alsof ik degene was die dat lot zou bepalen en bekendma-
ken. Ze keken me aan en hielden me bij de keel. Toen ik erin durfde
kijken, ontmoette ik de grootsheid van het menselijk vertrouwen,
waarvan de lucht om ons opzwol. Daardoor had ik het te kwaad,
maar ik stelde het antwoord onhandig even uit door te wijzen op
mijn volle mond.

'Het duet tussen Liza en Polina uit de tweede scène van de eerste
akte van de opera *Schoppenvrouw* van Pjotr Iljitsj Tsjaikovski,' sprak
ik snel en zeker, alsof ik deelnam aan een of andere quiz. Die oceaan
van gerijpt vertrouwen wilde nog iets controleren: hij sloeg me vol
ongeloof gade. 'Dat is de scène waarin twee beste vriendinnen aan
de piano zitten en een prachtige oude romance zingen.' Want inderdaad, in dat lied ligt het hele kristal van de Russische ziel besloten, van wachten, eenzaamheid, onbeantwoorde liefde, blikken ge-

richt op de diepte van wouden, stille avonden waarvan het onzekere geluksgevoel berust op het bewustzijn van onvermijdelijke vergankelijkheid en verdwijnen. Moeder luisterde vaak naar die muziek. Gewoonlijk wanneer ze een moment alleen was; tussen twee karweitjes door of nadat ze een boek had uitgelezen; dan staarde ze naar een punt waarvan ze de afstand zelf niet kon en wilde bepalen, ze kwam tot rust in dat staren en werd, in het gedempte licht van de lamp, zelf ook een onderdeel van die muziek, het deel waarin de vergankelijkheid niet kan worden getemd, maar de mens zich eraan overgeeft, in het besef dat die de uiterste bestemming is van de menselijke tijd, dat die onverbiddelijk is. Ik trof moeder vaak zo aan en dat verontrustte me, omdat ik inzag dat zij iets wist wat ze me niet wilde zeggen, dat zij haar eigen geheim bewaarde. En dat moment waarop ik haar onmogelijk kon begrijpen bedrukte me, in mijn binnenste kwam ik ertegen in opstand, zonder te beseffen dat ik buiten mijn eigen behoefte (het perspectief van waaruit ik haar gadesloeg) eigenlijk niets over mijn moeder wist, en dat ik ook nooit zou weten waar haar gevoelens vóór mijn bestaan naar uitgingen en waar ze, als dauw, tot rust kwamen en kalmeerden. Om mijn jaloezie te overwinnen vertelde moeder mij de handeling van de opera, over de zoektocht naar drie magische kaarten en over het geheim van de oude gravin. Na moeders dood had ik zelden de kracht gehad om te luisteren naar dat duet, dat me met haar verbond op de geheimzinnige manier van het eeuwig onontdekte, dat wat met moeder en haar verborgen tranen verdwenen was, en wat nu als schakel en redding vóór mij stond.

'Ik heb die opera nooit gedirigeerd,' zei Erik terwijl hij zijn ongeloof onwillekeurig bewaarde, 'ik zou dat duet graag willen horen.' 'Ik kan meteen een cassettebandje voor u halen, als u wilt.' 'Ga het maar halen.' De glans in zijn ogen werd feller. Ik had de indruk dat die de hele kamer verlichtte. Ik stapte op de fiets en snelde naar Amstelveen alsof mijn leven alleen van de snelheid afhing. Het bandje wachtte me tussen mijn spullen. Een van die bandjes die ik voor mijn vertrek had opgenomen, als bewaker van mijn leven van weleer, als een notitie met aandenkens. Buiten adem en nat van het zweet kwam ik bij Erik terug. Hij zat ongeduldig op me te wachten. Onmiddellijk stopte hij, met een voor mij tot dusver onbekende soepelheid en beslistheid van bewegingen, het bandje in de cassetterecorder en speelde het af. Hij was gefascineerd. Zijn ogen vulden zich met tranen. En ik wist het, dat kwam niet alleen door de muziek. Het was die oceaan van hem vergund te bestaan, voor altijd. Het geluk dat me in zijn door tranen wazige ogen aankeek voelde ik als een lang vergeten streling over mijn haar, als een omhelzing. Hij belde meteen zijn dames, de zangeressen, en liet hen allebei apart over de telefoon het duet van Liza en Polina horen. Ik zat niet ver van hem vandaan te kijken naar zijn enthousiasme, dat ook mij beving: voor het eerst sinds ik naar Nederland was gekomen, nam ik een teken waar dat mij ondubbelzinnig te kennen gaf dat wat ik deed juist was en, hoe ongewoon dat ook klonk, in harmonie met de Intentie. Dat betekent vliegen, dat betekent in God zijn.

Erik deed me uitgeleide met datzelfde enthousiasme dat, naar ik vermoedde, ook voor hem uiterst ongewoon en uniek was. We spraken af dat ik overmorgen weer zou komen. Hij stond aan de deur van zijn huis en zwaaide me na tot ik de hoek om ging. Net als vroeger...

In Amstelveen, in mijn kamertje, wachtten mij de volgende zinnen, alsof het zo moest zijn:

'Men moet alleen op de gedachte komen dat God iets bijzonders met iemand voorheeft en dat men die helpen moet: dan spant de ziel zich en het verstand vat de moed om de dingen onder zich te brengen en zich er als heerser over op te werpen... Maar wat is het moeilijk om zich te maken tot datgene waartoe men is geschapen en op te klimmen naar die hoogte van Gods bedoelingen met ons, zelfs al zijn die slechts van de gemiddelde soort.'

Betrouwbare Slavica. Het is haar gelukt uit te vinden hoe we een representatief Joegoslavisch muziekprogramma kunnen samenstellen, precies waar Vlatka met haar gewicht en koppige hardnekkigheid op heeft aangedrongen: 'uit heel voormalig Joegoslavië, maar het hoeft niet echt overal vandaan te zijn'. Slavica noemde de composities voor me op: het *Eerste strijkkwartet* van Josip Slavenski, dan de *Sonate voor viool en piano* van Ljubica Marić, *Virdžinal** voor piano van Vuk Kulenović en ten slotte *Zaboravljene muzike*** voor strijkkwartet van Dubravko Detoni. In dat programma, zei ze, heb je alles wat je nodig hebt, zowel goede muziek als Joegoslavische tegenwoordigheid: een schitterend kwartet van de meest Joegoslavische van alle componisten, Josip Slavenski (geboren in Kroatië, woonde in Belgrado, koos zelf zijn achternaam Slavenski); de enige sonate van de beste Servische componist, Ljubica Marić; *Virdžinal* is prachtige, melancholieke muziek van een in Sarajevo geboren componist, terwijl *Zaboravljene muzike* van de Kroatische componist Detoni uit geestige herinneringen aan vervlogen stijlen en tijdperken bestaat.

Dit muzikale verslag en voorstel van Slavica overtrof al onze verwachtingen. Milan vond het zo'n goed voorstel dat hij warmliep voor de hele zaak. Hij zei tegen me dat hij zijn lievelingsboek, *De derwisj en de dood*, had meegebracht naar Nederland en stelde voor een ontroerend fragment, dat begint met de zin 'De mens is geen boom...' en dat handelt over weggaan, naar mevrouw Lana Brink te brengen om het te vertalen. Ik had ook het idee dat het concert werkelijk een serieuze culturele gebeurtenis kon worden. Slavica beloofde te helpen bij de aanschaf van de bladmuziek en die deze week nog op te sturen. Ik liet Leo dat allemaal weten. Hij was blij, vooral omdat hij als violist de hoofdrol zou spelen op dat concert. Terloops deelde hij me mee, alsof hij me met een mes doorboorde, dat Annelies naar mij had gevraagd en dat ze over een paar dagen het geld op haar rekening verwachtte. Hij pijnigde me, want ik had gehoopt dat Annelies dat domme en lelijke onaangename voorval was vergeten, zoals ik zelf had geprobeerd het te vergeten, wat me bijna was gelukt. Maar nee. Er begon bij mij een belletje te rinkelen, het bedrukte me, alsof ik nodig moest. In mijn hoofd op jacht naar een oplossing zag ik dat de dichtstbijzijnde mogelijkheid bij Vlatka lag: ik zou haar kunnen vragen mij 1000 gulden te lenen.

Maar Vlatka was deze dagen gevoelig. Ze had net een nieuwe naam voor de organisatie bevochten: MIRZASVE*. Daca, Zoran en Milan hadden nogal tegen de naamsverandering geprotesteerd, maar Vlatka had opnieuw haar onverzettelijke koppigheid getoond: MIRZASVE of niets. We moeten de politieke veranderingen eerbiedigen en ermee in de pas lopen, zei ze. Ik heb haar niet verteld dat ik dat MIRZASVE pro-Bosnisch vind klinken.** Ik moet mijn best doen om haar gunstig te stemmen.

Amstelveen, 27 mei 1992

Zodra ik Eriks huis betrad, meteen bij de deur, hoorde ik het duet van Liza en Polina. Erik nam me mee naar de salon om me voor te stellen. Hij vertelde in het kort mijn levensverhaal zoals hij dat zag en onthouden had, voornamelijk het gedeelte dat verband hield met de oorlog. De dames keken me aan alsof ik een sympathiek marsmannetje was en probeerden zonder succes de muziek van Tsjaikovski met mij te verbinden. Toen ze daar niet in slaagden, deden ze alsof ze dat ook niet van plan waren geweest, en was ik de enige die het doorgeslikte slijm van de leugen zag. De ene gooide haar blonde haren achterover over haar forse lichaam, dat zijn plompheid verborg onder ruimvallende, veelkleurige draperieën, en knipperde met haar blauwe oogjes als een pop. De andere had kort zwart haar en in haar bewegingen en kleding zag ik starheid en een gespannen verhouding tot de wereld, omdat ze zo karig met vrouwelijkheid was bedeeld. In tegenwoordigheid van de autoriteit van de beroemde dirigent konden ze zich onvoldoende ontspannen. Na de kennismaking, toen ik een enkel verwelkt vriendelijk woord had gegrijnsd (verbaasd als ze waren, leek mijn Duits hun een soort Martiaans), haastte ik me naar de steiger en het afkrabben van de verf, ditmaal onder de Madonna, en als in iedere echte salon, vooral

314

zoals ze zijn vereeuwigd door Tsjaikovski, keerden zij drieën terug naar het duet, het lied en het vergeten. En in de verschaalde duisternis van geconserveerde Nederlandse kalmte, onder het sombere daglicht dat door de schaduwen van de introverte bomen werd doorgelaten, klonk die muziek alsof ze werkelijk uit een ander tijdperk en een andere wereld kwam. Eerst heeft Tsjaikovski met de muziek de tijd van Poesjkin willen vereeuwigen, de tijd waarin de moeder van de componist geboren was, een wereld met een gevoeliger fantasie dan die waarin hij zelf leefde. Vervolgens dreef die muziek, omlijst door haar tijdperk, verder, ze dreef verder en veroverde de harten die haar hooghartig, zoals mensen altijd doen, vergunden voort te bestaan en toegankelijk te zijn voor verre generaties in de ongrijpbare toekomst. Toen de mensen ontdekten dat ze muziek konden bewaren op platen, waarop de registratie mechanisch wordt ingesneden, kon het duet van Liza en Polina nog wijder worden verbreid en nog vaker worden beluisterd. Zo had een in Moskou gekochte plaat ook mij bereikt. Ik geloof dat we die van tante Branka cadeau hebben gekregen. En sindsdien is die muziek, stevig en onscheidbaar, met mij verbonden. En nu, in mijn verhuisde leven, nu het contact met mijn vorige leven is beperkt tot een smal pad van breekbare herinnering, vormt deze muziek de brug die me de kracht geeft om te geloven. De muziek die een deel van mijn verloren leven uitmaakte, herleeft in mijn tegenwoordigheid door de stemmen van beroemde zangeressen, onder het stokje van een gevierd dirigent, in de nieuwe wereld waarin ik tot dusver meende te zijn verdwaald. Is dat alleen al niet voldoende om me veilig en gelukkig te voelen?

Toen de dames waren vertrokken, bracht Erik gewoontegetrouw iets te eten, de lunch, zoals ze dat in het Nederlands noemen. En terwijl ik op het terras aan tafel ging zitten, voelde ik al dat hij me iets wilde zeggen. Hij verdeed geen tijd met onnodige plichtplegingen en begon meteen aan het verhaal dat hij mij al lang had willen vertellen.

Hij was tien jaar toen de Duitsers Nederland bezetten. Met zijn ouders en zijn zeven jaar oudere zus woonde hij in een mooi huis in

Amsterdam, aan het Rapenburg. Zijn zus had zangles en hij piano-les. Zijn vader was violist in het Concertgebouworkest, zijn moeder gaf pianoles. Niet ver van hen vandaan woonden zijn oma en opa van moederskant. Hij herinnerde zich zijn kindertijd als een soort lila droom, onderbroken op die dag dat zijn oom, helemaal onge-rust, hem was komen halen. De koffers waren al gepakt en al zijn huisgenoten en oma en opa wachtten tot ze op reis zouden gaan. Zijn moeder omvatte zijn hoofd met beide handen, gaf hem een kus op zijn voorhoofd en zei 'pas goed op jezelf, we zien elkaar gauw weer'. Hij had zijn moeder nooit meer gezien, evenmin als de rest van zijn familie. Zijn oom en hij waren sneller en de trein bracht hen naar Friesland. De auto met zijn ouders, zus, oma en opa werd door de Duitsers onderschept. Ze propten hen samen met de anderen in een trein. Ze waren omgebracht in Auschwitz, vlak voor het einde van de oorlog. Al die tijd dat hij op het landgoed van de familie De Leeuw woonde, verwachtte hij dat zijn moeder hem op een nacht zou verrassen. Ze zouden allemaal weer bij elkaar komen, oma en opa zouden hem verhalen vertellen waar ze allemaal waren geweest en waar ze zich hadden schuilgehouden – dat wenste hij iedere gods-genadige avond, maar ze kwamen niet terug. Hij was zestien toen de oorlog voorbij was en zijn verwoeste leven voor hem lag. Hij wilde niet terug naar Amsterdam, hij wilde ook niet op het landgoed blij-ven. Hij liep weg naar Groningen en voorzag in zijn levensonder-houd door mensen in huis te helpen. Hij deed alle karweitjes, witte, veegde schoorstenen, verzorgde bloemen, maakte trappen schoon, bracht vuilnis weg... Weer was het zijn oom die hem kwam halen. Die nam hem mee naar Amsterdam en schreef hem in aan de rech-tenfaculteit. Hij verliet de faculteit na een jaar op aansporing van Marius Flothuis, een trouwe vriend van zijn familie, die hem erg had geholpen. 'Als hij er niet was geweest, had ik waarschijnlijk zelf-moord gepleegd,' zei hij. Flothuis overtuigde hem ervan dat hij moest doorgaan met zijn muziekstudie, bracht hem in contact met een oude vriend van zijn vader, Eduard van Beinum, en Erik begon algauw directie te studeren. Al na een paar jaar was hij assistent-diri-gent bij het Concertgebouworkest geworden. Zijn leven kreeg een andere wending, er viel weer wat zin in te bespeuren. Toen was hij voor de eerste keer getrouwd. Daarna kwamen er concerten, tournees en lange perioden in het buitenland. Frankrijk, Groot-Brittannië, Israël, Oostenrijk, Japan... Toen hij chef-dirigent werd in Barcelona wilde zijn vrouw niet met hem mee naar Spanje. Ze bleek een minnaar te hebben. In Spanje woonde hij alleen, hij werkte hard en hertrouwde pas toen hij naar Nederland was teruggekomen. Zijn Anke was het allerliefste wezen op de wereld. Alleen zij bezat die tederheid die hij in zijn kindertijd in zijn geheugen had geprent. 'Door haar was ik blij dat ik al die jaren had overleefd, alleen door haar, want het was de moeite waard dat allemaal door te maken om de liefde te bereiken, mijn Anke.' Hier begon hij te huilen. Kort, maar alsof er een wolkbreuk losbarstte. 'Daarom,' zei hij, 'begrijp ik jou. Ik beschouw je als een man die mijn levensweg doorloopt, dat wist ik meteen, zodra ik je voor het eerst zag. Ik kijk naar jou en zie mezelf. We lijken veel meer op elkaar dan je denkt, alleen ken ik mijn verhaal, en ik ken het tot het einde, maar jij beleeft het jouwe nu pas, en wel met verbazing en ongeloof, omdat je denkt dat jij de enige bent die dit allemaal meemaakt. Maar zoals ik, op iets jongere leeftijd dan jij nu, me afslovend in huizen het talent van dirigent met me meedroeg, zo draag jij ook je talent met je mee, dat weet ik heel goed. Behoed het, koester het meer dan enig ding in de wereld, en wees gespitst op het moment waarop je je er volledig aan moet overgeven. Dat is mijn enige advies. Maar ik weet dat je dat moment goed zult aanvoelen, want God heeft je de gave gegeven om in Hem te geloven op de enige manier waarop dat werkelijk mogelijk is – door geloof in jezelf en in je eigen weg.'

Zo sprak Erik en ik bleef zitten, verlamd. Er werd aangebeld en ik kwam terug in de werkelijkheid. Terwijl ik naar Amstelveen fietste, stroomden de tranen over mijn gezicht. Ze versmolten met de regen die begon te vallen en die scène was me bekend. Alleen huilde ik nu, met beklemd hart en volkomen verkrampt, van een vreemd, heel vreemd geluk. Het geluk dat ik Hem voor me zag en dat ik klein was tegenover Hem.

Amstelveen, 29 mei 1992

Pas toen Vlatka me toesnauwde dat ze er niet over peinsde om mij geld te lenen dat ze zelf ook niet had, zag ik in hoe diep ik in de nesten zat. Die dwaze eigenschap dat je een probleem eigenwijs aan de vergetelheid overlaat, dat je doet alsof je gek bent omdat je verwacht dat de anderen dat ook zijn, die herinner ik me, die kende ik al eerder, ik heb niet genoeg mijn best gedaan om die uit te schakelen. En juist op de aard van die eigenschap, op de min of meer veilige fundamenten van de intuïtie, berust de irrationele hoop dat het probleem zich zonder veel moeite vanzelf zal oplossen. Het verbaasde Vlatka dat ik van haar, dat wil zeggen van MIRZASVE, zo'n grote lening vroeg en ze voegde er terloops aan toe 'laat dat wijf naar de duivel lopen', en hoewel ik teleurgesteld en verdrietig zou moeten zijn, voel ik dat het zo toch beter is. Als ze me geld had geleend, zou ze me in de knip hebben gehad, en pas dan zou ik hebben gevoeld hoe onaangenaam de positie van iemand die door haar ketenen is gebonden werkelijk is. Maar dat snapte Vlatka niet en ik ben de dans gemakkelijk ontsprongen. Dat denk ik tenminste, omdat ik volkomen vertrouw op Erik: ik zal hem om 1000 gulden vragen. Het zal me niet meevallen met die vraag voor de dag te komen bij de eerste ontmoeting met hem sinds hij me zijn geschiedenis heeft verteld en volledig vertrouwen heeft betoond, maar ik zal een manier moeten vinden en de kracht ervoor verzamelen. Ik kan me niet losmaken van het gevoel dat alles in orde zal komen, maar ik ben tegelijkertijd bang dat dat gevoel behoort tot die bekende onnadenkendheid wanneer ik problemen tegenkom en mijn kop haastig in het zand wil steken.

Overigens heeft Vlatka het idee voor het concert in zijn geheel geslikt en het enige bezwaar dat ze, na wat onsamenhangende overpeinzingen, kon bedenken, was het ontbreken van Nederlandse muziek op het programma. 'Die moet er gewoon bij,' sprak ze alsof ze een partijdirectief uitvaardigde. En dat deed ze ook. Het is moeilijk om aan het atavisme van het functioneren van de communistische partij te ontkomen, want ieder politiek bewustzijn gaat uit van het dictaat van het dogmatisme, een bevel dat, alsof het om militaire wetten gaat, zonder mankeren moet worden uitgevoerd. Ik maakte me er geen zorgen over. Ik zal Erik morgen ook daarnaar vragen, ik zal beide vragen met elkaar verbinden tot één, ik zal ze in verband brengen met mijn lot en ik hoop dat God me zal vergeven dat ik de moed niet heb om Erik helemaal open tegemoet te treden, want ik ben bang dat ik brutaal zal lijken en hem zo zal beledigen. Maar misschien vergis ik me wel.

Amstelveen, 30 mei 1992

Het leek wel alsof Erik mijn vragen had verwacht. Maar wat nog ongewoner was, het leek wel alsof hij juist DEZE vragen had verwacht. Zijn antwoorden pasten als mozaïeksteentjes in mijn vragen. Ik vertelde hem alles wat me in Zompedorp was overkomen. Die gebeurtenissen verrasten hem niet al te zeer en ze lieten hem ook niet onverschillig. Hij zei me dat het in Nederland een veelvuldig verschijnsel is dat vrouwen die jong trouwen, een stuk of drie, vier kinderen krijgen en de hele tijd dat de kinderen opgroeien niet werken, dat die wanneer hun kinderen zijn opgegroeid en het huis uit gaan, gewoon gek worden. Ze hebben het idee dat het leven langs hen heen is gedaverd, erger nog, dat het hen in dat gedaver heeft vertrapt, dat ze er, weggekropen tussen de luiers, niets van hebben gezien of beleefd, en dan willen ze opeens alles inhalen, koste wat het kost. Daar slagen ze zelden in, en ook als ze er gedeeltelijk in slagen, lijden ze en vernederen ze zich veel meer dan wanneer ze *hun eigen* leven, dat wat ze hebben, waardig zouden hebben aanvaard. Maar meestal slagen ze er niet in, ze raken verslaafd aan de alcohol en kwellen zichzelf en anderen, zoals die Annelies. Hij zal me helpen, ik hoef me geen zorgen te maken. Hij gaat 1 juli dirigeren op festivals in Israël en Canada, hij zal tot eind augustus niet in Nederland zijn. Hij weet dat ik voor 1 juli niet klaar zal zijn met al het werk dat me in zijn huis wacht, en daarom had hij me toch al willen aanbieden om er deze zomer te komen wonen, erop te passen en er te werken. Hij zal 1000 gulden op Annelies' rekening overmaken als voorschot voor het loon dat ik daarmee verdien.

Ik was ook niet verbaasd. De angst voor onzekerheid had me ertoe gedreven op mijn intuïtie te vertrouwen en die had me niet bedrogen. Alle woorden van de Duitse taal waarvan ik wist dat ze daarvoor dienden zette ik in om hem te bedanken. Hij maakte een afwerend handgebaar. Ik vertelde hem ook over MIRZASVE en het concert. Erik kende Vlatka niet, noch haar wellustige climacterische egocentriciteit, waarvan anderen de slaaf waren omdat ze het gevoel wilden hebben ergens bij (waarbij dan ook) te horen, en hij toonde zich behoorlijk nieuwsgierig. Ik beschreef het werk van MIRZASVE voor hem zoals ik het gewoonlijk aan nieuwkomers voorstelde, dus verfraaid. Hij stond achter het idee van het concert en was van mening dat de Joegoslavische cultuur in Nederland en West-Europa verdiende te worden gepresenteerd, en hij deed natuurlijk meteen een voorstel voor aanvulling van het concert met Nederlandse muziek. 'Jullie moeten het *Sextet* van Leo Smit voor blaaskwintet en piano spelen. Smit is een van de meest getalenteerde vooroorlogse Nederlandse componisten. Voor mij persoonlijk de dierbaarste. Maar niet omdat hij een vriend van mijn ouders was en omdat hij net als zij in een concentratiekamp is vermoord. Niet daarom. Maar omdat hij als een van de weinige Nederlandse componisten in staat was de kostbare schoonheid van de Nederlandse zon en de vreugde van de mensen wanneer die hen beschijnt te voelen, te bewaren en tot klinken te brengen. Daarom.'

Toen ik naar huis ging, beaamde ik bij mezelf dat er goede tovenaars bestaan. Met één zwaai van zijn stokje had Erik zowel mijn probleem met Annelies als het probleem van mijn toekomstige woonruimte opgelost, en zelfs mijn twijfel over het concertprogramma weggenomen. Moet ik nog zeggen wat voor gevoel er in mij opborrelde?

Amstelveen, 5 juni 1992

De gebeurtenissen zijn in gang gezet, ze rollen vanzelf voort, de versnelling is steeds groter en de opgaven zijn gemakkelijker, want het doel is in zicht. (Natuurlijk, het is het doel dat voor mijn neus staat, een doel dat gemakkelijk te bereiken is, een kort, klein, veilig doel, trede één.)

Gisteren werd ik verrast door Michiel. Hij was naar Amsterdam gekomen. Juister gezegd, hij was gebeld door mevrouw Annelies, die bang was dat ik het contract niet zou nakomen, en daarom had hij, zonder mij op de hoogte te stellen, besloten me te bezoeken. Hij had zich erop voorbereid me te moeten verdedigen en hij was geschokt toen Annelies hem twee dagen later had gezegd dat de schuld was voldaan. Hij kon het niet geloven, ze moest hem het bankafschrift laten zien.

Het beloofde een warme dag te worden en daarom gingen Michiel en ik naar café De Jaren, we zaten aan de Amstel. Ik vertelde Michiel over de gebeurtenissen en ontmoetingen van de laatste maanden, ik praatte over Erik en het concert. Weer kon hij er niet over uit: 'Jij kent maestro Van der Heiden? Hij heeft je het geld geleend?' Wat hij hoorde leek Michiel volkomen onwaarschijnlijk en hij was even verbaasd als verheugd, in een mengeling van verwarring en twijfel. Hij concludeerde, eenvoudig maar opgewonden, dat het leven volkomen onvoorspelbaar is en in al zijn verwondering, die hij niet onder stoelen of banken stak, voelde ik dat er zich bij hem een vage verandering in zijn verhouding tot mij voltrok. Ik kon er de zin niet van bepalen, maar ik wist dat de kiem was gelegd. De grootste verrassing voor Michiel was echter dat ik het *Sextet* van Leo Smit noemde. Precies over een week zou hij dat sextet spelen op het examen van een collega, de hoboïst van zijn ensemble. Ze zouden het op het MIRZASVE-concert ook graag spelen. Deze coïncidentie verraste mij ook, vooral omdat Erik me had gezegd dat dat sextet helemaal nooit werd uitgevoerd. Toen ik afscheid nam van Michiel, met afspraken voor het concert, was ik ervan overtuigd dat die verandering was gegroeid. De contouren van een pad kwamen in zicht: slechts drie maanden geleden had hij me op het station van Zwolle uitgeleide gedaan als de grootste zielenpiet, nu organiseerde diezelfde zielenpiet voor hem een concert in Amsterdam. Daar schrok ik zelf ook van. Er was beweging, er naderde iets uit de verte.

Bezig blijven, als het meest effectieve middel om onaangename gedachten uit de weg te ruimen, hield me in zijn unieke omhelzing van feiten, datums en gebeurtenissen. Overgave daaraan wilde zeggen dat je je nuttig voelde, wilde zeggen dat je bestond. En ik leverde me aan de wereld van dat interessante prozaïsme over zoals ik me zou overleveren aan een infuusoplossing die me, in de frisheid van een of andere ziekenhuiskamer, in de greep zou houden met haar werking en me zou toestaan te fantaseren over de schoonheid die ik achter de tastbare ruimte en dingen voel. Een weldadig wiegen. Zoals op een boot, waarop iedere functie in dienst staat van de vaart naar het onbekende. Het beviel me en ik voelde me goed. Het medicijn werkte.

Maja's brief, aangekomen uit de wereld van de vergetelheid, schrikte me maar even op. Ik beheerste me en las hem niet meteen. Dat komt straks wel, zei ik bij mezelf en ik ging naar Vlatka. Daar geroezemoes, lawaai. Maar het roffelde in mijn oren. Wat zou ze hebben geschreven? En waarom?

Een enigszins verkreukelde brief met sporen van de vingers van slaperige ambtenaressen en luierende postbodes. Stempels, zweet, oorsmeer, druppeltjes urine, krabbels en overdrachten... En binnenin riep Maja mij terug in haar geheugen. Ze had bedacht dat ze toch van me hield, dat ze het moeilijk had zonder mij, dat ze niet wist hoe ze me dat moest uitleggen, dat het haarzelf ook niet helemaal duidelijk was, dat ze me graag wilde zien, noch haar proefschrift, noch de studenten betekenden iets voor haar, ze wist dat ik de enige man was die ze kon vertrouwen, ze wilde graag dat ik bij haar was... De ene oorvijg na de andere. Alsof iemand de spot met mij dreef. En ze dreef ook de spot met me, maar was zich daar niet van bewust en zou zich er ook nooit van bewust worden. Wat moest ze met al die nonsens? Ik was toch GESTORVEN? Waarom groef ze me op? Alle coulissen waren omgevallen, overgebleven was de verlatenheid waar Maja me in had geduwd nu ze wilde dat ik met haar meevoelde, dat ik leed vanwege haar droom van roetige ijdelheid, ze spuwde weer op mij. De nacht kwam traag, lui, alsof hij elders was opgehouden en aarzelde omdat hij moe was geworden van het lopen over onze hoofden. Ik staarde naar de troebele melk van het verflauwde licht als een kreupele naar andermans benen die vóór hem lopen. Ik slikte dat langdurig wankelende, hulpeloze beeld weg en smoorde de vulkaan van leegte in mijzelf die, als de vloed, naar mijn ogen opdrong en me overstroomde met verkoolde tranen die nergens heen konden, maar vielen en wegstroomden ten overstaan van de traagheid van het donker, als verraad van de wereld der doden, als dreigement met eeuwige onrust. Toen de nacht eindelijk neerzat, reed ik met mijn fiets tot onder zijn schoot. Daar vond ik niets dan kunstlicht, hoeren en hasjiesj. Het verraad bond me een strop om de hals en ik spartelde vergeefs om me ervan te bevrijden. Wat zou het dat ze teleurgesteld was in haar mentor, dat haar vriend haar had verlaten, dat ze geen geld had, dat haar onderzoek niet goed ging? Nou en? Als alles haar tegenstaat, waarom wroet ze dan in mij? Laat de doden veilig rusten, die rust is toch al met moeite verworven. Dat wilde ik haar schrijven. Maar ik deed het niet. Ik wilde dat ze voelde dat ze zich danig had vergist, dat het niet juist was dat ik de enige was, want ze had mij ook niet gezien, ze had me niet echt leren kennen, ze was me voorbijgelopen als een bloempot met verwelkte bloemen, geen glas water had ze me gebracht, ze wist niet wie of wat ik was. Ze heeft zich vergist en ik wil dat ze dat weet. Ik ben niet bang dat dat besef haar pijn zal doen. Ze heeft zich te goed ingedekt tegen ieder gevoel. Blijkbaar heeft ze tegen haar nieuwe vriend te bazig gedaan en heeft de muur het begeven. Ook dat is geen reden om mij lastig te vallen. Mijn mening is voor haar ook nu niet van belang, ze had alleen iemand nodig om haar gal te spuwen. Maar dat maakt haar vergissing des te groter. Want doden horen niet, leven niet mee en huilen niet.

Amstelveen, 14 juni 1992

Al een paar dagen kom ik de headquarters niet uit. Het doet me goed onder mensen te zijn die vreemd opkijken van het idee dat ze iets nuttigs doen. De voorbereidingen voor het Galaconcert (zoals Vlatka ons eerste artistieke project noemt) vullen de uren en de hoofden. Maja's brief is even ver van mij verwijderd als zijzelf. Erik is nog niet terug uit Londen, waar hij een cd opneemt en concerten dirigeert. Vlatka's verschijning, fors en log als een onafgemaakte stenen sculptuur, beslaat de hele horizon. Ze is nog net niet in de auto gesprongen die naar Italië rijdt. De vredesconferentie wordt begin juli gehouden. Nemanja reist met haar mee. Vlatka gaat uit haar bol over de vierentwintiguursaanwezigheid van een negentienjarige jongen op een reis van een week naar het buitenland. Geheel terloops deelde ze mij mee dat binnenkort de uiterste aanmeldingstermijn aanbreekt voor het verkrijgen van een verblijfsvergunning voor mensen die nog steeds illegaal zijn. Pas op weg naar huis viel het kwartje dat ik ook zo'n illegaal was. Dat had Vlatka uit het oog verloren. Of ze had er met opzet overheen gekeken. Ik moet opletten en haar er tijdig aan herinneren. Milan zegt dat aanmelding van je verblijf het allerbelangrijkst is. Als ik ben aangemeld, kan ik een uitkering krijgen en een ziekenfondsverzekering regelen – al die dingen waar ik helemaal niet bij heb stilgestaan. Milan probeert me ervan te overtuigen dat een huwelijk de eenvoudigste manier is om aan een vaste verblijfsvergunning te komen. Hij is al een poosje op zoek naar een Nederlandse die met hem wil trouwen. Hij gaat om met een zekere Hanneke en hoopt dat hij haar zover kan krijgen. Terwijl hij tegen me sprak, keek ik in het niets, ergens naast zijn hoofd. Riekt wat hij me zegt naar een heilloze weg? Maar ik zweeg, misschien lukt het hem wel.

Uit de andere wereld meldde Slavica zich. Met de bladmuziek stuurde ze ook een brief mee. Geestig, zoals het vrolijke engelen betaamt. Misschien heb ik er verkeerd aan gedaan dat ik de parel die ze me aanbood nooit van haar heb aangenomen. Het stoorde me dat ze die openlijk uitstalde, zonder schelp, zonder die in fluweel te wikkelen. Altijd duidelijk en ondubbelzinnig. Ik wilde de zoete onduidelijkheid en de mystiek van het verlichte, maar ik kreeg een kille steen. Slavica hield van me, en dat doet ze nog steeds. Dat zie ik ook aan haar letters – die dragen de magie van een gevoelig hart. Maar ik blijf trots, al weet ik dat ik er verkeerd aan doe. Ook dat is wat men noodlot noemt. Heel eenvoudig.

Vandaag hebben Milan en ik Leo en de andere musici ontmoet. We zaten in De Jaren, dronken witbier en maakten afspraken over het concert. (Dat café geldt als de meest luxueuze plek in Amsterdam. Waarschijnlijk omdat je er ook aan het water kunt zitten. Ik voel me er onbestemd, alsof ik in de keurige wachtkamer van een of ander station wacht op treinen die daar niet meer langskomen. De bediening is navenant: we worden behandeld alsof we vergeefse gasten zijn, niet-uitverkoren reizigers van gemiste treinen.)

In Leo's houding merkte ik iets op wat me deed denken aan Michiel. De onhandige zelfgenoegzaamheid waarmee hij me van Annelies' dreigementen op de hoogte had gesteld was hij kwijt, hij was milder geworden en spraakzamer. Of eigenlijk was hij niets kwijt. Hij mat zich alleen een andere houding ten opzichte van mij aan. Aanvankelijk bezag hij mijn veranderde positie met ongeloof, geneigd tot stille spot. Maar vandaag deed hij uiterst vriendschappelijk tegen me, maakte er tegenover zijn collega's melding van dat we elkaar al lang kenden, kennelijk om me daarmee in hun ogen nog meer betekenis te geven en het hele gesprek tot een niveau van ernst en professionaliteit te verheffen. Ik doorzag al die redenen en bedoelingen, al die toegenomen vriendelijkheid en hartelijkheid, en zuchtte. Dat hoeft allemaal niet, Leo. Zelfs al was je net zo onzeker, voorzichtig en angstig gebleven, ik zou me nu niet anders tegenover je hebben gedragen, en ik zou je ook nergens voor ter verantwoording hebben geroepen en nergens van hebben beschuldigd. Beschuldigingen hebben geen zin, ik heb er geen behoefte aan en er is ook geen reden voor. Je hebt me geholpen zoveel je kon. Dankjewel. Die hulp was voor mij onmisbaar. Meer kon je niet en dat is oké. Je hoeft vanwege de onmogelijkheden van toen nu niet inschikkelijk te worden. Of had je me misschien ook op een andere manier kunnen helpen, maar durfde je niet? Het maakt nu toch niets meer uit. Blijf zoals je bent. Leo hoorde me niet. De musici bespraken wat ze op het concert zouden aantrekken. Ze luisterden naar Milan en beseften zelf niet hoezeer zijn suggestiviteit hen fascineerde. Het concert van 29 juni leek al gereed: de kleuren, de kostuums en het licht. Het wachten was alleen nog op de dag. Zodat Vlatka ons kon verrassen met haar gewaden, de musici hun kunde konden tonen, en ik de plaats van onafhankelijke, vastbesloten en vertrouwelijke medewerker kon bevechten. Zodat er een eind kwam aan de chantage met mijn paspoort.

Morgen begin ik weer bij Erik te werken. Dadelijk na het concert moet ik ook bij hem intrekken. Juni draagt zijn omina en daar wil ik me aan onderwerpen.

Amstelveen, 23 juni 1992

Vlatka omgeven door geheimzinnigheid – een verschijnsel waar je niet in gelooft, tot je het met eigen ogen ziet. Nađa waarschuwde me: er is iets met Vlatka aan de hand. En ik zag het, ze werd zwijgzaam, het gebeurde dikwijls dat ze de woning plotseling verliet, zonder iemand te melden waar ze heen ging en wanneer ze terugkwam. Geheimzinnigheid omkaderd door de behoefte om al het bekende te negeren. De verwarring in de headquarters leidt tot een gevoel van stuurloosheid, verlatenheid. Ondanks al Nemanja's pogingen om, al was het maar door regelmatig afwassen en papieren sorteren, een indruk van ordelijkheid te bewaren, heerste er al na een paar dagen onzekerheid, als het verslag van een van tevoren bedachte samenzwering die zich pas nu, in haar onveranderlijke en ontoegeeflijke vorm, begint af te tekenen. In het begin werden Vlatka's eigenaardigheden zwijgend en met beduchtheid gadegeslagen en waarschijnlijk gerechtvaardigd als een gril, de wijze waarop Vlatka zo graag uiting gaf aan haar stemmingen. Maar de volgende dag werd er al tamelijk bezorgd over gepraat. Ik moet bekennen dat ik onaangenaam getroffen was dat ik nergens in was gekend, dat Vlatka me haar plan niet had toevertrouwd. Toch cirkelden alle vragen die door de verdwaasde headquarters vlogen om Nemanja, de enige persoon die tot voor kort hele dagen met Vlatka had doorgebracht. Hij moest weten wat er aan de hand was. Op onze openlijke aansporingen glimlachte Nemanja maar wat, maar die glimlach was niet raadselachtig genoeg om hem niet te verraden. We ontdekten dat hij het wist. Hij wilde er met geen woord van reppen, totdat Zoran hem eens flink stoned maakte. Toen diste hij zelfs meer op dan wij hadden verwacht. Een paar dagen geleden was er een zekere Vid in de headquarters verschenen, een student schilderkunst uit Belgrado. Hij was binnengekomen, hij ging zitten, wilde iets over MIRZASVE weten, en Vlatka was hoteldebotel geworden. Nemanja beweert dat ze tot over haar oren verliefd is, dat ze verblind is. Nee, Vid is niets bijzonders, hij heeft alleen mooie ogen en een mystieke blik. En hij zegt niet veel, slechts af en toe een woord. Hij spreekt die woorden langzaam uit en daardoor krijgen ze een speciale kracht, die Vlatka hypnotiseert. Toen hij er was, had ze urenlang naar hem gekeken en, geloof het of niet, ze had gezwegen. Hij had haar in karige bewoordingen zijn leven verteld, terwijl je aan Vlatka's opengesperde ogen kon merken dat ieder woord van hem in een uitgestrekt meer dreef, dat eerst helemaal in Vlatka uit moest stromen voordat het volgende tot haar kon worden gericht. En Vlatka slokte al die meren op en dat doet ze nu vast nog. Vid was naar Amsterdam gekomen met zijn meisje, maar een paar weken geleden hadden ze met elkaar gebroken, hij had de woning waar ze samenwoonden verlaten, hij had op banken in het Vondelpark geslapen en had toen een verlaten kampeerhuisje in Oost gevonden – als dakloze was hij hulp komen vragen bij MIRZASVE. Vlatka was meteen in actie gekomen. Ze had hem ondergebracht in de lege woning van haar vriendin Yvonne, die voor langere tijd op reis is. En zelf is ze daar ook met hem naartoe verhuisd, dat wil zeggen, ze heeft al een paar keer in die woning overnacht – en dat alles met het excuus dat ze hard werkt voor MIRZASVE. Vid gaat een logo maken en hij zal ook ideeën aandragen voor het design van al onze projecten, al te beginnen bij het concert. Maar het belangrijkste is het logo en daar zijn ze nu mee bezig.

Het was een pak van ons hart en dat pak veranderde in een lach. We vroegen Nemanja ons een zo gedetailleerd mogelijke beschrijving van Vid te geven. We kregen te horen dat Vlatka een kop groter en twee keer zo oud is als hij en dat zijn jongensgezicht, doortrokken van verleidelijke mystiek, en zijn zachte, maar diepe stem de koningin hebben begoocheld, zodat ze dol werd op de Kleine

Prins. Nađa en Daca brandden van verlangen om te weten te komen of de Kleine Prins zich had overgegeven, maar dat was Nemanja niet bekend. De bezorgdheid was meteen verdwenen en alle affaires met MIRZASVE-leden die Vlatka's tumultueuze en onlesbare emotionele leven sierden kwamen nu naar boven, zodat gelach en gegiechel de leegte vulden die door de afwezigheid van de Eerwaarde Zuster was ontstaan.

Ik lachte mee, maar het zat me niet lekker. Ik erger me dood, omdat ik ontdek dat ik jaloers ben. Vreselijk! Ik kan daar niet voor weglopen of mezelf voor de gek houden. Iedere minuut die Vlatka bij die geheimzinnige Vid verblijft, overtuigt me er onherroepelijk van dat ik mijn geprivilegieerde positie van eerste adviseur verloren heb. Voor hoe lang is een vraag waarop geen antwoord bestaat. Maar het verlies van die fictieve, maar belangrijke positie kan een bedreiging zijn voor de snelheid en effectiviteit waarmee mijn verblijfsstatus in Nederland geregeld wordt. Hoe dichter je bij Vlatka bent, hoe meer privileges je hebt. Je ziet het, de hele Villa heeft zich maandenlang om Vlatka verdrongen, ze was hoteldebotel van hen, met Milan wilde ze zelfs trouwen. Nu hebben zij allemaal een verblijfsvergunning en een uitkering. Daarom is ze ook woedend dat ze haar meteen daarna de rug hebben toegekeerd. Mensen die verder van haar afstaan, hoe nabij ze fysiek ook zijn, wachten tot ze zich over hen ontfermt. Maar daar kan ik niet op wachten, want ik ben de enige die 'm niet kan smeren uit dit kribbige Nederland, de enige die geen geldig paspoort heeft. Daarom is het van belang om Vlatka's vertrouwen te herwinnen. Als Vid haar zijn lichaam biedt, ben ik afgeschreven. Maar als hij zich niet aan haar overgeeft, zal dat voor ons allemaal gemakkelijker zijn. Vlatka's geduld is niet eindeloos. Over een paar dagen, maar uiterlijk voor het concert, zal alles duidelijk worden. Dan zal ik zien wat me te doen staat.

Amstelveen, 27 juni 1992

Eergisteren is Vlatka boven water gekomen in de headquarters; ze is nog dezelfde als voor haar verdwijning: dezelfde hoeveelheid woorden, dezelfde gejaagdheid, dezelfde nervositeit en dezelfde vloeken. Maar in haar handen had ze het logo van MIRZASVE, een gewonden cirkel, als een slakkenhuisje, ingeschreven in een driehoek, en ze had ook het programmaboekje voor het concert. Ontworpen door Vid. Over hem geen woord, ze hield zich van den domme, maar ze legde iedereen meermalen uit hoe geniaal de oplossing van ons logo was. Ik sloeg haar gade alsof ze niet weg was geweest, alsof ik haar de afgelopen week even vaak als gewoonlijk had gezien en op het gebruikelijke niveau en even uitgebreid met haar had gecommuniceerd. Ik wilde het geheim ontdekken. Vid zat nog verborgen onder haar mantel. Het wapperen met zijn beeldende talent, dat beslist niet in twijfel mocht worden getrokken, verlegde de aandacht van het vlak van persoonlijke relaties naar de gewonden cirkel, en het feit dat er niets was veranderd aan Eerwaarde Vlatka's stem, gestalte en hysterie, bevestigde de indruk dat er in wezen niets cruciaals was gebeurd of liever, dat die cirkel en die driehoek het enige concrete resultaat van al haar pogingen waren. Toch was er één opvallend detail: Vlatka vergat zich steeds op te tutten. Ze droeg geen make-up (haar gezicht vertoonde zo een beeld van opgeblazen vermoeidheid en opdringende ouderdom) en het nest op haar hoofd was uiteengevallen als onder windvlagen afgematte klimplanten. Ik wisselde een paar blikken met Nemanja, en in het voorbijgaan op de gang mompelden we zachtjes een paar woorden tegen elkaar, waar ik uit opmaakte dat ik gelijk had. Er was niets gebeurd – de schilder was niet voor de verleidingen bezweken. Bemoedigd door die veronderstelling begon ik toe te lichten welke details essentieel waren voor de realisatie van het concert, waarbij ik het ontwerp van het programmaboekje (en het logo natuurlijk) prees met een kleur in mijn stem die Vlatka moest overtuigen van mijn loyaliteit, maar me niet mocht verraden. Ik luisterde naar mijn intonatie en balanceerde er zo listig mee als ik kon. Ik geloof dat mijn inzet een weldadige uitwerking op Vlatka had. Ze hecht aan dat concert. Ze heeft veel mensen uitgenodigd, we hebben twee bekende Nederlandse acteurs geëngageerd, journalisten zijn op de hoogte gesteld, en het feit dat de musici vanaf morgen al in de Oude Kerk repeteren, brengt dat gebeuren heel dichtbij.

Het is me op het nippertje gelukt mijn verjaardag gisteren een beetje te gedenken. Ik besloot dat toch te doen doordat ik in Amstelveen een telegram van Slavica ontving. Het enige teken dat er iemand aan mij dacht. Vroeg in de avond, toen het rumoer in de headquarters verstilde, nodigde ik Nemanja, Milan en Nađa uit voor een biertje in een Ierse bar. Felicitaties bij het klinken met dikke bierglazen, gevuld met stroperige, bijna vette, zwarte Guinness. Nađa gaf me een rood vlinderdasje dat ze zelf had gemaakt. De drukkende vochtige lucht, die er de hele dag al had gehangen, strekte zich ook over de avond uit en maakte ons slaperig en lui. Milan vertelde over de gebeurtenissen in Belgrado gedurende de laatste dagen voor zijn vertrek en Nađa riep de laatste voorstellingen die ze in Zagreb had gemaakt weer in haar herinnering. Er werd ook commentaar geleverd op de oorlog in Bosnië. De vochtigheid werkte gunstig op de nostalgie, en daardoor kreeg ik de indruk dat ieder van ons zich bij het afscheid (voor de zoveelste keer) afvroeg of hij er verstandig aan had gedaan om het land te verlaten, om voor ballingschap te kiezen en daarmee voor de eenzaamheid. Ik ontkwam er niet aan te merken dat er op de dag van mijn verjaardag bijna negen maanden waren verstreken sinds mijn komst naar Nederland, wat hoe dan ook, in uiterst symbolische zin, een teken van een soort geboorte is, al was het alleen maar de geboorte van hoop.

Amstelveen, 30 juni 1992

Het applaus en het tumult van het enthousiasme zijn verstild en ik leef vandaag op de nagalm daarvan, ik probeer die momenten zo lang mogelijk te bewaren en vast te houden om ze daarmee nog belangrijker te maken. Het concert was een groot succes, zowel voor MIRZASVE en voor de musici als voor Vlatka en mij. In ieder geval was dit het eerste succes van iets wat ik in mijn nieuwe land heb ondernomen. Succes, voor zover ik (dankzij Slavica en Erik) uit stekende muziek had gekozen, of liever muziek die een krachtige werking heeft, die de luisteraar zelf al verovert en niet hoeft te worden ondersteund door het meesterschap van de uitvoering of een welwillend publiek. De muziek is eenvoudig prachtig, de mensen ondergingen de klanken en gaven hun beleving lucht in een lang, donderend applaus dat door de akoestiek van de Oude Kerk werd verzameld, versterkt en voortgeplant. Veel mensen kwamen na het concert naar ons toe en vroegen ons waar ze cd's van Slavenski, Ljubica Marić, Vuk Kulenović en Detoni konden aanschaffen, vele vroegen zich verbaasd af waarom ze de naam van hun landgenoot Leo Smit nooit eerder hadden gehoord, en voor de kraam waar boeken van in het Nederlands vertaalde schrijvers uit voormalig Joegoslavië werden verkocht, kronkelde een lange rij toekomstige lezers.

Het begin van dat succes was al te voorzien toen de zitplaatsen in de Oude Kerk volliepen, hoewel aan het binnengaan van het publiek in de kerk een grappige scène voorafging. Daca, aan wie de sleutels van de Oude Kerk die dag waren toevertrouwd en die de opdracht had om het publiek officieel binnen te laten, was namelijk behoorlijk laat. Bang voor het bij haar ingeprente schrikbeeld van de klassieke muziek, want ze was nooit eerder in aanraking geweest met de schoonheid daarvan, en om redenen van persoonlijke veiligheid had ze zich suf geblowd. En stoned zijn en op de klok kijken gaan niet samen. Het ordelijke Nederlandse publiek, met welverzorgde vertegenwoordigers van politieke instellingen en vredesorganisaties, met politici in lichte kostuums, geschikt voor een zomers avondconcert, kwam een halfuur voor aanvang. Maar niemand kon de kerk in. De concertgangers stonden voor de deur, omringd door de rode (altijd brandende) lampjes van de bordelen, de onvermoeide hoeren achter de ramen en het gedrang van toeristen, hitsige Amerikaanse adolescenten, dealers, drugsverslaafden, souteneurs, nymfomanen en voyeurs. Een ware voorstelling van de Nederlandse realiteit in het klein: de maatschappelijke elite, omsingeld door drugs en prostitutie – de een kan niet zonder de ander. Er zijn geen kunstenaars meer die zo'n voorstelling kunnen schilderen. Even volhardend als de omgeving stond ons publiek, met een ongemakkelijk gevoel, te wachten. Uit de paniek en woede die Vlatka en ons had bevangen dook Daca, stoned, lachend, vijf minuten voor aanvang van het concert op. Nog nieuwsgieriger geworden haastte het publiek zich de kerk in met passen die hadden besloten dat er vanavond niets gemist mocht worden.

Op het moment dat de musici begonnen te spelen, was er geen vrije plaats meer over. De muzikanten en acteurs deden voor de volle zaal hun uiterste best, ze benaderden onze muziek en literatuur zeer nauwgezet en ernstig, en juist daardoor werd ons voornaamste doel meer dan bereikt. We bewezen dat onze kunst zich kan meten met de West-Europese en een deel is van de Europese cultuur waar men niet omheen kan. Erik was aangedaan, zelfs diep ontroerd. Vanuit het perspectief van zijn jaren meende hij dat wij zorgden voor de verdere overdracht van het bewustzijn van de verhevenheid des levens, dat onmisbaar is voor het behoud van de beschaving, en waarvan het wezen juist in tijden van oorlog en grote politieke omwentelingen het meest wordt bedreigd. Zo zei hij het ongeveer tegen mij. Hij omhelsde me en ik voelde golven van het huilen door zijn lichaam gaan, hoewel zijn gezicht ernstig bleef. 'Je moet je bezighouden met de presentatie van de cultuur van je eigen land. Die verdient het bekend te zijn en heeft de koestering nodig die jij haar biedt.' Ik keek hem aan en merkte dat zijn woorden in mij binnenkwamen en een passende mal vonden, alsof hun plaats daar in alle belangrijkheid al eerder bestond en had gewacht op Eriks woorden om zich ermee te verenigen en te wijzen naar een nieuw spoor, een nieuwe weg.

Maar ook de overige onderdelen van deze avond mogen niet worden veronachtzaamd. Vooral Vlatka natuurlijk. Gekleed in een paarse sari met blote schouders, waarover ze een rode zijden sjaal en een enkele lok uit haar nest had geworpen, deed Vlatka niet anders dan met haar blik de aanwezige politici verzamelen, ze tekende hen op in haar denkbeeldige opschrijfboek, kruiste hen aan, verplaatste hen, telde op en trok af, waarbij ze met haar rood aangezette lippen hun namen prevelde en de activiteiten waarmee ze hen zou bewerken, alsof ze de leerlingen in haar klas telde. Ze knikte ieder van hen toe, ik weet zeker dat ze zichzelf in haar verbeelding op een of andere staatsreceptie zag staan waar zij, de koningin, de hoge gasten begroette met haar met gouddraad doorweven waaier, in de weerschijn waarvan alle glans lag die ze voor zichzelf wenste. Er kwamen vertegenwoordigers van VluchtelingenWerk, Vrouwen voor Vrede, Pax Christi en het ikv naar haar toe, en zij vond op haar veelkleurige gezicht voor ieder van hen een verschillende glimlach, ontstaan door haar wenkbrauwen op een andere manier op te trekken en door nuances in de hoeveelheid getoonde tanden. Maar toen er een invloedrijke Nederlandse politicus voor haar stond, pretendent voor de positie van minister van Buitenlandse Zaken, kreeg Vlatka knikkende knieën en haar sjaal viel af. Ze had geen tijd gehad om zich voor te bereiden, ze gaf alles wat ze had aan lach, met schutterige bewegingen wees ze op haar door forse borsten onder de sari vertegenwoordigde vrouwelijkheid, ze onthulde haar zwakte voor knappe politici in welgekozen kostuums en liet de indruk na dat ze zich op genade of ongenade overleverde, als een poes die op haar rug gaat liggen en alles geeft om een beetje te worden aangehaald.

Ook Vid vertoonde zich onder de aanwezigen. Hij werd binnengeleid door de koningin zelf, arm in arm. De demystificatie van zijn persoon verliep sneller dan iemand had kunnen verwachten. Alle leden van mirzasve die naar de Oude Kerk waren gekomen (en wisten van de 'geheime relatie') wierpen bijna gelijktijdig de hengels van hun blikken uit en Vid was in een ogenblik geplukt. Het enige wat overbleef waren zijn grote, op de een of andere manier te lieve, meisjesachtige ogen, die rollend door de kerk gingen vanwege alle nieuwsgierigheid waarmee ze werden onderzocht. De meisjes constateerden dat hij een beetje kromme benen en een te breed gezicht had, maar dat zijn babyface onweerstaanbaar genoeg was voor een bliksemsnelle verliefdheid. Željko, Zoran en Nemanja waren het erover eens dat hij iets vrouwelijks over zich had, met andere woorden iets overdreven teders (wat Željko aanzette tot commentaar op Vlatka's mogelijke vergissing, die hij graag recht zou zetten), en ze voegden eraan toe dat de Eerwaarde een echte man nodig had en geen teer bloempje. Na het concert kwam Vid naar me toe om kennis te maken, Vlatka had hem over mij verteld, hij had het concert erg mooi gevonden, hij feliciteerde me. Zijn zachte, gebroken stem week niet erg af van zijn verschijning, maar bij het vormen van de woorden verrieden zijn lippen een volkomen tegengesteld karakter. De vastbeslotenheid van zijn lippen was verbonden met een ingewikkeld spel van zijn wenkbrauwen, en in die vervlechting zag ik een man die niet gemakkelijk een compromis aanvaardt. Maar ondanks alles behielden zijn ogen een licht gefronste weemoed; voor mij stond een hoogmoedig man, verborgen achter de jongen die hem allang had verlaten, die mij aankeek en handig de charme van valse bescheidenheid in stand hield. Ik feliciteerde hem ook. Ik heette hem welkom bij MIRZASVE met woorden die jeukten van de sleetsheid. Hij vond het prettig, herhaalde hij, dat hij kennis met me had gemaakt. Hij neuriede nog wat vriendelijkheden en toen Vlatka hem kwam halen, raakte ik haast buiten adem van de opluchting die me overstroomde.

De avond eindigde op de boot van Vlatka's vriend Jeroen, die bij wijze van beloning had besloten met ons door Amsterdam te varen. We verdrongen ons op het bootje. Het gegil van de meisjes onder de fijne windvlagen, het nieuwe perspectief van de stad, bezien vanaf het water, de bogen van de bruggen, de spitsen van de vooroverhangende huizen, het licht dat langzaam doofde, vertroebeld door brokjes duisternis. Milan gaf me een joint aan, ik nam een trekje, het smaakte me, ik nam nog een trekje, de wankelende huizen lachten. Het brommen van de motor en het gehuppel van het schuimende water, het wegvluchten van verschrikte eenden, de voorbijgangers die ter hoogte van mijn schouders over de trottoirs liepen, het schijnsel van de neonlichten in de rosse buurt als corridor voor stonede toeristen. Er piste iemand in de gracht, de warme avond van de pas gekomen, maar al vergeten zomer (want zomers in Amsterdam hebben de smaak van vergankelijkheid), de lach van de zomernacht in een vreemd, ver land, de eerste lach en mijn terugkeer naar de voorlaatste overnachting in Uilenstede, het afscheid bij de slagboom op de kruising, begeleid door het lied van de merels, een hele erehaag.

Morgen al zal ik me in een oogwenk, met die paar spullen van me, op een nieuwe plaats bevinden, op een nieuw station. Een reis en een lied – misschien is het mogelijk.

Filip

Amsterdam, 1 juli 1992

Terwijl Erik een oogje hield op het pakken, dat vaardig werd afgewikkeld onder de handen van Marijke, de vrouw die bij hem schoonmaakt, ontving hij me, zelf ook gehaast, zakelijk en zonder het gebruikelijke geduld. Hij deed de deur van zijn huis voor me open, klaagde over de reisangst waar hij zijn hele leven al aan lijdt en bracht me naar mijn nieuwe kamer op de begane grond. Hij wachtte tot ik mijn twee koffers (die zwarte, logge, met groen dessin, voor mijn vertrek gekocht in Novi Sad) had binnengebracht en begon me met merkbare, ik zou zeggen bejaardennervositeit uit te leggen hoe welke deur werd afgesloten, naar welke kant je welk slot opendraaide, welke lampen altijd moesten blijven branden, welke ik niet moest gebruiken, hoe ik het fornuis moest aansteken, hoe ik de wasmachine moest bedienen... hij overspoelde me met details die ik grotendeels al wist, maar die hem hielpen zijn reis van vanavond te vergeten. Hij vliegt naar Canada, naar Vancouver. Daar gaat hij een paar concerten dirigeren, vandaar reist hij naar Israël en dan naar Japan. Hij komt eind augustus terug in Amsterdam. Dan zal hij thuis de promotie houden van de nieuwe cd (die met operaduetten). Hij wil graag dat het een groot feest wordt met veel gerenommeerde gasten. Hij herinnerde me ook aan het werk dat ik voor die tijd moet afmaken, zodat de muren de blikken en achterdochtigheden van een dergelijke keur aan gasten waardig kunnen doorstaan, en toen trok hij zich terug om te controleren of al zijn partituren waren ingepakt.

De donkere kamer, aan de tuinkant, helemaal in schaduwen waartussen de zomer niet doordringt, bleef sprakeloos en onverschillig tegenover de nieuwe bewoner. Alsof al het stof dat op de boeken en de patina-achtige tekeningen en grafiek was neergedaald, ook over de oogleden van de kamer zelf was gestrooid, zodat ze niet meer konden bewegen en opengaan. Zo was het ook met de neusgaten, ware grotten vol oud, deftig stof. Zonder nieuwsgierigheid pluist het vertrek mat het verleden uit, in de onderbroken draad van het vergeten op zoek naar een vonk die hem zou kunnen bemoedigen en bevrijden van de volledige verlamming. Ik ging in een fauteuil zitten om *Jozef* te lezen.

In het huis gingen deuren open, knerpten en gingen weer dicht, de trap kraakte onder voetstappen, verre stemmen en het gerinkel van de telefoon gaven handelingen door waarvan ik geen getuige was. Toen er op mijn deur werd geklopt, had het gekartelde licht van de veel te lange dag mijn nieuwe kamer al bijna helemaal vaarwelgezegd. In de deur stond Erik, klaar voor vertrek. Voor het huis stond een taxi op hem te wachten. Hij herinnerde me nog een keer aan mijn rol van bewaker en in zekere zin restaurateur van zijn huis en zei me gedag met die bejaardentederheid die het bewustzijn draagt dat iedere groet de laatste kan zijn. Ik dacht eraan hem te vragen of hij het goedvond dat ik me officieel inschreef op zijn adres – een belangrijk advies dat Milan me een paar dagen geleden heeft gegeven –, waarop hij antwoordde met een lachende verwondering waarin ik vanzelfsprekendheid, goedkeuring en een groet herkende. Ik wachtte tot de echo van alle voetstappen in huis helemaal was weggestorven en ging toen naar Nađa.

Gestimuleerd door het succes van het concert had Nađa zich op de voorbereiding van de werkstukken voor haar tentoonstelling gestort. Ze bracht me de boodschap over dat er bewoners van Uilenstede hadden gebeld: er was post voor mij uit Joegoslavië. Ik belde meteen terug en sprak af dat een van hen de brief in de nieuwe brievenbus zou gooien waar ik nu gebruik van maakte: Erik van der Heiden.

Ik ging ook bij Milan langs, hij stond net klaar om 'het leven' in te gaan. We vermeden de straat waar de blikken van Vlatka ons konden treffen en gingen op weg naar het centrum. We zaten eerst een poosje in de Grasshopper, toen gingen we naar Basho en we eindigden in Tweedy, op de hoek van Eriks straat. We rookten thai. Hij vertelde me over het veld in Belgrado waar hij wiet had geteeld, hij vertelde zo beeldend en aanlokkelijk dat er een opwindende film

voor me werd afgedraaid. Hij vroeg me wat ik met het telefoonnummer van die pianiste van het concert had gedaan, of ik haar nog
had gebeld. Nou, ik was haar helemaal vergeten! Ze had op de boot
wat gebabbeld, iets omstandig uitgelegd en tamelijk luid gelachen.
Ik had stoned door haar heen gekeken en langs haar woorden heen
geluisterd. Ze had me vast haar telefoonnummer gegeven. Ik keek
in mijn portemonnee: Simone 023-5427216. Ik zal haar morgen
bellen om te horen of ze nog steeds zoveel kwebbelt.

Amsterdam, 2 juli 1992

Ik werd wakker in de zware geur die de nachtelijke zuchten van vergeten, grijze, als met as bestrooide boeken hadden achtergelaten,
in de uitwasemingen van de vermoeide pluchen gordijnen, gedragen door een droom die zich in de werkelijkheid van de honderdjarige schaduwen in mijn nieuwe kamer had geboord. In mijn droom
had ik me, als het ware onverwachts, herinnerd dat ik me al lang
geen rekenschap meer had gegeven van mijn biologietentamens. Ik
had bedacht dat het tijd werd om een of ander tentamen voor te bereiden. Maar welk? Er waren er nog heel wat over, ik kon niet besluiten welk ik als eerste zou kiezen. Ik begon ze op te noemen. Ge-
netica. Wacht even, daar ben je al voor geslaagd! O ja! Fysiologie
van de planten dan. Daar ben je ook voor geslaagd. Goed, ecologie
van de dieren. Geslaagd. Algemene fysiologie van de dieren. Geslaagd. Vergelijkende fysiologie van de dieren, ecologie van de
planten, wiskunde, biocoenologie, histologie – daar ben ik allemaal
voor geslaagd. Werkelijk? Echt waar? Ik weet het zeker, daar ben ik
voor geslaagd. Maar wat er is dan nog over? En daar kapte het lemmet van de werkelijkheid alles af met een snijdende pijn waaronder
mijn ingewanden samenkrompen. Daarop kwamen de schaduwen
in beweging en een dun draadje licht boorde zich als een traan door
het gestorven gordijn, en toen werd ik wakker in een ruimte die
zich ik wist niet waar bevond en ik wist niet waarvoor diende, ik
keek om me heen om te zien of ik tenminste aan één detail kon herkennen waar ik was. Van de muren werd ik gadegeslagen door dode

portretten en vuil behang, een zinloze hanglamp en een verstikte piano, bedekt met papieren waar vergeten muziek uit schreide. Het juiste antwoord op de gestelde vraag had me gewekt. Overgebleven was mijn eindscriptie, alleen de verdediging van mijn eindscriptie. Ik sprong uit bed. Het onbekende vertrek is van mijn weldoener Erik. Het is gevuld met vermoeide, ongeïnteresseerde geesten en ziet uit op de tuin, het donkere gezicht van het park. Het bevindt zich in Nederland en daar kan ik niet vandaan. Ik stond op en deed de deur naar het terras open. Vanaf het pad in de vochtige lucht van de eeuwige Hollandse herfst, vandaag verrassend genoeg doorschoten met patronen van zon, gutste de geur van mos de kamer binnen. Gekrijs van halsbandparkieten uit het park en achter het bomengordijn rumoer van naar het park gestroomde mensen. Er sloeg iemand op een djembé. Mijn horloge deelde me mee dat het al middag was en dat de kamer de hele dag in onaangetast halfdonker zou blijven. Ik had pijn in mijn borst. Ik kan niet terug. Er bestaat geen mogelijkheid om mijn studie af te maken. De toestand van een verslagene, een machteloze, een toestand die ik verfoei. Ik moet iets ondernemen. Ik ga Ivanka schrijven, ik zal haar smeken. Ik ga naar de faculteit in Amsterdam om navraag te doen. Ik ga Ivanka schrijven. Ik deed het licht aan, oranje en lelijk. Heeft Milan niet tegen me gezegd dat iemand die stoned is zich zijn dromen niet herinnert, dat hij de indruk heeft dat hij helemaal niet droomt?

In de brievenbus vond ik een ansichtkaart van Maja. Ze feliciteert me met mijn verjaardag. Zonder veel woorden, fijntjes genoeg om de toestand van vergeten niet al te zeer te benadrukken, maar juist die afgemetenheid verraadt haar, verzwakt het hele idee tot een gewoon (!) teken van attentie, als de twintigjarige nagedachtenis aan een gestorvene. Alleen in haar mooie handschrift lag een herinnering aan andere verhoudingen, een ander pad, overwoekerd door hondsgras en toch alleen zo, in mooie letters, bewaard.

Ik heb Simone gebeld. Ze popelde om te gaan kwebbelen. Ze huppelde over de Duitse woorden als een nerveuze vlieg en diste een verhaal op dat ik niet helemaal kon volgen. Jammer dat je geen Engels kent, zei ze, waarschijnlijk om zich te verontschuldigen dat ze gedwongen is vaak Engelse woorden in te voegen. Ze is van plan in juli in Haarlem en Den Haag op straat te gaan spelen. Ze heeft een klein, draagbaar spinet (ik deed net alsof ik wist wat dat is), ze zoekt een plaatsje op een plein en speelt en zingt liederen uit Wales en Ierland, en barokaria's. Als ik wil, kan ik haar gezelschap houden. Ze gaat overmorgen beginnen. Ik kan haar komen ophalen in Heemstede (ook daarvan deed ik net alsof het me bekend is) en dan gaan we met de auto naar Haarlem. Je kunt aardig verdienen, als het weer meezit. Als ik haar help met het dragen van het spinet, krijg ik 15 procent van haar dagopbrengst. Ze heeft alles al uitgerekend en bedacht en ze lachte een beetje hysterisch en mekkerend in de hoorn. Ze liet mij nauwelijks aan het woord. Ze wachtte op mijn ja of nee. Ik zei ja. Ze kwinkeleerde een groet, prikte er *tschüß* tussen, voegde er *dag* aan toe en met haar heftige bewegingen, die haar als een stuiterballetje zo kleine en ronde lichaam doen trillen, gooide ze de hoorn er bijna op. Ik bleef vastgenageld aan het portret van een dame dat hing te verzuren aan de muur en ik moest zelf ook lachen. Ik zal dat Iers-barokke avontuur met het spinet ingaan en eens horen hoe haar liederen zijn. En waarom zou ik me die 15 procent ontzeggen als ik dan toch voor kruiwagen speel?

Juist toen ik me klaarmaakte om naar Milan te gaan, drong Vlatka's stem door de muren in haar toespraak tot het antwoordapparaat: 'Bent u zo geïmponeerd door het succes dat u uw neus niet meer bij mij laat zien? Waar blijft de evaluatie, en waar zijn de plannen voor toekomstige projecten?' Ze heeft een nieuwtje voor me, ik moet zo snel mogelijk komen. Ik nam niet op. Laat zij ook maar een beetje verzuren.

Ik ging met Milan naar het Vondelpark. Ik dook in het vervolg van zijn verhaal over het kweken van wiet, over het begieten, snijden en drogen, over de spannende toestanden vanwege het politiebureau in de buurt en de liefdesparen die over de pas ontsproten plantjes rolden, als in een boek waarvan je niet kunt wachten tot de volgende pagina. Verhalen uit het verre verleden en een gevoel van zekerheid vanwege de veilige afstand vanwaaruit ze worden verteld, gepaard aan de kunde van een verteller die met de vaardigheid van een schilder de schoonheid in scènes van het verdwenene weet te bewaren.

Amsterdam, 5 juli 1992

Er is iets onwaarschijnlijks gebeurd. Gisteren heb ik heel onverwachts mijn eerste woordjes Nederlands gezegd. Ja, precies zo:
mijn eerste woordjes gezegd.

Ik was naar Heemstede gegaan om Simone op te halen. Een dorp
van rijken, die hun centen al afficheren in de gevels van hun huizen,
om de toevallige voorbijganger meteen aan het verstand te brengen
dat je niet zo gemakkelijk toegang krijgt tot hun vriendenkring, dat
daarvoor een speciale reden nodig is. Villa's omgeven door zilversparren, gigantische thuja's en dwergcipressen, vijvers in de tuinen
en, achter een bomenrij van moeraseiken en doodsbeenderbomen,
tennisbanen. Daar zie je witte shirtjes en shorts schemeren: Nederlanders in het vuur van hun spel in oases van nietsdoen. Aan de zu-
righeid van de glimlach waarmee ze de deur openden en de rimpels
die om hun lippen ontstonden toen ze mij in het oog kregen, merkte
ik al dat Simones ouders niet in de natuurlijke omgeving van hun
klasse wonen. Dat werd me ook gesuggereerd door de gipsen amors
en venussen die, half ingeslapen en uitdrukkingsloos, in menigten
bijeengestouwd in de achtertuin stonden, als beeldjes die zijn afgewezen voor het niet geslaagde ontwerp van een nieuw kerkhof. Simones moeder pronkt met haar kunstzinnige ijver, ze wil zich graag
verheffen in de hartstocht van het scheppen, en daarom plakt ze er
gipsen kopjes op die lijken op maskers van dode kinderen. Haar vader werkt in de automobielindustrie en ze zijn allebei snob van beroep. Ze spreken Duits noch Engels. Ze namen me van hoofd tot
voeten op, probeerden hun extreme wantrouwen voor de verpersoonlijking van de vreemdeling (en dan ook nog een Joegoslaaf) onhandig te verbergen en hielden hun adem in, zodat ze hun neusgaten niet toevallig zouden bezeren aan mijn stank (ze waren ervan
overtuigd dat die een onscheidbaar onderdeel was van iedere vreemdeling, dus ook van mij). Op het moment van mijn komst stond hun
dochter onder de douche (te zingen). Ze keken elkaar aan, want zie

340

je wel, ik woonde toch al enige tijd in Nederland, maar ik was nog niet in staat te communiceren. Moeder heeft een grote neus en is boven haar opeengeklemde lippen fijn behaard, vader is blond en baardeloos, beiden met lange benen en lomp alsof ze afkomstig zijn uit de Dinarische Alpen. In het open raam van hun blikken trof ik een grote zak haat aan jegens alles wat door hun land kruipt en niet arisch Nederlands is, en van woede zei ik tegen hen: 'Ik heet Filip en hoe heet u?' Hun verbijstering was zo groot dat zij die met hun zwakke verstand niet konden accepteren en op een grap vonden lijken. En toen ik tegen hen zei: 'Ik ga met Simone naar Haarlem', vermoedden ze dat ze niet goed waren ingelicht over degene die hun dochter vandaag zou begeleiden, en het zou nooit bij hen zijn opgekomen dat ik dat allemaal alleen maar uit woede zei. Op dat moment kwam Simone de trap afrollen, rondborstig en mollig alsof ze van gelei was, en ze keek me vrolijk aan met die oogjes van haar die volmaakt pasten bij de kleurige prullaria die als op een jaarmarkt aan alle muren waren gehangen en gespijkerd, zonder ruimte over te laten voor één eenzaam en teder punt. Vader en moeder riepen 'oh' en 'ah' en 'hé', ze wezen op mij alsof ik een zojuist uit het bos aangedraafde eenhoorn was die hun dochter mee zou nemen naar onvermoede verten en stalden daarbij enorme paardentanden en uitgehongerd tandvlees uit met een trots als waren het onderscheidingen, verkregen voor hun succesvolle snobisme. Simones gezicht, hoewel zo rond als een mooie blozende pompoen, had te vaak van Barbie gedroomd om helemaal van kunstmatige, popperige charme te zijn beroofd, maar ik vond het van alles wat me omringde toch het liefste om naar te kijken. Zij geloofde haar ouders niet en sprak me daarom in het Duits aan. Maar ik gaf me niet gewonnen: 'Gaan wij nu naar Haarlem?' Ze tuitte haar lippen, sperde haar ogen open, boog haar hals opeens opzij, zodat haar gezicht, als het niet zo uitgesproken rond was geweest, volledig had geleken op een reiger die onverwacht geritsel in de biezen heeft gehoord. Ze vroeg me 'Sinds wanneer spreek je Nederlands?' en toen ze hoorde 'Vanaf nu', zette ze een kefferig gelach in waarmee ze haar ouders aanstak en dat duurde en duurde, zodat hun chauvinisme aan nietige stukjes werd gebroken en hun ware aard werd ontbloot: de aard van een boer, vergroeid met de televisie. Vrolijk als een stuiterballetje wees Simone op een langwerpige doos die leek op de kist waarin Nađa bollen wol bewaarde, vroeg 'Ga je me helpen?' en ik begreep wat me te doen stond. Ik ging op de kist af, greep hem vast en tilde hem op (hij was zwaarder dan ik had gedacht), zij riep 'Pas op de glazen vitrine', ik boog opzij, liep de deur door, groette 'Tot ziens', waarop Simone de kofferbak van de auto opende, me hielp de kist – het spinet – erin te leggen, en we gingen op weg naar Haarlem.

Toverachtig Haarlem! Zonnedraden wonden er een kluwen in en omheen en verhieven het, zodat het boven de vlakte zweefde en met zijn klokkentoren reikte naar streken van de hemel die voor het menselijk oog alleen door die trilling van baksteen en water toegankelijk kunnen zijn, en dan nog alleen voor een oog dat gevoelig is voor de betovering die deze plaats in een droomgezicht heeft veranderd. Ik had de indruk dat we over de tapijten van een andere wereld liepen, zo verleidelijk zagen de straten van Haarlem eruit. Simone schommelde erdoorheen met de onverschilligheid van iemand die Haarlem al sinds haar vroegste kindertijd kent, en gedroeg zich alsof dat allemaal van haar was. Met zakelijke toewijding wees ze de plaats aan waar het spinet op zijn pootjes moest worden gezet. Onder de arcade voor een parfumerie, in de directe nabijheid van de Grote Markt, richtte ze de plaats waar ze zou gaan spelen in, als een liervogel voor zijn optreden in het struikgewas: ze raapte een papiertje op, verwijderde een Fantablikje, zette een klapstoeltje onder zich neer, pakte bladmuziek uit haar tas en zette die op de standaard van het spinet. En al met het eerste akkoord trok ze de aandacht van de voorbijgangers. Ze droeg een lange paarse jurk die precies voldoende glansde om de zon de voor deze stad bestemde balans van tederheid te laten behouden. Ook haar gezicht glansde toen ze begon te zingen, zodat haar stem en haar verschijning samensmolten met de bezieling van het oogverblindende Haarlem alsof ze hier altijd al waren, ommuurd in hun eigen schoonheid. Ik stond terzijde, als bediende en toeschouwer. Ze zong prachtig. Haar stem droeg de herinnering aan een verre, verloren droom van voorvaderen die hun liederen uit de haren van de bladeren haalden, en een lichte, maar hardnekkige huivering beving me. Was dit de Simone die een paar avonden geleden, na twee fatale biertjes, onbegrijpelijke vaagheden tegen me taterde en giechelde als een mopperige vogel die zich verlustigt in lasterpraat over de buren? Was dit de Simone die met de gipsen beelden van haar beeldhouwgezinde moeder moet zien te leven dezelfde die de mensen nu in lieve blikken en romantische zuchten gewikkelde goedheid ontlokte? Ja, dat was zij. Toen ze een paar keer het hele repertoire had gespeeld en gezongen dat ze voor de dag van vandaag had bestemd, was ze weer dezelfde lompe Simone, die propperig voortschommelde en babbelde dat het enthousiasme van de voorbijgangers groter was dan hun bereidheid om te betalen, en dat het de moeite loonde om de volgende keer naar Den Haag te gaan. Ze reed me naar het station, gaf me 15 gulden en liet me weten dat ik haar de volgende dag ook moest komen halen. Vandaag regende het echter en daarom is de tocht uitgesteld tot een nieuwe zonnige dag. Ik zou verliefd willen worden op dat meisje dat zingt bij het spinet, maar ik weet niet waar ik haar moet vinden en hoe ik haar moet oproepen en vasthouden.

Ik ben verdergegaan met verf afkrabben in Eriks kamer met de Madonna. De regen is opgehouden, het is warm en daardoor is de atmosfeer helemaal wit van de nevel. Straks ga ik naar Vlatka om te zien wat daar gebeurt.

Amsterdam, 8 juli 1992

Toen ik een paar dagen geleden onbekommerd naar de headquarters ging, rekende ik erop daar een sfeer aan te treffen waarin ik lustig kon doorgaan met het oogsten van mijn lauweren, maar werd ik verwelkomd door hysterie rond het opstellen van een lijst voor een tocht naar de Vreemdelingenpolitie. Voor alle niet aangemelde personen wordt vanaf 10 juli een nieuwe wet ingevoerd: zij zullen tot ontheemden worden uitgeroepen en zullen geen recht hebben op een uitkering, maar maandelijks een fooitje krijgen, de helft minder dan een uitkering. Vlatka spande zich halsoverkop in om de dag voor het van kracht worden van de nieuwe wet zo veel mogelijk mensen aan te melden. Ik wierp een blik op de lijst – mijn naam stond er niet op! 'Maar mevrouw Vlatka, ik ben toch ook niet aangemeld! Waarom sta ik niet op de lijst?' Haar onmiskenbare verwarring zei me dat ik met opzet was gepasseerd. Ze bloosde, struikelde over haar tong, mompelde iets, haar hand ging prompt omhoog om een lok op zijn plaats te duwen en toen schreeuwde ze opeens: 'Nemanja, hoe kon je zo idioot zijn om Filip te vergeten?' Nemanja keek haar ontsteld aan, probeerde iets te zeggen, maar zij viel hem in de rede en snauwde hem toe dat hij onbekwaam, vergeetachtig, slonzig en onoplettend was, en dat ze er nog eens over moest nadenken of ze hem meenam naar Italië. Nemanja boog zijn hoofd, ik had de indruk dat het niet veel scheelde of hij was in tranen uitgebarsten, hij ging de kamer uit. Vlatka dicteerde mijn naam opvallend luid aan Hermina, een Bosnische, die de lijst aan het uittikken was. 'Morgen om halfnegen moet u op het politiebureau zijn,' zei ze tegen mij. Ze schepte er tegen mij over op dat ze ons dankzij haar inspanningen bij de politie ontvingen als leden van MIRZASVE, zodat we niet zo vroeg in de rij hoefden om voor de deur te wachten. Alles moest elegant verlopen. Uit Vlatka's opgeblazenheid sprak een trots en eigenliefde waar ik niet goed van werd. Als ik niet toevallig was komen opdagen, had ik niets geweten van die tocht naar de politie. Ik zou ontheemde zijn geworden en het geld dat meer dan de helft van de leden al kreeg, zijn misgelopen. Vlatka stond in al haar naaktheid, lelijkheid en boosaardigheid voor me, en het kostte me geen moeite om te besluiten me geleidelijk los te maken van al die onzin en veinzerij, van al dat gesol met mensen, van de schandelijke verkrachting van het begrip vrede en van de excentriciteit waar het vet van deze zielige, jaloerse en onbevredigde vrouw in zwom. Ik vertoonde mijn grijns nog enige tijd in de headquarters alvorens iedereen daar de rug toe te keren, en daarbij sleepte ik naar mijn gevoel een staart van weerzinwekkende haat achter me aan.

Simone en ik zijn vandaag, omdat het bewolkt was, weer in Haarlem geweest, zelfde plaats, zelfde liederen, zelfde truc, en morgen zullen we daar na mijn bezoek aan de Vreemdelingenpolitie ook naartoe gaan. Pas wanneer de wolken uiteenvluchten, gaan we ons geluk beproeven in Den Haag.

Ik geloof gewoon niet dat de mensen kunnen verstaan wat ik in het Nederlands zeg. Iedere dag oefen ik met Simone: naast de verdiensten voor het dragen van het spinet krijg ik ook gratis Nederlandse les. Simone heeft geduld, ze wijst me via de gewone spreektaal op de grammaticale grondslagen van de taal en ik ontdek met groot genoegen hoezeer de Nederlandse taal op Duits lijkt. Dat had ik al lang gemerkt en gehoord, maar omdat ik het Nederlands eerder niet serieus heb benaderd (omdat ik het niet de moeite waard vond om tijd te verspillen aan de taal van een land waar ik maar kort zou verblijven!), had ik die overeenkomsten niet duidelijk genoeg voor ogen kunnen krijgen, zodat ik ze nu als een soort beloning ervaar, ik spartel bij het construeren van zinnen, Simone knippert met haar ogen en het scheelt niet veel of ze klapt in haar handen van voldoening. Dan gaat ze achter het spinet zitten, begint te spelen en te zingen.

We zijn al twee keer in Den Haag geweest. Een opschepperige stad, opschepperig in de krenterigheid, de terughoudendheid ervan, je voelt een soort trouweloosheid, je voelt dat de hofstad zich met misnoegen openstelt voor de massa's toeristen, de straten glimlachen onwillig onder de toevloed van licht, de trottoirs geven zich ongaarne over aan zoveel voetstappen, de oudevrijsterachtige maagdelijkheid van de stad barst en scheurt, er komt een grijze droogte uit, stijfheid, gekleed in een koninklijk gewaad – het gezicht van de stad is dat van een deftige ouwe tang die weigert te lachen om de waarheid over haar tandeloze kaken te verhullen. Simone heeft door bemiddeling van de eigenaar van een schoenwinkel een vergunning veroverd om dagelijks een uur te spelen in de beroemde Haagse Passage. Het lukt haar het programma, dat twintig minuten duurt, drie keer te spelen, en zo zijn er drie concertjes voor grote groepen voorbijgangers, die even gaan zitten en een plaatsje zoeken in een wijde boog om haar heen, ze applaudisseren, roepen bravo en – betalen. Simones oog, vaardig in het tellen van geld, had meteen in de gaten dat je in Den Haag in twee keer zo korte tijd drie keer zoveel verdient als in Haarlem, en algauw kon ik dat ook in mijn eigen zak natellen. Hoewel de reis langer is en er dus meer benzine wordt verbruikt (wat Simone netjes van de verdiensten aftrekt), is het voordeliger om naar Den Haag te gaan. Ze was opgetogen over die ontdekking, alsof ze een begraven schat had gevonden.

Die verdiensten komen mij uitstekend van pas, hoewel ik naar mijn idee nu ook recht zal krijgen op een uitkering. Ja, we zijn bij de Vreemdelingenpolitie geweest en werden daar heel goed ontvangen, er was zelfs sprake van vriendelijkheid, waar Vlatka theatraal de nadruk op legde door opdringerig te doen en te wauwelen tegen iedere beambte. Toen ik aan de beurt was, werd me om mijn paspoort gevraagd, ik antwoordde in het Nederlands dat mijn paspoort niet meer geldig was, en de ambtenares keek me ongelovig aan, glimlachte toen en prees mijn kennis van de taal. Ik bloosde, maar in mijn binnenste juichte ik. Dit is geen land van gesloten deuren en sombere wind, zoals ik dacht. Tegenover Vlatka wilde ik niets onthullen – tijd genoeg voor een verrassing. Eén feit bracht me echter in verwarring: Vid was nergens te bekennen. Hij was niet naar het politiebureau gekomen en niemand bracht hem ter sprake. Ik had ook niemand aan wie ik het kon vragen, er stonden allemaal nieuwelingen om me heen, voornamelijk Bosniërs, nieuw vlees voor Vlatka, zoals Milans commentaar luidde. Hij maakte me wegwijs in wat ik allemaal moest doen: ik moest me laten inschrijven bij het bevolkingsregister, ik moest een bankrekening openen, ik moest me aanmelden bij het ziekenfonds, en dan moest ik een uitkering aanvragen.

De geleidelijke metamorfose tot Nederlander is begonnen.

Amsterdam, 17 juli 1992

Gisteren heeft een brief van Dušan me gevonden. Na een lange zwerftocht. Hij is op al mijn adressen geweest, van Zompedorp via

Uilenstede naar dit, van Erik, als een soort doorsnede van mijn Nederlandse reizen. In Zwolle is hij niet geweest – ik heb zelf ook het idee dat mijn verblijf daar geheim was, om te herstellen, dat niemand daarvan mocht weten, dat ik daar werd behoed en beschermd tegen het kwaad.

Dušan werkt nog steeds in Belgrado als bakker. Hij klaagde niet, maar ik kan me voorstellen hoe moeilijk hij het heeft. Milana studeert, ze leest filosofische turven, maar blinkt op haar tentamens niet erg uit. Hun flat is vochtig en duur, de Dimitri Tucovićstraat vol smog en gepiep van trolleybussen. Hij heeft de nacht door de dag vervangen, weet niet meer wanneer het licht wordt en wanneer de zon ondergaat, voordat hij inslaapt ziet hij Milana uitgestrekt op de bank met een boek en een kopje koffie in haar handen, hij probeert haar te overreden om naar Niš te verhuizen, daar wacht hem werk op een school, maar Milana houdt van Belgrado, zij hoeft natuurlijk niet iedere ochtend om twee uur op te staan, hij zal proberen het nog een jaar vol te houden, ze hebben niet genoeg geld, in Servië gaat het steeds slechter, de oorlog is afmattend en de strijdkreten worden steeds luider, als ze hem maar niet mobiliseren, in Belgrado is hij veilig, niemand uit Niš kan hem vinden, daar is het vroege opstaan en slechte slapen dan tenminste goed voor. Hij vraagt me hoe ik mijn draai heb gevonden. Aangezien ik niets laat horen, zal het wel goed met me gaan...

De gescheiden soorten logica van gescheiden levens. Ik heb mijn draai gevonden, natuurlijk: ik ga niet dood van de honger en ik slaap niet op straat. Maar wie ik ben weet ik nog steeds niet. En ik heb het idee dat 'je draai vinden' nu juist dat betekent: uitvinden wie je bent in de omgeving waarin je je bevindt. Ik zette me aan het schrijven van brieven. In drie dagen heb ik er vier geschreven: aan Dušan, Naum, Slavica en Ivanka. Ik heb Ivanka verzocht me te helpen. Zij is op de hoogte van mijn botanische kennis, zij kent gevallen waarin de commissie bij uitzonderlijk goede studenten niet zo nauw keek, ik verzoek haar te zorgen dat ze mijn examen erkennen, dat ze me toestaan af te studeren zonder op te gaan voor de verdediging van mijn eindscriptie, ik ben de beste student van mijn jaargang, zij is met dergelijke gevallen bekend, dat heeft ze me zelf verteld, nu heb ik haar hulp nodig, nu heb ik alle liefde van haar nodig waar ze het vroeger over had, nu moet iemand iets voor míj doen...

Die brieven, een aardverschuiving lijkt het wel. Ben ik hier of ergens anders? Waarheen wil ik verhuizen met die brieven? Naar die foto waarop Dušan en ik over de Gouden Kaap lopen, ergens in de jaren tachtig?

Ik herhaal:

> 'Men moet alleen op de gedachte komen dat God iets bijzonders met iemand voorheeft en dat men die helpen moet: dan spant de ziel zich en het verstand vat de moed om de dingen onder zich te brengen en zich er als heerser over op te werpen... Maar wat is het moeilijk om zich te maken tot datgene waartoe men is geschapen en op te klimmen naar die hoogte van Gods bedoelingen met ons, zelfs al zijn die slechts van de gemiddelde soort.'

Amsterdam, 22 juli 1992

Ik geloof dat iedere gebeurtenis al heel snel na haar oorspronkelijke optreden in een gewoonte wil veranderen, in 't oude zog wil gaan, alledaags wil worden. Sinds de grote omslag in mijn Nederlandse leven is er nog geen maand verstreken, maar ik ben er al helemaal aan gewend dat ik Simone iedere zonnige dag ga ophalen in Heemstede, dat we samen naar Haarlem of Den Haag gaan, dat ik daar luister hoe zij zingt en speelt, dat ik het spinet en het stoeltje draag, dat ik mijn geld natel, terugkeer naar Amsterdam, een kant-en-klaarmaaltijd koop die ik opwarm in Eriks keuken, vervolgens lees, daarna verf afkrab, de kamer stofzuig, af en toe wat onkruid wied in de tuin, en 's avonds naar Nađa ga of Milan tref, met wie ik steelse blikken werp in de hoekjes van nachtelijk Amsterdam. En die kalme alledaagsheid, waarin geen voorgevoel bestaat van onvoorziene gevaren of bedreigingen door ingewikkelde verbindingen uit het verduivelde verleden en noodlottige valstrikken in de toekomst, maar die lijkt te zweven aan de oppervlakte van een kalm meer in de late avondzon, ja, die alledaagsheid schept plaats voor mijn droom, die mooie, heerlijkste droom, ze laat me tijd om me daaraan te wijden, om de brieven te negeren waarmee ik hem heb doodgezwegen en hem eindelijk te verwezenlijken. Schrijven. Al een hele tijd heb ik niets geschreven, al een hele tijd heb ik ieder verlangen daarnaar onderdrukt, onder de lijkwade van desoriëntatie en reddersverplichtingen gestopt, al een hele tijd heb ik iedere gedachte eraan bevroren op diepten waar geen verwonding en frustratie dreigt, daar waar die gedachten veilig zijn en vanwaar ik ze altijd, wanneer de mogelijkheid zich voordoet, kan oproepen en tot leven wekken. Die mogelijkheid ligt nu voor me, tussen de schaduwen van Eriks huis, nog een beetje lui en gaperig na die lange rust, er is wat tijd voor nodig om op te leven en op gang te komen.

Ik heb besloten een verhaal te schrijven over mijn moeders dagboek. Dat heb ik toevallig gevonden, achter in mama's boekenkast, en hoewel mijn geheugen me toen toefluisterde dat ik die twee schriften niet voor het eerst zag, was ik verbaasd over hun bestaan, ze kwamen naar mijn gevoel aangevlogen uit een ander, eonen ver verwijderd tijdperk dat ik nog nauwelijks kon onderscheiden. Ik durfde het Dagboek niet te lezen. Ik dorst niet naar mijn moeders stem te kijken, omdat ik die niet meer kon horen. Ik had de moed niet om iets te weten te komen over mezelf (over degene vanwege wie het Dagboek is geschreven) zonder dat mijn moeders zachte blik daarbij aanwezig was. Ik bladerde het alleen door. Hier en daar stuitte ik op verrassingen, op gebeurtenissen en gedachten die, door stof bedekt, leken te spreken over mensen die meerdere honderden jaren geleden in dezelfde ruimte hadden geleefd. Daar wil ik een verhaal over schrijven, over het Dagboek en het ontstaan daarvan, over hoe het verborgen was en weer opdook. Ik heb bedacht dat ik het hele verhaal zal situeren in dit huis van Erik, tussen de oeroude schaduwen die voor altijd van het licht gescheiden zijn. Een eenzame oude man, zelf ook een van de schaduwen, al lang bereid om over te gaan naar hun rijk, zit te lezen. Hij leest een Dagboek over zijn vroegste kindertijd. Hij herinnert zich zichzelf en de angst van al die vorige decennia waarin hij de oude letters van het Dagboek niet heeft willen of durven verzamelen, toen hij naar iets anders streefde, naar *zijn eigen* vormgeving van *zijn eigen* leven. Hij herinnert zich alle woorden die hij bij het doorbladeren van het Dagboek vluchtig en toevallig heeft opgevangen. Hij herinnert zich dat hij ervoor is gevlucht, als voor de dood. Maar nu is de dood hier, hij kan ieder moment aankloppen, en de oude man leest verhalen over wat verdwenen is. Hij weet zelf ook niet meer in welke wereld hij verblijft. Wanneer hij de deurbel hoort, is hij bereid. In onzichtbare gedaante geeft de dood hem een blad uit het Dagboek, als uitnodiging om met hem mee te gaan. Terwijl hij zich inspant om de letters van dat blad te lezen, neemt het verleden hem mee, verandert hem in zichzelf en bewaart hem in de stabiliteit van zijn onvergankelijkheid, daar waar ALLES wordt bewaard.

Ja, zo'n verhaal wil ik schrijven.

Amsterdam, 24 juli 1992

Een onverwachte oproep van Zoran. Hij sprak in korte zinnen, gejaagd en verschrikt, hij zei dat het belangrijk was en dat een paar leden van MIRZASVE bij elkaar wilden komen om de toekomst van de organisatie te bespreken.

Een MIRZASVE zonder Vlatka? Is dat hun idee? Het klonk volkomen krankzinnig. Vlatka zit met Nemanja in Italië, dit kan alleen een soort samenzwering zijn.

De vergadering is gisteren gehouden in de openlucht, in het Vondelpark, zogezegd voor Eriks huis. Met zijn zevenen, van wie ik alleen Zoran en Milan kende, zaten we op banken te praten. Juister gezegd, zij praatten, Zoran en vier mij onbekende Bosniërs. Ze zijn ontevreden over de werkwijze van MIRZASVE en de dingen waar het zich mee bezighoudt. Het is Vlatka's peculium, zij beslist, beveelt, echte acties zijn er niet, zelfs die hulpactie in winkels is opgehouden, maar Bosnië staat in brand, er komen steeds meer vluchtelingen, ze hebben zowel hier als daar hulp nodig, er is aan veel dingen behoefte, dat kan MIRZASVE natuurlijk niet allemaal zelf bewerkstelligen, het moet aansluiting zoeken, samenwerken, maar met Vlatka valt niet te werken, zij is een autocraat, een dictator, ze kwelt jonge mensen en buit hen uit door hun valse beloften te doen, kijk maar, toen we naar de politie gingen had ze niet eens alle leden aangemeld, ze heeft gewoon toegelaten dat sommige de status van ontheemde kregen en dat alleen maar omdat zij hen niet sympathiek vindt en omdat ze niet in d'r kont kruipen, dit moet ophouden, Vlatka kan niet langer voor koningin spelen, zij is gelijkberechtigd lid, net als alle anderen, ze moet gewoon deel uitmaken van een bestuursorgaan dat wij zullen vormen, maar zij mag niet alleen beslissen en bevelen... De jongens schuimbekten al pratend zo dat ik om hen moest lachen. Alleen Zoran was serieuzer van toon, die herhaalde alleen maar dat we zonder hervorming van MIRZASVE niet voldoende steun zullen krijgen in Nederland en dat de Nederlandse regering ons dan het land uitzet, net als alle andere buitenlanders, en dat uitzetten kan ieder moment beginnen.

Het is niet voor het eerst dat ik dat hoor. Er wordt al enige tijd over gesproken, het gerucht doet de ronde en er wordt voor gevreesd. We worden uitgezet, we worden uitgezet... Ik kan daar niet in geloven. Het is gewoon onlogisch dat de Nederlandse regering massaal Bosnische en andere vluchtelingen uit voormalig Joegoslavië laat binnenkomen en tegelijkertijd groepsgewijze uitzetting van diezelfde mensen voorbereidt. Dat probeerde ik aan Zoran en de jongens uit te leggen, maar het was tegen dovemansoren gezegd. Hun angst was sterker. Zoran voegde aan die angst een verhaal toe over het bombardement op Belgrado dat ook spoedig te verwachten is, hij bracht dat in verband met de onhoudbare situatie in Bosnië en de bedreiging met uitzetting, wat ons allemaal in een uitzichtloze situatie zou brengen. Hij begon zelfs te schreeuwen toen hij ons ervan probeerde te overtuigen dat MIRZASVE voor ons de enige redding is, maar dat die redding door Vlatka ook onzeker wordt.

Milan bemoeide zich ermee. Rationeel, zoals hij kan zijn, zette hij langzaam uiteen waarom de Nederlanders ons niet zullen uitzetten zolang er in onze landen oorlog woedt en hij haalde het voorbeeld van ons recente bezoek aan de Vreemdelingenpolitie aan. Hij probeerde een beroep te doen op het gezonde verstand door te zeggen dat, voorlopig, niemand Belgrado kan bombarderen, omdat nog niet is opgehelderd welke van de wereldmachten zich op welke manier en voor welke partij heeft uitgesproken, er wordt nog steeds een vreedzame oplossing gezocht, misschien zal die ook worden gevonden, maar wij leven hier en we moeten ons op ons eigen leven richten. Het is juist dat Vlatka te veel rechten voor zichzelf opeist, maar heeft zij er van ons allemaal ook niet het meest in gestoken? De headquarters zijn in haar woning gevestigd, zij heeft voor ons haar baan opgezegd, ze heeft zich helemaal aan MIRZASVE gewijd, zij is de enige die Nederlands spreekt, ze kent veel mensen, politici... Milans woorden werkten weldadig en kalmerend, en de jongens kwamen tot bedaren. Het gevoel van veiligheid keerde op hun gezicht terug, alsof iemand hen over hun haar had gestreeld. Toch moest er iets gebeuren, herinnerde een van hen zich het doel van deze vergadering. Het bestuur van MIRZASVE kan niet door Vlatka alleen worden gevoerd, de macht moet worden gedeeld. Een bestuursorgaan vormen dus. Milan is daar ook voor, maar hij is zich bewust van één probleem: hoe dat aan Vlatka mee te delen zonder dat zij in woede ontsteekt en wraak gaat nemen? Iemand moet met haar praten. Milan richtte zich tot mij: 'Jij bent de enige die dat kan.' Dat wist ik zelf ook. En ik schroomde niet hun te antwoorden dat dat een ontzettend zware opgave was. Vlatka is onberekenbaar, een kleine onachtzaamheid kan alles bederven, ik zal het juiste ogenblik moeten kiezen, Vlatka voorbereiden, haar meenemen voor een drankje – ik zal een manier moeten bedenken. Zodra ik dat had gezegd, hoorde ik bijna hoe bij Zoran en de Bosniërs een pak van het hart viel, hun mond vertrok tot een glimlach, een van hen haalde hasjiesj tevoorschijn, nou kunnen we blowen, man, om onze vergadering te vieren. De joint was snel gedraaid en de vergadering eindigde met het vertellen van verse Bosnische oorlogsmoppen.

Pas toen ik thuiskwam, werd ik me bewust van de opgave die me wacht. In de schaduwen om me heen stond die duister en afschrikwekkend voor me. Had ik die taak niet te lichtvaardig op me genomen? Was het mijn geheime wens om me op Vlatka te wreken, omdat zij mijn vertrouwen had beschaamd, omdat ik ook een van degenen was die haar ziekelijke heerszucht voedden? Wat wilde *ik* met dat gesprek bereiken? Ik luisterde alleen naar die vragen en liet ze verder varen. Ik wilde me er niet in verdiepen. De onduidelijke reden voor mijn besluit was sterker dan die vragen en ik liet me door die reden leiden. Wat de aanleiding ook is, wat het doel ook is, ik voel dat dat gesprek gevoerd moet worden. Vlatka komt overmorgen terug. Ik zal geduldig wachten.

Amsterdam. 28 juli 1992

In Heemstede wachtte me vandaag een verrassing. Die heet Friedrich en lacht als een kind dat een fopspeen krijgt voorgehouden. Hij is Simones verloofde! Waarom kwam hij op me over als een mokerslag? Ik ben niet verliefd op Simone, ik zou alleen verliefd kunnen worden op haar lied, maar zodra het lied ophoudt, wordt Simone een gans, ze begint te waggelen en te gakken, het droomgezicht spat uiteen, ik kan er de brokstukken niet eens van terugvinden. Maar toch, die Friedrich, over wie Simone met geen woord had gerept, met die overdreven kinderlijke vriendelijkheid van hem – een Duitser uit België – en de al te nadrukkelijke omzichtigheid waarmee hij zich in het Nederlands tot mij richt (alsof ik een randdebiel ben die toevallig op de lessen van een beginnerscursus is verdwaald), die Friedrich is onuitstaanbaar. Hij ging met ons mee naar Haarlem. Hij droeg de stoel, hij mocht eens te moe worden en blaren op zijn bleekrode, dunne huid krijgen. Hij is rossig en ziet er niet serieus uit. Hij werkt aan een doctoraat in de informatica, zijn vader is een Belgische aristocraat, wat hij kennelijk benadrukte om te rechtvaardigen dat hij alleen Simones stoel droeg. Ik ergerde me aan de overbodige afgemetenheid in alles wat hij doet, zelfs in de hoeveelheid koffie die hij per slok in zijn mond giet. Simone maakte niet te veel werk van hem. Ze gedroeg zich bijna alsof hij er niet was, en als ze zich al tot hem richtte, was het voornamelijk in de vorm van bevelen. Niet grof, maar onverbiddelijk. Hij glimlachte en keek naar haar met de blik van een hond die alles zou doen om een bot van het vrouwtje te krijgen. Gedurende het straatconcert stond hij naast mij, met waterige ogen keek hij aandoenlijk naar zijn beminde, en af en toe begon hij ook zachtjes een beetje te zingen. Hij kan geen wijs houden. Hij cirkelt rond de echte tonen van het lied als een vliegje om de lamp, en slechts nu en dan prikt hij de juiste intonatie. De rest is niet om aan te horen. Ik heb het idee dat Simone hem daarom minacht. Toen ze op een gegeven moment zijn valse gezang hoorde, zond ze hem zo'n vernietigende blik toe dat hij bloosde alsof ze hem een oorvijg had verkocht. Ik zweeg de hele tijd en voelde me dom, omdat ik door dat zwijgen de indruk maakte van mijn stuk gebracht te zijn. Gelukkig begrepen zij dat niet. Maar waarom zou ik me zo voelen? Hij zou jaloers op míj moeten zijn. Dat kwam niet in zijn hoofd op. Hij deelde me mee dat ze op 1 augustus voor de zomervakantie naar Aruba reizen en dat hij zich daarop verheugt, want hij is echt aan vakantie toe. Simone voegde daaraan toe dat wij nog maar twee dagen straatconcerten kunnen geven. Ze moet pakken.

De dagen zijn dus al geteld, alleen het geld moet nog geteld worden. Ik hoop dat we nog ten minste één keer naar Den Haag gaan, dan heb ik zo'n 120 gulden bij elkaar, daar kan ik dan schoenen voor kopen. De schoenen die ik draag liggen helemaal uit elkaar. En dit is dan ook het einde van mijn zomervakantie, van het zonnen op de straten van Haarlem en Den Haag. Want zou mijn eerste zomer in Nederland, vanuit het denkbeeldige gezichtspunt in Novi Sad, in feite niet kunnen worden geïnterpreteerd als een echte zomervakantie in het buitenland?

Amsterdam, 3 augustus 1992

De zomer heeft zich ingesponnen in de stad. Hij komt mijn kamer binnen met het getrommel van muzikanten uit het park en een tere warmte, die heel deftig en onopvallend, als een gaste die niemand stoort, in Eriks huis is getrokken. Amsterdam straalt. Het onwerkelijke beeld van de stad kerft zich in het snijpunt van groen en blauw, weerkaatst van het oppervlak van grachten en vijvers, opgedoft met het gebladerte van iepen. Er is niets mooiers dan door de stad fiet-sen. Op het Leidseplein worden mimespelers en goochelaars in een wijde cirkel omringd door het publiek, in het Vondelpark heerst een drukte als op de kruispunten van een grote stad, onder de Magere Brug varen toeristenbootjes als een troep ganzen, de hemel is een zee zonder een wolkje, en vreugde waait zachtjes mee met de eeuwige wind die je streelt, je voelt zijn handpalm, voelt zijn adem, voelt het gefluister en het geheim dat hij verbergt – het monster waarin hij zal veranderen. Japanse toeristen op de fiets, een reiger wandelend over de Albert Cuyp, een aalscholver die zijn vleugels droogt op een balk, volleybal bij een vijver, een mierenhoop van mensen in het café voor het Filmmuseum, rivieren van toeristen die ontspringen aan het station, dagen diep in de nacht gestoken, het vermoeide, warme zwart van de nacht, dolende rook van marihuana, een uitstalling van wereldtalen, een vervlechting van wielen, de snelwegimitatie op het Museumplein, de alomtegenwoordige raadselachtigheid van de toren van de Zuiderkerk, pikante beroering in de rosse buurt, en krankzinnig jachten naar het beloofde doel, waarvan de wind je een voorgevoel geeft en waarmee hij je heeft besmet, zodat je je pedalen dolzinnig ronddraait en denkt dat je er vlakbij bent.

Ik heb Simone en Friedrich goede reis gewenst. Aan dat avontuur heb ik een goed begin voor het verwerven van de Nederlandse taal en nieuwe schoenen overgehouden. Ik schrijf mijn verhaal in Eriks tuin, op de bank die ik de afgelopen lente nog geel heb geverfd. Om me heen strijken mezen en merels neer, en in het vijvertje zwemmen watersalamanders. De grijze kat, de tijgerin, loert er nog steeds op. Ik heb de rode verf van de grootste muur afgekrabd, en kijk nu naar het groen dat daarop als schimmel is ontsproten. Nada laat me de werkstukken zien die ze voor de tentoonstelling heeft gemaakt en legt uit wat ze nog moet doen. Als een onuitputtelijk boek, een eindeloos verhaal, gaat Milan verder waar hij is opgehouden, of waar hij iets heeft overgeslagen, Vlatka belt, ze heeft het verslag uit Italië klaar, ze is ongeduldig en boos omdat ik het nog niet heb gehoord.

De stilte van deze zomer in Eriks tuin doet me denken aan *die* zomers. Moeder is het huis in gegaan om een schoteltje met koekjes
te halen. Op haar stoel is een boek blijven liggen, *De Toverberg*. Ik
kijk om me heen, ze is opgehouden in huis. Ik laat mijn blik terugkeren naar het boek dat ik lees. Het beangstigt me. 'Want wat duurzaam is, is dood, en alleen wat dood is, is duurzaam... Want wat is,
is, en wat geweest is, zal zijn.' Het troost me.

Amsterdam, 10 augustus 1992

De nacht doorgebracht met Vlatka. De nacht van het lange gesprek. De troebele scène, vol vlekken die het verstand uit zelfbe-
scherming heeft bewaard, is opgeslokt door het duister van moei-
zaam wakker blijven, dat in stand gehouden werd door een regiment aan woorden en gezouten met aan valstrikken ontsnappen-
de list die zich openhaalde aan de stekelige heggen van onzuivere
bedoelingen en verdween in het struikgewas van het onbestemde,
waarover men niet spreken mag.

Dankzij haar natuurlijke vrouwelijke intuïtie, nog versterkt door
de teleurstellingen in haar leven van verlaten vrouw, voelde Vlatka
aan dat het gesprek met mij niet zomaar een babbeltje was en dat
mijn oren al helemaal niet bereid waren zich te spitsen voor een verslag van de reis naar Italië. Toch begon ze daarmee en ze nam in
haar verhaal allerlei details op die alleen van belang waren voor degenen die de reis hadden meegemaakt, om tijd te rekken en uitstel
te krijgen van het onplezierige waarvan ze niet zeker wist in welk
gewaad het op de loer lag. En daar slaagde ze in, dat wil zeggen, ik
liet haar het verhaal uitmelken. Ik wilde dat ze moe zou worden,
leeg, dat ze zou 'uitlekken'. Ik hoorde haar aandachtig aan, lardeer-
de het verhaal met vragen en gespeelde nieuwsgierigheid, bleef tamelijk geestig en voerde die geestigheid zelfs tot de drempel van de
lachprikkel op. Het werd een vermoeiende avond met die omvangrijke herinnering aan de reis, we hadden al genoeg van de drankjes
in café Luxembourg, alleen alcohol kon me nog redden, maar omdat die mijn scherpte en doelgerichtheid geen goed zou doen, wilde

ik het einde van haar verhaal niet afwachten in die ruimte waar we door ons lange bezoek volstrekt op uitgekeken waren. Precies op het moment dat de afmattende woordenstroom onherroepelijk ten einde liep, stak ik de draad in de naald door een verbinding te leggen tussen haar reiservaringen en de toekomstige activiteit van MIRZASVE. En toen leefde ze op, ze richtte haar nieuwsgierigheid op haar doosje met make-up, ze begroette mijn tussenopmerking met belangstelling, maakte zich op en nodigde me uit het gesprek voort te zetten bij haar thuis.

Het was al een uur of twee en de paar mensen die nog steeds in de headquarters woonden, sliepen. Vlatka liep zachtjes met me door de kamers, ze zei dat ze dat bijna iedere nacht deed wanneer het gezelschap was ingeslapen. Ik liet me langs haar nachtelijke paden leiden en zij liet me zien dat Nemanja met zijn duim in zijn mond slaapt, dat Ahmed in zijn slaap de deken onder zijn hoofd oprolt, dat Veljko zo'n gestreepte pyjama heeft als in ouderwetse films, dat Ana onverdraaglijk snurkt en dat Lazars voeten stinken. Ze voerde me langs de grens van haar lage hartstocht, ik zag de begeerte grimassen op haar lelijke gezicht met verwelkte make-up en ingestorte, allang verlepte krullen. Ik werd misselijk in die door haar verlangen bezoedelde lucht en kon nauwelijks wachten op een stem die me uit die catacomben weg zou voeren. 'Voor hen doe ik dit allemaal, voor hen offer ik me op. In Bosnië zal de oorlog nooit ophouden, zolang daar mensen zijn zullen ze blijven botsen, iedereen zal daarvandaan vluchten. En iemand moet hen helpen, hun een dak boven het hoofd geven. In dit land ben ik de enige die dat kan.' De monoloog die toen volgde schetste een monument voor Vlatka, zij aarzelde niet zichzelf heroïsche prestaties toe te schrijven, maar haar woorden stonken naar hun eigen holle binnenkant, dansten om mij heen en schreeuwden om steun en lof. Als een andere man, stoutmoedig hetzij in zijn overmacht over dat misvormde, gefrustreerde vrouwenlichaam, hetzij in zijn zwakte onder de verwrongen kracht die in dat lichaam schuilt, dit allemaal in het holst van de nacht had aangehoord en de wanhopige schreeuw had gehoord van een vrouw die lang, heel lang door niemand goed was geneukt, zou hij zich waarschijnlijk met die heksendans hebben ingelaten om te proberen er als winnaar uit te komen. Hij zou niet eens hebben gemerkt hoe de draden van de eeuwige teleurstelling hem zouden inspinnen, verstrikken, omknellen, hoe ze hem de fluim van het rotte geslachtelijke ingewand in de mond zouden werpen, waarvan hij na verloop van tijd zelf ook ziek zou worden, zodat hij iedereen vergiftigde aan wie hij zijn liefde en lichamelijke kracht zou bieden. Tegenover Vlatka bleef ik geslachtloos. De muur die ik om me heen had opgetrokken verborg me helemaal, alleen mijn ogen en stem bleven toegankelijk, en ik wilde mijn ogen niet sluiten voor het beeld van die zielige vrouw, bij wie niemand de pijn nog kon genezen, bij wie niemand de afgrond nog kon dichten. Omdat ik dat zag, wees ik alle onbeschaamdheid en arrogantie van de hand. Ik prees haar inspanningen om vluchtelingen te helpen, te beschermen en te redden, ik sprak over haar goedheid, hoe ze mensen gelukkig maakte met haar aandacht en haar opoffering en zag hoe ze bedaarde, hoe de hartstochtelijke angel van onbevredigdheid verslapte, hoe die week werd en neerdaalde op de grassige onvruchtbaarheid van haar hart, waar die ene traan een minuscuul deel van het gif uitwierp, waardoor haar ziel niet zuiverder, maar misschien iets minder claustrofobisch werd. Terloops noemde ik het principe van democratie onder de leden, maar zonder een greintje gebiedends in mijn stem, zonder enige nadruk op het woord, alsof wat ik zei onbelangrijk was. Zij nam dat in als een soort medicijn, zonder te weten dat er geen redding bestond en dat de troost slechts bedrog was. Ik voelde dat het haar zwaar zou vallen als ik haar zo weerloos en ellendig verliet en besloot in de provisiekamer te overnachten. Daar kikkerde ze van op, ze kwetterde dat ze morgenochtend de beste koffie van de wereld voor me zou zetten en ik wenste haar welterusten en trok me terug in de ongeventileerde, sombere ruimte, waar me de geuren van vrede wachtten en een dunne matras.

Hiermee is mijn verhaal in verband met MIRZASVE beëindigd. Daar deel van uitmaken betekent je tegen Vlatka aanvlijen en haar toestaan een bloedzuiger te worden. Ik sta hier op een tweesprong. Maar zoals op iedere kruising kunnen reizigers die uiteengaan elkaar nog enige tijd zien, totdat de benen van de hoek die hen heeft gescheiden zich volledig van elkaar verwijderen. Zo zal ik Vlatka ook nog van tijd tot tijd bezoeken, want ik geef er de voorkeur aan de frequentie te verminderen totdat ze mij helemaal uit het oog verliest en ik verdwijn. Net als in de bus: reizigers hebben een deel van de weg naast elkaar gezeten, en toen is een van hen uitgestapt en voor altijd weggegaan.

Amsterdam, 17 augustus 1992

Toen ik gisteren terugkwam van een rit door de stad heb ik mijn fiets niet, zoals gewoonlijk, mee de tuin ingenomen, maar vastgebonden aan het hek op straat. Ik wilde lunchen en dan naar Nada. Ze hebben hem gestolen. Hij is spoorloos. Wie heeft er nu wat aan dat oude, vuile en afgeragde ding? Ik keek nog rond bij de hoeken van de straat, de remmen van de fiets werken niet goed, je moet heel handig zijn bij het rijden, wie hem heeft gestolen is vast niet ver gekomen. Het had geen zin, hij was weg. Ik moet een fiets kopen, en dat is een onvoorziene uitgave. Ik voel me weer alsof iemand me gevild heeft. En het gaat niet alleen om die fiets, maar ook om het kettingslot. Een fiets koop ik wel weer van stinkende junks, maar met een kettingslot kan dat niet. Dat wordt een dure grap. Als ik een uitkering had, zou het geen enkel probleem zijn.

Milan kwam me halen, we wandelden door het park, dronken wat bij het Filmmuseum en gingen bij Tweedy langs voor een joint en thee. We zijn stamgasten, we zijn al een integraal nachtelijk onderdeel geworden van die krappe ruimte met ongemakkelijke barkrukken, waarnaast keus zwaaien en biljartballen botsen. Milan had gedacht dat we vandaag naar Ruigoord konden gaan, een plaatsje op de weg naar Haarlem waar nachtelijke zomerfeesten worden gehouden. Hij heeft gehoord dat het daar fantastisch is: overal fakkels, geroffel van trommels, mensen dansen en zingen onder de blote hemel alsof ze eindeloos ver verwijderd zijn van deze beschaving die hen verstikt met rekeningen en formulieren. Het spijt hem dat ik er niet heen kan, maar hij moet daar zonder mankeren bij zijn. Om het beeld van zijn zomervakantie op Mljet weer tot leven te wekken, toen hij voor het eerst heeft gevoeld dat hij een kind van de natuur is, dat de stad niets voor hem betekent... En daar ging hij weer met zijn verhaal over het Belgrado van de achterbuurten, het onzichtbare Belgrado, over de hoeren die in afgelegen cafés goedkope volksliedjes zingen, over de daklozen die op marktkramen liggen te slapen, over de nachtbussen, over de speciale, Belgradose kleur van wiet, over de clientèle die wiet koopt, over een feestje in Marinkova bara*, in een huis omringd door zigeunerketen en een half opgedroogd moeras waar verrotte wagens en een dood paard uit opdoken, waar vormeloze stukken plastic en vergaan karton in verzonken... Daarom had hij zich ingeschreven voor de studie regie, om dat allemaal op film te kunnen vastleggen, die hele biocoenose van de stad, van het wasgoed aan de balkons van wolkenkrabbers tot de schreeuwerige vodden waarin zigeunerinnen hun snotneuzen van kinderen kleden. Hij wilde door Joegoslavië reizen en gewone mensen filmen in hun eigen omgeving, ver van het misvormde beeld dat de televisie, als armzaligste van alle hoeren, ons voor weinig geld verschaft, mensen van wie het leven niet met het algemene is vergroeid of kan vergroeien, maar het primaire en primitieve blootlegt, de schakel vormt tussen het menselijke en het dierlijke, een voedingsbodem voor heidendom en het zaad daarvan, dat zich zelfs niet laat vernietigen door de steriele beelden van het scherm, want het is het leven zelf, waar iedere beschaving voor wil vluchten, dat ze wil ondermijnen en uitroeien door de algemene verspreiding van het fatsoen.

Met zijn studie was hij niet ver gekomen, tot het derde jaar. Toen werd de stank van de beschaving zo sterk dat haar lepreuze handen hem ook wilden krabben en meeslepen. Hij was gevlucht. Naar een land dat nog veel meer van plastic lijkt dan dat waar hij vandaan komt. Hij wil zijn studie voortzetten. Het eerste jaar is heengegaan met het verzamelen van indrukken. Zodra het studiejaar begint, zal hij navraag doen op welke voorwaarden hij zijn studie kan voortzetten.

Dat moet ik ook doen. Waar wordt een mens hier toch zo lui van?

Waarschijnlijk van die alomtegenwoordige doorzichtige nevel die, als spinrag uit een andere wereld, de opdracht heeft om mensen in slaap te sussen, futloos te maken. Als *Jozef* er niet was, waarvan ik nu het vierde deel al aan het lezen ben, zou ik zelfs het idee hebben dat ik niet besta, behalve in mijn droom die, om God weet welke redenen, veel langer wordt dan verwacht. Ik weet dat ook dat verhaal spoedig zal eindigen en me alleen zal achterlaten. En bang voor de aangekondigde nieuwe eenzaamheid snel ik die tegemoet.

'Ieder uur heeft zijn eer, en hij leeft niet juist, die niet kan wanhopen.'

Amsterdam, 25 augustus 1992

Ontzetting. Twee dagen lang heb ik mezelf niets kunnen uitleggen, niet wat er gebeurd is, niet het hoe en waarom. Het voorgevoel dat mijn hersenen overspoelt, boezemt me zowel angst in als een raadselachtige vreugdevolle verwachting.

Vlak nadat ik van een tandeloze verslaafde een lelijke, roze fiets had gekocht en die had voorzien van een niet echt duur, maar naar mijn idee stevig genoeg kettingslot, was mijn fiets weer verdwenen. Hij is gestolen van een brug over de Lijnbaansgracht, op een avond toen Milan en ik iets dronken op het Leidseplein. Gestolen goed gedijt niet, daar heeft Leo me destijds terecht op gewezen. De gekte en woede die zich in mij hadden opgehoopt, de haat ten opzichte van de armoede en mijn eigen, ondanks alle verwachtingen en bescheiden vooruitgang, miserabele toestand, wakkerden aan tot een krampachtig soort wraakzucht, er knapte iets in me, het beroemde opraken van het geduld was daar, alsof ik mezelf wilde tonen dat ik zo, over eieren lopend, niet meer verder kon. Ik werd door waanzin bevangen. 'Nu is het genoeg,' schreeuwde ik. 'Nu ga *ik* een fiets voor mezelf stelen.' Omdat hij zo in elkaar steekt dat hij ieder mogelijk avontuur omarmt, steunde Milan me en – de vlam was ontstoken, het vuur laaide, het plan was gesmeed. Alsof iemand me een alchemistische verbinding had toegediend waar je krankzinnig van wordt, richtte al mijn energie zich op dat plan. Energie in de vorm van haat, blind en zonder doel, maar niet zonder grond. Diezelfde avond nog begon de uitvoering van het plan.

Milan nam me achter op zijn fiets mee naar Eriks huis, waar ik gereedschap haalde. We reden verder naar het betrekkelijk afgelegen en in elk geval donkere Station Zuid-wtc. Verdoofd aan rekken in de stalling stonden daar hopen fietsen te wachten – op hun baas of op een dief. Het donker was al ingevallen, het was rond middernacht en Milan en ik gingen op zoek naar een prooi. Zwakke lampjes aan hoog oprijzende straatlantaarns wierpen een bedorven, bleek licht vol vlekken. We zochten een fiets die alleen met het voorwiel aan een rek was bevestigd. Voor zover onze paniek ons dat toestond, inspecteerden we ze en vonden er niet één. Jammer. Zo'n fiets zou gemakkelijk te stelen zijn: hij zou worden ontdaan van zijn voorwiel, dat vastgeketend zou blijven waar het was, en van een andere fiets zou het niet-beveiligde voorwiel worden afgehaald en op de gestolen gemonteerd. Ik vond een fiets die alleen met het achterwiel vastzat. Dat leek me uitvoerbaar, hoewel een achterwiel erg moeilijk te verwijderen is. Ik ging aan de slag. Milan keek met één oog of de omgeving veilig was en probeerde me met het andere te helpen. De moeren werkten tegen, ik worstelde er heftig mee. Toen kwam er een trein aan en verspreidden er zich in alle richtingen reizigers over de stalling. We vertrouwden op het donker en verborgen ons op onze hurken in de schaduwen. Toen de reizigers uiteengegaan waren, werkten we verder. Er zat iets vast, één moer was eraf, in de andere was geen beweging te krijgen, ik had last van de kettingkast en van vette handen, Milan zette zich schrap om samen met mij de moer de baas te worden en – opeens stonden er twee politieagenten naast ons, alsof het donker zelf ze had voortgebracht. Subiet kregen we handboeien om, ze gaven ons een duw en dreven ons naar de auto die prompt opdook. We hadden geen gelegenheid om ons te verzetten, de situatie was pijnlijk duidelijk. Tot het politiebureau sprak niemand een woord met ons.

Daar braakten ze ons uit in een wachtlokaal. Slaperige kleine criminelen, voornamelijk Marokkanen, zaten op de banken en grijnsden scheel toen ze ons in het oog kregen. De politieagenten fouilleerden ons tot op de blote huid, namen ons alle bezittingen af en lieten ons wachten. Milan en ik gingen op de banken zitten en keken elkaar zwijgend aan. Aan Milans ogen kon ik zien hoe zijn gedachten gleden, hoe hij ze ondersteboven keerde en zich het hoofd brak. Er kwam een politieagent binnen die me meenam. Hij bracht me naar een kantoor en begon met de ondervraging.

Hij vroeg of we Nederlands konden spreken en liet me praten. Ik vertelde alles: hoeveel fietsen er tot nu toe van mij waren gestolen, dat ik geen geld had om een normale (niet gestolen) fiets en een goed kettingslot te kopen, dat ik geen geldig paspoort had, dat ik niets had behalve hoop. De politieagent, jong, met grote zwarte ogen en een kwajongensachtige uitdrukking die door zijn door uniform duidelijk niet genoeg werd verzacht, keek me aan alsof hij was vergeten in wat voor situatie wij tweeën ons bevonden, alsof het verhaal hem boeide. Hij ondervroeg me niet lang. Hij controleerde alleen op welk adres ik was aangemeld en voegde eraan toe: 'Je spreekt goed Nederlands.' Zonder iets te zeggen voerde hij me door een gang en bracht me naar een cel. Een aan de muur bevestigde brits en een wc-pot. Hij verwijderde mijn handboeien en ging weg. Hij was niet grof. Integendeel, ik had de indruk dat hij enig medegevoel toeliet. Maar hij deed van buitenaf het licht uit en liet me achter in de cel, in de put. Ik liet me op de brits zakken en moest kreunen van de pijn die ik voelde. Je bent in een put terechtgekomen, in een put, snap je? IN EEN PUT. Mijn opengesperde ogen joegen in het donker op kiemen van hoop, die zich alleen met de grootste moeite konden samenvoegen om een antwoord te vinden op de vraag waarom ik had gedaan wat ik had gedaan. Waarom? En vanuit die put klonterden er stukjes samen tot de herinnering aan een onlangs onwillekeurig gevonden antwoord:

'Iets had hem onweerstaanbaar geprikkeld het zo te doen; hij had het moeten doen, omdat God hem uitdrukkelijk zo had geschapen dat hij het zou doen, omdat Hij dat met hem en door hem zo had voorgehad, in één woord, omdat Jozef in de put terecht moest komen en, heel precies gezegd, had willen komen. Waarom? Dat wist hij niet. Waarschijnlijk om te gronde te gaan.'

En juist toen ik begon te bedaren, sprong ik opeens van de brits en schreeuwde in die ademloze misselijkheid: 'Maar is mijn komst naar Nederland dan al niet een put waar ik in ben gegooid? Heb ik bij dat voorval met Annelies in Zompedorp dan al niet over de bodem van een put moeten gaan?' De echo sloeg stuk tegen de sprakeloze muren en ik hoorde ze zeggen: Nee. De ontreddering dat je niet uit je huid kunt. Het verblijf in de put. Een stem die in mijn gedachten bruiste, werkte slaapverwekkend: 'Diep in zijn binnenste was hij ervan overtuigd dat God verder keek dan de put, dat Hij zoals gewoonlijk iets verstrekkends van plan was en een toekomstig, ver doel nastreefde...'

Pas toen ik een geraas hoorde dat leek op rammelend metaal, zag ik dat de muren om me heen blauw waren. Een onbekende politieagent was de cel binnengekomen en zei dat ik met hem mee moest gaan. Hij bracht me naar hetzelfde wachtlokaal en liet me alleen. Even later kwam hij terug met Milan. Hij zei tegen ons dat we onze spullen konden pakken en naar huis konden gaan.

Om halfacht 's ochtends, met mooi weer, heeft de Hollandse dag nog iets stralends, dat voortkomt uit de nabijheid van de zee. Toch trof dit Milan en mij als het luide klokgelui uit een wereld waartoe wij niet behoorden. Het politiebureau in Buitenveldert ligt vrij ver van het stadscentrum, zodat Milan en ik elkaar in alle rust onze persoonlijke ervaringen konden vertellen van de eerste nacht die we in de gevangenis hadden doorgebracht. We keken elkaar aan alsof we onverwachts waren opgedoken uit een wassende rivier, waarvan we tot voor kort hadden gedacht dat die ons voor altijd had meegesleurd, zodat we spoorloos verdwenen waren.

Eriks huis betrad ik beschroomd, om op geen enkel voorwerp een spoor van de afgelopen nacht achter te laten, om me door niets aan mijn gastheer te verraden. Ik bracht de hele dag in huis door. Ik sliep eens goed uit. Tegen de avond sloeg ik *Jozef* open en toen stond ik versteld. De rillingen liepen over mijn rug. Op de eerste bladzijde die ik las stond het volgende: 'Jozefs strafgevangenis en zijn tweede put, die hij na een reis van ongeveer zeventien dagen bereikte en waarin hij, volgens zijn berekening, drie jaar zou doorbrengen...' Ik verslond de woorden met onwaarschijnlijke gulzigheid, alsof ik het daarvan warmer zou krijgen, alsof het alleen daarvan afhing of ik van de rillingen zou worden gered.

'Waar hij echter in bleef geloven was dat het hem gegeven was wereld en mensen ertoe aan te sporen zich aan hem van hun beste, lichtste kant te vertonen – hetgeen, zoals men ziet, toch meer vertrouwen in zichzelf dan in de wereld was... Anderzijds geloofde hij niet in een smart, zwart en opaak genoeg dat die voor zijn eigen licht of het licht van God in hem volkomen ondoordringbaar zou blijken. Van dien aard was Jozefs vertrouwen. Eenvoudig en simpel benoemd, was het godsvertrouwen...'

De volgende dag ging ik, gefascineerd en verschrikt door mijn ontdekking, naar de winkel die nog oude Macedonische wijnen heeft. Ik kocht een fles *kratošija* en ging naar het politiebureau in Buitenveldert. Aan de balie liet ik de fles achter met vermelding voor wie die was bestemd.

Amsterdam, 29 augustus 1992

Ik word wakker en vraag me af of ik in de gevangenis zit. Ik kijk naar het troebele licht om me heen, ik zie de stempels van de kamer daarop. Maar ik heb toch in de gevangenis gezeten? – verifieer ik. Jawel. Maar nu ben ik daar niet meer? Nee. Het is of ik een soort gevangenismerk op me draag, voor mijzelf onzichtbaar, maar voor de omgeving, zelfs voor voorwerpen, herkenbaar. Ik loop door de straten, kijk of de mensen iets aan mij merken. Het stelt me gerust dat ik ze even onverschillig langs zie lopen als voorheen. Misschien is dat omdat ze toch al aan niemand aandacht schenken, want als ze maar even beter keken, zouden ze dat teken zien, het herkenbare brandmerk van de gevangenis.

Met zulke vragende ogen begroette ik Erik toen hij terugkwam van zijn reis. Ik was bang, want toen hij me zag, stond hij versteld. We hadden allebei enige tijd nodig om tot onszelf te komen: ik om te begrijpen waar zijn verbazing vandaan kwam, en hij om te wennen aan het feit dat ik Nederlands sprak. Hij had het er het moeilijkst mee. Hij kon het niet geloven: hij had me achtergelaten in de Duitse taal, en na slechts twee maanden vond hij me in de Nederlandse terug. Het hele verdere gesprek verliep in het teken van zijn opgetogenheid. De manier waarop ik in de kamer met de Madonna de verf had verwijderd en het houtwerk had geschilderd viel bij hem in goede aarde, de keurige tuin eveneens.

Toen hij wat gemakkelijks had aangetrokken en had gedineerd, nodigde hij me uit in de salon voor een glas wijn. Hij vroeg niet veel over mij, hij was nog steeds zo blij met mijn Nederlandse woorden (al waren ze nog altijd traag en krom) dat hij daarin een samengevat antwoord vond op iedere vraag die hij me had willen stellen. Hij vertelde me over zijn reizen, over de muziek van Janáček die hij op de concerten had gedirigeerd, over die curieuze oude man die zichzelf pas vlak voor het einde van zijn leven had herkend, maar dan wel zó dat hij zijn bejaardenmoed de kans had gegeven om zich te verheffen zover hij wilde, zonder schaamte en twijfel, over die lachende oude man die, bedrogen door het onbegrip van zijn eigen tijd en ten onrechte vermoedend dat hij tussen de schaduwen van provinciale muzikanten vergeten zou raken, besloten had zich volledig over te geven aan zijn luciditeit en zijn geniale muzikale ondeugendheid, zodat hij werken had gecomponeerd die hem later, vele decennia na zijn dood, hadden verheven tot de hoogtepunten van de muzikale idee in onze beschaving.

Vervolgens legde Erik me uit dat het heel belangrijk was ons voor te bereiden op het feest dat spoedig gehouden zou worden, hij zei dat hij de gevel van het huis onderhanden wilde nemen, dat hij een schildersbaas had gevonden, maar dat die nog een knecht zocht, zodat het begin van de werkzaamheden was uitgesteld, hij zei dat hij ook de inrichting van de binnenkant van het huis zou herstructureren, dat ik daar waarschijnlijk ook mee te maken krijg, maar dat ik me daar helemaal geen zorgen over hoefde te maken. En terwijl hij dat allemaal tegen me zei, raakte ik ervan overtuigd dat ik geen enkel brandmerk droeg, dat *die* nacht voor anderen onleesbaar was.

Ik heb enige tijd gedacht dat de overeenkomst tussen wat mij over-komt en wat ik lees, uitsluitend de vrucht van mijn verbeelding was. Daarna, toen de toevalligheden steeds veelvuldiger en frappanter werden, en toen ze hun toppunt bereikten in de synchroniciteit van het verhaal over de gevangenis, werd ik bang en verstomde ik te-genover de onverklaarbare kracht die mijn leven bestiert of die zich door die gebeurtenissen manifesteert. Nu, na het feest bij Erik, ben ik niet bang meer. Ik voel diep ontzag en eindeloze troost. Ik zou zeggen dat ik opnieuw, maar nog sterker dan de vorige keer, het be-staan van God heb gevoeld. Ik weet dat het belachelijk en mis-schien kinderlijk klinkt, maar aan dat gevoel kan en wil ik geen weerstand bieden. God verschijnt aan de mens via de intentie waar-mee Hij, in hoge, voor de mens onvoorstelbare sferen, het mense-lijk bestaan zin geeft, hem middelen verschaft en manieren aan-duidt met behulp waarvan dat bestaan zich kan verwezenlijken. Het doel van dat zinnige bestaan en de verwezenlijking ervan blijft voor ons voor altijd onbegrijpelijk en ontoegankelijk. Het enige wat wij in die zin kunnen en mogen bereiken is een gevoel van ver-trouwen dat het verwezenlijkte, zinnige bestaan op een bepaalde, ongetwijfeld belangrijke manier God Zelf hernieuwt, zich op de een of andere manier met Hem verweeft. Maar dat valt onder de be-scherming van de hoogste zinnigheid van God Zelf, waarover de mensen niet geroepen zijn na te denken of te oordelen. Het is aan ons om kennis te nemen van de middelen en de manieren te herken-nen voor de hoogste menselijke verwezenlijking, of liever zelfver-wezenlijking. Dat is de enige opdracht van de mens. Inzien dat ons de middelen worden gegeven door God Zelf, dat datgene wat wij talenten, vaardigheden en vermogens noemen, die onder ons zijn verdeeld op een manier waarop wij geen invloed kunnen en mogen uitoefenen, Gods middelen zijn. Dat is het eerste deel van de op-dracht, waarvan de uitvoering niet in tijd beperkt hoeft te zijn, maar zonder welke het onmogelijk is de zin van het menselijk bestaan te bereiken. Vervolgens is het belangrijk de manieren te herkennen, of liever telkens weer te onderkennen hoe die vermogens kunnen worden verwezenlijkt. Herkennen betekent: weer Gods pad volgen, maar in alle details, de aangename en de onaangename, de moeizame of de verschrikkelijke. Daarom is het van belang volhardend en onverzettelijk te zijn in je fundamentele geloof: dat God met ieder van ons een intentie heeft die deelneemt aan de opbouw van het algemeen goddelijke. En naast volharding staat ook gerechtigheid. Gerechtigheid is: beslissingen nemen aan de hand van de goedheid. Daarmee zijn geen compromissen mogelijk. Kwaad kan men doen uit onachtzaamheid, maar het bewustzijn van de gevolgen en van de lering die men eruit trekt, is de enige rechter – ook dat is een wegwijzer. Oprechte omgang met de gerechtigheid is de enige tastbare weg waarlangs wij, met het bewustzijn van datgene waarmee God ons heeft begiftigd, altijd kunnen lopen zonder vrees dat wij zullen verdwalen. Alle andere belangrijke paden zal God Zelf ons heel duidelijk wijzen.

Dat moet mij nu toch overduidelijk zijn, nu ik mezelf op het feest bij Erik zag als de voornaamste bediende, zoals Jozef in het huis van Potifar. De gasten wendden zich meteen al bij de voordeur tot mij met vragen: waar ze hun jassen moesten laten, waar het toilet was, wat ze konden drinken, of er nog asbakken waren, waar ze nog een stoel konden vinden om op het terras te zitten... Geparfumeerde dames met handen in de kleur van diamanten ringen, met kromme, lange benen verborgen onder japonnen tot op de grond, waar naaldhakken onder vandaan piepten die in het parket prikten, met make-up die in hun rimpels verzonk en zwom in hun verlepte huid, zwijgend als een vis die boven een zandige bodem drijft, met haren waarin ze kunstmatige kleuren, kunstmatige lokken, kunstmatige haarspelden en kunstmatige haarnaalden hadden verwerkt, zodat ze piramiden, koepels en trapeziums vormden die samen met hun draagstoelen wiegden, begeleid door het onverstaanbare geroezemoes van door rook verzuurde stemmen, door de enige toon waarin alle individualiteiten van deze bijeenkomst samenvloeiden. En dan de heren, die hun dames vormelijk bij de arm hielden en verlegen met afgemeten passen door de woning stapten, omdat ze voelden dat het feit dat de gastheer een man was, al was hij ook een vriend, hun eigen macht en vrijheid belemmerde: ze waren veroordeeld om met loftuitingen, welsprekendheid en gelach zijn overmacht van dit moment te erkennen of te besluiten tot gereserveerdheid en het verzamelen van indrukken omtrent de details van zijn werkkamer, de soort aanmaakhout voor de open haard of het merk sigaren en whisky, en daarmee hun jaloezie te verdoezelen. Ik verzamelde al hun wenken, opgestoken handen, aansprekingen, klachten, verrukte blikken, teder-droge aanrakingen, het gepiep van de deur van het toilet, hun verlangens om te telefoneren, iets te drinken, een luchtje te scheppen, een dansje te maken, door het huis te wandelen, de discografie te inspecteren, een blik te werpen in toegankelijke kasten, dirigeerstokjes op te meten, te roken, over te geven en colbertjes uit te trekken vanwege de hitte. Ik was de voornaamste bediende, naast wie de heer des huizes en zijn gasten zich tevreden en veilig voelden. Ik was Jozef, want iedere mens die de goddelijke intentie volgt is Jozef. En toen ik bij de deur een beroemd violist zag, van wie ik het gezicht nog kende van Slavica's platen, die haar in verrukking brachten en waardoor zij de wil en kracht had gehad om zich te vormen tot een goed musicus, toen ik hem dus zag, begroette, het huis binnen voerde en voorzag van een drankje, voelde ik in het oranje halfdonker van de gang Zijn alomtegenwoordigheid.

Als ik dit maar nooit vergeet.

De werkzaamheden aan de gevel hebben leven in het huis gebracht. De vermenigvuldiging van voetstappen in de gangen, het geroep van de schildersbaas en zijn knecht, het gerammel van de steiger. Eriks schildersbaas, een of andere Pers, is een echt pietje-precies, waardoor al veel knechten zijn weggelopen, zodat hij voor ieder karwei een nieuwe moest zoeken. Ditmaal is het Milan, hij is gekomen op aanbeveling van mij. Daar heb je hem, op de steiger, in een witte overall. Erik inspecteert de werkmannen, zet koffie en thee voor hen, brengt hun buiten kaas en leverpastei, zoals hij voor mij ook deed. Het is nog mooi weer, na een explosie van buien eind augustus zag het ernaar uit dat de harteloze herfst meteen de scepter zou gaan zwaaien – ik vrees en verafschuw de komst daarvan –, maar nee, alleen de warmte werd verdreven, het werd fris, maar er zijn geen wolken. Zo herinnert dat beeld, als het ware onbeweeglijk en ingelijst, ons met zijn scherpte en weelde aan de somberheid die spoedig zal komen. Ik ga ook de tuin in, sluit me bij Milan en de Pers aan, ik rooi onkruid, Erik geniet – hij vergeet zijn eenzaamheid gemakkelijk tussen de onbenulligheden van de gebruikelijke dagelijkse babbeltjes. Eindelijk heeft hij me uitgelegd wat 'de herinrichting van de binnenkant van het huis waar ik ook mee te maken krijg' betekent. Erik kan de kosten van een huis van vijf verdiepingen niet meer in zijn eentje opbrengen. Hij is gedwongen huurders op te nemen. Op elk van de drie bovenste verdiepingen gaat hij een aparte woning inrichten en dan zelf verhuizen naar de eerste verdieping, waar de salons zijn, en naar de begane grond – waar ik zit. Trappen lopen valt hem ook zwaar. Hij zal me natuurlijk niet op straat zetten, hij zal navraag doen wie van zijn vrienden mij in een van hun kamers kan onderbrengen, en hij heeft ook gezegd dat ik moet openstaan voor de mogelijkheden waar ik op stuit. Hij vindt het belangrijk dat mijn verhuizing op de beste en meest pijnloze manier wordt geregeld. Ik zou dom zijn als ik blind bleef voor de mildheid van Eriks gezicht en de kalme, rustige stem waarmee hij me dit toch onverwachte bericht meedeelde. Hij heeft beloofd dat hij een oplossing zal vinden en die belofte klinkt zo waarachtig dat ik me geen zorgen maak. Ik ga weer verhuizen, nou en. Het belangrijkste is dat ik nu een nieuwe fiets heb, de eerste die niet op het Binnengasthuisplein is gekocht, maar in een winkel met tweedehandsartikelen, en de eerste die een behoorlijk kettingslot heeft. Gekocht van het honorarium, verdiend in de rol van voornaamste bediende. Hij is hoog, zwart en mooi als een paard. Als ik erop zit, vlieg ik...

Daarmee ben ik naar het gebouw van de biologiefaculteit gereden. De employee die me te woord stond was niet in het minst verbaasd dat ik me in het Nederlands tot haar richtte. Door haar gezichtsuitdrukking en de kleur van haar stem terwijl ze met me sprak, had ik de indruk dat haar man haar een halfuur geleden halfdood had geslagen en dat ze daarom haar woede op de bezoekers afreageerde. En de inhoud van wat ze me zei was navenant. Ik moet aan een officiële, vertaalde en gewaarmerkte lijst van alle afgelegde tentamens zien te komen, evenals aan zo gedetailleerd mogelijke omschrijvingen van de stof van ieder vak apart. Op grond daarvan zal een commissie beslissen: of ik word ingeschreven voor het tweede of het derde jaar. De nog steeds instinctieve en verbazende stuiptrekking vanwege de gedachte dat ik zou kunnen overwippen naar Novi Sad om af te studeren (mijn retourtje, een jaar geldig, verloopt over twee weken), die belachelijke stuiptrekking, restant van een andere film die, zo zie je, af en toe bovenkomt, werd gesmoord door een brief van Maja.

Maja had eraan gedacht dat er sinds ik ben weggegaan bijna een jaar is verstreken. Ze wist de datum niet, ze had alleen het oppervlakkige gevoel dat ik een jaar afwezig was. Ze schrijft dat ze het vaak over me heeft en dat ze me af en toe (!) vreselijk mist. Ze beschrijft haar werk aan haar doctoraalscriptie, haar zomervakantie op Ada Bojana in Montenegro ('Als je wilt uitrusten, moet je daarheen gaan'), ze beschrijft het kille geraas van de vage oorlog, meer aan de hand van gegevens over wie er is gestorven, wie er is getrouwd en wie geëmigreerd dan met verslagen over de armoede en het verraad van het volk, waar zij ook aan is gewend, zoals een mens went aan smerigheid. In haar brief laat ze geen enkele hoop voor mij over: 'Man, je hebt het daar fantastisch, je hebt er geen idee van hoe klote het hier is, wees blij dat je ver weg bent en dat niemand je de oorlog in kan sturen.'

Ik heb de brief gelezen en mijn best gedaan om de woorden langs me heen te laten gaan. Toen ik het idee had dat ik daarin was geslaagd, ging ik de stad in. Ik wilde dat de wind het uiteenwaaien van de woorden bespoedigde en de frisheid ervan werkte veelbelovend. Maar ik weet het, een enkel woord zal blijven hangen en gaan etteren, een ontsteking veroorzaken.

Amsterdam, 22 september 1992

Ik blijf me verbazen over de gebeurtenissen die de eerste jaardag van mijn leven in Nederland zoveel glans hebben verleend. Ze zijn beslist onderdeel van een uniek geschenk dat mij is toebedeeld voor het met succes overbrugde eerste emigrantenjaar. Ik kan ze niet anders interpreteren, juist omdat ze elkaar rond die jaardag opvolgden en omdat hun betekenis tot ver in de toekomst reikt.

Vandaag heb ik, als een soort financiële felicitatie, de gunstige beschikking over mijn uitkering ontvangen. Binnenkort zal het eerste maandelijkse bedrag worden gestort. Dat betekent in elk geval dat er een eind is gekomen aan de geldproblemen en de armoede. Ik zal niet iedere cent meer tweemaal hoeven om te draaien, die welke ik nog niet heb verdiend en die welke ik al heb. Alles wat ik 'zwart' kan bijverdienen zal me welkom zijn, ik zal er ook eens over kunnen denken kleren te kopen, misschien zelfs een of ander boek en een cd... Maar ik ben vooral verheugd dat dit bericht juist vandaag is aangekomen, als de aankondiging van een ommekeer.

Een andere gebeurtenis, die zich een week geleden voordeed, is echter veel vreemder. Vooral omdat die uiterst onverwachts kwam. Ook die markeert natuurlijk een ommekeer, maar geen gewone.

Al dagenlang drong Vlatka er hardnekkig opaan dat ik naar de headquarters zou komen. Eerst klonken haar uitnodigingen lief, met een niet bij haar omvang passend gekwetter dat haar sierde zoals een koe wordt gesierd door een strik om haar nek. Toen kreeg haar stem een zakelijke ernst en beriep ze zich op dingen waartoe ik me had verplicht en dingen die ik zou uitvoeren, tot zij me er ten slotte aan durfde te herinneren dat ze haar toevlucht zou kunnen nemen tot chantage. De tandeloze slang wil bijten.

Ik voelde Vlatka's radeloosheid groeien en stemde daar het moment op af om naar haar toe te gaan. Het was middag, een uur of vier, en ik schoot bijna in de lach toen ik in de headquarters een stuk of tien mensen aantrof die panisch gehaast door de kamers vlogen. De enige van hen die ik kende was Nemanja. De aanleiding voor het gedoe kon mij ook niet ontgaan: ze gingen naar een diner in een belangrijke, rijke kerk in Amsterdam-Zuid. 'Ja, het is Vredesweek, mijn God, dat bent u toch niet vergeten!?' Dat diner leek mij een uitstekend excuus om me maar kort bij Vlatka op te houden, maar daar wilde zij niet van horen. 'Nee, u moet met ons mee, als oud-lid, zonder u heeft het geen zin om te gaan, u moet daar onherroepelijk bij zijn...', en hoe meer ik me eruit probeerde te draaien, hoe dieper ik kwam vast te zitten in het drijfzand van Vlatka's argumentaties. Ik gaf alleen maar toe omdat ik door mee te gaan naar dat diner kon rechtvaardigen dat ik de komende weken langer uit de headquarters zou wegblijven.

Het diner werd bijgewoond door leden van de kerkgemeenschap en de kerkenraad, er werd bescheiden gegeten, op zijn Hollands, en heel wat gepraat. Over acties die moesten worden ondernomen, over hulp, over netwerken, over perspectieven... Om de verveling te doden meldde ik me aan als tolk, want er werd Nederlands gesproken. Vlatka was zo verbijsterd dat ze een roomtaartje uit haar handen liet vallen, dat sporen achterliet terwijl het langs haar rondingen rolde. Ze had ogen als schoteltjes en haar volle mond viel open. Nemanja kon het ook niet geloven. Vlatka, die zelf ook aan het tolken was, luisterde me eerst af om te controleren of ik maar deed alsof, maar toen ze ervan overtuigd was dat ik juist vertaalde, voer er een golf van opwinding door haar heen – ze werd vuurrood, maakte zich meteen op en bracht haastig haar vermoeide lokken in orde. Aan het eind van het officiële deel van het diner annex vergadering nodigde de voorzitster van de kerkenraad, een mevrouw van in de vijftig, ons uit kennis met elkaar te maken en wees erop dat de vertegenwoordigers van de raad ook persoonlijke behoeften van de leden van MIRZASVE zouden willen horen. Er ontstond een ontspannen sfeer die zich uitte in versterkt geroezemoes, de aanwezigen wisselden van plaats en er ging mij een lichtje op. Ik liep op mevrouw de voorzitster af en legde haar uit dat ik een probleem had met mijn huisvesting, dat ik op het ogenblik bij maestro Erik van der Heiden woonde, dat ik daar helaas niet lang meer kon blijven en dat ik de raad verzocht of die mij, zo mogelijk, wilde helpen om een kamer te vinden. Heel vriendelijk antwoordde de mevrouw mij dat ze daar zeker met de leden van de raad over zou spreken en dat ze me via MIRZASVE op de hoogte zou stellen. Ik bleef nog een poosje in de eetzaal van de kerk met Nemanja zitten praten over de toestand in de headquarters, over Vlatka's waanzin en nieuwe nieuwkomers, ik zei hem en de Eerwaarde Zuster gedag en ging op weg naar huis. Ik maakte mijn fiets los die voor de kerk in een rek stond en ik zou net opstappen, toen ik twee mensen vanaf het trottoir op me af zag komen. Ik herkende de mevrouw van de raad. Ze verontschuldigde zich dat ze me staande hield, stelde me haar man voor, meneer Johan, stelde ook zichzelf voor, mevrouw Leonora, en deelde me mee dat zij, als het mij paste, graag wilden dat ik zou komen wonen op een zolderkamer van hun huis, dat hier lag, in de onmiddellijke nabijheid van de kerk!!! Hoe moet ik nu mijn stomme verbazing en enthousiasme beschrijven?! Wanneer je merkt dat zoiets MOGELIJK is, zou je willen springen, vliegen, schreeuwen, zingen, een ster vangen en ermee door de hemel varen! Nou, zo voelde ik me, het scheelde niet veel of ik was hen beiden om de hals gevallen. Van al mijn opwinding hoorden zij alleen een huilerige trilling in mijn stem. Ze nodigden me uit hen de volgende dag te bezoeken om de kamer te bekijken.

Hun grote huis ligt in een prachtige, rustige buurt achter de Beethovenstraat, in de buurt waarvan de straten de namen van componisten dragen. Een kleine kamer op de tweede verdieping, aan de straatkant, wachtte al, gereed om me te ontvangen. Ik dronk thee met mevrouw Leonora en meneer Johan. Hij is doctor in de natuurkunde, werkt bij een of ander wetenschappelijk instituut, en zij is docente aan de faculteit der godgeleerdheid. Ze hebben een zoon en een dochter, die allebei buiten Amsterdam studeren. Er zijn kamers in overvloed in hun huis, ze zouden het prettig vinden als er ten minste nog iemand met hen onder hetzelfde dak woonde. Ik bleef niet lang, maar dat gevoel van een thuis, waar ik zo smachtend naar had verlangd toen ik in Zwolle door de ramen van de huizen naar binnen gluurde, datzelfde gevoel, verlicht door dezelfde lampen, maar ditmaal van binnenuit, vanuit het huis zelf, overspoelde me en bracht me aan het huilen. Je voelt dat de periode van de eerste beproevingen en moeilijkheden voorbij is, je wordt opgenomen in een gezin, Filip, je begint aan je echte Nederlandse leven! Alles in mij kwam in beroering, ik nam vriendelijk afscheid van mijn toekomstige gastheer, sprak af dat ik de volgende week zou verhuizen en ging de straat op, waar de wind me opving en me door middel van de wielen van mijn fiets meevoerde alsof hij had besloten me nu pas welkom te heten in zijn rijk. Een kus van Amsterdam is een kus van de wereld.

Amsterdam, 30 september 1992

Twee zwarte koffers en een paar plastic tassen droegen Milan en ik mijn nieuwe kamertje aan de Bachstraat binnen. Hoewel we hadden afgesproken dat ik tweemaal per week bij hem zou komen, had Erik afscheid van mij genomen alsof we elkaar nooit meer zouden zien. Ik had zelfs het idee dat ik een traan in zijn oog zag. Voortaan zal ik niet meer schilderen. Hij heeft me aangesteld om zijn partituren en boeken te ordenen en te rubriceren. Maar het werk van tuinman heb ik behouden – Erik denkt dat hij moeilijk iemand kan vinden die de planten in zijn tuin beter zou verzorgen dan ik.

Zodra ik het huis binnenkwam, schiepen Leonora en Johan een sfeer alsof hun zoon was teruggekeerd van een lange reis. Ze nodigden me uit met hen te dineren, en de lampen fluisterden me toe dat ik me niet had vergist, dat ik me precies bevond waar ik wilde zijn. Na het diner liet Johan me een boekje zien met de bezienswaardigheden van het Teylers Museum in Haarlem, daar wil hij met me naartoe, hij toonde me ook een kleine encyclopedie van de Nederlandse flora, en als uit een droom van lang geleden herkende ik daarin planten, zelf verbaasd waar ik die kennis vandaan haalde. Leonora praatte met me over mijn kindertijd, over mijn moeder en vader, met buitengewone, nieuwsgierige kalmte in haar ogen, net alsof ze haar van een reis teruggekeerde zoon uitvroeg over de streken en de mensen die hij onderweg had gezien en ontmoet. Zo sliep ik ook in, als een kind dat is thuisgekomen. Buiten raasde de wind, hij kondigde boos een aanval van zijn geweld aan. Maar hij is heel ver van mij vandaan. Een heel jaar ver en hij kan me niets doen.

Amsterdam, 17 oktober 1992

Ik bezie de herfst, die de stad slaat met regenpijlen en windguillotines, vanuit mijn warme zolderkamer, en de herinnering aan de slavernij van het vorige jaar, toen ik, als op bevel van een wrede heerser, dagelijks naar Amsterdam vluchtte vanuit Zompedorp en daar nat en hulpeloos weer terugkeerde, die herinnering is onderdeel geworden van een verhaal, ze is moeilijk voorstelbaar, juist omdat ze niet terugkeert. Want ik heb alles overwonnen wat de herfst van vorig jaar voor me had uitgebroed, de lamp waaronder ik je deze brief schrijf en waaronder ik tien minuten geleden aan een verhaal heb gewerkt, het warme licht van die lamp is misschien het meest sprekende bewijs van die overwinning. Het is dezelfde stad, de herfst lijkt erop, maar de trede waarop ik sta is veel hoger en alleen al daardoor veel beter beschermd.

Het is te begrijpen dat ik mevrouw Leonora en meneer Johan mijn Nederlandse ouders noem. Een keer per week dineer ik met hen, die avonden worden gevuld met verhalen over muziek, literatuur en botanica; terwijl we na het eten theedrinken, gaat meneer Johan aan de piano zitten, hij speelt miniaturen van Schubert en Mendelssohn, en hij is een uitstekend plantenkenner. Mevrouw Leonora houdt tweemaal per week lessen Bijbelverklaring voor filosofiestudenten bij haar thuis, ze nodigt me uit die ook bij te wonen, zij is een erudiete vrouw, een en al mildheid en begrip – als er engelen bestaan, is zij hun meest geliefde zuster. Hoewel ze zich op hun stille manier wel degelijk zorgen om mij maken, laten ze me zelf alles ontdekken wat van belang is, ze vragen me nooit waar ik heen ga, waar ik geweest ben, waarom ik zo laat thuis was – ze laten me zien dat diep respect voor mensen de hoogste trede van humaniteit is. Ik houd van hen met de liefde die ik ken uit mijn kindertijd.

Milan zie ik bijna iedere dag. Overdag ontmoeten we elkaar bij Erik, waar hij nog steeds werkt, nu aan de inrichting van de binnenkant van het huis, en 's avonds gaan we op expeditie in Amsterdam. Hij onthult me de plaatsen die Amsterdam uniek maken, tot een trefpunt van verliefden op het rariteitenmozaïek van het leven. Een paar avonden geleden heeft hij me meegenomen naar de Azart, een boot waar Russen bij het accordeon liederen zingen, waar theatervoorstellingen worden gespeeld, waar de gastheer zelf, een hartstochtelijk operaliefhebber, is gekostumeerd als een figuur uit *Moby Dick*. Als er iemand een aria uit *La Bohème* of de *Cavalleria* voor hem zong, smolt hij helemaal, die gekke, stakerige August met zijn grote neus, hij knipperde met zijn ogen als een giraf, op die boot waar een pruttelende houtkachel vecht met de onheilspellende grijze Hollandse vochtigheid, die boot waar Russische en Nederlandse bieren worden geschonken, waar orthodoxe feestdagen worden gevierd onder het lage plafond van het dek, in het benauwde, door een lied verstikte ingewand, die boot in de afgelegen dokken van een verwaarloosde Amsterdamse voorstad, met het gezicht gewend naar de inham van de zee, waar duisternis en wind pierewaaien.

Bij Erik ben ik archivaris geworden, tussen de papieren van een roemrijk en verdrietig leven ruik ik de geur van dat speciale streven naar zelfverwezenlijking, belangrijke data uit de muziekgeschiedenis en opdrachten van beroemde componisten schieten naast mij in het blad, vanaf foto's kijken Stravinski en Britten me aan. Ook Erik heeft zijn schatkist met verhalen, iedere keer trakteert hij me op één daarvan, in een patina-achtig omslag, in een vervaald omslag van herinneringen.

Naar Vlatka ga ik niet meer. Zij belt me nog steeds, heeft het over afspraken en werkzaamheden, maar ze treft me zelden thuis en geeft het uiteindelijk op – ze heeft een vervanger voor mij gevonden. Van die MIRZASVE-periode is de vriendschap met Nađa en een inspirerende gedachte overgebleven. Nađa heeft haar angst overwonnen en haar hoeden en tunieken laten zien op de tentoonstelling in Utrecht ter gelegenheid van de Vredesweek, en toen heeft ze uitnodigingen gekregen om kostuums te maken voor een kleine theatergroep, waar ze zich ijverig aan heeft gewijd. Af en toe gaat zij ook met Milan en mij uit, ze is vrolijk, haar lach verdrijft het vocht, straalt voor ons uit als de lamp op een fiets.

En uit dat concert dat Milan en ik voor MIRZASVE hebben georganiseerd is de gedachte geboren om te beginnen met een serieuze presentatie van onze cultuur in Nederland. Ik weet niet eens meer van wie het idee precies afkomstig was. Waarschijnlijk hebben meneer Johan en Milan samen het belang van een dergelijke missie voor de ziel van het bezweken land en voor de toekomstige zingeving van ons beider leven ontdekt. Meneer Johan zal navraag doen naar de juridische grondslagen en mogelijkheden, zodat we zo snel mogelijk aan het werk kunnen. Ook Erik begroette dat voorstel natuurlijk van ganser harte, hij zal doen wat hij kan om ons in staat te stellen die ark te bouwen en te gaan varen.

Ik heb steeds minder tijd om te schrijven, precies zoals Camus ook heeft gezegd: er bestaat een tijd van beleven en een tijd wanneer je daarover schrijft. Dit voorgaande jaar mag dan verdeeld zijn geweest tussen die twee vormen van leven, nu is de tijd van beleven aangebroken.

Amsterdam, 28 oktober 1992

Ik wil nog opmerken dat ik *Jozef* uit heb, het magnifiekste en meest geneeskrachtige boek van allemaal. Zonder dat boek zou ik zeker zijn bezweken aan ontmoediging, verlorenheid en angst, ik zou hebben geleden in hopeloosheid en in de afgrond van zinloosheid zijn gestort. Door mijn levensvreugde op te kweken heeft het mij gered.

'Want de blijmoedigheid en de geraffineerde grap zijn het beste wat God ons heeft geschonken, en vormen de innigste uitweg in dit ingewikkelde, twijfelachtige leven... Dat mijn broeders mij hebben verscheurd en in de put geworpen en dat zij nu vóór mij moeten staan, dat is het leven; en het leven is ook de vraag of men de daad moet beoordelen naar het gevolg en de Boosaardige goed moet noemen, omdat die nodig was voor het goede gevolg... Het is goed het lot te beschouwen met blijmoedig bewonderende kalmte.'

Filip

BOEK V

Volksverhuizingen

Dat boek heb je in één adem uitgelezen, je hebt het verslonden. Je leunstoel was zo comfortabel dat je die met tegenzin verliet. De lamp had een lange hals, kon precies boven je hoofd worden geplaatst en de zon imiteren. De haard deed je toen al niet zo vaak meer aan. Gehuld in een mantel van Amsterdamse wind verlengde de lente de dagen met een onaangename frisheid, maar jij was eraan gewend. Je droeg overhemden met korte mouwen. Je sliep het hele jaar door met het raam open, je vond het prettig dat je gestaald was, dat je niet klappertandde bij de gedachte aan kou.

Je zat in de leunstoel tot je het boek uit had. Je had de indruk dat je geen enkele keer was opgestaan, nog geen moment. Zo verblind werd je door het boek en zo veroverd door de leunstoel. De vorige was onder je bezweken. Die had het al begeven toen je jouw Maja besprong, die je nu allang bent vergeten. Ze bezocht je voor het laatst en jij wilde ook toen nog voor het leven kiezen voor haar liefde. Maar net als de leunstoel bezweek die relatie: gebarsten vanwege de angst voor de afstand spleet ze in de verkramping van ingewortelde vooroordelen en kleinburgerlijke verwrongenheid. Je hebt de leunstoel weggegooid, met zijn leren kussen dat helemaal donker verkleurd was van het zweet waarmee je lichaam er in de kortstondige, benauwde zomers aan vastplakte, toen je dol werd van oververmoeidheid wegens de verveling van die treurige zomers zonder reizen, toen alleen de marathoncycli van films van Fellini en Pasolini de lusteloze alledaagsheid doorbraken, waarin zelfs de uren die je gebogen over het papier doorbracht je voorkwamen als eilanden in het meer van een fata morgana. Je had een nieuwe leunstoel nodig. Alleen een leunstoel kon het gevoel dat je thuis was in stand houden. Thuis in die flat, in die stad. Een paar weken lang deed je een rondgang door Amsterdam-Zuid op zoek naar afgedankt meubilair en je vond hem, je nieuwe leunstoel, net zoals je de vorige had gevonden. Deze was lastiger te dragen. Hij had een kussen uit één stuk en een eenvoudig houten raamwerk, waardoor hij altijd licht wiegde. En daar hield je erg van, van die onrust onder je. Je hing het raamwerk over je hoofd om je schouders, waardoor je je armen een zekere bewegingsvrijheid liet, het donkerbruine kussen zette je op het stuur, je stapte voorzichtig op de fiets en als een acrobaat reed je door het donkere Vondelpark, waarin je spookachtige, reusachtige gestalte eruitzag als een buitenaardse vogelverschrikker. Thuis maakte je de leunstoel schoon en op het moment dat je je erin nestelde, voelde je dat zijn rondingen je zouden troosten zolang je in die blauwe en bruine ruimte met witte muren woonde, met schilderijen uit vroeger tijden, olieverfschilderijen uit je verre land, dat je langzamerhand niet meer benoemde met zijn vroegere naam en dat je, om vrede te hebben met dat verlies, eenvoudig Vaderland noemde. De schilderijen werden met hun hardnekkige zwijgzaamheid een onderdeel van je kamer en je flat, en niet zonder een zekere teleurstelling bezag je het uit ongeïnteresseerdheid voortkomende verraad waarvan die kleurige doeken, die niet leden aan nostalgie, zich bedienden. Het gevoel van continuïteit in de nieuwe leunstoel kwam niet meteen op, het kondigde zich eerst alleen aan via het comfort dat zich nederig aan je onderwierp. Het echte gevoel, waarvan je niet wist wat het betekende, kwam pas later, pas toen je het boek uit had. Je voelde je sterker thuis dan ooit tevoren. Je werd gedragen door het vuilrode licht van de wolken boven de stad, de uitgestrektheid en hardnekkigheid daarvan ervoer je als een omhelzing. Naast je rijk gedecoreerde, babbelzieke haard en het licht van de lamp had je het warm alsof je je tegen iemand aanvlijde, het boek hechtte zich aan je hart, en de schaduwen van de muren beloofden je sereniteit. Het zag ernaar uit dat je verliefd was op de eenzaamheid.

En juist op dat moment werd je je bewust van een gat dat zich steeds breder opende boven die sereniteit waarin je je wilde ontspannen en waarmee je, zonder zelf te weten waarom, had besloten te leren leven. Het boek sprak over een eindeloze blauwe cirkel met daarin een ster. Het sprak over rusteloze reizigers die op weg gingen naar die ster. Maar van alle reizigers was er slechts één die zowel de cirkel zag als de ster, dat wil zeggen, slechts één verbeeldde zich te zien wat hij voelde als zijn uitverkiezing, als zijn levensdoel. Ze reisden het onbekende tegemoet en gingen wonen in het onbekende, met de hoop en verwachting dat ze in dat onbekende zichzelf en hun verleden zouden vinden en herkennen. Maar ze vonden alleen het wijde Russische land, waarin ze verzonken en waar ze in veranderden. En met iedere zin van Crnjanski, die je zo gulzig verslond, smakkend van genoegen vanwege de sensuele verleidelijkheid van zijn stijl, merkte je steeds scherper op hoe die opening in jou almaar verder gaapte en zweefde als een doorgeslikt pingpongballetje dat tegen je borstvlies en ribben drukte, wat jij volkomen terecht zou uitleggen als druk op de ziel. Toen je de aanwezigheid van die gapende parasiet eenmaal had onderkend, wilde je die benaderen en zo goed mogelijk leren kennen. Je keek naar de eenzaamheid om je heen; die verbrokkelde het zonlicht tot vlekken op de vensterruiten en bracht het zo de kamer in, van glans ontdaan deed ze het smelten over de voorwerpen, die er mat van werden, alsof ze in stof verzonken. In je handen hield je het dikke boek met de gedistingeerde band, je herinnerde je de dag dat je het kocht, je wist wie het voor je had meegenomen naar Amsterdam en het zou moeilijk zijn om de rechtvaardiging te accepteren die de herkomst van dat boek je ingaf in die dagen dat de tranen van de gevangen zonnestralen je pijn deden en jij nergens heen kon. Af en toe stapte je op de fiets om door de stad te rijden, de straten te doorkruisen, maar die gingen langs je heen zonder een woord van troost voor je achter te laten, even onverschillig als jij erdoorheen reed, waardoor het niet tot een ontmoeting kwam, waardoor jij na terugkeer naar huis de indruk had dat je over een soort kerkhof was gesneld waar levende mensen woonden. Je bekende dat je Amsterdam toen heel anders vond dan vroeger, de sporen die je er achterliet deden je terugdenken aan de jaren, geteld door het spinrokken van de wielen van je fietsen op trottoirs die waren begraven in het zand, begraven in de modder van verdwenen zompen, waarvan het riet tot mensen was uitgegroeid. Enige tijd heb je getwijfeld of je van de stad hield of niet. Je vond de meerjarige vriendschap prettig, al was het maar om de regelmatige afwisseling van rood, oranje en groen licht op de bekende stoplichten en om het bekende geluid waarmee de brug omhoogging terwijl jij achter de slagboom stond te wachten, natregende en keek hoe er vóór je een boot voorbijgleed. Maar je wist dat de stad zich jouw mislukkingen en teleurstellingen herinnerde en daarom schaamde je je, je verloochende haar, je wilde wonen in een stad die je zwakheden niet zou kennen, met huizen die je niet zou verbinden met de redenen voor je falen. Maar toen, ongeveer in de tijd dat je *Volksverhuizingen** las, erkende je dat alleen een vriend jouw teleurstellingen kon aanhoren en verdragen. Sindsdien ben je Amsterdam gaan ervaren als je thuis.

Zeker, het was jouw stad. Misschien al sinds je je eigen flat betrok. Eerst hebben Milan en jij die gewit, jullie hebben blauwe vloerbedekking gelegd, je hebt de grootste van de twee kleine kamers op het westen gekozen als slaapkamer, en uit het ongeloof, dat intrad en jou beving toen je de brief van een ambtenaar van de gemeente Amsterdam las waarmee hij je uitnodigde voor een afspraak in verband met de huur van een flat, dook een kwast op waarmee je de muren schilderde, er doken een bed op en stoelen (je was nog op zoek naar de leunstoel), en de verhuizing zelf stond al voor de deur. En al voordat de buurvrouw je ernaar vroeg, wist je dat je lang in deze flat zou blijven. Zij vroeg je of je hier voorgoed zou blijven en of je uit Bosnië kwam. Je was in de war vanwege dat 'voorgoed', je keek naar haar rusteloze, in alcohol geweekte blauwe ogen en zei tegen haar dat je niet wist of je zoiets wel kon zeggen, omdat het leven onvoorzienbaar is en het woord 'voorgoed' te gesloten is om zich flexibel genoeg te verhouden tot die onvoorzienbaarheid. Ze begreep geen woord van wat je zei, maar ze deed haar mond open, waarschijnlijk om een door ongecontroleerd boeren gevormd kluitje gas door te laten, dat ze, geconcentreerd op jouw antwoord, binnen de holte van haar gelige, door nicotine geverfde tanden had bewaard. Ze wachtte op het tweede deel van het antwoord. Toen ze dat hoorde, maakten haar ogen, die toch al losjes in de holten zaten, een sprongetje: 'Goed dat je niet uit Bosnië komt. Ik haat moslims.'

Jij was een beetje van je stuk gebracht, tja, jij haat niemand omdat hij een ander geloof of een andere kleur heeft, je was een uitmuntende leerling van het communisme en je was je er niet eens van bewust dat je links was geworden en dat links de Amsterdamse kringen had veroverd. Er heerste toen nog tolerantie jegens moslims, vol enthousiasme werden er moskeeën opgericht of werden er kafirkerken omgebouwd voor dat doel. Daarom was je verbaasd over de opmerking van je buurvrouw, die van jou eiste dat je zachter zou lopen. Later beriep ze zich vaak op die eis, ze kwam dronken op je deur bonzen, terwijl jij je alleen maar op haar wilde wreken omdat zij in het holst van de nacht de televisie op een onbarmhartig volume zette om tegen haar eenzaamheid tekeer te gaan. Daarop draaide jij, nadat je je meest oorverdovende cd had opgezet, de luidsprekers naar de vloer en maakte intussen nog tweemaal een sprong om haar je woede in te peperen. Je leunde dan tegen de deur en keek naar haar door het spionnetje, terwijl zij krijste en vloekte, je had zin om de deur plotseling open te doen en haar van de trap te duwen, omdat ze je had gewekt, omdat haar climacterische onrust in jouw flat en jouw slaapkamer was doorgedrongen. Uit de soort mannen die haar in de kleine uurtjes bezochten, uit hun grijze kleren die stonken naar caférook, maakte je op dat ze zich vroeger had geprostitueerd en dat haar trouwe klanten haar, al was ze nu dan afgetakeld, niet in de steek lieten, terwijl jij, aan de hand van de naam op de brieven die op haar adres aankwamen, te weten kwam dat ze een dochter met een mohammedaanse achternaam had. Toch kon je gemakkelijk veilig haar deur passeren dankzij de vergeetachtigheid van de nuchteren, en dankzij de veelvuldige, langdurige perioden dat ze afwezig was; jij dacht dat ze dan in een of ander afkickcentrum voor alcoholverslaafde hoeren verbleef.

Het duurde een paar jaar voor je toegaf dat de plaats van je slaapkamer verkeerd gekozen was. Toen je voor het eerst gekraak boven je hoofd hoorde, dacht je dat de balkondeur bij je Turkse buren niet goed dichtzat en je sliep verder. Maar de hele volgende dag kwamen de buren er niet toe de deur dicht te doen, en ook een dag later, de hele verdere week, een hele maand deden ze hem niet dicht... Je probeerde te ontdekken wat er zo kraakte. Je ging 's nachts op het bed staan, luisterde goed en volgde met je vinger de weg van het gekraak langs het plafond. Je tilde de gipsplaten op en duwde ertegen, je wilde ze er niet uithalen, je wilde niet dat de glaswol, waarmee aan de behoefte aan isolatie was voldaan, en het daarin samengebalde stofnest op je bed stortte. Het was al erg genoeg dat de witkalk om de gipsplaten afbladderde. Het leek wel gedroogde drek en je verzamelde de kruimels in de plooien van je beddengoed; daarbij aarzelde je niet om hartgrondig uiting te geven aan je walging van de smerigheid die zich bijna nacht in, nacht uit, over je uitstrooide. Het gekraak hield echter niet op. Mettertijd leerde je dat de mystieke deur in het plafond alleen te horen was wanneer het regende, wanneer de wind uit het westen waaide, wat je zeker niet troostte, maar je ook niet belemmerde in je onsuccesvolle strijd – je kon altijd tegen de gipsplaten van het plafond duwen om die 'deur' althans voor korte tijd tot op een kiertje na te sluiten.

Die verborgen ruimte tussen de verdiepingen, warm, versierd met glaswol, trok algauw muizen aan. Ze hadden zich buiten jouw medeweten behoorlijk voortgeplant en wekten je die winter toen het, dat moet gezegd, niet vaak regende. Ze piepten en holden precies boven je hoofd (jou leek het in je droom alsof ze over je voorhoofd renden), ze dolden de hele nacht, omdat ze zich veilig waanden. Maar dat waren ze niet, want jij werd wakker. Je klom weer op het bed en sloeg tegen het plafond op de plaatsen waar je ze hoorde of je tilde, daar was je al in geoefend, de platen op en bracht ze van de wijs. Elke keer dat ze piepten of begonnen te rennen, bezorgde jij ze een aardbeving. Je verwachtte dat je ze langs die mechanische weg kon verjagen, maar je had bij jezelf al het plan opgevat om vergif te kopen, er een gipsplaat uit te halen en het voor ze neer te leggen in de nesten van glaswol, alleen was je bang dat alle muizen dan met vergif en al op je neer zouden storten en je zouden bedelven. Je hebt die oorlog een hele tijd gevoerd en hem alleen gewonnen dankzij je volharding. De muizen concludeerden dat het niet deugde om nageslacht op te voeden in een aardbevingsgebied en ze verlieten voor altijd het dak van je slaapkamer.

En juist toen je helemaal gewend was aan het gehuil van kleine kinderen in de flat naast je, en toen het je niets meer deed dat precies om zeven uur 's morgens het licht aanging op de gang naast je hoofd, waarmee je Turkse buurvrouw jou, uitgeput van de nachtelijke gevechten, te kennen gaf dat ze naar haar werk ging, juist toen besloot haar man zijn flat te gaan verbouwen, en zodra zijn vrouw weg was, zette hij zich ook aan het werk. Maandenlang bonkte hij zo hard dat hij voor jouw gevoel een reusachtige spijker in je sloeg of je, God verhoede, op een paal spietste. Maar hij overdreef niet met dat gebonk. Na een uur hield hij altijd op en pas om een uur of negen ging hij verder, om je helemaal af te maken. Het hielp niets dat je vriendelijke briefjes voor hem op de trap achterliet. Hij verontschuldigde zich altijd welwillend, zich rechtvaardigend met onvoldoende kennis van het Nederlands, en bonkte verder. Je benaderde ook zijn vrouw. Zij was nog vriendelijker, nog handiger met excuses. Ze klaagde dat ze geen invloed had op haar man. Hij was eraan gewend te werken zodra hij opstond. Het duurde zes jaar voordat je het cruciale besluit nam om je slaapkamer te verplaatsen naar het kamertje aan de andere kant van de flat. Toen heb je, om misverstanden te voorkomen, alleen je ruime, brede bed verplaatst, want dat was het enige wat er in dat kamertje paste. Je hebt het verplaatst vlak voordat je eerste boek werd gepubliceerd. Waarschijnlijk ter ere daarvan. Daar sliep je fantastisch. Eindelijk rustte je uit.

En terwijl die gevechten duurden (je merkte en begreep helemaal niet dat de heksen van de modder die tegen je voerden; ingemetseld in de fundamenten van het gebouw wandelden die door de holten van de muren, ze krijsten en grinnikten om de bewoners tot waanzin te drijven, tot ze volledig zouden worden bevrijd en opnieuw konden vergroeien met het moeras en de modder), al die tijd kwam de voorbereiding tot rijping die je, definitief en duurzaam, tot een echte Nederlander moest maken. Het trage aftellen van de jaren, waar je in het begin gek van werd en dat je later bijna helemaal was vergeten, je nog slechts gedeeltelijk, als het ware achter een schaduw, bewust van het bestaan ervan, dat aftellen begon op een gegeven moment het einde te naderen. Net iets meer dan een halfjaar nadat je *Volksverhuizingen* had uitgelezen en sinds je je tevreden voelde over jezelf in Amsterdam, een meer vermoede dan ervaren tevredenheid, was de wachttijd voorbij en kon je jouw Nederlandse leven in het volle licht officieel maken. Precies op de verjaardag van koningin Beatrix, als overduidelijk bewijs dat je een echte Nederlandse patriot was geworden, ben je het staatsburgerschap gaan aanvragen. In die tijd laafde je je nog aan je uitkering, wat je 'zwart' verdiende zette je opzij, zodat je niet zonder schaamte voor het loket stond, terwijl je je probeerde te verplaatsen in de gedachten van de ambtenares, want het succesvolle begin van je uiteindelijke vernederlandsing was afhankelijk van haar goede wil. Zij was in een goed humeur, ze vond het leuk dat je haar taal zo goed sprak, ze vroeg je hoe het je beviel in dit land en jij begon helemaal te stralen, Nederland is prachtig, glimlach op glimlach, je handtekening op het lijntje, en bij het weggaan stelde je voorgevoel je helemaal gerust. Je paspoort kreeg je na negen maanden, als een baby, en wel precies op de dag dat Belgrado van het fascisme werd bevrijd, een symboliek die je helemaal niet duidelijk was, maar die je aangenaam vond.

Je hoopte op reizen, je hoopte op zomervakanties. Maar hoewel je op advies van je vrienden probeerde in de Ardennen de zaligheid van de zomer te vinden en inspirerende ontspanning in de natuur, kon je je niet bevrijden van de verstikkende eenzaamheid die uit de bossen opdrong, over de weiden rolde en je inhaalde op de drempel van het huis waar je een kamer had gehuurd. Je fantaseerde dat je iemand omhelsde, je tegen iemand aanvlijde, dat je zweeg terwijl jullie keken naar de watervallen in de beek waar jullie even bijkwamen na de wandeling. En hoe heter de fantasie, hoe pijnlijker de klappen. Je snakte bijna naar lucht. Je schreef daar een verhaal en keerde terug naar Amsterdam met een trein waarvoor je geen kaartje hoefde te kopen. Die dag waren de treinen in België gratis. Je werd getrakteerd door de gestorven koning Boudewijn.

Naar Mallorca ging je dankzij de Europese eenwording. Je reisde zonder paspoort, alleen met je Nederlandse verblijfsvergunning. (Het was dat enige gouden jaar van naïeve Europese verliefdheid op zichzelf, toen men droomde dat het grootse doel van die verliefdheid eenvoudig iedere gedachte aan onverdraagzaamheid en haat overwon.) Je stortte je in de onheuglijke hitte van de gekma-kende drukte op het eiland, waar je onmiddellijk voor wilde vluch-ten. Dat kon alleen door een fiets te huren die jou, niet zonder in-spanning, meevoerde, op zoek naar een rustig strand waar je je vei-lig en comfortabel kon voelen. Dat vond je in een droge rivierbed-ding en van daaruit keek je naar de open zee. Ook op Mallorca schreef je een verhaal. Maar dat was niet genoeg. Je wilde een heel boek schrijven, je wilde je *eigen* land bezoeken.

De voorbereidingen voor die reis, waar het maar niet van kwam, duurden al vanaf het moment dat je, onder de ouderlijke bescher-ming van Leonora en Johan, hersteld was van het inspannende, uit-puttende eerste jaar van je ballingschap, en toen je het besluit had genomen om je verblijf in Nederland, hoe pijnlijk en lang dat ook mocht zijn, niet te vergooien door maanden en jaren te verspillen in de ranzige eentonigheid waar je in Amsterdam, zoals in om het even welke andere stad, gemakkelijk toe vervalt, maar te streven naar je uiteindelijke doel, terugkeer naar het Vaderland, al was het maar voor korte tijd. Je begon een tegen het regime gericht vader-lands tijdschrift te kopen dat werd verkocht bij de kiosk op het Cen-traal Station. Toen had je geen televisie – bij Leonora en Johan trok het je niet aan om naar het scherm te staren, het anderhalve jaar bij hen heb je doorgebracht met de verovering van de binnenstad, die je binnenging door spleten in de overlevende restanten van de uit-gestorven droom over het land, omhelsd door de geuren van het verbodene en het onweerstaanbare. Een televisietoestel kocht je toen je in je flat trok. Je was verrast toen je merkte dat ook andere Europese landen waren uiteengevallen en niet alleen het jouwe. In de nummers van het tijdschrift dat je las had niemand het nog over die gebeurtenissen en je staarde ongelovig naar de namen van nieu-we staten, je zag in dat je het zicht op de historische gebeurtenissen was kwijtgeraakt, dat Amsterdam die voor je had afgeschermd en onbelangrijk gemaakt. Dat verzuim wilde je goedmaken, dus vanaf dat moment berichtte de televisie je over alles, maar vooral over de algemene vernietigingsroes, over de invasie van satanisme in het gewaad van neofascisme, pedofilie, hebzucht en terrorisme, en je zichtbare gehechtheid aan de dagelijks-actuele gebeurtenissen in de buitenlandse politiek, waarvan je geen enkel *breaking news* oversloeg en waarvan je de presentatoren en journalisten jarenlang hartstochtelijk hoorde praten over ruïnes van huizen en afgerukte hoofden, die gehechtheid duurde jaren. De culminatie werd bereikt ten tijde van de bombardementen van je Vaderland, toen stond je op, ging je naar bed, at en dronk je bij het nieuws over de doelwitten van de bommen, over de tegenstrijdigheden in de gewenste informatieverstrekking. Het klinkt te veel als een gemeenplaats, maar je werd toen werkelijk ziek van de wereld waarin je leefde, Gods besluit om Zich terug te trekken en de menselijke domheid te laten woeden stond je in al zijn onverbiddelijkheid voor ogen, evenals het feit dat de redding van de mens in de tijd die jou is gegeven onmogelijk is. Voor het laatst staarde je een poosje later naar de tv, toen iedereen te hoop liep, zoals men vroeger zei, om de man af te zetten die je land in het ongeluk had gestort. Toen die eenmaal was afgezet, hield de tv voor jou op te bestaan, dat ding en al het kwaad dat er vol enthousiasme wordt getoond en becommentarieerd, en alle ellende die het uitstraalt en die jou al die jaren, of je dat nu toegeeft of niet, systematisch heeft vergiftigd met haat.

Je hebt honderden brieven geschreven om je vroegere vrienden aan jou te herinneren. Heel zelden had je de gelegenheid om erachter te komen hoe zij op je brieven reageerden, slechts een enkeling schreef je terug. Hoewel je af en toe werd verrast door een ansichtkaart: iemand feliciteerde je met je verjaardag, iemand stuitte, tijdens zijn zomervakantie door zijn adresboek bladerend, toevallig op jouw straat en huisnummer en stuurde je, op een moment van van sentiment verzadigde nostalgie, de groeten van zee. Na twee jaar ijverig brieven schrijven vond je het belangrijker je aan je verhalen te wijden dan aan vrienden van wie de luiheid welsprekender was dan al jouw gepen. Je bent plotseling opgehouden hun te schrijven. In het volgende tiental jaren heb je niet meer dan een brief per jaar verzonden. Wel stuurde je gelukwensen, twee keer per jaar: bij verjaardagen en met Nieuwjaar. Toen verwachtte je van de andere kant al helemaal geen teken meer, je werd zelfs min of meer onaangenaam verrast door een toevallige stem in de vorm van een terloopse ansichtkaart, want die bedreigde de vastgestelde balans: die kalme zee, die je had geschapen door de manier waarop jij gecontroleerd, evenwichtig en epistolair binnentrad in de ruimte van ver verwijderde mensen, beviel je zó goed dat je gewend was aan de rol van gedeeltelijke heerser over de herinneringen, een rol die je niet wenste te verliezen of aan een ander over te laten. Na enige tijd wende je daar echter ook aan. Je leerde dat een eventuele onverwachte stem de komst kon aanduiden van een van je vrienden of een van hun familieleden die, onderweg naar Amerika of Canada, een paar nachten bij jou moest slapen. Hoewel die logeerpartijen je op het moment van hun grootste frequentie overdreven leken (wat in wezen juist was), waren ze, verdeeld over de jaren, toch gematigd genoeg om je te laten aanblijven als heerser over de herinneringen van hen die *jij* niet wilde vergeten. En het feit dat ze precies op die plaatsen en die adressen bestonden waar jij ze had achtergelaten, afgezien van een enkel, zij het zeldzaam afhaken, ontstaan door plotseling vertrek naar het buitenland, betekende heel veel voor je, meer dan brieven of hele stapels zorgvuldig gevoerde correspondentie. Door te blijven op de plek waar jouw ansichtkaarten hen aantroffen, bewaarden ze zorgvuldig het beeld van je land, of juister van je vroegere omgeving, bijna onaangetast, en juist dat onaangetaste waarborgde de strikte voorwaarde waaronder je fantasie jouw onwerkelijke aanwezigheid binnen het aldus bewaarde beeld in stand hield. Je was daar aanwezig alsof je, besmeerd met een speciale crème, onzichtbaar was geworden, zodat niemand je kon aanspreken, ondanks het feit dat je onzichtbare aanwezigheid een bepaald volume innam. Er was niemand om je te zeggen dat die fantasie je vreselijk bedroog, hoewel je dat zelf ook vermoedde, maar je deed trots of je blind was. En zoals dat altijd gaat, is, ondanks het feit dat jij voor heerser speelde en ondanks de kleurigheid van de ansichtkaarten, die je met een zo mooi en prettig mogelijk handschrift probeerde te schrijven, jouw reële beeld toch verbleekt, de contouren van je gezicht zijn verdwenen in de onzekerheid van het geheugen, je bent bijna helemaal verdwenen. Daardoor werkte de volslagen onopzettelijke verrassing die je hun na zekere tijd bereidde dan ook als een krachtige schok.

Milan deelde je mee dat er een demonstratie zou worden gehouden. Hij zei dat het de grootste demonstratie in Nederland tegen het bombarderen van jullie land zou zijn, dat het verkeer in het centrum van Amsterdam compleet zou worden stilgelegd. Zoals gewoonlijk in geval van zulke betogingen stond jij sceptisch tegenover de doelmatigheid ervan. Maar de vroegere geest van YUMIR werkte nog steeds – de kracht van massale protesten deed je goed, die som van individuele ontevredenheid, gericht op één vijand. Je besloot ook mee te doen aan de demonstratie.

De nacht ervoor bracht je door op een feestje. Je kende die mensen niet zo goed: een Kroatisch-Spaans echtpaar dat pas kortgeleden uit Zweden was geïmmigreerd en in Amsterdam vrienden zocht; via Nađa bevond ook jij je in de bonte kring van hun nieuwe kennissen: ruim voldoende om je uit te nodigen voor hun feestje.

Het was je welkom. Bijna twee maanden, sinds de bombardementen waren begonnen, was je niet uit geweest, je had de telefoon niet opgenomen. Je staarde naar de televisie, verslond gulzig ieder bericht over iedere bom, en met dezelfde gretigheid verslond je ook witte boterhammen met zonnepitten, waarop je lagen rookkaas en plakjes chorizo had geplakt, die je overgoot met klodders mayonaise, die lekkerste, die je ook zo met een lepel kon eten. Daarna, na een paar boterhammen, vurig op zoek naar een nieuw bericht op de tv-kanalen, verzoette je dat allemaal met kokos- en chocoladekoekjes die je in melk doopte, tot het hele pakje leeg was. Je kwam aan. En zodra er een bom viel op de stad waar al jouw kennissen woonden, drukte jij op de knopjes van de telefoon, probeerde je je door het gebrek aan benul aan gene zijde van jouw wens en jouw tijd heen te worstelen, door het verknoopte net van telefoonlijnen en aan de verte overgeleverde woorden, en dan bereikte je een vermoeide stem waaraan jij vroeg wat er verwoest was en wie waar had geschuild, om zo veel mogelijk ook daar aanwezig te zijn waar het beeld dat je met je ansichtkaarten zo zorgvuldig had opgebouwd, onstuitbaar werd uitgewist. Natuurlijk, je belde alleen de vrienden die je als de trouwsten aanmerkte. Zij brachten je in verwarring en verrasten je met hun commentaar. Naum was de eerste tijd met zijn vrouw en dochter op het balkon gaan staan om te zien hoe de bommen overvlogen en vielen. Hij zei tegen je: 'Tja, als het sneeuwt ga je ook naar buiten om te kijken, laat staan wanneer er bommen vallen.' Je hoorde vrolijkheid in zijn stem, tot hij je op een dag toevertrouwde dat zijn vrouw en dochter naar Jordanië vertrokken, dat het een erg gecompliceerde en onveilige reis was, en dat hij zelf niet wist of hij met hen mee kon. De paniek die hem had bevangen doorboorde jou als een pijl en maakte je nog apathischer. Joints en nieuwe pakjes koek, waarvan je in je keukenkastjes een voorraad aanlegde, waren je redding. Maja beklaagde zich bij jou dat ze niet kon slapen. Het irriteerde haar nog meer dat haar vriend naast haar sliep als een blok en haar met zijn gesnurk belette precies te horen op welk deel van de stad de bommen die nacht waren gericht. Je tante was woedend, omdat haar angst haar en je oom naar de schuilkelder dreef, waar ze nachten doorwaakten, verstikt door gekrijs van kinderen, in de stank van gemeenschappelijke uitwasemingen, in de koortsige krapte van de werkelijkheid, die hen met afschuw deed denken aan de oorlog uit hun kindertijd. Dušan vertelde je dat hij het nauwelijks had overleefd, dat hij net naar huis ging van de markt toen ze daar bommen op gooiden. Hij was op het nippertje ontsnapt, als hij langer had getreuzeld bij het kiezen van hüttenkäse, was hij voor altijd op de markt blijven liggen, overdekt met kaas als met sneeuw. Het duizelde je, je benen waren al zwaar en stijf geworden, je rolde nog een joint en concentreerde je om de naam te horen van een nieuw getroffen dorp, namen die je niet van vroeger kende, rare namen als Buđanovac, Obrva, Trepava...* Je ergerde je aan de onverwachte weelde van de Hollandse lente, de warmte en lieflijkheid ervan, waarin je alleen spot zag en kreten van een spotvogel hoorde. Iedereen die de kans kreeg om je te vragen hoe het met je ging snauwde je af, je verzocht hen je niet lastig te vallen met zulke onzin. Daarom was dat feestje je welkom. Om de charme van het absurde te beproeven. En dat helpt.

Jullie verdrongen je in het flatje alsof jullie met duizend man waren. Er was zelfs amper plaats om te staan. Bekende gezichten, onbekende, het maakte niet uit, jij draaide een joint. Ze serveerden ook zelf-

gestookte brandewijn, die sloeg je af, je wilde je op de snelste en ze-
kerste manier benevelen, je was niet geïnteresseerd in experimen-
ten met twijfelachtige alcohol. Een groep Zweedse gasten bood
een soort gedroogde planten aan. Ook die sloeg je af, je had goede
wiet, sterke, *skunk*, helemaal op maat, uitgetest. Milan bediende
zich van de gedroogde planten, bruin als tabak en kleverig alsof er
honing overheen gegoten was. Toen je de mensen niet meer uit elkaar kon houden omdat ze allemaal even platte gezichten hadden
gekregen, en toen je in al hun herrie één toon onderscheidde waarvan je met je uitgeputte gehoor de golven volgde, begon je je lekker
te voelen. Je draaide de ene joint na de andere en die verdwenen in
de drukte, gingen verschillende kanten op, kwamen veranderd en
met een andere smaak bij je terug, en in de krappe flat klaagde je
niet over de hitte en ook niet over de benauwdheid. Je ging in de
vensterbank zitten. Er kwam een mager meisje met een lange nek
en lange benen naar je toe, ze boog zich over je heen en begon te
krijsen, zodat je zeker wist dat iemand je in een kooi had gestopt. Ze
hield haar ogen op jou gevestigd, ze stond je niet toe je blik af te
wenden of adem te halen, het was je duidelijk dat je haar zou onder-
kotsen. Dat zei je tegen haar en je maakte van haar verbluftheid gebruik om de straat op te gaan. Intussen lag Milan, al geveld door die
planten, op het bed waar de jassen van de gasten waren opgestapeld.
Vlak voor de hoofdattractie kwam je terug in de flat. Jullie moesten
bij elkaar gaan staan en het midden van de kamer vrijmaken. Op dat
toneel trad een buikdanseres op. Ze begon te dansen en bracht de
lucht tot het kookpunt. Aan de kreten van enthousiasme nam jij
ook deel, omdat je voor het eerst live een buikdans zag. Het scheelde niet veel of de menigte stortte bij het applaus dwars door het
raam op straat; het was een onmogelijke opgave om niemand op de
tenen trappen of je drankje in je glas houden. Jullie zweetten collectief en algauw verwerden jullie tot verslapte lijven, struikelend en
zwetsend, kapot van de drugs en de alcohol, de emoties vermorzeld
door de buik van de danseres.

Toen de telefoon de volgende morgen rinkelde, had je het idee dat
je maar vijf minuten had geslapen. Milans schorre stem herinnerde

je aan de demonstratie. 'Moet ik echt mee?' vroeg je. 'Nou ja, eigenlijk wel, voor je goede fatsoen.' Je trok een T-shirt aan waar de namen van de stadswijken van Belgrado op geschreven stonden, heel
toepasselijk, en je trof Milan op het Beursplein. Het plein liep al vol
met demonstranten, de drukte was bijna even groot of nog groter
dan op het feestje, de zon prikte in je kater terwijl je naar het centrum fietste, Milan verborg de wallen onder zijn ogen achter een
bril en jij droeg de jouwe als een leuze. In de massa mensen die naar
het Rokin trok, vond je zoals gebruikelijk oude kennissen van YU-
MIR. Sommigen waren een paar tanden kwijt, een ander zijn haar,
er was iemand zwanger, iemand omhelsde een meisje – op weg naar
het Waterlooplein ondervroegen jullie elkaar om, zoals zo vaak tevoren, te constateren dat er geen verbazingwekkende veranderingen waren, of het moest zijn dat er iemand was teruggekeerd naar
het Vaderland of naar de andere kant van de oceaan was vertrokken.
Bij deze gelegenheid waren er niet zulke excessen. Alle nieuwtjes
hadden betrekking op het aantal kinderen. De wandeling deed je
goed, je liep als een middelbare scholier in de pantoffelparade. Op
het Waterlooplein stond heel wat volk te wachten, je kwam weer
mensen tegen bij de tribunes, waar in twee talen toespraken werden
gehouden tegen het geweld en de dwang van buitenaf. Dat had jij
allemaal allang bij jezelf uitgesproken en uitgeschreeuwd, de wiet
werkte nog steeds, de zon scheen, een dag zonder wind, je raakte
aan de praat met een Bosnische vrouw. Milan trok je aan je arm. Bij
de ingang van de Stopera nam een kennis van je, een cameraman,
een reportage op. Een of andere vrouw beantwoordde vragen over
de demonstratie en de bombardementen. De cameraman wilde dat
Milan en jij achter die vrouw gingen staan, bij wijze van decor. Milan zette zijn bril niet af en jij wist niet hoe erg de wallen onder je
ogen hingen. De reportage werd opgenomen, de demonstratie be -
eindigd, je ging met een paar vroegere YUMIR-leden iets drinken.
De hele verdere middag sliep je. Zo miste je het nieuwe journaal, je
meende even dat er ook geen bombardementen waren, maar de
avond wekte je met de traagheid en pijnlijke uitputting van je dor-
stige lichaam, je zette de televisie aan. In slechts vijftien minuten
was je weer volledig op de hoogte van de jongste gebeurtenissen.

Twee dagen later, 's avonds, rinkelde de telefoon voor het eerst en die brachtje onverwachte stemmen. Opgetogen deelden Slavica en haar moeder mee dat ze je op de televisie hadden gezien, in het journaal, ze waren in tranen uitgebarsten en hadden besloten dat ze je beslist moesten bellen. Dezelfde avond belden ook Dušan en Naum, Maja meldde zich de volgende dag en daarna volgde er een hele horde half en geheel vergeten figuren: Minka, Mila, Aleksandar, Aljoša, Jevrem, een buurmeisje van lang geleden met wie je op de lagere school had gezeten, Milivoj, Mirela – al diegenen die je zonder meer herkende en zij van wie je je de namen nog maar vaag herinnerde, al die mensen hadden haastig geprobeerd je telefoonnummer te achterhalen om je op te bellen en te zeggen hoe blij ze waren geweest toen ze je zagen, dat het veel voor hen betekende dat je had gedemonstreerd, dat ze je niet waren vergeten, dat ze van je hielden... Al die mensen vertrapten jouw gazon van gematigde herinnering en gematigd contact met de wereld van dode gevoelens volledig. Het kostte je enige tijd om in te zien dat die reportage in feite bestemd was geweest voor de televisie van het regime in je Vaderland, dat je met dat spelen voor decor had meegeholpen aan een geconstrueerd beeld van patriottisme in de diaspora, en daar werd je woedend om, je wilde die cameraman opbellen en hem de huid vol schelden, maar je hield je in, want zij die je bezochten, de ongenodigden en de weggedrukten, hadden opeens een eind gemaakt aan de dood waartoe je jezelf had veroordeeld, zij hadden je bevrijd uit de put van het gedeukte, zinloze verleden waar je, behalve in boeken en dromen, geen verklaring voor kon vinden, je was hun held geworden en je was in je eigen ogen zelf verrezen, midden in je flat, in je bruinleren leunstoel, je kon je oren en je ogen niet geloven en je keek met stomme verbazing om je heen, terwijl je nadacht over de botsingen van werelden en de magische kracht van de woorden op je T-shirt, die de toverkracht van het sleutelkruid had opgeroepen en de ketting om de kist met uitgedroogde en ranzige herinneringen had ontsloten.

Sindsdien was niets meer hetzelfde als voorheen. Acht jaar zwoegen in een land van wind en regen die je niet meer konden deren, zodat je ze, wanneer je op je fiets stapte in je blauwe regenjas en waterdichte broek, meer vervloekte uit gewoonte dan uit echte toorn, acht jaar van een zekere gesteldheid, een verblijf in een gevangenis, naderden hun einde zonder dat jij er iets van merkte. Dat regiment kennissen dat in de rij stond om je stem te horen, die groep nieuwe oude kennissen wilde jou per slot van rekening toch met eigen ogen zien. Ze wisten dat ze alleen dan zouden kunnen geloven in je aanwezigheid in dat vreemde land, omdat ze aan je afwezigheid, ach, allang gewend waren, die vonden ze vervelend en ze stoorden zich eraan. Jou te pakken krijgen betekende een stukje buitenland te pakken krijgen of juister, een onechte vertegenwoordiger van dat geïncrimineerde en begeerde buitenland, en dat was, als je jezelf oprecht wilde aankijken, de enige vrijheid van hen die in een *echte* gevangenis zaten, met als vonnis levenslang en zonder mogelijkheid tot ontsnapping. Maar je kon je niet verdiepen in die betrekking tussen kooi en vrijheid, want je had geen ervaring met de relativiteit van gevangenistoestanden. Jouw gevangenis, waarin je weliswaar met goed gedrag de status van halfvrije had weten te verwerven, die gevangenis, of liever dat gevangenisverleden, leek je reëler en erger dan enig ander gedetineerd heden. Want juist in die tijd was je begonnen je te bevrijden van de aandenkens aan je eerste buitenlandse jaren, de vergetelheid van straten en bomenrijen deed je goed, samen schiepen jullie het beeld van een nieuw elan en een opgewekte fascinatie voor deze stad, waarin je je, zoals gezegd, helemaal thuis voelde. Jij *was* thuis. En daarom vervaagden de gevangenisbeelden alsof iemand ze had verdund, in je bewustzijn bleven alleen herinneringen aan begrippen over, maar de zin ervan verdween met iedere omwenteling van je wielen in een afgrond zonder terugkeer. De mogelijkheid van een ontmoeting met je oude kennissen leek je waarschijnlijker.

Maar hoe onmogelijk moeilijk was het in al die grijze, gebarsten jaren geweest om iemand van hen te ontmoeten! Wat heb je niet allemaal gedaan om hen hierheen te halen! Naum zag je het vaakst. Hij kwam altijd alleen. Het lukte hem telkens weer een zakenvisum te versieren om in Nederland, België en Duitsland theatervoorstellingen te zien. Dan kwam hij even langs in Amsterdam. Hij was altijd moe en gejaagd, had zakenbesprekingen, hij moest bepaalde mensen ontmoeten, met hen praten en afspraken maken. Jullie zagen elkaar gewoonlijk 's avonds laat, hij was slaperig, je moest manieren bedenken om de woorden uit hem te trekken. Het enige wat hem interesseerde was hoe hij uit de gevangenis kon ontsnappen en ergens anders een nieuw leven kon beginnen – een droom waar hij de kracht niet voor had. Hij wilde dat zijn begin alleen een vervolg zou zijn, dat hij naar het buitenland zou gaan als regisseur, hij meende dat wie laag begon, nooit het hoge kon bereiken, hij wilde dan ook meteen een functie bij een theater, 'om dat waardeloze Westen met stomheid te slaan'. Zijn arrogantie deed je verdriet. Dat probeerde je hem te zeggen, je wilde hem iets uitleggen over de weg, over de kwellingen en de hoge vlucht, maar hij werd door vermoeidheid overmand, hij viel midden in jouw zin met zijn kleren aan in slaap, zonder je verhaal ooit tot het einde uit te horen. Hij bracht boeken voor je mee. Hij haalde ze uit stoffige dozen vol duivenpoep, hij bracht ze voor je mee, maar vroeg zich verbaasd af wat je met boeken in je moedertaal moest. Hij dacht dat een mens zichzelf zodanig kon vergeten dat hij het kompas van zijn moedertaal verloor, hij dacht zelfs dat dat nodig was en dat je zonder zulk vergeten geen vooruitgang of succes kon boeken in de vreemde wereld. Hij bracht je ook foto's en schilderijen, die de kleuren van de ingeslapen wereld van de muren uit je kindertijd naar de witte muren van je kamer verplaatsten. Hij gaf je boeken ook mee aan andere reizigers, aan zijn kennissen die Amsterdam aandeden, aan Milan en vrienden vanuit YUMIR wanneer die teruggingen na een bezoek aan hun ouders, hij stuurde ze je per post. Er waren nog een heleboel boeken over, opgesloten in de dozen op zolder bij hem thuis, en hij bezocht je steeds minder vaak. Het drong steeds duidelijker tot hem door dat zijn vertrek naar het buitenland niet zo roemrijk zou kunnen zijn als hij zich voorstelde en wenste, het kwam steeds vaker bij hem op dat hij jouw verhaal misschien tot het einde moest uithoren en hij had steeds minder zin om te wachten in de rij voor visa en om sponsors te smeken zijn reis naar een of ander theaterfestival te betalen. Hij trouwde en wortelde in het land, terwijl zijn droom over een vlucht daarvandaan uitgroeide tot verdriet. Daarom hield hij helemaal op met dromen. Hij las zijn dochtertje jouw sprookjesboeken voor. Voordat hij je op de tv zag, was hij er al vast van overtuigd dat je nooit met hen aan tafel zou zitten om brandewijn te drinken en de tekeningen van zijn dochtertje te bekijken. Hij had zich ermee verzoend dat jouw Vaderland voor jou een even ontoegankelijk buitenland was als het jouwe, het echte, voor hem. Daarin lag ook zijn troost, in het tijdverdrijf van het verjagen van dromen. Je kon hem niet meer volgen. Hij vergat dat hij de bewaker van jouw spullen was, van de terugkeer die je nog niet was beschoren. Eerst begonnen jouw boeken zich te vermengen met die van hem, toen verdween op zijn kastplanken het verschil ertussen helemaal, en jij wist dat je iets moest ondernemen, dat je al je boeken naar Amsterdam moest halen.

Ook Maja bezocht je. Haar twee bezoekjes, met een tussenpoos van twee jaar, markeerden met leugens en verkeerde investeringen je hoop op terugkeer van de liefde. Je was zo belachelijk in je hardnekkigheid om tot elke prijs het beeld van je verliefdheid op en, erger nog, je 'relatie' met Maja te bewaren, dat niemand het hart had je te zeggen dat je gek was. Al had dat idee ook bij niemand kunnen opkomen, doordat jouw zeer suggestieve waan overging op je weinig talrijke vrienden en hen besmette met de blindheid waar jij al lang (vrijwillig) aan leed. Welnu, Maja werd de eerste keer officieel naar Nederland uitgenodigd door Leonora en Johan. Je woonde nog steeds bij hen en zij zagen in jouw verlangen bij 'je meisje' te zijn een ouderlijke plicht. Ze bleef een week. Toen ze aankwam, was ze volslagen uitgeput door het moeizame wachten in de rij voor visa in de snijdende Belgradose novemberwind en de vernederingen die de beambten op de Nederlandse ambassade kwistig rondstrooiden, uitgeput door de vreselijke reis naar Boedapest over bevroren wegen en het onzekere wachten in de botte, onpersoonlijke ruimten van het Boedapester vliegveld, dat nog leed onder de chronische herinnering aan Russische soldaten en het duister van vervallen regimes, en dat alles op onbegrijpelijke wijze bedekt met een laag veel te vroeg gevallen sneeuw. Die uitputting verliet haar geen ogenblik. In Amsterdam sliep ze voornamelijk. Tegen de avond, in de verdichte schaduwen van het sombere Hollandse herfstige halfdonker, vermengd met het wasachtig troebele licht van de straatlantaarns, gingen jullie warme chocolademelk en thee drinken. Naast jouw verbazing (en, uiteindelijk, enthousiasme) over de onvoorzienbare aard van de ontmoeting, stelde zij het verhaal over haar nieuwe vriend en over haar bereidheid om hem te verlaten zodra er iemand verscheen die haar in haar walgelijke, van besmetting door de vliegende inflatie vervulde leven althans een sprankje aandacht zou geven en haar maar één mooi woord zou schenken. Jij stond daarbij buitenspel. Je luisterde naar haar, keek naar haar, het gebeurde in Amsterdam en betekende de vervulling van je droom, maar alles was heel anders, bijna als een doorn in je oog die je er zelf in had gestoken omwille van de redeloze wens om tegen elke prijs te bewijzen dat het onmogelijke toch mogelijk was. Ze wilde je amper in haar kamer ontvangen en het idee dat jullie de liefde zouden bedrijven mocht zelfs in de meest bedekte termen niet ter sprake komen. Zodra ze voelde dat het gesprek de kant van de voor haar ongewenste intimiteit op kon gaan, noemde ze de naam van haar vriend en beschreef tot in misselijkmakende details een scène waarin een van zijn onverbeterlijke eigenschappen werd geïllustreerd. Je liet je verlangen varen en kon nauwelijks wachten tot Maja vertrok.

Ze vertrok en even leed je onder de stompzinnige onredelijkheid van je behoefte aan 'de verbinding van twee werelden', maar meteen daarop wilde je dat ze weer kwam. Je dacht dat haar eerste bezoek daarmee kon worden geneutraliseerd en dat er zo voorwaarden zouden ontstaan waaronder jullie verder konden waar jullie eerder waren gestopt, op een punt dat je zelf ook niet kon bepalen en dat je zelfs niet duidelijk genoeg in je gedachten kon oproepen. Je hardnekkigheid, die al je eigenschappen overtrof, bracht je opnieuw succes. Behalve de officiële uitnodiging voor een visum en het winterse jaargetijde leek ditmaal niets op Maja's eerste bezoek. De misverstanden hadden jullie van tevoren met brieven gladgestreken, waarbij jij het voortouw had genomen, terwijl zij zo genoeg had van het leven in Belgrado dat ze niet alleen weg was gegaan bij die vervelende vent, maar ook de stad zelf en het hele land voor altijd wilde verlaten. Je ontving haar in je eigen flat en je neukte haar zo vaak dat het je lukte al die omfloerste jaren van niet-neuken goed te maken (als zoiets überhaupt goed te maken valt). Jullie gingen de straat op, rood aangelopen en heet, het januarilicht van de pas uitbottende dagen tegemoet, de afdrukken van het liefdesspel prikten op jullie lichamen en je was ervan overtuigd dat je een van je meest verheven doelstellingen had bereikt. Op een prachtige middag aan zee, terwijl de geur van de uitgestrektheid jullie bereikte in de zachte trilling van de sappige lucht en jullie voetstappen zich net zo in de instabiliteit van het zand drukten als de onbeweeglijke vlucht van de meeuwen in het azuur van de hemel, stelde je haar voor naar Nederland te komen en met je te trouwen. De kus in het vroege halfdonker was voor jou het bewijs van haar behoefte. Ze voelde zich zeker en vastbesloten, waarschijnlijk voor het eerst van haar leven. In Belgrado herinnerde ze zich er later niets meer van. Ze bleef prikkelbaar en onaangenaam, ze raapte alleen genoeg moed bij elkaar om jouw gebrek aan realiteitszin en respect 'voor haar levensidealen' aan te vallen. In *dat* telefoongesprek (dat qua zinloosheid van je doelstellingen deed denken aan die eerste, duurbetaalde gesprekken) loosden jullie al je frustraties, jullie braakten al je hoop en verwachtingen uit, jullie scholden op elkaar en gooiden de hoorn neer. In Nederland zouden jullie elkaar nog maar één keer tegenkomen, vijf jaar later. Maja zou bij toeval in Amsterdam belanden, bij haar terugkeer van een of ander congres in Londen, en je nummer draaien. Ze was toen al een rijpe, gescheiden vrouw met twee kinderen en na een diner in je flat kwam ze bij je op schoot zitten, want ze wilde als dessert wat tederheid. Jij zou haar met een ruk van je afschudden en haar bosvruchtenijs aanbieden, dan kon ze in het zuur daarvan de hele waan van haar voorbijgeraasde angsten doorslikken, die haar een al te vroeg gerimpeld gezicht en een al te vroeg ontwrichte, hopeloze ziel hadden bezorgd.

Maar je ontmoetingen met landgenoten bleven zeker niet beperkt tot de spaarzame bezoekjes van Maja en Naum, bezoekjes die jou, hetzij vanwege het opnieuw bevestigde en verdiepte wanbegrip, hetzij vanwege het hernieuwde afscheid, altijd nog bedrukter en eenzamer achterlieten. Je zorgde ervoor dat er ook andere landgenoten naar Nederland kwamen om de brug te verstevigen die jij, in de verborgenheid van je heimelijke hoop, eens in tegengestelde richting over wilde gaan. Je had het advies van Erik van der Heiden, je barmhartige beschermer, ter harte genomen, je had de geestdriftige lof van het publiek op het YUMIR-concert, het eerste dat je had georganiseerd, goed opgepikt en geïnterpreteerd, zodat jij en Milan zich met volharding inzetten voor de presentatie van het artistieke belang van je land (waaraan je in die uitbarstingen van patriottisme met je hele wezen toebehoorde, alsof je helemaal was ondergedompeld in het dikke sap van zijn purperen nectar) en daardoor mensen ontmoetten die, volkomen onbewust, de contouren van jouw portret van je vaderland enigszins levend hielden. Er kwamen musici, schilders, acteurs, regisseurs, componisten voor gastoptredens, zij die je al in je jeugd had bewonderd en zij over wie je niet eerder iets had kunnen weten, ze brachten hun geschiedenis mee, gekarteld en doorploegd: de oudere, die door hun geschillen met de bedrieglijke historie tot het getal van de tot opoffering veroordeelden behoorden en de Amsterdamse elegantie daardoor bezagen met de weemoed van hun rimpels en hun ongeneeslijke teleurstelling; en de jongere, die met hun opengesperde ogen ieder reliëf op de huizen en de driekleuren op de in de sprankeling van het grachtwater dobberende bootjes indronken, in een hartstochtelijk verlangen om de wereld te veroveren, om uit de dikke schaal van de politieke vervloeking te kruipen, waarin ze stikten als vogeltjes in de eieren van een verlaten nest. Al die mensen vertrouwden jou hun ellende en hun verlangens toe, zagen in jou allemaal de vage aankondiging van een soort verlossing. De jongeren hadden geen geduld, ze wilden blijven, de gedachte aan terugkeer was voor hen dodelijk, ze spartelden in hun eigen visioenen van een vlucht, stootten hun kop tegen het besef van hun onmacht, en gingen toch terug. Ze vertrokken allemaal. En jij bleef alleen achter.

Van de totale lawine van eenzaamheid die op je neerstortte, midden in Amsterdam, ook wel de stad der eenzamen genoemd, ondanks de strohalmpjes van schamele vriendschappen waarmee je milde woorden opslurpte die je tot warmte maakte, viel de eenzaamheid van het niet-neuken je het zwaarst. De afwezigheid van vrouwelijk gefrutsel, de vrouwelijke behoefte aan kalmte en de traktaties van een vrouwenlichaam, die zorgen absorberen en terugbrengen tot begrijpelijke, verdraaglijke behoeften, omhulde je leven als een cocon waarin je was ingesponnen door een onzichtbaar, in de geheimen van verdieping van menselijk verdriet zeer bedreven insect. Toen je destijds in Naums boekenverzameling, in Mamets *Sexual Perversity in Chicago*, de klaagzang had gelezen van het personage dat in Korea vier maanden masturberend had doorgebracht, had jij hardop gelachen. Maar precies zo waren er voor jou jaren verstreken. Natuurlijk, in die zee van hopeloos streven naar gevoelige plekjes vrouwelijk vlees die je tot volledig bewustzijnsverlies zouden brengen, rustten een paar eilanden, bezocht en weer verlaten, waarop je de zuchten van je verlangens achterliet, die werden gekauwd, verduwd en uitgescheiden als een te grote onbegrepen en onverteerde massa. Jouw monnikentoewijding aan Maja en haar onwerkelijke beeld, dat je iedere dag bijtekende en verfraaide, stond je bij vele kortstondige vrijages in de weg. Toch kun je niet zeggen dat je haar zo trouw was als jouw zelfzuchtige opoffering vereiste. Die studente schilderkunst pakte je de eerste dag al, toen ze, helemaal in de war, in Amsterdam was aangekomen. Op het feestje waar je haar tegenkwam werd brandewijn, je ouwe kameraad, gedronken, en gedreven door een nostalgische herinnering betoverde jij de kleine brunette zo snel dat ze zich in de aangrenzende kamer aan je gaf met kreten en sjamanistische kronkelingen van haar lichaam, waarmee ze het schandaaltje van overhaast genomen besluiten en angst voor de onbekende wereld probeerde te verdrijven. Daarna zat ze op haar hurken naast je en jij dacht dat ze een poesje was. Je verliet haar na een paar dagen, nadat je haar manhaftige passie voor alcohol had ontdekt en toen de krabsporen van haar nagels op je rug en armen pijn gingen doen, waarvan de korsten, zoals alle wonden in de Nederlandse vochtigheid,

omzoomd door de ellende van diepe zompige rotting, traag heelden.

Toen hechtte je je nog meer aan Maja's beeld. Je verwachtte niet
dat Maja op een dag bij je terug zou komen, je droomde dat met
Maja je hele land je om de hals zou vallen, zoals je het nog nooit had
gezien, met evenveel make-up en opsmuk, maar moederlijk lief en
tam, en dat je vereniging daarmee de plechtige, patriottische coïtus
zou vormen van de zoon die terugkeert naar zijn Vaderland en zijn
vrouwe die, zoals in de volkspoëzie, jarenlang op hem heeft gewacht, vanuit haar venster uitkijkend naar de weg. Daarom was de
breuk in de relatie met Maja zo'n zware klap. Die opende een bodemloze afgrond onder en vóór je, en jij kon niet anders dan je erin
storten als een weggegooid voorwerp dat, wanneer niemand het te
hulp snelt, helemaal tot de bodem door zal rollen, tot het punt waar
alles ophoudt. Twee jaar lang wilde je geen meisje aankijken, noch
degene die zich aanbood, noch degene die het waard was achterna
te lopen. Fronsend en verslagen wachtte je tot je de bodem zou bereiken. Maar dat beleefde je niet.

Milan nodigde je op een dag uit voor het diner en je viel de kokkin,
een journaliste uit Belgrado, lastig terwijl ze een braadpan in de
hand hield. Ze was voor haar werk in Nederland terechtgekomen
en bij haar oude kennis langsgegaan. Haar borsten trilden als de
dooiers in de pan, met de geuren van ui en rode peper op de achtergrond. Ze stemde ermee in met je naar je flat te gaan. De wip ver-
richtten jullie snel, als op een hete brander, en toen volgde een lange, vermoeiende monoloog. Ze had een vriend in Belgrado, maar
die was vol begrip voor haar passie: het lied. 'Zal ik iets voor je zingen?' vroeg ze je. Ze liet haar stemmetje klinken, spreidde bij iedere toon haar neusvleugels en trok ze weer samen, ze reeg de ene
schlager aan de andere – het oude Joego in de liedjes van een jeugdige journaliste, in tweestrijd tussen een twijfelachtige carrière en
huiselijk neuken. Ze vroeg je om raad, maar jij zette haar op de fiets
en leverde haar weer af bij je vriend.

Op dezelfde manier stuurde je ook de verkoopster van gezond-
heidsvoeding weg. Zij was vanuit hartje Belgrado naar Nederland

gekomen en kon niet over het verlies van de omgeving van kostbare bontjassen en bijouterieën van oud goud heen komen. Dat ze lid was van een sekte onthulde ze je vlak voor de liefdesdaad, waarschijnlijk zelf ook in de war en verrast door jouw bereidheid om de normen die in haar sektecode beschreven stonden zo ver te overschrijden. Je hield een preek tegen haar over de liefde en God waar zij geen jota van begreep, maar ze keek je met puilogen aan, terwijl jij vol spijt het bosje snorhaartjes opnam dat ondeugend boven haar lip hing.

De studente aan de toneelschool vertelde je tot in de kleinste details hoe ze had geleden tijdens haar vlucht uit Joegoslavië, die haar door dikke lagen sneeuw en door de kliffen van de Zwitserse Alpen had gevoerd, zodat je je volledig concentreerde op de mogelijkheid om haar verhaal een plaats te geven in een van je toekomstige boeken. Maar ook in dat opzicht bleek haar verhaal niet succesvol genoeg. Nadat ze je ieder vlokje dat er tijdens die reis op haar was gevallen en ieder vlokje dat ze in de dichte sneeuw had vertrapt uitvoerig had beschreven, had jij nergens zin meer in. Maar zij leefde toen pas op. Ze begon uit te weiden over haar plannen, over de films die ze zou maken, over de roem die haar wachtte en over de hulp waaraan ze evenveel gebrek had als aan haar dagelijks brood. Steeds vaker noemde ze bij het woord hulp jouw Nederlandse paspoort, waar ze jou zo om bewonderde dat ze een deel van haar leven in jouw nabijheid wilde doorbrengen. Natuurlijk voorzag ze in haar plan dat jullie beiden eerst vertrouwen in elkaar moesten krijgen, vrienden worden, dan zou de liefde vanzelf komen, net als die formele conventies die diepe vriendschap officieel moeten maken. Je keek haar aan, luisterde naar het gebeuzel waarmee ze zichzelf in een kwezel veranderde en zon op een manier om haar het huis uit te krijgen. Je wilde haar door het dichte raam gooien, maar besloot toch een dringende verplichting te verzinnen die je haast helemaal vergeten was. Je kokhalsde van haar hoop, die haar zelfs niet verliet op het moment dat jij, bijna zonder te groeten, op de fiets lukraak de regenachtige nacht in snelde.

Je was hardnekkig. Je bedacht dat buitenlandse meisjes misschien een veel betere keuze waren dan gefrustreerde Joegoslavische. Vreemd genoeg richtte je je niet op Nederlandse meisjes. Je wilde niet voor jezelf verhelen hoe sterk je vooroordeel was: jij miste in de Nederlandse amazones, die, als op het ritme van een onstuitbare, eeuwenoude voorouderlijke mars, met Vikingachtige hardnekkigheid door ieder noodweer fietsen, duidelijk de aanwezigheid van die vrouwelijkheid waarmee jij, als Slaaf en Balkanees, was opgegroeid en van kleins af aan gedrenkt. Een vrouwelijkheid die, als een betoverend parfum of een klassewijn, in dezelfde persoon een heel scala aan verfijnde microtoestanden kan bieden, van verlegen vastbeslotenheid tot liefkozende bevelen, gewikkeld in een mof van welbespraaktheid, waarover sensuele lieve woordjes en lippenstift worden uitgestrooid met dezelfde bedoeling – om je te verleiden, en die glanzen en schitteren als fosforescerende parels, ingestopt in zacht bont. De totale tegenstelling met het uiterlijk en gedrag van Nederlandse meisjes, hun bijna mannelijke openheid en meer dan zorgwekkende straight-to-the-pointmanier van veroveren en bevredigen, wat je werd bevestigd door de ervaringen van je vrienden, schrikten je af om je met dat soort relaties in te laten.

Je ontmoette een Zweedse en vond haar uitzonderlijk mooi. Haar lange wimpers doorsneden de lucht voor je en lokten je naar haar zachte, blanke huid. In haar studentenflat wachtten nog drie andere Zweedse meisjes je verheugd op. Ze openden een fles wodka en proostten met elkaar op de goede vangst. Uit hun aangeschoten gewauwel maakte je op dat zij al hun mannen tegelijkertijd met elkaar deelden. Je ging naar de wc en sloop de flat uit.

Een Hongaarse, onbevredigd door haar man en door die onbevredigdheid al gerimpeld, nodigde je hardnekkig uit voor een glaasje brandewijn en veel plezier in haar onverwarmde kamer op zolder, waar haar man niet kwam. Ze trok je aan je arm en jij zag in haar ogen de tovenarij waarmee zij je veranderde in haar dosis heroïne, die ze onmiddellijk tot zich moest nemen om niet te bezwijken. Ze wankelde toen je je van haar losrukte, het scheelde niet veel of ze viel. Voordat je de hoek om ging, draaide je je om en keek haar nog een keer aan: je zag een verlaten vrouw, geschramd door het lemmet van verschrikt smachten, misschien voor altijd het weeskind van haar hartstocht, die haar armen naar je uitstrekte zonder nog te zien waar je was, in natte kleren die klappen kregen van de wind. Die aanblik achtervolgde je als de schaduw van je wanhoop en je vroeg je af wat dat voor geest was in dit land, die vrouwen het recht op de geur van verleidelijke ongedwongenheid ontzegt en mannen verhindert van die geur te gaan houden en ermee te leren spelen. Je wist dat die geest van dit land de zon verborg en dat dat de oorzaak was van al die eenzaamheid onder de vuilrode lichten van de Amsterdamse bewolkte hemel. Je kwam weliswaar af en toe ook even op de gedachte om de liefde te zoeken onder de rode lampjes, waarschijnlijk gefascineerd door verhalen over heilige hoeren en de dromen die daardoor zijn voortgebracht, maar de gruwelijke, misselijkmakende stank van urine en het dierlijke geknor van kalverachtige mannen, bedropen met het slijm dat hun woeste hitsigheid sierde, dreef je ertoe zo ver mogelijk weg te vluchten van die bezoedelde plek, zo ver mogelijk naar de troost van de eenzaamheid, de enige die jou werkelijk en tot het einde toe liefhad.

In die eenzaamheid werd een draaikolk geschapen, een mengeling van onvervulde hartstochten en uitgekauwde gebeurtenissen van lang geleden, die gevoed door de tijd dikker en mooier werden, een rotting van hoop waarvan de stank begeerte kon opwekken, een mengeling van verwachting, verlangen, bezorgdheid, aanlokkelijke, vergeefse vergelijking en verwaarloosde preoccupatie met de vergankelijkheid, en daar zat jij, onder de schaduwen van de oranje straatlantaarns, bij de scheve tafellamp waarvan de versleten metalen kap eruitzag alsof die van de vuilnisbelt was gehaald, bij de opgedirkte haard die onophoudelijk de melodie van de wind floot, eeuwig onwetend van het feit dat ze geen muzikaal gehoor had, bij de trouwe schaduwen die, aan de muren gehangen en op de vloer uitgespreid, ademden en droomden in de onbegrijpelijke orde van nachtelijke fantomen, daar zat jij, volkomen overweldigd door de fluisteringen van het verleden die in je binnenste om het hardst riepen, je eigen gedachten verdoofden en er het roer van overnamen, zoals muiters het roer van een boot overnemen en koers zetten naar hun bestemming, daar zat jij, overgeleverd aan die herinneringen, het enige voedsel dat je vol leven wakker hield, daar zat jij te schrijven. Alles wat je niet kon uitspreken kwam in je boeken terecht, alle mensen die je in tijden van weleer had gekend kregen hun eeuwige plek op het papier, in de volgorde die jij voor hen bepaalde. En zonder het te weten, maar ook zonder het te willen heb je hen allemaal, een voor een, voor jezelf begraven. En juist daarmee ben je hen kwijtgeraakt, ben je over hen heen gekomen. Vanaf het moment dat je hen aan het papier had genageld, had je geen herinnering meer aan hen. Ze hielden op je te verontrusten, je onverwachts vanachter hoeken tegemoet te komen, midden in een park tegen je op te botsen, ze hielden op door je dromen te stappen en zo het spinrag van het onwerkelijke aan te vreten, ze hielden op je te wekken en met hun vinger te dreigen, in je oren te schreeuwen, met geweld je oogleden te openen en zich te spiegelen in jouw pupillen, ze hielden op zich in de wielen van je fiets te vlechten, je toe te grijnzen uit regendruppels, je met de handen van de wind bij de keel te grijpen, langs je botten omhoog te kruipen, tranen aan je te onttrekken als een emmer aan een put, aan je lippen te likken, je onder de oksels te bijten, ze hielden op achter je aan te sluipen, te piepen als er een deur openging, over je balkon te lopen en door vergrendelde ramen te gluren, ze hielden op je te bezoeken, en jij vergat hen helemaal. De levenden en de doden, degenen van wie je hield en die je haatte, met je pen stak je een paal in hun in jouw herinnering gevangen hart, je nam hen in de tang en prikte ze op papier als insecten en zij verdwenen uit jou, allemaal. Als een insectarium of herbarium bleven ze voor anderen ter inzage. En die anderen, onpartijdig en nieuwsgierig, sloegen die bladzijden graag om, ze bekeken graag de patronen op de vleugels en verdiepten zich in de komma's van de randen van de bladzijden. Zij adopteerden de opgeprikte figuren uit je vervlogen verleden, ze omhelsden, beminden, haatten en vermoordden hen gedeeltelijk. Dat was jouw werk niet meer. Jij had het druk met andere zwervers, met hen die aan de beurt kwamen uit nog oudere herinneringen. En jij schreef en schreef, je kon je ogen niet van het papier afhouden.

Nu zit je in de trein, het is nacht, de weerspiegelingen van ver verwijderde lantaarns op de ramen zijn dof. Een vuile kruising van de omtrekken van de coupé, waarin warm ingepakte reizigers snurken, met het schommelende voorbijtrekken van de verduisterde landschappen waarop je een oog hebt gericht. Met je andere oog houd je de reuzenkoffers op de gang in de gaten. Daar zitten boeken in. Eindelijk breng je ze over naar Amsterdam. Het is je toch gelukt Naum zover te krijgen om ze weer bij elkaar te zoeken en ze, na op een haar na tien jaar, in hun dozen terug te stoppen. Je hebt hem zover gekregen om ze op het dak van zijn auto te zetten en ze, over lagen sneeuw en door jachtende vlokken, naar Boedapest te slepen. Tien dagen heb je daar doorgebracht. Na lange tijd heb je je vrienden weer ontmoet. Slavica, Dušan en Naum zijn je komen opzoeken, een voor een, want je wilde de indrukken van verschillende mensen niet vermengen, je wilde hen in hun geheel zien, op de manier waarop ze zich aan jou voordeden, en niet aan een ander die ze niet voldoende kenden. In Boedapest rook je weer de geur van je eigen land, dat dichtbij lag, zodat je het idee had dat je je hand maar hoefde uit te strekken om het te pakken. De geur van de bevroren vlakte. De geur van verijsde lucht. De geur van gebarsten ijs in de Donau. Je praatte zo veel dat je je stem kwijtraakte. De flat waar jullie zaten te praten had iets onwerkelijks, alsof er op een verheven, onzichtbare grens van onverenigbare ruimten een veranda was opgericht waarop zich onmogelijke ontmoetingen afspeelden. De laatste dag heb je de boeken overgepakt. Je stopte ze in je koffers, je begroette ze, raakte ze aan, en ze kwamen tevoorschijn uit het ommuurde kamp van de vergetelheid en veel mooier dan foto's (die door de doodse onbeweeglijkheid van hun toestand het verdriet van de onoverwinnelijke mummificatie versterken) groeiden ze en zonderden fragmenten af van vroegere films waarvan je zeker had geweten dat ze waren verdwenen, verbrand. Toch pakte je ze gehaast in, je had niet veel tijd meer, je moest algauw naar de trein. Dušan bracht je naar het station en hielp je de koffers van het bagagewagentje van het station te halen waar je ze op had geladen. Je idee om ze in je eentje verder te vervoeren beschouwde hij als krankzinnig. Hij moest je achterlaten. Zijn trein vertrok van een ander station, dat treinen naar het zuiden uitgeleide doet. Je stond op het perron, omringd door loodzware zwarte koffers, te wachten op de trein. Die kwam wel uit het zuiden, uit jouw land. Hij had vertraging. Hij had zoveel vertraging dat hij naar een ander perron moest worden geleid. Je bracht je reizende huis koffer voor koffer over, als een dakloze, als een vluchteling, een banneling, je bracht je boeken over naar de trein door over de kiezels van stinkende rails te stappen, sporen over te steken en de drukte op de perrons te ontregelen. Je was drijfnat toen je de laatste koffer de trein in bracht. Je wangen gloeiden en je liet je uitgeteld op een zitplaats vallen. Toen je op je horloge keek, besefte je dat je in Wenen de trein naar Amsterdam zou missen. Op de grens met Oostenrijk overtroefde je, zonder te weten van Kertész' 'Notitieboek'*, de Hongaarse douanier die wraak wilde nemen door middel van jouw boeken. Je kwam te laat in Wenen aan. Hoewel je van een of andere Bosniër voor tien gulden (die hij achterdochtig en verwonderd bekeek) een bagagewagentje had gehuurd dat je naar het perron moest voeren waar de trein naar Amsterdam stond, kwam je niet op tijd aan. De trein was zonder jou en je boeken vertrokken. De conducteur op het station zei je dat er over een halfuur een andere trein vertrok, die in Neurenberg jouw vertrokken trein kon inhalen. Je stapte in en deed je best om niet in slaap te vallen. De nacht vlijde zich neer op de banken en de gapende reizigers, maar als een wachter voor wie zijn leven afhangt van het vermogen om zo lang mogelijk zijn waakzaamheid te bewaren, hield jij met moeite je ogen open. Vóór Neurenberg sleepte je alle koffers tot vlak bij de deur van de wagon. Je had zeven minuten om de koffers van de ene trein naar de andere over te brengen. Je deed het handig. Op tijd ontdekte je een handbagagewagentje op het perron van het station, laadde de reuzenkoffers erop en als een ware circusartiest liet je die enorme vracht eerst over de roltrap naar beneden zakken en bracht hem vervolgens weer naar boven, met de verzaligde glimlach van een olympisch kampioen. Je wist niet wie je moest bedanken dat je er in een onwaarschijnlijk tempo in was geslaagd die hopeloos zware vracht over te brengen. Je stapte in de juiste trein en kon het niet geloven: in de coupé wachtte je je gereserveerde plaats! Je duwde de koffers in de gang tot vlak bij de deur van de coupé, ging zitten en keek voor je uit.

Nog steeds zit je in de trein die je naar Amsterdam brengt. Pas nu kun je opgelucht ademhalen. En dat doe je zoals in een film, met de mouw van je overhemd wis je het zweet van je voorhoofd. In de ranzige stilte van snurkende lichamen staar jij, als enige wakker, in het donker. Je drukt je adem in het geratel van de wielen die je naar Amsterdam brengen, naar jouw stad, die je naar huis brengen. Je zult de hele nacht reizen en het zal je de langste nacht van je leven lijken.

Je zult vermoeid aankomen, alsof je zonder uitrusten de hele wereld bent doorgereisd. Je zult duizelig zijn. Milan zal je opwachten op het station en je helpen de boeken naar huis te brengen. Twee dagen zul je slapen in een delirium, ontstaan uit de vermoeidheid van de plotselinge overstap van de ene naar de andere wereld. Het delirium zal je slaap bemoeilijken, want je zult wakker worden en niet weten waar je bent, op het plafond van welke kamer het bed waarin je ligt uitzicht biedt. De boeken zullen je helpen tot jezelf te komen. Je lichaam zal langer willen blijven liggen, om de grote-rivierenkruispunten te overbruggen waar het met behulp van de wielen van gevoelloze treinen overheen is gesprongen, maar de boeken zullen je prikkelen, hun aanwezigheid zal je kietelen, ze zullen je herinneren aan de nabijheid waarin jullie je, na een decennium van langsgedaverde, onherstelbaar gemiste en ondergesneeuwde tijd, weer bevinden. Je zult uit bed springen, de koffers openen en ernaar kijken alsof ze, gedurende de lange reis, in goud veranderd zijn. Zo zullen ze glanzen in je flat en jij zult jagen op de weerschijn van hun glans op de muren. Hun waarheid, de verhalen over jezelf waarmee ze zijn omwikkeld, de pijnlijke herinnering die uit hun jarenlang onaangeraakte bladzijden zal stormen, zullen je pijn doen. Met tranen in de ogen zul je gemakkelijker naar hun glans kunnen kijken. De tranen zullen de scherpte van de rechtstreekse schittering verwateren, het beeld zal vertroebelen op je oogappel, en jij zult de boeken doorbladeren als een verdwaald kind dat zijn ouders weer heeft gevonden, met vreugde, bedekt door terneergeslagen angst. In de boeken zul je op geperste bladeren stuiten, op bood-

schappen van lang vervlogen, vergeten ontmoetingen, op ansichtkaarten, beschreven met handschriften die, als fossielen, woordeloos spreken van tijden die voor je geheugen ontoegankelijk zijn, je
zult stuiten op postzegels, vergeeld door de ondergang van de staten die ze vertegenwoordigden, je zult stuiten op aantekeningen
van reizen zonder reden, op korte beschrijvingen van landschappen verscholen achter inderhaast geschreven letters, je zult stuiten
op potloodsporen die de lezer op de regels van de gedrukte tekst
heeft achtergelaten om aan te geven dat zijn gedachten overeen-
stemden met die van de schrijver, je zult stuiten op ingekapselde
brieven, op verbleekte bladeren, achtergebleven gedichten, onuitgesproken groeten, op verkorte kussen, ingemetselde glimlachen,
verlate dromen, ondervangen verlangens, verglaasd smachten, weg -
gesmolten verdriet, gemummificeerde verwachtingen, en de gele
bladzijden zullen onder je aanraking ontwaken en krachtiger worden door je vingers, daardoor zal hun bewustzijn van de plek waar
ze thuishoren gaan stromen en zullen ze zich tegen je aanvlijen als
verdwaalde poesjes.

Je zult bijna een maand nodig hebben om voor alle boeken een plek
te vinden in hun nieuwe thuis. Je zult winkels aflopen, kasten en
planken bekijken, je zult twijfelen, je zult er ternauwernood toe
kunnen besluiten er een paar van te kiezen, en zelfs dan zul je er
niet zeker van zijn of ze bij je boeken in de smaak zullen vallen, of ze
comfortabel genoeg zullen blijken. En het ordenen van de boeken
zelf zal dagen zonder onderbreking duren. Je zult alle manieren onderzoeken waarop je de boeken zou kunnen indelen, in welke volgorde je ze kunt zetten, van rechts naar links of omgekeerd, je zult
elke relatie van het ene boek tot het andere afwegen in de vrees dat
ze elkaar niet zullen begrijpen, je zult je plan veranderen, ze anders
rangschikken, je zult hele planken verhuizen naar een andere kast,
en vervolgens een deel van de boeken weer terugzetten – in die fascinatie zal de winter verstrijken. En dan zul je je geliefde leunstoel
naar het deel van de kamer slepen dat omringd is door boeken, naar
je bibliotheek, en dan pas zul je je in die ware, diepste en door niets
te kwetsen zin van het woord helemaal thuis voelen. Dat 'thuis' zal

niets meer te maken hebben met de stad of het land, maar alleen met de essentiële bepaaldheid van je wezen ten opzichte van dit aardse bestaan. Daarin zul je de ultieme troost vinden die iedere pijn wegwast.

Heel snel nadat je de boeken op de planken hebt geplaatst, zullen ze willen dat je aan ieder daarvan individueel aandacht besteedt en je zult ze beginnen te lezen. Je zult de boeken lezen die je goed bekend zijn, maar ook die waar je voor het eerst in binnengaat. Je zult dan al helemaal verzoend zijn met de mogelijkheid dat je nooit meer een voet op de bodem van je eigen land zult zetten. De hoop die je Nederlandse paspoort je bood zal onvruchtbaar blijken. Het regime in je land zal onverwoestbaar en eeuwig lijken. Het zal je openstaande schuld niet vergeten, het feit dat je hebt vermeden het Vaderland te dienen. Je zult jezelf vergelijken met die ontelbare aantallen emigranten die, wachtend op bevrijding, verstrooid in het buitenland versmachten. Je zult het daardoor zeker niet gemakkelijker hebben. Maar het pure feit dat zulke sterfgevallen altijd hebben plaatsgevonden, zal een kalmerende uitwerking op je hebben, want dat laat toch een venstertje open voor hoop, of liever voor de veranderde vorm daarvan, geduld, waarvan de eventuele vervulling alleen zal afhangen van de jaren dat je voortbestaat: wie langer leeft, heeft betere vooruitzichten om getuige te zijn van veranderingen.

De boeken zullen de leegte van het wachten voor je vullen. Ze zullen je moedertaal onberispelijk houden, de aanblik van de landschappen waarop je herinnering berust verfrissen (en verfraaien), en dat zullen ze veel effectiever doen dan melancholieke foto's, die slaven zijn van de dood. (Natuurlijk, wanneer je lange regenachtige avonden benut om Milan gebeurtenissen uit je vroegere leven te vertellen, die je al zovele malen had verteld, zul je gebruikmaken van foto's, die je zult verrijken met het boeket van je woorden, maar daarmee zul je jezelf niet erg helpen, je zult jezelf alleen nodeloos verwonden.) De boeken zullen je fantasieën over je tochten naar het Vaderland vaardig aanvullen. Van die tochten zul je ook dromen. En in je dromen zal het idee bij je opkomen om je vrienden onaangekondigd te bezoeken. Je zult dromen dat je rond hun huizen en voordeuren sluipt, dat je loert op een gunstig ogenblik om hen te verrassen en met genoegen hun verbijstering gade te slaan wanneer ze je in het oog krijgen, wanneer je voor hen opduikt uit de doden. Dat zal de luisterrijkste droom worden waarin je nostalgie zich zal verkleden. Naast die droom zal ook het bekende tellen van de resterende tentamens je nachten vullen. (Want docente Ivanka zal nooit meer iets van zich laten horen en je zult haar nooit meer zien.) Die twee dromen zullen hun vlechtwerk om je leven leggen, zonder dat jij er ooit achter zult komen hoezeer ze je wakende leven zullen vormgeven en je gevoelig zullen maken voor melancholie.

In de vroege herfst van hetzelfde jaar waarin je je boeken hebt verhuisd en waarin, overeenkomstig het Romeinse begrip van getallen, een millennium ten einde loopt, zal een opgewekte brief van Maja je een lied brengen. Dat Mexicaanse lied over een verloren liefde komt voor in een geestige en ontroerende Spaanse film. Maja zal je verzoeken een cd met dat lied voor haar te kopen. In beslag genomen door het uitkomen van je nieuwe boek zul je niet meteen op zoek kunnen gaan, maar je zult met belangstelling de film bekijken waarover Maja je heeft geschreven. Verwondering, omdat precies op het moment waarop dat Mexicaanse lied in de film klinkt de telefoon begint te rinkelen, zal je tegemoet treden en overvallen. Alles wat je door de telefoonhoorn zult horen, zal jou een poging lijken om de spot met je te drijven. Je zult van Naum verlangen het bericht meerdere malen te herhalen en hem verzoeken je niet voor de gek te houden. Naum zal je proberen te overtuigen, zijn stem zal je vervullen met onverhoopte dingen en je zult niet meteen blij durven te zijn. Je zult de film uitkijken. Dan zul je, na een jaar pauze, het politieke programma op de tv weer aanzetten. Voor het eerst zal *Breaking News* berichten over een gebeurtenis waardoor je tot de balken kunt springen van geluk. De juistheid van Naums bericht en de terechtheid van zijn onheuglijke enthousiasme zullen worden bevestigd. Je zult enige tijd nodig hebben om tot jezelf te komen. Je zult je ogen uitwrijven, je achter je oren krabben en je zult voelen dat je je niet meer kunt inhouden, je zult uit volle borst schreeuwen en pas dan zal het tot je doordringen: de tiran is ten val gebracht! Je zult zin hebben om de straat op te rennen, de voorbijgangers te kussen, ze een borrel aan te bieden, je flat zal je te krap worden. Je zult Milan bellen en naar jullie laatste avond met politieke commentaren gaan, naar de laatste beoordeling van de situatie en de toestand, ditmaal zonder enige vergeefsheid. Je zult worden beloond en die beloning zul je door de warme avond van de stad dragen alsof het de olympische fakkel is.

Je zult stante pede naar je land willen gaan, na bijna tien jaar. Je zult zelf de indruk hebben bevrijd te zijn van de betoveringen die, verwaterd, over het tv-scherm en je herinnering trokken. Maar die zullen je niet meer interesseren. Voor het eerst sinds je in Nederland bent zul je geestdriftig en opgewonden worden over alles wat in de toekomst ligt. Alleen al de gedachte dat je misschien heel spoedig kunt afreizen zal je geen rust gunnen, zal je de hele nacht wakker houden. Die vurige slapeloosheid, vol gloed en vlammen, zal je activeren om de ongewone onderneming, je unieke terugkeer, vastberaden maar zorgvuldig te benaderen.

Je zult je zorgen maken over de wraakzucht van het verslagen leger. Je zult je twijfels hebben over de ontmoediging en de nederigheid van hun vertrapte patriottisme en vergeefse heldendom. Je zult alles doen om de valstrik van hun gelegaliseerde onvrede te ontlopen. Slavica zal je aan een advocaat helpen, een verdediger van gevluchte dienstplichtigen. Mevrouw Hristina zal overtuigend klinken, ze zal veel, bijna moederlijk, begrip tonen voor je probleem, ze zal jou hulp beloven. De zekerheid die haar verzuurde, blikkerige stem je schonk, waarschijnlijk vanwege de diepte die er door overdreven lagen nicotine in was gekerfd, zal je uiteindelijke beslissing elan geven. Mevrouw Hristina zal je na een paar dagen laten weten dat je komst naar het land veilig is en jij zult nooit weten hoezeer de ongetrouwde advocate eronder zal lijden dat ze je nooit zal zien en dat ze vergeefs met haar hand tussen haar benen zal wrijven, hunkerend naar jonge rekruten, dienstplichtigen, deserteurs en soldaten, die haar hele leven alleen maar langs haar heen zullen lopen, zonder te weten van de hartstocht die ze aan ieder van hen zou willen schenken, maar die onverzadigd zal blijven, om mettertijd samen te ballen tot bosjes haartjes op haar bovenlip, waarlangs het verdriet en de onvruchtbare kracht van haar lichaam stil en zonder zichtbare siddering zullen afvloeien.

Aan de aankoop van je vliegticket zul je ceremoniële betekenis toekennen. Je zult iedereen in het kantoor van de luchtvaartmaatschappij laten weten hoe belangrijk je reis is. Je zult je verraden door je lach, door je onbeteugelde manier van praten, door je grote gebaren. Niemand zal het je kwalijk nemen. Verre van dat. In jouw euforie zullen ook zij de kracht tot vreugde vinden, want uiteindelijk is het feit dat jij na zoveel tijd naar je eigen land kunt reizen een van de talrijke onomstotelijke bewijzen dat de toestand daar werkelijk is veranderd, dat datgene waarin ze niet in durfden te geloven werkelijk is gebeurd. Ze zullen je van koffie voorzien, jullie zullen zorgeloos babbelen alsof jullie op zomervakantie zijn.

Je zult je komst ook aankondigen in het Vaderland, maar slechts gedeeltelijk, want je zult trouw blijven aan de wens uit je droom. Je zult met Maja afspreken dat je bij haar logeert. Maja's ongecontroleerde enthousiasme zal blijken uit voorgekookte frasen die haar voornemens niet voldoende zullen verbergen: 'Prachtig, de kinderen zullen het ontzettend leuk vinden. Ze popelen om je te zien.' Maar waarom zul je besluiten juist bij haar te logeren? Vast niet uit verlangen naar hernieuwing van de liefde. Integendeel. Je zult menen dat dergelijke aanvallen je juist in haar huis bespaard zullen blijven, en bij Naum zal bij die gelegenheid geen ruimte voor je zijn. Je zult cadeautjes gaan kopen. Je zult zelf vinden dat je iets weg hebt van Vadertje Vorst die te vroeg aan het werk is gegaan. Jij, met je ongeduld voor winkelen, zult uren doorbrengen in winkels. Je zult dat Mexicaanse lied voor Maja vinden, de muzikale begeleiding van je reis. Rood aangelopen zul je je koffers pakken, nog steeds door het dolle heen omdat je over enkele dagen zult vliegen. Je zult in je manuscripten rommelen, je zult je herinneren dat je een keer, lang geleden, een gedicht hebt geschreven over je terugkeer. Op het moment dat je dat opnieuw leest, zul je helemaal klaar zijn voor de reis.

Geen twijfel mogelijk, op het moment dat je je plaats in het vliegtuig inneemt zal de opwinding, die je in de tijd van de voorbereidingen helemaal heeft beheerst, veranderen in het gevoel dat je lot pijlsnel in vervulling gaat. De cyclus van negen jaar, de dromen over je bezoek aan vrienden, de inconsistentie van de profetische aanwijzing voor het verband tussen de manier waarop jij en Gombrowicz het vaderland hebben verlaten, de imperatief om de ervaring van de emigrant-die-terugkeert op te doen, de gedachte aan het verbinden van werelden, aan opstanding, aan het drogbeeld van de dood, aan het verzaken en het verspelen van de beschermende sluier van je nieuwe moederland, aan het mogelijk maken van het onmogelijke – dat alles zal je gevoel vormen en het de nodige waardigheid geven die jou, of je wilt of niet (maar jij zult het willen), zal verheffen tot nabij de stromingen van de zichtbare voltrekking van Gods intentie, je zult je herinneren wat Mann daarover heeft geschreven en dat privilege zul je beleven als een uitzonderlijke vorm van genade, als een geschenk van de Voorzienigheid. Gedragen door die vleugels zul je boven het land en de steden vliegen, en pas wanneer je vanuit de hoogte de wormachtige kronkeling van de Donau en de stad van je studententijd in het oog krijgt, zul je er helemaal zeker van zijn dat je zult landen op hetzelfde vliegveld vanwaar niemand je uitgeleide heeft gedaan en waar ook nu niemand je zal opwachten. Maar dat zal ditmaal een onderdeel van je wens zijn: dat je anoniem landt, dat er niemand op je wacht, dat niemand je tegemoet rent, maar dat je alleen, zonder iemands sentimentele steun, over het land stapt en de lucht indrinkt met je hele wezen, zonder filter en zonder vooroordeel.

Als een jonge gescheiden vrouw die geen aanleiding geeft voor roddels over haar geprikkelde begeerte, maar diep gelooft in de charmes die ze nog heeft bewaard en gul kan (en wil) schenken, zo zal je land je beginnen te veroveren, al bij de eerste stap die je erop zult zetten. Het is onjuist te zeggen dat het je zal herkennen. Nee. Jij zult er slechts een potentiële geliefde voor zijn, waarmee het een spel op alles of niets zal spelen (het spel dat het zal spelen met iedere passant), een geliefde van wie het veel zal verwachten, aan wie het nog meer zal beloven en die het zal verleiden met een wulpsheid waarin ook vette haren en rotte tanden en te veel gedronken brandewijn en ongeschoren benen en uitgesmeerde lippenstift zullen binnensluipen, maar die overtuigend, fascinerend en prikkelend zal werken. Ongetwijfeld zul je de indruk hebben dat je ook voor die verleiding bent gekomen, alsof je die had verwacht en ernaar had verlangd, je zult je eraan overgeven als een verlegen jongetje dat weet over welk potentieel hij beschikt, maar het aan zijn geliefde overlaat om dat potentieel te ontdekken en te benutten.

Vanaf het eerste moment en zolang je er verblijft zul je rijkelijk worden belaagd door geuren. De geur van gegrilleerd vlees zal ontspringen aan ieder restaurant waar je bij in de buurt komt, als handelsmerk van de lucht die je inademt; de geur van knoflook, als symbool voor de ordening van het Servische wezen en lichaam, zal je voornamelijk overspoelen vanuit onverwachte hoeken, gewoonlijk vanachter je rug, en zal vooral uitgesproken zijn op koudere dagen en in krappe ruimten zonder ventilatie; de geur van bijtend Servisch zweet, vers of aangekoekt, zal bij bijna iedere gelegenheid zijn golven uitzenden, of het nu gaat om jeugdig, temperamentvol of om dat vergrijsde, traditionele zweet, het zal je tegemoet slaan van zowel mannen als vrouwen, vaak gecombineerd met de stank van ongeventileerde tandenkraters, en je met zijn oprechtheid en volharding begroeten als een tandeloze mond; uitlaatgassen van auto's die al jaren op afschrijving wachten, maar tot hun dood nooit met welverdiend pensioen zullen gaan, zullen worden uitgebraakt en in monden en neuzen geïnjecteerd, met milde schaduwen zullen ze de kleur van de roestige lucht arceren en boven de stad zweven, verenigd met de wintervreugden van de stad: de vette rook van verbrande kolen die de burgers verwarmt – de trots van de natie; uit die sierlijke sjaal van koolmonoxide zal, als de patronen op een weefsel, de smaakvolle kostbaarheid van parfums van Chanel en Dior opstijgen, gehecht aan verleidelijk gejaagde meisjes of, als een middel tegen motten, geplakt op de bontjassen van bejaarde dames van wie de haren nog de nuances van hun vooroorlogse staat zullen hebben behouden, maar de gezichten wasachtig zullen zijn door de aanzienlijke hoeveelheden poeder die, als sneeuw, oneffenheden in het terrein maskeren, terwijl hun in gedekte tinten gekleurde nagels de brokkeligheid van hun hoornachtige materiaal, dat geneigd is tot grillige buien, zullen verhullen; en de eerste keer dat je naar het toilet zult gaan, vrolijk een of ander sentimenteel liedje fluitend dat de vereffende rekeningen van je nostalgie zal strelen, zul je bedenken waarom de naam poepdoos voor die ruimte veel toepasselijker is – want die poep, die aandrang of onverwachte aanval van teugelloze buikloop, laat een ontembare stank van menselijke darmen en door verwerking gekneed, uitgeperst en afgemarteld voedsel achter, een stank die de goede wil, maar vooral het loon van de gehoorzame en begrijpende juffrouwen van de retirade overtreft, die de zorg voor de onderdrukking ervan allang hebben opgegeven en prat gaan op hun controlerende functie, waar ze toe zijn gedegradeerd dankzij de verdoofde reukorganen van de meerderheid van de bezoekers en die hun de bevrediging biedt om zowel voor als na de daad naar de clintèle te glimlachen, met een genot, ontstaan uit het meten van de hoeveelheid opluchting die, samen met de stank, in het gebied van hun bevoegdheid is gezaaid.

Samen met de geuren zal ook een enorme keuze aan smaken op je afkomen en om je aandacht strijden, met dat verschil dat jij op hun aanwezigheid in je mond bijna uitsluitend zelf invloed zult uitoefenen, en dat zal je al te grote onaangenaamheden besparen. De smaak van koffie, zo anders dan die in Nederland, zal je ochtenden afbakenen met een aangename bitterheid en een snelle hartslag die je poste restante midden in je rondgang door de stad tegemoet zal komen en een onverdraaglijke, dodelijk-onbarmhartige honger zal oproepen; je zult je branden aan hete pepertjes zodra je ze op een schoteltje ziet, gedoopt in olie zullen ze naakt als dolken voor je liggen en je iedere keer opnieuw hypnotiseren, ongeacht het gejammer van je darmen dat jou de volgende dag op het hoogtepunt van je aandrang zal inhalen; je zult je zetten aan een gedetailleerde analyse van de soorten gegrilleerd vlees, met en zonder kajmak*, je zult je rekenschap geven van de nuances in beignets, *ćevapčići*, leverrolletjes, gevuld gedroogd vlees en lamssarma's, je zult herinneringen ophalen aan het specifieke van individuele soorten gebraad, je zult ontdekken dat geitenlam toch het lekkerst is, je zult je tanden zetten in kalkoenpoten, je zult smakken van de dikke vettigheid van Leskovacer stoofpot, vezels van varkenspootjes zullen fijntjes tussen je tanden gaan zitten, je zult je lippen aflikken bij geroosterde zwezerik en penssoep, je zult je neus ook niet optrekken voor gebarbecuede lamsingewanden of lamslever met knoflook, en al die oorlogszuchtige smaken zul je omkopen en strelen met flinke porties zuurkool, ajvar, augurkjes en ingelegde bloemkool, waaronder de opdringerigheid van ruim bemeten lagen fijngesnipperde ui altijd de overwinning zal behalen. Dranken zullen in zekere zin problematisch voor je worden. Alleen met de soorten brandewijn zul je gemakkelijk raad weten. Je zult ze stuk voor stuk proeven, en je gehechtheid aan pruimenbrandewijn zal wegsmelten voor de aanvallen van abrikozen- en kweeperenbrandewijn, die je verhemelte en je tong zullen besproeien en deskundig desinfecteren en in het vuur waarvan je iedere keer weer het wezen zult herkennen van je verbondenheid met je geboortegrond. Je zult je ook ongans eten aan zoete uitdagingen. Je zult niet meteen de nodige selectie maken, dus zul je koekjes en chocolade uit winkels in je maag proppen (om aan den lijve de wet van Proust te ervaren), tegelijk met *tulumba's***, baklava, met noten gevulde appels en andere, met gemalen suiker bestrooide Turkse lekkernijen, je zult ook ongegeneerd op deftige, met boter en chocolade overladen taarten aanvallen, waar je misselijk van zult worden, wat je absoluut niet zult willen toegeven, maar je zult kreunen en je met moeite door de straten slepen, alsof je Atlas bent en de chocoladebom niet alleen op je nek drukt, maar, als een breuk, ook aan je darmen hangt. Je zult ook de smaak proeven van een aantal vrouwelijke kussen, waarbij de ogen van de maakster gaan glanzen bij de rinkelende lettergrepen van de woorden *Nederlands paspoort*, je zult de gelegenheid hebben om ook andere smaken op haar lichaam te proeven en te savoureren, maar die zullen je niet aanstaan, dus zul je, niet overdreven vriendelijk, bedanken voor de eer.

Tijdens je hele eerste bezoek zul je, met volle of lege mond, om je heen kijken alsof je je in Lilliput bevindt. Niet vanwege de mensen, die zich in de veel te smalle Belgradose straten om je zullen verdringen om een bundel tijd te pakken te krijgen, maar vanwege de gebouwen. Vele daarvan zullen pronken met hun vergrijsde symbolen onder verkorste lagen dik stof, maar dat pronken zal de waarheid verraden over de provinciale droefenis van de stad, die anderen veel extravaganter lijkt dan jou. Je zult ontdekken dat de grote wanverhouding tot je herinnering, waar je ongelovig naar staart alsof je wordt bedrogen, ontstaat door de bomen. Die hebben zich niets aangetrokken van in vroeger eeuwen getekende urbanistische plannen, ze hadden de behoefte om zich te wreken op alle verboden en drukmiddelen, de stedelijke smog kwam ze met zijn weeë liederlijkheid tegemoet, en ze groeiden en groeiden boven alle verwachtingen uit en vernederden de gebouwen eromheen. Die brutaliteit van de bomen zal je verrassen. En niet alleen verrassen, maar ook verheugen, want verzet tegen de menselijke beperking is altijd een grootse daad, een daad die de mens met al zijn ambities categoriseert als een klein, door zijn verstand gefrustreerd onbehaard aapje dat nooit zal leren hoezeer zijn vernietigingsdrang hemzelf treft, terwijl hij op zijn gemak zijn drankje uitdrinkt en zijn tanden stookt en onderwijl de kelnerin gadeslaat met wie hij graag een nummertje zou maken. Daarom zal de uitdagende houding van de bomen je meer kracht geven dan welk braadworstje of versgebakken stuk plaatkoek ook.

Je zult het meest in de war raken in je geboortestadje. Je zult naar de vervallen deftigheid van de oude huizen kijken, naar hun tandeloze verlegenheid, en je zult begrijpen dat iemand hier, door een gevaarlijke fout, is vergeten de enscenering te veranderen. Op de straten zal zich een tragedie uit het leven van vluchtelingen afspelen in het decor van een negentiende-eeuws liefdesdrama van de verwelkte adel. Die fout, dat gebrek aan smaak zal het treurigste deel van je reis vormen. Jij behoort tot degenen die hun eigen enscenering met zich hebben meegenomen, zoals dat een reizend toneelgezelschap van naam ook betaamt. De acteurs die jullie plaats innemen, zullen geen tijd hebben om zich bezig te houden met opruimwerkzaamheden, zij zullen hun geploeter voortzetten zonder enig idee van de plek waar ze zich bevinden en van de geschiedenis waarin ze voet hebben gezet – jij zult menen barbaren te zien rondstappen in antieke paleizen, die ze veranderen in hun tempels, in hun huizen, in hun poepdozen. Je zult schrikken van het feit dat die 'barbaren' deel uitmaken van hetzelfde volk waar jij ook toe behoort (al ben jij geëngageerd bij een heel ander theatergezelschap), dus zul je op de tong van je gedachten bijten en proberen je te troosten met het vertrouwen dat populaties op een grondgebied elkaar nu eenmaal altijd op identieke wijze opvolgen. De bomen zullen je weer helpen. Die zijn zo gegroeid en hebben zich boven die, eerlijk gezegd, al vervallen enscenering verheven, alsof ze die binnenkort, met één ruk van onzichtbare kaken, helemaal zullen opslokken en veranderen in vergeten ruïnes van een onbekende civilisatie midden in het rijk van de jungle.

Maar al die tegenstellingen die in jou zullen ontstaan en waarmee je zult worstelen, zullen door slechts één wonder met succes worden genezen: door muziek. De samenzwering van de muziek zal onophoudelijk worden gesmeed in alle vervoermiddelen waarmee je zult rijden, met deelname van alles wat zich ooit toegang tot je muzikale geheugen heeft verschaft: slijmerige oriëntaalse klaagzangen, gevuld met het snikken van gebroken harten, die je net als vroeger in interlokale bussen zullen worden geserveerd; ook het bijtende lied van het heuvelland zal je door de hersens vlijmen en je meer dan ooit tevoren de onlesbare behoefte voortoveren van de boer om te zingen en de roem van heldhaftige overwinningen te verheerlijken, waardoor die liederen van alle sappigheid zullen zijn ontdaan; soms zal daar ook een bijzonder ontroerend lied tussendoor sluipen, en je zult verijzen doordat diezelfde onaangetaste stemmen van vroeger, die de stilte van je tienerjaren vulden zonder zich op te dringen, door gewoon langs je heen te stromen, in deze realiteit aanwezig zijn en zich opnieuw zullen doen horen om je ervan te overtuigen dat de tijd niet voorbij hoeft te gaan, dat de cijfers die hem meten gemakkelijk kunnen worden verschoven, zonder dat het enige invloed heeft op de conservering van de tijd die verzegeld is met de onvergankelijkheid en onveranderlijkheid van de stemmen – de liederen die je zullen meedelen waar in de tijd je nu werkelijk bent.

Maar dat zul jij niet begrijpen. Je zult worden meegesleept door de leugen over de onvergankelijkheid en daarin zul jij de verwezenlijking zien van je decennium lange droom over het behoud van de ruimte en de tijd die je ooit hebt moeten verlaten. Je zult vooral versteld staan van de lichte schlagers, die uit radiotoestellen wervelden in studentenhuizen of, nog mooier, de hete dagen van zomervakanties aan zee in slaap wiegden, toen ze doordrongen van terrassen van restaurants en zich vervlochten tot een onontkoombaar kustsentiment, waarin ook de stevige omhelzing van een bruinverbrand tienermeisje was begrepen, in de kalme ruigte van de ionen van het zeewater dat zojuist de hete, reusachtige bol had opgeslokt. Die schlagers zullen bij jou de geur van pijnbomen oproepen, opgewonden door de komst van de nacht, en het dunne vleugje zonnebrandolie op de huid van je meisje, ze zullen ook de feestjes in de Šubićstraat oproepen, waar vanachter het gordijn van gepraat en geschreeuw (dat zul je nu pas merken) altijd liedjes over naïeve liefdes gluurden, het bezoek aan Minka zal verrijzen (op de radio een sentimentele melodie), en die beelden en die ontroerende geluiden zullen je hart vullen met het onbegrijpelijke verdriet van vreugdevolle vervulling, een verdriet dat je zal bedriegen met zijn eigen overtuiging dat er niets veranderd is. En die samenzwering, onvoorbereid en fragmentarisch, zal de fnuikendste uitwerking op je hebben, want die zal je de collectieve dwaling overbrengen die van geen enkele gebeurtenis de oorzaak zal worden, maar er dan helaas al alleen het gevolg van zal zijn. Een betovering waarvan jij dan nog niets zult weten.

Zelfs ontmoetingen met mensen zul je niet zo onafwendbaar belangrijk vinden als het effect van de muziek op je neiging tot nostalgie. In feite zal het omhulsel waarmee de muziek jouw visie op de werkelijkheid bekleedt, de zichtbaarheid van de veranderingen (misschien beter gezegd de vervormingen) die de mensen hebben beïnvloed bijronden en afstompen. Maar die sluier, die bij jou nogal in de smaak zal vallen, zal niet uitsluitend afkomstig zijn van de muziek. Je zult je onmiddellijk na de omverwerping van het regime in je land bevinden en al degenen die jij ontmoet, van Maja tot de taxichauffeur, zullen jou zien als een integraal en gelijkberechtigd onderdeel van hun verheven enthousiasme over de uiteindelijke komst van een lichtende dag van morgen, waarvan ze zullen denken dat die al is veroverd en als een rode loper voor de voeten van de overwinnaars is uitgerold. Je zult naar hen kijken, naar die mensen, even schuins als je naar de huizen zult kijken, hun nieuwe kapsels, opgegroeide kinderen, onmiskenbare rimpels en benzedrinepillen (met behulp waarvan ze zich in leven houden) zullen je tamelijk onverschillig laten, want JOUW beleving van de vervulling van je gezworen terugkeer zal alles overheersen. Een veel frappanter indruk zullen de gebombardeerde gebouwen op je maken, die uit onmacht hun opengereten ingewanden zullen aanbieden door te zwaaien met de resten van zwart geworden gordijnen voor kapotgeslagen ramen, niet vanwege de schokkende aanblik die ze bieden, maar omdat ze het enige voor jou dan duidelijk zichtbare bewijs van ECHTE verandering zijn, die de onmisbare dimensie van de verstreken tijd zal tonen, wat aan jouw bezoek precies die plaats zal toekennen die het, ook volgens jouw voorgevoel, zal moeten hebben. Daarin zal een uitnodiging tot onderzoek verborgen zitten, voldoende om jou, als leek, naast alle glimlachen die je zullen bestoken, aan deze bodem te binden, vaster dan jij ooit in staat zult zijn te bevatten.

Terwijl je Maja's huis nadert, zal het nog niet afgevallen gebladerte van de berk wiegelen met datzelfde fluisterende trillen als toen je op een avond lang geleden vergeefs op Maja's thuiskomst wachtte. Zij kwam toen niet en jij dacht dat de wereld was vergaan. Nu zal ze thuis zijn, ze zal ongeduldig op je wachten, maar jij zult niet de indruk hebben dat de wereld is veranderd in een lotusbloem. Ze zal je koffie aanbieden, ze zal je haar kinderen aanbieden om hen te bekijken en met hen te spelen, ze zal je een joint aanbieden, ze zal zich aan haar bedrieglijke intuïtie houden, die haar zal opdragen voor jou dezelfde te zijn als vroeger (hoewel dat 'vroeger' zo vaak is vermaakt en vergeten dat zij zelf ook niet meer zal weten wat voor gedrag ze van zichzelf verwacht), en dus zal het resultaat middelmatig zijn, met veel sigaretten en nog meer in rook veranderde woorden, maar uit alles zal een leegte gapen die jij niet in haar geheel zult willen zien, want jij zult stilstaan bij Maja's boosaardige toespelingen op haar ex-man, daar zul je bitterheid in proeven, die je tegenstaat en die je zult uitspugen in je zakdoek. Maja zal naar je lichaam verlangen, ze zal de herinnering willen herroepen, terugbrengen naar een eerdere, pijnlozer trede. Maar jij zult haar dat welbehagen niet gunnen, je zult haar een ijskoude, verwijtende blik toesturen, kort en krachtig, en haar hoop voor altijd de bodem inslaan. Zij zal blijven glimlachen en je oudbakken zoetigheid onder de neus blijven duwen, maar de leegte in haar ziel zal volledig de overhand krijgen, en je zult de schil die van haar overblijft ook later bezoeken, maar er zal nooit meer een enkele vonk van levendigheid uit stralen die in verband kan worden gebracht met *die* Maja, zoals ze ergens in je boeken is beschreven en begraven.

Naum zal zijn dochtertje naar voren schuiven om liedjes voor je te zingen, voor je te declameren en te vertellen wat ze allemaal leert op de kleuterschool, welke dieren bulten hebben, maar jij zult in zijn flat om je heen kijken en voorwerpen tegenkomen die het interieur vormden van JOUW huis, het huis uit de tijd van de sprookjes. Bij je gastheer zul je daarover geen spoortje onbehagen aantreffen. Wanneer Naums vrouw je verraste blikken opmerkt, zal ze je er, met aangeleerde welsprekendheid, van proberen te overtuigen dat haar hart pijn deed dat die spullen in dozen verpieterden, terwijl ze zo mooi konden worden ingepast in hun nieuwe woonruimte. En helemaal toen ze de bontjas van je moeder zag... haar hart brak bijna van verdriet! En inderdaad, die bontjas zal op een hanger hangen zonder dat jij die meteen herkent. Je zult naar de lege woorden van de gastvrouw luisteren en je blik zal struikelen over voorwerpen die jou ontnomen zijn, die uit het beeld van je herinnering zijn losgemaakt en in een andere werkelijkheid geplant, die ze vullen met de halsstarrigheid van hun bestaan, onmachtig om zich te verzetten tegen de wensen van hun nieuwe eigenaar, onmachtig om die te begrijpen. Op deze plank stonden vroeger in JOUW huis de sprookjesboeken, in deze laden werden foto's bewaard, op dit tafeltje werden hapjes voor de gasten gezet, op deze stoel zat je het liefst, geleund tegen de tegelkachel, uit deze kopjes werd koffiegedronken, uit deze borden werd het speciale eten op jullie heiligendag genoten, over dit tapijt stapte de groei van jouw passen, in de kamer die aan de straatkant lag, onder de schaduwen van de linden – dat zal het enige zijn waar je aan zult denken gedurende je bezoek aan Naum. Zijn gepronk met JOUW stoelen en geslurp van koffie uit JOUW kopjes zullen je treffen met ongeneeslijk verdriet. Je zult erachter komen dat de gedachte aan jouw dood niet alleen de inbeelding was van doffe, door de wind afgematte Nederlandse jaren, maar ook iemands werkelijkheid. Toen ze geloofden dat je niet meer terug zou komen, bedienden ze zich van wat jij had achtergelaten om hun eigen leven in te richten. Daarna vonden ze het, slurpend, etend, lezend, zittend en slapend, heel normaal dat je dood was en wensten ze dat het zo bleef. De afdruk van die wens zul je in hun ogen lezen en de daaruit bliksemende brutaliteit zal je rusteloos maken. Je zult er onpasselijk van worden en je zult het niet meer kunnen uithouden. Je zult niet durven overgeven op JOUW EIGEN tapijt. Je zult opeens op je horloge kijken, je verontschuldigen met een belangrijke afspraak en naar buiten vliegen. Je zult wensen dat je hen nooit meer ziet.

Slavica zal je opwachten, helemaal grijs, met kort haar en een uitgesproken onderkin. Ze zal voor jou een keuze uit jullie vroegere moppen hebben bewaard en je daarop trakteren; ze zal je terugkeer ervaren als een soort beloning. Haar moeder zal op dezelfde bank zitten als vijftien jaar geleden, ze zal je niet toestaan te geloven in haar verval (ze was toen ook al vervallen, nu zal ze alleen maar laten merken dat ze daarmee heeft leren leven). Ook zij zal haar humor uit de zak van haar oude, versleten rok halen en ze zal koken met dezelfde geveinsde onverschilligheid als vroeger. Het woord *schoonzoon* zal ze gebruiken als de schitterendste mop, maar er zal verdriet uit pruilen, omdat haar dochter ongetrouwd is gebleven. Die zal alleen maar lachen en de paar uren die je bij hen doorbrengt, zullen nog het meest lijken op het scherzo uit een suite in oude stijl, van een onbekende componist.

Maar de grootste troost zal de bewaarde, versteende rust van je straat je bieden. Daar zul je alleen maar doorheen lopen, naar het huis waar je bent geboren zul je niet eens durven kijken. Je zult zien dat ook daar de linden met succes hun onbeheersbaarheid hebben bevochten, maar dat al het andere onaangetast is. Dezelfde herfstige bedruktheid, hetzelfde gekras van kraaien, dezelfde regenachtige mist. Tegenover je huis, op de hoek, zal tante Smilja, de buurvrouw, aanmaakhout in een emmer leggen, jullie ontmoeting zal lijken op die van vroeger, toen je alleen met de feestdagen thuiskwam, dezelfde koekjes zullen je op een schoteltje in de keuken wachten, dezelfde stem zal jouw verhalen willen horen. In je binnenste zul je tante Smilja tot de behoedster van je kindertijd benoemen en je zult geroerd zijn, uit dat labyrint zul je nauwelijks nog de weg naar de werkelijkheid kunnen vinden, in je vertroebelde oog zal een mist van ontzegde herinneringen vloeien. En juist hier zal de betovering van je terugkeer liggen – in de vervulling van je droom. Die vervulling zal, zoals het geval is bij iedere droom, een paar details bevatten die je niet uit je droom zult kunnen oproepen, of waarvan je niet wist dat ze bestonden, maar die zullen aan de grootsheid van de aanblik niets kunnen afdoen. Je zult het gevoel hebben dat je door je droom loopt, zeker en gemakkelijk, je zult je soevereine blik precies op die huizen, achtertuinen en ramen werpen, zoals je in je gedroomde droom allang hebt voorbereid en voorzien, en dat zal je onwaarschijnlijke macht geven, de macht van de ontmoeting met de uitwerking van de Voorzienigheid, met de adem die daarachteraan zal stromen, je zult precies langs dat spoor gaan, en je vreugde en je ontroering zullen de indruk wekken van een bovenaards, bovenmenselijk geluk. En dat overkomt toch niet iedere reiziger.

Je hernieuwde terugkeer naar Amsterdam zal je niet belemmeren in je genot. Je zult het omhelzen als je fort en je haven, waaruit je opnieuw zult uitvaren en waarin je graag zult terugkeren. Meteen zul je je nieuwe reis gaan voorbereiden. In het verlangen om je studie af te maken zul je actie ondernemen. Nog een los eindje uit verdwenen tijden zal om een oplossing vragen. Er zal aan gewerkt worden om de angsttoestand van het opnoemen, aftrekken en optellen van het aantal tentamens te helen. Het gif van de onvoltooidheid dat, jarenlang in jou opgesloten, in je ziel druppeltjes hels gelach heeft afgescheiden, zal moeten worden verwijderd. Slechts één ingreep, maar een radicale, zal voldoende zijn. Je tweede reis naar het

Vaderland, slechts een paar maanden na de eerste, in de lente, wanneer het land zich verheugt, zal uitsluitend aan de voorbereidingen voor het afronden van je studie zijn gewijd.

De bomen voor het gebouw van de faculteit zullen je nauwelijks herkennen. Zo, met nieuwe bladeren, zullen ze stikken in hun eigen op zichzelf verliefde gedistingeerdheid en ze zullen geen zin hebben om de studenten in het gezicht te kijken. Je zult voor de ingang staan en een brok wegslikken. Je zult niet weten hoe je naar binnen moet, je zult niet weten waar die student biologie is die wil afstuderen. Je zult hem snel moeten oproepen en achter hem aan durven lopen en staan. Vrees niet, de geuren van ether en van de verwelkte zielen van gedode kikkers zullen onontkoombaar identiek zijn, ze zullen je de hand reiken, je omhelzen en je met de lift naar de juiste, jou welbekende deur voeren. Je zult driemaal kloppen, net als vroeger, alles zal er aan die kant uitzien alsof je vijftien jaar bent teruggegaan in de tijd, hetzelfde groene donker in de gang en dezelfde verbleekte geperste planten aan de gehiberneerde muren, dezelfde klank van de klop op het hout van de deur, alles hetzelfde als in je dromen, waarin je onzichtbaar naar het laboratorium sloop en luisterde naar de doffe tikken van de klok waarvan je nooit de zin hebt kunnen vatten, zonder dat je je hoop in die zinloze onbepaaldheid begroef. Zo zul je voor die deur staan, in de fantasmagorische beperking van herinnering en droom, dan zul je die opendoen en zullen er gezichten voor je verrijzen die je nooit eerder hebt gezien. Ze zullen zitten op de plaatsen waar Ivanka zat, waar de assistenten zaten, waar jij zat, ze zullen vriendelijk zijn, maar die vriendelijkheid zal je teleurstelling niet kunnen verzachten. Toch zal je een verrassing wachten. Die jonge mensen, die jij er jaloers (van zult betichten dat ze onverdiend jouw plaats bezetten (die ze jou hebben ontnomen), zullen wel degelijk van jou blijken te weten. Terwijl ze je van koffie, sap en Turks fruit voorzien (precies zoals jij ooit anderen daarvan voorzag), zullen ze je vertellen dat Ivanka zich er lange tijd niet mee kon verzoenen dat je niet bij haar terug zou komen. Tot het einde toe weigerde ze je werkkamer aan een ander over te dragen. Ze kon je niet schrijven, ze kon geen diploma voor je bewerkstelligen en daarom praatte ze voortdurend over je. Haar nieuwe assistenten zullen zoveel van je weten dat ze je herkennen zodra je een voet over de drempel zet. Je zult te horen krijgen dat Ivanka al een paar jaar met pensioen is, dat ze in het begin nog weleens naar de faculteit kwam, maar zich algauw helemaal niet meer vertoonde, een van de assistenten gaat af en toe bij haar op bezoek, die zal je zeggen dat ze op haar kleinkinderen past en dat de rust van de ouderdom een dikke mantel om haar heen heeft gelegd.

De toeschietelijkheid van die jonge mensen, jouw door het lot bepaalde plaatsvervangers, zal zich niet slechts tot evocaties beperken. Ze zullen je hulp bieden. Ze zullen navragen wat er nodig is voor je afstuderen, ze zullen zorgen dat je weer de status van student krijgt, uitzoeken dat je, vanwege veranderingen in de opzet en het programma van de studie, nog drie tentamens zult moeten afleggen (dat aftellen van jou vanaf tien zal dus stoppen bij het getal drie) en ze zullen je verblijden met het bericht dat je kunt afstuderen op hetzelfde artikel als tien jaar geleden. Zo zal voor je prestatie van lang geleden de epiloog in zicht komen. Twintig jaar na je enthousiaste geestdrift voor bomen, na het verzamelen en persen van bladeren en het conserveren ervan, als in een kist met zuiver goud, waaruit nu hun droge naaktheid zal gluren, bewaard als zwart-witfoto's van vergeten zomervakanties, zal die geestdrift de rol spelen die er al zo lang geleden voor was bestemd, maar die door een samenloop van omstandigheden is uitgesteld tot haar late jaren, tot een tijdperk waar ze door niemand nog werd verwacht. Je zult bang worden van dat besef, die beschikking van de Voorzienigheid, die onbegrijpelijk lang op haar vervulling heeft gewacht, alsof je veel, veel meer onvoorziene en onverwachte tentamens moest afleggen om die liefde uit je vroege jeugd waardig te zijn, waaraan je je wilde overgeven, waarvoor je wilde leven, denkend dat die jouw ster in een eindeloze blauwe cirkel was, zonder weet te hebben van de INTENTIE en de geheimzinnigheid daarvan. Pas nu, nu die prachtige planten de loop van de vervulling daarvan niet meer kunnen bedreigen, pas nu zal het je vergund zijn je al verwelkte verhaal over de bomen af te maken, pas nu zal dat mogelijk zijn. Je vrees zal die van de edele soort zijn, die waaraan ontzag ten grondslag ligt. Want de INTENTIE wordt de mens slechts gedeeltelijk geopenbaard, precies zover als onvermijdelijk is om hem zijn geloof te doen behouden, maar twijfel te voorkomen. Daarom zul je je troosten en lachen om het geestige spel van het leven en de woorden, omdat jij, in je tweede moederland Nederland aangeduid met het adjectief *allochtoon*, nu de bestudering van de *allochtone* boomsoorten van je geboorteland tot een einde zult brengen. Zal niet juist in de dubbelzinnigheid van dat woord de aanduiding van de juiste weg liggen?

Je zult teruggaan naar Amsterdam en je voorbereiden op de tentamens. Maar dan zul je *haar* al hebben leren kennen en zal je Amsterdamse zomer, warm en weelderig, anders zijn dan alle zomers. Er zal een gevoel boven zweven waarvan je al eerder wist dat dat het voornaamste streven van je leven zou zijn, waarvan je zelfs eens hebt gedacht dat je het had bereikt, maar dat je weer had verlaten, een gevoel dat jou die zomer helemaal in beslag zal nemen. Dan zul je het blonde meisje al kennen, je zult haar prinses noemen, niet zonder allusies op je kindertijd, en je zult gelukkig zijn.

Je zult haar leren kennen, onder het gejuich van de lente, in een straat waarvan de torens, getrokken als zwaarden, het blauwe vlies van de hemel doorboren, maar dat verzet zich ertegen, verheft zich erboven en zweeft als een zachte deken uit onbekende werelden die hebben besloten ons te beschermen door ons in te stoppen met blauw hemelweefsel. Vóór jullie zal zich een schitterende tempel verheffen, waarvan de koepels lijken op grote berlinerbollen, gelegd op dikke muren ter ere van God, en achter jullie, verborgen door sierlijke huizen, zullen rivieren stromen, betoverd in hun kus. Het blonde meisje zal iets tegen je zeggen wat jullie geen van beiden zullen horen, niet vanwege het geraas van de auto's, maar vanwege een soort muziek die in jullie oren zal ruisen, of liever stromen. Het meisje zal bedenken: 'Filip, wat je hoort is Pergolesi. Als jonge man werd hij verliefd op een meisje bij wie onder de balkons een wijnrank groeide, waarvan de trossen smolten in haar mond. Hij veranderde in de stam van een wijnstok en zijn rijke trossen zongen in de mond van het meisje net zoals ze zingen in de onze.' Je zult je herinneren dat je een goede bakker weet en je zult het blonde meisje uitnodigen voor een burek. Misschien zal ze zich verbazen dat je haar niet meeneemt voor taartjes of een vruchtensalade met slagroom, maar ze zal begrijpen dat die burek, net als jullie ontmoeting, ook anders is dan alle andere, omdat net als jij, ook zij de muziek van Pergolesi dan voor de *eerste* keer zal horen. Jullie zullen ontbijten bij De Goede Ziel en in die tijd zal ze jou voldoende glimlachen geven om ook je verstand te laten geloven in wat het ziet en hoort. Maar in tegenstelling tot jou zal het meisje weten dat die muziek, die niet zal ophouden en waar jullie allebei steeds meer naar zullen verlangen, slechts het begin is van een lange reis vol hindernissen, een avontuur waarin jullie gewenste uitkomst een van de twee mogelijke is, en dat de ongewenste evenveel kansen heeft om te overwinnen als deze, waarvoor jullie beiden, als jullie na het drinken van yoghurt in De Goede Ziel met een servet je mond hebben afgeveegd, bijna tegelijkertijd zullen kiezen. Want zij zal ook iets weten, of liever aanvoelen, wat voor jou nog enige tijd een volslagen raadsel zal blijven. Jullie zullen uit elkaar gaan door met je ogen je onuitgesproken besluit te bevestigen. Jullie zullen elkaar nog een paar keer ontmoeten voordat je teruggaat naar Amsterdam, de muziek zal jullie al die tijd niet in stilte laten, en bij iedere ontmoeting zullen jullie in je blikken de vonk van die stilzwijgende afspraak zoeken, natuurlijk bang dat jullie je toevalligerwijs misschien hebben laten meeslepen, iets verkeerd hebben geïnterpreteerd, maar wanneer jullie die vonk zullen zien (en die zullen jullie iedere keer zien), zal de levendige herinnering aan het eerste ogenblik dat Pergolesi in je hoofd en je hart begon te spelen en te zingen jullie opvrolijken. Na de vierde of vijfde ontmoeting zullen jullie beiden ook een diepere schakel ontdekken, die voor jullie het begin zal zijn van de ontdekking van een geheim. Jullie zullen niet zonder grote verwondering inzien dat jullie zielen elkaar al lang kennen. Jij zult je eenzaamheid in dat besef niet kunnen uithouden en het aan haar toevertrouwen. Het zal je toeschijnen dat je onthulling haar niet voldoende interesseert, dat zij niet veel wil weten van veranderingen van de ziel, maar je zult je vergissen. Voor het meisje zal jouw vertrouwelijkheid een zeker en voor twijfel ontoegankelijk teken zijn dat een terugkeer naar het oude, wankelende, onverantwoordelijke, onverplichte, vervelende, uitdrukkingsloze, eentonige en verouderde – dat daarheen geen terugkeer mogelijk is. Omdat dat ook voor haar het begin van een reis zal zijn waar ze altijd vurig naar heeft verlangd, maar waarvoor ze nooit eerder een gids heeft gevonden, en zelfs niet de kracht heeft verzameld om die te zoeken, zal het meisje worden bevangen door een huivering voor het onbekende, een huivering die zij zal verbergen onder de sluier van haar glimlachen en in de warme hoeken van haar ogen, en die jij, in beslag genomen door de opwinding over je ontdekking, zelfs niet vermoedt. Je zult haar beloven dat je in de herfst weer zult komen en jullie beiden zullen afscheid nemen met twee verschillende inzichten in je binnenste: het vrouwelijke – zorgzaam en verreikend, het mannelijke – krachtig en verslonsd.

Ach, wat zal dat een prachtige zomer zijn! Je zult de ramen openzetten, het ondeugende jongetje van de wind zal zich tussen de gordijnen nestelen, maar zal de gloed van de lucht in je kamer, die de zon vanaf de vroege dageraad overgiet, niet kunnen dempen; naakt, in je onderbroek, zul je door de kamer lopen en de tentamenstof repeteren. Zo zul je een voetreis van kilometers afleggen. In de pauzes zul je al twintig jaar geperste planten op nieuw, fris, wit, stevig papier plakken en die toverij, die van jou weer een student heeft gemaakt, zal een vreemde, krachtige uitwerking op jou hebben. Het zal je niet ontgaan, door al die zonbeschenen uren, de laatste uren van je jeugd, dat wat er nu met je gebeurt identiek is aan de gebeurtenissen van tien jaar geleden. Ja, opnieuw zul je met behulp van het heden terugkeren naar je verleden, maar voor de laatste keer. Je zult in je flat zitten zoals vroeger in je huis, de zomer zal aan je voorbijgaan en je de golven van hitte, de schittering van zonsondergangen en het geroezemoes van de verre stad en de nog verder gelegen stranden nalaten, en jij zult studeren, je zult tentamens voorbereiden in de door je boeken geschilderde kamer, je zult je eindscriptie uittikken (ditmaal zelf en op de computer, opdat de herinnering geen zuivere reproductie wordt), je zult planten inplakken, wachten op de tentamenperiode, op het afsluiten van je studie, en je zult verliefd zijn. Je zult terugkeren naar hetzelfde inhoudelijke punt in de tijd van tien jaar geleden. Dat zal je opwinding aanzwengelen, en vaardig en stralend zul je door die reconstructie varen, als over een aangenaam meertje, geschapen uit de mogelijkheden die je zijn geschonken om de fout te herstellen, of liever om de Intentie te vervullen. De gedachte zal door je hoofd spelen dat er toen, tien jaar geleden, iets verkeerd is gegaan. Was de oorzaak daarvan de oorlog, Ivanka's luiheid, Maja's onoprechtheid of iets heel anders, onbekends? De oorlog had zich samengepakt als wolken die een zondvloed voorbereiden, en als Ivanka je toen in staat had gesteld af te studeren, als Maja oprecht van je had gehouden en je in al haar egoïsme voor zich had behouden, dan zou de zondvloed je hebben meegesleurd en niemand zou ooit hebben geweten waar je lichaam terecht was gekomen. Zo ben je nu, dankzij hun luiheid en onoprechtheid, van hen verdreven, en in ruil daarvoor is jou hoop toebedeeld en een kiem van geduld, die je moest ontwikkelen. Zo ben je gered. De zondvloed is voorbij, en jij keert als schrijver en Nederlander terug naar het land om verder te gaan waar je bent blijven staan. Ivanka is er niet meer, van haar rest alleen het sieromhulsel van haar eindeloze verhalen; Maja is er niet meer, aan haar heb je voorzichtigheid bij het beluisteren van andermans emoties overgehouden. Zo zul je die zomer je piramide van oorzaken en gevolgen construeren, het verhaal waaraan je, al weet je ook dat het niet onwankelbaar is, net zoveel behoefte zult hebben als een heremiet aan water. Maar je zult studeren met waanzinnig elan, bijna hetzelfde als toen je botanicus wilde worden. *Bijna hetzelfde.* Want je zult nog iets voelen dat zich achter de tentamens verbergt. Je zult voelen dat je je pas aan de liefde kunt overgeven wanneer er geen tentamens meer zijn. Pas wanneer je, zoals men vroeger zei, een volkomen mens bent, zul je de liefde ten geschenke krijgen.

Je zult in de herfst afstuderen, bijna op de dag af tien jaar na de ooit verwachte termijn. Je zult spreken over bomen, terwijl je ze je herinnert als schitterende landstreken uit een reis van lang geleden, zo aandachtig en gedetailleerd dat niemand zal merken hoe ver je van die bomen afstaat – precies zover als die mistige landschappen van jou verwijderd zullen zijn – en dat je zelfs niet zult weten of die bomen eigenlijk nog wel bestaan of dat ook die een vrucht zijn geworden van je verbeelding, die je zo mooi en begeesterd zult weergeven dat iedereen je zal geloven. De nieuwe hoogleraren zullen je bijdrage aan het onderzoek van de flora van dat gebied prijzen en niemand zal eraan denken hoe verouderd dat allemaal is, hoeveel tijd er is voorbijgesneld en dat de mogelijkheid bestaat dat alles is vertrapt, niemand zal in jouw verdediging van je scriptie iets van een rariteit zien, niemand zal opmerken dat de bomen waarover je zult praten behoren tot een fossiel, onverschillig tijdperk, niemand zal erkennen dat een bewind uit het verleden die bomen in handen heeft, dat het heden zich heeft overgegeven aan schulden van eerdere generaties, niemand behalve jij. En jij zult erover zwijgen, je zult genieten van de loftuitingen, zonder dat je meteen tot bezinning zult kunnen komen en geloven in wat er zal gebeuren. Daar zullen je dromen je het eerst op wijzen – van nu af aan zul je nooit meer in je droom tentamens tellen, de onwaarachtige beklemming van het onvervulde zal verdwijnen. Je zult de eeuwige geur van geslachte kikkers en met ether gesmoorde muizen achter je laten, de lucht zal rijk zijn aan de genoegens van de Donau, die zich verspreiden in de omhelzing van de warme herfst, de moeraseiken zullen op het studentenplein ratelen met hun roodheid, en jij zult, voordat je uiteindelijk van dat plein en uit het gezichtsveld van de faculteitsgebouwen verdwijnt, voor de laatste keer je blik richten naar *dat* raam op de tweede verdieping, waarachter jou ooit de plaats van assistent wachtte, die je niet was beschoren, wat je niet kon merken in de ogen van je moeder, *die* avond toen ze naar je enthousiaste idee over de toekomst luisterde, waarvan ze *wist* dat die anders zou zijn, ze wist het en zweeg. Je zult dan, terwijl je afscheid neemt van een twee decennia lange betovering door planten, aan je moeder willen vragen waar haar diepe, verre blik verder naartoe wijst, maar je zult alleen stuiten op een spel van geur en licht, die je zullen willen verleiden in de vervlechting van herhalingen waartoe ze zijn veroordeeld. Je zult teruggaan over het bekende pad en je zult niet omkijken. Alles wat tot die plaats behoorde, met alle verwachtingen en alle wanhoop, zul je achter slot en grendel zetten en opslaan in de put van het onbereikbare, in de diepte van de algemene herinnering.

Aan het hof van haar ouders zal het meisje je ontvangen met al haar eerbiedwaardige welbespraaktheid en ornamentele vriendelijkheid, precies zoals haar ouders, overigens trouwe onderdanen van de traditie, haar hebben opgevoed en geleerd, om haar voor te bereiden op het moment dat de prins voor hen verschijnt. Dat zul jij zijn. Ze zullen je overladen met loftuitingen vanwege je knappe uiterlijk en verstandigheid, de dienstmeisjes zullen kommen met soep brengen, ze zullen de bordjes wegnemen waarvan, ach, bij het voor de spijsvertering aangename gerinkel van vorkjes het voorgerecht zal worden geproefd – gerookte vis in champignonsaus – en jij zult genieten van de aandacht die je wordt geschonken, je zult over je lepel, waarop hete ganzensoep dampt, naar het meisje kijken, de damp uit de kom zal de lok op haar slaap in de war maken, je zult je hoofd van de ene vraag van de nieuwsgierige slurpende ouders naar de andere draaien, lief glimlachend en gedienstige goedmoedigheid zaaiend over wimpers, servetten en dessins op porseleinen borden, waardoor je de aandacht, begoten met rode wijn uit de koninklijke kelders, nog sterker naar je toe zult trekken; de wijn zal weliswaar een beetje zuur smaken, maar dat geeft niet, door de zoete glimlach van het meisje zal de tijdelijke scherpte van een smaak je heel welkom zijn. Na het diner zal het gekout worden voortgezet op comfortabele divans, en de sterke koffie zal je op de een of andere manier herinneren aan een filigreinkopje dat je in een Amsterdams museum hebt gezien, met een ingeslepen aap die koffiedrinkt. Je zult vertellen over vreemde landen met de suggestiviteit van iemand die de hele wereld heeft bevaren, je zult de nodige geestigheid in je verhaal inlassen, je zult intrigerende beschrijvingen van landschappen kiezen, je zult niet overdrijven in je breedvoerigheid, je zult toestaan dat ze je vol verwondering uitvragen, want zie je, hun land ligt afgelegen ten opzichte van alle civilisatiestromen, naar de marge geschoven als hopen stof onder het tapijt. Taartjes zullen je zinnen in stukken scheuren, je zult stukjes kruidkoek met je tong tussen je kaken en je wangen duwen zodat je hen met je verhaal kunt blijven veroveren, het meisje zal bloeien voor jou en voor zichzelf, haar ouders zullen een beetje slaperig worden, maar niet meteen toestaan dat hun vermoeidheid opvalt. Wanneer je achter je verhaal drie puntjes zult zetten (om het op een dag weer te kunnen hervatten), zal het meisje iets voor je willen zingen. Zij zal een goddelijke stem hebben, ze zal piano kunnen spelen, ze zal haar lied zelf begeleiden en zo zal ze zich ook voorstellen dat jullie je terugtrekken naar haar vertrekken – met een lied. De dienstmeisjes zullen de tapijten van de piano halen, het meisje zal gaan zitten en beginnen te zingen, en jij zult smelten. Van genoegen en van de tranen. Het meisje zal echter nog geen couplet hebben voltooid of haar vader zal, hoewel hij al bijna was ingedommeld, opspringen en haar bevelen te zwijgen.

'Je hebt er geen verstand van. Zo zing je dat lied niet. Speel maar, dan kun je horen hoe het moet,' zal de vader brullen, hij zal de verzaligdheid van de digestieve (en van iedere andere) rust onherstelbaar verscheuren, en dan beginnen te zingen. Niemand behalve jij zal zich daarover verbazen, het meisje zal gedwee spelen, zelfs jij zult niet merken dat ze eindjes lang verdroogde tranen wegslikt, terwijl haar moeder met haar kopje op het schoteltje zal tikken, zogenaamd omdat de koffie haar te heet is. De vader zal diep inademen, het vertrek zal kermen van de armoede van zijn roestige stem, en hij zal lijken op een bejaarde Indische fazant die het op hoge leeftijd in zijn kop heeft gezet dat hij met een wijfje wil paren. In het hoge register zal hij kreunen, in het middenregister exploderen, met zijn speeksel zal hij, als een lama, mikken op de toeschouwers die gedwongen zijn de hele tijdsduur van het concert uit te zitten en misschien zelfs te applaudisseren. Toch zal het niet tot applaus komen, want de meesteres zal oververhit raken van de hete koffie, zij zal zich in haar zware purperen gewaad van de divan verheffen, met één beweging zal ze haar man wegduwen, die zal wankelen en bijna vallen, terwijl de dienstmeisjes gillend uiteenstuiven (hij zal er nietig en zielig uitzien), de meesteres zal haar dochter nors aankijken, tegen haar snauwen 'spelen', ze zal haar volumineuze boezem schudden en beginnen te zingen, natuurlijk diezelfde eerste strofe. Wonderlijk genoeg zal haar stem iets van de fijn geweven stof van haar voorbijgevlogen jeugd hebben, maar lagen Cubaanse sigaren, varkensgebraad en sterke brandewijnen zullen de nuances van haar vibrato blokkeren, zodat je alleen een soort gespannen golven zult horen, glazen zullen springen, de kanaries in hun kooien zullen de veren opzetten en de omvangrijke gastvrouw zal zich inspannen om de schoonheid van de melodie te bewaren door er kleine versieringen in aan te brengen, wat je zal doen denken aan een kokkin die met haar dikke vingers sierbloempjes op een enorme taart gooit – de bloempjes zullen onder die vette vingers vol meel verwelken nog voordat ze in de chocoladesaus zakken, die, in geval van dit lied, gemaakt zal zijn van bittere chocolade waarvan de houdbaarheidsdatum allang is verstreken. Gedurende dat voor de trommelvliezen veel te inspannende golven zal de vader zijn beledigde kracht bijeenrapen, overeind krabbelen en naast de meesteres gaan staan:

'Jij kunt geen wijs houden. Je zingt als een verkouden kraai.' Hij zal zijn wenkbrauwen laten flitsen terwijl hij tegen haar schreeuwt.

'Jij zingt als een gecastreerd korhoen. Het scheelt niet veel of ze hadden je opgezet.'

'Als iemand mij opzet, dan ben jij het. Je hebt mijn lever al gekookt en nu heb je mijn hart ook te pakken.'

'Jouw klauwen hebben me allang gekrabd, ordinaire kwartelkoning die je bent.'

'Als we elkaar nu toch beledigen: voor mij ben je zo lomp als een grote trap. Jouw stem deugt alleen om de raven te verdrijven.'

Als je je zult voorstellen dat je in het theater zit, zul je je uitstekend vermaken. Als je zult merken dat jij ook op het toneel zit, zul je gegrepen worden door paniek. Maar behalve door die paniek zul je bij de hand worden gegrepen door het meisje, ze zal je iets in het oor fluisteren dat een ontspannende uitwerking op je heeft. Ze zal je meenemen naar boven, naar haar vertrekken.

Daar zal ze doorgaan met haar gefluister, en je zult niet het gevoel hebben dat ze de behoefte heeft om daarmee iets te rechtvaardigen of zelfs maar enigszins uit te leggen, maar er zal ook geen verlangen uit blijken om het hele geval in de doofpot te stoppen. Gefluister dus dat alleen voor jou en jullie is bestemd, zonder gêne en zonder onoprecht blozen, zuiver, overgelaten aan jullie omhelzing en datgene wat jullie zal verwijderen van het strijdperk van de misverstanden aan het hof, waardoor jullie je verwondering en de onmogelijkheid om de nabije, maar vergeefse werkelijkheid te bevatten zullen overwinnen en waardoor het vertrouwen in jullie vereniging zal opduiken en boven komt drijven uit de draaikolk waarin het zich bevindt. In die vertrekken op de bovenverdieping zullen er katten om jullie heen dansen en zich tegen jullie aanvlijen, de vriendinnen van het meisje in haar eenzaamheid, ook zij zullen blij zijn met je komst, het zal niet meevallen om je van hun overdreven gedraai om je benen te bevrijden. De dienstmeisjes zullen jullie intussen een versterking brengen, fruit, chocoladebonbons en koffie, en jullie vastbeslotenheid om de wetmatigheden waaruit jullie positie is voortgekomen en waarnaar die terug moet keren niet te erkennen, zal jullie in een zwevende toestand houden, juist in die verten waar jullie elkaar ook voor het eerst hebben herkend. Op een gegeven moment zullen jullie moeten landen om je, ongeacht het gefladder in je hoofd, aan te sluiten bij de contouren van de werkelijkheid en af te dalen naar de salon van de ouders. Tot je stomme verbazing zal de vader op de divan liggen met zijn hoofd in de schoot van mevrouw de moeder, die hem met sappige bewegingen karamellen in de mond zal duwen, waarbij ze zelf ook de lippen zal aflikken en teder smakken. Zij beiden zullen naar een of ander televisieprogramma kijken, gewijd aan de actuele politieke situatie: de misdadiger is nog steeds in het land, het parlement ruziet voortdurend over zijn uitlevering aan de internationale vertegenwoordigers van Hare Majesteit Rechtvaardigheid, het wantrouwen jegens het land neemt slechts traag af, de benodigde kredieten komen niet, handig gejongleer met leugens bezorgt de een een kogel in zijn voorhoofd, de ander een hoge functie, dat zal de boodschap zijn van de presentatoren van de uitzending en hun gespreksgenoten, en boven hun volle mond zullen de ouders met de tanden klakken, zo roerend tegen elkaar aangedrukt. Je zult afscheid van hen nemen, tegelijkertijd intiem en ingehouden, zowel officieel als privé, en je bereidheid om te luisteren en je te onderwerpen aan de eisen van het moment zal hun niet ontgaan. Toch zul je, wanneer je je van het hof verwijdert, alle gebeurtenissen doornemen die je die middag en die avond hebben omringd, en je zult uit alle macht proberen de verwarring te boven te komen waar je onvermijdelijk in zult belanden. Je zult erover nadenken en ze op een rijtje zetten om alle grote tegenstrijdigheden te overbruggen. Haar ouders zijn eigenaardig, maar zij is allerliefst en je houdt van haar, zul je concluderen.

Je zult haar blijven bezoeken en je hele leven zal slechts op één doel gericht zijn: haar opnieuw te zien. Je zult zo'n beetje terloops je nieuwe boek afmaken, met allang herkauwde gedachten zul je het witte papier vullen, maar je zult alleen verlangen naar zo veel mogelijk omhelzingen die zij je zal schenken, zodat die tijd, gevuld met de scheelheid van het al uitgeprobeerde en het op dit moment beleefde, voor jou zal lijken op een puistje dat nog niet rijp genoeg is om het uit te drukken, maar al aanzienlijke last bezorgt met zijn zwelling. Het meisje en jij zullen elkaar ontmoeten in parken, onder treurwilgen en magnolia's, jullie zullen elkaar bij de hand houden, jij zult af en toe, voor een maand of twee, naar Amsterdam snellen, zij zal op je wachten op dezelfde bank, klaar voor een kus, en de tijd van jullie verloving zal rustig verstrijken, omringd door de glimlachen van de natie die bereid is te geloven dat het kwaad door een simpele omverwerping kan worden overwonnen en geen besmettelijke ziekte is die alle inwendige organen aansteekt en ondermijnt, en vooral de zenuwen aantast. In die eerste lentes zal het niemand van de glimlachende voorbijgangers storen dat ze hun stemming, gericht op een gezonder levensklimaat (voor zover het onthoofden van een monster met vermogen tot regeneratie gezond genoemd kan worden), op peil houden met pillen. Ze zullen zich verheugen en in die vreugde zullen ze ook dat kleine beetje verstand dat hun nog rest verspillen. Ze zullen verwachten dat de betere dag van morgen reeds morgen zal aanbreken. Dag in, dag uit.

Jij zult natuurlijk geregeld op bezoek gaan in het slot van het meisje, de plek waar je haar, eerlijk gezegd, het vaakst zult zien, en daar zul je onvermijdelijk ook haar ouders ontmoeten. Zij zullen afwisselend tortelen, glaasjes uitgelezen sterkedrank drinken, commentaar leveren op boosaardige politici die bereid zijn tot 'nieuwe be-

slissende ondernemingen', en dan zullen ze smijten met koeken-
pannen, ruziën over de hoeveelheid gesneden peterselie die in de
soep hoort en de oventemperatuur die geschikt is voor het braden
van een kalkoen, tot algemene verstandsverbijstering van de kokkinnen, die nu eens gesneden peterselie in de soep gooien en die er
dan weer uit halen, terwijl de oventhermometer volledige cirkels
zal beschrijven alsof er een kind mee aan het spelen is. Jij zult hun
schizofrenie met mildheid bezien en die zelfs sympathiek vinden (je
zult je een enkele glimlach veroorloven), je zult het idee hebben dat
die jou niet aangaat en proberen je zo vaak mogelijk over te geven
aan omhelzingen. Toch zal het slangachtige kruipen van de hofneu-
rasthenie zijn tentakels stukje bij beetje ook naar jou uitstrekken.

Het meisje zal je namelijk toevertrouwen dat ze er tot voor kort
zeker van was dat ze leed aan een zware, ongeneeslijke, besmettelijke ziekte. Ze zal je vertellen dat ze daar meer dan een jaar volkomen
van overtuigd is geweest, dat ze de nodige symptomen van de ziekte
gezocht en ook gevonden had. Zodra ze die vond, was ze op hetzelfde moment zowel gerustgesteld (vanwege de vondst) als in een vreselijke paniek geraakt (vanwege de mogelijke gevolgen van die
vondst), zodat ze verviel in een hysterie waar ze zich dagenlang niet
van kon bevrijden. Zodra ze uit het delirium ontwaakte, kwamen al
haar symptomen haar razendsnel voor ogen en verviel ze weer in
een delirante toestand. Haar moeder zei 'maak je geen zorgen, alles
komt goed' en haar vader gaf haar moeder een standje: 'Dat komt
allemaal doordat jij haar hebt verwend' en ging verder met het lezen van de krant. De dienstmeisjes zetten theeën, legden kompressen aan, zelf ook onmetelijk bang voor besmetting, ze renden voor
het meisje zodra zij iets nodig had, maar ze konden niet helpen. Die
uitputtende toestand van ijlen en opgetaste ongemakken duurde
tot de dag dat het meisje opeens begon te krijsen. Ze krijste twee dagen zonder ophouden, zodat haar vader genoeg kreeg van de dop-
jes in zijn oren. Hij ontbood de hofarts, die kalm vaststelde dat het
meisje volkomen gezond was. 'Dat komt allemaal doordat jij altijd
tegen haar hebt gezegd dat ze een domkop is,' brieste haar moeder
tegen haar vader, die daarop alleen vloekte. Het meisje zal haar bekentenis beëindigen met de lieve woorden vol eindeloze warmte

'nu gaat het helemaal goed met me', en jij zult voelen dat je van niemand zoveel hebt gehouden als van haar en dat je je moeilijk een grotere liefde kunt voorstellen dan die van jou, de absolute. Maar de vraag van het meisje 'waarom houd je van me?', die ze tot je zal richten alsof ze je gedachten vloeiend kan lezen, zal bij jou een kiem van twijfel oproepen. Niet aan je liefde (daar zul je nooit aan twijfelen), maar aan de betrouwbaarheid van de 'goede toestand' van het meisje. 'Omdat jij het geluk in mij wakker maakt,' zul je antwoorden en je zult op je lip bijten, terwijl je zelf niet weet waarom.

Maar de charmes van het meisje, waardoor je gek van liefde zult worden, zullen je iedere keer tegemoet rennen wanneer je verschijnt aan de poort van het slot of wanneer je haar op straat in je armen ziet vliegen, en die zullen je blijven bekoren, zodat je alle onduidelijkheden omtrent haar geestestoestand daaraan ondergeschikt zult maken. Haar artistieke gaven zullen jouw talent het hof maken en samen zullen die hun verliefde herkenning zelfs onafhankelijk van jullie wil uitbouwen. Het meisje zal prachtig gedichten schrijven, niet met de sentimentaliteit van een verleide maagd, maar met de inzet van zuivere dichterlijke bezieling, diep en verblindend. Ze zal even betoverend pianospelen en zingen met eigen begeleiding, en die liederen (die je zullen herinneren aan een moment uit je leven van lang geleden, toen je inzag dat je verliefd zou worden op een meisje dat zingt) zullen je recht in het hart raken en je ademloos achterlaten. Jullie zullen met dezelfde gedetailleerdheid over haar gedichten praten als over jouw boeken, die het meisje in één adem zal uitlezen. Jij zult genieten van de liefdesuren en je zult steeds langer in de nabijheid van het meisje verblijven en steeds minder vaak naar Amsterdam gaan. De inconsequentie in haar gedrag, die met de ontspanning waaraan ook zij zich heeft onderworpen, zichtbaarder zal worden, zul je blijven verklaren uit de vreemde aard van haar ouders en je zult steeds meer neigen tot je al eerder genomen besluit dat je het meisje, jouw prinses, tot vrouw zult nemen.

Wanneer je haar dat meedeelt, zul je voelen dat een golf van daverend ongeloof haar lichaam schokt. Dat zal geen ongeloof zijn in wat ze heeft gehoord, maar voor het eerst zal ze zich vanbinnen bewust worden van haar twijfel aan de liefde. Niet aan de jouwe, niet aan de hare, maar aan de liefde in het algemeen. De grote bruine cirkels van haar verwonderde irissen zullen je met zoveel onbegrip aankijken dat je in hun diepten op de leegte van de onwetendheid stuit. Het meisje weet namelijk (dat zal je dan te binnen schieten) niet wat liefde is. Zij zingt erover en schrijft gedichten, maar de liefde is voor haar als een oase voor iemand die verdwaald is in de woestijn, een oase waarvan zij alleen heeft gehoord dat die bestaat, ze heeft weelderige foto's gezien van fascinerende schaduwen en toverachtige bronnen, maar ze heeft er nooit een voet gezet of zich gelaafd aan het water uit de bron. Natuurlijk zul jij weten dat jouw liefde het meisje zo heeft omgeven dat die bij haar ingeslapen gevoelens heeft gewekt, maar toch is er het pijnlijke besef dat het meisje op het moment dat ze die gevoelens langs het pad van de rede moet leiden, dat ze zich er tot het uiterste van bewust moet worden, zal terugdeinzen. Pas dan zul je inzien wat de slaap van Doornroosje betekent en wat de kus betekent. Ontwaken – ja, maar geen bewustzijn. Want liefde (zo zal door je gedachten gaan) is geen leiband waarmee je een blinde door een bloeiende tuin leidt, maar bewustzijn van iedere stap die jullie samen willen en moeten doen om nader tot elkaar te komen en uiteindelijk het rijk van de Algemene Zin te betreden, waarvan de hoogste soort voor de mens volkomen ontoegankelijk blijft, maar waarnaar de weg, de liefde zelf, voldoende is om het menselijk leven te vervullen, dat wat hem is gegeven in dienst van het Rijk. Jij zult dat zo allemaal mooi en vol opwinding bevroeden, je zult je bedrinken aan het salvo van emoties dat daaruit zal voortvloeien en je zult niet eens met je ogen knipperen wanneer de betekenis van het woord PRINS je helemaal helder wordt. Een prins weet meer, is bewuster, heeft meer verantwoordelijkheidsgevoel, daarom ligt bij hem en bij hem alleen de opdracht om het pas ontwaakte meisje, nog slaperig en dromerig, volkomen bewust te maken van haar rol, zodat zij, als de prima donna van een theatergezelschap, de verantwoordelijkheid zal overnemen voor de verwezenlijking daarvan, zodat ze die met vreugde tegemoet zal treden en niet zal willen weten van de mogelijkheid tot verzaken. Prins zijn is een zware opgave, sisyfusarbeid bijna, maar het doel, dat waarnaar men streeft, is (vergeef het je ijdelheid dat die je zal helpen dit tot jezelf te zeggen) God Zelf. Daarom zul je ermee instemmen een echte prins te zijn, zonder angst voor storingen en hindernissen, met diep geloof in je kracht en je onwankelbaarheid.

Je zult dan al hele maanden aan het hof van je geliefde verblijven, geleidelijk zul je merken dat de onbekendheid met de liefde geen verworven, maar een aangeboren, geërfde eigenschap is. De avondlijke huilbuien van de moeder van het meisje, die zullen overgaan in nachtelijke tranenstortingen, zul je namelijk terecht in verband brengen met de plotselinge, onaangekondigde verdwijningen van de vader, die wel een paar dagen kunnen duren. Door sporadisch verzamelen van terloopse informatie zul je tot het inzicht komen dat de vader van het meisje zelfs twee gerespecteerde dames bezoekt, van wie je niet zult weten of ze op de hoogte zijn van het bestaan van hun tijdelijke rivale, maar de ellende die het weglopen van de vader aan het hof teweegbrengt zal je overduidelijk zijn. De dienstmeisjes zullen in die dagen alle touwen, draden, kabels, messen, vorken en slagersmessen voor de moeder verbergen om te voorkomen dat ze een eind maakt aan haar leven, dat ze in die uren met zulk gejammer zal vervloeken dat ook de dienstmeisjes zelf zich zullen afvragen of ze wel redelijk handelen. Als een hond na een meerdaags gevecht om een teef, gehavend en smerig, zal de vader nog treuriger en norser dan tevoren terugkeren van die mislukte seances, hij zal zich in de armen van zijn vrouw werpen en dan op zijn knieën en weer in haar armen, huilend en smekend om vergeving. Zoals je ook zelf zult opmerken, zal dat ritueel zo goed zijn ingestudeerd dat ook de inbreng van spontane artistieke vrijheden van de acteur daarbij is toegestaan: soms zal hij zijn vrouw eerst om de hals vallen, soms bij de deur al op zijn knieën kruipen, en soms zal hij zichzelf om de oren slaan. De moeder zal daarna haar lange monoloog van verwijt uitspreken, ze zal hem omhelzen, samen met hem huilen en tien minuten later zal ze hem al voeren met blokjes noga, voor de televisie, terwijl de politici erover redetwisten wie er schuld heeft aan de moord op de premier en of er voor het land nog hoop is om zich aan de ellende te ontworstelen.

Zo zal je duidelijk worden wat de betekenis is van zo'n ingeslapen slot, begroeid met doornstruiken en klimplanten: er is een koord van doornen om hun hart gewikkeld, zodat de elektrische impulsen van de emoties niet op de juiste manier kunnen worden ontvangen en uitgezonden. Het centrum voor emoties in het hart kan daardoor duurzaam beschadigd raken (wat ook een van de meest voorkomende hartafwijkingen is). Goed, zul je bij jezelf zeggen, een kus op de lippen van het meisje kan haar misschien wekken, maar niet alle ontsproten doornen uitsnijden die het hele slot, zijn heren en onderdanen hebben gepantserd. De prins moet een zwaard vinden om die doorns uit de muren en de stekelige boeien rond de harten te verwijderen. Je zult weten, je bent immers bioloog, dat dat geen gemakkelijk karwei is. Klimop kan zich zo aan een muur hechten dat zijn wortels en stam een integraal onderdeel worden van de muur, waar de plant zich doorheen werkt en doorgroeit tot de muur barst, instort en begint af te brokkelen. Maar een echte prins geeft niet op. Het is een echte prins niet toegestaan zich terug te trekken, want dan zou er van hem slechts een vermorzeld harnas overblijven. Wie waagt, moet tot het uiterste gaan, zelfs ten koste van zijn leven.

Natuurlijk zul je in uren van verontrusting proberen de redenen te doorzien waarom de harten van de ouders van het meisje geboeid zijn met doornen. Op de gangen zul je het gesprek van de dienstmeisjes horen die herinneringen ophalen aan de oude koningin, de moeder van de vader, de grootmoeder van het meisje, die niet alleen het hele hof, maar ook het hele koninkrijk terroriseerde. Ze haatte bloemen, joeg lieve huisdieren weg, haatte haar schoondochter en had voor haar zoon geen enkel vriendelijk woord over. Misschien was ze daarom zo'n beroemd heerseres, maar vergeefs, ze verdreef de vreugde alsof ze zich had onderworpen aan dat complot dat gelach beschouwt als een onderdaan van de hel. Bovendien zul je de levensloop van de ouders van het meisje onderzoeken en in ogenschouw nemen, en daarin zul je belangrijke oorzaken vinden voor hun hartafwijking. Ze hebben hun koninkrijk uit de as doen herrijzen nadat het vorige, dat van de grootmoeder, door het cataclysme van de wereldoorlog was verwoest. Omdat ze de vooroorlogse welstand als voorbeeld namen en hun best deden om die tot elke prijs weer te bereiken, bleven ze voortdurend ontevreden en verbruikten ze hun hoop. Op het moment dat ze hun doel, waarvan ze decennialang hadden gedroomd, bijna hadden bereikt, nam een provinciale grootgrondbezitter, zoals bekend, met geweld de macht over en regeerde ten voordele van zichzelf en zijn vrouw (die ze 's nachts op een bezem zagen vliegen en tegen de maan hoorden brullen), zodat hij het land uitputte en in diepe armoede stortte. De ouders van het meisje zijn jarenlang bezig geweest om die corrupte usurpator ten val te brengen, uiteindelijk is dat ze gelukt en toen begrepen ze dat hun tijd voorbij was, dat ze oud geworden waren en dat hun droom voor altijd onverwezenlijkt zou blijven. De enige relatie met die droom zal worden gevormd door de televisie en ze zullen behagen scheppen in de mislukte tv-programma's: het is anderen ook niet gelukt hun doelstellingen te verwezenlijken, en zeker voor deze jongeren zal dat onmogelijk zijn. Je zult je best doen om hen te begrijpen, en je zult hen ook begrijpen. Misschien zul je zelfs een beetje medelijden met hen hebben.

Een huwelijk en het verlangen van het meisje en jou om elkaar eeuwige liefde te zweren zal voor jullie allemaal de leidende gedachte worden. Het zal niet meer alleen de droom van twee verliefden zijn, maar ook de ouders zullen van ganser harte je wens om met hun dochter te trouwen ondersteunen. Jij zult bij de organisatie van die hele onderneming voor een dilemma komen te staan: zul je je bruid meenemen naar Nederland of intrekken bij je bruid? Het dilemma zal je kwellen, maar je pragmatisme zal verijdelen dat die kwelling lang duurt. Vanaf het eerste ogenblik zul je er meer toe geneigd zijn zelf te verhuizen. De redenen die je voor jezelf zult aanvoeren, hoe juist die ook mogen zijn, zullen tezamen je verlangen naar verandering en naar bevrijding van de ketenen van de Nederlandse winderige desinteresse ondersteunen. Je zult bedenken dat het Nederlandse klimaat geen goede invloed zal hebben op het meisje. Ze zal terechtkomen in een wereld waar ze geen mogelijkheden heeft om snel vrienden te maken en een gevoel van veiligheid te krijgen. In dat land, waarvan de taal haar zal tegenstaan, zal ze lang, misschien voor altijd, een vreemdelinge blijven, en dat gevoel er niet bij te horen zal de fatale idee dat het bestaan zelf zinloos, nutteloos en vergeefs is bij haar versterken. Zingen en poëzie schrijven, waar het meisje zich mee voedt, zullen verdwijnen in de regen, die de helaas toch al aan erosie blootstaande geestkracht ondermijnt. En daardoor zullen de zwakke draadjes die haar aan de volharding op de weg naar de bevrijding binden eerder breken, en wel snel en onherstelbaar. Vooral wanneer je bij dat alles de hevige, nadrukkelijke onverdraagzaamheid van de Nederlanders ten opzichte van buitenlanders voegt, die in die tijd bij de afstammelingen van Germaanse stammen een van de principes van de orthodoxie zal worden. Die zullen hun mislukte vaardigheid om nieuwkomers te leren zich aan te passen aan het vocht van de ziel van de bewoners der Lage Landen voorstellen als een aanval op hun soevereiniteit en puritanisme. Geen enkele vreemdeling, al is hij nog zo blond en blank, zoals jouw meisje, zal nog welkom zijn. In iedere vreemdeling zal een geheime vijand schuilen, ieder ander gen zal een potentiële kiem verbergen van de vernietiging van land en ras. Vertrek naar Nederland zou de dood voor jouw meisje betekenen, de dood voor jullie liefde, eenvoudigweg de dood. Daarom zul jij besluiten te verhuizen. (Het woord terugkeer zal zich lang aan je opdringen, maar dat zul je verwerpen. Terugkeer zou betekenen: naar het oude, naar het bekende land, naar de bekende stad, tussen bekende mensen komen. Je zult op tijd de verschillen leren kennen die vergeleken met vroeger zijn ontstaan, je zult je ervan bewust zijn dat je naar een onbekend land zult komen, naar een onbekende stad en tussen volkomen onbekende mensen. Het enige wat je bekend zal blijven is de taal, maar daar zul je niet al te veel voordeel van hebben.)

Je zult niet bang zijn voor je besluit. Integendeel, je zult je nieuwe uitdaging vrolijk tegemoet snellen, blijk gevend van je misschien meest uitgesproken eigenschappen: nieuwsgierigheid en verlangen naar verandering. Je zult je voorstellen hoe je je geboorteland in de moeilijke jaren dat het zich van de decenniumlange verlamming herstelt, zult kunnen helpen met je kennis, vermogens en objectiviteit, en zo zul je aan je voornaamste reden ook die van maatschappelijk nut toevoegen, die het menselijk geslacht zozeer is aangeboren. Maar je voornaamste reden zal onwankelbaar blijven: de genezing en de bloei van het prinsessenmeisje, zodat je, op het moment van het huwelijk en de vereniging met God, dat door de ouders van het meisje zal worden georganiseerd, streng volgens de ceremoniële pathetiek van de traditie van hun adellijke afkomst (waar jij zeer van zult genieten), de tot dusver onvermoede verhevenheid van je opklimming naar de stralen van de goddelijke voorzienigheid en goede werken zult voelen.

Je verhuizing, hoe verwacht en voorbereid die ook is, zal grote veranderingen in je opvatting van de begrippen thuis en moederland met zich meebrengen. Hoewel tegen je zin, zul je met je vrouw aan het hof van haar ouders blijven wonen. Ondanks al je inspanningen om jullie beiden daarvan los te maken en het officiële gezamenlijke leven met zijn tweeën te beginnen, op elkaar gericht, zal dat eenvoudigweg niet uitvoerbaar zijn. De voornaamste hindernis zal worden gevormd door de ouders van de prinses; zij zullen zich alleen al verzetten tegen de gedachte om alleen achter te blijven met hun afgetobde en vervallen hoop, en in hun onstilbare dorst zullen ze zich haastig laven en voeden met andermans hoop, zonder te vermoeden (maar ook door zich bewust de drang tot nadenken te ontzeggen) dat ze die de ander daarmee zullen ontnemen, dat ze die zullen uitkauwen en uitschakelen, waarin in feite ook het geheim van hun ongezonde voeding ligt. Daarmee zullen ze natuurlijk alleen schijnbaar hun eigen ellende verlichten, terwijl ze voor jullie (vooral voor jou) het leven heel veel moeilijker zullen maken. Het zal vreselijk zijn dat zij iedere gedachte die jij in een ideaal zult veranderen, zullen frustreren door die te bezwadderen met het vuil van hun eigen wansucces en de geheime, naar wij hopen onbewuste wens dat niemand anders het beter krijgt. Je zult enorme kracht nodig hebben, niet om die constante stroom van afkeuring en vernieling van de schoonheid te beheersen (dat zal je nooit lukken), maar om jezelf te leren dat hun laagheden jou niet raken, dat je ze niet hoort en er niet aan denkt. Daarbij zal je vrouw je natuurlijk in geen enkel opzicht behulpzaam zijn, want zij zal zweven tussen gehalveerde gevoelens ten opzichte van hen en van jou, troebel als moeraswater waaruit pas na decennia een witte waterlelie groeit. Het zal je ook niet baten dat je je er heel helder van bewust bent dat haar ouders al die kwaadaardigheden niet opzettelijk aanrichten, dat zij in wezen goede, edele mensen zijn, dat het lot (of de genetische voorbestemming tot onvermogen om te oordelen en te beslissen) hun onrecht heeft aangedaan door hen achter te laten als kreupelen die hun naasten bedelend de glimlach ontnemen. (Die troost zul je eindeloos herhalen om jezelf overeind te houden.) Het zal je niet baten, want je zult weten dat er voor jou geen compromis is: je zult alleen slagen als de prinses jou vertrouwt en als ze jou met heel haar ziel volgt. Je zult hardnekkig en standvastig zijn, en er is zicht op dat de zaken zullen worden geregeld, zodat jullie op een dag een slot voor jezelf zullen bouwen waarin jullie, tot vreugde van jullie kinderen, met hen zullen leven, bevrijd van het geknor van de machtelozen. Daar is zicht op.

Toch zul je je hele nieuwe leven graag en vaak naar Amsterdam gaan. Lang, nog heel lang zul je je flat, je straat, je fiets en je stad blijven ervaren en benoemen als jouw huis. Niet zo verwonderlijk, het zal nog lang werkelijk JOUW enige thuis zijn, je echte thuis, de plek waar je zult kunnen zijn en blijven wie je bent, Filip, en geen prins. De perioden dat je in Amsterdam verblijft zullen je goeddoen, als een kuuroord, als rustplaats tussen twee spannende matches, als de enige ruimte waarin jouw veiligheid niet wordt aangetast. Maar ongeacht alle zorgeloosheid zal het niet meer DIE vrede zijn die jou verwende en al je overtredingen tolereerde. Je zult iets vreselijk missen, zelfs te midden van je boeken. Je zult je vrouw missen. Nachtenlang zul je niet kunnen slapen door de leegte die je zult vrezen als een spook. En je zult net als vroeger redding zoeken in de telefoonhoorn, je zult bellen en met je vrouw praten, voortdurend, lang en ononderbroken, bijna tot het vliegtuig vertrekt dat je naar haar toe zal brengen. Maar wanneer je Amsterdam verlaat zul je huilen, want je laat de stad van de kalmte en het vrijelijk overtreffen van verwachtingen achter. Je zult in je land aankomen, je zult je vrouw om de hals vallen, haar kussen en omhelzen, maar stilletjes zul je je fiets en dat dwaze, onbekommerde rijden door de wind missen. Je zult ook de regen missen. Je zult smachten naar zijn melancholie. Je zult nauwelijks kunnen wachten tot je je er weer aan kunt overgeven, tot je weer naar de stad onder de rode wolken kunt gaan. Maar vóór de reis zal het je benauwd worden om het hart, er zullen tranen opwellen, omdat je je liefde verlaat, omdat je vreest voor het verborgen noodlot van het afscheid. En zo zullen de jaren verstrijken. Je zult twee thuizen hebben, twee moederlanden, maar die zullen, zoals altijd het geval is geweest, onderling ook altijd eindeloos van elkaar verwijderd en onverenigbaar blijven, en jij zult voortdurend ergens om treuren. Dat is het lot van mensen aan wie de Voorzienigheid een leven in twee landen, in twee tijden schenkt. Er is echter zicht op dat de zaken zo zullen worden geregeld dat je je vrouw zult meenemen en zo de afstand tussen twee werelden overbrugt (daar heb je zelf ook altijd naar verlangd en dat heb je tot op zekere hoogte ook bereikt), en dat je twee thuizen mettertijd één zullen worden. Daar is zicht op.

Maar niet alleen aan het hof waar je zult wonen en bij het beheersen van de pijn van het voortdurend afscheid nemen zullen je moeilijkheden wachten. Veel grotere ellende zal je wachten in het land waar je zult komen als helper, vrijwilliger met kennis en kunde, met je naieve, uit je lange ballingschap ontstane bijbedoeling, en het verlangen om je eigen, zoals men dat noemde, geplaagde land te helpen. Het hele doel van je maatschappelijke engagement zal juist gekenmerkt worden door die pathetische en allang versleten frase, die jou helemaal niet ouderwets in de oren zal klinken, precies omdat jouw overtuiging van de juistheid van het doel fris en nieuw zal zijn. Totdat je jouw wens openbaart, zul je getuige zijn van een enorme tuin vol gelach en vriendelijke woorden, waarin de burgers van je land eerbied voor jou zullen zaaien. Natuurlijk zullen ze je bekijken als een exotische soort, die voor ieder van hen persoonlijk een paar zaken in het buitenland kan regelen: van een eenvoudig dak boven het hoofd tot de organisatie van tentoonstellingen en de productie

van filmopnamen bijvoorbeeld. Niemand van hen zal een onverto-
gen woord zeggen, iedereen zal een gunstig moment afwachten om
je met zijn aandacht te begieten. Maar jij zult ze doorhebben en
jouw vastbeslotenheid en ach, onwankelbaarheid zal hen zo verbazen en teleurstellen, dat ze je dat niet zullen vergeven. Geen van
hen. En tot een massa verenigde beschaamde verwachtingen krijgen de kenmerken van een samenzwering, dragen de vlag van de
haat. En achter het rotte masker van het glazuur dat zich leugenachtig heeft voorgedaan als een hartelijke glimlach zul je zomaar
opeens blaasjes etter ontwaren bij bedorven tanden; je zult donker
verkleurde, gespleten tongen zien die vibreren en zwart speeksel
spuiten, kleverig als lijm; je zult de stank ruiken van goedkope, over
ziek geworden organen gegoten cognac, die de holten van die organen zal bekleden als ondoorlatend plastic, zodat die daaronder nog
wijder zullen worden en instorten; je zult uit de beha gewipte vrou-
wenborsten zien, verslapt en met gezwollen aderen, die niemand
meer kunnen worden aangeboden, maar hevig zullen verlangen
naar een liefkozing, al was het met een eeltige hand vol korsten, je
zult merken hoe de halzen zwellen, terwijl ze door een laag teer tas-
ten naar geconstipeerde woorden om hun onverhoorde smeekbede
in een vervloeking om te zetten; je zult dierlijke mannelijke agres-
sie zien die niet naar de wapens zal mogen grijpen om al wat leeft
vóór zich in stukken te houwen en te breken (in naam van de meest
verheven graad van mannelijkheid), je zult die zien veranderen in
een reusachtige, harige, vuile fallus, waarmee die gedegenereerde
chimpansees alle deuren zullen openen, waarmee ze op tafel zullen
slaan, dreigen, slaan, wurgen, stemmen, bedriegen, rechtspreken,
omkopen, stelen, moorden en heersen, de handen stevig om hun
scepter (de enige die ze hebben) zodat die niet aan hun controle
ontsnapt en toevalligerwijs henzelf begint te ranselen, en dan zullen ze hun zaad uitstorten over hun volk, en de glibberige, kleverige massa van hun enige (lullige) macht zal uitstromen over de be-
volking als een pestilentie, waarin sommigen voor zichzelf de weg
naar succes zullen zien, en die anderen zullen mijden als melaats-
heid, door zich te verschansen in hun huis, de televisie af te zetten
en hun tong in hun mond op te sluiten.

Je zult inzien dat iedereen in jouw land gek is en dat zal je grootste ontgoocheling zijn, een ontgoocheling die je zal verlokken om net zo te worden als zij. Je zult om je heen kijken en alleen pestlijders en zieken zien. Vergeefs zul je proberen een normaal mens in het oog te krijgen, iemand die een gezond woord zou kunnen zeggen, iemand die zich nog schoonheid herinnert en in goedheid gelooft, je zult je tijd verdoen, je zult niemand vinden. Je zult ook bereid zijn tot zelfbedrog, o, wat zul je daar soms van genieten. Maar als ze je het mes op de keel zetten, zul je halsoverkop van hen wegvluchten en je rechtvaardigen met naïviteit, lange afwezigheid, en je zult doen of je leidraad van hoop niet bestaat.

Je zult misselijk worden wanneer je ogen helemaal opengaan, wanneer je leert dat je gefrustreerde natie haar nationale bewustzijn en wezen collectief heeft uitgeleverd aan het Kwaad zelf, dat hen zo heeft betoverd dat hun rede- en kennisniveau is teruggebracht tot een middeleeuws begrip van de wereld. Voor hen zal de aarde nog steeds een plat vlak zijn, en zij en hun Strijd een ladder waarlangs de hele mensheid naar de hemel kan klimmen, ze zullen de kerk veroveren, het geloof vergiftigen en zich in ieders hersenen griffen, vanaf de geboorte, door haat te prediken, hun enige voedsel, hun bloed. Je zult walgen van ćevapčići en lever in spek en burek en ajvar, je zult moeten braken zodra je er de geur van ruikt. Je zult weten dat je in de gevangenis zit en dat je daar uit vrije wil, in je zoektocht naar liefde bent binnengegaan. Je zult weten dat dat land vervloekt is en dat er grote kunde nodig is om de betovering te breken. Er is geen zicht op dat je er zelf in zult slagen een tegengif te vinden dat de natie van het kwaad zal bevrijden. Je zult je best doen om krachtige gelijkgezinden te vinden met wie je samen de strijd kunt aangaan. Je zult hen moeilijk kunnen vinden en ook degenen die je zult vinden, zullen niet dapper genoeg zijn. Je zult bij jezelf steeds deze zinnen herhalen: 'Een eindeloze, blauwe cirkel. Daarin een ster. Een eindeloze, blauwe cirkel. Daarin een ster. Een eindeloze blauwe cirkel. Daarin een ster...'

De jaren zullen verstrijken en jij zult begrijpen dat jouw enige ware doel zich niet meer zo kan verwezenlijken als het er de eerste jaren van je terugkeer uitzag. Je zult bang zijn om jezelf en je vrouw en je kinderen te verliezen. Daarom zul je weer besluiten weg te gaan, samen weg te gaan. Je zult nadenken, bestuderen, plannen maken, afwegen, navraag doen, raad vragen, kiezen, onderhandelen, en als je onwankelbaar en vasthoudend blijft, is er zicht op dat het je zal lukken. Herhaal alleen steeds die twee zinnen, wanneer je het moeilijk hebt en wanneer je voelt dat je kracht langzamerhand verdwijnt. Kijk je geliefde in de ogen en spreek ze uit, zodat alleen zij je hoort. Kus haar dan.

Zo worden volksverhuizingen eeuwig voortgezet.

Tot de uitzonderlijk zeldzame planten, die waarvan men kan zeggen dat ze zogoed als uitgestorven zijn, behoort ook het sleutelkruid, Laserpitium pancicii. *Het is een sterke overblijvende plant met een lange, knolvormige verdikte wortelstok, aan het bovenste deel waarvan zich draadvormige omwindsels bevinden. De stengel is recht, ongeveer 100 cm hoog, kaal, rond, fijn gevoord. De rozetbladeren en de bladeren onder aan de stengel zijn heel groot, tot 1 m lang, met een brede driehoekige vorm, kaal, 3- tot 4-voudig geveerd, de schutbladen lancetvormig of langwerpig, gaafrandig. De bovenste bladeren zijn kleiner, zittend, op een verbrede bladschede. De schermbloemen zijn groot. De tandjes aan de kelk zijn kort, puntig. De kroonblaadjes zijn wit, met een omgekeerde hartvorm. De vrucht is langwerpig, 6-12 cm lang, geribd, verbreed tot vleugels. Bekend is dat het groeide in zonnige, rotsige gebieden, droge weiden, kreupelhout en aan de randen van bossen.*